翻騰年代的經歷

許之遠回憶錄

許之遠著

「永遠的第一夫人」、民國總統蔣介石的遺孀蔣宋美齡，在 1943 年
6 月訪問加拿大，朝野哄動一時。她於 2003 年離世。

抗戰勝利，蔣宋美齡夫人應僑胞之請，於 1943 年到加拿大訪問
後，朝野歡送。

蔣經國（左三）在 1958 年到救國團主辦之台灣的「歲寒三友」開幕致詞。作者（左二）為紀錄人，開幕後送蔣離開。

作者（左一）參加1988年8月在韓國漢城（今首爾）舉行的第
五十二屆國際筆會年會。圖為北京市筆會會長蕭乾（右二）。

1989年，國民黨召開十三次全國代表大會，作者（右一）為加拿
大地區代表，在會場認識台灣國防部長郝柏村。

作者（右一）熱愛家庭，在忙碌的工作之餘，永遠不忘與摯親聚
會。圖攝於 1970 年代，作者與太太家人出席飲宴。

亞洲華文作家舉辦的第二屆亞洲作家會議在 1989 年舉行，右三為
作者。

在 1989 年的「六四事件」後，國際筆會在加大召開代表大會。該
市作家、詩人歡宴台北中國筆會代表團。（前排左起）馮漢樑、余
光中夫婦、俞淵若、張殷蘭熙、王藍夫人出席。（後排左起）許之
遠、陳浪平、張漢良、王藍、錢舜麟、許之遠夫人一起合照。

國際筆會香港筆會代表團在「六四事件」後在加拿大開會時,作者(左一)為首席代表和團員留影。

1980 年間,作者與馮民鑑、陳浪平(左至右)創立「湖楓詩社」,推廣詩歌創作、弘揚中國文學。

第四屆亞洲華文作家會議在 1990 年在泰國曼谷舉行，左二為作者。

作者（左起第一人）在 1990 年，為僑選立委的「環球會」首屆秘書長。

1990 年，僑選立法委員組織「環球會」，作者（左一）為首任秘書長，李副總統元簇（左三）到賀。

1990 年的全球華僑代表大會會場。右起為作者，右三為僑委會曾廣順委員長。

1990 年 12 月，作者在另一次帶領立委訪問團到金門勞軍，團員
23 人。照片中是其中部份成員。

1990 年，「加拿大社團領袖訪問團」組成，抵台北後作者設招待會，並致歡迎詞。全團共 53 人，為加拿大各地代表。

1990 年，在金門擎天廳和「加拿大社團領袖訪問團」歡敘，代表團致送紀念牌。

作者擔任台灣交通委員會召集人，適 1991 年南非開航，作者獲邀
參加首航到南非平頂山遊覽。

1990年，加拿大訪問團返台北慶雙十，人數眾多。作者招待全體團員餐敘。圖為僑委會曾委員長及多位處長蒞臨。

台灣立法院第一屆最後會期，約為1993年，台灣的行政主導進入民意代表主導的立院，法例未周，議場常有打鬥，以爭取在媒體曝光及引起社會人士關注有關議題。

作者在 1990 至 1993 年，擔任立法院內的委員時，與沙地阿拉伯的立委代表馬國祥交談。

1992 年，時任台灣行政院長郝柏村（右二）到台北中正紀念堂懷恩畫廊觀看作者的個人畫展。

圖為 1992 年在台北中正紀念堂懷恩畫廊，作者的個人畫展的開幕
典禮。

1992 年，在台北中正紀念堂作者（左二）舉行「詩書畫」個人
展。由林洋港、梁肅戎舉行剪綵開幕禮。

翻騰年代的經歷

許之遠回憶錄

序一
《翻騰年代》

　　粵中開平許公之遠回憶錄《翻騰年代的經歷》行將付梓，問序於余。忝屬是書英譯者，理不容辭，答云：撰序有術，僕所未能，略敍翰墨因緣可乎？曰可。

　　丙申孟春楓國麟都訪舊，幸識許公，異士也，交淺言深，旋以其大著英譯重任見詢。不佞濫竽譯事數十寒暑，慣與猙獰文字糾纏（董橋語），休後自定四不翻守則：是非不分者不翻，欺世盜名者不翻，言不及義者不翻，語言無味者不翻。因坦然曰：譯者嚼食哺人，然食不厭精，須先閱大作始能作決。及披卷瀏覽，不禁拍案驚奇。所奇者，奇文也，奇男子也：奇才奇遇奇功奇德奇趣，躍騰紙上，漪歟盛哉！素知人心難測，文字尤易惑人，然而譯者非同一般讀者，須逐字琢磨作者心思，於其品行較易洞識，以文鑑人，自信不我欺也。四不翻顧慮既去，復思是編卷帙浩繁，涵蓋歷史、政治、時事、人物、文學、詩詞、書畫多方，非有搏虎膽力豈敢言譯。考慮再三，終以譯學相長自勵，吾往矣！如是春去春來，竟成其事。含「華」吐「英」得失幾何，大雅君子自有評說。

　　許公之遠，志士能人博雅君子也，天賦異稟，命力雄強，生逢大時代，閱歷弘富，事功顯赫，心丹腸熱。今以八秩耆英，成此巨帙，儼如史詩。譯者何幸，得瞻斷輪

018
序一

老手，秉如椽巨筆，譜歷史滄桑，哀國事蜩螗，記高人言行，考僑社嬗變，揭運命窮通，述平生志業，發古今幽思，拾藝林佳趣，澆胸中塊磊，抒男兒血性，滿紙風雲，瑰奇若長江滾滾，悲壯如易水蕭蕭。余生也晚，然亦身遭國難，流寓異邦，棋局將殘，狂瀾莫挽。輒思仲尼乘桴，世人但以其道弗行惜之，不知夫子所浮乃大道之海，以事不可為而歸趨大道也。斯意非有天地心莫能參之。讀許公書每有此啟發，四方君子當有共感焉。

夫子云：「志於道，據於德，依於仁，游於藝。」夫詩文書畫，國粹也，藝能之著者也。張宗子嘗言：「曹操、賈似道千古奸雄，乃詩文中之有曹孟德，書畫中之有賈秋壑，覺其罪業滔天，減卻一半。方曉詩文書畫，乃能懺悔惡人如此。凡人一竅尚通，可不加意詩文，留心書畫哉？」旨哉斯言。許公高人也，一生絢爛，廟堂、湖海、市廛、書齋莫不適然，幼通詩文，中歲復以書畫鳴世。「三絕詩書畫，一官歸去來」，借贈板橋聯，語語中的。許公說藝談文，首尚氣象，其作品剛健沉雄，非心源豐足曷克臻此？游藝修德養氣，良有以也。

《翻騰年代》亦史亦詩，讀者當以心會心，庶幾不負著書人一番心事。許公自序副題曰「翻騰年代說騰翻」，茲借來成八句代序：

開平有鯉躍龍門風雨書聲喚國魂赤地沉淪哭天劫香江流寓傲時昏
誠輪寶島扶綱紀伏處楓林託本根看罷龍蛇人鬼鬥翻騰年代說騰翻
丁酉青春季月南海李時宇識於西澳柏斯夢雨軒

李時宇

序二
我所認識的許之遠先生

　　差不多是二十年前的事了，當時多倫多華人作家協會會友馮湘湘與我閑談，說起現今在本地華人作家群中，論文章詩詞，當以許之遠為第一。這是我首次聽到許之遠的名字。那時我並不認識這位先生，但他的名字我卻一直沒有忘記。

　　又是十多年前的事，我在多倫多大學進修學院教翻譯，那是在晚上教的，在家吃可能會趕不及時間上課，就不得不在外面吃。最常光顧的是位於士巴丹拿大道的奇香飯店，去得多了就和老板黎先生夫婦熟絡起來。有時碰到一位男士在飯館高談闊論，口若懸河，神采飛揚，旁若無人。我心儀其人，一問黎先生之下，始知這便是我一直沒有忘記那名字的許之遠。因他就住在附近，所以常來聊天。我雖久仰大名，卻不能冒昧自我介紹。隨着我所教的翻譯課程轉為在線上課，可以在家執教，我就不須下城，無緣再在黎先生的店子見到他了。

　　真正結識許先生是在多倫多文藝季作者的聚會上，也不記得怎樣大家互相交談起來。我讀過他在季刊發表過的各類詩文，其中選詞之獨到、文氣之浩瀚、資料之豐富，見解之精闢，確實無人能出其右。我不由盡道仰慕之情，與他交談有如沐春風之感，只因他常帶笑容，說話不徐不

疾，隨口就誦出一些詩詞語句，好一個飽讀詩書之士，亦使人覺得他有驚人的記憶力。

和他相處久了，見面得多，方知他是位極重友誼的人。他似對我頗有好感，特別關愛，常在聚會時，總是帶些糕點、水果之類送我，而在我近年賤體欠佳時，他又不時致電，要我保重，又授我以有關養生之道。如此濃情厚意，真使我感動不已。所以當他要我為這自傳寫一篇序文時，我便不加思索答應下來。及後覺得自己不自量力，只感受寵若驚而不詳加考慮。問題真的來了，寫什麼好呢？別的友人序文必就他那深厚的學養、生花的文筆、豐富的著作、驕人的閱歷來下筆，為了無謂重覆，亦沒有資格來評論許先生的著作，我想不如就以認識他的經過和欽佩他的為人與經歷聊以為序吧，這就是以「我認識的許之遠先生」為題的原因。

他是位多產作家，著作可用「等身」二字形容而無愧，而其筆下題材之廣，令人驚歎。還有意料所不及的，竟還專門有書法和國畫理論與作品面世。他能縱橫於文學與藝術兩界，而卓有成就，不由人不佩服。而更使人佩服的，就是他本身數十年的經歷。從他自己所說的從童工做起，歷經奮鬥，隻身遠赴台灣入讀台大，以法學學士畢業，繼在加拿大多倫多大學取得文學碩士，後又獲頒美國世界藝術文化學院的人文榮譽博士。他本出身於耕讀之家，先祖輩多有功名，無怪他有此學藝成就，其遺傳細胞應記一大功。

他服務台灣政府之事功，甚足驕人。早年即進身立法院為高級顧問，國民黨中央評議委員，曾為前台北市市長馬英九的顧問，又為僑委會香港僑務主管，旅運社總經理。以他在台灣的文名，廣為各大學邀請任教，亦曾為各大報主筆。五十年來，不斷在加、港、台各報章雜誌撰寫

專欄文章、發表社論時評,為全方位的作家、詩人和時事評論家,在現時作家群中,可稱罕見。隨着時代變移,他的著作亦經網站轉載,其日誌和博客,讀者千萬。他雖達耄耋之年,所已發表過的論述已逾千萬言,惟仍孜孜不倦,日以筆耕為樂,使人敬佩不已。

許先生在其序言中提到「胡適鼓勵人們寫自傳,要赤裸裸的真實材料,不要誤導了歷史,阻礙了文學的生路。」在胡適那時代,著名的文人寫自傳,數起來不少。除他之外,還有魯迅、巴金、老舍、朱自清等等。但寫自傳並非人人可為,最少在其事業領域內是個有成就、有影響力的人物,不然,自傳寫出來,也不會有人理會,那就一點意思都沒有。所以,寫自傳必須有條件,而許先生的條件可就多了。他不但是文學界晌噹噹的人物,還在學術界、書畫界、教育界、政界、以至商界,皆有所成,對當時的社會都有一定的影響和貢獻。他一生的經歷和事功,比起常人來,真要多出幾倍。在他這洋洋數十萬言的自傳,對他本人的生平、著作、事業、思想和精神等各方面都有系統地詳細描寫和反映。而其作品內容不但如胡適所說的「真」和「信」,還有在表達上的「活」,開闢了文學的生路,積極地晌應了胡適的號召。深信此書一出,定必洛陽紙貴,成為名人自傳的典範之作。

蘇紹興

序三
憂患幾經成獨鶴

　　之遠兄的《翻騰年代的經歷》（回憶錄）問世了；這不只是他個人的紀錄，也是他見證或參與兩岸三地近八十多年的歷史縮影；從中國伸延到海外僑社的見聞，親歷翻江倒海的改朝換代；「大逃亡」造就一個遠東的金融中心；奔流到海外僑社，從傳統到現代的蛻變；以他一代的文章作手，成為當代給後世的歷史文獻，我是深具信心的。欣聞原著的英譯本同時發行。由翻釋名家、詩人李時宇先生執筆。近世中文程度低落；英譯亦遜前人的今日，欣見「雙劍合璧」，不論中文讀者或華裔的英文讀者、外國讀者，都有同樣機會閱讀：一個中文作家反映的跨世紀之作，是許兄平生辛勤的所學、慎思的所得；填補這個以假亂真的時代，為人間留下一股清流，為國族留下一線生機。

　　近代風雲人物傳記，許兄多次提到胡適對（沈）《亦雲回憶》的期勉，這本傳記能如此引人入勝，無非寫得不浮誇，更無虛飾之辭，最要緊還是它的真實。沈亦雲寫她的丈夫黃膺白，從平實中如何奔赴艱危，已突顯黃膺白的人格與精神。蔣介石先生在北伐成功前夕，曾問黃膺白對他的看法，黃直言他對「弘毅」兩字，「毅」是足夠了；今後應從「弘」字多下功夫。蔣先生後來在重慶推行「新生活運動」，在台灣發起「中華文化復興運動」，在在顯

示他不忘黃膺白對他的建言，恢弘自我，也努力提升中華民族的恢弘資質。許兄這部自傳式的回憶錄亦貴在平實，寫個人經歷而歷史脈絡宛然，印證一個是怎樣的翻騰時代。他本身原就是一位「永遠的熱血青年」，不汲汲於個人榮枯，全情傾注國是和世局；憤時感事。對爭取公義的信念，對生活的歷煉和折騰，並未因年齡的增長而減弱或消失；所以成就他一生多姿多彩的傳奇，我感到他一路寫來，虎虎生風；像充滿「浩然之氣」。他有許多可遇不可求的往事，可以想像他還在「爽」中記下來；清吳德旋著《古文緒論》言：「孟子乃文章之最爽者。」許兄好讀《孟子》有關吧。他個性本來也豁達；我就沒有見過他愁眉苦臉。

我們在上世紀六十年代中便認識，我還是個學生，但同是海外第一代釣魚台運動的人；當時是左派學生運動的全盛時期；運動大會常在百人或以上。相對的右派，傳統僑社人士多而學生少，我和許兄常感孤立無援。我們試過到左派集會派《香港釣魚台專輯》（右派的雜誌），面對數十人圍困；他開車迫他們狼狽讓路，他臨危不亂的判斷，印象猶歷歷在目。我們鬥過左派，也鬥過奪權的台灣幫、台獨。許多人還說我們同一個鼻孔出氣。

許兄當年膺選為唯一的海外中華文化復興運動委員會委員；後來又當上僑選立法委員，到立委卸任後外派香港主持僑務，這都是國府對他恢弘人格的賞識和肯定。尤其立委任上，表現出色當行，為加拿大僑界爭光。至於正式為官，許兄亦不失其恢弘的本色。可惜台灣官場的僚氣和他的性格不能磨合，官場留不住他，他也就瀟灑走一回而還其初服了。再執筆為大陸讀者開了七個網站。

我們幾乎每週相敘，親見他教訓一個街角小便的人，其公義之心像與生俱來，不因年老而萎靡。他到老不忘初

心，時刻還想到「撥亂反正」、放不下民族的生機。他有諸多著作，還化了十五年紀錄《台灣沉淪紀事詩》，把台灣從 1990 至 2004 年的政壇亂象，以詩紀事，論諷國事之蝸蟬，綱毀風頹之亂象。他就是一士諤諤，其震撼海內外有識之士，則又不只「腹有詩書氣自華」；是不吐不快的「俠氣」了。

許兄來自農村的耕讀之家，十五歲逃難到十里洋場的香港，他不但沒有被時代所淹沒，憑其與生俱來的毅力，失學七年，能以夜校同等學歷，考入國立台灣大學復學，以後到加深造。他自強不息，不論從商、從政、從教學、從藝文書畫；所至有聲。均卓然崱岸自立。

許兄有傳統士人的弘毅，是他的學養所致；他擔負國家的名器只有五年，從立法院到派駐香港，在本書的第十六、十七章中可以讀到他驚人的工作量和成就，真是起懦立頑；他充滿鬥志的一生，真令我身為他的志弟與有榮焉！他慷慨而又豁達的人生，在翻騰的年代裏，他承擔國族的憂患，歷史的使命，老猶彌篤；像憂患的獨鶴，還在奮力振翮高飛。

余道生

序四
廟堂誰識治平規

　　本年（二零一九）二月初《壹週刊》有一篇許之遠訪問錄，題為《青年也可以寫自傳》。許公的名字，老一輩香港人應有所聞。他是一九九七年香港易手之前台灣駐港澳僑務主管，現為台灣立法院最高顧問。

　　我與許公相識，可說由先父介紹。幾年前，許公返港，與友人閒談，以為《蘋果日報》副刊作者古德明，即舊時《萬人雜誌》作者古鶴翔，盼與這位舊文友一敘。許公那位友人，恰巧也是我朋友，於是我有幸識荊。家父當時已捐館多年，一生未嘗與許公會面，但同為《萬人雜誌》作者，分屬神交。

　　許公一九三五年生於僑鄉開平，熬過了抗日戰爭、大陸國共內戰的兩場浩劫；一九五零年南來香港，備嘗戰後一切匱乏的艱苦；一九五七年秋東渡台灣，翌年又值中共砲擊金門，烽火漫天。是他一生閱歷了三地廢興所繫的日子，無異於一本活史書。許公長於文，最近寫成的回憶錄四十八萬言，述小時怎樣登山避日寇，來港後怎樣當童工學徒、上夜校，赴台後怎樣讀書，以後到加拿大留學、就業；台灣政治轉型而從政等，所歷所見所閱，當可稍補中國近代史闕遺。

　　月前許公又返港，知我困於二豎，即來問疾，朋友

風義不讓古人。我們談古論今，於心莫逆，只是他比我樂觀，囑我千萬珍攝；才可得見河清有日。我說：陸游有「遺民忍死望恢復，幾處今宵垂淚痕」之詠，但終於還是看不到王師北定中原日。現在，中國更連一支王師都沒有。台灣朝野久已無意中原，現在恐怕連據台自守都未必做到。

許公對中國國民黨自李登輝主導後，開始漸次變成台灣國民黨，深感痛心。他看到台獨父子相傳，李登輝在陳水扁當選總統的一刻，忘形高舉陳的手臂，慶祝他能繼承自己的總統大位；公開暴露出賣國民黨的真面目！時為公元二零零零年五月二十日，陳水扁接下李的總統印信，確保台獨父子傳承；國民黨隨即召開代表大會，經決議罷免其黨主席職。李登輝尚悻悻落台；該黨亦首度淪為在野，許公即在中央評議委員會議上，公開聲討李登輝出賣國民黨、提案開除他的黨籍；紀錄在案。惜議而不決，竟不了了之！二零零八年，許公又為馬英九助選，不料馬英九當選總統就變臉，只求討好民進黨及大陸當局。樂觀如許公，談到台、港近事，也只能與我相對嘆息。

許公曾用筆名在多個報刊撰文，有關國是芻議篇，事後題詩一首，可作《許之遠回憶錄》尾聲：「破家亡命少年時，歷劫江湖一劍知。強項自憐甘市賈，滿腔孤憤欲橫眉。居朝敢擬擎天柱，處遠猶揮大漢旗。報國文章千萬字，廟堂誰識治平規。」

二零一九年三月五日

古德明

序言
翻騰年代說騰翻

　　我要寫這個回憶錄，其實是偶然中的偶然；而且還不是我主動要寫的，是一位在多間大學任歷史系教席的好朋友鼓勵我寫的。我從台灣公職任滿，接着派駐香港，而這兩個公職，一是台灣政治轉型的立法院委員，二是香港即將「回歸」的台灣派駐港、澳的僑務主管，事關兩岸三地、國家前途，友人認為我的親歷或許值得公諸於世，這才引起我撰述的念頭。我還想到：中港台三地經濟未發展前，依次是我的出生地、青少年時期、大學年代，所經歷的，也不是時下一般青年所想像的，有個人不能磨滅的印象和歷史淵源；我的經歷，也許是跨世紀某些時空的縮影。不但是國族前途所繫，且大陸的「崛起」，至今還影響世界。而我從蒙童無知到左傾，又在香港漸長的感悟有所修正，艱難的經歷使我思想早熟。從故鄉到離開香港，我已到二十二歲；同在初中出港的同學，有些已在三地大學畢業，而我才首途赴台灣復學，焉得不自勉努力。我應算二戰後三地早期留學生，父親給我一張單程機票和一千元加幣，而我已知學費就六百元；但父親說：這是我全部積蓄和部分供會籌得，不要再指望我還有餘力再接濟；他送我上機的時候，使我想起荊軻過易水的故事，成敗要靠自己了，時年二十七。在北美經歷過傳統僑社的轉型和發

展、釣魚台運動、中華文化的承傳的參與。這種種親歷的史料，也是早期留學生和美、加僑社的縮影，對未來史家或有參考價值。

我出生於一九三五年，當時日本已發動九一八事變，是一個「翻騰年代」的開始：較我出生早了四年。兩年後（一九三七）七七事變發生，全面抗戰開始。說是「震盪」、「亂離」都未足概括，「翻覆」也不周延，「翻仆」亦只是一端。倒是「翻騰」兩字，可表示反覆多變的常態，中國從此進入一個亙古未有的變局，以至跨世紀延續到今日。中國人民本來正常面對的，是陽光的藍天白雲；忽然成為日軍侵入的前線，炮火連天，廬舍為墟；在日本佔領區內，人民突然來一個不能自主仆轉的亡國奴，像摔入地獄中去。誰都無法自拔自保。但投日的偽政府的大官大員，不缺妻財子祿、美人醇酒。可知有人翻仆、有人騰飛。我的故里曾被日軍攻佔，但只是假道，沒有佔領，我隨父母驚惶逃出，兩妹年幼，只可隨叔祖母留下，我只記得我會走路，就要逃難；奔到山區才驚魂甫定。也記不起次數了！日本投降，那些騰飛的偽官偽軍又變成騰折的人群；而仆倒的彈雨餘生者，又重獲生機，真是天意無憑。到國共內戰起；偽軍投入解放軍，打打談談，國軍在三年中幾乎全軍覆沒，播遷到台灣去了。新政權登場，翻騰就更翻騰了。大陸在毛澤東統治時代（一九四九至一九七七），二十八年的大小運動，重複的翻仆的、仆過再仆有之，一仆不起有之；翻身的騰飛了，但朝夕之間，站錯邊的、甚至說錯一句話的，都可以從翻身、騰飛中打落下來，甚至不得翻身、或騰折得死去活來；少有人能掌握自己的命運。這更是翻騰年代常見的事。

胡適認為中國史家沒寫出抗戰前的六年中日關係史、戰時的中日八年抗戰史，是可恥的事。那正是我出生前的

四年的中日關係史；以及我出生兩年後的中國八年抗戰史。我們到今天還沒有這兩本中國史家應有的著作；這不只中國史家的可恥，而是中國人的可恥；胡適認為最大的原因：「是史家沒有勇氣去整理發表那些隨時隨地可以得罪人或觸犯忌諱的資料了！」（見《沈亦雲回憶》胡適序文）以此看來，中國近代史家和古代傳統史家，對我國史學的傳承使命就差得太遠了。

胡適還鼓勵人們寫個人的傳記，就是做史料存真的工作（見《四十自述》的〈自序〉）；他說：「我們赤裸裸的敍述我們少年時代的瑣碎生活，為的是希望社會上做過一番事業的人，也會赤裸裸的記載他們的生活，給史家做材料，給文學開生路。」這幾句話，勾起我對童年和故鄉綣戀的回憶：我出生在廣東傳統僑鄉開平縣，許姓聚族而居的龍見里。從村莊的座向西北望，梁金山遠遠聳立着，下面就是百足山迤邐而來。許姓在開平縣算是個大姓，從山區附近的月山河的發源地金村，就有許姓人家；從金村經許姓的潮龍里，繞過箬竹的邱姓、大角李姓的村落，再繞回許族的吉冲里，出現在我們村莊的前面，經石龍里，有流水從水口匯入潭江。這條曲水，穿梭在我們許姓廣袤的耕地和村莊之間，然後又向外環繞起來，真是楊萬里所說的「萬山不許一溪奔，攔得溪聲日夜喧，等到前頭山腳盡，堂堂溪水出前村。」頗有山重水複之勝。鄉人稱我們這一帶為「肥鵝戀水」。月山墟就是月山河萃薈的中心，真是好山好水的故鄉。我們村後有一條小河，和鄧姓的聚龍里隔河相望，像《桃花源記》的描述：「夾岸數百步，中無雜樹，芳草鮮美。」村落之間，常以綠竹圍着，田野阡陌縱橫，雞犬相聞；一片和平靜穆的境界。我們又可以從近山腳許姓族人的香山里的後背，經狗山和虎山相夾的谷底小徑，東向轉入姓何聚居的龍塘灣一帶。山溪活水冲

入龍塘灣，那裏的鯉魚特別鮮美！傍晚魚塘前的曬穀場，我們這些村中兒童，常跟着父老唱童謠：「梁金山之高兮，百足山之長兮；斬南山之竹仔，釣東海之鯉魚。」兒時故里的記憶，常鮮活出現在童謠的歌聲和歡笑中！

我並不是胡適的崇拜者。在左傾的青少年時代，當時還在國共內戰，但輿論已多數支持中共，攻擊胡適的學術論點常見報，我當時的知識層次未及，難以明白，對胡適沒有深刻的好、惡。我入讀台大以後，在對岸炮轟金門的年代，胡適還在雷震的《自由中國》公開支持民主憲政，反對蔣老先生三度總統連任。在當時「擁護領導中心」的大帽子下，我和一般人同樣對胡適的意見，有不同的異議；多少有點不以為然。但胡適到台大演講了三次和附近師大一次，我都在現場，感覺這個當代哲人的識見、睿智和胸襟：他的高瞻遠矚真非常人可及；對民族的前途，當不能只計眼前的利害，忘記民族生存之道、國家長治久安的根本。令我衷心的敬慕；才改變以前對他的誤解。

胡適說：「史料的保存與發表都是第一重要事。第二貢獻在於建立一種有勇氣發表真實的現代史料的精神。保存了真實史料而沒有機會發表，或沒有勇氣發表，那豈不是辜負了史料？豈不是埋沒了原來保存史料一番苦心？」（同見《沈亦雲回憶》）他對史料的保存如此重視，包括「我們少年時代的瑣碎生活。」何況我少年時代，是日本侵華重要時刻的開始，我記述的親歷，已不只瑣碎的生活；而是僑鄉抗日以至日本投降的縮影，為未來史家補充了一九三五至四五年相關的部分史料。從一九四五年勝利後至一九四九年中共建政到一九五零年國民黨撤出大陸，這五年中的身歷，更是翻騰年代的新頁，當然不是少年瑣碎的生活，是劃時代的轉變；我也見證一個新政權的崛起，記錄我身歷的部分真實史料。

一九五零年我到了香港，和南下逃亡到香港的難民潮沒有兩樣，不同的是我的年紀較少，沒有自立的能力，任由大人的擺佈，比一般難民更早投入人力市場。我親歷一個漁村的發展到一個大都會的雛型奠基，七年在香港出賣勞力；因此我也是大都會奠基的勞工；只是年紀比一般難民小，艱苦的生活體驗得更深刻。因為我還未成年，嚴格來說，我是香港轉型到資本主義市場經濟的一個最低層、被剝削的童工。以此而言，我比中共最足代表無產階級的著名人士的李先念委員長，他是木匠出身；而我做木匠的氣力尚不足的童工。後來為了能讀香港工專夜校，父親請求雇主（我母親的親姑姑，她在鄉窮困時，常得母親的接濟）容許我提前三小時收工。我原是每週七天工作（每日十二小時），只提早了三個小時收工，而我還有半年就「滿師」了。她卻要我延遲滿師年限半年。為了上夜校提

前三小時，我得每天付出九個小時工作的代價，算在滿師後的日子補回；以致延遲了半年的童工生涯！父親又不抗拒答應，誰能想像：滿師後為繼續夜校，只求兩餐一宿，摸黑回到荒蕪的柴灣木屋區過夜，常遇上野狗擋路，人狗對峙的顫慄與狼狽！那個年代，雖然香港還是木屋遍佈山野，但有多少青少年常經歷過我顫慄的場景！

我後來還是沒有怨尤接受了！因為想到留在大陸，在「無產階級專政下」，我拼入「漏網地主」、「七黑類」家庭出身的成員，應是無可避免的。從此就與我的弟妹都打上階級的烙印，由於比他們年長，遭遇大概要比他們更慘淡吧！而且我不到香港，我和全家的命運都會改寫，真是難以想像的「驚歷」。後來，我接母親到了加拿大，在她九十三歲時，接到高陽生產大隊為她摘帽子的《通知書》。她不識字，問我什麼事？我照說這只是當地的通知書，是大隊的決定，未及其他。她要我回覆大隊：戴帽、

脫帽都沒有問過她；說戴就戴；現在說脫就脫嗎？她說：我戴了幾十年，慣了，我不脫。其實也難怪她氣憤；大妹曾對我說：「母親被鬥時背着家裏的木梯，雙手伸直綁在木梯上，頸項掛着一個大的鐵秤砣，跪在破碎的玻璃上！」土改的時候，大妹才十三歲，母親帶着十三歲和以下五個小孩，她真歷盡人間的苦痛。就在那一年，她戴着帽子去世了。父親在我初出港時，曾告訴我，開平縣政府有通知書來：要他回去交代。他當然不會回去，不久就接到警告：無論天涯海角，都會捉你歸案公審。這封信，我是看過的。至今父親的墓木已拱，恩仇兩泯了吧！

我畢業從台返回香港，親見一九六二年香港水陸邊境的「大逃亡」，大陸居民潮湧而進，一次過補足了香港短缺的勞工；這震撼香港人心的「驚歷」，我是每週到新界難胞主要入境路上找弟妹的。也就是同一年我到加拿大升學，在香港安排經東京，卻遇上香港有史以來第一次十號風球的「溫黛」颶風，九月一日還掛上，翌日又復晴天，這正是我赴加拿大首途的紀念日子，機場重開；但在東京卻遇上日本全國示威大遊行：要求美國歸還託管的琉球群島，東京機場封閉；我們被迫留在旅店，從電視全程看到日本人侵畧中國的猙獰面目，投降還不到二十年，不但不悔禍，原屬中國藩屬的琉球也要重新奪回；已確定日本不遵守《波茨坦宣言》。以後果然得寸進尺，強佔釣魚台列島，激起海外中國留學生發起「釣魚台運動」，我也是最早的參與者。兩天中的香港和東京，我分別身歷不同的場景，都是歷史的紀錄；後者還可能演變到中日終有一場生死的決戰。

我從一九六二年到加拿大升學開始，至二零一七年執筆之日，我長留加拿大已足五十五年。「他鄉久住亦故鄉」，加拿大也是我的故鄉了！在這佔去我大半生的年

代，個人在僑社的參與及發展、僑社的轉型，已不只是個人的經歷；也是早期留學生、僑社在北美；同樣是這個「翻騰年代」的縮影。長期靜態的僑社，在港、台兩地大量留學生、新移民的湧入，唐人街起了急激的變化；我也因緣時會，做了一個積極的參與者；至少在加拿大多倫多如此。

國民政府播遷台灣，在大陸以政黨名義而分享國家名器的許多著名之士，大多留在大陸，又想在新政權分一杯羹。大多數青年黨和民社黨的黨人無法到台灣去，少數隨政府來台大多為國大代表或立法委員，這是蔣老先生堅持到台灣以後，也要實踐憲政體制，所以首先把國大代表和立法院委員優先考慮，隨政府播遷。國民大會是政權的議堂，立法院是五權憲法中作為實施監督政府的中央民意代表的組織，與行政院分庭抗禮。青年黨的骨幹是曾琦、左舜生、李璜。其中左舜生、李璜我尚及見。李璜的《學鈍室論政集》，記載他南下到香港後的艱辛歷程。我離開大陸時只有初中程度，在香港經歷的只是體力辛勞，遠不如李璜這些學養湛深的知識分子，帶同家眷來，生計徬徨與精神痛苦，真不足為外人道。

李璜說：「中華民族在這十五、六年以來，可算是空前的大災禍，尤其是民國三十八年國軍崩潰，人心解體的那一幕，有如閃電驚雷，山崩地裂，迅不及防。經過八年戰禍，已甚疲困的中國知識分子，禁不住這樣一再的無情打擊，手足無措，精神上有些失卻常態，即使逃出大陸，大概狼狽不堪，不免怨天尤人，憤怒而且頹喪。」這段時期，正是我出生以來，到告別大陸而在香港。李璜的描述，正是這「翻騰年代」中新的一頁寫照；也是我從蒙童到左傾；從離開溫暖的家鄉，到香港日捱十二小時，夜宿兩塊佈滿牀蝨的木板，月入學徒零用三元八角的港元。

而李璜的困苦，在精神上當不是「少不更事」的我所能想像，他說：「我個人初時將妻室兒女帶來香港之後，陌生的、窮乏的，去適應一個言語不大通，人情又淡的工商社會，一方面懷念；一方面要憑着這雙手去對付米珠薪桂的全家生活。」在這種環境下，李璜還思考着一條路：「我中華民族列祖列宗五千年來艱苦經營的神州大陸，竟在我們這一代不肖子孫的手裏，把他淪陷於國際共產黨了！」（見《學鈍室論政集》第五頁）而我在同一時期中，接觸自由開放的傳媒、書局和公共圖書館下，逐漸和大陸時候所聽到的，和事件的真實不一樣；知識的增進和解讀，也有不一樣的判斷，都教我對事件得到重新的認識和判斷；終於脫離蒙昧的接受，養成自我獨立思考的訓練。自此脫離左傾，也不輕易右傾，所以大半生都在一士諤諤中，找到自己在思想天地的定位。三十年前，我刻了一個閒章：「曾經滄海孤憤餘生」。也許是我當時心境進程的寫照吧！

青年黨的黨魁曾琦（慕韓）他痛論「內戰不休，無非一黨專政之私為禍之故。如不及早實現全民政治，還政於民，必將為內亂而兼外患之敵人所乘。」誰是內亂而兼外患？曾琦當然是指國際共產黨的中國支部吧。

中國青年黨另一位骨幹人物左舜生。他們三人都有志一同，為國家主義的實踐至死不渝。抗戰時間，左與傅斯年、黃炎培等五人訪問延安。到國、共內戰起，五人中只有左和傅斯年隨政府到台灣。左先生是當代研究中國近代史的先驅，自認於史學是私淑梁啟超，而章太炎的治學精神和治史態度也影響了他。學術界認為他與李劍農、蔣廷黻齊名；我閱讀過蔣廷黻四冊選集，認為左舜生超越了他們。左先生的侄孫左光煊兄，我們曾同任第一屆增額立法委員。

我得承認，胡適對我治學和思想是有影響的。我先

後讀完《中國哲學史大綱》（上冊）、《胡適文存》（一、二集）、「文星」出版的《胡適選集》中之〈述學〉、〈人物〉、〈年譜〉、〈政論〉、〈序〉（凡五集）、《胡適雜憶》（唐德剛著）。胡適的淵博是可以肯定的，他在《胡適文存》（二集）中開列《一個最低限度的國學書目》，分〈序言〉、〈工具之部〉、〈思想史之部〉、〈文學史之部〉。我瀏覽過這個書目，固然可看到他的廣博，但也在同卷（第二三一頁）的〈附錄三〉讀佚名讀者的《評胡適之》，指出胡適《一個最低限度的國學書目》一文的錯漏處，其舉證鑿鑿，我頗認同。但胡先生沒有答覆他，我認為憾事。但以胡適能全文照刊，不為己私而隱瞞，也是他教我們：「為學要疑，疑則進步。」他自己也必然自省其誤。在〈文學史之部〉，我認為他沒有將《歷代小說筆記》（從魏晉起至清代）任何一本列入，實屬遺珠。歷代文學家每有筆記，許多文字精粹每在其中，漏列似不應該。我自藏也有十餘本，並全部讀完。胡適也沒有把著名的人生哲理小品集寫入：王永彬的《圍爐夜話》、洪應明的《菜根譚》和陳繼儒的《小窗幽記》，也是一個空疏。胡適生於一八九二終於一九六二年，他寫給清華大學的學生這《一個最低限度的國學書目》，出版在民國十二年，胡適才三十一歲；當時已名滿天下，而我今年的歲數以倍數大於他成書之時，不能對他的論述全盤接受，理所當然，亦何敢自矜。他這個《書目》開得太廣泛了，即使他本人，從生下來就閱讀，也未必能全讀。至於錯漏，佚名讀者與我已指出。胡適後來再另擬《真正之最低限度書目》（同卷二二三頁），共二十五本，惟有《四書》、《資治通鑑》、《宋元明史紀事本末》（每種系列當一本算），範圍已大大減少，比較合理。但佚名所指的重要的漏列書目，完全沒有及時補上。

胡適鼓勵人們寫自傳，要赤裸裸的真實材料；不要
誤導了歷史、阻滯了文學的生路。對歷史、文學貢獻很
大，時年只是四十。我讀李詡著《戒庵老人漫筆》，民族
英雄文天祥的書札記載，正足說明這兩個目的。作者引述
文天祥家書致其妹「百五」（名字）說：「收柳女書，痛
割腸胃，人誰無妻兒骨肉之情，但今日事到這裏，於義當
死，乃是命也。奈何奈何！途中有三詩，今錄去，言至於
此，淚下如雨。」「可將此詩呈嫂氏（即天祥妻），歸之天
命，仍語靚妝、瓊英（文之姬妾），不曾周全得，毋怨毋
怨。……當此天翻地亂，人人流落，天數，奈何奈何！」
「可令柳女、環女（文之女）好作人，爹爹管不得，淚
下，哽咽哽咽！」這是文天祥兵敗被俘過淮，北上寫給其
妹的家書，未見在《文文山全集》、《詩文集》內，家書中
如預立遺囑，是研究文天祥不能缺少的重要材料。其處境
與心情，真可為歷史作材料、文學開生路（見卷四）。同
書也考訂〈蘇小妹〉條，辨析《兩山墨談》所載蘇小妹嫁
秦少游之妄誕，詳加駁斥，其所舉秦少游之妻非蘇小妹有
據可證（見卷六）。

　　胡適在台大一次演講中，他承認自己在五四運動中，
以「打孔家店」（和「打倒孔家店」有別）為號召，這是
批判、攻擊；與「打倒」的全面否定不同。我親耳所聽，
他說：「其實孔夫子有許多好的學說，值得我們去學習和
發揚。」以胡適的學術地位，能以今日之我否定昨日之
我，其崇尚真理是值得我們效法。他辯才無礙，他還說
過：「把線裝書掉進毛廁去，這句話不是我說的，是吳稚
暉說的。」他當然也有當眾澄清的權利。中共歷久批判胡
適也是理所當然的；胡適一生主張學術與言論自由，政治
主張民主，要監督制衡政府、反對專制。對中共的全面批
判，胡適認為沒有答辯的必要。但在一次的演講中（在台

大法學院的大禮堂，連窗門都迫爆的那一次），我清楚聽到他說：「毛澤東做我的學生還不夠資格。」由於我對胡適重新定位，讀他的著作也不少；可惜我沒有和他單獨見面。以胡適對台大學生的愛護，接見過我同時期的同學不少（李敖便是其中之一）；到我離台，一去十年，胡公在我離開台灣後的第一年（1962），時年只七十便逝世了！欲單獨聆聽他的教益已不可能了！可憾可痛！

我定居多倫多以後，擔任過當地《醒華日報》的董事，和廣州改制後的《中山大學》校長鄒魯（字海濱）的兒子鄒和兄（醒華日報總編輯）成了好朋友。有一次他在董事會，當眾談起鄒校長唯一的遺言：「你們做什麼都不要緊，切記不要做共產黨；做了就無法回頭！」中山大學被共產黨吸收的學生很多，他太清楚他們的處境。我有兩個姑丈，都是中大的高材生，同時在中山大學時代加入共產黨。一為開平縣「第一先烈」何世熊；第二個是《開平長沙師範》校長方惠民。何姑丈在開平縣委書記時被捕，不屈「就義」，建政後的遺屬並沒有得到任何優待，唯一的兒子（我的表兄何銑）後來到了多倫多，和我說起前塵：他用八個字概括他的屈辱：「放開肚皮受氣，夾着尾巴做人。」我們相對黯然！其他就不必說了。今年（2017）他滿九十歲了，相聚時他要求我補記他在西單大字報版上看見的一首詩，很多人在圍觀，他站了很久，到能背下來才離開。他說：我們這一代還不將信史存下來就湮沒了：「彭總忠骨今何在，昏君晶棺豈可存！二八功過已論定，子胥誓鞭楚王仇。」方姑丈的兒子們年紀比我小，其中有兩個表弟是著名的雕塑家、畫家，我們都在廣州會過。方校長帶領師生入山打游擊，全開平縣都知道，結果反右時打成右派，以後「文革」再鬥，不堪受辱自殺了；他自絕於人民嗎？他們都是鄒魯校長的學生，則鄒校

長的遺言真說得對了。何銑表兄在同一天向我補充說：
「方姑丈被打死的，說自殺是假的。」「文革」時代，鄒和
曾約我去看中共元老張國燾；鄒兄當時還是多倫多《地球
郵報》（Global and Mail）的兼職記者，大概奉命去採訪
張先生；當時張已住在老人院了。鄒和很想知道他對「文
革」的看法；張老先生很和善、精神也不錯，但就是不答
腔；到我們向他告別，他送我們到房門，自動的說：「潤
之是個傑出的農民運動領袖。」他就只說了這一句。鄒和
想談的是當時「文革」的事，張國燾卻只說一句不相關的
話；我們當然也曾琢磨過，但究竟是張國燾說的，也只可
讓讀者自猜了。張先生和夫人楊子烈合葬的墓地，就在多
倫多的松山（Pine Hill）之陽，和先考、妣同圍，相距
不遠，每年均能見到，也算有緣。

　　最可惡的是，近世出了為政權服務的偽歷史學家，其
實和宣傳人員無異。把歷史事件扯上一些偽證，捕風捉影
扭曲了事實的真相，做成言人人殊的社會現象；魚目混珠
既難辨真偽，積非成是又習慣眾口鑠金；上行下效，以致
「不肖而在高位，是播其惡於眾也。」缺乏誠信的社會，
遺毒深遠；真正的史學家，更要負起歷史責任。宋代岳
珂（岳飛裔孫）的《桯史》記：海賊鄭廣受招安為官，反
不屑朝中官員的貪庸，大聲朗誦：「鄭廣有詩上眾官，文
武看來總一般；眾官做官卻做賊，鄭廣做賊卻做官。」宋
劉克莊在他的《後村詩話》說：「朝宜有君子，而但聚小
人。」（見七十八頁）前一句誰都認同，後句認為朝廷易
於聚小人，故小人必多。劉克莊記韓嬰引晏子的話：「齊
景公左右為社鼠，用事者為惡狗。出則賣君繳利，入則託
君不罪亂法，君又並覆而育之。此社鼠之患也。……士欲
白萬乘之尊，用事者迎而囓之，此國之惡狗也。」目前兩
岸三地，都充斥迎合上意貪腐自肥的「社鼠」，和阻絕賢

翻騰年代的經歷

路進言的「惡狗」；可謂自古已然，至今尤烈了。

香港在曾蔭權行政長官任內，新鴻基地產賄賂案，導致前政務司長許仕仁、新鴻基大股東郭炳江入獄；廉潔公務員隊伍和港人守法精神受到考驗；到湯顯明擔任廉政行政專員（2007-2012），辭職後被聘為政協委員，同年四月，審計署報告揭發湯顯明在任期間的廉政公署，以「分拆賬單」及改作「宣傳費用」入賬手法，支持二零一零年的兩「超標」晚宴，宴請中國兩地官員代表團。但律政司「查無可信證據不予起訴」。作為行政首長的曾蔭權卻以「公職人員行為失當罪判刑」，這罪已確定了；法官認為：「非常不可能判處緩刑」（見 2017/2/20 明報頭版）。宣佈收押；而「收利益罪還要重審」。至於梁振英不能重選連任已確定，但他的僭建及其他已揭發的貪瀆多件，港人都耳熟能詳，未審從略。港報已放出消息：梁將上調出任中央政協副主席；與曾蔭權因小貪，而即庭扣押銬手入獄，真是翻騰年代說騰翻，誰能自保！

這些年來，大陸歷江、胡主導黨政二十年；對貪腐作風的嚴重，無論朝野，都有亡黨亡國的諍言出現；至習近平主黨主政，這些年來肅貪而落台的，黨軍政多少人數與範圍，都令人震驚。很多人都歸咎於國人性格，如著名作家賈平凹：「霧霾來了就戴口罩，癌症高發就拚命養生，教育不好就送孩子留學，……這是個和諧的國家，你們不要太激進。」賈總結一句：總之，中國人將聰明才智全部用在苟且營生上。這個族群還有什麼希望！另一位軍人著名作家劉亞洲寫：「中國國民性演變歷程」，他從古代中國說到近代到當代，史筆十足。最後濃縮到一個結論：中國人的歷史，是「改善從惡」。則這個族群又有什麼前途！如果中國民族自古以來就是這麼不堪，我們還有什麼話可說？其實不然，我們的祖先不是這樣不堪；不堪是近

代與當代，而且每下愈況；我們都有責任，權力愈大、責任愈大。我們這一代人，未必要負近代史中國衰敗的責任；但當代、現狀，我們是難辭其咎。在韓國主辦國際筆會代表大會的一次；大陸首次以觀察團來參加，團長就是劉亞洲；我對他的敢言敢寫，深為敬佩。對他近日的免職下台至為惋惜。但留美熟悉大陸政情的政論家陳破空卻點破說：「劉亞洲是軍中的毛左派，只是外間誤以為他很開明。因他尖銳的批評中國傳統文化。」旅美經濟學者何清漣，其論述民主改革的著作，被人誤導為劉的著作，而劉從不澄清，原作者出面指出；劉亦裝聾作啞，是很難令人原諒。很多人慨嘆：大陸假事假物太多，沒有誠信可言，中國人過去不是這樣的。從那個年代起，中國人變成這樣不堪的族群？除了人的素質、制度的好壞，影響着社會風氣至大；還有人的觀念。而觀念最難改變，它是素質的根源，漸成為社會的風氣；比改變制度難得多。清華大學教授孫立平十年前已警告：大陸社會已到「潰敗」的程度，都令關心國是海內外的中國人不安。這十年來，民族生存的空間，人為的破壞，惡果也次第浮現出來：空氣的霧霾、水源的河川污染嚴重，連地下的水源也不能免；土壤的毒化、沙漠化。我們的子孫靠什麼維生！列祖列宗留給我們：好山好水好地好空氣，竟然糟蹋到這種程度；思之能不黯然！

中國內地是民族生存的腹地；港澳像外牆的窗戶；台灣像門外不遠的哨站，既可以保衛本土，也可以監視。隔了一道台灣海峽，進退自如，是三地中最有自主的天然環境；是中華民國唯一保有的土地。我對國民黨主政時的失誤，從蔣介石到他的兒子經國，我毫不諱言其功罪。國民黨不論執政或在野，黨員不交黨費，等於自動脫黨，沒有人留你。各行各的、各不相干；這是西方式的政黨組織形

態，蔣老先生不論在那一個時期，都有人反對他；到台灣託庇於他的大員，很多都有反蔣的紀錄；都得蔣的善待。李登輝主導國民黨時，曾舉行黨員總登記，如不登記，當脫黨論。我在金門炮戰時入黨，比李登輝早太多了！他要我重新登記加入，我向黨中央拒絕；後來李登輝落台，海外部新任的（王主任）請我到中央黨部去，原來國民黨中央通過我成為中央評議委員，我表示拒絕說：我沒有登記、也沒有交黨費、不再是黨員。王主任說：中央已不承認黨員要重新登記這回事；你是資深且是年紀大的老黨員，本來就免繳黨費的，當時還是國民黨執政、民進黨還沒有立法沒收國民黨黨產，老黨員一度免繳黨費。後來我第一次出席中央評議委員會議，是第一個提議開除李登輝黨籍。我深深體會國民黨是西方民主政黨的精神制度；但有人一直說國民黨和共產黨都是蘇俄式產物，性格像個孿生兄弟；這完全對國民黨抹黑。到現在還有人這樣說，相信的不是白癡麼！

　　李登輝終結國民黨在台灣長期執政，第一次政權輪替交給民進黨的陳水扁；民進黨執政八年，陳水扁帶頭貪污；任滿後失去憲法的保護傘，罪成確定無期徒刑入獄。馬英九成國民黨總統候選人，大勝謝長廷；國民黨重新執政是第二次政黨輪替。馬主政八年無所作為：國民黨被民進黨領軍的蔡英文擊敗，無論地方選舉、國會與總統選舉都潰不成軍；是為第三次政黨輪替。如果國民對國家認同，和平的執政輪替能確立，正是國家長治久安的象徵。可惜自李登輝以來，從意識台獨認定國民黨是外來政權，撕裂族群為本省、外省。馬英九本來以大比數重奪政權，一如應屆蔡英文之聲勢；台灣人民覺醒民進黨之禍患；可惜馬英九邀天之功為己力，私心自用，要做「全民總統」；違背政黨政治多數決定，事事姑息、討好在野的民

進黨；人事之政務官依例請辭而更動，執行體制之前朝司職者，少有變動，以致政令難以貫徹執行；政策故常者多，而創意者少。多數民意本可以強勢主政的國民黨政府，在馬英九優柔寡斷下，連立法院、行政院都曾被民進黨指使的學生、兇徒搗毀、佔據；馬政府和他一樣虛有其表，成為弱勢無能之治權。八年以來，兩岸只談不獨、不統、不武；已很清楚亦為消極的限於防守，全沒有開創新局的意圖。連任尚不知改弦易轍，台人以馬主導之國民黨無所作為，人心急激轉變，後四年之任期，從地方至中央選舉，國民黨迅速衰敗。到洪秀柱憤起，其勢已可和蔡英文匹敵；結果「換柱」，這位經國民黨全會代表選出之候選人，竟被同樣之代表換掉，天下那有如此搖擺之政黨！這種性格還不明顯是誰的？蔡英文躺着亦可大勝。宋楚瑜說：歷史會在台灣立碑，碑文寫上：「馬英九葬國民黨於此」。國民黨自蔣經國以後，出任黨主席的除吳伯雄（洪未任滿），沒有那一個不把國民黨變成他的黨：「連黨」、「馬黨」等，焉得不敗，在翻騰年代中，蔣老先生守住台灣，並證明傳統文化的傳承靭力、經濟發展的助力、恢復民族的自信。蔣老先生離開大陸，對大陸省籍人士都有虧欠還可以說；獨對台灣人民只有好處、全無虧欠；試問誰帶百萬軍民守住台灣？誰帶憲法到台灣實施、讓民主政治生根？誰帶教育界菁英到台灣改革教育、實施十二年義務教育？誰帶黃金到台灣穩定金融？誰將故宮國寶運來台灣？誰為台灣經濟發展奠基？民進黨詆毀蔣老先生就可以產生一個黨領袖嗎？而國民黨在兩蔣之後竟如此不堪，人謀不臧也，真愧對總理：總裁！

蔡英文輪替後，台獨更明顯了！值美新總統川普（Donald Trump）上任，一通電話以為多一個靠山，「相公厚我」；殊不知這個新總統川普，策略性抬高台灣身價，

只是想賣得個好價錢；他的原意清楚說：「我們為什麼自困於『一個中國』的政策，除非以貿易有條件之交換。」川普對大陸喊價，潛台詞也就是可以議價拍賣台灣。民進黨喊了「台灣尊嚴」幾十年，川普說得這麼坦白：可以當奴隸拍賣台灣；民進黨上下那一個有台灣尊嚴抗議過？不但如此，川普的國防部長就接着表示：《美日安保條約》適用於釣魚島，蔡英文敢說一句抗議？她和川普通電話言猶在耳，說變就變，又是翻騰年代說騰翻的典型。駐日代表謝長廷卻說：美國一貫表示《美日安保條約》對釣魚島適用。謝長廷是代美國還是日本說話？他更接受日媒體專訪說：「未來在釣魚島問題，不會聯中對付日本。」這還不夠清楚嗎？謝公開說這些話（見明報二月《美日吞食釣魚島蔡政府禁聲》的報導），蔡英文不知道？謝還強調說過：「日本福島核災食品，若能夠證明無污染，應該開放進口。」謝長廷怎樣證明無污染？台灣人民嘩然！李敖說過，「謝長廷是台灣最聰明的男人」。我與謝在立法院議事三年之久，此人長於詭辯，未見聰明；這是民進黨人的通病，該黨充斥有才無德之人！司馬光說：「有才無德，小人也。」台灣不貪不亂，未之有也！

回顧我和中港台三地的淵源，我十五歲到香港，在香港先住七年和後來奉命駐港年半，在台讀書四年和出任立法委員三年，港台兩地合起來的居留期，也是十五年；恰與在大陸時相若，不多也不少。我只是一般正常人，而生存在這跨世紀的翻騰年代，每因緣時會，在兩岸三地和加拿大僑社，在激變的關鍵時刻，得以親歷的體會或參加，成為當時當地的歷史證人；從青少到老年的經歷，我盡量做到胡適先生的要求：赤裸裸的呈現自己；至於為歷史做材料，為文學開生路，不是我能顧計的事了！

此生何幸，在許多歷史場景中，我無緣無故的出現、

在凶險中無緣無故的脫離：許多百思不解的巧合，都是翻騰年代的騰翻際遇。例如第一時間聽到現場射殺美總統甘迺迪的槍聲；加拿大魁北克鬧獨立戒嚴，我在旅遊中還不知道，聽到槍聲時無處可避，只可往公寓牆外的鐵梯往上爬，到天台再由大烟囪往下爬到底層的熱爐房，僥倖大廈管理人在場清潔，彼此都嚇了一跳，他收留我到解嚴之後。此外，我在電視看到狗仔隊實地緊追英王妃戴安妮以致其車毀人亡；也在電視看到「九一一」恐怖分子劫機，及時在電視親見撞毀第二棟世貿大廈的現場實況。我四、五次交通失事都莫名其妙的存活下來，而我莫名其妙絲毫無損。在台灣立法院、派駐香港的各種出人意表的表現和後果，都在以後的章節赤裸裸的記下。

我生長在鄉野，是個典型的農家子弟：所幸我們這一家，在清同治年間叔祖奇雋（號竹湖）公，中式進士。以後功名頗盛，子弟舉於鄉的舉人十二人（其中包括拔貢三人—恩科舉人）。因此我家雖務農，總算傳統的耕讀之家。光緒廢科舉，我家讀書人少了科舉功名的進身之階，但子弟還是以讀書為出路。我少年時代，大陸變色，經歷國亡家破，隻身繼先君到香港。青少年的黃金歲月，我失學成為童工、工人達七年之久，這個刻骨銘心的經歷，悲天憫人之念油然而生。以後復學，也是個窮學生，讀書與寫作，成為我最廉價的「娛樂」；終於養成習慣：長寫長有，一直到現在。我出身社會的低層，許多不公義常縈我心；列強的入侵，在國族唯危中，又看到昏庸腐敗的官吏、為虎作倀的偽君子與真小人，都令我無法緘默。在國族喪亂的環境下，我何其嚮往忠臣義士的志節。北宋名臣張載（橫渠）的「四為」：「為天地立心，為生民立命，為往聖繼絕學，為萬世開太平。」「雖不能至，而心嚮往之。」南宋光宗時的丞相崔與之（正之）的「四無」：「無

以嗜色殺身，無以嗜財害命，無以政治殺人，無以學術殺天下後世。」我們或不能積極做到「四為」，退求其次，消極的作為一個讀書人，總可以做到不該造的孽。嗜色或嗜財，或以個人的誡條，還勉強可入於「消極」。若「政治殺人」、「學術殺天下後世」，造孽深重，非「積極」禁絕不可。如馬克斯死了一百三十四年（1818-1883），還能假「學術」「馬克斯主義」之名而「殺天下後世」，遺毒至今未稍戢。也有人以為人言不足恤、歷史不足畏，揚言道：「殺他二十萬，保它二十年。」但「殺他二十萬」之後保證以後不再殺麼？沒有任何前提。「保它二十年」，而今三十年了；但在這三十年中，又殺了多少人？ 古之賢君殺一無辜而保有天下者亦不為；今之所謂「巨人」者殺二十萬只保二十年政權，也要大開殺戒；草菅人命，賢與不肖；不是很清楚嗎？我這本回憶錄，未必能導人做到張橫渠的「四為」；但可以保證不會誤導讀者為非作歹。

寫文章是我的終身的職志，算來也積了半個世紀了；還在寫下去。這本回憶錄，自問所歷、所讀、所聞、所思既多，題材已豐，成敗端在文筆了。我曾有意寫一本《如何寫出好文章》的書；名稱看來籠統，但較前人論文，每多限於特殊的範圍，而未及其他的必要處。歷代文章大家，亦每多入選《古文觀止》之類的古籍，但我仍找出這些大家，對好文章的共同處：一、「基礎在博」；二、「佳章在氣」；三、「好句在奇」；這三點只是好文章必具備的優點，也是籠統的概括；內涵之廣，又能鞭辟入微，實在不易。於此稍申引之。如從抽象的理論來說明能寫出好文章：其「基礎在博」；恐怕誰都有一套說辭，但對讀者而言，未免空中樓閣。而我從實踐中提出背書。這是現代教育人士所反對的；認為背死書是最不科學的。如果事事以科學來分析藝文，有不少是「邏輯

的謬誤」，如「白馬非馬」的似是而非了。養成背書的習慣，當時年幼未必知其然；但小時記憶單純，容易背熟，就歷久不忘；到年智日長，背過的文字，有時豁然了解，就全句或全章明白過來；文章大家用辭繁富而多變，愈想愈有味道，終身受益無窮，不會輕易忘記，對於以後寫作，背書愈多，駕馭文字的精妙處愈能體會，終於下筆為文，橫塗豎抹，得心應手，有左右逢源之趣。我撰文每感到著手春回。博覽固然為基礎，但背書與精讀，卻是「博」的實用基礎。第二點：「佳章在氣」：好的文章像活的有機整體，氣脈要貫通。清桐城劉大櫆著《論文偶記》言：「古人行文至不可阻處，便是他氣盛。」文氣盛才氣脈貫通。他舉出「曹子桓、蘇子由論文，以氣為主。」又說：「然無神以主之，則氣無所桙；蕩乎不知所歸也。」氣又引出「神」來。則「佳章在氣」須「神而明之」：整篇之「神采」以致「風神」。「古人文章可告人者惟法耳。然不得其神而徒守其法，則死法而已。」這又引出「文法」來；「神氣者，文之最精處也。」「音節高則神氣必高；音節下則神氣必下，故音節為神氣之迹。」又引出音節來。把「佳章在氣」重要的基因全部引出。第三、「好句在奇」，高手能化腐朽為神奇。「珍貴者必非常物」；我說：「好句在奇」，只是為文在句而言，作家能用字之奇而成句，僅是其中一個要求，未涉其他。其實「奇」是可以多方面表現出來的。如「奇在意」、「奇在筆」、「奇在氣」、「奇在神」。然而這是較高明的要求；甚至文章大家的要求了。我好讀《孟子》和《史記》；孟子「善養浩然之氣」，故「文章寬厚宏博」。「太史公行天下，……與燕趙間豪傑交遊，故其文疏蕩，頗有奇氣。」蘇子由論文要旨，我深敬佩；亦畢生瘁力於此。若讀者讀而細味行文，如仍有失東隅之憾，未必無收西桑之得，

其在行文能發君家所思乎！此我所厚望而不負讀者也。

我有許多風義的師友，對這《翻騰年代的經歷》，有過直接、間接的督促和影響，終於可以出版。當然我要先感謝好友辛偉泉兄的提議，沒有他，這本個人傳記未必在我寫作之內。第二是澳洲的李時宇先生，他不僅是這本書的英譯者，原文的失誤處、意有未周處，他都正準指出，使我能及時修正，他為本書增光彩無疑；沒有他，此書還不知拖到何年何日。觀其譯筆，流麗傳神，讀者一定與我有同感。他是我晚年欣幸得遇的良師益友。此外，我又得到張植珊、潘一工、劉家驊、蘇紹興、陳世超、余道生、古德明、伍玉儀、陳慧、馮湘湘、莫仕飛、周伯乃、萬榮業、黃紹明、許蕙蘭、許錦屏諸好友的協助、鼓勵和關心；至為感謝；仍難免掛一漏萬，未及一一，尤請見恕。又由於《翻騰年代的經歷》，在二零一三年秒開筆，至二零一七年秒完成。四年中搜證比撰述時間多，交人打字，不同人士所用方式有異，標點符號容有未盡統一，至希見恕；耄年對時序的記憶或有誤置，敍事有漏失，敬祈讀者賜諒、教正。

目錄

抗日時期的僑鄉、
我的童年

梁啟超曾說：中國國學最有成就的是「史學」（註一）。我完全同意；並且補充說：世界人類的文明紀錄，最可信的是中國歷史。這個認定有兩個內涵：一、世界公認四個文明古國：中國、埃及、印度、巴比倫。其中巴比倫早已亡國亡史，無以為繼。今倖存的中國、埃及、印度；雖然數度被外力佔領、統治，無一例外，但不同的是，入侵中國而能統治的，只有蒙古人建立的元朝；和滿州人的清朝。這兩個朝代，還是尊重中國傳統，中央設置史官制度，不但紀錄當時發生重大事件，亦紀錄中央政府（王朝）的政令、施政和人事任命。如《遷史》、《資治通鑑》。而執掌史官職司的，都是漢人，所以不但沒有中斷，還一脈相承下來。又不只記當代當時，還修「前朝史」，建立以史為鑑的優良傳統：一作為王朝對興亡的殷鑑。二為客觀的陳述。而錄修「前朝史」，必在前朝國祚已斷，當代王朝能完全取代統治時而後修。如明朝修《元史》、乃明洪武二年以後的事。清朝修《明史》，至康熙中葉，明鄭覆亡以後，應徵為修史者數人，以張廷玉為首。張不是滿人，乃安徽桐城人，是有清一代大儒，是一部中肯的史書（註二）。可知中國歷史最可信。二、中國歷史，始於黃帝紀事的公元前二千六百九十八年（干支：癸亥），到執筆時為二零一三年，前後共四千七百一十一年，所以我們說中國有五千年歷史文化，就是我們有文字記載的可信歷史、從未中斷的歷史；其永續性而可信，是世界民族中最悠久的國家歷史，無國族可及；因此也是人類文明的記錄。

　　中國歷史紀事，每個王朝開國之君登基，例必先改元；這就是一個朝代開始的歷史，直到被下一個統治者所取代而止。從開國到亡國之君，結束了一個家族的統治，整段就是這個王朝的「朝代史」。除了上古史的禪讓，中

國王朝以父子相傳為常態，例外的不多，新皇的繼位，同樣改元，標榜着同朝而不同年代。秦始皇攻滅六國稱始皇帝，以後就稱二世。其他王朝雖未效秦紀年，其意仍是「年代」。「年代」之長短，視每個統治者的皇帝在位而定，這是中國歷史特有紀元的制度；和西方的公元紀元有別。孫中山先生推翻專制王朝，建立中華民國，以後就不再以朝代紀元，也不以朝代的在位帝皇紀年；而以國家的名號代替。年次按中華民國成立之年開始紀年，精神上還是繼承傳統的歷史。中華人民共和國在大陸建立政權，沒有以國家名號紀元和紀年，統一轉用公元紀元及紀年；元、年一體化；是中國歷史前所未有的。

中國自一八四零（道光二十年）「鴉片戰爭」開始，清朝已不能再閉關鎖國了，必須面對西方列強的侵略。從清朝宣宗（以道光紀年）、經文宗（咸豐）、穆宗（同治）、德宗（光緒）而至宣統三年，歷清末五帝七十二年而亡國。這些清朝年代，可說是中國歷史上最悲慘的年代：每戰必敗，必然又割地、賠款或訂立不平等條約。民國以後，承接國弱民窮的現狀，又以袁世凱稱帝的洪憲（袁稱帝改元的年號）醜劇；袁死後，各地軍閥擁軍割據。孫中山在一九二一年在廣州就任非常大總統；同年，中國共產黨成立。一九二五年（民國十四年）孫中山逝世。一九二七年（民國十六年），蔣中正率北伐軍克復南京，國民政府奠都於此。一九二八年（民國十七年）北伐軍克復北京、天津；東北易幟，中國宣告統一。一九三一年（民國二十年）日本發動九一八事變、同年中國共產黨在江西成立「中華蘇維埃共和國」。一九三五年（民國二十四年），我出生於中國有僑鄉之稱的廣東省「四邑」的開平縣。這一年，國民政府統一全國幣制；也是日本加緊對中國的侵略，策動「華北自治」。這是我出生的時代

背景。

「翻騰」不同「騰飛」。是反覆、動盪、反轉、翻身與騰升，都可以詮釋。這種不確定的勢態，也許就是「翻騰年代的經歷」的特徵吧！

我出生的時代背景，要言之：一個列強交侵、貧窮積弱、動盪的中國社會。我出生在廣東的開平縣。這個縣在清朝順治六年才建縣管治。建縣還是因盜匪太多，鄰縣的台山、新會、新興縣三不管的地帶，水陸交通兩不便，盜匪聚嘯在山區；才特別設縣管治，從三縣各割一部分而成。清朝科舉以納糧定功名的名額，開平縣納糧不多，只是個二等縣；因此，全縣科第功名名額不多。我家始祖，按族譜所記：名玖，字賢國，號古田翁。生於宋孝宗時代，中式進士，出任大理寺評事。至清朝傳至十九世，是我家高祖，名「德業」，同族故稱「德業祖」；生六子。鄉人成家稱房，我們同祖有六房人。我出生在三房家；三房祖是我的曾祖。六房的叔祖名奇雋，很會讀書，在同治辛未年（一八七一）中進士，欽點兵部郎中（註三）。以後我們這一祖系的六房子孫，除了許奇雋成進士，還出過九個舉人，三個拔貢（恩科舉人）和十三個秀才，算是開平設縣後功名不少的望族。查縣誌紀錄，開平縣只有四名進士，除叔祖許奇雋，還有司徒照、司徒煦、關朝宗共四人。我家由於科名，呈准清廷，建立了「中憲家廟」；應是開平唯一的御准興建的家廟，用以供奉祖先，和設私塾教育後代。到民國教育改制，家廟便成為「高陽小學」，除本祖六房子孫，亦兼收許姓族人；所以開平許姓少年子弟幾乎全部都是「高陽小學」肄業或畢業的，我是其中的一個。

清朝到光緒年間，新政議起，取消科舉制度，斷絕了經功名而入仕之途。我家算是功名起家的，子孫也少

了一條出路。又以國家多故，稅重族繁，已呈中落的迹象了。在入小學之前，母親已次第遣散了二個婢女，凡事親躬了。我原有一個姊姊，夭折了，我家又是數代單傳，父親還是族人過來繼承祖父的，所以我的出生，算是長子嫡孫了，特別珍寵，以致保護過當，自小羸弱。母親怕我又夭折，起個下賤的乳名：「豬仔」，以示賤生賤養，無災無難。我們鄉下人，小時叫「豬仔」、「牛仔」、「狗仔」的很多；就是怕養不大。甚至男以「牛女」、「狗女」；都是迷信歹命才可避過夭殤的。父親為保住我，特別去學中醫，有了基礎，後來還真的經檢定考試及格。想不到這個因緣，到後來在香港，就憑這個國民政府考試院檢定的中醫師執業資格，領導香港中醫界，一直到他移民加拿大。以傳統計年，我七歲入高陽小學讀書，算是脫離夭折的命運。那一年以前，大妹、二妹出生，鄉下重男輕女，我還是「一枝獨秀」。到入學時，大弟出生，才不那麼獨秀了！那些年頭，日軍多次進入僑鄉四邑。開平的碉樓、碉堡據守頑抗，產生積極的抗日效果。開平南樓七壯士，就以七勇士據守碉樓，阻擋日軍來犯，令其傷亡慘重，守土鄉勇亦全部壯烈犧牲。全省轟動。

由於我家過去有科舉功名，子孫還是重視教育的。純粹從事耕稼的很少；雖然廢除了科舉制度，男丁成人後多數離鄉發展，家裏都由婦女主持耕稼事。中國農村這種自然形成的階層，叫做「耕讀世代」，到我們這一代，這個階層已被時代淘汰了。

我的母親，和其他的鄉村婦女，在那個年代，大多數是文盲的。聽她說過，她也入過學校一年，只懂寫自己的姓名，後來不用便忘記了。父親婚後跟長輩出門應世，留下我們在家。一年級我學認字，二年級學串句。我就得為母親寫信給父親；信封還是父親預先寫好的，能寫

的字我都寫了，不能寫的留個空白。父親猜到了，就用紅筆填上；錯別字也改正過來。三年級的國文老師是個同村秀才，我們平日叫他悌伯，原是設館教私塾的；小學校成立以後，大概沒有學生或學生少，就只可轉來教小學。私塾老師教國文的白話文有困難；那些性別的他她祂；感嘆字的啊、呀、哎；問話助詞的呢、嗎、什麼、怎樣。標準符號也多了，各式各樣，也不是老學究一時能明白過來。三年級只可以由他們選用課本，悌伯用的是「古文觀止」做教科書，先挑唐宋文中的短篇，如《陋室銘》、《獲麟解》、《雜說一、四篇》、《春夜宴桃李園序》等，老師唸一句，我們學一句。生字都能讀出來時，他也算逐句解釋過，我們這些鄉下孩子，誰能會理解？真是「言者諄諄，聽者藐藐」；以後就是背誦了。背誦每個學生都輪着到老師面前，背着課文背出聲來；背不出的，籐條在後腦勺扑一下，力度還不算大，也有時放過，放過的，老師會為你補上去，才算是過關了。但也有例外，他補上後然後又補扑，這才是倒霉，因滿心歡喜，頭皮也失去抵抗力，這補來一籐常教小光頭麻辣好一陣。所以大家都不敢大意，不了解沒有關係，背不出就麻煩。這樣下來，我們多半有了背書的習慣。四年級進一步讀較長的如：《蘭亭集序》、《歸去來辭》、《桃花源記》、《五柳先生傳》、《捕蛇者說》、《岳陽樓記》、《滕王閣序》、《醉翁亭記》等。五、六年級換了先生，還是《古文觀止》，選讀遊記以外，還有各朝議論文；左傳的「周文」、「秦文」；遷史的「漢文」。這些文史的佳章名篇，不求甚解的背熟，隨年歲漸長，過去不懂的，也像反芻一樣漸漸浮出來，終於豁然全悟。

少年小學的背誦成了習慣，把課文背得像高山流水，跌宕有致，日久熟練，聲韻自然悠揚，進行時不得不行，停止時又不得不止。當時不知所謂，及長而悟，這就是文

氣；文氣行不得不行，止不得不止。最能在背書中體現出來。懂得背誦的人，自然心會神領，如我的國文基礎還算穩固，應該和背誦古文百篇有莫大的關係；對文字的駕馭、文句的精警，文章的結構；在潛移默化下，悟出許多為文的精妙竅門。時下學生的作文程度，一般來說，不如我們年代的人，且日益降低；大概認為背誦是個死板的讀書方法有關；這僅是個人的體驗。

　　我的母親雖然不識字，但很能幹。由於祖父早殤，曾祖母又年老，急着託媒為父親找媳婦；因接管家務，要找個比父親年長些。外祖父是個加拿大華僑，聽說長女要嫁到我家，一口拒絕，原因是我們這一家，都有納妾風氣，是遠近馳名的。我的外曾祖是個武秀才，留在鄉下，聽說長孫女的婚事還沒有相親就拒絕，覺得不近人情，他願意來我家看看；結果見到我的父親，生得軒昂，長相又好，認為是個佳婿；婚事就因他答應下來。母親過門以後，很得曾祖母的歡心。她又勤勞節儉，家業也漸漸興旺起來，父親完全沒有後顧之憂。我幼時常由母親背着，耕種下田，把我放在田梗上，或臥或坐，看著她和傭工耕種。一直至我入小學，我是在田梗長大的，是個農家子弟。日軍自「七七事變」，我國沿海所有大城市，從北而南，都被日軍佔領，廣州是廣東的省會，且是華南的重鎮，也沒有例外。父親在廣州失陷也回鄉打游擊。參加十三鄉聯防的「廣陽指揮部」工作。我國幅員大，鄉村還是當地鄉團守住，雖然有時日軍為着戰略性的轉移、調動，或為會師而借路經過。當地鄉團就得佈防阻擋，如果阻擋不了，就先鳴鑼撤退，我們鄉村人就得攜男帶女走入山區避難，到日軍撤走再回來。我有多次到村口的「門樓」，遠遠看日軍和鄉團駁火。日軍強大的火力，常把鄉團打得豕突狼奔似的，中國人真的是「以血肉作長城」。未經砲火洗禮的太

平人，真不知抗戰浴血的慘烈。父親每一次出戰，母親例必在神閣點燈燒香，稟告祖先保佑。父親例必在我的手心沾點唾沫，要我握着拳，到他平安回家才放手。但還是有一次掛彩了，幸虧子彈射入大腿，跌打醫生到塘箕去採些「蓖麻子」回來，搗爛敷在傷口上。這個土法居然把子彈頭扯了出來，到現在我還記得這個土法的過程。

父親奉命回鄉參加鄉團聯防，給我很大的壓力。過去他很少在家，但每年除夕之前，例必提早回家，他寫揮春時，我奉命在另一頭拉紙。團年飯是每年一家團聚的重要的節目，例由父親掌廚。大魚大肉的擺滿一桌，節儉慣的農家生活是少見的，也是我們兄妹一年以來的期待。父親在飯前就告訴我們：吃過團年飯，就算新年了，大家要小心，要講吉利話，不要掉落筷子、碗、匙。這樣一說，我們都拘謹起來。其實父親的威嚴，他不說我們已怕他三分了；在記憶裏，他從來就沒有笑過。雖然這樣，我還是有好幾次醒來，身體縫繾在他的懷抱裏。新正一起牀，父母親都發給我們兄妹紅包。香案已擺在天井前，我們穿着新衣拜天、拜祖先。母親年初一特別忙，挽着一籃拜神的祭品、香燭等；帶着我去拜神：從廟裏接來的神祇、門樓的守護神、石敢當、榕樹頭、文武廟、北帝廟。這樣走一圈回來也化了兩三個小時。那些日子不會感到累，兩個妹妹羨慕的眼神，我只可攤攤手。鄉下女孩也習慣了委屈、不平等的待遇。

父親習慣過了年不久，便又離家了，我又快快樂樂起來。母親不識字，學校的成績單又看不懂。因為父親曾經罵過我：不合格的紅字科目，比及格的黑字多；母親才知道紅字是不及格的成績。父親不追問，她不會拿出來，到父親怒罵的時候，她總開口說：「他還小，大來就好了！」「你不要打他，他這麼弱小，萬一留不了手；怎樣

翻騰年代的經歷

向祖先交代。」這句話，就把他的手凝在空中。只哼了一聲：「慈母多敗兒。」我這樣又過了一劫。但他回來打游擊，留在家裏不走，我已發悶很久，好不容易逮到他出了門，急忙出去找玩伴。戰時鄉下人還用兼用銅錢和銀元。小孩們在家裏拿幾個銅錢也不難，常作「擲錢」遊戲，我們正在興高彩烈的吆喝中，不知什麼時候，父親已站在我的身後，我像鬥敗的公雞，跟着他回家。他問我：「誰教你賭錢？」我只照實說：「沒有人教，是自己壞。」我像個待宰的羔羊，不知道是什麼樣的懲罰。他知道國文科以《古文觀止》做課本，選了一篇長篇，問我讀過沒有；我說沒有。他指定我站在廳中默背，到能背出來，再回房間背給他聽。他大概以為這樣的長篇，起碼教我默背一兩個小時，他就可以午睡一番了。他不知道我最擅長就是背書，結果沒有多久，我就到房間叫醒他，就背了！他似不相信，懷疑欺騙他：你已讀過？但我的確沒有讀過；他又另找更長的一篇《秦士錄》。結果也很快便背出來；他終於說：「我明白了！你不合格不是你蠢，是懶、不用心。」

我的那個年代，那有現代小孩的幸福，有玩不完的玩具、好看的兒童電視節目、集體的或獨自操作的遊戲器材；且又是鄉村：大人去耕種，掉下孩子在家，大的照顧小的。如果以今天的現代文明社會，掉下孩子不顧，不必說歐洲、北美，即在香港的今日，父母已不是「告訴乃論」，是公訴的刑事了！當時也沒有真正的統計做憑證，聽說中國人的平均年齡只有三十二歲，意外死亡的兒童夭折率和缺乏醫療而致命的，佔有很大的比例。我家的前屋，住着一對夫婦，女的啼哭得很淒厲，我小的時候習慣了。都是因為生下來的小孩，不久又夭折了，始終養不到一個，村人說是風水關係，當然並不盡然！沒有適當的照顧和醫療，才是關鍵所在。我在十一歲時，趁着母親去

田，我在塘邊見到堂弟容活，他比我小兩歲，一時興起，和他到塘邊洗衣的石級上遊戲。我從小是不准入河、塘的，當然也不懂游泳。浸腳的塘水在夏天特別涼爽，我從來沒有機會嘗試過，興致勃勃脫了衫褲，塘邊也空蕩蕩沒有其他人；我再落了石級，又用腳再測下一級，還是有的；那一級，我仍露出整個頭來。總要向堂弟宣示一下做哥的能耐。我將頭潛在水面下，腳還踏實石級上前行，手在作狀撥水向前，表示我會游水，讓他羨慕一下也夠爽的。容活果然拍手，為了討他的歡喜，我又再試下一級，誰知踏了個空，身子失了重心，直沉入水中，雙手拼命往上爬，容活還在拍手叫好，我掙扎了又沉下，心裏慌亂，又拼命冒出頭來，手亂抓空，幸虧容活已下了一級，用手抓住我的手，這樣一拖，我就重踏上石級，雙腿已發抖發軟，我艱難地在他的攙扶下，走回塘邊，身體已軟下來，倒在塘邊的水泥地上，口還是一直嘔出水來。過了好一陣，才有氣力穿回衣服，很沒面子要他不要說出去。這次險死生還，我一輩子都忘不了。容活後來也到了香港，卻染了肺病，還沒有結婚就英年早逝了；是他救了我！想不到隔了六、七十年，我第一次回廣州，我的同齡堂叔均雅，見到我就急不及待要謝謝我，說我在少年，走下河邊拉他一把，才把站也沒有氣力的他拉上岸來，免於童年溺斃；情況像容活救我，不過地點有別，他繪聲繪影的描述，不是假得來的，也沒有做假的必要，但我全不記得了。他是三伯父的胞弟，排行第八，我叫八叔。由於家庭成份地主，和我一樣，初中畢業便要找自己的活路；做了汽車修理工。大概唏噓的人生，使他走上用酒精麻醉自己吧！前幾年我每次回鄉掃墓，都和他喝上幾杯；他已經常失控了！口水流下都渾無感覺，不久就謝世了！我們這一代，因出身地主家庭，便被蓋上原罪的烙印。沒有享受過

地主成員的生活，卻捱盡成員的痛苦！無可選擇的原罪。

父親回鄉打游擊，和我幾件可記的經歷，都在我小學五年級發生。我更着急是那年的學期結束，學校要發榜公佈成績了，父親還是留在家鄉。放榜那天，我硬着頭皮回到學校看成績放榜。我一向懶散，母親又寵着，成績榜的名次，我例不從頭看，必是從後面讀上去的，只要不留級就心滿意足了。誰知讀了大部份，還看不到我的名次，我有點着慌，難道被開除嗎？怕自己心急漏讀了！沉住氣再逐一讀上去，還是不見，這是不可能的，我常和堂兄振倫幾個名次都時常接近的。而我們這一夥，早已甩在後面了！我突然想起還未放假的前一週，我在操場看見一雙躺在地上的小雞，拾起來雞身雖還是暖暖的，但已經死去，我好意拿給上「唱遊」課的老師看，他卻疑惑的看着我說：「是你踏死的吧！」我堅決否認，這事已不了了之，這回看不到榜上的名次，又使我聯想起這件事來。其實，父親也說我坐沒有坐相，走路也不好好的走，遇到小石頭，就記不起父親還跟在後面，自己也光着腳板，習慣就是一腳踢開，聽到父親哼了鼻，我才記起他跟在後面。我趕緊把思緒停止，榜也快要看完了，我嚇了一身熱汗；因突然看到我的名字，排在班上的第二名。我想：這是不可能的，也許寫錯吧！這個念頭一起，光頭的堂兄振倫已在說了：「這是不可能的，豬仔沒有可能考第二，寫錯了！」這原就是我的想法，竟由振倫說出來，我臉上發燙。有些同學也鼓噪起來，大家要到教務處問個明白，我也想知道究竟是什麼一回事，而且成績榜在校內公告版上的。以後還要到教務處領成積表，拿回家交給家長簽收的；我也只可跟了同學。那先入的拿了，也不敢開口，還是振倫不服氣，對班主任說：「這榜不是寫錯了嗎？家駒不可能考第二吧！」先生說：「教務處出的榜，經幾個先生核定過，

怎會錯呢？你如果努力也可以考第二啊！」振倫也再沒有話說了！第一名是個女生，那是年年考第一的，但今年她的歷史考試時，她一直皺著眉頭，我還記起，她曾趁先生走開問了我一些答案，她是我的堂姊，我就告訴她。總分她只比我多了小數後的零星，還不到一分，如果我不告訴她答案，她不可能超越我的；但我已心滿意足了！

晚飯後，我把成績單交給父親。他對我，從來就是看不到變化的黑板臉。我本能的注意着，他的眼開始時也有點疑惑似的。還是安詳的讀下去，終於像解凍似的，我知道他讀到班中的名次了。我想：他總要說些好話吧！他說了：「我說的沒有錯，你不笨，只是懶、不用心。懶人是社會蛀米大虫，人還有什麼價值？人能知錯就能改！」他指一下成績單：「不是改了嗎？」我那時聽不懂，是指責還是什麼？但母親就接着說：「我不是常對你說嗎？阿仔還小，長大就會好！」父親也無話可說了。其實，父親不在家，我又會寫信，母親說我是家裏的「山大王」。我也不喜歡她在家叫我「豬仔」，這個綽號到我入小學時，還有許多同齡的族人改不了。我曾向母親抗議過，她說她也改不了，不如叫「豬王」吧！叫了一陣，又轉叫「阿豬」。有了這些故事，後來我自己刻了一個圖章「阿芝」；豬與芝，開平人是同音的。不論「豬仔」、「豬王」、「阿芝」，不能否認我已長大了。事實上，父親還是一家之主，自從我入學，他便為我起了個書名，而且是一輩子不改口別稱，即使後來我以字行，他還是以書名稱謂，家書也一樣，老一代的執著堅定，連子女的稱謂，都是一板一眼的，不會輕易改變。

沒有經過抗日戰爭的人，很難了解：「一寸山河一寸血」、「以血肉作長城」為民族的生存，有捨死忘生的意義；不論血灑長空，或手持大刀摸敵營的敢死隊、奉命守

土不退縮與陣地共存亡的將兵；每一個敵前敵後戰場的犧牲英烈，都為民族生存與復興；獻出民族重生的契機。這就是中華民族能生生不息的力量，是千千萬萬歷朝歷代的仁人志士，在國族存亡 續的關頭，為積聚民族的復興精神與力量，而「殺身成仁、捨生取義」。亦只有這些為民族抵抗外侮而犧牲的英烈，才配得上「民族英雄」的封誥。

民族的延續，不只是血統而已，更重要的是民族文化的傳承。沒有文化的生命力和民族同步的壯大，像空有一個沒有頭腦、沒有記憶、未開化的野蠻族群。歷史上有過這種族群，卻被進化的文明淘汰了。在抗戰史上，中國人為保存文化，能在戰時，大學內遷，讓教育不斷，絃歌不絕。師長和學生都未因學校設施簡陋而有任何怨言；如北大、清華、南開內遷成「西南聯大」就是一例，培養了無數人才，如得諾貝爾獎的楊振寧、李政道的出身就是該校。廣州陷落，中山、嶺南、民大等都內遷。父親任職「民大」，內遷開平縣樓岡地區。「十三鄉聯防」抗日工作只是文兼武職，日常工作仍在「民大」。他很得校長吳在民、張香譜的信任。

不但主持青年團，還主持總務。

國民大學有一位做校服的裁縫師傅，聽到父親要安葬曾祖母，介紹從加拿大回來的兄長，因他識命理、風水的。以後這一位勘輿師對我們一家的影響很大，更是我生命中的恩人。我在曾祖母落葬那一天認識他，到我的幼子出生，他又從加拿大退休回到香港，頤養天年。前後歷四十年。是我問難、決疑的明師、高人；我一生感念他！

譚老諱能宜，早歲以「人頭稅」入境大加拿大，大概也像當時一般入境的中國人，都從溫哥華上岸，又隨「太平洋鐵路」的興建，從西部到東部來。譚公落腳在咸美

頓市（Hamilton）。該市在一九一零年興建加拿大國家鋼廠，帶動加拿大工業起飛，也是化工廠集中的地區，立市在安大畧湖之畔，西面是尼加拉瓜瀑布，水源、電力不缺；東面「屋匯」（Oakville），有福特汽車廠，是加拿大汽車生產的重鎮。北面是平原，直伸到加拿大最北部，幾與北極圈為鄰，發展的地面用之不盡。可惜冷戰時代，怕蘇聯的侵襲，和美國「水牛城」命運一樣，將重工業和化學工業分散，以致一度在加拿大排名第五，本來熱鬧的城市，隨着工廠的他遷和人口漸減，也開始蕭條而末落。

　　譚公在咸美頓市，和多數老一代華僑一樣，是小本的自營洗衣館。老一代華僑，鄉土觀念濃厚，雖然滿清政府已宣告「天國棄民」。但華僑眷戀鄉土之情還是不減的。孫中山要「驅除韃虜，復興中華」；海外華僑捐輸支持，甚至毀家紓難的很多。僑社的號召不遺餘力，沒有華僑，孫中山難以成功。這是他革命成功後提出：「華僑為革命之母」的原因；也是中華民國憲法明訂遵照國父遺訓，規定華僑有參政權、承認華僑擁有中華民國的國籍，除非自動申報脫籍。對日本的全面抗戰，國家在沒有外援時，華僑的捐輸是唯一外匯的來源；華僑青年回國參戰，有的還在美加學好了飛行，然後回國參戰。抗戰初期血灑長空的，大半是華僑青年的壯烈犧牲。全面抗戰不久，譚公告訴幾個親近的朋友，他要回國飲「勝利酒」。那時日本已全面展開攻擊，南京陷落，政府西遷重慶，日本倡言年內可征服中國，抗戰前景黯淡，那有飲「勝利酒」的希望！大家都笑他迷信勘輿命理之學。譚公也答不出理由，但他堅信，這次中日之戰，從明朝的倭寇之亂起，歷清代的「甲午戰爭」和以後的交戰，中國是每戰必敗，但這次全面抗日戰爭，中國必定贏。因此，他賣了洗衣館就回國了。誰知等了兩年還沒有勝利的迹象，還時常走警報逃

難，但他還是堅信自己的推測，守着盼望不走。不久日本偷襲珍珠港，美國參戰，封鎖太平洋。譚公就是想回也不能回了。閒着無聊，就應父親的邀請，為我曾祖父母遷葬尋找風水地；翻山過嶺，而終於找到了！擇日下葬，他要親人看着落塚，由於我出生時日比較準確，父親就用我代表親人看下葬。後來父親對我說：「譚公預言，長房（指我）未來出外開族，晚年『回龍顧祖』，會把家族又帶回來。我們僑鄉人有句口頭禪，唔（不）窮唔過洋。」我們只算中落，還不算窮家。父親也由他自說自話。又誰知譚公真的等到原子彈投落廣島、長崎，日本無條件投降，他真的在家飲了「勝利酒」才回加拿大。

自從日本偷襲了珍珠港，才驚醒了列強得窺日本的野心。希特勒發動了歐戰，美國還是賣廢鐵給日本；英國還有香港這塊殖民地，也不想德、日聯手，在中國遭到日本全面侵畧的艱苦危難之際，還封鎖「滇緬公路」。中國海岸線已在日本的封鎖下，內陸唯一出入口就是這條通往緬甸的公路。緬甸當時還是英國殖民地，英國為了私利，毫不考慮將它封鎖。英美又何嘗有國際公義可言？日本為了瓜分、稱霸世界，又見德國對東歐的「閃電戰」，像摧枯拉朽的佔領。日本即使全面的佔領中國，已無法滿足日本的胃口，她要獨霸太平洋，才能與德國平分秋色，首要先毀了美國太平洋的珍珠港的海軍軍事基地，才能獨霸太平洋。進而侵佔香港、菲律賓以次的南太平洋諸地，這個戰略，日本逐一實現了！也因而觸發美、英對日本的宣戰，第二次世界大戰正式爆發了！

日本在這個時候，才感到中國戰場投入太多兵員，為了應付美國，曾向當時領導抗戰的蔣委員長接觸，希望與中國達成和平條約，便可撤軍中國全境的佔領地。在日本來說，南太平洋各地的資源豐富，不下於中國，而

所用的兵力，卻遠遠少於中國。能擊敗美國，當可全面擊敗中國；這個如意算盤，蔣委員長未嘗不知，但中國從一九三一年的「九一八事件」起，到一九四一年日本偷襲珍珠港時，中國已經獨力抗日整整十年；國凋民困，能有機會喘息，不是不想和，只要日本全歸還全部佔領的國土，當然要包括台灣。日本以台灣乃在滿清時代佔領，是歷史上的事實了，不是中華民國管治的範圍，不能包括在內。蔣委員長清楚告訴使者：「蘆溝橋事變」發生時，他曾促日本撤兵，並清楚說明：日本如不撤兵，就是全面抗日戰爭的開始，要做一次民族總算賬；如中國對日本宣戰，就是打到底，除非日本歸還所有原屬中國的國土。這個宣告，日本不答應，台灣對日本在戰畧上的地理和作用太大了。

蔣委員長為了台灣，中國浴血多了四年，犧牲之重，可以想見。到大陸陷於中共的統治，蔣又帶了國寶，包括故宮的文物，那是歷朝所積的民族最珍貴的文化遺產。也帶了國庫全部黃金；是台灣貨幣穩定的基礎，不是台灣原有的。也帶了許多的學術界、教育界的活國寶來，為台灣學術、教育重新奠基。也帶了三、四十萬飽經戰陣的將兵來守獲台灣。台灣在風雨飄搖中，同舟一命，終於從穩定立足，邁向發展中國家，又能轉型成功。這種成就，不是今天台獨者叫囂就可抹殺的。我有時想到發呆，想不出蔣老先生做過那一件對不起台灣的事，台灣人士誰都可以罵；惟蔣老總統對台只有恩而無仇，也只有他罵不得，除非昧於良心！

經歷抗戰世代的中國人，必有難以磨滅的深刻記憶，不管你在淪陷區、前線還是後方；對生命價值來說，實在沒有很大的差異。因為中國人所面對的侵畧者，視中國人遲早都是為亡國奴；生殺之權，亡國奴是不能自己決定

的，決定權在日本派遣軍，不管是放下武器的中國軍人還是手無寸鐵的老百姓，日本軍爺喜歡刀不留人殺個乾淨，「南京屠殺」就是最好的證明；那怕連幼童，拋向天空，舉起刺刀迎上墮落的兒童，這種對中國人生命的踐踏，何嘗有半點人性中的惻隱？劊子手和同伴拍手大笑為樂。對中國婦女的輪姦甚至先姦後殺，都有真憑實據的當時現場照片，日本人從來都不承認，還說「慰安婦」是自願的。日本人的無良，中國人到今天卻還有哈日族，日本人又怎會自動對「釣魚台」放棄呢？

一九三七年抗日戰爭全面爆發，我懂得走路就懂得用腳跟着家人到山區躲避日本人。開平縣的耕地養不活所有人口：台山縣的耕地更少，米糧靠外地輸入。恩平縣耕地可以自給，新會縣更富裕。因此，傳統僑鄉的四邑，恩平和新會出洋人不多；台山最多，開平次之。台山縣自從日軍偷襲珍珠港，美海軍的封鎖太平洋，台山人民平時靠僑匯養家的，因為美海軍的封鎖，外匯斷絕，也就是米糧斷絕，到家裏典當已盡的時候，只可逃飢到鄰縣「乞米」，抗戰又無必勝之望，亦無勝利之期，在飢餓線上掙扎的僑眷們，只可賣兒賣女，主婦甚至求活下改嫁了。到勝利後還鄉的海外僑胞，有多少十室九空，妻離子散的？能團圓的畢竟少之又少！日本人的侵畧，四邑人斬盡南山之竹，卻難盡書日本對僑鄉之罪。僑鄉的飢荒令我畢生難忘；雖然我家除了母親是自耕農，還有「祖嘗」按丁口領穀，所以不須捱餓，還有餘糧可賣。母親對來門口的求乞者，常送半碗米，也算是慷慨了；事實上，嫁姓潘的小姨、姓何的姑婆，也須母親的米糧接濟。出了門樓的路上，和連絡許、羅、區、鄧的「月山鎮」上，常發現倒斃街頭的餓殍。那一年也就是父親回鄉打游擊的一九四五年，月山鎮統轄的月山鄉，所有河邊、山邊、村邊生長的竹都開了

花，竹花結了籽，飢民吃盡野菜田鼠後，突然竹樹開花結籽，真是絕處逢生。聽說竹的開花結籽，必屬大荒年；也就在大荒年以後，日本宣告向盟軍無條件投降的一年。

講起日本遺害中國，今日（二零一三年「回憶錄開筆」「七七事變」紀念日的後三日）日本首相內閣會議發表對中國「白皮書」，措詞比過去更激烈，可知日本對中國，從來就沒有反悔之心。日本在決定投降之前，曾有一連串的計劃，先要造成中國難以恢復舊觀，就是將中國重要城市徹底破壞；如華南的廣州，沿海而上的上海、南京、北京、天津等；又將水陸重要交通樞紐、重要生產基地毀滅，還在內閣會議未達成決議時，如果美軍沒有及時向廣島、長崎投擲原子彈；日本撤軍離華前放個起身炮，以日本人的狠毒，完全是可能的。我們這些身經抗日戰爭全程的翻騰年代的人，再不留下我們的經歷，就是放棄對歷史的責任！究竟日本軍國主義在全面侵害中國的八年，中國人的生命與財產損失多少呢？不全面經公佈的國共兩地區軍民傷亡統計：一、根據國民政府國防部一九四六年十一月的公告：國民政府統治區：國軍傷亡與因病傷亡（包括死亡、傷殘、失蹤、被俘捕的）合計：4,165,485人。二、根據中國人民解放軍檔案（2）一九四五年十月公告：中共區域：共軍傷亡（包括死亡、傷殘、失蹤、被俘捕的）合計：583,000人。三、國民政府統治區的平民傷亡合計：9,134,569人（資料來源與一同）。四、中共統治區域的平民傷亡：8,899,905人（資料來源：董必武一九四六年六月的報告）。以上軍民總合計：22,782,959人。

抗戰勝利，國共因應當時盟國的要求，將日本侵華所造成的軍民傷亡、財產損失製成統計表，向日本索償。中國久經對日抗戰，而勝利突然降臨，許多以戰時

救亡圖存，都沒有全面調查。後又因勝利未久，國共又兵戎相見，很難全面統一調查。以上僅當時急需應付的各自認定，難免掛一漏萬。到二零零四年六月，「中國社會科學院研究生博士論文」的「抗日戰爭時期中國人口損失問題研究」的列表數字，大概比較全面而較正確：死亡：20,620,939人。受傷：14,184,957人。失蹤：2,860,174人。被俘、被捕2,490,899人。以上四項合計：40,198,559人。

　　國民政府領區，行政院做出上項全國軍民抗戰人口損失統計時，兼記錄因戰時不能生產的人民，經內政部、行政院賠償委員會等機構的專案調查統計，得出的結果分別為下：一、徵服兵役：14,049,024；二、人民自衛隊抗敵人員：1,900,851；三、防空人員服役：441,978；四、徵工及徵夫：450萬；以上均因抗日而起。五、被敵強迫服役：2,136,020；六、被迫參加偽軍：872,399；七、人民流亡：95,448,771；總計：123,663,157人。中國人民因抗日而救亡、流亡；被日本強迫服役參軍、奴役的，僅國軍佔領區就得出這個還不是全面的數字。抗戰時我們說四萬萬同胞（四億）；而動員的人力民總數就有一億四千萬人。還經八年之久，中國缺少了全是能勞動生產的人數，創全國除了老人、小孩的眾多基數外，成年人幾全部因抗戰而無法生產；創抗戰前夕之大飢荒和戰後復員的經濟惡化都全面暴露出來，中國政府在民窮財盡下，人民思變，又會當共產主義運動如日中天，國民黨政府焉有不垮之理！日本的侵畧不但影響當時，對中國後來的影響至大，中國人的災難，日本人長期的侵畧，有莫大的責任；中國人為了抗日，付出了慘重的犧牲和代價。

　　至於財產的損失，國民政府為因應「開羅會議」同盟國的決議；清算日本戰時暴行，在戰爭結束後，要日本負

起賠償責任。國民政府在一九四四年二月五日成立了「行政院抗戰損失調查委員會」同年八月十一日通過「抗戰損失調查辦法」與「抗戰損失調查實施須知」。至一九四五年十一月二十二日頒佈「抗戰損失調查實施要點」。至一九四六年十月整理出國民政府統治區的損失報告,「損失調查委員會」也更名為「賠償調查委員會」。當時駐美大使顧維鈞催促國內提交具體的總數字。一九四七年五月二十日召開的第四屆國民參政會議第三次大會。「賠償委員會」提出的工作報告,是國民政府唯一的一次八年抗戰各項損失統計數字:財產直接損失為313億美元;間接財產損失為:204億美元;軍費損失為41.6億美元(公佈註:不包括東北、台灣和海外華僑之財產損失)。這是一九四七年估算的幣值。根據後來「中國的人權狀況」的白皮書披露:只計算八年抗戰,不包括一九三一年「九一八」至「七七事變」前的六年:中國約一千座城市被佔領和掠奪,直接損失約一千億美元;間接損失約五千億美元,總共達六千億美元。這是發表白皮書年代的幣值。以實物換算,便可知中國的損失如何驚人:以六千億美元換算人民幣的匯率,將近為五萬億人民幣。如果每公里鐵路造價一千萬人民幣,五萬億人民幣可建五十萬公里,可以繞地球15圈,等於美國目前的鐵路網。如果以建造一座城市資金五百億人民幣,五萬億約可建一百個城市。三峽水電站造價一千億;五萬億可建五十個三峽水電站(註四,見「谷歌網」:《八年抗戰中國各項損失統計清單》)。

　　我本來只想浮光掠影般對抗戰做一個浮雕,予讀者一個印象而已。但這是我們這年代人的刻骨銘心經歷,歷史的仇恨可以化解,但不能忘記;忘記歷史的教訓,我們就容易重複歷史的覆轍,民族的悲慘命運也許又是宿命的註

定，尤其是惡鄰的日本。我親眼看到一九六二年日本全國大示威，要求美國歸還琉球群島（日稱冲繩縣）；這原是中國的藩屬，清末被日本強佔。二戰後「聯合國」委美國託管，美國沒有經過聯合國同意，又未向兩岸中國政府徵詢，竟毫無條件交還日本，這是美國的國際公義嗎？不但如此，還認為釣魚島的主權未定。明知日本的虎狼成性、貪得無厭的性格，美國這一宣示，立即惹來日本右翼人士佔領釣魚島宣佈擁有主權，然後轉移給日本政府接管，年來又由政府賣給私人佔有，一切的輾轉歸屬，無非藉一再的轉變，說明一再對主權的確認，對未來國際法庭的裁決，依法有據而已。近年發表的「白皮書」，對中國年來的強硬對付，日本就激烈的宣傳「中國威脅論」；做賊的喊捉賊，日本人邪惡的性格，真值得我們警惕。「白皮書」也強烈主張竹島是日本固有領土。但韓國完全不理，只宣稱：如果日本敢入侵獨島（韓稱竹島），韓國會舉國和日本打一場。日本敢入侵嗎？怪不得日本人慨乎言之：「日本的車更好，韓國人不會買；但日本車稍減些少，中國人便蜂擁而來。」也許中國人這種自私自利的性格，是被日本瞧不起的原因吧！國人還不應痛自檢討嗎？

我雖然趕不上「九一八事變」年代，但八年全面抗戰的全程，四邑僑鄉與日本兵周旋的十三鄉「廣陽指揮部」和「鄉團」的抗日活動，由於父親的參與，至今尤依稀可記。長者如專員馮鎬、黃秉勛等先生，我後來還先後認識。馮後來隨中央政府遷台灣，擔任過僑委會第二處處長，後來調到香港擔任「集成圖書出版社」的總經理，屬國民黨中央文工會駐港機構，負責對香港中學教科書的印行。黃秉勛先生戰後到多倫多，擔任「華僑公立學校」教務主任、校長。我到多倫多的初期，下班以後，還到該校兼課；後來還一度擔任該校董事會的董事長。人生有時

真難料啊！不但如此，他未及見的兒子黃國偉先生，也因他的遺書提及我，國偉兄退休後從北京來多倫多定居，我們成了第二代的朋友，一直至他去世。

翻騰的年代，在人海的洪流下翻翻覆覆，誰能自己主宰命運？「君住長江頭，我住長江尾。」又誰知道住在長江尾的人，日軍攻陷長江尾的出海的三角精華地區，都成了淪陷區的遺民，在不甘被奴役、不做亡國奴的同胞，溯江而上，棄家到大後方四川長江頭。黑水白山的東北軍民，悲憤的唱着「逃亡曲」：「我的家，在東北松花江上⋯⋯自從大地鑽出了狸鼠，一切都改變了！⋯⋯那年那月，我才能回到我可愛的故鄉⋯⋯爹娘啊！爹娘啊！那年那月⋯⋯。」「狸鼠」當然就是日本佔領軍，才迫得當地男女逃亡。「逃亡曲」的悲憤，正是中國民族對日本的控訴，響徹神州大地每一個角落，沒有人不唱的。經歷過抗日戰爭的人，身受過妻離子散、破國亡家的人，能忘記這年代的苦痛嗎？會哈日買日本貨嗎？

「人無分老幼，地不分南北。」「國家至上」，「民族至上。」這是抗戰敵愾同仇的口號，大多數中國人都做到了！當然也有例外，淪陷區的遺民是身不由己；但藉民族生死存亡的關頭，擁兵自重的、擴大地盤發展勢力的，在民族聖戰的關鍵時刻，未盡全力的，未來歷史也一定有澄清和評論的。

動亂的年代，產生許多意想不到的悲歡離合，緣起緣滅，都由不得自己的。幼年時候，馮、黃兩位長者，依稀似曾見過。以後輾轉到香港來，馮公主持供應僑校教科書，間接負起僑教事務，我還未到台灣升學前，在集成出版社遇上好幾次。又有誰能預料，大約四十年後，我也會到香港主持「僑委會」的僑校、僑教事務？黃公主持多倫多「華僑公立學校」時，我有半年利用業餘時間到該校

兼教席，得以追隨杖履，承他的青睞，以故人子弟看待，我們除家事，幾至無話不談。我認識他的幼子，還一同為「孟嘗安老院」籌款演出《火燭小心》（話劇）。到我退休回多倫多，黃公的大兒子國偉兄才來找我，我才了解演話劇的是他的弟弟。黃公從來就沒有告訴我，他還有一個長子，國偉兄那時已八十開外的人了。他告訴我：戰後到清華大學讀書，中共建政後留在北京，因為家庭成分不好，從來沒有和他的父母聯繫過，一直到退休後才到多倫多來，因閱讀遺件而多方打聽我。我們經過多次約敘，情誼日增，可惜他那時已經每週洗腎了。早三年前還回廣州探望兒孫；想不到未久便與世長辭了！先父與黃公同赴國難回鄉組織鄉團抗日，到黃公長子國偉兄來加定居，兩代情誼，在一年中彼此的關切，訴盡生平。我只知道他的媳婦，在廣州任職，是個省級的領導，此外便一無所知，人的機緣很難說的，誰說第三代必無機緣相聚！我們畢竟還在翻騰的年代啊！

上世紀的七十年代後的台灣居民，很難想像日治時代殖民地的人民生活；等於九十年代後的大陸地區人民，也難想像「三面紅旗」失敗後的飢荒時代「一窮二白」的生活一樣。當然更不了解抗戰八年的慘淡日子。在全國來說，廣東算是個富庶省份；僑鄉的四邑，在廣東省來說，也算是外匯的集中地。然而抗戰的八年，我所親見過就有多個死在路旁的餓殍；多個避道而過的亂葬崗。薰風吹來，還帶著死屍氣味。我隨父親到開平樓岡的「國民大學」的路上，經過「菠蘿」山區的亂葬崗，這種屍味就印象深刻。也多次吃到有人指甲的鹹魚肉，也印證傳聞把剛死的屍體用鹽醃製，然後剁成小塊的「鹹魚肉」，出現在鄉下的市集上，都已不是新聞了。

一九四五年的五月八日，德國投降；當時日本的總

兵力還有七百萬。日本自「明治維新」，對外戰爭從未失敗，助長了日本人的傲慢驕氣，以一個貧乏資源的島國，想着與德國瓜分世界。對德國的投降，同盟國勢將全力集中對日作戰。日本軍方還想「困獸猶鬥」，準備撤回海外駐軍，集中本土作「玉碎戰」。同年七月二十六日，中美英三國促令日本投降，發出「波茨坦公告」（註五）。實際上，七月份在美海軍已逐島對日本進攻，日本海軍已無法繼續推行作戰任務。八月六日，美國第一枚原子彈投擲廣島；同月八日，蘇聯宣告毀棄日俄協定，並宣告出兵；九日美國第二枚原子彈投擲長崎。八月十五日，日本天皇錄音廣播，宣告無條件向同盟國投降。中國八年抗戰、世界第二次大戰正式結束。

如果沒有國民政府領導抗戰，從「九一八事變」到日本偷襲珍珠港，獨力浴血了十年；又從偷襲珍珠港，爆發形成二次大戰，中國地區成為對日的主戰場，阻擋了日軍無法和德軍夾擊蘇聯，反過來，德國在美蘇夾擊下投降了，日本獨力如何應付得來，失敗已意料中的事了！中國人對結束世界第二次大戰的貢獻，說多大就有多大。

中國戰區審判日本戰犯，派遣軍總司令；華北、華中派遣軍司令都免於死刑（註六），頗令國民憤怒。華南派遣軍司令田中久一，此人曾兼任香港總督，虐待過美國被俘飛行員，和統治香港的濫殺無辜。把嬰孩拋上用刺刀戳入跌下的嬰兒，就在華南地區發生。田中久一強辯：這樣會使鮮血染到槍枝上，士兵不會自找麻煩的！這當然是詭辯。開平「南樓七烈士」，死守不退，日兵犧牲慘重，南樓終被攻破，田中下令生劏；在法庭也詭辯是砲彈撕裂的。他是華南地區的頭號戰犯。一九四六年五月二十三日，由審判長劉賢年，軍法審判官廖國聘、葉芹生、許憲安、關振綱組成的合議庭審判，宣判死刑。在翌年三月

十七日下午在廣州流花橋執行槍決。許憲安是我前述的三伯父。

由於田中久一擔任過香港總督，國民政府曾應美國駐外軍事法庭的請求，逮解他到該庭受審，由於虐俘證據確鑿，違反國際法，被判死刑。田中罪行惡跡昭彰，橫行華南，美軍事法庭審判後將他交回中國法庭處理，詭辯無效，又多一次判處死刑，執行槍決的一天，執法者問他有什麼遺言，他說沒有。他要求給他一杯酒、一支香烟，他一面抽烟，一面喝酒，執法者也沒有扣他手鐐，上了囚車，囚車用白布寫着：「華南頭號戰犯田中久一」，在廣州的通衢大道遊行了約兩個小時，萬人空巷的沿途跟着，駛入流花橋刑場，當眾執行槍決。屍體陳放示眾未收時，市民蜂擁而上，對屍體吐口沫、腳踢，結束他罪惡的一生。然而這些戰犯，一身染着中國人的鮮血，已供奉在東京的「靖國神社」！中國人能不抗議嗎？三伯父後來告訴我，他當時也雜在民眾中看槍決。他是中山大學法科畢業，還在陳濟棠時代的「政治深造班」結業。他以「國民政府主席廣州行營軍法處法官」，被選派審判華南戰犯的法官。他曾向我說過，這段歷史過程，將向我口述，並會將資料交給我。到我把他和他第二個兒子一家接到多倫多的時候，他的記憶已明顯退化，不久便患上老人癡呆症，又在我派駐香港時去世，倉卒間無法請假奔喪；一個曾教誨過我，影響我一生的長輩，未能撫棺一慟，畢竟是人生的憾事。

我家自高叔祖成進士，鼓勵子姪讀書，由是既耕且讀。我後來加升學，三伯父寫了高祖叔的《示諸小姪》古風一首，作為我的座右銘。三伯書法宗吳道鎔太史，類似館閣體，一絲不苟，一如其人。他在多倫多過八十壽慶，我呈壽序獻賀，備致景慕，不足言報。

抗戰勝利帶來舉國的騰歡，我們自「鴉片戰爭」帶來的創痛；尤其是日本全面侵畧。錦繡山河，早已廬舍為墟，瘡痍滿目。逃亡道上的民眾，九死一生的軍人。居然聽到日本天皇的廣播，日本投降了！我們勝利了！青春結伴可還鄉了！杜甫《聞官軍收河南河北》的狂喜，整裝還鄉的描寫：中國人民體驗到了：「劍外忽聞收薊北，初聞涕淚滿衣裳。卻看妻子愁何在，漫卷詩書喜欲狂。白日放歌須縱酒，青春作伴好還鄉。即從巴峽穿巫峽，便下襄陽向洛陽。」

我是在抗戰中長成，告別童稚的年代、少年而步入青少年。我在勝利後升讀六年級，父親也參加接收廣州灣的工作，我恢復在家裏的地位。我的三弟和四妹相繼出世。這是我們一家最歡樂的時代。

註一：見沈剛伯編著：《中國歷史課題解答》南天書業公司出版（增訂四版）。嚴南方「序」引梁啟超所著《中國歷史研究法》警語：「中國在世界各種學問中，惟史學為最發達；史學在世界各國中，惟中國為最發達⋯⋯二百年前，可云如此。」

註二：見王仲孚主編：《中華歷史大事年表》（興華文化基金會印行）

註三：見《尺蠖齋詩文集》（許奇雋著）

註四：《八年抗戰各項財產損失統計》。見《一九四七年五月二十日第四屆國人民參政會議第三次大會的報告》

註五：《波茨坦公告》全文見：《維基百科》。

註六：華北、華中派遣軍總司令，經該區審判法庭宣告無罪釋放，引起極大民憤。

翻騰年代的經歷

日本投降、
大陸「解放」親見、
所聞

一隊一隊的日本兵列隊經過故鄉的開平月山鎮，沿着單水口撤退；又從單水口往廣州的方向集中。許多民眾在路旁觀看這些垂頭喪氣的兇神惡煞，真難想像何前倨而後恭、唾面自乾！即使到今日，日本對中國，不管那一岸，都回復當年氣焰，擺出寸步不讓的姿態，一副吃定你的嘴臉，和當年投降撤退的可憐相，也難想像說變就變的模樣，小人的性格真難捉摸！同在今日，日本對美國的事事唯謹，像侏儒對巨人，卻還是像投降時的天皇看到美國元帥麥克阿瑟一樣可憐！這個長相猥瑣的矮個子，卻是日本人所不敢仰視的天神。真使人難以捉摸的日本民族性格；說他崇拜英雄神武又不是；說他是個可憐的弱小更不是。但有兩點可以肯定：富貴能淫之，威武能屈之就是了！日本人佔領中國東北時，有計劃的大量移民，以後全面入侵時的將兵和一切屬員、軍眷，中國人不但要供膳宿、姦淫；還要供掠奪。從「九一八事變」到投降共十四年，少說也有五百萬人。這些人，卻由中國政府優先送遣回日本，還准他們每人可帶八十公斤行李。這八十公斤行李，絕對是掠奪中國最貴重的贓物。而日本戰後的殘破、資金、資源兩缺的狀況下，數百萬俘虜不但絲毫無損，在全國尚未復原的狀態下，竟為戰犯的俘虜運送歸國，置國家復員、人民回鄉於不顧，國民政府有什麼理由能做藉口、得到人民的原諒？僅此一項，內戰中的國、共的宣傳戰，國民黨已屈居下風了！事實上，日本戰後經濟復興，就靠這八十公斤從中國掠奪的民脂民膏，供養日本在廢墟中重新站起來。而氣喘未定，瘡痍猶在的神州大地，又經內戰的戰火劫難，此消彼長；興衰漸分！由此觀之，中國人空談愛國，遇到爭權奪利時，哪個能忘小我而為大我着想？哪個比得上日本人！日本自明治維新以後，中國人的苦難較深刻了吧！還不自省自覺，一個沒有反省的民族，雖繁

榮亦不久，苦難卻如影隨形。

國府能調動的交通工具，都優先運送日俘歸國。連接收敵偽機關、資產、安民、守土都擱置下來。讓林彪部隊徒手出關到東北，接收蘇聯軍隊的防線、日偽留下的武器與兵員。一夜之間成為可與國軍抗衡的勁旅了！國民黨固然失算負責；日本人後來「以怨報德」，當國民黨大陸失敗，僅能固守台、澎一隅之地。日本首相田中角榮與中國新政權建交，棄中華民國於不顧，又何嘗想過蔣老先生的「以德報怨」並為此失去民心？國族的前途是千秋萬代的事，不能以一時的利害來衡量，國府戰後對日本政策可為殷鑒，秉國鈞者、治史者不可不知！

父親也算是接收廣州灣（今之湛江市）的一員，任務完了以後，帶回家的，只有一小籃蘋果和金山橙，大概六、七個，我們聞到蘋果散發出來的香味，但母親還不想吃，要聞多幾天。吃個少個；而且還一個一個吃。我們父母、兄妹和弟弟全家七口，一個蘋果或一個金山橙，分開七角能有多大？但我們已心滿意足了。

台山縣戰後復原，僑匯佔全國百分之八十。台山籍的廣東省議長黃文山先生，是中國早期留美學生，哥倫比亞大學畢業。他對父親青睞有加，有兩個職務由他選擇：一、到紐約接任海外國民黨總支部書記長；二、到台山縣接任財政科長。父親恐怕英文不好，沒有選擇到紐約去。後來大陸撤守，到了香港，又經左派暴動，我接他到加拿大來，好幾次到紐約旅行，才知道紐約的唐人街是全世界華僑聚居最多的城市，不須英文也可以生活，言下有點後悔；何況後來台灣國民政府恢復僑選立、監委選舉，第一任立委就是該市的國民黨書記長。但父親留在故鄉，服務桑梓；我們有許多年歡樂的家庭生活，而後又倉惶分別避難，「有弟皆星散，無語問死生」。孰得孰失，真不知從何

算起！

戰後台山縣的外匯陸續匯到，縣政府所在的台城，號稱「小廣州」了。那時美國的影片佔據了電影市場，當時最流行的影片是「泰山」和西部牛仔片，電影院每週有兩張贈券送到財政科來。我們假期或週末常跟父親到台城去，看了很多「泰山」電影片，是我一生接近父親最多的日子。

我確信一個人的成長，來自家庭的教養十分重要，特別是父母的身教。「求忠臣於孝子之門」，不一定是封建的餘毒，而且封建王朝已被歷史掩蓋了。忠臣之所忠者，國家民族不可以代表過去效忠的王朝嗎？克己謂之忠，一切盡其在我，忠於職守。我不負人人，亦毋負忝生，何必責之為封建餘毒？

在初中階段，我接觸了新的知識、新的老師和同學，總算離鄉到學校寄宿。就讀「開平第二中學校」，「二中」只有初中，離家只有十華里，走一個小時便到。每個星期六，習慣早上回家；星期日傍晚回校。從我家的後巷，沿着石路，穿過田洞，隔着一條小河，渡船泊在河邊，船夫用竹篙插入河牀，用雙手撐着竹篙將船駛向對岸，約五分鐘便到。我每次回家，大妹便拉着二妹和小妹，隔河等着我回來，可以看得見她們的雀躍。上了岸，我們手牽手的回家。有一次，小妹沒有來，大妹說她病了，回到家裏，小妹卻蜷縮在前廳的坑牀上，我趕快將她抱起，放回內房的睡牀上，為她加上棉被。不久，母親回來了。見到小妹躺在牀上用手按一下她的前額，又伸手在被窩下摸她的手足。然後說：「她回氣了。」就到廚房弄一碗薑湯來，餵小妹吃了。不久，小妹真的好過來，甦醒了。原來母親以為小妹的病失治，放在前廳去，怕死了弄髒了棉被，沒有為她覆蓋，我不知原因，卻救了小妹一命。鄉下人對救急

缺乏常識，令許多幼童失救喪生，是很平常的。

我家自高叔祖中式進士，以清末官場賄賂公行，掛個官名候補福州知府，終不是平生素願，便辭去官銜，回家興學和教導子孫。梁寒操先生〈序〉《尺蠖齋詩文集》有言：「開平許家以世代書香名於吾粵。令先祖竹湖公（許奇雋號）以孝廉登同治年間進士，候補知府於福州，覺其品性良不適於官途，乃毅然自拔，歸隱於鄉，韜光以求其志。相與往還者，唯當時清流，若鶴山呂拔湖、順德何淡如等。」可知吾家雖科名鼎盛，惟歷史尚屬清流，這是我家的家風。抗戰勝利，敵偽掠奪的資產很多，而三伯父為審判華南頭号戰犯田中久一和以次的各級將校，若稍有非份之想，要貪多少就有多少。先君奉派接收廣州灣，回家只買了六、七個蘋果和金山橙。他們到中共軍隊佔領廣東時，為官多年，也全無積蓄，跑到香港離島的長洲去，兩人合資，才能租賃小店，買了兩個裝涼茶的銅壺，賣起涼茶來。中共宣傳戰後的國民黨怎樣盛行貪污，和我所親見的就不一樣。父親擔任台山縣財政科長時，有一次忘記帶公務員識別證，到公益埠坐公共汽車回台城任所時，司機因他沒有識別證，任憑父親拿出許多文件證明，都不相信穿着脫了色的中山裝是個財神爺，幸虧在開車前，遇上縣議長甄雲梯前來，他有識別證，由他擔保才能上車。甄雲梯晚年也移民多倫多定居，說起當年，都撫掌大笑。父親只為省一點車費而已，可知當時公務員的薪水是何等少了。祿不足養廉，常導致有些官員忍不住誘惑，才走上貪污的不歸路，但畢竟是少數。能抵擋金錢的誘惑，不是每個人都能做到的。試看今日的大陸官員，當年國民黨的貪官未免太小兒科了！

自清康熙二十年（一六八一年）削平三藩之亂，清的國勢日盛，經雍正而至乾隆退位（一七九六），約一百年

盛世。嘉慶尚保粗安；但自道光十九年（一八三九）「鴉片戰爭」起，至宣統三年（一九一一），只歷七十三年而亡。自入關佔北京起算，統治中國前後共二百六十八年。其間自「鴉片戰爭」起，所有對外戰爭均以失敗告終，且都以割地、賠款或兩者兼有，積一百年盛世的資財，全部都賠光了。晚清已公開賣官鬻爵，來維持王室的奢侈生活。以官風敗壞，社會潰爛，而民不聊生。中華民國肇造於這種環境下，又不幸有袁世凱稱帝的洪憲醜劇上演；繼而就是軍閥割據、日本積極入侵。好不容易抗戰慘勝了，由於政府政策與措施失當，沒有正視中共經八年擴充，軍力與地盤已壯大難制了。國民黨政府失去了大陸，當非戡亂戰爭（內戰）的失敗是唯一的原因，而是唯一的結果。還有其他交錯的原因：無條件遣送日俘；裁撤兵員；拒絕接收偽軍；又未經訓政而急於實行憲政；違背了孫中山以訓政教導國人，先學習民主的步驟，而後行憲；行憲的首要進程是選舉總統、各級監督政府的代議士來組織議會、和製定法律。戰後既對中共用兵，今又匆促選舉；國民黨原就是自由結合的政黨，經選舉更分裂。以分裂的力量來對付「鐵一般的紀律組織」，勝負已定了；加上金元券失敗、通貨膨脹、人心渙散、將師不和、戰場失敗等等；以上任何一種失當的措施，足以影響全局，何況一無是處的爛局，又當世界共產主義運動如日中天。天時、地利、人和三者均中共佔盡優勢；變天已無可避免。

從一九四五年八月十五日，日本天皇宣佈投降；即使從那一天算超，到蔣老先生負起失敗責任而下野，前後不過四年。離他就首任總統、徐蚌會戰只一年。局勢變化之速，真令人瞠目結舌。如果說國軍不如共軍善戰，不堪一擊；否則何以國、共內開戰始，雖是談談打打，前後也不這過四年，共軍已蓆捲大陸，還包括海南島在內；國軍只

能守住台澎金馬而已。然而，陸軍之強，當推二戰前之德國與日本。也正因如此，才啟德、日稱霸世界，終於發動世界第二次大戰。而國軍獨鬥日軍，從「九一八事變」至「偷襲珍珠港」，就已十年。共軍能比日軍強嗎？可知國共內戰，並非完全戰場分勝負的，其理甚明。軍事的戰場，只是總結「勝負的宣告」；而「勝負的宣告」，影響人心的背向實在太大了。例如「徐蚌會戰」，國軍主力被殲，共軍迅速進軍掃蕩和擴大佔領區，人民對國民黨能維持其政權有多久？信心已經徹底動搖，「金元券」就算發行有儲備充足的黃金，但誰還相信它的穩定性呢？舉一反三，戰場上勝負的交錯影響，國民黨政權在大陸塌毀，只是時間的問題而已。

中國人民才脫離日本的獸蹄，又捲入內鬥的殺戮戰場，災難像永無止境的宿命。如果我們歸咎於野心家的驅使，則大多數甘心被驅使的人群，不就是民族甘心被驅使的奴性？這個民族的災難不就是咎由自取的嗎？如果飽經憂患，還連這種反省都沒有，中國人不管在那個世代，還是被無休止的災難纏着的。

開平二中的師生，愈來愈關心時局的發展，學校也有公告板；過去都是學校相關的公告，但現在卻多了一些內戰的消息；地方上反政府的示威；金元券不斷貶值的消息。但張貼不久，又消失了。消失後又有新的張貼，我們意味到貼的是一些人，清除張貼的是另一些不同的人。本來，從學校大門的出口，經過一條小路，便進入水口市的市集，從市集再走幾步，就是市的商戶街道了。市集是臨時的擺檔的集散地，那裏是水口市提供給當地或外來的擺檔，平時不熱鬧，但成了習俗的「墟期」就不同了，四周八方來擺檔的地方特產，時蔬生果，鮮魚野生動物，都可以在市集找到。市集的路邊也有公告板，當地新聞紙貼得

滿滿，提供市民許多內戰的消息。

這幾個月來，不是市集的「墟期」，也吸引大量市民圍觀。我們二中的同學，傍晚趁斜暉猶在的時候，每多走出校園散步，經過市集的公告板，都會駐足一下。本來，學校的公告板上已帶起我們對內戰的關心，但公告板時斷時續，不能及時報導新的消息，我們都到市集的公告板觀看。本來寧靜的生活，可像被一些熱流湧入，初不經意，但慢慢積聚起來，在心湖上盤旋，終於激盪出一些漣漪，從暖暖的逐漸加溫，我們純靜的心靈，被公告板上的文字呼喚起來，點燃着關心國家民族的那點火燄；而這點火燄，在我來說，雖然時隱時現，卻是終身不滅的火種。在這個翻騰的年代，隨着年歲的增長，使我漸漸了解傳統的讀書人和現代知識分子的分別。傳統的有對國族責任的「共識」；而現代的只是專業的分類。

東北戰場的國軍，本來是孫立人指揮的，數度接戰，林彪指揮的共軍損失慘重的，一度退入蘇聯邊區整訓。令人錯愕的是：在東北戰場打勝仗的孫立人被調下來，最後還調到台灣去訓練新軍的工作。從此將軍一去，大樹飄零；國共內戰也從此逆轉。陳誠誇下海口在三個月內肅清東北林彪部。結果林部未見肅清，貽患就此急轉直下。陳誠是主張解散偽軍的始作俑者，還要裁減國事兵員的人，以致抗日九死一生，留下來的將兵頓失所依，抬着棺材到南京對孫總理哭陵，喊出「殺陳誠以謝國人！」陳誠東北兵敗，未受懲處，調到台灣做行政長官，到大陸失守，中央政府遷到台灣，陳又重新崛起了！世事升沉，真如轉燭！

戰後僑鄉開辦各種學校很多，開平縣二戰前，就有「開僑中學」是僑資開辦的，一直是老教育家陳家驥校長主持；頗負時譽。還有縣立開平一中，也是很成功的中

學，校長方惠民，是我家墨緣公的女婿。戰後開平縣立中學又添了多所中學，開二中校長也是由墨緣公的兒子許天祿叔出任。還有長沙師範學校，專門培訓師資的。後來將方惠民從開一中調到長沙師範去擔任校長。由此可知，我們許家確屬縣中教育界重要的主柱。後來縣立中學還開辦到第五中學。開平縣文風之盛，也可想見。

我家六房，墨緣公屬長房；內稱大宅，大宅就是長子一房。墨緣公是北京大學堂畢業，是廣東高等師範（中山大學前身）的教授兼附中主任。民國成立，孫中山的「三民主義」就是在該校講述的。堂叔許天祿是中大農科生，戰後出任籌組「開平縣立二中」，以後就順理成章擔任校長。由於校長是「中大」的畢業生，我們許多老師，很多是校長的同學，受聘到二中來執教，他們的水準都很好，擔任初中教席是綽綽有餘的，很得學生的尊重。

老師和所教的學科不同，他們很明顯的分開。教文史公民音樂的一派；教數理化的又一派；我們做學生的，只認為老師所學的不同，他們之間的交誼也因志趣有別的自然結合。文史一派比較莊重；數理化一派比較活潑，也是新知與舊學問在觀念上有異的形成，我們沒有想到別的。

上初中的時候，我在小學背誦過的古文，漸漸理解文字的精妙，應用起來，可謂得心應手。國文、作文、歷史成為我的學科中成績最好的幾科，數理化就很弱了。父親在暑期將我送到六宅霖叔家去補習。由霖叔監管和補習數理，他是全村公認最聰明的青年，在廣州上高中，寒暑假都回鄉。我們三宅和六宅以家族的歷史淵源，兩房子孫走得最近，每多彼此照顧。霖叔有四兄弟，權叔居長，其次就是霖叔。比我大三歲，以下都比我小，只記得他們的乳名大B和細B。他們的父親，輩份很高，我叫他三太公；他是六叔祖許奇雋的嫡長孫。我就是到六叔祖遺下的書齋

（尺蠖齋），去跟霖叔讀書的。尺蠖齋是六叔祖退休的讀書處，書齋旁邊有一個面積頗廣的果園，四周圍着青竹，有人工的溪澗穿流其中，花樹、果樹繁多。果樹長出的果實我可任意吃，可忘不了的有：荔枝、龍眼、黃皮、櫻桃、香蕉、番石榴都有。春來花香滿園。夏秋冬又有各色鮮果；如我能爬上的，任揀任吃。果樹之後，還有一座碉堡式的高樓，是我們開平申請「世遺」獨有特色的建築物；全部是六叔祖留給三太公的。我和霖叔相處的假期，使我們叔侄的情誼，一直維持到他逝世。

我記得有一次和霖叔談起時事，問起他對國共內戰的意見，他沒有說什麼大道理，只告訴我：「我們飽受列強的壓迫，抗戰雖然勝利了，但我們的社會還是不平等，中國需要一次徹底的改革，讓廣大的人民當家作主，國家才有希望。」霖叔是我心中的偶像，我完全同意他的見解。

我們這一家「德業祖」子孫，原在舊村「龍田里」居住，後來在「石龍」開「蘇杭舖」，我們鄉下人說的綢緞店，發迹了。許奇雋又中式進士，家業興旺起來，建立「龍見里」，以後子孫蕃衍，又再建「龍安里」。譚江的支流繞過村側，江水繞過的水稻田一帶，村人叫做「飛鵝戀水」的風水佳地。全盛時期，真算丁財兩旺，只男丁就近一千人。但「樹大有枯枝，族大有乞兒。」不肖子孫也不少，吃煙屎（村人稱鴉片癮君子）的、沉迷賭博的、醉酒成癖的、游手好閒的、土豪劣紳和惡棍都有。「家廟」有時執行家法，我們未成年的男丁，也會被鼓勵參加。我小時看過家法審訊不肖子孫、後母虐待遺孤、翁姑失和的；也見到惡婦經審訊裝入豬籠，到水塘作象徵式浸身，然後抬到月山鎮，當眾從豬籠倒出來，算是被「出族」，不得再返回家。這種私刑，當然有違現代司法審訊、法院依法的判刑。但當時法律未備，執法人員與法庭都欠缺的廣大

範圍的鄉村，也是維持善良風俗無可奈何的補救；但這種權宜之「家法」，成為以後改朝換代被不肖子孫、同宗族人報復的罪證，那又不只象徵式的浸豬籠、出族的封建懲罰；而是掠財奪命的鬥爭了！

時局可像對國民黨政權很不利，東北戰事失利的消息每日從市集的公告板上讀到，而選舉總統都是李宗仁和孫科兩派的衝突，桂系和粵系內訌，國大代表的買票賄選新聞無日無之。金元卷貶值，物價飛漲，民怨日盛，學生罷課抗議，都有「山雨欲來風滿樓」的變天景象。

二中的教職員和學生的膳堂仳鄰，老師的臉式，我們看到明顯的分別，數理化的老師都面露笑容，他們又講究衣著，特別充滿活力。文史老師們似都心事重重，一張張的愁眉苦臉，襯着灰暗的衣服，愈是顯得更灰暗。一九四九年，我還是初中二的下學期。兩個很得學生愛戴的數理老師，突然一夜之間失蹤，學校還來不及招聘，只可暫改動上課時間表或缺課；耳語當然就傳出來，但地方新聞在市集的公告板上，報導中真名實姓的兩位老師，都到了開平縣山區的游擊根據地。這事總算表面平靜下來，但我們的心底處依然激盪着，也不知是悲是喜，總之五味雜陳就是了！但不久，初三畢業班的有四、五個同學也在一夜間失蹤，雖然沒有影響學校照常上課，但在同學的心靈，比老師的失蹤更震撼，我們已不須問原因了！因為同一時期，更大新聞是長沙師範，校長方惠民帶領更多學生，到山區游擊根據地參加「工作」去了。

「山區根據地」是這幾年廣東各個山區的中國共產黨組織的通稱。過去還是隱蔽性的，自一九四八年徐蚌會戰擊潰國軍的主力以後，廣東各根據地都漸漸公開活動了。一九四九年，蔣老先生下野，李宗仁代行總統權，中央政府初遷廣州，不久又西遷到重慶了！廣東僑鄉已感到威

脅，省主席薛岳一再出公告安民：他必能守住廣東，都在學校的佈告板上見到。

我們真難想像，一個還在現政府統治的地區，輿論已日趨明顯的站在對立面，毫不留情攻擊政府的政策、政令失當，而執法者完全沒有相應的措施制止。偶然也看到一些為政府辯護的言論，總是有氣無力似的；而且都放在報屁股或小到不容易發覺。大標題和重要的位置，都讓位中共或其同路人，甚至歌頌新政權在誕生中。如果說輿論也是陣地，一九四九年已不只大陸的共區輿論陣地全被中共佔領，連國民黨的統治區的陣地都被中共佔領八九了。輿情影響民心，民心影響軍心。不戰而屈人之兵，因此，宣傳屬於「上兵伐謀」。國共內戰，勝負早已分了；佔領僅是時間而已。孫中山在一八九四年成立「興中會」，以推翻滿清為號召，經過了十七年，至一九一一年的辛亥革命成功。中共建黨之初，沒有立即要推翻中華民國的，但至一九三一年，在江西成立「中華蘇維埃共和國」，就不能不承認要取代國民黨政權了。至一九四九年成立中華人民共和國；算起來亦只十八年；需時與孫中山相去不遠。如果除去國共合作，國共正式兵戎相見，當在日本投降之後的全面內戰算起，只是短短的四年而已。不過，國民黨政權只能說在大陸失敗，而中共建政亦只及大陸地區。國民黨推翻滿清統一全中國，而未及滿清割讓給日本的台灣；中共推翻國民黨大陸政權，而未及國民黨光復自日本手中的台灣，歷史的吊詭真令人難解。

開二中也有許多傳聞，如校長要換人啦！學生也不知消息從那裏來，也許是心理的影響，許校長確比過去沉默多了；難擠出一絲笑容來。負責公民科的訓導長、童軍教練，都愁容滿面似的。數理化那幾位衣著新潮、能言善道的老師，更覺神彩飛揚了！我們做學生的，從市集的公告

板上、書店免費的雜誌、地方報紙，提供的小道消息，新的思潮、揭露舊社會的黑幕和新社會的憧憬、民族的新希望，都教我們莫名其妙的興奮：也不知是對還是錯，但這些新鮮事物，都像在靜寂的心湖，投入了巨石，既震撼亦刺激。

台山縣長換了黃伯軒，由李縣長接任，父親創辦了「勞工子弟學校」，是供抗日失學的僑鄉青年，有重回學校的機會，也上了軌道。因此辭職，調回省政府人事廳。我們開平縣也換了林光遠，由吳尚志繼任。人事的更動，也說明大陸還未易手的地區，蔣退李代的時期，也有明顯的迹象。

我家有好幾個叔伯、姑姑或姑丈，有些多年不見的，也慢慢的傳出頭緒來，都與加入共產黨組織有關，有個姑丈還成為開平縣第一個烈士；另一位同是中大畢業生的姑丈，受同班的台灣省謝東閔的邀請，到台灣辦學去了。其他叔伯姑姑，傳說有的在南下大軍，或當地的根據地出現。那年暑假，我還是到尺蠖齋跟霖叔補習。離開二中，生活可像也平靜下來。九月重新入學，校長還是許天祿，怎樣說，他是我的堂叔。那年墨緣公已身故了！聽父親說，當時省府秘書長鄭彥棻，也是墨緣公的學生，他保住了天祿叔的校長位置。

同年十月十日的雙十節國慶，我們還是舉行升旗典禮，童子軍吹起升旗角號，負責升旗的兩位值日同學，在旗頂上打了個童軍結，旗升到半途便倒掛下來，第二次還是一樣，勞動童軍教練上台親自打結，結果還是一樣，到第四次才升上，這是前所未見的。升旗典禮給我的印象極為深刻，偏偏在國慶雙十節，但當時年紀小，只覺奇怪，還沒有其他的聯想。以後歷史傳奇的書看多了，改朝換代的興與亡的人物、天象、事故；似多有一些難以置信的

異象發生，是無法解釋的，但的確發生了。一九四九年的雙十節，不只是我個人在場親見，開二中起碼有二、三百師生親歷的；真是天數嗎？又有誰說得準？但的確發生了。其實，一九四九年的十月一日，中國共產黨已在北京建政，毛澤東已在天安門廣場作開國的演講，題目：「中國人民站起來了！」只是我們在廣東的鄉鎮，不見經傳的初級中學，還不知道已經變了天！中華民國的代表象徵的「青天白日滿地紅」，從此在大陸日落星起。晝夜是天象的運行、時序的交替，沒有不落的日，也沒有長夜的星。萬物應時而生，人事應運而興。所謂英雄人物，只是適時站在潮流的浪尖上，可像是帶動風潮，其實是風潮推起他。于右任有兩句詩：「風虎雲龍亦偶然，欺人青史話連篇。」的確看透歷史，也看透歷史人物。

雙十節的前幾天，廣東省主席薛岳，還有講話在報章發表，全篇貼在佈告板上，信心滿滿的能守住廣東。然而，我們已經看到五十二軍由劉玉章率領，經過學校的公路，而南撤退中。我們下課後都站在公路旁觀看，先頭的部隊很精壯、武器也很精良，所以校長在國慶升旗典禮講話時，還強調國軍的精壯，也許一時撤守，但會很快回來，是滿有信心的。然而，我們畢竟也看到殿後的撤軍，傷殘的兵士，扶老攜幼的軍眷們；要他們重整隊伍，百戰榮歸，似又強人所難。事實證明，終兩蔣之世，只有老兵在蔣經國晚年才回大陸探親。縱使撤退時的精良將兵，經無情的歲月，已由青英入壯年而及於老了！即使我這個初中生，亦已八十之年，還得羈旅異國。李陵《答蘇武書》有言：「遠適異國，昔人所悲。」今世代之文明，卻有難歸之國人，這個還算盛世麼？

國軍撤退沒有三幾天，上課的時候忽然聽到鼓聲隆隆，而且經久不斷，這決不是鄉野常聽到的。我們已無心

上課；鈴聲一響，大家朝着鼓聲處跑。又是在公路上，原來是解放軍的先頭部隊，趁着鼓聲的節奏，快步也沿着國軍經過的方向追趕。這種急行軍，那裏像電影看過的慘烈戰場；是前撤後追的像賽跑。我們回顧歷史，徐蚌會戰國軍主力被殲後，共軍就像狂風掃落葉般追擊國軍，數月而佔有整個大陸，而我卻是當時場中一角的歷史證人。

翻騰年代就有翻騰的人物和事蹟，這原是人類文明的過程。我們青少年對歷史演進的過程，既不善辨史料，也沒有什麼史識，對民國變成人民共和國，既沒有為前者悲哀過，也沒有真正為後者興奮過。初中生只畧懂一些基礎的常識，那還是老師主觀的論斷；我們還沒有篩選或判斷真偽、善惡的能力。

廣州失陷時，三伯父和父親都相繼回家鄉。當地山區的中共武裝組織和潛伏的黨人，都相繼出現，接收當地維持地方治安的派出所或警察局。當地首次出現打着五星旗列隊經過月山墟市集時，我見到原有的鄉團自衛隊，正想向土共（當時鄉人還是這樣稱呼）開槍時，我突然見到父親從看熱鬧的人群中出現，制止了想開槍的鄉團成員。他的理由很簡單，列隊經過的隊伍，不是抗戰時代的日本兵；而且並無侵犯本族的迹象，在局勢未明朗前，不可先存敵意，以招致敵意的還擊。人數和槍械，鄉團力量無法保護本族這十多個村落；終於沒有火拼。

二中還是照常上課。南下的解放軍要解放全中國，當地報紙、電台都已由新政府掌握，文工隊已在水口市跳秧歌舞，到場的觀眾聚觀也多了，隊員便當眾宣傳政令。那時主要的任務，是動員人民自動捐輸，主要是捐糧支持前線、解放海南島。二中立即響應，在水口譚家祠公演話劇「萬世師表」。這齣戲是解放前後的熱門話劇，是反映教師們困苦的生活，其中唯一的童角，是主角教師的獨

子，因金元券的崩潰，靠薪水養家的教師們，都在飢餓線上。主角的獨子染病，就因為請不起醫生、買不起藥而失治喪生。我由於好動，在班上擔任「遊樂組」組長；歡送解放軍去解放海南島時，又擔任過鼓樂隊的大鼓手。連食指的外皮都打破了。癒合後的表皮還是亮亮的，到現在也沒有改變。當時就被選擔任這個唯一的童角。也由於這個經驗，培養了舞台演劇的戲癮。我到加拿大來，「孟嘗安老院」首次籌基金，演出《十五貫》，就是我和龍軍訪策劃，並分擔劇中正邪主角的。以後又和簡家聰律師等兩次演出《火燭小心》，都像《譚家祠》那樣滿座的。

三伯父後來在香港時告訴我：共軍佔領廣東全省，鄉下更無容身之地；他回到廣州，但從廣州搭火車到香港的車票，有錢也未必買到。正無法可想，而「肅反」已在廣州暗中進行。無法可想的一天，一個似曾相識的年輕人直到居所來，也不多說；只告訴他趕快離開，不能留在內地，要即時到香港去，說完放下到香港的火車票就走了！他趕往火車站途中，想起這個送火車票的年輕人，是一個被檢控為「匪諜」的，他以證據不足定罪，將他釋放了！想不到一念之仁；也救了自己。三伯父到了香港，找到我家在香港經營亞洲肉食公司的兄弟，等候我的父親，以後再搬到長洲，開設小本的涼茶店。大概三伯父抵步香港不久，就有訊息通知父親吧！我還聽過另一位世交長者，告訴我差不多的故事；但他還健在，今年已超過九十高齡了，曾任廣州警察分局局長，共軍入城接管了這個分局。到封鎖邊境的前夕，他在路上有人用硬物抵住他說：「不要回頭，你回頭就死定了。繼續行，我把車票放在你的褲袋上，立即依時上火車去香港，不能再等，現在就去！」就這樣，他也就到了香港。

中共要控制好城市，在同一時期，鄉村亦同步「肅

反」，幹部下鄉偵查國民黨潛藏在鄉村的黨軍政人員。母親說父親晚上出門，從不在家渡宿的。大概風聲已緊，他特別在飲宴上出現，然後未散席就離開，黃夜摸黑趕上水口，早起坐船直出澳門；再坐輪船到香港去。那幾天，我們接到父親在澳門寄出的家書，知他已坐輪船到了香港。

二中來了幾位青年的政治科教師，每週增設的政治科有好幾堂，這是前所未有聽過的知識，很受同學的歡迎。新的報紙、雜誌都引起我們對新中國美好的憧憬，對新領袖的崇拜；對人民英雄的敬仰。我有背古文的基礎，對毛主席的詩詞就特別愛好，不到幾回，我把毛主席發表的詩詞，可以全部背出來。我也跟隨文工隊落鄉，做母親捐糧支持前線的說服工作。我將上大課的怎樣動用親情，怎樣助捐的大道理；未來國家及民族的前途，和解放全中國是不可以分割的，要信賴黨的領導，一個富強的新中國，以後就不再被帝國主義宰割。我做了大量的說服母親的工作，雖然她有疑惑，但還是帶頭捐了糧。我的進步受到了讚賞。也許正因為這樣，改變了我的命運。

寒假過後，學校重新開課，校長真的換了人，老師有許多新面孔出現，多數是年青人，我們也變得青春活潑，我進入了初中最後階段的畢業學期。青春的活力，對新鮮事物和知識有更強烈的吸收意願。霖叔也回廣州的嶺南大學就讀，他對國家的憧憬，令我更嚮往富強的中國夢。學校的政治科佔的堂數多了；我迅速的接受了馬列主義、毛主席的言論和文采。海南島解放了；中國的統一還會遠嗎？台灣是中國最小的一個省份，面積和海南島差不多。黃河、長江都渡過了；海南島也解放了！台灣海峽算得什麼？

我在開平二中畢業了。到教務處拿了一紙文憑，紙質有點令人失望，黃得有點脫色似的，薄得可以透視太

陽，校印紅色，中間有一顆紅星。這張畢業證書，我從來未用上，不久也掉失了。就在那時前後，電台播出南韓侵略朝鮮人民共和國，被朝鮮軍打得落花流水。我心裏想，這正好是朝鮮解放全國的好時機。我們正注視朝鮮的局勢發展，而美國帝國主義的第七艦隊，卻進駐台灣海峽；不久，聯合國通過支援韓國，當然又是美帝的操控啦！周總理多次警告了！

翻騰年代的經歷

青少年左傾的反思
與香港的生涯

韓戰的局勢，聽來似很不樂觀。其初要將美國的駐軍趕下海去，沒有了下文，釜山一直沒有攻陷的消息。換來是聯合國軍隊，實現了到朝鮮人民共和國北疆的仁川港登陸成功。當然暴露了美國帝國主義的陰謀，其最後的目的，在摧毀成立不久的社會主義的新中國。我們日夜在關注祖國安危，不斷聽新華社新的消息廣播。在廣播中，也首次聽到人民發起抗美援朝的報導。

韓戰的消息愈來愈不妙，美軍佔領的戰地，全在朝鮮三十八度以北的。周總理超過一百次警告：美空軍入侵中國境內。我們完全可以理解，蘇聯的強大，已解放東歐；中國大陸亦已建立了人民共和國，世界共產主義運動，遲早都會實現；如果不是美國帝國主義的阻擋，朝鮮人民共和國的解放戰爭已勝利了。中國人民支持兄弟般的國家，也是實現人類社會平等，打倒壟斷的資本家，消除剝削階級的必要手段。何況帝國主義的軍機已入侵我們的國土，這種理直氣壯的道理，作為久受帝國主義、軍國主義欺負的中國人民，喚起了日本蹂躪神州的惡夢，有血性的中國人民，難道還能緘默於舊創猶痛的記憶嗎？文工團這些街頭的宣傳，打動每個中國人的心，有人就帶來志願軍臨時報名處登記表，隨時響應「抗美援朝」的偉大事業。報名處也寫明了參加志願軍的年齡，我有點失望，過小的年齡是不合格的，我徘徊一陣，也就悵惘的離開。

我留在鄉間，等候父親對我出路的安排，我在新的變局中，完全沒有處理自己前途的經驗與能力。就在那一段日子，龍見里已熱鬧起來，有些參軍的叔叔和比我大的族兄，日有所聞的敲鑼敲鼓，由文工團的秧歌舞隊，扛著當地政府敬送的簪花掛紅、牌匾，按門送上來，而我最驚喜的：是霖叔的響應黨偉大的號召，放下書本，參軍北上了。不久，新聞廣播：志願軍終於越過鴨綠江，先聲奪人

的又把美軍的氣勢壓下來，全國振奮。而我在興奮中接到家書，父親要我馬上到香港去。

我為什麼要到殖民地的香港去？新時代青年是少年祖國未來的主人翁，我們是祖國的未來；這是政治老師在畢業時對我們說的。我雖然有這個念頭，但從來沒有自處的能力和經歷，而且還是父親的命令，我沒有膽識反抗。

開平鄉下人到香港，一些沒有城市經驗的人或青少年，是靠「水客」的。開平在戰後就興起這個行業，都是中年婦人做的；她們從鄉下帶人到香港依親去，回鄉時又辦一些港貨來，對個人基本生活費是不成問題的，很快變成謀生的行業。母親為我準備一個手提「籐唅」，我最好的衣服，是著在身上的黑膠綢唐裝，兩件袖衫上衣和兩條褲子，還有手巾、牙刷、牙膏、一張像草紙的初中畢業證書。母親為我點上神閣的燈盞和燒幾炷香，叫我向祖先叩頭，希望保祐我。神閣安排着祖先的神位，兩旁放着挑穀的竹籮，有時母親要我把籮搬上，有一次試着省力，就在樓梯上把竹籮像投籃的拋上，誰知一甩手，腳就自然配合向後蹬，樓梯不是固定的，搖幌一下，身體失了重心就跌下來，幸虧神閣不高，屁股剛好跌在「土地神主」旁邊的「聚寶盆」上，不偏不倚跌在盆的中央，盆是瓦盆，應聲破醉，我拍拍屁股便起來，絲毫沒有損傷，母親也嘖嘖稱奇；跌歪了在盆沿上可就難說了。想起了這事，我也誠心拜別祖先，水客阿彩嬸也到了。

「阿彩嬸，拜託你了！阿芝還未滿十五歲，也還沒有出過門，你要把他帶到『平安鞋廠』去才好離開呀！」母親說。

「我阿彩從來說到就做到，你放心！我帶過的人都很好，很多發了達。」阿彩嬸真有點像媒婆，說着吉利話，她的嘴唇在開、關間露出閃閃的金光。

母親把「籛喽」交到我的手，囑咐我記得口袋的地址；其實她提醒我，她用扣針別在我口袋裏那五元港幣。

「你就一路平安跟阿彩嬸去吧！記得寫封平安信回來！」母親說。

妹弟都在旁看着我，他們不捨的眼神真令人憐憫，一切童年底事都湧上心頭。只有母親還抱着最少的幼弟，還天真無邪的笑。他是人民共和國建政後才出生的。我記得新正接神掛燈的儀式，當時還依習慣舉行，新添的男丁，由家人提着一個透明的紙燈籠，打鑼打鼓到廟裏接神；又列隊回到村前的神廟供奉，然後把燈籠掛在廟前的簷下。提燈接神，當然由我負責，鄉例只准男丁參加，大弟已七歲，跟着我的後面走沒有問題。大妹一向沉靜，她安份的站着看；但二妹好動，長得又高大，她不知好歹，嚷着也要跟我去；她哭着說她比弟弟還大幾歲，為什麼哥你就不讓我去？一時間我又無法當眾向她解釋，鑼鼓已響起，要開隊起行了，她急起來，硬是拖着我的腳不放，我情急之下，把腳拐了她一下，希望把她的手甩掉，誰知手上的提燈這樣一蕩，蠟燭的火燄立刻把透明的油紙燃燒起來，我趕快用手打熄，但已燒了一個大洞。二妹見闖了大禍，只可放手了！以後掛燈，代表幼弟的燈籠，就用白紙貼上破洞，尷尬地讓人指指點點。母親抱着他，我逗着他無知的笑臉，這應該是共和國的新生代，再清白不過了！又有誰知道他因為生在「七黑類」的官僚地主的家庭，卻成為他無法洗刷的原罪和階級烙印！要到鄧小平開放後才能團聚，我問他兒時最深刻的記憶是什麼？他只答一個字：「哭」。我問他為什麼哭？他說：沒有飢餓過的人是不知道的。這是多麼令人難過的答覆！大妹、二妹和三妹站在渡頭等我，三年每週歡樂的情景，是如此深刻的在我記憶裏。大弟幼時對我如影隨形，又誰知這一別，以後的

三十年，成了「有弟皆星散，無處問死生。」母親雖然已是六子女之母，但還是個三十五歲的健康美婦，又誰知道再見時，已是歷盡風霜、一頭白髮的龍鐘老婦了。然而，這些都是後話了。我跨出大門，這一步，不只是到香港而止步，還涉洋而去。到二零零二年，經歷五十二年，真是「少小離家老大回。」門庭既不依舊，人面早就全非了！

我跟着阿彩嬸從水口，坐了渡輪，晚上就到了澳門。投宿在舊式客棧，一房兩牀，我們各據一方。客棧就在碼頭附近，入夜行人還是熙攘往來，透過窗戶，算是給我這個鄉野村人開開眼界，第一次看到西洋人。

阿彩嬸也是個不識字的鄉下人，是她早起早睡慣了，還是膽小怕事，一早就睡了。第二天曙光初露，她便叫我起來，一同到附近的碼頭排隊買船票，這是唯一到香港的輪船。阿彩嬸是走單幫的小水客，凡事親力親為，捨不得多住一天，把我帶出去，可趕着辦好洋貨又趕回鄉來，省了旅館的費用吧！她排得很早，船公司開門賣票不久，她就買到手。我們就留在碼頭等着上船。等得很久，又是暑熱天，她向腳踏車載來冰條的小販買了兩枝。這些冰凍零食，我只在廣告中看過。阿彩嬸交一枝給我，在解封的時候我已嚥着口水，放到口中，一般清甜直透心肺，冷得口腔發麻才捨得拉出來。誰知身後被人一撞，手上的冰條已被搶走，眼看那個含着冰條的小孩，風快似的竄入人群中，我還來不及反應，他已消失了！我才懊惱起來，阿彩嬸的鄉音已響起來：嚐過就好，免得全吃下會拉肚子！

好不容易等到上船，大艙位原來就是船的最低層，發動機在旁，柴油混着海水味，在高溫的艙箱籟籟的起伏裏，看着發動機高低的轉動着，發出的震耳的聲音，一陣陣的暈眩，天旋地轉的翻騰着；阿彩嬸適時給我一個打開口的牛皮紙袋，裝了全部的吐出的穢物。阿彩嬸的金光又

從嘴裏閃了出來說：吐出來就舒服了！鄉下仔那個到香港沒有吐嘔過！

我癱瘓在艙板上，也不知過了多少時間，終於到達香港。阿彩孀說：快到香港三角碼頭了！你準備上去吧！我趕快摸一下口袋，扣針還牢牢的扣着五元港幣和地址的條紙。我跟在阿彩孀的後面，上了岸；她拉我避開後面的人群，對我說：「這裏就是香港地了！你就依地址的街道和門牌号數找平安鞋廠吧，不會找不到的。我很忙，抽不出時間陪你了！」我心裏有點氣，她不是答應母親帶我到平安鞋廠去嗎？幸虧母親要我抄好父親在信上寫好的地址，連港幣一同親手為我扣在口袋裏。我心裏也有點不服氣，妳連字都不認識，只靠記憶。我還是個初中畢業生，難道沒有妳就找不到嗎？我瞪她一眼，不管她看到或看不到，她已揚長走了！

我第一次看到人性的醜惡，她還是個出身的鄉下人；可知純樸的社會風氣所薰陶的性格，也可以被環境、貪婪的人性所轉化。我趕快收拾思緒，看到黃包車依海岸排滿碼頭的左右兩旁。我拿着地址的紙條，向坐在黃包車踏腳板上的拉夫問道：「阿叔，你知道這個鞋廠的地址嗎？」他懶洋洋將汗巾搭在肩膀上說：「細佬（小子），你有錢嗎？」我掏有口袋的五塊錢，向他展露一下。他說：「知道，你就上車吧！我拉你去。」阿叔真是老實人，我心裏對香港的文明感覺良好，比起阿彩孀好多了。上了車，拉夫向前走，我忙着看街上的商戶，窗廚陳列的貨品。夾着街中心的電車路軌，豎起像火柴盒型的電車，發出軌軌的輾軌聲、叮叮的靠站聲，已教我目不暇給了。他穿轉的拉着，不一會突然停下來，指着那大字招牌說：「到了！」我真的看到「平安鞋廠」幾個大字，旁邊還有街道和門牌的号數；我校對確信無誤。我問多少錢？拉夫說：

「五元。」我愣了一下，心想：母親賣兩籮穀只不過兩塊錢；身上的黑膠綢衫袂的布料也只是幾個光緒小銀元，抵不上五毛錢港幣。但我不知車錢是怎樣算的；我在疑惑着。那拉夫大聲的吼着：「細佬！你想坐霸王車嗎？你還不給我，我拉你上差館。」他把車手拉起來，我就無法下車了！真怕他拉我上差館，只可硬着頭皮，不捨得也得捨的交了給他。他讓我下了車，心裏還是忐忑的跳動着。我想：這也好，我到香港來，我真的時個徹頭徹尾的無產階級了！身上連一毛錢都沒有了！我走入鞋廠，向一個高大穿着時尚的售貨員問道：「先生，我從開平出來，找平安鞋廠老闆四姑婆。」「你跟我來。」我跟着他，穿過一道隔着店面的活門。站在門後不遠等着他通報。

　　「平安鞋廠」在父親最初對我的規劃，只是一個來港的落腳點。我抵步後，四姑婆就通知父親來接我。我才知道他已找到一份中學文史教席，在當時人浮於事的動盪時局，南下逃亡和香港鄰近的中國人民湧入，只有半年間，香港市民還是九十萬，一下子驟增三、四十萬。現有城市基本設施，無法容納驟增的人群。不管基於人道的收容，或者基於香港原本就是中國的土地，許多在中、英所訂的南京條約、和以後增訂的租約，都沒有細緻的明定。譬如界限街以北的土地，本來也在強迫之下，說是有租期九十九年，英國人連象徵性的租金也省了！清政府被推翻以後，九龍城原是清庭設衙管治的地帶，結果也半明半暗被殖民地政府侵奪，清室在未亡之前已無暇顧及；到民國建立，又在軍閥割據下屬誰的管轄區？許多不明不白的界線，都是港英政府加添上去，由昏庸的地方官員默認或劃押作實，管主權的中央政府那會認真勘正呢？但不管怎樣，當時的港英殖民地政府，還是不敢明目張膽阻截逃港的中國人。或者，港英政府對勤奮馴服的中國民族性格，

是優質人力的資源，在改朝換代大量進入香港，真是千載一時的機會，深具管治經驗的英國人，也許早就確認這是無本生利的機遇。到大陸封鎖時，香港已吸收足夠的人力資源了。本來暗淡的漁村——香港，立即璀璨起來，成為英女皇冠冕上最亮眼的明珠，「東方之珠」不是白叫的；以後發展成世界第三的金融中心。

我在「平安鞋廠」等父親來的時候，四姑婆和我聊了一陣，不外問起母親的近況；她是外祖父的妹妹，排行第四，也是不識字的舊式婦女，憑媒撮合，嫁到同縣鄧姓的人家。鄧家不寬裕，還常常靠母親送些穀米過去，姑姪的感情算得滿好。鄧姑丈是個補鞋匠，在家鄉哪來有什麼鞋可補，著得皮鞋也沒有幾個人，生下了三個女兒，就更難糊口，全家就遷地為良，到了香港，仍以補鞋為業，就在現址的「平安鞋廠」旁邊擺街檔。鄧姑丈是個老實人，漸漸和舖戶的業主相熟了。到日本侵佔香港的意圖日漸明顯，許多業主都想脫產求售，急切間難脫手的，只以最低價出租，求有人看守着產業，租金也只屬象徵式，主要是訂明誰是業主和租戶。香港淪陷日軍的統治只有三年又八個月，到殖民地政府重新管治時，為求香港的穩定，一切依過去法制，連舊有的貨幣都通行，過去以爛紙重量計的專收買港幣的收買佬，一夜之間成了百萬富翁。鄧姑丈為業主看守的，是整棟雙舖面連閣樓的建築物，只付出象徵式的蠅頭般租金。到日本投降，香港重歸英國的殖民政府的統治，一下子又成為南中國與東南亞一帶的貿易中心、自由港。在維持舊有法制下，四姑丈的大樓舖戶，只付象徵式的租金，到租期約滿，依法的比例增加，由於基數太低，幾與免費相同。戰後香港的繁榮，使四姑丈一夜成暴富，由於他的機遇與雄心，不眠不休的擴展，「平安鞋廠」以先天雙舖面的氣勢，駕凌其他狹小規模的商戶，成為上

環同業中最亮麗的窗廚，新穎的男女皮鞋，在強烈的電光照射中，顯得特別光亮。然而，鄧姑丈在積勞下突然身故了，但他已樹立了基礎和規模，雖然看不到以後大陸人士的湧入、但香港空前的繁榮，已在四姑婆一身珠光寶氣中顯現了！

父親下課才來接我，他還是對我一臉嚴肅。別過四姑婆，從德輔道中穿過「陸海通旅館」便轉入干諾道中的三角碼頭。我依稀還認得那一排黃包車，在碼頭入口處向兩邊伸開，這不正是我前兩三個小時的上岸處？走路還不到十分鐘，那個車夫轉左轉右的，分明欺瞞一個初入城的鄉下人，多麼令人氣憤。後來我當了鞋廠的學徒，三年半的月薪不變，每月只有三元八毫而已。十分鐘的路程，我付出了一個月又十日全部工資，這車夫的心也夠狠了吧！寫到這個人生的窩囊囊事，我不知為什麼還哈哈大笑起來！

父親帶我到離島的渡輪碼頭，在電車上只交帶幾句：他目前的收入除了房租，所餘供不起我升學了。暫時到長洲幫傭，只求兩餐一宿溫飽再算，對完全沒見過世面的鄉下少年，除了聽大人的話，我還能說什麼？

下了渡輪，已是傍晚時份，香港海岸的燈光真迷人，我第一次領暑她的風華。談到家鄉事，霖叔參加志願軍去朝鮮了！他認為是錯誤幼稚衝動。我對霖叔多少有點崇拜和親近的情誼，忘記了過去最不能冒犯的父威。我說：「志願軍入朝鮮，絕不是衝動，周總理警告了過百次，美國犯境難道任人威脅嗎？南韓如果不是美國的傀儡，她敢悍然揮軍入侵朝鮮？」父親立即插入說：「誰說是南韓入侵朝鮮？你到香港來了，接觸多些消息來源。如果你不信任美國的美聯社，可閱讀英國的路透社、法國的法新社的消息看看是那個發動韓戰。」我一點都不讓：「這些還不是美國的幫兇？就是退一步說：朝鮮發動解放戰爭，正如

中國共產黨解放全國，迫蔣介石撤到台灣去，難道是侵畧嗎？」我不知那來的勇氣，我敢頂撞；但也立即想到後果滿嚴重的吧！出乎意料，父親沒有和我再辯論，卻淡淡的說：「這些誰是誰非，一時之間，誰都說不清楚，還是靠自己去觀察、求證。但是我還要提醒你，在三伯父面前，少說政治，多聽他做人的道理。」

　　入夜到了長洲，見過三伯父，父親就再搭渡輪回香港去了。其實，他不去也不成，閣樓還不到二百平方英尺的空間，囤積了一袋袋二十四味涼茶、金銀花、菊花等藥材。橫七豎八的睡着二伯、三伯父、秀叔、嚴姓的伙記和我，除了我個子小，其他四人都是長人、大塊頭。天氣炎熱，特別覺得通風不足，屋頂低，連我也得彎着腰，其他就更不必說了。香港地「寸金尺土」，在上世紀五十年代開始就這樣了。到了執筆的年代，樓面的售出價，已很少於八千港元一平方英尺，而上至五萬元或更高。這還是樓面的價格，不是土地價。「寸金尺土」早已是歷史的陳述了，香港的樓價，目前是世界最貴的城市。

　　二伯父和三伯父同胞兄弟，但性格和人生觀全完不同。二伯父曾留學德國學軍事，和後來在台灣出任國防部長的俞大維是同班學炮兵的。蔣經國的長女蔣孝章是俞的媳婦；蔣穿着汗漬斑斑的皮積克，登山涉水每見的那一件，就是蔣孝章送給他的。她是蔣的心肝寶貝獨生女，長往紐約，遠離政治，到蔣逝世才回來奔喪。俞大維是導彈專家，在金門砲戰時，他到陣地視察，竟然被砲彈密集轟擊。同行有兩個著名的副司令，就是這次砲擊殉難的趙家驤中將和吉星文少將。俞大維熟悉重炮戰術，他逆勢衝向前，倖免於難，終享高壽。二伯父到德國留學一年，放假回來結婚，娶了二伯母，是我們全村最漂亮的美婦。結果，二伯父不再去德國了！又不出外任事，至中共建政，

只可到了長洲就食。

　　三伯父性格耿介，是個民族主義者，不食殖民地俸祿，甘願到長洲開個賣涼茶小店糊口，使我想起宋名臣謝枋得拒絕元太祖請他出仕，上書婉拒，第一句就講伯夷叔齊義不食周粟的典故；終於保持名節。我很難想像審判日本華南派遣軍總司令田中久一、並將他判刑槍決的法官，今蹲在小廚三尺之地，一絲不苟的生火熬涼茶。那個年代還是燒柴生火的；他曾對我說：「我們賣涼茶，是賣藥的一種，漁民光着身在海捕魚，太陽的熱毒，靠這二十四味除濕祛熱毒，我們一定要明火熬多久就要多久，不要為省一些柴火提早結束，寧願到時抽柴出灶，不能少一刻而作罷；這是我們對人的誠信問題。」又有一次他叫我掃地，我掃了；他說：「你這麼快掃完，照理是苟且了事。你重新掃一下陰暗的角落。這些不起眼的角落，最容易藏垢納污。如果一個人只是表面乾乾淨淨，內裏見不得光；是欺人自欺，暗室不可欺也欺了，你或者還未明白，你可以記住，以後就會明白。」大概我從小就聽到他的耿介事蹟，心已存幾分敬畏，這些話，今天寫來，猶一字一語像在耳中響着。

　　上世紀五十年代的香港離島——長洲，只有一條主街，稱做新興街，我們的涼茶鋪叫做「透心涼」，主要是賣二十四味苦茶；金銀花甜茶銷量不多。傍晚時分，漁船歸來泊灣，漁夫多半跣足上岸，經過涼茶舖常停下來，在茶檔就地喝一碗，放下一毫銅幣離開。修叔坐在兩個大銅壺的後面，有些顧客進店來，散坐在茶桌旁的坐椅上，也多半喝完就離開。嚴姓伙記和我負責斟茶和送到茶桌上。長洲當時的人口不多，生意澹泊。二伯父只偶而回來吃飯，聽說白天為人看風水，晚上才回來睡覺。這是小店，當然養不起五個人。

涼茶店有個收音機，播放着粵曲或時代曲，鄧寄塵的諧劇、李我的「天空小說」、方榮講古是當時流行節目，也有幾節香港和世界的新聞報導。韓戰是當時熱點新聞，每天都有新的報導，當然不全是新華社的消息了；顧客看完的報紙，有的遺棄在桌面上，使我能看到多方的訊息。初閱讀時還有點抗拒，慢慢也自我去比較和求證，終於不再全盤接受。可知我們只要有比較，就能學會選擇，在選擇的過程中，我們就懂得思考，選擇的結果：好與壞；對與錯。選擇的結果，又教我們看到選擇成果的比較。於是，我們就有了經驗；經驗使我們減少錯誤，人類的文明，原來是經驗的累積。摧毀人類的文明，不管用什麼美麗的詞藻去包裝，都是文明的逆流。

離島的生活水準更低，涼茶舖的收入也難維持五個大人的伙食費。試想想：一碗二十四味苦茶只賣一毫，一百碗也只有十元。藥材就有二十四種，這是如假包換的真材實料：斤兩十足，明火的火候十足。不說四個人的人力投入全不算在成本內。加上陪吃的二伯父，飯菜加上油鹽醬醋和火水。的確教三伯父愁眉苦臉的。有時天氣涼，連百碗的銷路都賣不到；我也成了實際伴食的冗員。

九月一到又開學了，長洲沒有中學。但來遠足旅行的中學生，在週末成群結隊的來，也真教我羨慕。終於等到父親來了。他又即日把我帶到「平安鞋廠」來。原來母親背着小弟從鄉下也來了。

屈指算一算，在長洲也過了三個月。閣樓的酷熱，都教我們非睡不可時才爬上去。他們在舖面打烊後，搬到舖後的木板棚架上乘涼，棚架從海岸潮水所到，一直搭到舖後的地面上，距離總有三、四十尺，用原木杉撐起，離地最高處不下十多尺，整個海岸，棚架像一條風景線，空曠的地方是漁民曬網用的，不出海的時候，漁民就在曬網時

補破網。棚架上有一些木板小屋，是鄰近合用的公廁，靠近海岸的邊緣上。棚架上開了一道約半尺乘一尺的小口，如廁的人蹲在小口之上，大小便都從小口直落，凌空直下，水漲時不見蹤影，水落時隱約可見，要等到水漲沖洗乾淨。晚風在海岸的棚架是不缺席的恩客。我們非到睡時不回去，我和老嚴對大人是搭不上口的，也有點怕他們；多半是我們結伴到街口的碼頭附近，或街尾的關帝廟隨意逛逛。走到最遠的一個海岸巖穴，傳說是江洋大盜張保仔的窟洞。在我可記的三個月的長洲生活，週而復始的刻板操作和到過的地方，可記的只因為它是我在翻騰年代中，一個衝出傳統藩籬的落腳點。

父親在回港的渡輪上，向我說明「透心涼」養不起五個人，我必須離開，所以特地要母親到香港來，要求四姑婆的鞋廠收我做學徒，學一門求生的手藝，在亂世特別是香港人浮於事的社會比較實際。我只有聽的份兒，我能有主意或反對嗎？那一個年代，我也許是馴服青年的最後一班列車了！而我困在長洲三個月，不要說港九沒有朋友，連長洲也未能交上一個。我們這一代，思想上經過時代的洗禮，從打倒軍閥、打倒孔家店，打倒一切殘餘封建，到日本帝國主義，都是打倒一切不滿的現狀。而我在陌生的環境中，卻還馴服於家長的安排，不是最後一班馴服的青年又是什麼呢？母親連字都不識，父親說什麼都沒有異議。三十年代的《家》、《春》、《秋》、《雷雨》，已喚醒中國青年起來反抗舊社會。這些著作我都讀過，也激動過和嚮往過，但到我面對自己前途的抉擇時，我竟是個毫無主見的蠢貨。鄉下人嚴重的有限視野、小農保守的思維、大人威嚴的積重，使未成年的子弟喪失獨立思考的能力，的確須要徹低的改變。這些反思，正如我修正對共產主義運動的過程一樣；體悟到一切美麗外表的包裝，和實

質的內容沒有必然的等號，何況還會變質的過程；大人的決定的錯失，誤導了子弟；難道一切後果都由無知的生命去承擔麼？我們年幼無知，缺乏宏觀的視野，當然也看不透文明社會的過程，要我還去學那些夕陽的手工藝，不為長者諱，本來就是一項過於保守不知世界趨勢的錯誤決定，而我全盤接受，付出了浪費三年半的寶貴光陰！這個教訓，使我終身忘不了！我的兒女再不會重陷這般覆轍。

有人慨嘆沒有快樂童年。其實，廿世紀六十年代前出生的中國人，誰有過快樂的童年呢？試看中國廿世紀發生的事故：就從一九零零年開始，那一年，正是列強勢力第一次結合入侵中國的歷史時刻——八國聯軍攻入北京，焚燒頤和園的年代，距鴉片戰爭（一八四零）已經六十年，中國對外戰爭必然是賠款割地，內政貪腐，早已民不聊生；除了極少數皇親國戚，官宦世家，廣大人民的小孩，溫飽都有問題，能有快樂的童年就很少了。廿世紀來臨之時尚且如此，以後更加不堪。試想末代皇帝溥儀幼年登基，三年亡國，連他也沒有快樂的童年。我們又何快樂之有？四十年代一半時間抗日，一半內戰，誰有快樂的童年；五十年代改朝換代，中國人不論海內外，都在翻天覆地的年代，誰有快樂的童年。六十年代國內還是鬥天鬥地鬥人的年代，海外的中國人少有不胼手胝足的艱辛歲月，亦少有快樂的童年。童年與少年；少年與青年又怎樣界定？至於青年，民國時代在四十歲之前還算青年時代，恐怕也不是法定的，只是政府獎勵傑出青年，劃在四十歲以下的慣例而已。如果將童年（從出生到入小學，鄉下當年還沒有幼稚園）、少年（從小學到初中畢業）合起來算，在我來說，都在渾沌中渡過。過此以後算入青年時代的話，也就是在香港成長年代，是我人生旅途中最困頓桎梏，而且一籌莫展、俯仰由人。這個漫長的試煉，使我深

深體會人生，學會同情、憐憫、惜物和忍讓。

五十年代香港的製鞋業十分興旺，是手工業的楚翹。外國製皮革已很先進，時尚的新穎款式，加上中國人精緻的手工藝；使香港的出口鞋大量外銷。男裝高級鞋由老師傅精製，一日能完成一對已是個熟練工人。頂級的本港貨，原料全屬外來的洋貨，大概是七、八十港元而已。土皮土製在十元以下便可以買到，和進口洋皮鞋相差一倍，主要是香港工人的工資微薄所致。五十年代是香港鞋業出口最輝煌時期，零售鞋廠從上環街市沿德輔道中直到中環的永安百貨公司，夾着街道的鞋廠總有五、六十間，窗櫥明亮的燈光，照在閃閃發亮的鞋面上，售貨員白襯衣和時興的領帶，不遜今日金飾珠寶的店員的講究。鞋業的欣欣向榮可知。這些鞋店當時都稱「鞋廠」，而真正的鞋廠的工場地，和鞋店的風光，真是天堂與煉獄之別。我在煉獄生活。

父親住在灣仔一間樓梯間，由業主裝好門窗，除了睡牀以外，僅有一桌兩坐櫈，母親和小弟住進去，忍不到一週的擠迫，又背着小弟回鄉下去了！母親到香港來，主要和四姑婆說好，讓我到平安鞋廠的工場當學徒。說好的當天，我就進入工廠住宿了。其實多此一舉，做學徒還要來講關係麼？隔行如隔山，收學徒等於免費勞工、童工，是最壞資本主義時代的剝削對象；我又不幸成為剝削對象的最後一班列車的勞工。如果四姑婆果真念我母親姑姪之情，應該坦告這是坑人子弟的陷阱才對，怎能假惺惺像賣人情的矯情？她真是個惡劣的鄉下人，和阿彩嬸一樣貨色；只是富的更壞。

平安鞋廠的工場設在「七姊妹」，這個地區的名稱今天早已湮沒了！如果喚回香港的記憶，你說「麗池」的一帶，反比「七姊妹」電車站普及認識的多。鞋廠的工場製

造男裝鞋，分為兩部分：鞋面、鞋底。圍繞着的底部，比鞋面明顯稍寬闊一些。生產鞋面與鞋底是分工的，沒有兩兼的全能鞋匠。全廠的領班人，必然是鞋面部的設計師，款式是他設計的，鞋面的裁剪也是他。一對鞋面的原皮都是入口的洋貨，土製的很少，一觸手就分得出土洋。我那時個子小，氣力不大，還沒有資格當鞋底的學徒。不管鞋面、鞋底；都不是一來就讓你跟師傅，當然這是一種對舊式學徒的欺壓，不給你上位學本業，先從揀釘、掃地、服侍師傅開工，希望以後把全部好的技藝都傳授給你，其實這種眼見的的操作，有什麼秘門秘笈？還不過是資本家收學徒幾等於收免費勞工而已。

工場佔地很大，鞋面部有兩張大枱：一張專供鞋面設計師傅用，另一張供一般師傅和上位的學徒用，車鞋面是半自動的，和衣車的模式一樣，也有好幾部。鞋底是特製的四方型矮枱，圍着矮枱的四方矮橙四張，供師傅四人相對坐着，每人前面的枱上放着各式的長短鐵釘，還有枱面上公用的線和臘。枱邊各掛着粗幼不同的鞋線、黑油的小瓶等，像倒吊的死老鼠。一枱的中間從上吊下的電燈。小方枱總有廿張，就坐了八十人；鞋面部也有十多位，加上我們做學徒的總不少於十個，這個工場就超過百人了。靠兩三個窗戶的抽氣機疏散一下人氣，當然是不夠的。大暑天的汗臭、人氣、香烟、大碌竹（水烟）、灰塵混着牛皮、天拿水、鞋油味；加上人聲、鎚聲、鞋車聲，這不是人間煉獄麼？那裏有現代化的車牀間的空調、消音隔聲的設備？這種密集的手工業，超過一百人和佔地的四千平方尺，一天生產不會超過一百雙皮鞋，人力這樣密集，這樣浪費；不是夕陽工業又是什麼？

市場機制的淘汰很殘酷，舊式製鞋工業還有多重致命缺點。一、鞋面與鞋底只能各自生產。如何能抵擋現代

化一條生產線涵蓋舊式兩個部門。二、產量更無法克服的罩門，靠人手、人腳的一針一線的做，如何追得上開動機器？八小時的工作量，又如何追得上二十四小時可以不眠不休的機器，更不要說速度了。三、製革、製皮的現代化配合與時俱進的設計、優質生產和老師傅靠傳統手藝的保存，更無法相提並論。從其日益衰微終於淘汰的結局，是無可避免了！「七姊妹」鞋廠工場的命運，在我加入後約兩年間便無法支持下去，終於搬回鞋廠的後院，而且全是還未滿師的學徒，經過兩年的訓練，又不是什麼綉花工程，剪剪車車鎚鎚，眼看得到的工夫，日久熟練，學徒一樣可以成師傅的；師傅也沒有責任教學徒，所有師傅忙着自己的產品，沒有產品，那來工資；手停口停的按件計酬，要他教學徒決然做不到；欺負學徒還有理由，這個行業已生存不易，惡形惡狀使學徒減少，也就減少就業的競爭。

　　然而，舊式師傅的尊嚴，不因夕陽手工業末落而有所削減的，我想不外兩個原因：一是好不容易媳婦熬成婆，她忘記了自己的過去酸楚；二是一般舊式皮鞋師傅，教育程度低，老一代連小學都未唸完多的是，那會知來日無多。工資又低，更不善積蓄，都是社會低層的貧戶。更可怕是五十年代，香港還有「吹鴉片」的「癮君子」，這些人大多在鞋業師傅中存在，他們見到「差人」都儘量走避，像見不光的罪人，內心有嚴重的自卑感。他們在癮起時一把眼淚、一把鼻涕的狼狽相多可憐。而又在過足癮時的精神抖擻可以「打老虎」；上山「打老虎」就是「道友」（癮君子）到山上的「烟竇」吸毒的暗語。唯一可以出氣的，是對付學徒。做師傅的，是不管你做那個部門，學徒就是學徒，師傅就是師傅。鞋業的潛規則是學徒必須聽師傅的話，你要反抗，他可以用皮鞭鞭韃你。那一個年代，

還沒有什麼「人權」可說的；更不要說有投訴的部門、法律保護的那一套。

師傅懲罰學徒，不一定學徒犯了不服從的命令；疏失未盡滿意的、忘記的、都有可能；甚至都不相干的。師傅看你不順眼，他也可以懲罰，但又誰能抗拒？師傅之間更沒有仗義為學徒講公道話，使學徒免於刑罰。體罰在現代來說是私刑，沒有一個人可以對另一個人的身體執行私刑。師傅用皮鞭抽打，還不是私刑麼？我現場看過好幾次，連四姑婆這樣一個老婦，都動用皮鞭打學徒，不管什麼理由，在現代「人權」立法下，是禁止傷害他人身體的。在那個五十年代，人浮於事，工資的微薄，任何一般師傅的收入都不足養家，何況還有吸毒的習慣；大多師傅都是光棍，心理、生理就不正常，工作環境又差，又朝不保夕的職位，說炒就炒，沒有工會出頭。不要說勞工保險，傷殘保險，連什麼勞工處、勞工法例的投訴和保障都沒有。我雖沒有捱過皮鞭，但日子並不好過。工場是供伙食的，到開飯的時候，師傅指定一個店户，要我去買五分錢的腐乳，到回來的時候，有限的菜餚連汁都吃光了，席也半散，那個師傅已在剔牙，還要我放那一塊小腐乳，留給他下一餐用。只可認倒楣，將飯鍋底剩餘的白飯刮下，不夠就去劏一些「鍋粑」吧。沒有一個師傅會表示同情。這是一個人性冷漠的行業。那些「道友」師傅，烟瘾發作時也沒人管，工場要結束，師傅也各作鳥獸散，彼此連道別都不說，更沒有留下聯絡處；總之自此以後，大家下落不明，誰都不知誰到哪裏，一別就相見無期、生死兩茫茫就是了！以後我也沒有見過類似這樣的一個行業；當年見之，幸與不幸都難作分明了！

四姑婆的工場搬回上環鞋廠的後院，留下的只是還未滿師的學徒，她不是憐惜我們，而是養了你兩年，到可以

翻騰年代的經歷

為她賺錢的時候，她怎會放手讓你無條件跑掉呢？這近於剝削的制度，沒有任何對學徒的承諾。我記得我每月只有三元八角的工薪，每月有一天假期；「做禡」兩次，是每月按舊曆初一和月中的十五，也只是晚餐加一碟豬肉或一隻雞，晚飯後收工。不管在原工場還是遷回鞋廠的後院，對我們做學徒的來說，可說沒有一點痛癢和榮辱感。我們不過是夜求一宿，日求兩餐的下層階級的學徒；能怪學徒沒有心肝？再說東主是我母親的親姑姑，在鄉還是受過我家的米糧接濟。這還不算，到我還有半年要滿師的時候，我有機會考入香港工業專科學校夜校部復學，父親請她幫忙，吃過晚飯讓我上學。怎麼談判我不知道，但是結果是：我可以晚上不須上夜班，但要補回半年才得離開。工場開工是早上八時至晚上八時，歷時足十二小時，中間除了中午飯和晚飯各佔一小時，實際工作時間是十個小時。我們晚飯在下午五時，六時才再開工，至八時止，我不過提前而少了兩個工作小時（她卻說是三小時，吃飯的一小時算在我的工序上），她卻要的補償半年，這不是乘人之危的勒索麼？學徒是沒有合約的，完全是講口頭信用，「君子可以欺其方」。她原有工場的工作環境和後院的鐵皮屋頂，當上蓋的酷熱與暴寒，米飯中的銹釘和玻璃碎，我們又向誰投訴，她會給我們多一點工資嗎？我喝一杯涼茶都沒有資格，這只不過一毫而已！我請求涼茶店給我方便，「斗零」（五分）給我半杯。我第一雙皮鞋也是平安鞋廠的，就是一個月的工資三元八毫。當然是土皮製的。在還沒有搬回鞋廠的後院時，老闆為省了五分錢，不坐電車的樓上頭等，只坐樓下的二等，結果被「扒手」扒走了全工場員工一個月的工資。她向學徒出了這口氣，用皮鞭鞭了那兩個打架的倒楣學徒，其他的學徒都心裏暗爽。這就是香港舊式學徒與雇主的關係寫真；想來也是香港舊式

學徒的最後一班列車；而我又是列車其中的一個。從七姊妹搬回上環，工場的佔地，鞋廠後院還有條後巷，剛可是封巷沒有出路的盡頭。鞋廠搭了一個擋風雨、太陽帳篷。可以擺下四張做鞋底的工作枱，鞋面的師傅，由滿師的學徒頂上，在人浮於事的夕陽鞋業，也沒有升上師傅的學徒離開，像四姑婆刻薄成性的雇主，能加薪多少？我不會高估。滿師的沒有膽量離開，加上我等學徒四、五個，總算是個小規模工場，當不如過去的規模，可控制產品的質量，因此利潤也遠不如前，靠其他工廠來貨，外銷也隨着減少。盛極一時的鞋業，由於機器的出現，香港的外銷有了強硬的對手，其他鞋廠的工場歇業亦時有所聞。那些抽鴉片的老師傅的晚年歸宿已不問可知。強積金、綜援、生果金等的貧戶的救濟，當時全都沒有，他們怎樣活下去，我就不知道了；也自此以後，我所認識的師傅，除了滿師以後，暫作棲身的西樵人的羅師傅自營的「山寨」，終我至今的大半生，都沒有再見過他們。那些先後入場做學徒的師兄弟，自我離開鞋廠工場，同樣不知他們的下落。這是一個冷酷的行業，鞋廠是學徒的人間煉獄。我本來是最後收的學徒，又被她多剝削了半年，做足了三年半，滿師的時候，我對父親說：我已浪費了三年半了！這是一個監獄，整月只有兩天休息，認識不到行外朋友，我已過了十八歲；絕不再做這沒有出息的行業。哪一天為我找到工作，我就哪一天離開羅師傅。

時代的步伐不會停下來，正如我們的年代的翻騰不會休止。人的步履追不上它，咀咒是徒然的；我們不如思考怎樣加速自己的步伐去趕上它。也只有這樣，我們才與時俱進，不做時代的棄兒、被時代淘汰！

自從一九四九年十月一日，毛澤東在天安門宣告中華人民共和國成立，就是宣告一個中國新時代的來臨，我們

無法預計人民的禍福，但總是一個嶄新時代的開端，是亙古以來所未有的。香港久由殖民地政府統治，也經歷中華民國的成立，但還有顯著的不同，最明顯的一點，是民國成立之始，新政府不但不追捕被推翻的滿清人和王朝的官員，還有優待清室條例的頒行，王室人員尚且如此，封疆大吏和一般官員又等而下之了；這和中共建政，視過去官員為餘孽，視地富為階級專政對象，就難以相提並論了。

我家以科舉功名起家，但光緒末葉廢科舉以後，科舉功名的路斷了。民國以後，軍閥割據了十多年。統一完成，日本已加緊侵暑；抗戰慘勝，中共已坐大不能制。這些年代，除非發國難財，中國廣大的農村，其實已十室九空。我家也中落，原有的婢女也遣散了，出租的田畝也很少。一九五零年廣東農村土改，大概因為母親親自耕作，算是自耕農，並未列入地富。誰知她以為土改的階級鬥爭既定，背着幼弟從香港回鄉；這一次的錯誤選擇，坎坷的命運馬上跟着來。這不是一朝一夕、一年半載的夕運，而是長達三十多年的生死鬥的徘徊；死去活來的人身與精神長期折磨的經歷。原來葉劍英做了廣東的第一把手，毛澤東認為廣東的土改並不徹底；也許是個藉口吧！葉是粵籍人士，只要有人批評他是個溫情的地方主義者，任何中共的獨裁者所不能容。「東北王」高崗連命都掉了！「南天王」的「葉帥」已是格外的開恩了！陶鑄到了廣東，據聞內定每村要抽出百分之二十五撥入地富。廣東地少人多，是個糧食不夠自給的省份，那來四分之一的地富階層。誰又能改變毛的命令？正如他後來在「文革」時期說：「八億人口，不鬥行嗎？」階級鬥爭終毛之世從未真正偃旗息鼓過，只有退一步做進兩步的準備而已。母親回鄉以後，不久便成「漏網地主」。這個罪名使她和全家吃盡苦頭。母親臨終的前一些年份，突然有一封信來自她所

屬的大隊，告訴她的地主帽子已摘去了！母親說：「要給我載帽子時沒有問過我；給我摘帽子時也沒有問過我！我能反抗嗎？」真想不到過了九十歲的母親會突然這樣問我，還定定的期待我回覆，我只可說：「阿媽？我又不是共產黨。這是村委的通知書，但的確不是問卷。」她說：「你回覆他們，摘不摘帽子，我自己決定，輪不到他們包辦。」這幾句話，真是振聾發聵。媽媽以七黑類的地富階級、一個村婦帶着最大的十三歲和以次到一歲的五個兒女，經歷三十多年的折磨，沒有折損一個逃出大陸，決不是仁政的恩典。

我在「七姊妹」工場的時代大約兩年半，故鄉發生的消息，只是父親帶來零星的傳聞，來源多半從鄉下來港的族人。自土改以後，我祖族近九成家庭屬地富；能到港澳來的批准亦不多。很難全面了解在故里的母親和弟妹狀況。聽說早已掃地出門，日出全家被趕出勞動，年幼的也得帶在身邊；勞動後回家，到天黑一定的時候，自有管訓人鎖上大門。早上鑼響，又有人開鎖放出，跟着大隊集合出發；所知的就是這麼多。我的外祖母是個「放腳」的僑眷，也被趕下田插秧，她連走路也不穩，真不知她怎樣生存下來。我家有幾個負時譽的祖父輩，都是從事教育的，本來已出了香港，因為輕信成為新政權紅人的女婿保證，又從香港轉回家鄉，在土改時被槍決了，陪着上刑場的祖輩弟兄，回家後也在當晚自縊身亡。這些消息，令我對共和國充滿憧憬的熱烈逐漸下降。這不是因為這些不幸的人物是我的親人親戚，而是我確信這些人不是壞人，只是不能選擇的出身家庭，既沒收其產，還要殺其身；不是一個正常、或法治國家所應有。

香港本島總比長洲這個半封閉的漁村多些消息；「七姊妹」還是半開發的地段，當然沒有「上環」的繁榮。我

在長洲不足三個月，資訊還不如我們僑鄉；五零年底到「七姊妹」工場當學徒，雖屬本島，但一來是新開發的地段，「炮台山」那一帶的山地，都是毫無規畫、密密麻麻的自搭木屋，連「有瓦遮頭」都談不上。許多毒窟都在那裏，鴉片烟友才找得到。因為要上山，才能「打老虎」（吸毒）。上山打老虎就成了「道友」們相約的口頭禪。大陸建政，香港人口資源得到史無前例的驟增，使香港得以一日千里暴發起來，這絕不是英國人能點石成金，而是大陸各種人才的傾注，殖民地政府只提供一個能生存環境，並懂得適時的配合。中國人的樂天知命、勤奮、同舟一命；以香港為安身立命之地。各行各業南下來港的難民，不管過去的輝煌，都放下過去虛矯的身段，捲起衣袖出賣勞力，投身香港各行各的建設、開發。香港的輝煌是中國難民和他的後代拼出來的，雖不能說百分之百，但可以說是基本的主力，其他的因素只能說是配合基本主力發展起來。

香港與台灣，是兩個中國最窮的地區。台灣是日本南侵的基地，也是日本主要糧食的產地來源，日本本土尚且殘破不堪，更何論殖民地的台灣。香港更僅是廣東沿海偏僻的漁村，英國要求割讓香港時，道光皇帝在地圖上還找不到她的地理位置。兩地同樣缺天然資源；因此，台、港的經濟起飛，完全倚賴優秀人的資源和一個適合經濟發展的制度。而且兩地幾乎是同步發展起來，更證明中國人是適合現代化；尤適合現代化的經濟社會的發展，一切認定中國民族有落後的基因，然而台、港的發展，是有力的批駁。香港在殖民地政府管治下，隨着她的經濟發展，市民的國際觀逐漸建立起來，竟成國際金融的第三個中心。二戰後英國已淪為二流國家，但香港的發展，英國還是一東一西不落日的國度；香港則是英國皇冠上那顆最耀眼的明珠。

香港人的國際觀和殖民地政府發展英語教育有莫大的關係。英國的國力雖然大不如前，但繼之而起的美國，也是個英語國家，造就香港成為國際都市一個有利的條件。殖民地政府不是有愛於港人，而是在提升香港的生產力，使香港成為產卵的「金鵝」，對英國經濟的助益是不言而喻的。其英語教育，也是一九五零年以後才逐漸注意到香港對國際貿易的重要性，加速發展起來的。

老香港早期英語的低下，有許多笑話。「香港總督」是後來市民才懂得叫的，初期稱做「大兵頭」；警察帽和綠色制服仿英國制服叫做「大頭綠衣」（即警察或叫「巡更」），警察吹哨子用半唐番叫「綠衣吹BB」。慶典操砲叫「渣甸BOM BOM」（因軍營設在「渣甸道」）。端午節的英文叫「龍舟咚咚。」從一九五零年到一九七五年間經濟起飛的香港人，是香港繁榮的奠基者、經濟起飛的原動力，誰能否認？而我，以未成年的童工開始，歷七年參加香港繁榮的奠基。

香港割讓給英國，自一八四二年訂定中英南京條約起，連後來租借「界限街」以北的九十九年，至一九九七年連租借地區一併收回，共計一百五十五年由英國委派香港殖民地總督領導的政府管理。其間港人示威者三次：「濟南慘案」、「廣州沙面慘案」；是英軍射殺中國人民引起港人示威抗議，後者還促成省港澳工人聯合罷工、罷市。另一次在香港，因天星小輪漲價引起的，也很快就平息了。中共建政後，英國以香港關係，是民主國家中最快承認、建立外交關係的國家。但由於政治體制有異，又是毗鄰，常受到困擾是難免的了。一九五零年韓戰發生，美國以聯合國名義派軍入韓，以英國為首的英聯邦諸國參戰。六月二十五日，中共志願軍開入朝鮮，英國無可避免與中共直接為敵。在韓戰期間，戰時物資缺乏，香港幾乎是最

重要的補給地，香港殖民政府奉英內閣命令禁運，也增加中共對港英殖民地政府的仇視。但建政初期，又有韓戰的應付，中共中央尚少有插手，只由地方政府掌控。

我在一九五零年底就從長洲遷到港島「七姊妹」地區，兩年半後又轉遷到上環的鞋店後巷工場，年事漸長，對報紙刊出的各種新聞都感到興趣，大概是求知慾強的年齡吧！師傅們讀過後的報紙，成了我免費閱讀的精神食糧，左右兼收，搬到上環的一年，由於工場沒有廁所，每天可以到公廁去一兩次，總有一次是跑到最近的書局去做免費的閱讀者。不論是報紙的社論或名人專欄；書本上的舊聞新知；都使我的視野開廣和有助於真偽的辨別。我經歷失學而努力閱讀各種相關的知識，培養我十年如一日的勤於閱讀和寫作的興趣與習慣，又真的是「塞翁失馬，豈知非福。」

香港當時只有一個無線電台，還有一個安裝在客戶處的有線電台，就是著名的「麗的呼聲」。有三個節目，老香港必然記得：李我的「天空小說」，鄧寄塵一人變聲的「諧劇」和方榮「講古」。香港無線電台陳竹本的晚間時事訪問和評論。評論人都是名嘴或名家，都令我心儀與響往。

香港在開埠初期，吸引本土許多亡命客及世界各地的冒險家來投。據老香港傳說：當時香港人口約廿五萬間；在中共建政前還不足百萬。一九四八年徐蚌會戰失利，國軍主力被殲，局勢才急轉直下。香港原有人口從七、八十萬間驟增至八、九十萬，難民來香港隨到隨收，領取身分證就是香港合法居民，沒有任何附帶的條件。中共建政後，至韓戰爆發各地南下來港的水陸兩路，尚通行無阻，除極少特殊人物外，關卡即使有駐軍，亦少有攔阻，到一九五零年底，才突然無預警下宣佈封關，當時香港人口傳說已突破二百萬了。根據《維基百科》估計約一百七十

到八十萬之間；另有個人著作：周奕對一九五零年的香港人口的估計是二百二十三萬。香港官方的人口統計要到一九七六年才出現。

我們從香港人口的結構分析，有四份之一強，是中共勝利在望時逃離來港的。雖然不能算做必然的反共分子，至少也應算不認同、或存懷疑而來港的；中共建政時期在一九四九至五零年，還在自由出入香港時期，不認同這個政權，所以「用腳投票」離開大陸來港的，也約佔四份一。以後逃難而來的包括歷年偷渡和人口自然出生率的增長，大概也佔四份之一。香港人口到一九七六年才有政府統計總人口的數字。換言之，在一九七六年前的數字，沒有統計確信的數據做基礎的。一九七六年以後由政府人口統計報告應該是可信的數字。二零一零年為六百五十萬；這個數字應是經調查有據的。香港總人口在我的經歷，只是一個概念，我不是做統計報告，就連香港政府的人口估算的檔案，在二零一零年前也沒有確實可靠的數據。但共同的認定，香港在中共建政後的人口，少說也有三份之一是不認同中共政權的，以後的轉變那是以後的事了。

為什麼我只相信一九七六以後香港人口的數據？英國傳統的殖民地，都沒有準確的數據留下來。二戰以前，英國還是一個以搾取殖民地各種資源，來壯大本國稱霸世界為傳統政策，她不會多化心思去完善殖民地統治架構，因陋就簡，殖民地的盈餘，是英國國庫重要的來源。一九七六年，正是香港經濟起飛的早期，香港已儲備了二十五年因大陸各項運動的動盪和革命的輸出；東盟諸國的資金都流入香港。香港已成國際都市、金融中心的雛型，殖民地政府不是有心為香港市民的生活品質而改善，是因為面對香港有利的形勢，加速提高生產力來應付各方的需求，目的在使香港能多賺、快賺更多的錢。因此，不

惜安撫港人的殷望，連退休的大貪官葛柏都遞解回港審判和服刑；對金融機構的改善、資助，扶助中心小企業，大量興建學校、發展大學培養專業人才。經過二十多年聚積的經驗和各方面的實力，香港的經濟起飛就能一飛衝天的完成，造就香港真的成為東方之珠、國際都會、金融中心的璀璨奪目的成就。香港在一九五零年，港人的收入是大陸人民的三倍，到經濟起飛以後，香港成為「亞洲四小龍」，大陸剛脫離「文革」不久，香港的生產力和人均收入和大陸的比較雖然沒有數據，但應遠比建政初期有更大的差距。香港在一九七六年完全經濟起飛；大陸「文革」也正可是年結束；還在一窮二白中。香港經濟的發展，比大陸先進了約二十年吧！

香港人在英政府任命港督管治下，經一百五十五年僅有三次示威遊行；而自一九九七年回歸至今（執筆時）的二零一三年，在十六年中，從數百人到一百萬人的示威遊行，真很難以數計。香港的教育普及，見聞廣博，要煽動港人示威遊行並不容易，誰會相信「港英餘孽」煽動得起！如果說有三份一是叛離祖國的人口結構，不要說當年從二十歲算起，就算十五歲像我到港的年齡，今年（二零一九）已足八十四歲。如果參加過遊行，就知道近八十的老人真是寥寥可數，不要說從維園出發走四、五個小時，恐怕還未開步，站着等候出發時就暈倒了。「港英餘孽」不是；叛國的反動派也不是。能移民的已移民，這些示威人士，都是以香港為安身立命的「愛港人士」，應是平情之論。如果一定要責備他們愛港而不知愛國，也要說明怎樣才算愛國。這是「回歸」後的事了！暫且擱下。

我們再回顧一九五零年至五六年間香港與內地地方政府的互動。由於中共的管治，從中央到地方，是一條鞭式的貫徹由上而下的，地方政府的措施，當然就是中央的意

志，是不必懷疑的。中央人民政府成立以後，表面是採取寬容政策，戰場上的一般俘虜，如果願意回老家去，解放軍是無條件放行的，甚至在解放區發個通行的路條；有的還特別發上補助費。在鞋廠做鞋面部門，我有的一個舅父（母親的堂弟），是國軍的下級軍官，徐蚌會戰被俘，是其中遣返回鄉的人，在他的不經意口述中，我確實知道他對中共的寬大，心存感激的。舉一反三，這個措施，從東北解放釋俘。這些國軍的戰俘，經過短期營內集訓生活，聽政治課後，便自由選擇留下或回鄉，最低限度表面是如此，政工人員也許有個別考核，選擇性的做政治工作，把一些有特殊技能的官兵留下來，但不勉強。這個措施從北而南，這些穿州過省的回鄉官兵，口述解放軍的寬大、有理想和善戰，對在職的國軍，在精神上的影響，說多大就有多大，已致許多戰場未經接觸先潰，逃兵亂竄。解放軍遣散戰俘的政策成功，從東北全區解放後，只以兩年時間，從關外至關內，渡黃河、下長江、入四川而西南，經沿海進福建而達廣東和海南島，一如拉枯摧朽，戰史上真是未有之奇，是「不戰而屈人之兵」最佳的詮釋。然而到大陸情勢迅速由中共軍政掌握，「肅反」（肅清國民黨反動勢力）已靜悄悄地進行，地方政府大致掌握情勢，中央收網的命令一下，一切出口關卡封閉，沒有經批准的人，全部擋駕；到想離開被擋時才回過神來，已是籠中鳥、網中魚：以後頻繁的運動，每成反面的活教材了！家母就是一九五零年背着幼弟回去，做了活教材，要到一九八一以後才放出來的。

香港在「肅反」年代，電台轉播廣東公審現場錄音，其中受審者有廣東教育廳長姚寶猷。我是全程聽完的。後來我和多倫多一位長者談起姚寶猷的公審，他說，他也是教育廳長考慮的候選人，幸虧沒有當上。他是曾任珠

海大學的陳魯慎教授，前兩年還活着，逝世時一百又三歲，比姚逾倍的活着。大概也在同一年的年代，香港發生了陳寒波事件。據當時報章的報導，陳原是中共黨員，背叛後逃港；因寫過中共特工的事蹟，因此伏屍街頭。當時香港民營報紙，大多是反共的。陳案曾哄動一時，連我還在十五、六歲時到現在都沒有忘記，哄動可知。大概一九五一年，香港新界東頭村大火，民房被燒毀，中華總商會會長高卓雄出面賑災，廣東響應，捐出了大米，也有廣東官員隨車到香港慰問，總商會以「迎接親人」列隊歡迎，詎料親人入境不遠，被巡邏騎摩托車的英兵撞倒，引致大批村民示威抗議聲討，算來應是共和國成立後，廣東地方與香港第一次發生不愉快的事。到了一九五六年，大陸許多運動，又製造更多偷渡客來港，政府大量興建徙置區。香港李鄭屋村徙置區居民在雙十節懸掛中華民國國旗，被屋村辦事處的人扯下來。由是居民聚集抗議。屋村居民大多是南來的難民，對中共本來就不認同，遷怒當地左派，又似順理成章的事，李鄭屋村扯旗只是導火線；一經點燃，散佈九龍及離島的來港難民，如調景嶺，荃灣及青山道一帶，連元朗的地區都動員起來，李鄭屋村的暴亂仍未平息，翌日，青山道左派工人大本營的嘉頓麵包西餅廠被人縱火焚毀；元朗許多左派社團、診所被搗毀，看護被剝衣遊街，來往車輛都插上青天白日國旗才得順利通過。右派工人結集去搗毀左派工會或聚會場所。香港政府宣佈戒嚴，所有水陸警務人員集中候命。這是自一九五零年至今唯一的一次右派暴動與香港第一次戒嚴。

回顧一九四九年中共建政後，以代表中國廣大的工農階級做基礎，以工人階級為領導的。可是香港這個資本主義的社會，從中共建政始至一九八四年中英協議簽定之前，香港廣大的勞動基層，對兩岸國慶的支持，我們看這

兩個同是十月的慶典，他們以懸旗來表示他們的認同。愈是低層的勞工階級所住的屋村、徙置區、違章的山頭野嶺的木屋、鐵皮屋，都密密麻麻掛滿、像星羅棋佈的青天白日滿地紅旗。只有國貨公司、銀行等中資機構才懸掛五星旗，兩者相去甚遠；也真是相當諷刺的事。香港勞工階層支持國民黨政權；而中共打倒的企業主、資本家卻擁護中共。

大概是一九五三年的下半年，香港蘇浙同鄉會會長、大華鐵工廠東主徐季良先生答應父親的請託，以大華鐵工廠的學徒名義推薦我，經考試得入香港工業專門學校（摩利臣山道）的夜間部。夜間部不在校區上課，就學生住處分別編入官辦學校去就讀，我初級第一年級是派到掃桿埔的育才學校。我尚有半年才滿師（只口頭認定），日間當學徒至下午五時晚飯，飯後六時離廠上學，四姑婆以我提早兩小時收工，損失兩個鐘頭，竟勒令我多幹學徒半年。母親後來告訴我，所謂姑姪關係，她身陷地主，四姑婆珠光寶氣了幾十年，香港親人接濟大陸多的是，她從來沒有接濟她一罐壽星公煉奶。到現在我仍記得她失望的眼神。父親沒有據理去爭辯，能有機會給我復學，什麼也不會計較了。四姑婆只是一個典型農婦出身，在轉型蛻變的香港，她是沒有條件可以高瞻遠矚的，機會來時看不到，風險到了眼前卻避不了。幾年來我還沒有看到她起高樓，但原有的高樓卻倒塌了！七姊妹這諾大的工場，已縮龍成寸到店尾一角，只死手奴役我們這些還未滿師的學徒。大魚統統跑了，只剩得幾隻蝦米、小魚毛在浮游，本着人有我有的心態，還有什麼作為！

我五時吃過飯就跑夜校，也只可早到在學校做功課，七時上課至九時下課，回到工場就睡。過一年後滿師，為了兩餐，跟其中一位羅師傅到柴灣去，也只是求兩餐一宿

而已。下課時從掃桿埔入柴灣，經筲箕灣總站行一段山坡的慈雲山，就轉入還未開發的柴灣地段。需半小時才到達師傅的家庭工場。靠月光穿過交錯的阡陌或山路，這都不怕，但遇到流浪狗那燐燐像鬼火的眼睛，不要說牠追來，就算牠向天吼一兩聲，誰敢和牠擦身而過呢！但不過能就地躺下而睡嗎！既然不能；又不能回頭走，回頭走也沒有誰會收容；我也想過：人狗對峙最後還是要解決的，總不能站到天亮；問題在對峙中，我還沒受到攻擊，誰敢保證我的示弱退縮，牠不會衝上來撕咬，就只可壯着膽和野狗對峙着，各不相讓了！這個經驗，恐怕現存的香港人，也是少有的。彼此對峙一會，兩者互不相煩，多半是牠讓路。其中也不是個人的勇敢，進既不能，退又更多顧忌，最好各示禮讓。幸好這種生活還未到半年，也運氣未逢狗咬蛇傷。離開柴灣後，只重到那裏一次探望。人事滄桑，怎樣也認不出當時的位置了。一九五五年的年頭，我轉到九龍半島酒店做管理工人宿舍的工友，生活較為好轉，薪水雖然微薄，但遠比前好多了。「工專」夜校轉到九龍「依利沙伯中學」來。到我「工專」夜校初級轉入高級班的第一年，同班同學只剩下兩、三人。而那個時候，我以同等學歷入珠海書院先修班下學期了。

珠海書院後來正式稱大學了。還稱書院的當時、自從韓戰爆發後，美國第七艦隊游弋台灣海峽，並派遣美軍顧問團到台灣協防，台海得以粗安。台灣鑒於大陸的失敗，對防範滲透特別嚴格，甄審到台定居者從嚴，不似香港入境後即領身分證，正式列為香港居民不同。逃離大陸的人，到了香港，未必能到台灣。這些在兵荒馬亂時期，以偷渡而能進入香港區（當然包括九龍、新界）的人，十九都是身無長物，學、經歷證件都無法帶出的，許多只能靠人證、房證等，不一而足。那時官立的學校不多；津貼

學校還沒有政策，尚幸香港政府對私人學校採鼓勵方式，在相當低的條件下就批准，那是私人辦學校（日、夜或早、午班）最蓬勃的時期。珠海書院的「先修班」是台灣教育部准許特殊情況下，沒有高中畢業文憑的學生，只要在「先修班」得到畢業證書，等同高中畢業的程度，准許參加台灣大專在港公開招生的考試，如合格可按成績和志願分配入台灣各大專院校；不能入大學的，或准到台灣重修先修班課程而後分發入大專院校。這是美國援助台灣的教育基金項下撥款資助。據當時內部消息，台灣經海外招生「回國」就讀大專每個僑生，美國撥教育經費資助一千美元。這是當時各校爭取僑生名額的重要原因。美國這個僑生政策，沒有佔到本地生的既定的名額，而且有利學校的發展，還造就了許多海外僑生回台就讀，以後返回僑居地，不但成為當地發展的專業人才，且是僑社穩定的力量。「先修班」兼顧日間在職青年，能在夜間進修，每晚定八時至十時。我不敢放棄「工專夜校」，日間工作後還是趕着七時上課。下課後我跑步到黑布街德明中學（先修班借的課室）上課。先期由上環趕到掃桿埔、後一年從掃桿埔摸黑回柴灣。在九龍工作時期，從尖沙咀趕到伊利沙白中學；有一學期還要跑步趕到黑布街上先修班。這種艱難求學的歷程，當非我的子女所能想像得到的；我亦沒有告訴他們，以免造成壓力。也就是這個過程，我珍惜和養成對求知、好學而讀書的習慣，不論什麼環境和職位，我沒有改變好讀書。別的不多，但書籍是滿屋的。如果論北美個人藏書之豐，又是一本一本分別買來、寄來和讀完。我是不敢多讓了。

我們這一代人，雖然不是在香港本土出生，但青少和成長在香港，她是我的第二故鄉。我們親見她從初步發展的商業社會、中小工業和殘留的傳統社會，一步一個腳印

發展成現代化都市的雛型，而又璀璨繁榮到現代化國際大都市，香港市民的勤奮、拼搏的精神，點點滴滴堆積起香港耀眼的光環，顯示在世人面前，那裏是背靠祖國或朝拜英皇而達致的！

我們這一代知道香港的掌故還不少，恐怕已是最後一班列車的人了！塘西舊侶著的《塘西花月痕》寫當年香港風月場所的故事。同文李碧華的《胭脂扣》已是加工的小說了。石塘咀在五十年代的「大觀園」還在。「大同酒家」、「英皇酒家」、「得雲茶樓」、「龍鳳茶樓」等歷史性著名茶樓酒館也在發展中保不住；高陞、普慶、中央等戲院也走入歷史。連歷史性的尖沙咀鐘樓也僅存上層，只保存一點歷史形象。還有數不清的歷史建築，都在無聲無息地湮滅，甚至在詛咒為港英的殘餘遺毒，以拆除而後快。不知一磚一瓦，都是一百五十年來，香港人的血汗和智慧創造的歷史文物、集體記憶，把它毀滅，是這個翻騰的年代必有之劫，還是我們慣於破壞、自甘失憶的族群！

香港人的生活很純樸，當時也沒有什麼特別消遣；賭馬也沒有今天的瘋狂，也沒有什麼餘錢好賭，普羅大眾「朝搵晚食」、手停口停多的是，中產階級還是經濟起飛才建立起來。香港世家富豪也有不少，但時尚不像今日的「炫富」：什麼「千億新抱」、「金孫」。誰「反撻」誰，都像家常便飯，連石塘咀的紅牌阿姑都講不出口的話都講了，社會笑貧不笑娼的風氣真教人憂慮。

老香港很滿足這片樂土，水壓不夠，樓下「鬥水喉」，在晚飯前隨處聽得到，分期制水，大家儲些，將就將就也就慢慢過了。下班回家，很多人手一分晚報；「星晚」、「新晚」一右一左流行；報紙也很多。電車、巴士和小輪上每都各看各的。天氣酷熱時，都往海皮（邊）或公園乘涼，自然有人講古、唱粵曲，隨便賜賞，也可夠溫

飽，到深夜才逐漸散去，微風徐來，吹走了一天的疲累，隨着曲終人散，又是一天圓滿的結束。明天再戰江湖。香港人就這樣捱過生活，大家有命一同，度過這段艱難的歲月。甚至化一毫錢買碗廿四味或金銀花茶，坐在涼茶舖攤開報紙，聽麗的呼聲轉播高陞戲院或普慶戲院公演的粵劇。從開場到收場，報紙「真欄」全部轉載。名伶看不到，老戲骨閉目養神，字字入耳，一毫錢的代價也真豐收！精神是滿足的。現在的什麼「福臨」、「阿一鮑魚」，未必爽得過聽薛老渣的《胡不歸哭墳》、白駒榮的《客途秋恨》、白玉堂的《黃飛虎反五關》、新馬仔的《臥薪嘗膽》、何非凡的《情僧》，耳目之娛和健康的養生。

維多利亞海峽過去還有渡海泳，老一代人還記得麥盤根老師傅嗎？八十歲還可以游畢全程。從天星碼頭下水到尖沙咀碼頭。現在船隻太多，又因年來填海工程太多，海岸線和以前早就不同。香港原來是山重水複的，流水可駐，銅鑼灣的避風塘到了晚上，艇家搖着櫓到岸邊接客下船，價錢不貴，有的兼賣「艇仔粥」等宵夜小食，微風蕩漾，有時還有女伶駐唱，約三五知己同好欣賞，亦屬賞心樂事！也有的情侶下船，任船搖到那裏，當時說好送回岸上來，也是准時不欺。那個時期很少有紛爭滋事，大家都很安份。

維多利亞已愈填愈直；近岸線早就移出「干諾道」，以前原有的港澳碼頭、三角碼頭都不見了，流水湍急，早已不適宜游泳的海邊了。銅鑼灣的避風塘縮小到只有幾隻新式遊艇，傳統的艇家聽說早已上岸。「水上人家」這個族群真的不見了。勘輿師說：流水不駐，香港財富的流動性就像流水一樣，世家也不能長保云云。這些年來，新興的富豪真的很多，許多舊式的逐漸式微。這恐怕是自然的演變，不一定與風水相關；有人不是愈賺愈多，富可敵國

嗎？一個新城的崛起，許多新生事物伴隨而至，是可以理解的，商場角力鬥智和叢林生存的法則無異。

香港既屬英殖民地，法定語言是英文毫無疑問。早期做總督翻譯的楊先生也是兼雜華語，能了解就可以了。最後患病，到南海看一位大夫勞子開；勞時運轉，一藥而癒楊。楊助他到香港發展，他保證勞比廣州好。勞也就到了香港，經楊推薦，果然醫業大展。勞有子女多人，二子勞勉儂從港大畢業，入英美煙草公司任售貨員。當時英美煙草公司是壟斷生意。勞勉儂漸得公司信賴，就交由他代理，當時時髦的「555」、「三砲台」都是英美煙草公司的產品。勞家便成富豪，住在富豪區的「蘭桂坊」。當時還有某菸草公司代理「老刀牌」，不知誰出主意，硬「砌生豬肉」：說英國監蠆才抽「老刀牌」，成了該牌的致命口語。等於說拔蘭地洋酒壯陽；英國的威士忌「倒陽」一樣，有口難辯。一個人風生水起時，要擋也擋不住。勞子開晚上做了一場夢，夢到所見都是銀山銀林銀樹，他福至心靈，買了大注「舖票」（即當時的字花之類），結果他中了。買了九龍亞皆老街的「勞昌大堂」近窩打老道三岔口那靠中華電力公司那片地。以後在中環起了「萬宜大廈」，這個掌故，是當水警的李洪勝先生告訴我的。走筆至此，李公已緊急入了醫院急症室！年來音訊，海天隔；只望故人無恙。

為了節省金錢，我只到珠海先修班讀了一個學期。我雖然沒有在香港上過高中，只在「工專」夜校讀了四年。「工專」是沒有中文課本的，也許由於我的中文基礎好，先修班相關以中文課本和相關學科，我畢業是沒有困難的。

一九五六年右派的暴動，香港政府對右派人士採取了打壓，許多右派工會工人被捕入獄，有的被遞解到台灣去。後來曾任僑務委員會委員長曾廣順，就是該事件

被遞解的其中一員，初入「救國團」當專員、組長，馬樹禮任海外工作會主任時，曾廣順出任副主任，十年後升任主任，不久就接替毛松年出任僑委會委員長了。右派暴動時，正是九龍西商工會慶祝雙十節在油蔴地「大觀園酒樓」聚餐慶祝。當晚火燒嘉頓餅乾廠，而政府宣佈戒嚴。我們散席後，正在步行回尖沙咀半島酒店時，後邊的催淚彈便响起來，我們半跑的趕回酒店宿舍。

截至右派暴動之前，雖然湧入香港的南下難民和偷渡客日有所聞，但香港社會還是寧靜的，然而香港已在急激的發展中。在那個年代大陸已經過：鎮反、肅反、土改、三反、五反、公私合營化、反胡風集團；韓戰也早已停戰了。但香港海域，仍不時有「五花大綁」的浮屍飄流。除此之外，香港沒有什麼社會大新聞。記憶裏只有三狼對富商黃應求綁架到後來撕票，但終於破案。算是唯一的重大社會新聞。此外，就是西醫吳毓堅對譚順女士的非禮案、綽號「咖仔」對紅舞女「七鑊禁錮案」。兩者哄動一時，不是什麼暴烈殘殺，而是情節出人意表的離奇，是當時社會的談助資料而已。在大陸的中國人來說，已是令內地同胞羨慕的世外桃源，雖然近在咫尺，但嚮往香港之情，已到置生死於度外。那些越梧桐嶺、泳過大海、伺機越過深圳河的偷渡者，不就是最好的說明嗎？

一九五七年的夏季，我順利在「工專」夜校高級組土木科第一年結業，同時也拿到珠海先修班的結業文憑。大概也在同一時期，報名投考台灣大專聯合招生，也能順利通過，按第一志願分配到台灣大學法學院經濟學系；這個科系還不是我選的。父親認為我們經歷破家亡命之苦，還有六口流落各地；不論自救養親，都要先斬斷窮根再講其他。他的想法未嘗沒有道理，回首來時路，箇中艱辛還點滴在眼前。你能想像一個十五歲失學少年，終日站立在涼

茶鋪兩個大銅壺的旁邊，為一毫錢斟茶遞碗；羨慕穿着校服同年紀的學生，心頭引起衝擊的滋味。你也很難想像有親戚關係的鞋廠東主用皮鞭打到身上來。吃飯時在血口中檢出玻璃和鐵釘；在鞋店的後院，你更難想像有一枝晾衣服的竹竿，用三、四樓直插下來，只距離腦門不足半尺的驚魂；夜間睡在廁所頂的牀板，板連人一同墜下的險狀。你也不明白這對皮鞋化了我一個月的工資捨不得穿的原因；和流浪狗同樣驚心動魄的對峙。這雖然是人海微塵的點滴，但見證香港艱苦的年代。

香港因為建築徙置區，許多石礦場的打碎石、挑石的工人，有許多是身經百戰的抗日勇士，和內戰時不屈降的官兵，都默默在礦場上担任破爆、打石或挑夫。調景嶺散落的違規建築不斷的擴大；砲台山一帶的木區，燒了又搭、搭了又燒的官民怎樣鬥智，痛失家園的難民，那種無告的眼神是多麼辛酸。你更難想像南來的文士健筆、名將、美人、大亨巨賈，都薈萃在個世外桃源的香港地界上。不論國、共兩邊，都有「冠蓋滿京華，斯人獨憔悴」，看透世情而留在香港的人。蔡元培、張發奎、關麟徵、余程萬、張國燾、楊子烈、易君左、左舜生、錢穆、李璜、杜月笙、蕭紅等，這段時期都在香港。

父親到香港來，一直在私立院校担任文史教席，著有《中國文學簡史》（兩冊），《廣東民間文學的研究》、《雞聲馬蹄錄》、《江南啼痕錄》、《針灸學》等著述。後來要為改善生活，才受培訓到津貼學校任教，我也因他的生活改善得正式復學。老一代文化人多數是耿介的；父親是個典型人物。若論親人，他和三伯父對我的影響最大。如果沒有徐季良先生的幫助，我可能復學更遲，我感激他。我做了三年半鞋廠學徒，沒有一個師傅教導過做鞋面的手藝，關心過我的生活；是一個缺乏人性的行業。這種簡單的手工

藝，那需要三年才學會；對整個鞋面從設計到完成全部工序，我都無師自通學會了；但我一輩子從沒有因為這門手藝賺過正式的工資，算是徹底浪費光陰；若有所得者，只有在柴灣棲身求兩餐一宿不中斷夜校的一兩個月。我看到夕陽工業的式微，而新的同樣產品是怎樣轉型和新生。不久，我得到父親的友人盧少荃先生的介紹，轉到半島酒店工人宿舍當工友，他的慈詳和對我的錯愛，是我終身感念的人；我們相處日久，經常和他的家人接觸，後來我到加拿大留學，就業後他的女公子也來了，我們便在多倫多結婚。盧公成為我的岳丈了。

在這翻騰的年代，計自一九四九年的少年混沌無知時期，原沒有什麼個人值得憶述的事；但在中國民族來說，是一個亙古未有的轉捩點、劃時代的巨變，也是中國歷史分段的大總結。微小的個人適逢其會，見證了僑鄉的「解放」、香港的兌變；在這翻騰的年代；為歷史的存真，也就值得一記了。

註：這一章我在香港校正；時維二零一三年十一月二十日，是香港市民對梁振英政府無線電視台發新牌缺乏透明度，有十三萬人走上街頭示威之時。

翻騰年代的經歷

「白色恐怖」與
「金門炮戰」
身歷親聞

台灣光復，金甌不缺：台人對回歸祖國，原是極為興奮的。可惜當時接收人員，沒有體恤台胞的殷望，遂從極度興奮而極度失望，這是有一定的過程：決不是一夕之變。接收人員態度惡劣，起了上行下效的官僚作風，積怨叢集，成了官民對立。加上當時大陸城市的暴動、學校學生遊行請願；再加上戰場戡亂的失利，國民黨政府的威信盡失，對台灣人民的心理影響難免。在這種情況下，台灣執法者還作威作福，星火一點，燎然立見。「二二八事件」就是這樣而起的；台灣有了「二二八事件」，國民黨就有反對的聲音；以後就有反對黨；只要國民黨不放棄創黨總理實行民主憲政的遺訓，政黨輪替也只是遲早實現的。

　　中央政府遷到台灣來，執法者未以大陸失敗為教訓，又未能以「二二八事件」為殷鑒，還抱着對反對者必以鎮壓為手段，寧可殺錯、不願放過的態度。真正的中共人員未必找到，但冤案的確叢生了：這就是「白色恐怖」的真正原因。

　　我到台灣升學，到憶述這段經歷時，已經隔了五十七年：從二十世紀進入二十一世紀了。我還記得輪船駛入基隆港，上了碼頭，看到「歡迎海外僑生回國升學」的紅布白字大橫額，當中高高的掛上，兩旁分別的青天白日的國旗。使人有重踏久違的故土感覺，心頭湧上一陣熱浪似的。在香港七年的雙十節，我見過調景嶺、徙置屋村密密麻麻的國旗旗海：或青山道的山坡、香港仔的漁船、柴灣的木屋偶然出現的疏落青天白日的國旗，感覺上，都沒有踏上還屬中華民國管轄的台灣基隆碼頭的國旗那樣壯麗。唯一可比的一次激動，是由謝伯昌領導的九龍總商會，第一次在中央政府遷台後的雙十節，舉行升旗典禮，重新把國旗在九龍自由道的會址升起。

　　僑務委員會派到碼頭接待的香港僑生的服務人員，很

快將我們分別帶上到各大專的專車，並派發辦理入學的日程表，詳載各種報到的地點和應辦的事項，放在每個僑生都有一個個人的文件袋內。台大的專車把我們從基隆港送到台大宿舍，我分配剛落成的第十五宿舍。

第二天，我和同室室友依入學日程表，到校總區辦理入學註冊手續，依僑生生活補助費的規定，領到乙種補助費一佰八十元新台幣；辦好選修科目。大一的必修科多，選修的一、二科而已。這是在台大的行政辦公大樓辦理的。大樓的入門處頗寬敞，依姓氏排列多層郵箱；郵箱都滿滿插着各地寄來的信件。我們在公文袋中接到的通知：僑生宿舍新建的第十四、十五剛落成，但郵箱還沒有裝置好，對外通訊可直接寄：台大校總區的行政大樓。寫上收信人的姓名便能收到。當日我郵寄父親，通知郵址，請他將學膳宿費依址寄來。那時打個電話到海外真不容易，一來無法知道通話人在不在電話設置處，收費又貴。遇有急事，只可到電報局去發電報，當時的電報局不多，要到西門町去。一般只可寄信。往還也須一段時間，這樣過了兩三個星期，我總要到校總區去一趟，看姓許的郵箱，但都沒有我的信，很令我失望。就在這期間，十月初寒的一個傍晚上，室友們都在燈下做功課或閱讀，一個刑警到我的住房，向我表明身分，然後　請我到刑警大隊協助偵辦。我問什麼事：他說不知道，報到後你就當然知道了。室友都是來自港澳，我們都不知道什麼叫做偵辦，大家面面相覷。我們都同時入住，為什麼只有帶我到大隊去，港澳生馴服慣了！也不懂當地法律；我只可跟着刑警去。

傍晚的台北市，並不像今天的燈火通明。開學了三個星期，一切都是新的適應，也根本沒有餘錢和空暇，出校門逛逛。市容是完全陌生的，加上暮色早已四合，到了那裏都不知道。抵步後，警員帶我直入一個房間，向一個大

「白色恐怖」與「金門炮戰」身歷親聞

隊長報告。旁邊像個關押室，用疏鐵欄圍着，裏面只有一張單人牀。大隊長的坐位前面有一張桌子，他示意我在桌子前的木板凳坐下；自報是刑警大隊長。但沒有說他的姓名，他確認我是審訊的對象後，就開門見山說：你是不是到台北市中華路華美電器行領取十元美金？我答覆他說：沒有。我記得父親在港時告訴我。他任教的佛教學校，校監陳靜濤，有一個侄子在台北開設「華美電器行」，可憑他的通知信，領取十元美金作每月的學膳宿費。我告訴大隊長：我正在焦急等候父親的通知信件作憑據去領！他說：「你不是十月 X 日去領了嗎？」我想：我已經告訴他：我沒有去領過，而他又一次說我領了。我有點沉不住氣；我說：「我不是說過我沒有去領過。」大隊長瞪我一眼說：「每個犯人開始都不承認啦！我見得多了！」我說：「我到台灣升學還未滿月，校園這麼大，課室這麼多；搞清楚入學註冊、入住宿舍、本科的必修科目、選修科目；上課時間和生活膳宿須知等；對新生來說都是新鮮事物。緊接而來就是開學上課，晚飯後的黃昏，最多就在校園的圍牆外的新生南路、羅斯福路逛逛；還不敢遠離校園。我還沒有坐過公車，你怎麼說我去電器行領了？」大隊長說：「『華美』老闆就會來，如果你現在承認領了還趕得及自首，你們僑生沒有什麼大不了的事。你就承認不就結案嗎？」我第一次受到威脅。我說：「我確實沒有領過，你教我怎樣承認！大隊長說：「你再考慮考慮，時間也不早，我一定要當晚破案！」我說：「我不須考慮，我沒有領過！」他不再理睬我，走出了房間，我一個人悶坐着。不久外面有一些人聲。過了一刻，大隊長又進來：「『華美』老闆無法證明你沒有領過！」

　　這個刑警有多壞？他為什麼不說「華美」老闆無法記得見過我。不是更直接嗎？為什麼一直想扣着我脫不

翻騰年代的經歷

了關係？我又能奈何他！他又說：「僑生就是認了犯錯，也沒有什麼大不了的事，最大不過回香港就是了！小的記個小過便解決，你這樣死不認帳，恐怕要扣押起來，到你認帳就是了！看來你今夜不認帳，就只有留到明天再審。十二時我便下班，我也不想和你耗下去，你太不識相了！」這些話充滿恐嚇、引誘。我在香港多年，閱讀過許多報章，香港沒有什麼驚天動地的大新聞，所以社會新聞特多，又是個法治社會，許多知識，都從法庭對社會糾紛的裁判中，學到法律一些基本的知識。大隊長的話我是不會委屈上當。我在香港就知道：犯法是留案底的；此外，他提起最大的處置：可能被退學回香港。對他人來說可能是小事，在我來說，卻是天大的事。我好不容易復學，珍惜這個機會沒有任何代價可以比得上，在當時幾乎和我的生命意義畫上等號。很快就是子夜十一時了！台北夜來漸冷，我穿的衣服怎樣過夜？大隊長問我有沒有親友在台北市，提醒我先要通知室友將棉被送來。我還記得父親有一位好友，在國民黨中央黨部第三組任事。父親還囑咐過，如有什麼突發的事，自己控制不了的意外，可以就地請他解決。大隊長先後為我接通了。室友當然很快就送了棉被來，他們四個都是九龍新界「柏雨中學」的畢業生。我告訴他們相關的遭遇，他們很生氣，都知我連公車還未坐過，又當選了第十五宿舍學生促進會的總幹事，是學生自治的領袖；他們要和大隊長理論。我說這是沒有用的，該說的我都說了，他就是不相信，沒有什麼理由可說的；他們無可奈何離開。第二個接通了父親的好友李之衍先生，後來我知道他是中央黨部第三組的編審。第三組後來改名「海外工作會」（簡稱「海工會」），「海外部」。算是個中級而資深幹部，家在板橋的林家花園之內，由於路遠，他比室友來的晚。他還是我第一次見到，李伯伯慈祥幹練。大

隊長看到中央黨部的人來，狡猾的先行向李伯伯作了案情的報備，並強調他依法問話、沒有刑求。但隱去威脅、恐嚇的言語暴力；我當時只是個「大一」的「新鮮人」，法律的知識有限。但大隊長對中央黨部的來人，氣燄已明顯屈服。李伯伯聽了我的陳述，他完全相信，二話不說就掏出印章要擔保我出去。大隊長沒有任何攔阻，還重複說着他沒有對我刑求，恭恭敬敬的送着我們離開，真的是前倨後恭，使我親身體驗台灣官僚的作風；而所聽聞的「白色恐怖」，也親身得到經歷。這還不算，以後我一位同學，所受的更無聊的「莫須有」，從一個熱血效忠國民黨的黨人，經此打擊，以後學成回港，終身永不回頭，任我千言萬語勸解，都無法挽回他對國民黨決絕的心。

我抱着棉被，由李伯伯用中央黨部的專車送回宿舍。以夜深他不多留就回家了，室友們也高興我即晚無恙歸來。大家都在陌生的環境，也沒有多談就先後上牀熄燈了！

我還是忐忑不安，因接到法院通知我在指定日期到法庭答辯指控。我每天到校總區去看信箱；不久公告板貼滿了信封和有文字的信紙、航空信；或多或少都有水漬，可像從水中撿回，旁側有校警的公告，說明這一批招領信，是校警發現偷竊郵件嫌犯時，跟蹤他入了男廁，他正在將部分信件放入坑內沖走。校警不得不破門而入，一方面拾起還未沖走的，一面阻止他再投入，並將他逮捕。我赫然在招領的信件中，發現父親的航空信，我到校警駐所認領，拿出學生證，校警從公告板揭出來交回給我。父親說明他早已將款項交到「華美」，如仍有枝節，先向李伯伯商借，由他墊回。我急着把過程覆他，請他不可再由「華美」轉。這樣又過了幾天，我又收到法院的通知。這通知函沒有先前的硬性規定要出庭答辯指控，而是通知我從嫌

疑犯轉變成證人；如果我願意出庭作證，當表歡迎；不願意也悉隨尊意。至此我才鬆了一口氣，終於還我清白。但這樣執行「白色恐怖」的刑警，他威脅利誘的本領，給我的印象極為深刻。事隔三十三年（一九九零年），到我回台擔任立法委員，在任內對刑求、對弱勢族群、未成年婦孺保護，都特別關心他們的投訴和請願。很多到立法院請願的個人或社群代表，每在週末來，而當地選出的委員，多半趁週末回選區服務去了；我算得是個專業委員，既然國家遴選出來，就不應尸位素餐，辜負了國家名器。所以在院會期間，我少有缺席。週末常出席主持接待請願人的申訴，院會都有紀錄。

海外僑生信件被盜，受害人不少，我後來才知道，全是初入學的港澳新生。新宿舍應急完成，設備未周，郵箱還未裝好。臨時校總區的郵箱，全是開放型，任由人拿走。台灣當時非常窮困，叫做「克難時期」；外匯又高，許多本地窮學生有的還兼家教，為人補習。大家都知道新來的僑生，每有外幣附入信內，僥倖得了，真可解決不少問題。當時台灣有「聯考」制度，能考入「台大」的，只有全台考生百分之五，可算天之驕子，誰不珍惜羽毛，非十分窮困，誰會冒被捉的危險，極可能毀了一生。

由於我是受害人，又轉成證人，究竟還未審判的嫌犯是誰呢？我向校警查詢。只是得到比較確實的消息而已；結果，校警的答覆就真的是傳聞的人，是農學院的二年級生。當時我不認識，但總認為，這是很不幸的事，一個完全沾不上邊的「嫌疑犯」，都被刑警這樣的威脅。這個被逮個正着的同學，真不知如何震慄了！我不但放棄作證，還對這一位同學關心起來，當我知道錢思亮校長去保釋他，寬恕他，沒有被開除學籍處分。最後我也知道他終於在台大畢業了！十多年以後，我回到台灣旅遊，又這麼

巧讀到一段大新聞：一位美國名校博士回國接掌一個研究
所所長，他正是錢校長拯救過的學生、也是偷竊僑生信件
去冒領外幣的人。我佩服錢校長體恤窮學生的苦痛；也看
到一個知恥憤發有為的學長的成就；我終身為他隱瞞青年
時代的錯失，算是值得了。我真慶幸自己沒有到法院做證
人、更沒有想到冒領了我膳宿費十美元的賠償，如果有這
個存心，要「華美」老闆認人，一旦刑事犯確定，後果就
不忍言了。我以他的成就為榮，他對台灣以後的發展貢獻
很大；他的弟弟，以後還是國民黨中央一位重要的幹部。
我這一點惻隱之心，成了為國惜才，我暗爽有這麼一件平
生的快事！

　　我雖然還不算「白色恐怖」的受害者，只是一夕虛
驚，兩週不安而已；但總算知道一些無形的白色恐怖。它
的確在國民政府遷台灣以後發生過；這是「恐共病」的延
伸產品。然而，這都沒有令我退縮的念頭，也沒有退縮的
空間，我的復學是這樣艱難，不可能就此放棄。很多「白
色恐怖」的傳聞，也就聽了就算，但在「台大」期間，我
最敬佩的一位徐同學，他是香港皇仁書院的畢業生，在香
港「懲教處」工作多年，有了積蓄，才考入台大政治系。
我比一般同級生已屬超齡了，他卻又比我大了十年，他的
成熟歷練和學識，都令我敬佩；他還代表過台灣中華民國
青年，出席過國際學生會議。他的國學基礎良好，從小又
受香港傳統名校皇仁書院的正規英語教育，在國際學生會
議中，可謂辯才無礙，載譽歸來，受到蔣經國的召見。徐
同學的名字，有孫中山先生思想的涵義，也是他在香港政
府任事十年之後，按自己的意願，重新到台灣升學的。這
種動機單純報效國家，實踐三民主義的均富理想，照理應
得到重視。但在「白色恐怖」的時代，卻被認為有悖人情
的常態。一位香港政府的懲教官，能放棄高薪好職，到不

穩、克難的台灣來當學生，能不啟人疑竇！當時「台大」有「教官制度」，不但有「軍訓」科，而且是必修科，教官還兼管理學生生活，住在學生宿舍，實在有點監視學生的作用。徐同學不一定引起教官的懷疑，但情治單位常派人到課室旁聽，坐在課室和學生沒有兩樣，又不是憑學生證入座，又無座位表。校外穿常服的人也可以旁聽，誰知道他們確實的身分？台大的自由學風頗盛，和政府唱反調的或明或暗都有。像政治學的薩孟武院長、殷海光、黃祝貴等教授，旁聽者特多。徐同學為人正派，又無陋習，實在沒有任何可疑的資料，唯一就是懷疑他的年紀，又肯放棄高薪到台灣來升學。這個懷疑始終找不到把柄，當時又在金門炮戰期間，草率認定徐是可疑人物，如果沒有確定擔保，一旦出境，便可能不准再入台灣了。

那一年，徐同學和我都回港度假，他向我陳述他的遭遇。當時來台離台，都得到境管局申請入出境證的。我原也沒有必要回港，更沒有餘錢可用；還要到父親和他人合資買的小單位借宿的諸多不便。但我想把整個「白色恐怖」向他巨細無遺托出，而今我的好友徐同學面臨比我更大的困難，因為我沒有做過的事，始終都會查個水落石出。徐同學怎樣證明自己不是「匪諜嫌疑」，真不知怎樣辦，除非國民黨的「港澳總支部」證明和擔保；我要請父親相信，徐是無辜的，他是個現成的人才，國民黨不是要培養人才？「港澳總支部」是責無旁貸的。

我在家書常提起徐同學，父親知道他，雖然沒有見過面，父親也認為難得。我當時還不知道徐同學入學以後不久，便加入國民黨，後來我才知道是系主任傅啟學教授推薦他入黨的。傅教授是政治學系的系主任，但徐的嫌疑，傅老師也無法解開情治單位的懷疑，也沒有憑據證明徐同學的愛國是單純的。警備總部也好，情治單位也罷，對當

時搜捕之嚴，是根據一九四七年三月二十日頒行的戒嚴令。這本來是個在「二二八事件」下頒布的行政命令，在常態的體制中是不具法律效力的。而事件已經過了十年，時效性也不應予執行，但當時並無異議，誰敢在這威權時代挑戰威權？父親當時是「港澳總支部」學運的主管。我向他陳述徐兄的為人和學校的表現，他也問了一些話。我說：連徐兄都拒諸國門，以後不要再說什麼「學運」了！父親對我的管教很嚴，不論對與錯，我還是有自己的判斷。

　　徐兄終於可以回國繼續學業，過程怎樣，我就一概不問；問也不一定得到答覆。徐兄還是很努力讀書，熱心學生活動，我們還常在一起散步，上圖書館，我們兩人是國文、英文共同課的同班。國文課的老師是《孟子》專家孫云遐老教授。孫教授有一次在堂上說：「過去我們有一個成見，每多認為海外僑生的中文程度不好，自從在班上有了徐、許同學，我不再有這個成見了。」我和徐兄本來就常到孫教授的宿舍請安，不是在獎勵以後才去的。徐兄是個有練歷的人，他成熟穩重。也是因為他的影響，我在二年級時，由他和傅啟學老師的介紹加入國民黨。可惜的是，徐兄畢業以後，他就不動聲色，再也不參與任何支持中華民國的活動了，重新入香港政府懲教處工作，任何同學會和同學的邀約，他都婉拒了！以後我到加拿大升學和就業，自此失去聯絡；少有人知道他確切的訊息。直到去年九月間，我卻在上環街市側道遇上，他沒有什麼變動，依舊執手殷殷，互道別後簡訊，到不得不離開時，才互換了聯絡電話、地址。他雖然已九十五歲，但是個精神鑠爍的健康長者。他沒有一句怨言，是個光明磊落的君子儒！「白色恐怖」沒有擊倒他；也沒有令他產生怨尤。是不是讓他從熱衷報國，從參與政治強烈的偏愛偏恨；重新思考

人生的價值和定位？他受到的委屈，為什麼還想盡方法介紹我入黨？由於我也崇拜傅老師，他就拉着他做我入黨的介紹人；是不是他已決定不再參加政治活動，而以我自代？他至今還是單身，問起原因；只說父母年老，兄弟都有了家庭，我陪伴比較容易，輕描淡寫。使我想起「求忠臣於孝子之門」這句話；徐兄引領我參加國民黨，而離我而去，少了一個共同奮鬥的好友，豈只個人的損失！

「白色恐怖」也好，「紅色恐怖」也罷。都是中國心靈的陰影和打擊，我們希望遠離這些駭人的魑魅！

徐兄在校時，還是多次代表中華民國學生出席國際學生會議。為國家做了很多宣揚台灣土地改革的成功事例、學術自由風氣；為國家描劃出一副民主的願景，沒有因懷疑而氣餒，盡善一個黨員的義務。畢業以後離開台灣，卻永不回頭，既無怨亦無悔，就是不談往事。他如果戀棧香港懲教處工作，當不會放棄到台灣升學，對台灣還在風雨飄搖時，卻捨棄高職厚薪，其對國家、主義獻身是毋庸置疑的。畢業後卻絕口不談政治、不去台灣；已是志與願違的表白了！雖然是徐兄的人生憾事，又何嘗不是黨國無人識才！徐兄和我都經歷過這種「白色恐怖」，而我沒有他的瀟灑，如果有，我也許活得更無牽無掛些，也不會還有以後的一劫。也是無緣無故的；是國民黨內鬥？還是國、共延續在香港的鬥爭？或國、民兩黨的內鬥？在今日看來，已是明日黃花，何況年逾八十老人！何必「恩怨曲中論」？

大一的寒假，我留在台北度過。還參加僑委會為僑生特別主辦、設在台南的「冬令營」。當年台灣的青年活動滿多，大多由「救國團」主辦，寒、暑兩個假期都有，大專學生得到正常而健康的活動，身心均有裨益。我們這一年在台過冬，不回僑居地的僑生，很多到屏東

參加「冬令營」。

「冬令營」名義由僑委會主辦，實際由黨中央第三組一位資深幹部詹叔雍擔任營主任。當時還是黨國不分家的；僑委會是中央政府七部二會中的一會，有編列的預算，故名義由它主辦。鄭彥棻是僑委會委員長，又兼第三組主任，工作的配調他全權獨攬；他最得力的副主任是董世芳；另一位是馬樹禮。董先生實際代表主任坐鎮冬令營，和僑生同宿同食。僑生一向習慣閒散，不守紀律。被董先生在堂上訓斥了一頓，氣氛很僵。詹叔雍營主任和父親有交誼，我又經過在台半年，李之衍伯伯在他面前常提起我擔任宿舍學生「生活促進會」總幹事，很得同學的擁戴。學生被董先生訓斥一頓後，沒有人敢上講台發言，「冬令營」原為各地僑生交誼、交換來台讀書心得，第一課因僑生不守時、不守秩序，人聲嘈雜，惹來一頓訓斥。董先生訓斥後還面有怒色，學員又沒有一個上台發言；總不能這樣僵持下去。詹主任要我首先上台講話，事前我沒有準備，頗感為難，但詹主任一定要我帶頭致詞，只有硬着頭皮上台，對着數百人致詞還是第一次。

事隔了六十多年，又是被迫上台，說了什麼，當然記不起來，但總算打破了僵局；也從此認識董先生。他不久隨鄭委員長調到法務部，還是鄭部長的最得力的副部長，以後歷任國安會議的副秘書長，歷黃少谷而至蔣緯國秘書長，他還是官居原職。董先生中山大學法律系畢業，許多國家法律每多參與訂修，謹慎敬業，法理精深。曾任中央僑選立委遴選小組成員，從開始以至結束，他多參與其事，是直接提拔我的一位長者，他的逝世，治喪委員會推選馬樹禮公等包括我共四人，為他的靈柩蓋上黨旗。從僑生冬令營開始認識董公，到後來加升學，我們都有聯系，他全都手書裁答。夫人溫理女士，今尚健在，他們對我的

恩義，長久鮮活在我的記憶裏。

冬令營主任詹叔雍先生，後調香港總支部主任委員。不久被香港政治部通知離境。香港的國、共鬥爭激烈，政治部從中操控，手法靈活，維持平衡局面，一直到「回歸」。一說詹公身分暴露才被迫離境，此說十分牽強，國民黨之活動，香港政府瞭如指掌，不管接詹之朱集禧先生，及朱接副委員長（僑委會），又由陳志輝繼任，多超過十年。詹之離境，一說是內鬥的排擠；與香港政治部無關，只是假手於人而已。真相至今仍是一個謎。他回台後不久便去世，是個慈祥長者。李之衍先生退休後由其子接到舊金山去；我曾專程去看過他，亦歸道山三十年以上了。

冬令營結束後，舉行過全國（省）僑生徵文比賽。評審委員有名作家謝冰瑩（師大教授），李辰冬（師大教授）和《藍與黑》作者王藍先生。我以《中古西歐的農奴制度與中共人民公社的比較》獲第一名；第二名為台大學長余玉書兄。他後來他的專欄說該次全國（省）僑生比賽，台大是連贏位。也從這一次開始，不論參加台灣全國性學生作文比賽或在港徵文、徵聯比賽，我常參加，都以首名獲獎。也從此結識了謝冰瑩老師和王藍先生，我們的友誼，一直維持到他們去世。也由於他們的鼓勵和影響，使我一生都沒有停止寫作。

我喜好寫作，冬令營徵文首獎給我很大的信心。初中時的國文科，是我的強項。因我小學能背書；父親又在家書上為我修改。在香港失學，沒有上過高中的國文，但在珠海書院的先修班，我的國文也是最好的。大一的孫老師也說我的作文好，但總是沒有對外比賽過，自己也有相當的存疑。這次掄元，對我作文的肯定，當然增加了寫作的信心。以後我參加了香港僑生組織的「海風出版社」、「港澳青年出版社」。大一的下學期，我成為《港澳青年》的

創刊總編輯;大二的上學期,我擔任了「海風出版社」社長,雖然這都是學生刊物,但我們從中學到基本的編輯流程。當時台灣還是「克難時代」,沒有什麼光怪陸離的消遣場所,何況我們這一群窮學生!參加文藝社團活動,真是既健康又省錢的課外活動。我開始在學生刊物投稿,也逐漸在校園內有點文名。到我四年級快畢業的時候。「救國團」和台大課外活動組都鼓勵我出版文集,出版費由兩處攤分,這是很少有的機會。文集決定以《火花》做集名。謝冰瑩、王藍為我寫序;師大藝術設計系的蔡浩泉設計封面。

謝冰瑩老師在序文這樣鼓勵我:「他是最有前途的青年作家,我希望他從此更要努力充實生活,創作很多在這個偉大的時代,能夠放射出火花的作品,使失望的青年朋友們得到鼓勵,憂傷的得到安慰。」王藍先生在序文說:「……可是他那種愛國、崇高民主自由以及嫉惡如仇的精神,已透過一支非常有情感的筆表現無遺。我決不盼望他成為職業寫作者,然而,我希望他永遠不要丟下筆。」這兩位長者,自認識以來,我們都有連繫,謝老師晚年移居三藩市,我也到寓所去探望她多次;我于役立法院,她快要九十了,卻飛到台北來敘舊,長者風儀和她的著作,都值得當代中國人記起。至於王藍先生,我們的接觸更頻密,做學生時就常到他家裏去,最記得是在他的客廳打地舖、到西門町吃粉蒸肉。他也兩次到多倫多舍間作客,他教我吃生大蒜,害得我的胃像炸彈爆炸似的;他晚年寫水彩畫的舞台人物,分給我的兒女好幾張,舞台活出的神形,都出現在他的彩筆下。他們都在二十年前先後謝世!封面設計的蔡浩泉,比我還少兩三歲,他天才橫溢,不但畫藝和各種藝術設計,都能匠心獨運。他後來和台灣出身的名作家結婚,我們都祝福這一對才人佳偶,誰想到也離

婚告終，浩泉竟英年早逝！長輩、故人，墓木已拱，人生可真無奈！

「冬令營」我也學到學生的群體生活，這是我以前所未有過的。在我學生宿舍學到學生自治和管理工作。「管理眾人之事，就是政治。」這是孫中山說的。「三民主義」是當時的必修科，由孫中山在廣東高師演講時紀錄者黃昌穀授課，黃老師是湖北人，地方土音很重。他說的「國父」聽來是「括戶」，也教我們茫然了一陣，以後慢慢才聽懂。另一位教「三民主義」的是黃季陸老師，四川人，曾到美國留學，獲俄亥俄州立大學碩士學位，後在職期間，到加拿大多倫多大學旁聽，擔任過當地唯一黨報《醒華日報》的主筆。也許是緣份吧！由於我嚮往孫中山的救國理論，我還有點共產主義的殘餘印象，總想兩者有個比較，所以也常去聽黃季陸老師的「三民主義」。黃老師也有四川腔；他講課很風趣，常講孫中山一些掌故，頗引人入勝。

黃昌穀老師是我在台大見過唯一當過孫中山秘書的老師，他生於光緒十八年，原希望學工程救國，到美國留學並取得工程專業碩士學位，留在美國任工程師。一九一九年，中國爆發「五四運動」，他放棄在美國工作，於一九二零年回國，在廣州找到孫中山；孫先生介紹他到廣東惠州的「石井兵工廠」擔任工程師。一九二一年孫中山統一兩廣，在桂林設大本營，邀黃老師擔任他的侍從秘書。自此以後，黃老師專責任孫中山的侍從秘書，並代表他聯絡各界。其間隨孫先生參與籌備中央銀行、廣東大學和黃埔軍校。先後為此擔任中央銀行會計司長、金庫庫長；黃埔軍校教官等要職。一九二四年孫先生北上，黃老師隨行，並速記其演講、校譯和發表共十六講、十五萬言。並代表孫中山向民眾宣講「三民主義」。當時孫先生

已抱病很重，他自上海經日本北上的言論集底稿，黃老師幸及時請孫校閱。孫先生囑咐他說：「我從前收存三民主義十六講原稿，分別三種主義保存於廣州大本營寢室內之書桌上下，其中民生主義未及親自核閱。他日你回廣州時，須即向該室看守人員檢齊，負責保管。」一九二五年三月十一日，孫中山逝世前夕，黃昌穀對《總理遺囑》抄錄保存。一九二六年黃老師撰寫回憶錄：《孫中山先生北上和逝世前後》由上海民智書局出版。孫中山安葬於中山陵，黃昌穀是八位扶靈人之一。（資料取材自國民黨黨史）。這一位革命老人，在一九二一年便擔任孫中山的侍從秘書，一直到孫先生逝世，是孫中山晚年最接近、最信賴的人；孫中山晚年最重要的建樹如中央銀行、廣東大學、黃埔軍校，黃昌穀老師都是參與的籌建者。孫中山重要的論述，都是黃老師的速記經孫先生核定的。我能親聆教益，作為孫中山先生的信徒，當然感到榮幸。我還未畢業他便去世了！當我讀到黨史有關他的紀錄，而我沒有向他及身請教的疑問，真是憾事。

　　黃季陸老師如果在台大兼授「三民主義」，也是很短的時期。他也是個老革命，在四川保路風潮，就擔任「小學生保路同志會」的會長。一九一一年的四川保路運動，是推翻清朝的導火線。清廷調武漢三鎮新軍入川鎮壓，導至鎮守武昌兵員不足，同情革命和已加入革命行列的部分留守新軍，乘機起義，終於佔領武昌，全國響應，各省次第宣告獨立，這就是十月的辛亥革命引發的，中國結束了五千年帝制。一九一三年，黃季陸經同宗的黃復生介紹，開始認識孫中山。當時黃很年輕。便正式追隨孫中山，是一九二四年一月，國民黨召開第一次全國代表大會，他代表加拿大黨代表出席；以後留在國內參政，同年六月他和孫科聯名上書黨中央，提出制裁中國共產黨，但孫中山以

列強中，蘇聯也是個新興國家，又擺出對孫中山的友善，黃孫（科）的提案沒有被接納。孫中山逝世，黃季陸公開反共，赴上海協助孫科成立西山會議派黨部，成為國民黨中的反共重鎮。一九二七年國共合作破裂，黃季陸出任四川省清黨委員。當我們回顧國共長期鬥爭，黃季陸是最早提出制裁共產黨的人。中共全面佔領大陸建立共和國，國民黨只可撤守台灣。如果孫中山當年接受黃孫（科）提案，在孫中山有生之年領導下制裁共產黨，應是完全可行，當無日後的失敗。孫中山也曾信心滿滿的說，有我在，共產黨起不了作用，他在民生主義中對馬克斯的批評，可知孫並不同意共產主義的。可惜的是，孫中山不同意當時制裁共產黨是一九二四年的事，他想不到翌年（一九二五）他就逝世了，國民黨少了這個思想巨人的領導，他建立的民國腹地也保不住，這是他想不到？還是中國的宿命？

　　黃老師到台灣後做過內政部、考選部和教育部的部長，退休後任總統府資政以至逝世。我在台大畢業時，過去曾聽黃老師在多倫多任《醒華日報》主筆及到大學旁聽的往事，到我決定到加拿大升學時，寫信給他；難得他還記得我，寫了一封介紹信給當時《醒華日報》社長張子田先生，請他照顧我；高義稠情，令人感動。我到台灣探望我的近代史老師李定一，我想起黃季陸老師，他和李師同是四川省人，想不到李師特別請黃老師到他的宿舍（政大）晚飯。李師是個人美食家，以黃老師大駕來，還約了好幾位耆老同鄉作陪，他親自司廚，四川名菜應有盡有，李老師豪於飲，我是全席的後輩，也極喜杯中物，但以晚輩身分，多少有點節制，亦因多年未見黃老師，輩份懸殊，更不敢造次。誰知酒尚未闌，席間有人提起老鄉鄧小平來，大家可以各抒己見。大陸「文革」結束後，周恩來

已逝世，毛澤東再起用鄧小平。也許酒精作祟，大家肆無忌憚，對鄧小平各有評價。李老師絕不是擁護中共的人，但對國民黨也沒有好感；對鄧小平卻頗偏袒，大概鄧能收拾殘局，令中國人稍為好過些，對鄧產生好感吧！李師是中國近代史權威，個性耿直。席間批評鄧小平的人，都被他反駁；有一位嚴厲對鄧的斥責，而他大概是個政府官員，李師對他的反駁也脫了軌，直斥他做了官，就會了黨同伐異，場面尷尬得很。幸虧原是杯酒言歡的場面，有人勸酒把話題义開，其實每個人都說過了。黃季陸是主賓大老，沒有人敢請他說話，除非他自己說，席間我年紀最小，也輪不到我議論他們的同鄉。但世事真難料，也許黃老師出於體恤，總不能排我外在，鄧小平已是公眾人物了！怎可只有四川老鄉談論，不及於他人？黃老師也想打開剛才的尷尬，很想聽一下其他人的聲音，就指着我說：「之遠，你也談談吧！」事出突然，又顧慮李老師的脾氣，何況他為我想見黃老師而周張這一頓豐盛的晚餐？我怎可冒犯！但黃老師還盯着我不放，又難於抗拒他的命令。我只可緩緩起身又坐下，先表示晚輩的確所知不多，坐下也讓我有些時間想一下，該怎麼操詞應付。在毛之世，曾被重點打下來的「劉鄧集團」兩主腦之一，罪狀當時耳熟能詳。但鄧小平幫助毛澤東整肅「高饒集團」、擔任「中國代表團」團長，出席赫魯曉夫召開「世界共產黨代表會議」，代表毛澤東指責赫魯曉夫背離馬克斯主義的「修正」思想的錯誤，極得毛當年的信賴，鄧原是個老左派人物，和他身段柔軟有很大差異。因此，我用當時中共文宣的資料重點簡單說了一些鄧的真面目，又自己下了一句評語：「鄧小平是中共壞人中的好人。」我想，中共的文宣資料又不是我的，如果說鄧是好人，我自己不願意，說他全壞又一定被李老師痛罵，我犯不着。我說了，總有

一分鐘靜下來。還是李老師琢磨出我的真意：「你這個說法不對！」他大概喝了好幾杯高粱，面紅耳熱的說：「這是國民黨的立場。」黃老師生來圓顱寬臉，笑容可掬，像個阿彌陀佛。他一直對辯論都沒有插口；都微笑端坐聆聽。李師說了這兩句，黃師破例開口：「都值得參考。」李師也沒有再說下去，大家又杯酒言歡敘舊了！

重會黃季陸老師後，不知那一年他也去世了。國民黨內的「西山會議派」是堅決反對共產主義的組合，主張黨內清黨，不讓中共附在黨內生存，壯大蠶食、醜化國民黨的先知先覺者。孫中山的「聯俄容共」的政策，是他的「天下為公」的具體實現，他當然也知道這是一項危險的措施，但由於他太了解共產主義，他對它批判得體無完膚，如果讀者細心閱讀《民生主義》就知道他的真正對馬克斯批評的真義。他容許中共黨人以個人加入國民黨並宣誓效忠，其中防範意圖是十分明確的；他有信心可以駕馭中共，可惜逝世太早了，才僅六十歲；如果健在多五年，中國的前途不會這樣失控，然而歷史是不可以假設的。起孫中山先生而問之，也恐對黃季陸老師反共、清除共黨分子未接受而感愧歉吧！偉大如孫中山也有錯失和無法掌握自己的生命，我們又只可慨嘆國運的坎坷了！

李定一老師當年是台大最年輕的歷史教授，一派瀟灑不群的郎當勁，一口四川國語，口中沒有模稜兩可的話語。他第一課也開宗明義說：讀書、喜好都不能勉強，你們來這裏真求學也好，來鬼混也罷。我像個船夫，送你一程，不會耽誤你不合格重修；除非你過分離譜，我不會吹毛求疵。這段獨白就教我們皆大歡喜。他抗戰時畢業於「西南聯大」，那是北平陷落後、北大、清華、南開內遷合併而成；楊振寧、李政道就是這個學校的畢業生。李師也到過哈佛進修，一度曾任政工幹部學校教授，傅斯年校長

聘他到台大來。傅校長出身北大，任過北大校長、接他的是錢思亮出身清華。我們這一代學生，由於我們的老師每多北大、清華、西南聯大的老師或畢業生，師生都在自由校風下成長。李老師曾在課室說漏了嘴：對蔣老先生在上海出身有不敬處。這句話在威權時代可鬧大了！總統府秘書長張群要嚴辦。但當時許多軍官、情治單位的要員，如在「政工幹校」做過李老師的學生，都聯名擔保李老師這句即興式談話，乃無心之失。也難得當時蔣總統的大度包容，勸止不予追究，在「白色恐怖」時代是了不起的寬容。柏楊譏笑「大力水手」划到台灣，有諷刺嫌疑，被關在「綠島」十多年。何況指名道姓！

李師後來到香港中文大學任文學院長，也還兼授歷史，大概在七十年代，有一位姓李的女學生，修李師的歷史課，大概考得不理想。她的父親寫了一封信給李老師。如果這個父親是普通市民，也還罷了，偏偏他是個視學官。李師把原信送教務處處理；這事在香港學界轟動一時，結果教務處懲罰該生，考卷打零分，必須重修。李老師把台灣「聯考」的嚴格作風帶到香港來，以後沒有人敢憑人情、職位干預老師對學生成績的決定。

李老師中大任滿後退休，選擇多倫多定居，我又能接近他，過從密切，有通家之好。我有一次全家開車到滿地可去看父親，我問他去不去，其實藉以告訴他：這個週日不能陪他喝酒或打牌。誰知他說要去。我一家已五口，不能多載，但他說，幼子可坐在他的膝蓋上，五、六個小時他也不覺累，我就只可依他了。後來，台灣政治大學又聘他做博士生指導老師，他又去了三、四年，也就是和黃季陸老師重敘台北談讀鄧小平功罪的時段。任滿又回多倫多，我們又回復兩週打一次小牌，我永遠坐在他的下位，讓我太太據其上，他就無法發我的脾氣了！師母是個隨

和的人，我誅將，她不以為忤。我到台灣時為他帶花旗參給他的好友汪道淵先生，他曾是國府的法務部長，汪道涵的哥哥，是大陸「海協會」會長，和辜振甫達成《九二共識》的人。汪道淵每次都回送他「陳年高粱」，都是由我帶回的。

　　有一年，台灣立法院的海外僑選委員的遴選，中央遴選委員會通過作業：透明公開。大概過去都是黑箱作業，選出的都是不稱職的花瓶、舉手機器。面對蔣經國逝世，民進黨的崛起，老委員已被稱失時性的萬年國會國大代表、立委。台灣面臨一個新的局面。國民黨也要挑選一些新血來支持、應付新的局面。僑社舊式僑領已不足承擔這個重任了！我來加初期，多少還有點為台灣做點事的念頭，後來看來那些當選立、監委的人，都是沒有什麼知識的老粗，也打消了殘餘的從政念頭。這個消息出來，偶然向李老師試探，提出我好不好回台灣做立委？誰知他馬上色變，大聲說：你若做了台灣的官，就不要回來見我！結果我不敢再說。當時父親已棄養，我也退休了，那一年適值加美總支部召開大會，確定由我擔任寫大會宣言，就沒有準備參選立委；後來的演變也戲劇性，暫且按下。結果我還是沒有接受李師的勸告。我從政五年再度退休，回多倫多去探望李老師，準備他的苛責，卻大出我的意料，他說：「我常看到你的參政言行，五年來你確實不是官僚，還堅持反對李登輝、台獨。沒事了！歡迎回來！」還自動擁抱我一下，這是我想像不到的，我們恢復以往的習慣，每兩週起碼上門陪他的兩老搓一次小麻雀，送外賣到戶作晚餐，都是李師做東，我與內人都不敢逆他的意思。

　　自從他和幼子開車到溫哥華取回他的藏書，半途失事，險死生還，胸骨多斷，連臉部全是疤痕。父子都昏迷，由途人報警急救。身體從此大不如前，連酒也戒了！

後來他家裏的陳年好酒，我每次打牌時，他都提醒我代他喝，固然這是藉口，怕我客氣不喝。我那年回台北度假，李師也照例帶花旗參給汪道淵先生。汪先生還是拿出一瓶黃金龍的陳年高粱，要我帶送給李師。還說：這是最後一瓶了；也可能是全台灣的最後一瓶了！汪公當時也應是九十之外的人瑞了。良朋的風義，像陳年老酒，愈久益醇。《三國志》程普傳有記：「與公瑾交，如對醇醪，不飲自醉！」程普本是東吳老將軍，孫權拒曹，命周瑜（公瑾）為都督（主將），以程普為副，程心裏不服，但相處下來，兩情日洽成忘年至友，周郎破曹於赤壁，程的勳助極大。我知李師已遵醫戒酒，做到點滴不入口，也告訴了汪公。汪公說，我很早也不喝了，只是為他收藏，這也是最後一瓶好酒了，他怎樣處置是他的事了！我只可將原話轉達。李師哈哈大笑：你帶回來，你就在我家喝吧！我留給你專用，但只在這裏喝。就這樣，也由我喝光了。前一年，我也心律不正，又有肝纖維化，醫生下令：再喝酒就不必來看病了！使我更想起和李師喝酒的好時光。李師最後一次到學生家裏去，也由我夫婦送他去，並打了四圈小牌，他就不想打了！行出門口，主人送他，我陪着師母走在前面，她忽然對我說：你以後多陪老師一些吧！我還是第一次聽她說這樣的話。翌日，我和內人飲早茶，看到一隻烏鴉在樹梢鴉鴉亂叫。我沒有察覺，內人指着那隻烏鴉告訴我，下午李師逝世的消息就由他的幼子在電話通知。這是千真萬確的事。

如果我對史學還有點可取，都是李師教導出來的，他忠耿豁達，是我效法的對象，治學嚴謹令我敬佩。他善飲擅評。曾是台灣公賣局（烟酒）的義務評酒師，飲高粱酒是他教我的。他是我的嚴師；但他的學生段家鋒中將和顧振東校長（醒吾）都說李老師寵我。是我的恩師是毫無

疑問的，他常呼我「徒弟」。甚至和友人介紹，都說這是我的徒弟；有時我們相處，說到忘形處，李師會開懷大笑說：「我們師徒怎麼就是同樣的想法？」的確，和他無拘無束相處了二十多年，像他個性的耿直，有一些原則寸步不讓，是否受了薰陶而不自知？真是無從說起。上文提及他不經意在課室說過蔣老先生在上海的不敬語；我特別問起蔣先生在中國歷史的地位將怎麼樣？他說要看站在什麼立場；他進一步說明：「如果站在中共立場當然就貶損他；如果站在國民黨立場，當然就揄揚他了！」我說：「我的問題是：老師你對中國歷史或世界史觀的觀點，能否給蔣先生一個概括性的總評價，不需要枝節性貶損中有揄揚，而揄揚又帶有貶損。」李定一老師為此思索了一陣，然後很確定的說：「他是一個偉大的、不折不扣的民族主義者。」當時蔣老先生五十年每日不間斷的日記，還沒有出現；近年出現的哄動，當代史學界的確評和李師概括性的預期，基本上是一致的。

李老師著作和翻譯外國歷史多種。有《世界史綱》、《中華史綱》、《俄羅斯源流考》；最著名的《中國近代史》是台灣、香港兩地大學的讀本；晚年的《中美外交史》，亦載譽一時之作。他的愛護與教導，音容宛在，我永遠懷念他。他不只是我的老師，還是我恩義的老師傅。

李老師在「政工幹校」時代教過的學生，很多以後在軍政界出人頭地，大概和蔣經國以後當權很有關係。台灣軍政界都知道蔣經國身邊有兩個紅人：軍方是「總政治部」主任王昇，字化行；蔣入主總統府，特設劉少康辦公室，讓王昇進駐，權傾一時。另一位李煥，為蔣掌「救國團」的人。威權人物天威莫測；王昇與李煥均曾被蔣經國撤去現職。王昇被調到南美小國當大使，到蔣逝世才得返國。李煥調任高雄籌備中山大學在台復校，成立後任首

任校長，但很快便出任教育部長；以後又調任國民黨秘書長，一直至蔣經國逝世。李登輝繼任，李取代俞國華出任行政院院長，是李煥最後的職位了。對於蔣經國的事蹟，我在李定一老師處聽到不少，大概和他的學生「政工幹校」接近蔣經國有關。有一件外傳蔣老先生有傳子的念頭，是不是呢？我曾率直的請他分析或直覺上的解惑。他想了一陣，說：此事你要答應保密，在我生前不要提起，雖然我不會說出消息出自誰人，但也不想惹麻煩。我當然答應，多少也有點好奇：李老師豁達成性，很少有什麼顧忌。這政壇秘密更使我非聽不可。

原來民國行憲，蔣老先生出任首屆總統，到一九五八年便第二屆滿任，根據憲法規定，總統只能連任一次。國民黨黨魁自孫中山建國時代，已是黨魁出任國家元首了。蔣老先生帶著憲來台灣繼續行憲，當然有繼承民國法統的意義在。而憲法的規定，總統只能連任一次，蔣先生面囑遵照憲法，不能有連任下去的考慮。如果修改憲法條文，難逃為個人的權位，有毀憲之虞，不管用什麼理由都是一樣的。當時胡適、蔣夢麟這些國際著名的學者都在台灣，還有梅貽琦還在教育部長任內，都一致主張：不能為總統任期而修改憲法。但官場中人以蔣老先生的威望，又還在中共威脅之下，擁護他做下去的確大有人在，尤其是渡海而來的官兵，認為在這風雨飄搖之際，非蔣老先生領導不可。但學者以為憲法為立國大法，不能因人而廢。台大法學院院長薩孟武老師，不但在課室講，還寫文章公開反駁陶希聖（陳布雷死後成蔣老先生的文膽、執筆人）。兩邊陣營各執一詞。就在這個時候，陳誠的生日適逢其會；陳當時是副總統兼行政院院長（生於一八九六年，農曆十二月十二日，保定軍校第八期炮科畢業），一九二四年當上黃埔軍校上尉特別官佐，北伐時在總司令部任參謀，從此

受蔣老先生的擢拔，一九二九年任十一師師長，該師以後為陳在軍界發展的骨幹，擴掌十八軍軍長，時稱「土木工程系」。抗戰勝利後，於一九四六年成為參謀總長、海軍總司令。一直被視為蔣老先生的心腹、中央嫡系。在陳誠生日之前，胡適在一個偶然的機會，認為：「陳誠有資格當總統」；此言在台灣當時很震撼。「到生日那一天，胡適約同蔣夢麟、梅貽琦會同上了陳誠的專車到餐館作私人祝壽。」這是李老師親口告訴我的話：他們在車上，當然會談起總統應不應該連任的問題。學術界重制度，不以人治為然，以陳誠當時已在一人之下，又是副總統，眾以為他應當仁不讓。但陳誠並沒有附和首肯，只說：「如果老頭子要連任，我當然支持，其他人就不一定了。」這句話確是出自李老師的轉述，印象深刻。為什麼會傳出來？原來在台灣出現連任問題以後，陳誠的態度備受注意，當時蔣經國已掌握情治單位了！自然有人為他效力的。陳誠唯一對車內好友表態的話，被送到總統官邸去了！

這個內幕當年沒有人說及，當然也沒有蔣老先生的反應消息。但不久，諾貝爾文學獎頒給美國作家海明威的《老人與海》。蔣經國在報紙上發表他對《老人與海》的感動：老人與海的搏鬥，是老人的意志戰勝了惡劣的環境，終於帶着他的勝利品回去，那怕是一副被群鯊啃剩的魚骸骨，這就是勝利的象徵。這篇文章發表以後，總統連任的爭辯不久便消失了。「國大代表」將總統任期的憲法條文凍結，不須修憲而達到修憲的目的。今天我們檢驗歷史，蔣老總統自凍結憲法任期，得以連任到逝世為止。如果說蔣中正不再擔任總統會影響台灣的安定、甚至不保，但事實證明，台灣在他逝世後才經濟起飛，並且成為亞洲四小龍之首。而歷史是沒有假設的。但不管怎樣，民國憲法還是他帶到台灣實施，孫中山以縣為自治單位的計劃，都在

他任內完成。蔣氏除了凍結任期條款，對憲法不輕易更動也是事實，比起李登輝六年修憲五次，終於將政權移交以台獨為黨綱的民進黨，豢養出一個由陳水扁率領的貪瀆集團，則蔣老先生對台只有功而無過也就很明顯了！

蔣老先生順利連任，陳誠還是他的副總統。在一九五八年金門炮戰（史稱「金門八、二二炮戰」）。陳誠到金門視察，將炮戰的錄音帶回來，在中山堂招待黨員學生播出並致詞。我也在座，第一次近距離看到他的鼻子變紅了！那個時候，外傳他已失勢，以喝酒成癮，因此有個酒糟鼻了！以年代久遠，是誰說的，已不復記憶，但的確是當場耳聞的。陳公生於一八九六年，終於一九六五年三月五日。那時我已在加拿大開設地產公司了！由於常為當地《醒華日報》寫時事評論，也就常到報館去，讀到陳誠的死訊。蔣老先生輓他的其中兩句：「奪我元輔，豈真天數。」當是蔣老先生內心感嘆！外人難道一字，我深信這輓聯是他自擬的，他人不敢、也不會這樣寫出。

李老師定一，字方中，四川銅梁人。一九五三年入「台大」任歷史教席；一九六三年受聘香港中文大學歷史系主任兼文學院長。生於一九一九年終於二零零二年，享年八十三歲。

一九五八年「金門炮戰」時我在香港度暑假，在系的香港僑生，以時局緊張，半數中途退學，不再回校了，開學時才發覺，有些同班的香港僑生因看到「大二」的課程很重，如統計學、微積分、財政學等實用科學。看到數字會頭大的同班有好幾位轉系去了！我實在也有點怕，但父親指定我讀的科系，就是負斬斷全家「窮根」的責任，是沒有回頭的餘地。就在這個時候，胡適來校演講，題目很普通：《如何選擇科系》。一個平凡的話題，在胡先生娓娓道來，還有他個人的經歷，都教我們在台下神往於

他的論述。針對這個題目的論證，歸結起來只有八個字：「興之所至，力之所能。」一個社會或是全人類，我們需要的，不管是什麼行業，都是這個行業第一流的人才。也只有第一流的人才，才能領導社會或人類。所以缺少第一流人才，是整個社會或人類損失。成為第一流人才，他必須對所學的科系有興趣、有能力。有興趣而沒有能力，只能勉強成為第二流，甚至第九流。反之有能力而無興趣，結果也是一樣。在大學選擇科系，將來投入職場或做研究工作；能兩者兼備，才能造就第一流人才，個人的長處才能發揮盡致。題外話不少。最令我難忘的，他指出：一、很多人以為「把線裝書掉入毛廁去」這句話是他說的。其實不是，是吳稚暉說的。但他承認年輕時代有過過激的言論，但孔夫子有很多好的教導，還是值得我們學習的。以一個成名的學人，要有很大的勇氣，才能以今日之我否定昨日之我。胡適公開對自己言論的修正，是服膺真理的表現，真值得我們尊敬。二、毛澤東只做過北大圖書館管理員；還未夠格做我的學生。這是胡適唯一的一次在台大法學院禮堂的演講會上說過的話，在場學生迫爆、地面坐滿、門口站滿，有的爬上窗框上，無法估算多少人聽到，絕不是我生安白造的話；何況沒有這個必要。

胡適、梅貽琦、蔣夢麟的墓木已拱，這些人我都在台灣讀書時代見過。趙元任也到過台大演講，他著名的詞曲：《教我如何不想她》，引起我們台大人很多遐想；因為此詞曲傳說是為台大外文系老師趙麗蓮教授而寫的。趙老師是一位混血兒，長得美麗而修短適中，我們做學生的年代，她大概也「徐娘半老，風韻猶存」；她常坐三輪車來上課，坐原車離開。我們都會唱這歌，但就沒有人聽到趙元任或趙麗蓮說起過這歌的來歷。同時代齊名的林語堂，我沒有見到，但有一次卻聽到謝冰瑩老師，在林語堂

生前提起過一次。她向我抱怨：「他已這麼有錢了！答應過翻譯我的著作，會付我的原著費。已出了好幾本了！都沒有給我，真是。」就不再說下去了！大概後來也不了了之吧！以後也沒有聽謝老再說。

台灣在經濟發展之前，都可以稱做「克難時期」。對岸在金門前線高喊「解放台灣」不斷。但省民已經清楚，再退一步便是跳洋跳海。那時「二二八事件」已完全起不了波瀾，如果不是民進黨的崛起，又以台灣獨立為號召，煽動對外省人的仇恨，台灣軍民早以榮枯與共、同舟一命了！就因為這樣，金門外島在威脅中，台灣全省都信心滿滿的，我們做學生的，安心的上學讀書。一般老百姓，在幣值穩定下各安所業。這個安定的環境，政府大量投資教育，到人才儲備足夠，經濟起飛是自然而然的事了！金門炮戰也許更能凝聚台灣人民，衝破橫逆的經驗！

回憶起金門炮戰，全省人民可像沒有一點驚慌的氣圍。僑生宿舍聽到敲面盆的聲音，十九都是擊落米格機的慶祝。金門炮戰在完全沒有預警中發生了！從第一響炮彈炸出來，以後幾個小時連續不斷的炮擊達五萬多發。陳副總統的現場錄音，可以聽到無間斷的炮聲。金門炮戰持續了一段時間；以後又單日打雙日不打又一段，前一段的金門司令胡璉；後一段是劉玉章。後者有點像關西大漢，面相也有點像赤面關羽，這個人在我讀初中時，國軍從學校旁的公路撤退，就是他的五十二軍。到我回台灣參加十三次國民黨代表大會時，和他在同桌之暇，那時他已經退役了！但虎賁之氣尚在，我很欣賞他那種陽剛的虎威氣質，雖然當年他已八十開外了！今日執筆至此，我也八十之齡了！過隙駒光，正如蘇東坡在《前赤壁賦》所寫：「蓋將自其變者而觀之，則天地曾不能以一瞬。自其不變者而觀之，則物與我皆無盡也。」當日的虎將，如今亦步伐緩

慢了！但想起當年劉玉章守金門的時候，美國已有導彈移交，但有附帶條件，動用導彈，必須通知美軍在台顧問團核准。民國四十七（一九五八）年，台灣那有錢買美國武器！只有美援的軍火，故美國駐台的顧問團有控制美援軍火的核准權。劉玉章有這先進的導彈武器在手而不能使用，早已一肚子氣。任由對岸的共軍炮轟，單日雙日的打停，全由共軍主動；只防登陸死守，不准國軍還擊，天下那有這樣的戰爭。那不是為美國做守門之狗嗎？共軍以國軍不能還擊，乾脆把炮位擺上岸，不設掩護體。還用擴音器調侃國軍是美帝的走狗，惱得劉玉章搥胸頓足。金門炮戰的突發，副司令的趙家驤、吉星文、章傑已當場犧牲。剛到金門視察的國防部部長俞大維，逆向躲避，倖免於難。金門和廈門只是一水之隔，軍用望遠鏡可以清晰地看到對岸，何況還有一些炮位完全暴露。那天單日，劉玉章已決心還以顏色，反正就是違令了，長程大炮、防守導彈全部上膛，一個命令便天崩地裂的轟過去。一次過徹底催毀了對岸的炮兵陣地。劉玉章也在美國抗議下調職，也就此退休了！

　　金門炮戰沒有預警，而又剛在國防部部長抵達時發動，天下間那有這麼巧合的事？顯然與間諜有關。國軍在大陸失敗，主要是共軍以圍援打點，以小勝多，終於在短短兩年中消滅國軍主力，情報工作做得好所致。如果情報工作做得不好，怎可以「圍援」？怎可以「打點」。國軍無端端給你「圍」嗎？國軍的主力聚「點」，讓你碰巧遇上殲滅它嗎？集中三倍以上的兵力去「圍」去「打」的，事前的週詳計劃，沒有準確的情報工作是絕對難辦得到的。什麼偉大、天才的戰畧、戰術家都是吹噓的。共軍比日軍能戰嗎？國軍從「九一八」到抗戰結束，整整十四年，會戰無數，國軍如不善戰，能和日軍單獨週旋十年？

國軍是到日軍偷襲珍珠港後才得美援的。回顧一九三三年國軍第四次圍剿共黨，熊式輝用碉堡政策、政治工作將中共逐出江西，本來放一條南下沿海的生路給共軍逃竄，這個策略蔣老先生不聽，卻放出西北一路，釀成大錯。共軍得以在窮鄉僻壤中喘息，又在日軍侵略中銳意擴充淪陷區地盤。共軍初到延安，連擔架民伕在內只有三、四千人，到抗戰勝利時，正規武裝部隊及各地游擊隊伍竟增逾二百萬人。抗日戰爭時期，中共又以國共合作為名，許多情報人員大量潛伏國軍陣營內，「西北王」胡宗南屯兵五十萬監視延安，一度攻入，旋又失守。有傳攻入時，毛澤東的書桌的煙灰盅尚有餘溫，其從容不逼或言過其實，但情報精準自無可疑。到「徐州會戰」結束，胡宗南部旋即潰散，而胡最信賴的熊向輝原來是潛伏胡左右的共諜。中共建政，熊受毛加獎，正式在北京做官了！民間調侃說，國軍參謀所擬的作戰計劃，蔣老先生還沒有收到，毛澤東早就讀了。

金門的突襲，三個防守副司令都殉難，是無可補償的損失，當然首要找出誰是內奸，通報俞部長到金門視察。查不查到？以後也沒有消息，這畢竟是國防秘密；除非有解密的公告。

殉難官階最高的趙家驤中將，原名大偉，河南人。投效張學良東北軍，在旅長梁忠甲部任參謀。一九二九年，蘇俄侵佔扎蘭諾爾「中東路事件」，張學良遣梁部馳援守軍。趙家驤時年十九，在扎蘭諾爾一戰成名。一九三零年，以戰功升營長。一九三三年，長城冷口陣地被日軍佔領，趙率大刀隊與日軍肉搏，是國軍第一次從日本奪回失地，東北軍大刀隊盛名享譽全國，就是趙家驤率領大刀隊幹的。一九三五年入陸軍大學，畢業後調軍區參謀長，再遷升為十一軍團參謀長，參加一九三九年抗日桂南會戰

崑崙關之役，初勝後敗，蔣委員長嚴責相關將領，獨對趙家驤嘉獎。一九四四年，幹訓團改組為「中美高級參謀研究訓練班」，由負責中國戰區的美國顧問將領魏德曼出任主任，趙家驤副主任共同負責，訓練班提升了中國軍隊的戰鬥力。以前中、日傷亡的比例是七比一，訓練後二比三。國軍大大減少戰場的傷亡，日本要付出更大的侵略代價。趙家驤隨中央到台灣，於一九五一年任陸軍總部參謀長；一九五五年升第一軍團副司令兼參謀長，同年出任金門副司令。與吉星文、章傑同為胡璉司令的副座，可知這四位將軍，都是身經百戰的虎賁大將。吉星文是「七七事變」抵抗日軍進攻蘆溝橋開第一槍，章傑將軍同樣歷八年抗戰，轉戰大江南北的戰將。他們駐守金門，形同守住台灣的第一道防線。接胡璉的劉玉章也是科班出身的戰將。曾任行政院長的郝柏村將軍，當時是駐守金門的師長。一九五八年金門炮戰雙方都在備戰，台灣在八月六日便下達一級戰備；八月二十日蔣總統到金門視察，在下午五時三十分至六時三十分，召集團級以上駐軍將校講話。俞部長於同月二十三日抵金門，召集將領開會以後，和胡璉司令離開司令部到湖上餐廳晚膳，倖免於難。在司令部會議室者無一倖存。

我的父親曾代表廣東國民大學的「青年團」，戰時到廬山受訓，認識詩人鍾鼎文先生。到中樞遷台，父親又奉召參加「聯戰班第四期」。這些我以前都不知道，後來到台大讀書，有一些同學、鄉賢長者，才慢慢告訴我，代他帶些手信給他們，因為台灣克難時期，物質非常缺乏的。「聯戰班」同學中，趙天水和陳松光世伯兩家，是我在台常到的地方。趙伯母王素珍女士，系出河南名門王氏世家（東晉王鐸主導一族）。趙伯是遼寧瀋陽世家，年青已是鞍山市市長。趙伯母與趙家驤同鄉之誼，趙家驤又與趙伯

有同宗之親；通家之好，往來最密。大陸不穩，趙家驤協助趙天水伉儷來到台灣。我在一九七五年來台升學，父親要我去探望他們。原來他們就住在台大不遠，隔了一條新生南路不遠，就是他們居住的龍泉街，後來才知道相隔幾間日式平房，就是僑務委員長、海工會在任的鄭彥棻的寓所。鄭是我稱大宅伯祖父許墨緣在「廣東高師」（後改稱「中山大學」）的學生，以家貧，得墨緣公（時兼「高師」附中主任）招任校內「合作社」任職，以半工半讀解決學雜費。這段淵源，我也有時奉父命去拜望他。

趙伯一家是虔誠的基督徒，每個週日必到新生南路的真理堂守禮拜，常邀我去參加。做完禮拜，他們帶我到附近午餐或回家便飯。那時他們已育有一男一女，但相隔了十一、二年。男的叫秀軍，長得有燕趙男兒的挺拔；小妹秀晞才四、五歲，我見她時還常抱起她。秀晞活潑可愛，秀軍常逗她。見到我時偶而訴苦：哥哥又欺負我了！繪聲繪影，真討人憐愛。金門炮戰的台北，民眾對國軍都信心滿滿的，沒有一點驚惶，只有趙家少有的戚容可見。後來我向秀軍打聽，正是趙家驤殉國時的消息，才知道他們的情誼。這三位殉國的金門守將，追封官階升一級。趙追封二級上將、吉、章為中將。中樞在「國際學舍」設靈致祭，入祀台北「忠烈祠」。走筆至此，回想陳水扁當政時，連軍官的升職都可以賄賂；一旦上陣，他指揮的軍隊還能打嗎？

翻騰年代的經歷

從兩蔣時代
所見的歷史人物
及其傳記

除了趙家，還有陳家我也常到。陳松光伯父是我們同鄉四邑的恩平人，夫人鄺美然，還是霖叔的母親堂姪女，和紅線女（鄺健廉）同一輩份。陳伯是日本早稻田大學畢業，受知於俞鴻鈞。可惜陳伯不諳官場的逢迎術，在陽明山受訓時，俞鴻鈞常約他一同下山。到了俞鴻鈞任行政院長時，俞鴻鈞問他：現在是機會下山了！要不要跟隨我一起下山？陳松光不悟這是俞向他徵詢：要不要到行政院去追隨他。陳伯太單純了，到俞鴻鈞下台，陳伯偶而向他發牢騷，明知他是農經專家，又曾應召向老總統面呈台灣農業發展計劃，後來還出版，是台灣農業後來發展的藍圖。中樞無人對他青睞，只安置他在「合作金庫」做研究室主任。俞鴻鈞聽了很尷尬說：「我不是多次請你下山，追隨我到行政院來嗎？」陳松光才恍然大悟，但時機已失了！追悔何用呢？陳伯後來調台灣銀行核稽部主管，對全省省立銀行，主管查賬的重任，陳伯向各大專招攬銀行系畢業生，專責各分行的查賬工作，由於他的清廉，影響所及，轄下的查賬員，能自律只接受銀行在查賬時的白開水，連泡茶都不接受，因台灣產好茶，好的很貴，杜絕了任何賄賂的門路。當時台灣發生「黃豆案」，農會賄賂監察委員，以金碗裝着水果。水果籃送禮很普通，不會受到注意，但籃內裝水果的金碗或金盤，則是純金打造的，這是台灣一個大案，所有接受賄賂的監察委員全部經彈劾革職。陳伯不是監察委員，也有銀行主管送上金盤的水果籃。陳伯伉儷當晚有應酬，只有幼兒在家，不知好歹讓送禮人放下。陳伯回家，一看便知誰送來，立即原籃送回，其清廉如此。

陳伯伉儷一女兩男，俱專業學有專長，幼子陳治，是美國加州勞蘭垓（Rowland-Heights）市的議員，是經貿有成的企業家，換跑道從政了。二男陳正誠，建築師；

陳公九十大壽時，我去祝賀。他帶我去看他發展的地盤多處，賺了很多錢。長女陳晶，專業經貿主管。我有一次對陳伯說，你清廉為官，現在兒孫都官、商有成，比李登輝幸福多了！我做學生時，陳松光是省銀行體系中的「合作金庫」研究室主任，李登輝台大農經系畢業，第一份工作，就是到「合作金庫」當研究專員，陳松光是他第一位上司；很多人以為蔣彥士實誤。我第一次到「合作金庫」找陳伯時，陳伯的主任室前面，就是研究專員的共同辦公室，李登輝長得高大，一副哈腰獻媚的笑臉，令人印象深刻，我曾問陳伯他是誰？陳伯說：「他是你們台大的畢業生。」我說：「他長期諂笑不累嗎？」陳伯說：「他就這樣傻梗梗的；我勸他寫些農業經濟問題的文章，他說中文程度不好，我都答應為他修改，為他找地盤發表，幫補一下家計，他都不寫就算了！真傻仔！不要管他了。」這是聽到李登輝的第一個印象。然而，到了一九八九年，李登輝繼蔣經國的任期，成了中華民國的總統；不久還兼了國民黨的主席，我又到加州去探望陳松光伯。陳伯嘆了一口氣說：「李登輝在合作金庫時，已天天罵國民黨了！嘴巴的飯還沒有吞下，也急不及待罵國民黨，蔣經國是瞎了眼睛才用上他，未來國民黨會被他害慘了！」果然，李登輝是台獨的教父，黑金政治的始作俑者，具有歷史性的國民黨被他出賣了！

趙、陳兩家是我在台灣讀書時最溫馨的去處。我十五離家，個人到香港去依靠父親，他的寓所只能容一人居住，見面的機會，七年加起來的次數，沒有比趙、陳兩家分別的多。在台的四年中，趙、陳伉儷的慈詳，真可以代入我的父母。特別是他們的兒女，都是叫我「許哥哥！」就教我全身酥了似的；我真幸運有他們的關愛，到垂老都不變。趙伯伯大約八十左右就去世了！趙伯母在九十壽

慶時，其女秀晞妹為她出了《九十藝文回顧集》。集中具見她對家庭兒女無私的愛。她是「世界道德重整會中華民國分會」的編劇和導演，其中《龍劇》到世界各地巡迴公演；從一九六一年七月三日開始歷時一年多約二百場，大概破了世界話劇巡迴演出的時空紀錄。趙伯母編的劇本，當然是一個重要成功的因素。特別在今天道德敗壞的時候，令人想起五十年前致力世界道德重整這一位先驅。她還是散文好手；畫壇高手，是傅心畬、黃君璧的入室弟子；到九十五高齡才謝世。陳松光伯伯前年才去世，時年百齡了！陳伯母尚健在，上週我們還通了電話，照例來一段粵曲清唱；生、旦腔都能，還擅洋琴；今年已九十七了，還是耳聰目明的人瑞。

「救國團」當時全名是「青年反共救國團」。時移世易，兩岸過去拔劍張弩的局面，已在「三通」之下緩和了！有所謂「外交休兵」、「僑社休兵」的互表友善下，「反共」一詞已悄悄的消失。「救國團」也無須以「反共」號召了！台灣不反共可以換來台灣不解放嗎？還得看以後的歷史怎樣才能確定，歷史是不能假設的。近日北京落成的紀念碑，是紀念在台犧牲的「烈士」：吳石以次被捕在台的情報人員的名字都刻碑留名，碑文並勉勵人民：踏着烈士的鮮血前進，完成他們的願望。已不言可喻了！今日台灣學生「反服貿協議」，是正確還是不正確？也要看未來歷史的解答吧！

大二的寒假，我以台大社團的負責人，參加了救國團舉行的「歲寒三友會」，在東海大學的大度山坡地舉行，風景佳極，大學的地標建築，是世界著名建築師貝聿銘設計。我參加出版組，導師是呂天行先生，台大考試較遲，我們南下報到比其他大專學校晚了一個多星期。到我們放下行李，就趕去參加學生自治會選舉。參加出版組比活動

組的人數較多，我們除了在學校報名時，知道一些同學參加，也不是全部認識，在場集會的其他院校參加者，彼此都不認識。教我們選誰？我在台大還有點名氣，因為是香港僑生組織的海風出版社，每月出版一次，我擔任社長；也是另一個刊物《港澳青年》的總編輯。台大喜歡寫文章的人，不論僑生或本地生，投稿的人都認識我。

呂天行先生開場白就說：參加本會的同學今天已全部到齊，我們按照既定的程序，出版組要選出一位社長、一位總編輯。由同學推薦或自動報名參選都可以。報名以後，由同學一人一票選出。他徵求參加者；亦問「還有其他動議？」

出席者都沒有異議，那個年代的台灣學生比現在純潔聽話得多，現在的學生可以從入立法、行政兩院搗毀國家財物，經過二十一天，還悻悻然才撤退。僑生比較開放，在馴服中長大的本地生看來有點異類的感覺。我們覺得不合理就會抗議。我就覺得不公平：「我們剛才放下行李，發給我們的資料還沒有看完，要我們盲目選舉，是不公平的，也太草率了吧！最少也讓參選者有個機會作自我介紹，那怕是五分鐘，都算有個機會讓同學認識多一些，總比完全一無所知好些吧！」呂天行認為有理：「這是很好的提議，先請大家報名，後按次發表五分鐘自我介紹。」

全場第一個政治大學的《大學生雜誌》社長任萬生起立，自報姓名參選。呂天行問還有誰報名，卻再沒有回答，可像有點默契的推薦，我想其他院校學生比我們來得早，可像早有互相認識或溝通過似的。我覺得這樣很不合理，我們台大來的人也沒有動靜，我只可舉手自報姓名參選。以後果然再沒有。任萬生有備而來，也屬能言善道的人；五分鐘說短也不短，我即興的發言，臨時的插一手。既無準備，而且廣東佬講官話，字正腔圓已不可能。五

分鐘自我介紹還是自己提出的，鴨子不打也得上架面對。當時怎樣說，經過快近六十年的今天，一點也記不起來，只記得掌聲比任萬生還響亮得多，是真讚賞還是勇氣獎？我也不清楚。也只記得開票我比任萬生只少一票。當時校際活動，沒有空白票，也沒有棄權這回事，學生的自主性很強。七、八十人都是學校有點名氣的社團代表。呂天行在開票時的表情有點訝異，開票後他宣佈得票結果，任萬生當選社長。大家鼓掌祝賀，接下來，呂天行卻說：任同學和許同學只差一票，但社長只有一人；而總編輯也是一人。他們都這麼優秀，我想總編輯就不要選了，就由許同學擔任好不好？他這樣一說，全體鼓掌包括任萬生在內，就這樣無異議通過。我在寒假就主持首屆歲寒三友會的出版事宜；變成出版組實際的主持人。到蔣經國到會演講，我便成為現場筆記的人，如果蔣經國的言論集中有一篇：「歲寒然後知松柏之後凋」（當時的講題 -- 出自《論語》），或與歲寒三友會相關的蔣經國講話，記錄人就是我了！因蔣先生只有一次到會。我記得現場筆錄以後，蔣經國在離開前，特別向我感謝和握手、合照。以後，在歲寒三友會結束以後，我還被通知到救國團去，聽原錄音再繕正潤色過，我和蔣的合照，也由團部送給我。這一幅原照，我複製了兩幀，原照送給蔣孝嚴先生，我自己留一幀，另一幅送給陸永權同學。

對於蔣經國，救國團是他創辦的，他對青年學生的確有一套令你擁戴他的魅力，他能恰如其份的令你認同他。歲寒三友會的開幕典禮，他來演講，衣著少見的端莊整齊，表示他的重視。他的演講奉化口音重，但不妨礙他的表達能力，不論講國家處境、個人經歷，他都能一環扣一環的全串連上，了無勉強的痕迹，一氣呵成，從頭到尾都吸引着他的聽眾。他很多時在學生集合時出現，都有即

興的談話和演講；他的投入，影響了每個參與者和他打成一片。在此且談談曹聚仁對蔣經國的觀感。曹氏原是國民黨重視的宣傳幹部，且曾在贛南專員蔣經國倚重的重要幕僚，及出掌蔣經國創辦的《正氣日報》。大陸變色，曹從大陸到香港、星馬，言論大變，成了統戰說客，鼓勵海外青年投奔「祖國」。曹氏出版過不少評論國民黨失敗的經歷，其中一本《蔣經國論》，對蔣在上海打虎的失敗經過記載甚詳，當然貶多而褒少。唯一揄揚蔣經國的，是他每次的演講，自己起個綱領，幕僚整理出來，蔣經國踏上講台前稍作瀏覽，上台後常隨話題的即興發揮，不再局限於原來範圍，風采教人神往。我有一次做過蔣氏的紀錄，的確如此。曹聚仁對國民黨、對蔣經國，都這樣罵在骨節眼上，而揄揚一些無關宏旨的有趣味的小節上；符合統戰的要求。還有一點露餡的表現：「我是從光明的地方來。」這一句話的潛台詞：「我到的地方還是黑暗的，你們嚮往光明就應投奔光明。」這不是很清楚了嗎？和「解放」前鼓勵投奔延安有什麼分別？曹的妻子鄧珂雲曾說：曹有紅信封留給邵力子轉交周恩來。邵力子是什麼人還不清楚嗎？曹在一九五六、七、八年間來往大陸多次，還和周恩來、陳毅遊頤和園的昆明湖、毛澤東接見過他多次；透過曹的文章，散佈兩岸密使的接觸。毛的「愛國不分先後」，就是配合對台灣統戰。蔣先生對國、共和談已深痛惡疾；不可能相信曹聚仁。到一九五八年八月二十三日，就發生金門炮戰；這年代我正在台灣大學讀書，過程十分清楚。曹的統戰、自為「密使」、在碧潭涵碧樓見過兩蔣，都是子虛烏有的事。他徹底失敗告終。一九七二年七月二十三日，他貧病交迫下，在澳門鏡湖醫院逝世。

　　蔣經國的手掌又厚又粗糙。許多文字記載：他在蘇聯工廠當工人多年。如果你曾和他握過手，你已不須懷疑他

有這段經歷。我不記得和他握手究竟有多次，但有兩次是忘不了。為他做記錄是一次，他演講完畢，一般人就大剌剌的離開講台走出會場。而他卻走到記錄人面前道謝，並伸出手來：「謝謝你為我做紀錄。」然後和我合照。另一次是我在加拿大回國過雙十，那時他擔任行政院長。在陽明山中山樓招待茶會，很多僑胞已入座，我和陸永權還留在門外抽煙，突然蔣經國率領隨員迎面而來，無法避開，蔣經國已到了面前，見到我們兩人，就駐足的問：「你們從哪裏來？」我們先後答覆了。當時香港還沒有中英談判，但港澳兩地接壤大陸，關係繁複，蔣經國就問陸永權：「香港的情形怎樣？」我也想不到陸永權坦率的講：「香港的情形不好！」蔣即問：「怎樣不好？」陸說：「我們駐港的人員懶散，黨組織離心離德！不樂觀！」蔣經國本來要問下去，但陪着的隨員說：「茶會的時間到了！以後安排再講。」蔣經國分別和我們握手。但當時連姓名都沒有報上，就算蔣再找陸永權也不可能找到了！但我把這段經歷，寫在我在香港《星島晚報》我的專欄：《風雨江湖三十年》上，惹來當時香港當權派立即找陸永權，問他究竟說了什麼話？國民黨在大陸失敗，海外辦黨務的人，還是沒有記取失敗的教訓，還是對權威人物望風承旨。這未必是威權人物的認同，但「望風承旨」難道威權人物不知道。如果不知道，他未免低能，如果知道，為什麼還讓這種惡習流風還繼續下去？

　　蔣經國的一生，真是忍人所不能忍的，他的堅毅令人動容；他的孝順是天性的，否則，在蘇聯那幾年，早已被中共黨人牽着鼻子走了。他終於回到父親的身旁來，以後終其一生，為老父出任艱巨，做人所不敢、不願做的事。蔣老先生逝世不入土，停厝慈湖，是效法孫中山停厝北平碧雲寺，希望黨人完成北伐，將它奉安南京。蔣老先生率

領國民革命軍北伐，統一全國，終於將孫中山的靈柩，安葬於南京的中山陵。蔣老先生原也在中山陵附近，覓得墓地，以期百年之歸宿，陪伴孫中山左右，做到生死相隨、人間足式的典範。誰料威靈一生，晚年寄隅台灣的草山？西望神州，老死不能歸葬，不得已停厝慈湖，乃希望子孫和黨人發奮圖強，終能將他的靈骸，奉安中山陵之側。這個心願，我都能體驗出來，何況蔣經國。我更想像老先生還曾親告他這個最後的心願。否則蔣經國何以不入土？他逝世後也停厝，這絕不是巧合，是向歷史的交代，停厝「頭寮」了！使人興「生子當如蔣經國」之感！

三年級的暑期，我被選拔到木柵政治大學，參加國民黨大專院校優秀黨員夏令營。過去原是設營在陽明山革命實踐研究院內的，大概受訓人數多了，院址不敷應用，遷到政大去了。那一年，我的海風出版社社長、《港澳青年》總編輯都任滿交棒。但我小組的指導員劉純白教授，寫信到香港還在度暑假的我要立即回校，參加闞天正競選台大代表聯合會主席助選團。第一次感覺可像也算一個受重視的學生了！也毫無異議從香港返回台灣，接受選舉的訓練。台灣從金門炮戰以後，開始脫離戰爭的威脅，國民日漸關心政治清明，地方選舉的日漸開放，連學校的學生自治會都進行得很激烈，每個院系都產生一名班代表。班代表是以班為選舉單位，全校的班代表大會，由班代表一定的人數推選候選人，競爭得很激烈。誰當選「代聯會」主席，就代表全校學生發言，影響當然很大，台大就是全省大專是瞻的馬首，重要性可想而知。台灣的訓練，已經歷了五、六十年，別的不敢說，若論選舉，台灣那是認真和公正的。到了李登輝，「黑金政治」才冒出頭來。李登輝用「興票案」誣衊宋楚瑜，令陳水扁當選；陳水扁又製造兩顆子彈劃破肚皮而連任，都是公開、公正、公平的台灣選

舉可恥的一頁。即使選民被矇騙了，選舉票還是在人民的手中投下，文官確保中立，政府官吏絕不敢干涉選民要投誰，更無任何前提，什麼愛黨、愛國、篩選等諸多限制都不合法。只要登記是政黨的候選人，或公民提名（有一定的門檻數量的公民簽名），就取得候選人的資格，依法參選了。台灣大專院校的學生代表會，在上世紀五十年代的中期已實施；金門炮戰以後，民主政治意識已抬頭了！班代表的選舉影響全校代聯會的主席選舉，有決定性作用。

「台大代聯會」只是一校的學生自治會，沒有政黨的候選人，但當時已是民權高漲的年代，本地生人數比外省加僑生的多，怎樣說服本地生的班代表投外省生一票，的確也講一點技巧的。闕天正是個女生，闕姓在台灣可說絕無僅有，一聽姓名，就知道是個外省人。她的爸爸是闕漢騫，聽說是陳誠麾下的中將，女兒讀政治系，加入了國民黨，在班代表的選舉出線，是國民黨支持的對象。可知當時大專校院雖不是政黨候選人的角逐，實質上還是黨團在運作操控。這是後來黨外人士要求黨團退出學校的原因，在民主推行來說，黨團退出學校是所有民主先進國家的常態。過去大陸國民黨對大專院校公開設有黨團，而中共對爭取學術界和學生，雖然無法合法公開，但隱蔽性似更有利，而且在「鐵的紀律」下，暗藏的發展似更有利。國民黨的黨團人事關係和組織，完全暴露出來，輕易被離間和被先發制人的中共黨團組織所制。中共在國共鬥爭爭取學術界和青年學生，遠比國民黨成功，也是決定勝負的主要原因。戰場的失敗，只是決定失敗原因累積的結果。退到台灣，國民黨其始對黨外勢力掉以輕心，一如大陸對中共的崛起一樣。如果國民黨面對的，同是認同國家和民主體制的話，國民黨促進兩黨政治或多黨政治，達到政權交由人民選擇，國民黨當然是福國利民的大功德。然而中

國共產黨立黨之初還是國際共產黨的支部，負責赤化中國的責任，是世界共產主義運動的部份，還不是主體。國民黨很少提到對中華民族存亡的關鍵真形實相，清楚告訴國人，教育廣大的農民。不必說知識分子都嚮往中共的宣傳民主政治。農民也嚮往「打地主、分田地」的口號，國共鬥爭還不注定誰勝誰負嗎？國民黨自孫中山逝世，把西方民主制度搬到中國實行，也沒有依照孫總理對中國民主政治的規劃去實施。在大陸失敗了，國民黨還是沒有反省。黨外人士以至民進黨相繼要求國民黨退出校園，國民黨沒有配套沒想清楚她真的退出了，台獨學生從此在校園不可制了。今日「反馬」、「反服貿」、反這反那，完全沒有依法依民主規範的暴動進行，連許信良（民進黨前主席）也說：這是台灣的末日現象，馬英九身為總統，是難脫政治責任吧！

陳誠有一次向好友透露一段周恩來說過的話，我是從聽到這段話的長者轉述的；在黃埔軍校成立後，國共第一次合作。陳是政治部主任，周是副主任。當時國民黨容許共產黨人以個人身分參加國民黨，陳誠與周恩來同事，有一次向周邀請參加國民黨。

周搖搖頭，篤定的說：「我不會參加。」陳誠說：「有什麼困難嗎？」周說：「沒有。因為參加國民黨，國民黨不會重用我。」陳說：「你怎麼會這樣肯定？」周說：「這是作風的問題。」陳說：「你留在共產黨有什麼前途呢？」周說：「有！到國民黨才沒有。」陳很訝異周的判斷，問他什麼理由。周恩來說：「國民黨有孫總理很好的遺教，但國民黨不去實行；有好的人才不會用；有錯又不能改！這三大缺點，所以共產黨雖然目前還被你們國民黨壓制，但最後我們會贏的。」這是陳誠到了台灣以後，和身邊重要幹部說起的；是李定一老師告訴我的。不能以人

廢言，周恩來指出國民黨的致命缺失，證之後來，國民黨的大陸失敗，不全是共產黨打敗國民黨，是國民黨的致命缺點造成的致命傷；以致命的傷患，遇上世界共產主義革命的頂峰時期，怎能不倒不敗呢？先說國民黨有人才不會用，黨內有黨，黨中有派，彼此爭寵，嫡庶之間不分能力、不分政績戰功。從國民黨的開國元勛，如汪精衛、陳公博、周佛海不是人才嗎？為什麼會投靠日本，自己當然應負責任，但才人不獲應得的位置舒展，最高政治領導難道不負不知人、不善任之責任麼？武則天讀《為徐敬業討武曌檄》（駱賓王），嚇出一身冷汗說：「野有遺賢，宰相之過也。」國民黨那些人才還不是在野而是在朝。跟隨孫中山的政治長才，除上述諸人投靠日本，成為偽政府主腦領導；而追隨孫中山的重要幹部如胡漢民、廖仲凱、譚延闓等；軍事家如蔣百里、許崇智、鄧仲鏗等，參加北伐的除蔣中正自領的第一軍，其他的四軍將領後來都先後叛離過中央，難道都是天生叛逆嗎？領導不公，人才難過久屈就的。周恩來的話說對了，共產黨後有多少投向國民黨？也未見重用，難道全不是人才嗎？如曾領導過中共的瞿秋白、張國燾等，並未受重用，他們的地位，有一段時期還在周恩來、毛澤東之上，這些人不是人才嗎？抗戰期中出現過多少百戰有功的將帥，他們不是人才嗎？對日抗戰從九一八事變開始，國民黨將兵殲滅過多少日軍，會戰多少次大勝；歷史彰彰可考，抗日開始的「九一八事變──1931」打了十四年，國軍不善戰嗎？為什麼戡亂兩年的對共軍，國民黨的主力全被殲，難道當時共軍比日軍厲害嗎？「滅六國者，六國也；非秦也。」走筆至此，不禁扼腕長嘆！

總理遺囑曾說：「積四十年之經驗，深知欲達到此目的，必須喚起民眾」，喚起民眾不就是宣傳？國民黨沒有

遵從遺教，從來不注意宣傳，倒是中共做到了。「統戰」最主要工作在宣傳；是中共擊敗國民黨主要手段。國民黨知錯而不能改，經歷百齡的老黨，一錯再錯，沒有什麼與時俱進的觀念。守成有餘，進取不足，應付民進黨還是如此。何等可痛！

國民黨退守台灣，許多大陸曾紅極一時的封疆大吏、叱咤風雲的將領都來了。留在大陸的「起義」人士，其始雖然還有剩餘價值，風光一時，甚至還有官職酬庸：許多老百姓，以為只是改朝換代，留下做個順民也罷，結果到中共控制全面底定之後，「肅反」運動一來，邊境封鎖，一切資料也準備妥當，手到擒來，不要說稍有點名氣的國民黨人，甚至和國民黨沒有丁點關係的，連被拉夫當過國民黨直接、間接的人員，少有漏網的拘捕；難有倖免的殺、關、勞改。冤魂千千萬萬，除非中共檔案有日全部揭開，誰都估計不清殺了國民黨人的數目。

明末童謠：「將軍賤如狗，都督滿街走。」到台灣來的將領，十九都有過反蔣介石的記錄：桂系、粵籍兩大系，山西的閻錫山都和蔣先生正面交鋒過。有的沒有兵戎相見，但扞格不合的也不少。蔣先生完全沒有秋後算賬；政見不合的同志，那怕真的反過他，蔣老先生還沒有做過「甕中捉鱉」的事，連張學良也活到一百零二歲，還時得宋美齡、蔣經國的探望和送物資接濟，等而下之，就不必說了。一般淡出政壇者，都居住在台中，張學良、熊式輝等都是，蔣都不會報復，以這一點來說，毛澤東就遠不如蔣中正了。我讀過不少時人批評蔣老先生，但每有成見，而他從不自辯，即非成是者多，但歷史有澄清作用，亦將予他公平的評價。我近日讀到左舜生傳記，蔣先生請他到廬山會議，這還是第一次和蔣見面，行前想稍知道他的為人，左舜生第一個請教蔣百里。蔣百里說：「蔣介石膽識

過人，能重用黃埔子弟兵，掃平全國割據的軍閥；很了不起！但假如超出他們的能力，就令人擔心了！」左先生請教第二位政壇元老黃膺白。黃說：「士不可不弘毅，任重而道遠。」對弘毅兩字，蔣先生艱苦卓絕的毅力，我們都看得到，弘字尚稍嫌不足。」揆諸以後的歷史；這兩位前賢可謂知人，如蔣老先生請他們出山相助，歷史會不會改寫？可惜歷史沒有假設的；真令人遺憾！

在台灣的求學年代，在不同場合，我見過兩廣大員、鄉賢：白崇禧、薛　岳、余漢謀、陳濟棠、梁華威，老一代的黃花崗敢死隊隊長姚雨平，粵軍團長何彤（時蔣中正任他的參謀長）等。這些解甲歸隱的鄉賢長者，都觸動我的敬慕之心。

台大的學生代表聯合會選出了闞天正；我也被任命是該會的顧問。那年暑假，國民黨在木柵舉辦大專院校黨員夏令講習班。原來一向在陽明山做院址的，但以地方不敷應用而易地。也不知什麼理由，夏令營的學員編號，我是第一號。後來這一受訓班組織「中國民黨知識青年臨時黨部」，由受訓黨員投票選舉，我當選主任委員。台大人一向沒有人擔任過這個職位，因為都被其他院校聯手打敗；我還是個海外僑生，居然在激烈競爭中脫穎而出。主任是立法院院長倪文亞，他雖然有點詫異，還是頒發了當選證書。事隔了四十年，到我遴選為代表加拿大地區回國擔任僑選立法委員時，倪文亞院長剛可退休，我們沒有共事的機會。但我在台大修的「國際貿易」，講師郭婉容，當時已做了財政部長，是倪院長的夫人了。先君到陽明山的革命實踐研究院，也是倪文亞當主任的。

蔣中正總裁到夏令營來看我們，那已經是夏令營結束的前夕。主任和所有指導員都來出席結業典禮。我是夏令營的主任委員，由我主持閉幕典禮致詞，但夏令營是以黨

的青年幹部訓練考核為目的，倪主任通知我另挑選兩位學員：一是代表學員對黨的建言；另一位代表學員答謝詞。由於總裁的來臨，我需核定他們演講稿。這兩位人選，主要競爭者是政治大學的喬寶泰和羅致遠。喬以年齡比一般受訓黨員大一些，比較穩重世故。羅致遠是外交系學生，風度與口才都出眾。幾經考慮，我選了羅致遠。後來喬寶泰擔任過文化大學校長，是張其昀重用的人。羅則派到香港中華旅行社當總經理，是外交部駐港的代表。我後來從加拿大回港，到台北作故地重遊，只不過十年光景，羅致遠還比我後一年才從政大畢業，就派到港澳做主管，算得飛黃騰達。我到中華旅行社簽證入台，羅致遠接見問話。那是一九七二年的事，台灣經濟尚未起飛，中華旅行社草創未久，人手不足，持外國護照入台的不多，由羅問話，一切依手續進行詢問是應該的。但羅的官僚架子卻令我難以接受，他可像不認識我。他是我派選當着蔣總裁面前做報告的人，應該是他人生第一次有這個難得的機遇，他不可能不認識一個選拔他的人。我就是他的選拔人，我尚且印象深刻，何況受惠者，我記得在我通知派他代表夏令營學員，對黨建言時，他的感激話語；怎樣做了官就換了一個腦袋；他決不是善忘的人；這應是他一生最早的機遇。何況當時大家都年青，我寫此事時已過八十，當年的羅致遠還音容並茂出現眼前。我只比他大三幾歲，還抱着敘舊的心情而來，不啻是熱臉貼在冷屁股的待遇。一九七二年，國府的外交早已不大如前，加拿大承認中共的模式已呼之欲出。羅致遠的官氣還如此之重，也許我還年輕吧！無法沉着氣。我說：「羅總經理，你真的不認識我了！」我的聲音可能有點不正常的高亢，羅立即改容：「認識，認識。讓你久等了！」言不及義，也就算了！他也不再多問，很快就簽好，我也就離開，這是我第一次回台灣親歷

的事，這麼年輕的外交官，就染上這官僚氣，真令我失望。但不久，羅致遠在香港出了紕漏，被調回外交部，從此消聲匿迹，直到蔣經國逝世後，再讀到他相關的消息。

蔣總裁在閉幕典禮完成後，和全體夏令營員生拍照留念，他紅光滿面，聲音沉雄，說話不多。拍照完畢後，轉身和我們招手：「好！好好！」充滿老人的慈祥和真摯的祝語，已令我們感動了！

集體拍照，是每屆受訓學員和總裁一個必有的節目。這一次還很特別，拍照以後。教官宣佈：總裁留下來和我們結業晚餐。我們「臨時黨部」的幹部餐桌，是最靠總裁和夏令營指導員的一桌，晚餐明顯加菜了。我好事向總裁席望望；菜式和學員無異。只是總裁面對的桌上，多了一碗白粥和小碟豆腐乳。聽說他一直保留節儉的習慣，煙酒不沾和粗蔬淡飯。晚年牙齒脫落，以白粥代飯。我在現場見過了。他用餐後先行離開，我們用掌聲送他，他揮揮手，慈祥的笑容歷歷在目。

且將二十世紀的一九五零年至六零年的十年，算是國府遷台灣的第一個時期，從六零年到七零年第二期，七零年至八零年屬第三期。第一期是「克難時期」，是國民政府初遷來台，不要說物資缺乏，能不能守住台灣也有疑問，記得有一次陳誠對黨員學生說，我們在「古寧頭」戰役之前，還不知能頂得住共軍的進攻，也預備萬一退守本土的決戰，再守不住，只有上山打游擊，口袋都帶了自殺的毒藥，就是不做俘虜。這些話我是當時親耳聽到的。可知六零年過後，中共金門炮戰停打以後，台灣才解除共軍隨時來犯的威脅。開始銳意建設，民生也逐漸改善。七零年以後，台灣開始長足的進步，七十年代的中期，經濟起飛逐漸積聚了能量，八十年代起飛成功，成開發中國家，亞洲四小龍之首而「錢淹腳目」了！

八十後的台灣青年，在民主教育下，對保護個人的權益，可說有過之而無不及了！對民主思想已根深柢固，但過分強化個人的尊重，對個人本位利益超越一切，不但成為保護過當的溫室成長的花朵，或台灣人自嘲的「草莓族」，沒有疾風勁草的堅毅生命力。六十年代的台灣青年學生，可承接前時期的基礎並發揚光大。七十年後的個人成就就差了一點。八十後的溫室成長族，就每下愈況。看今天的台灣年輕的一代，除了為個人爭取權益、所屬的政黨權益、做秀的成分有餘，真正為社會公義、國家未來的考量幾乎虛無飄緲渺，何論責任或使命。誇誇其談尚不知恥，台灣的邊緣化不就是這樣形成嗎？政府還不是社會的成員嗎？不會是外星人吧！政府無能，與大多個人無能脫得了關係嗎？

從大陸播遷來台的軍民，其中有許多有識之士，對大陸失敗，多少還有一些愧疚之心，很多寂居韜光養晦，從此脫離政壇。其中趁晚晴歲月，檢點平身未了之願，未遂之志，都寫了回憶錄，以後能陸續出版；或就一些歷史事件的零縑斷簡，由於出於親歷、親見或親聞，每都有補正史之不足，為時代做了見證。台灣的《傳記文學》、《中外雜誌》為其中最能吸引作者效力和讀者興趣的兩本，各擅勝場。前者為劉紹唐、後者王成聖所創辦。我在學生時代在台都聽到他們的名字，讀過他們的作品和刊物。只是心儀其人，到我役於立法院卻變成忘年交的朋友，隔了四十年，說長不長，說短不短。他們以個人的能力，為民國補上這一段空白的歷史，應該功在史冊，是毫無疑問的。我與兩人為友，雖忝列交遊之末，與有榮焉。劉紹唐是我公職時認識，後來外駐港澳，都無法為《傳記文學》撰稿，但我們卻是公餘的酒友，和劉喝酒，大概李定一老師，卜少夫或香港蘇浙同鄉會的范止安，三人中必有一人同飲。

到我退休，劉紹唐也歸道山了，他的雜誌，每個月都有一位民國的歷史人物做座談的主題，繳請相關一至兩人主講他的歷史或研究後的評論，繳請座談的人，還有許多著名學術人士。所以《傳記文學》也成為民國人物史最權威的參考資料，風行一時。可惜自劉紹唐逝世後，難以為繼。轉讓給世新大學體系的《家族》，仍是難以為繼。《中外雜誌》在我退休後，王成聖請我做特約撰稿委員，也寫過一些人物傳記。不久，王也歸道山了！《家族》也決定停刊，同是私辦有成的刊物，台灣都沒有輔導、協助；人亡政息，消失在歷史洪流中，又豈止以上兩個刊物？兩岸都說是代表中國文化，然都是漠視，一切文化刊物，都自生自滅，豈不可痛！可恨！

國府中樞東遷台灣，隔了一道浪急風高的海峽。自一九五零年算起，也經歷了六十六年了。自大陸撤來的軍政大員，許多因而退休或解甲，晚晴歲月，何以遣永晝？很多便乘機執筆寫回憶錄。因而台灣是當時出版各種回憶錄最多的地方。但是每以蝸居孤島，憂讒畏譏的還不免，真實而可讀性不多。其中熊式輝的《日記》，是其後人在他逝世後才出版，是來台之前寫的；來台之後就擱筆了。日記所記的人與事，都毫無晦隱，和熊式輝的性格也吻合，並無傳世和博身後名的迹象，應是一個時代真實的人事史料。熊式輝沒有必要對任何人刻意諛媚或中傷。他對人士的敘述或批判，也是寥寥數語，不會刻意的深入探討，惟其如此，才顯出他並無機心的直覺，批判也完全沒有政治目的和企圖，也正是時代信史的可靠資料。

熊式輝是抗日勝利，第一個派到東北九省負黨軍政首長的行營「主任」重任。當時林彪率領共軍出關，接收蘇聯的裝備。熊的任務就是肅清東北共軍，對手自然是林彪。而交涉則是蘇聯。熊式輝對付中共是有經驗的，這也

是蔣先生派他到東北去的理由。中共在第五次圍剿中，被迫放棄江西基地，就是無法在熊式輝治下的江西能守住，熊一方面訓練鄉團和政治宣傳；另一方面以碉堡緊壓推進。終於迫出瑞金的共軍基地，開始二萬五千里的逃亡征程。如果當局根據熊的規劃，為共軍開一個東南的缺口，而不是向西北逃竄，共軍也無可選擇的向東南奔逃。東南是中國富庶地區，靠近海岸，共軍絕不可能這樣順利擺脫到處重兵的截擊，未到海岸地帶已被消滅；即使到達，也無法像延安那樣深藏山區的天然屏障之中，以共軍逃竄後的人馬、兵員，據於無險可守的沿海地帶，應是沒有生存的條件。然而歷史沒有假設的，除了天數，史家難免扼腕嘆息而已。

熊式輝的日記真實性，余英時作序論述詳盡。尤其是記東北失守，是國共內戰的轉捩點；以後遼瀋戰役，淮海戰役相繼。國共內戰全部逆轉，終於大陸失陷。如果讀者有興趣，可參照《蔣介石日記》對比，應是最翔實的各自記錄那一段抗日戰爭和國共內戰的重要史料。熊式輝日記記敘簡明，完全抒發個人的論點，即使着墨不多，其批判很清晰。重要史料，也如實錄下，和對它的結果與發展的前瞻，每有論及。而熊的資歷，蔣中正能將蔣經國師事他、追隨他、對他信賴和倚重可想而知。但蔣的包袱太重，包圍他的人很多，他無法只聽熊式輝一人也可想而知。故以東北局勢的整頓，熊得到的只是職位官銜；而東北局勢的解決，那不僅是政治手段，更重要的是兵員將官的調動指揮權。中央所謂嫡系會聽熊式輝的指揮嗎？事權之不能統一，是國共鬥爭中，國民黨敗落的主因。而東北之失敗，又是開局先敗的關鍵戰役。熊雖以東北九省行營主任為東北最高黨軍政首長，但軍權無法到手，要應付林彪貔貅之師，熊衡量全局，不忍坐以待斃而貽誤，只可辭

職。到陳誠接任，就是東北局勢急轉直下的關鍵。他曾大言炎炎，要三個月肅清共軍。他的輕敵招致東北的慘敗，真足以「動搖國本」視之。熊式輝對陳誠在日記的批判真獨具隻眼：「急功近利，浮躁跋扈」。對他接長東北九省重任，熊說他「樣樣都有計劃，惟作戰沒有計劃。」直指其東北任內失職之言。蔣先生重用他，也算英明之砧，真是國民黨的不幸。蔣先生把黨權交給陳果夫、陳立夫兄弟。在熊式輝看來，陳果夫是個肺病的長期病號。熊式輝說他已成心理病態，以病患心態來管治黨機器，哪有正常的運作，我不相信熊式輝沒有所本。他早期就勸告蔣先生：重視黨的基本教育，以三民主義為理論基礎，並培養大量有主義信仰的黨工，才可以和共產黨長期對抗。因此，他在南昌創辦「中正大學」，就是培養黨的政治幹部。有陳氏兄弟的嫉忌，他辦學的理想當然落空了。這是我認為他批評陳氏兄弟必有所本的理由。熊也批評國民黨秘書長葉楚傖：他只是文筆好，卻是個嗜酒的醉漢。他也批評汪精衛、孫科，弱點都是自己的利益優先考量。胡宗南官僚主義太重，到身邊的共諜發生，不但不敢承認，還大事隱瞞。關於胡宗南屯五十萬大軍監視延安；十二年來對長期共諜熊向暉的寵信，我找到一本《一九四九浪淘盡英雄人物》（作者：林博文：中國時報主筆）的記述，作旁證的一章《熊向暉臥底胡宗南司令部》；分節有：《潛伏胡宗南身邊十二年》、《投胡所好，收為心腹》、《竊取密件、保存延安實力》、《一九四九年後轉任外交工作》。原原本本把熊向暉與胡宗南的互動，經周恩來的口述，寫得真憑實據。熊向暉於一九九一年一月七日在《人民日報》海外版發表了《地下十二年與周恩來》的自白。林博文在書中說：台灣讀者看完「自白」之後，簡直嚇呆了！因為，熊向暉竟然是潛伏在蔣介石的第一號愛將胡宗南身邊

的「大匪諜」，是胡宗南的機要秘書；又受到胡的保薦赴美留學，結婚時，證婚人不是別人，正是蔣經國！胡宗南奉命要攻延安，還特別電召熊向暉延遲出國，協助攻打延安。一切行動熊瞭如指掌。所以毛澤東後來說：「熊的作用等於好幾個師。」我不想說得太多，這裏只引林博文一段文字：「國民黨在大陸敗給中共的原因殊多，其中最重要的一個因素就是共諜特多，多如牛毛。熊向暉、劉斐是共諜，國防部作戰廳廳長郭汝瑰也是共諜，蔣介石頭號文膽陳布雷的女兒是共產黨，參謀次長吳石夫婦是共諜，山東名將的李玉堂的妻子是共諜，華北剿匪總司令傅作義的幕僚，幾乎全是共諜……。」周恩來指揮熊向暉的工作，讀林著後真可確認是個傑出的謀畧家，他對胡宗南的批評，比熊式輝更尖銳：「胡宗南是一個志大才疏的飯桶。」蔣先生用胡宗南防延安；如果胡是個將才，在中共成氣候前，他的軍隊，消滅中共的延安基地，還須等蔣的命令嗎？

熊式輝在日記也提過蔣經國，說他做人做事都踏實，不尚虛浮。他沒有討好蔣經國的必要；他連蔣先生的用人都敢批評了！他會假以詞色對他的兒子嗎？他還勸告蔣中正不要「下條子」。蔣老事繁常忘記；發了條子，久不追問，養成部下敷衍。「條子」助長了官僚。

蔣家後人把蔣先生的日記（從一九一八至一九七五年），其間歷五十三年，涵蓋國民政府建立國軍的搖籃「黃埔軍校」、「北伐」、「抗戰」、「戡亂」、「播遷台灣」等重要的國家和他個人的變故和事蹟，每天都親手寫在這日記上，交到美國史坦福大學圖書保存。在今天兩岸還在對峙，這批珍貴的歷史史料，交由具歷史性的學術機構保存，不失為明智而慎重之舉。這一批由蔣總統親手寫的日記，不只是他個人的記錄，也是國家重要的記錄。因此，當收藏檔案決定將部份日記向世人公佈時，各地所有歷史

學家都絡繹於途，爭相對二十世紀二戰後最後一個領導者親歷的證言展讀。這是人類當代最真實的記錄：最大規模的政治思想角力、投入最大規模的戰場角力。而記錄這段歷史，正是二次大戰的中國戰場的統帥。

蔣先生以其堅決的反共立場，當然是作為中共黨魁毛澤東的勢不兩立的對象。因此，也是中共黨人攻擊、誣衊的主要對象，「打倒蔣介石，就是打到國民黨！」奪取孫中山創建的中華民國的政權，建立「新中國！」蔣先生在中共長期扭曲形象下，真是集「小器、好色、自私自利、獨裁無膽、民主無量」於一身（「民主無量」，意謂口頭講民主，卻無氣量去實行）。從人生攻擊到國家大政，蔣先生成為「人民公敵」、「頭號戰犯」，應有盡有，自不待言！

但歷史總有自我澄清的功能。套用中共宣傳語：凡是敵人喜歡的都是壞事，不要做；凡是敵人厭惡的，一定是好事，我們要做。這種一刀切的二分法，對蔣的評價也大致可以逆思。蔣先生崛起太快，許多人妒忌他、甚至反他。他並不小器，能舉出他對誰報復？張學良劫持統帥，任何民主國家都會在軍事法庭審判，可謂九死一生，起碼無期徒刑。但張活到一零二歲，還可以享齊人之福，于鳳至和趙四分別陪伴在側；中共稱之為「千古功臣」，盡在不言中，留他在蔣介石身旁，還可以日日罵蔣，如張放歸了！還能罵蔣？統戰之妙，真可意會不可言傳的。其他反抗、抽蔣後腿的國民黨悍將太多了，然誰不託庇於蔣？好色能比毛好色嗎？蔣在日記自述在一九二四年曾寫信給黨中胡漢民、汪精衛，坦率自認在青年時代的上海生涯中，是渾渾噩噩的酒色征逐，他好色不諱言，但自一九二四年膺重任，黃埔軍官學校成立，他已脫胎換骨，與宋美齡結婚後，成為虔誠的基督教徒，自此不二色，和毛相較，還好意思攻擊！抗戰勝利立即行憲，是想貫徹憲政體制，戰

後聲望之隆，不作第二人想，他就是民主有膽，到台灣還帶了憲法去實施。反觀毛澤東又如何？所以把罵蔣的應用到毛身上，完全一點不假！

《蔣介石日記》在史坦福大學圖書館公開的部分，並不是首次。二零零八年，歷史學家黃仁宇所著的《從大歷史角度讀介石日記》發行初版。黃也是軍人出身，後任遠征軍記者，戰後留學美國成為著名歷史學家，其歷史觀為漢學家所推崇，他沒有必要向已逝世的蔣先生稍假詞色。他對蔣的推崇，有瑕不掩瑜之概。讀者可作旁證而參閱。此外，日本《產經新聞》連載的《蔣總統秘錄》，編著者：古屋奎二。後由中央日報譯印。時任中央日報董事長楚崧秋先生，以我曾任該報特約專欄撰稿人，全譯本共十五冊見贈，初版當時是一九七四年，封面還套紅色：「恭祝總統八秩晉八華誕」。翌年（一九七五年），蔣先生便逝世了。楚崧秋先生的《前言》：有數句：「最難得者，為秦孝儀先生於百忙中不獨身督其事，抑且親正其訛。」秦孝儀在那段時期中，任總統府副秘書長（秘書長為鄭彥棻），蔣逝世時，《總裁遺囑》的執筆人就是他。我在蔣逝世時已留加多年了，讀報首見該遺囑，文中句法有十六、七處錯誤，我曾立即電國安會議副秘書長董世芳先生，但佯稱已由蔣宋美齡和五院院長簽署，並正式認可發表了。蔣先生身繫國家安危數十年，而他的遺囑寫得這樣不成章法，也真令人嘆息！

黃仁宇，對蔣、毛的描寫比中共控制大陸的學者真實得多了。他在上述的論述中，蔣、毛都蓋棺定論了。他在第八八頁以次說：「蔣介石與毛澤東都不失為一代人傑，他們決心獻身革命，就各依己見地在特殊環境裏獲取領導權，以後即鍥而不捨，無論如何困難，總不放棄初衷，在這方面兩人有相似之處。第五次「圍剿」的過程中，

因有毛澤東之敘述，也可以看出蔣介石之行動的梗概。遠在一九三零年之際，蔣介石即已在日記中寫道：「無父母之身，又過一年矣！人只知我體面尊嚴，誰知我處境之痛苦乎？若非為國家民族、為主義，則此身可以還我自由。今不知何日始可以清白之身還諸我生者。詩曰：毋忝爾所生。我其以此自念哉！」（日記：一九三零年十二月三十一日）同書在九一八事變不久在日記寫出：「此次對日作戰，其關係不在戰鬥之勝負，而在民族精神之消長，與夫國家人格之存亡也。余固深知我國民固有之勇氣與決心早已喪失殆盡，徒憑一時之興奮，不求長期之堅持，非惟於國無益，而且反速其亡。默察熟慮，無可恃也。而余所持者，在我一己之良心與人格，以及革命精神與主義而已。」（一九三一年十月七日）黃仁宇認為蔣以身負國族之安危，有「萬人皆醉我獨醒」，不為勢劫，力排眾議，主先「安內而後攘外」政策；並堅信抗戰能令日軍泥足深陷，終至敗亡。蔣堅忍圖成為國，黃仁宇慨嘆當時多少人和輿論不諒；「如倉促應戰，只有自取敗亡。可是迫不得已又只有一戰，蔣應戰之目的已不在求勝，而只在保全國格。這也和他以文天祥、史可法為典範的態度接近。」黃仁宇對蔣在北伐前受許多黨人的攻擊，也引用蔣日記（一九二六年十一月八日）：「晚後唏然曰：『三年來酸辛淚時自暗吞。歷史事實決不能記載也。知我者其惟鬼神乎！』」黃以史家之筆，寫蔣先生的人格，我多年來所接觸的史料，深表認同。

日本偷襲珍珠港，觸發世界第二次大戰，中國始成對抗德日意的同盟國，才得到美國的援助，並派遣史迪威來華，擔任中國戰區的參謀長。史迪威對蔣的觀察並不深入，低估了他的能耐。黃仁宇記述史迪威在開羅會議（一九四三年十二月）曾對羅斯福說及，再來鄂西這樣

的一次戰役，蔣介石即會垮台。但事實上鄂西之後又有常德、河南與湘桂（會戰），蔣介石並未垮台。所以對蔣和史迪威相處不和，黃仁宇說了很公正的話：「蔣介石所見不僅具有縱深，而且也超過史迪威所見的幅度。」然而，蔣、史後來之交惡，史以美國人之傲慢應負部份責任，且出言不遜，蔣認為奇恥大辱，要羅斯福另派參謀長接任。史含恨而去，以後在紐約時報，諸多毀謗蔣及其領導之政府，對中共同情，影響以後國共鬥爭至巨。黃仁宇對蔣、史交惡，錯配了人，頗興「既生瑜，何生亮」之感。

我生在這個翻騰的年代，有些歷史事件不是我個人的經歷；但作為記錄這個年代，如果失去這些足以影響家國社會的變遷，我的經歷只是小我的回憶，傳諸個人子孫即可。這也是黃仁宇「從歷史大角度」來論個人功罪：大人物有大人物對時代的影響，小人物也有在大時代的身受的變遷經歷。從整體歷史結構來說，兩者都不可或缺的。黃仁宇評論《蔣介石日記》，「從歷史大角度」着眼，深得我心，我就多引一些這本（由北京九州出版社出版）書中的歷史觀點吧！

黃仁宇怎樣從「歷史大角度」來評價大人物？他也經過思想、情緒的沉澱：「避免了情緒之衝擊，也因着歷時愈久，愈能接受歷史之仲裁。及讀《明史》，更恍然領悟到一九四零年間之內戰，表面看來可看做蔣與毛繼續着他們終身之仇怨廝殺，或者不出於國共兩黨之權力鬥爭。而實際其在歷史上長期之功用，則已超過交戰者企劃之外，旨在改組中國之農村。原來中國在二十世紀已廢除專制皇權，並曾一度在形式上創行代議政治，但並未實際作體制上之改造，除沿海一帶有限度之現代化之外，中國之社會仍是明清社會。」「上級有權力，但除了良心與道義之外，對下級無所謂責任；下級只有義務而無權利。」

黃仁宇舉出實例，蔣也有過許多改革；而重要的農村改革，中共在國共對峙並存時期，在亂後動員徹底，「解放軍」之實力有如鯊魚的牙齒，雖打落仍可復生。黃以局外觀察，「蔣是否獲悉中共這些改革農村的情景。即使全部了解，他也很難採取不同的做法。他既已被催逼着去領導抗戰，大功告成，他又因內戰之陰影已失去已贏得的民族英雄之光彩。」蔣在引退之翌日（一九四九年一月二十二日）的日記：「此次失敗之最大原因，乃在於新制度未能成熟與確立，而舊制度已放棄、崩潰。在此新舊交接緊要危急之刻，而所恃以建國救民之基本條件，完全失去，焉得不為之失敗！」蔣先生終於看到失敗的癥結所在。春秋責備賢者，蔣失去大陸不諉過於人，黃仁宇也沒有提起。照我的觀察，除了中國農村以至社會觀念、結構，還留在明清時代，我可以指出，蔣以未改革的明清農村、社會，來單獨應付如日中天的世界共產主義運動；當時美國也曾重議「門羅主義」，退回美洲自保國門，美國二戰後佔有全世界二份之一財富，尚惟恐難擋世界共產黨浪潮，何況自一九三一年九一八事變以後至抗日勝利的一九四五年，蔣介石領導的國民黨政權，已經歷了十四年抗日戰爭，早已民窮財盡；來對抗世界共產主義運動？他還能保住台灣，影響大陸開放改革，其功過也還不是當代人所能定奪，要看歷史沉澱以後的定位吧。

　　我在台灣讀書，由於學長徐均富的熱心，引導我參加國民黨的講習會，然後又熱心促成政治學教授傅啟學老師做我入黨的介紹人；使我再無理由可推而終於參加了。又由於獲選為年度大專黨員「臨時知識青年黨部」主委，認識許多黨中先進，包括蔣總裁和倪主任（後為立法院院長）。我的小組指導員為台大金祖年老師（火箭專家）。他給我考核的評語「幹練有為」。這是我唯一在黨能見到自

己的考核。因我在下年度的大專黨員受訓時，被徵召為應屆學員的輔導員，因此能見到上一屆的留黨名冊的考核檔案。雖然在學生時代，未足以說未來，終究是人生一次考核，亦頗有被賞識之快。

四年的大學生生活，參加社團活動很多。其中僑生冬令營（僑委會辦）、歲寒三友會（救國團）和大專青年黨員夏令營（國民黨）。我認識政界很多要員、大員；文藝界許多作家、詩人和朋友，對我以後每有很多的連絡或幫助，容後敘述。同校或校外的老師和同學就更多親切可述。我都感念他們。這四年是我人生最快樂的時光、最豐盛的精神收穫。雖然還沒有一般青年的綺夢，但別有一些縈人深處。

台大有許多心儀的老師；由於個性近文，文學院長沈剛伯，中文系主任台靜農；詩人教授戴君仁、詞家葉嘉瑩、鄭騫。我常去旁聽。甚至到師大去旁聽李漁叔的「詩詞實習」，並應一些香港僑生的請求，做他們習作的「槍手」。室友鄧偉賢知道我代寫的習作，李老師常在教室作示範的評點，益增我對詩詞加愛好和自信。

我在香港沒有讀過高中，讀的是工業專門夜校；沒有中文課本。我的國文基礎，完全是靠小學時代背古文。幸虧室友鄧偉賢知道我有背古文的擅長，時常大家對着背，他還告訴中文系那些好老師，有時約我去旁聽，也讀了他一些中文系的講義，我很快就悟出詩詞格律、聲韻、平仄的基本知識。不久便無師自通的做起詩詞來。一年級的下學期，我就做了《長相思》二闋小令。詩人于右任八秩大壽，詩人借國際學舍大堂雅集祝嘏，歡迎詩人到會，我和好幾位中文系同學也去觀賞。會中由於右任孫女唱于公詞《踏莎行》。我也即席用原韻做了兩首，錄一闋于下：「愁壓白山，悲凌黑水，神州遍灑遺民淚，瘡痍滿目

杜鵑啼，嘆黃帝子孫何去！故國魂遊，天涯羈旅，問頭顱可售幾許，龍淵未試已封塵，衣單休再憑欄柱。」又誰能料到，于右任創辦的亞洲詩壇，我會在後來效力！我也有過詞人的韻事，當時台北市還在「克難時期」，除了西門町的電影院放映外國舊影片外，沒有什麼娛樂何言，不像今天的歌廳林立。記得最早出道的雪華、霜華姊妹，唱的是懷舊老歌，地點是向一些空置的會所，甚至空地，擺上臨時的長板桌面，入座後收費，台幣十元供清茶一水杯，不設茶壺；歌者站在一級高的木台上，前面豎着着米高峰。聽眾都面向歌台，樂隊的樂器是最基本的。雪華歌的老歌倣周璇；霜華倣吳鶯音。當時一客牛扒飯加一個鹵水蛋是台幣五元；到「三軍球場」吃一碗狗肉也只十元。聽歌十元，算是少有的娛樂消費了。同去又是室友陸永權，記憶中還有一個，但記不起誰來，我在聽歌時就填了一詞：「眉淺春山黛，眸橫秋水波，紅燈夜夜寄笙歌，敢問知音可識共相和。卿本江南女，奈何雪霜花，不知他日落誰家，只將靈犀一點付琵琶。」我在歌聲陶醉中很快就寫出來，放在桌面上。陸永權見我搖頭幌腦一陣，看來已定稿了；便一手拿了去，我以為他閱讀，誰知他直到台前，雪華剛唱完，便交給她。我還沒有和女性相處的膽量，趕快出場落荒跑了。到我們老了，陸一家也在我的建議下，以退休移民到多倫多來，談起當年此事，他還繪聲繪影說起！這些作品，都在台大訓導處和救國團出資，印在我還在學生時代出版的《火花》集上。

我和詩有夙緣似的，來加以後，台山縣的參議長甄梯雲先生也移民到了多倫多，使我勾起和父親坐公車到台山縣城的往事。因父親未帶公務員識別證，什麼間接證件都不准上車，幸甄參議長及時的人證始准。當時父親已來加就養，老友重逢，分外親切。甄公當時為亞洲詩壇遷到

香港來，主編甄陶（袖蘭館主）託他到北美物色一位「詩壇」代表，負責徵集詩詞稿，每季寄回總社編印季刊用。亞洲詩壇為大陸初遷台灣的詩人于右任、賈景德、成暢軒、彭國棟等前輩發起創建的，是傳統詩經劫火傳薪到大陸以外的重鎮，大概因台灣自于右任以次相繼凋零，政府已久無資助，季刊難以為繼，由香港詩人承乏其事。甄陶詞人中的高手，我的詞作也常在該刊刊出，因此義無反顧接下來，一直到甄陶公謝世。這一本《亞洲詩壇》，是大陸傳統詩人播遷到海外的第一本，也是最後一本的海外詩刊，記錄當年的吟詠，其中不乏感時傷事的史詩，也就此做了歷史見證，也走入歷史了。我能為該刊奮力多年，雖未在始參加，也算慎終與共，頗引為人生快事。

父親也是好詩的人，出過《倚湖樓詩稿》（傳統詩）、《餓火》（現代詩）。我有了一些基礎，也開始和他唱酬互寄。到晚年退休，我還嗜詩如故，寫過《詩道精要》、《詩人特質》兩篇。出過《初集》和《別集》兩冊。後來又記錄了李登輝、陳水扁十五年來失政事，每個事件，用七言絕句紀錄本事，另加說明。為期十五年成紀事詩史：《台灣沉淪紀事詩》。又為詩人《雷基磐詩選》，計費時兩年，自雷詩八千餘首中選出三千二百首，雷又印行送國內外著名學府。我六十歲足歲之前兩週當機立斷，呈文當局辭職，其後二十年間的詩詞作品，除了《台灣沉淪紀事詩》，大部分作品都在加拿大魁北克的《詩壇》發表的。主編白墨盧國才將發表作品紀年輯成集，傳來歸檔，也列入電腦輯成的《許之遠文集》內了！我們生在這個大時代，動盪翻騰的生活，傷時感事，詩作每風雲之氣多，兒女私情少。

僑生宿舍的第十一至十五宿舍的出入口在新生南路，當時的路面正中還躺在開膛的「瑠公圳」，兩旁才是公

車、轎車、三輪車和人行道混合使用，幸虧當時的車輛少，行人少有發生意外。但台北的雨季來臨，瑠公圳也潦水滿漲起來，連同垃圾順流而下，經過僑生宿舍的出入口處。傍晚吃過晚飯，我們常沿着瑠公圳漫步。那一次的潦水特大，垃圾浮上接近路面，有一包類似草蓆捲綁住的包裹浮出來，但體積較大，被垃圾圍着攔在水面上不動。我好奇找了一枝木棍，向草蓆露出的夾口處挑動，看看什麼東西在裏頭，結果扒挖了一陣，卻扒出一隻手掌來，我們一同回教官室報告，揭開轟動一時的「瑠公圳分屍案」。為什麼會轟動一時？一、這觸目的大案，做案的手法太兇狠，殺了人還分屍，裹成一包包趁潦水漲時拋落圳去，要分頭去撈，不是一朝一夕的事。佔了大幅新聞版，全台灣都要看破案的結果。二是該案發生以後，軍方發言人柳鶴圖辭去的女傭不知下落，耳語相傳已有聞。一向敢言敢批評時政的著名教授東海大學的徐復觀，起來指名道姓懷疑柳將軍。柳將軍遂控告徐教授毀謗；大眾有看熱鬧的心理。三、不久傳出徐教授離開台灣，到香港去了！又添了疑團。這個觸目的大案，台大學生是揭發人，而當時同學最希望調查局的范子民來演講。我當時仍任海風出版社社長，也有聽過范子文來校演講，他能言善道，口才一流。所以冒昧和幾位社友去請他；范說該案在調查中，不便道及。我們認為如果破了案就沒有多大吸引了，不論他說什麼都沒有關係，他結果答應來。我們在校內貼出的廣告，只說主講者：范子文。講題：?，只打個問號。結果在當時校總區最大的「普三」教室開講，座無虛席，連階級、地面空間都坐滿。他對該案也的確沒有洩秘，但他懸疑的言語，也教人神往；他真是一流的演講家。我畢業後，還留在香港，就聽說他被捕了，嚇了一跳；還傳出被槍擊斃，那是以後的幾年了。十年前我到台旅遊，遇上一位

《海風》同學，問起范子文。他說沒有這回事；他壽終正寢，不過，被人陷害是有的，但以後澄清了！為國民黨做事的人，這是見多不怪的事，我是個身歷者。范子文能活到八十以外，也夠精彩了。可惜他晚年不良於行；不在其位，不謀其政。隱姓埋名，我終緣慳和他重敘，否則外傳的疑團，或者有他親口的釋疑，就更可靠了！

我們那一代的「台大人」，是物質條件最困苦的年代，但也是精神最富足、國家認同一致的年代。和我同歲的台大人，我所認識的，依出生月份先後有金耀基（香港中文大學校長）、錢復（外交部長、議長）、李敖（名作家、立委）、施啟揚（司法院長）。出生月份較我後的有田長霖（美國柏來克加州大學校長）、陳唐山（民進黨政府總統府秘書長）。其中田校長已去世，其他尚健在，李敖無黨派、陳唐山民進黨籍，其餘均國民黨籍。

台大校園的正門像個堡壘，入門以後，眼界豁然開朗，右轉是傅園，是傅斯年校長安葬於此，墓地四週拾級而上，建墓和砌級都用花崗石，堅貞光亮一如其人，對面一柱華表，我們常在階級上閱讀，也有一份思慕之情。如入門直行是兩旁寬闊的椰林大道，棕櫚樹的長影，樹葉的搖曳，像對每一個入校的人，擺出歡迎的招手，路旁種滿杜鵑花，亦間有點染一些奇花異草，台灣四季如春，花開不輟，都在含花迎賓似的。除法學院、醫學院有另址，其他都設在這個校總區。包括農學院的實驗農場，都在校總區之內，佔地之廣，不遜任何世界名校。台大入門的左手邊，穿過圖書館的一大片，是球場、體育館、學生宿舍。

我們做學生時代的圖書館，早已不敷應用，近年又新建一個更大的，和正門要遙遙相對。並闢部分層次，專門展出台大學生送校的書畫和文藝專著。基隆路那一帶台大校園，有一部分租借給僑務委員會，興建一座「僑光堂」

專供該會招待海外僑胞歸國參加雙十國慶報到、慶祝華僑
節或僑生活動之用。一直到一九九三年，在校長陳維昭時
代，以擴建校舍，已傳出消息將不續租而收回。是年我調
港出任僑委會駐港主管，香港台大校友會邀請陳校長來港
參加香港台大校友慶祝校慶。陳校長惠然光臨，和香港校
友同申慶祝，近百席在大酒店舉行。校友會安排主賓陳校
長演講；駐港單位我和黎昌意（也是台大人）也先後講
話。我即席說起僑光堂的形象和意義，對海外僑界的重要
性，希望陳校長體恤香港和海外其他地區的校友，對僑光
堂的歷史意義，是否可以稍為延遲三、五年才收回，讓僑
委會有緩衝的時間另建。我這個突然的請求，百席同學報
以熱烈的掌聲。陳校長很愉快站起來，也即席答應這項請
求。聽說僑光堂現在仍保存着，華僑節還是在那裏舉行。
陳校長是台大醫學院畢業，是個著名的外科手術醫生。早
年有一對連體嬰，是海外華僑帶回台灣做分割手術，操刀
醫生就是陳校長，是台灣第一次做這種手術，而且圓滿成
功，是世界醫界對台灣醫生手術刮目相看。這對連體嬰，
如果沒有記錯，就是忠仁、忠智兄弟，後來也留在台灣成
長和就學。陳校長和我是同年畢業的。他的上一任孫震學
長，是經濟系畢業的，和我同系不同年；在校時代我們就
認識。他在學術界很有地位，我回國于役立法院，那時他
已擔任台大校長，但不久被李登輝請出做第一位由文人擔
任的國防部長。然後很快便「辭職」，從後來李登輝的台
獨作為看來，此中不無權謀在內，將在以後述及。我的專
著《一九九七香港之變》，序文是孫震寫的。他是一位恂
恂儒者、著名經濟學家；在台大校長任內，建樹甚多。
很多學術界中人，都希望他未來接吳大猷出掌「中央研
究院」；料不到在這個關鍵時刻，李登輝把孫校長掉離台
大，美其名仰賴他成為第一任文人的國防部長；不久便看

出李的權謀。李遠哲接了中央研究院、孫部長也就被換了下來。孫學長品學兼優、以成績特異，四年級便成經濟系助教，他和于大成是我最仰慕的學兄。李登輝扼殺國民黨人才，今日思之，尤見狠毒。

台大位於台北市羅斯福路和新生南路的交义點。用鐵欄、樹木和矮牆接駁圍着，外表並不壯麗宏偉，然走入校園，豁然開朗，鳥語花香，間中響着「傅鐘」的悠揚鐘聲，有靜穆中予人覺醒的感覺。宏偉莊嚴的建築物，一派黌宮上庠的肅穆氣圍，那一道圍牆，卻有檔着紅塵十萬的煩囂，雖咫尺相隔，也使人有遠離世俗的感覺。在那裏四年的學生生活，寧靜而充實。但美好的時光不居，當我還沉醉自由自在、無憂無慮的讀書環境時，學校已送我們一頂方帽，將我逐出台大校園了！

畢業那一年，台灣的「中華航空公司」成立，台灣終於有飛機飛到香港去。但在我來說，那是奢望了吧！我還是乘「四川輪」，從基隆碼頭起程，必然下層大艙位，又經台灣海峽那種汹湧的波濤，翻騰得連胃酸都嘔了出來，那是第一次來台的經驗。以後遇上天氣的轉壞，還是無法避免的。大艙的柴油氣和混合的海水味道，風平浪靜也想吐，何況海峽多半的浪急風高！也因為這樣，很多時忍着那種味道，暑期又酷熱，能到甲板上睡一覺總比在大艙好。聽說也有同學沒有注意安全，不知走避，掉下海失蹤也有過。甲板分高低兩層，高層堆滿行李，我們只可在低層睡。但不敢太靠近船欄，就怕掉下海去。我有一次，找到個靠近高層下的容身處，誰知有一個台產的樟木箱，因繩網破了，竟墜下來，不偏不倚的部墜落我的頭部，底部板薄破了，我驚醒推開箱子，摸摸還痛的頭角，沒有血流出來，也不知是誰的，只可回大艙睡。

四年的學生生活真教人回味。港澳僑生組織的出版

社，就有海風出版社、綠濤社、港澳青年。由於邀稿，我認識許多愛好寫作的同學如于大成、余玉書、何秀煌、高準、胡振海（野火）、盧文敏、蔡浩泉等。「台大騎射隊」的骨幹，也是港澳僑生：如麥錦鴻、簡元智、周亦然、何鳳梅、池元蓮、關琴、葉綠珊等。代表台灣參加國際學生會議成為代表的許承宗、徐均富、陸永權等。籃球國手盧荷渠；足球好手更多。都是學生時代的好朋友，到現在還有通訊或來往；都已望八十之年了。我還認識許多東南亞僑生張立明、張俊英、陳岳生等。但屈指算來，殘存大概一半一半吧！「訪舊半為鬼」正好適合。

台大的體育運動場佔地很廣，但當時還沒有體育館，但田徑的賽場、足球場、籃球場（多個）、羽毛球場、排球場等應有盡有。在大四的一年，我常見到在台灣稍有名氣的田徑界楊傳廣、紀政等分別到台大的運動場做田徑跑步、十項全能各項的練習。因為他們的體能好，所以留下印象，誰知十年以後，他們蜚聲國際田徑賽，楊得了世運會的十項全能亞軍；紀正破女短跑的世界紀錄，有飛躍的羚羊雅號，我還訪問過她。

翻騰年代的經歷，學生年代堪足比擬。而充滿活力，求知慾旺盛，壯懷與憧憬的人生彩圖，又非晚晴的靜寂可比。黃金歲月是喚不回的，我又回到青少年時代生活過的香港來。

「大逃亡」
在香港的所見所聞

台大的四年，是我人生充滿憧憬，求知慾旺盛的年代；那個年代校風純樸，社會相對和諧，國家認同沒有什麼特別的歧異。大致來說，住在台灣的人，都有同舟一命的共識。在這種平靜氛圍的環境求學，即使到今天跨進二十一世紀年代，也不易得見。

畢業之前，我第一本著作《火花》（文集），由台大訓導處活動組、救國團合資輔助出版。我寄父親一本；不久就接到覆信。這一封信，自一九六一年，經台灣、香港到加拿大，歷經遷播、搬居都能保存下來，一是我以寫作為志業的第一本書，以後亦未負梁均默（寒操）為叔祖之《尺蠖齋詩文集》序中之譽吾家語（從略）；二是父親函中對我寫作，仍記起均默教誨之言，伸引而論，使我時能深思省悟。老父教澤猶存，益增感念：

「家駒（我的原名）：

家稟及著作均收到，年逾弱冠即能著書立說，為其父母者能不笑逐眉開乎！挑鐙展卷，縱覽一番，乃有不能不為你告者：

二十年前以故人子姪，走謁梁君默先生於重慶官邸，談舊之餘，縱論學述，君默先生以三不朽之中，云言最難，其時以年少志大漫應之，今橐筆半生，始知其言重也。

歐陽修校書秘閣，見破紙廢冊之中，竟有作者不知何人，更不知此書出於何年何代，以永叔之博學也，乃有茫然不知者，非永叔不知也，實作者無不朽之言，致湮沒當時，不為後世所知也，故著書未足為喜，要以能傳於後世者為喜，故希你勉於君默先生之言也。

文章之道以渾厚為勝，至於嬉笑怒罵之言，乃潑婦罵街也，非大手筆之風度，你看以尖酸刻薄而作遊戲文章，

百人能傳世者有幾，如本港之 XX，祇得斯文無賴之名，吾不願你學之，倘有批判，亦應以論述中之第一篇風格，從雍容嚴正中表現磅礴之筆勢，大丈夫須以堂堂之陣，正正之旗，縱橫論壇，不必作罵街式之挖苦，戒之，戒之！

詩詞多蕭索語，更為少年人大忌，黃仲則以＜九月衣裳未剪裁＞一詩，傳誦一時，在詩而言佳則佳矣，但午夜啼鵑，卒之潦倒窮困，客死河東，王維田園派詩人也，孟浩然亦田園派詩人也，惟孟襄陽寒酸滿紙，終於鬱死荊門，而王維恬然而有華貴氣，故晚景優游；故不願多作傷心語也。我近年來不敢多作，就恐傷情觸景，多作無為之呻吟，慎之，慎之！

寫作要顧存事實，如與事實不符，則為識者所笑，以後亦要留意也。

　　　　　　　　　　　　　　　鷹 五月十六日」

信中所述第一篇風格，是我大一時參加全台灣僑生徵文比賽獲置第一名，題目《中古西歐農奴社會與「人民公社」的比較》；以後還參加過多次全台灣徵文，都倖獲首獎。香港「萬人詩壇」以孫髯所作一百八十字的「昆明湖大觀樓」的長聯為體制徵聯，愛好古典詩聯的人，少有不知此聯，因此應徵者甚多。當時我已移居多倫多，大概亦三十出頭，一時技癢也趕着寄去應徵，評審公佈也倖置首位。蔣老先生逝世，時父親已到滿地可去，自由社團公祭須大量輓聯，他命我代製二十聯，尚不敷應用，另再製二十。一個像蔣老先生的大人物輓聯，公祭千目所視，何得馬虎，四十對長短不一，而其事蹟，時人耳熟能詳，也頗費一番工夫。父親督責常嚴，但這次卻來信說：「你之對聯造詣，施施然可據海外高位。」但在同一信上，他引用《菜根譚》句：「君子之才華，玉韞珠藏，不可使人易

知。」他勸我不可再參加任何詩文比賽；也因此，自「昆明湖」長聯應徵以後，就沒有任何詩文比賽應徵了。先父諱乃鷹。故函末署名「鷹」。

時光是留不住的，學校掉了一頂四方帽，把我們逐出椰林道、栽滿杜鵑花的校園。海外僑生，還被逼逐出台灣，除非你去受兩年的軍訓。我有多位同學，因追求女同學，或等着她畢業，也許會留在台灣受軍訓；還有一些東南亞排華、國軍流落年代的青少年或後代，經政府特許入境或接來，一直在台受教育，他們根本已取得留台資格，但還是保留僑生的名義，也必須和本土大專畢業生接受軍官訓練。

台灣由於中共的威脅；一直以來，男性國民必須服兵役；這是徵兵制的基本精神，誰也賴不掉，除非殘障人士，經兵役科認可的醫生准許才能豁免。如高中畢業而考不上大學，就必須服兵役。台灣是十二年義務教育：是從小學開始到高中畢業，就要參加一般國民義務兵役，是最基本的軍訓。由於十二年義務教育，阿兵哥起碼也是高中畢業生。考入大學的到大學畢業，接受軍訓和一般士兵不同，服役是軍官訓練，服畢後授予少尉官階。原則上，國防部歡迎這些義務服兵役的軍人和軍官，正式轉業為職業軍人的。

一九六一年的暑期，畢業典禮過後，我就回到香港。其實，四年中只有一個暑期我留在台北，其餘的，我都在香港渡過，因此我對香港並不陌生。香港人口顯著多了，市容也比前較為興旺，尤其是專門經營大陸的油糧雜貨；香港人可以在這些油糧商戶，依油糧的售價付了款，加上託運費，經營者就按時按址送到大陸親人的手上，憑託運收據交貨。這些託運商戶，不只油糧，其他衣服、物品，只要不違禁，都可以託運。這門新興的商業服務，都是香

翻騰年代的經歷

港人接濟大陸親人無法忘懷的年代。

我敘述香港人對大陸同胞的感情，倒不是今日中國政府的時興用語：「血濃於水」，而是實實在在的默默做到。港人當然以接濟親人為首要；但港人組織眾多的同鄉會、宗親會等還有眾多的慈善機構，在那一段興起託運油糧的年代，很多港人都節衣縮食去救濟大陸親朋，和透過以上的團體，大量捐輸救濟大陸饑荒年代的同胞。

歷史是過去事實的記錄，我回港的第一年，就遇上大陸的大逃亡潮，到第二年（一九六二）發展到頂峯。別人也許有不實的記錄，我引用《金庸傳》一些原文做證據。金庸原名查良鏞，他創立了香港《明報》，任過《香港基本法》「草委」。《明報》原本是一張紙以武俠小說為號召的小報，但大逃亡給金庸抓住了機會。《金庸傳》的作者傅國湧說：《明報》不想得罪任何一方，包括內地政府，招惹不必要的麻煩。所以，最初面對逃亡潮這樣的社會熱點新聞，「明報一直沒有報導。」但發展到六二年時，「逃亡潮發展到不可收拾的局面，被困在梧桐山一帶難民愈來愈多，港英政府一籌莫展，不知道怎樣收拾殘局。」金庸其時還沒有反應，傅國湧敘述說：「記者們從邊境帶回來的眼淚，灑在編輯部的桌子上和地板上。港聞版的編輯不斷地問：『登不登這消息？』每個都不滿：『這樣的大消息也不登？』」「金庸終於下決心予以大篇幅地如實報導。」這樣，明報就此幾乎在一夜之間就讓香港市民刮目相看。明報終於渡過慘淡經營的三年草創時期，從一張以刊登武俠小說為支柱的小報迅速向新聞、評論為主的大報轉型。每天發行量迅速超過了三萬份。查良鏞的社評開始浮出水面。」大逃亡不但改變了香港，也改變了香港輿論，最大得益者是查良鏞和他創辦的《明報》。

「災民大逃亡」是怎樣發展出來呢？根據《中共中央

關於建國以來黨的若干歷史問題的決議》有很清晰的說明，不是一般誤傳或無根據的憶測的：「大躍進失敗，一九五九年到六一年發生的三年自然災害是毛澤東同志錯誤地發動了對彭德懷同志的批判，進而全黨錯誤地開展了反右傾鬥爭。……主要由於『大躍進』和『反右傾』的錯誤。……我國國民經濟在一九五九年到六一年發生嚴重困難……導致工農業面臨崩潰，經濟混亂，飢民遍野，……至少一千萬農民餓死……廣東省靠近香港，對於掙扎在饑餓和死亡邊緣的老百姓來說，偷渡來港自然成了他們的夢想。」

當時政府的控制也有所放鬆，從這年二月起逃亡漸漸形成規模，到五月達到高潮，每天有數以萬計的人湧入香港。這不是誰的臆測或造謠，是中共中央對《若干歷史問題的決議》。在那個年代，中共還有這種決議文字，我們可以判斷，毛澤東的錯誤，中共中央還可以檢討、可以說真話、可以反省指出毛的錯誤。而今天毛已作古三十多年，中共中央反而不敢將毛更大的錯誤：「十年浩劫」的歷史真相說出，只剩下鄧小平空泛為毛定下「三七開」的功罪；自鄧以後，沒有人再敢批判毛的幽靈，一個沒有反省的團體，供奉一個神祇或圖騰，來領導一個最大的民族國家，並不是可喜可賀的現象吧。

「大躍進」的土法煉鋼，土高爐煉的廢物，但把樹木都砍光了，對以後的風沙為害，霧霾騰空、河川沙積都種了惡因。決議書：說「農村有的地方樹皮、草根、野菜都吃光了，至少一千多萬農民餓死。」中共中央說至少的一千多萬，以中共對戶口的精準，遷移戶口又不自由，怎麼不敢說出確實的數字，卻用「至少」兩字作基數；以後又有從四千萬到六千萬的估算，也沒有誰來否認過或承認過，人民以至歷史都無法確認。然而，歷史有自我澄清

的功能，真的是假不了；不是誰說了算。

一九六一年叫出「三年自然災害」時，「人民公社」已「巧婦難為無米炊」了！前三個月大家大魚大肉、米飯任吃；報導大家都讚：「人民公社好！」「社會主義是天堂！」，三個月大吃特吃之後，所有存糧都吃光了！農民要回家吃自己，和當初到公社包吃的政令宣傳不是相牴觸嗎？誰敢去質疑！但家裏何嘗有粒米呢？廣東原本是個糧食自供不足的省份。農民要等收成，何異「西江涸澈之魚」，要等西江上游之水冲來。魚早成腐屍了。於是求生逃饑只有到鄰近的香港去。有約一、兩個星期，守邊境的駐軍經不起饑民的哀求，有時也網開一面，視而不見的「放生」，這消息向內地一傳出，在田裏還在耕作的農民，就地掉了鋤頭諸工具，成群結隊向羅湖邊境進發。這一段時期，正是「每天有數以萬計的人湧入香港」的景象。雖然香港邊境有阻絕饑民的駐軍和警察，又即捕即解。但還是無法阻截像潮水而來的饑民；英政府只可循外交向北京交涉。中國邊防駐軍才加強堵截。香港警察也只能將他們堵在上水的梧桐山一帶；當時香港人稱做「梧桐山移民潮」。

根據《大逃港》一書作者陳秉安的調查統計，二十世紀五十至七十年代，三十年內約有二百五十萬大陸中國居民冒死越境逃到香港、還有大量難民死在逃亡中。香港總人口的統計，由香港政府正式經調查而公告的，到一九七零年，翻過的相關的資料尚未發現。只有個人的著作中，每多推測性的估算。例如《災民逃亡潮》，估算香港人口有這樣的一句話：「據一九六一年五月三十日統計，人口已超過三一三萬人。」根據什麼得來的數字？語焉不詳，說香港人口「已超過」三一三萬人，超過多少？也同樣說不清楚。上述的《大逃港》一書的調查統

計：「二十世紀五十至七十年代，三十年內有二五零萬中國大陸居民」逃到香港。「調查統計」又根據什麼樣的調查，又如何統計？也沒有說明。三十年內有二五零萬逃港之大陸居民，但香港的總人口又沒有說明多少。

人口的統計和公民的居址是國家現代化一個必備的條件。例如政府的預算，各地區的基礎建設如交通的道路、學校、醫院等都與居民人口無法切割的關係。民主國家的戶籍、是保證選舉公民權的實施資料；也是社會福利資源的依據：退休金、老人福利金、失業救助等的基本資料。政府對人民的隱私權的保護，視為起碼的人身、財產安全，這種資料不輕易外洩的。這種制度和專制政權用來控制人民，目的完全不同。專制社會以戶口資料來控制人民、輿論、甚至隱瞞或造假又當別論。就以「三年自然災害」餓死的農民來說，中共中央說「至少一千多萬。」除中共中央可以根據全國嚴密的戶籍可以查出，其他都不可能，所以儘管有個別的估算，從一千萬到六千萬都有，莫衷一是。除非有解密的一天。香港是個殖民地政府沒有選舉制度，基建也視乎港英的決定，居民人口精密的統計，香港殖民地政府當時並不重視。我遍查各種資料，卻在「谷歌」（Google）網上發現，但亦無資料來源。這個大網，它的調查方法或較一般可靠。它是從一九六零年製圖、表和列出人口總數字的。錄之如下：年次 1960：307 人；1962：330.5；1965：359.8；1970：395.9；1980：506.3；1990：570.4；1997：648.9；2000：666.5；2010：702.7 萬。

從一九五零年起，中共佔據整個大陸，香港總人口沒有公佈，但香港人都知道，每年從大陸冒死逃來香港都在發生。「谷歌」的香港總人口，以一九六零年為基數，應是「大逃亡」未發生之前。經六一年到六二年達到逃亡

高峰人數是 330.5 萬減去一九六零年的基數 307 萬，人口增加 23.5 萬，再減去自然出生率從二十世紀五十年代算起，三十年逃港約二百五十萬人是很合理的估計。

我們也可以用一九六零年的人口基數三零七萬，其中包括一九四七年國共內戰在國民黨東北失利時，大陸人民開始逐漸遷播來港。經三年內戰，大陸已由共軍全部佔領，又經十年的統治，經水陸逃港的大陸人民，連香港原有的居民總人口才三零七萬，雖然沒有明確比例數字，但逃港的大陸人民必然佔了一個不少的數字，到一九九七年移交，香港總人口是六四八點九萬，即使以一九六零年為基數，也超過一倍以上。可知有人說：香港人口不認同共產黨統治的逃港的居民和他們的後代，會超過香港總人口的半數，算來也未必不合理的估算。

《偷渡香港》的作者陳通，他在一九七九年偷渡來港的。他親身的經驗的估計：偷渡者有百分之七十是失敗的，百分之二十是死在途中的，只有百分之十安全到達香港。他認為約有二千多萬大陸人民參加偷渡香港的行列，約三百多萬死在偷渡路上；約二百多萬成功抵港。因此，他說認識偷渡來港的香港居民多的是。我十五歲在一九五零年到達香港，都被工作環境所困，認識的行外人不多；台灣四年更不要說。重回香港生活也只有一年，一九六二年便到加拿大去。只認識寫偷渡經歷的作者：如寒山碧、馬森亮、黃琉。還是先讀了他們的作品，以後因介紹而認識，也只見過幾次面而已。黃琉著作最多，天才橫溢，以後成為通訊請益的朋友。

我有三位妹妹留在故鄉，二妹阿玉從小最有膽識，她是我們全家唯一偷渡來港的人，前後計有八次，好幾次險死生還，手骨腳骨都跌斷、被捕打斷過。但她有堅強的毅力和意志，不服輸追求自己生命的價值。八次的過程，從

摸索的困頓、絕處逢生的九死一生。她的偷渡情節，可以拍成連續劇，跌宕迴環，每一個情節，像《拍案驚奇》。外人聽來，也許像驚悚的故事，但在她的敘述中，我們會看到人追求生命自由的勇氣，感悟到民族的生命力是如此堅強，不是任何橫逆的勢力可以阻擋的；也會知道民族橫逆的來源和真相，慨嘆竟能存活下來，是亙古以來未有過的民族；其迸發的缺點、被擴大和利用；成了民族的共孽，如果民族不覺醒，付出的代價也會更大。

　　二妹的偷渡經歷是難以全部記錄下來，她是翻騰年代偷渡者的血淚史的身歷人；但不是我的經歷。只可從簡畧述偷渡者在翻騰年代的悲歌，也印證陳通《偷渡香港》一書所述的估算，大約只有百分之十的人幸運到了香港；百分之二十死在偷渡的路上；百分之八十被阻截，解回原地、拘捕、下獄受刑等的不人道的不同待遇，是真實的；而且掛一漏萬的。她的經過，要比寒山碧的敘述；馬森亮的《珠江水猶寒》更驚悚；其中黃琉的《煉假成真》、《驚濤裂岸》的悽苦而震慄，在逃亡途中大致相當，但他成功了。這兩本逃亡傳記式著作，我曾借給一位讀者，情節的驚恐她不敢閱讀下去。黃琉是一位天才型的多產作家，過目不忘，領悟又高，古典詩詞、作曲、配樂、攝影，都能一手包攬，而且有專業水準。他不修邊幅，有八分似水滸傳描寫的李逵，亦自號「黑旋風」；還出過一本《黑旋風》文集，古德明先生撰序已慨言：「我想起了文革時期的郭沫若，以及今天香港那許多大小郭沫若。」此集出版，正是我派駐香港之日，約黃琉到我居所晚宴之時（九三年九月二十日）親送給我的。距今（2016年底）又經二十六年，香港又不知多了多少大小郭沫若！古德明想起文革和今天香港大小的郭沫若，為什麼想起郭？想起他什麼？古先生沒有說明，正是他的厚道處。如果對中國近代人物稍

有認識，都不會對郭沫若完全陌生。他絕頂聰明，新、舊詩作，以至李白、杜甫的考證；甲骨文的歷史等學術著作，都說得頭頭是道。我少年時代讀他的《女神》、《中國早晨》，都驚歎羨慕。到他做了毛澤東的文學侍臣，對毛的諂諛之態，香港文化人士都不齒他；文革還未正式興起，他就能感到暴風雨的來臨，帶頭公開辱罵過去自己的藝文、學術的任何著作，並認為應該完全銷毀的封建殘餘。這種自虐自毀的能耐，也只有郭沫若這種沒有人格的無恥，才能做得到！也是毛的「狠到無情，忍能無恥」的自喻。郭就這樣安穩度過「十年浩劫」；風風光光的斃命。

黃琉豪而曠放；我退休後每年到港，成了我必找訪之友。我們的口味相同又善飲，他對洋酒「土炮」，全不在意，遇上嫂子遠遊，我們就不到食肆去，買了海鮮、時菜，在他的寓所合作做幾味巧手好菜；可以放蕩形骸，飲酒賦詩，或播影他的製作，盡一日之歡而別，不像酒樓的拘束限時。可惜「人有悲歡離合」，二零一四年，他不到故鄉台山市置產，而到湛江去；也不長住香港；我亦以心律不整，既少飲亦較少遠遊；過去一年一度相逢，此情不再了！我曾帶黃琉到粉嶺和好友簡兆平兄相識，而簡兄携我兩訪古先生，我都記不起古先生曾為《黑旋風》作序這回事，只詢問他是否就是當年為《萬人雜誌》同文而未及見的古鶴翔，才知古先生是鶴翔公的哲嗣；世界就這麼小。期之有日，候得黃琉來港，四人能得相敍，當一快事。

偷渡來港的馬森亮，後來到三藩市去，不久逝世。寒山碧尚健在；他們的偷渡成功了！而二妹是個失敗者；他們多少有過人生的經歷；而二妹從小是地主家庭的女兒，還讀小學便被鬥，震慄在生死邊沿中，沒有經驗和常識與生存的本領，苦難特別多。最嚴重一次，在刑求關押

中，全身浮腫，人也昏迷。關押的處所，要探監者通知家人，就是我的母親，準備收屍；經過幾個日夜的昏迷卻存活過來。八次的經歷就從畧了。到七十年代的初期，她終於偷渡成功，到了香港，我從加拿大回港，把她接到多倫多來。以後大陸開放，她也在加拿大創出自己的天地，曾對我說，她要回到出生地的故里，要從村口的門樓大搖大擺的進入，從村頭到村尾走一趟，如果有人認識她，只要叫出她的名字，她帶着的加拿大幣的三千元，當眾全部送給他（她）。那時已是上個世紀的八十年代；我家留在大陸的母親、弟妹已全部到了加拿大，她又是第一個回去，三千元加拿大幣在大陸當時是個大數目。我問她送給第一個認識她、叫得出名的村人，有必要送這個大禮嗎？二妹說：「阿哥，你不知道做地主子女的淒涼，沒有一個人當你是人，存在是多餘的，誰注意你的生死，誰會正眼看你一下；我們連抬頭的勇氣都沒有；那個記得我和我的名字，我就感謝他還認得我！記得我！」這些話真令人多震慄！她回來後我問起這事，她還氣憤的說：「真的沒有一個認識，我還又從村尾繞過大巷小巷走到門樓，從入村口的路走出，沒有一個人記得我！我早就被遺忘了，何況還多次逃亡被遞解回大隊的受刑人，在村人想像中，早就人間蒸發了。我的出生地是什麼一個世界？」她連紓解一下做地主子女的積惻都不可得，時常還提起這個經歷。就是因為有這種不幸的經歷，十年間八次失敗的折磨、受刑的創傷，以致一身病痛；近年尤為風濕、「三高」、心臟等所苦；我勸她掉棄過去身歷的苦惱。「哎喲！阿哥，你以為說掉就能掉！這麼容易嗎？八次的的牢獄酷刑、多次死去不幸又活過來！連做夢都出現；一些在我眼前死去的難友，他們死前死後的形狀，誰希望再見到！沒有辦法，唉！」我還能說什麼！

二妹有時也說了一些偷渡的怪事：「也許是老天可憐我，每一次餓得發慌的時候，我都想起村前不遠的田角的小潭洞，水還不到膝，只是水邊長了一些田草，沒有人注意到，我每次去，都應手捉了兩條四、五寸的小魚。我沒有餓死，就全靠牠們養活了。直至偷渡成功。以後回去，已找不到這小潭洞了，只能在附近備了香燭三牲拜謝！」

我的幼弟全家，在開放以後也和母親到加拿大團聚。他那時已有一個男孩，來加以後又添了兩個男的。夫婦很勤勞，弟婦想生個小女兒，誰知這一拚，卻拚出三包胎來，卻全是男的。除了長子，全都加拿大土生。大概二十一世紀開始的年代，幼弟帶着全家八口，浩浩蕩蕩回故里走一趟。他沒有用二妹的方式出一口烏氣，卻明目張膽式寫了紅紙大字報，在村門樓貼上：請全村不論親疏老少男女，在那一天的下午四時開始，在門樓後的曬谷場擺流水席，坐滿桌就飲酒上菜，一直到天黑。他還在月山墟上貼了同樣的紅紙大字報，通知我村「龍見里」那些在墟上住宿的村民兄弟赴宴，寫明拒收禮金禮品。故里是月山鄉最大的一村。幼弟八口同回，飛機票費已不少，又在暑期；而宴請全村。他告訴我化了五萬左右加元，二十多年前在大陸算是大數目，可以在同村買好幾間屋。當然有點衣錦還鄉的味道，最大的理由，恐怕還是對地主子女的羞辱，作為抗議宣告吧！階級的恪印真可怕。

只要是人，一生之中沒有不犯錯的；不同者只有小錯大錯而已。小人物的大錯可能對己不利；大人物以為小錯的，也可能造成社會、國家的大錯。所以權勢大的大人物，更要謹言慎行。過去小人物有戒「財」、「色」的警語：「無以嗜色殺身」；「無以嗜財害命」。但大人物的戒條是：「無以政治殺人！」「無以學術殺天下後世！」但想不到今天的大人物，十九都好色貪財，自貶身價當了小

人物還不自知，竟是今日大陸肅貪的原因。同樣，「階級鬥爭」是大人物隨口一句：「永遠不要忘記階級仇。」階級的烙印就鑄成了！一個生在地富家庭的人，他根本沒有選擇生在那個家庭的權利，就以我們兄弟妹六人來說，我是長子，出生於抗日戰爭中，那裏享受過地主的物質生活。而且那幾斗薄田，還是母親節衣縮食十多年買來的。土改進行以後，我家還不是地主。毛澤東藉口葉劍英是地方溫情主義，調到中央，派了個陶鑄來，每村按比例百分之二十五劃入地富，不是擁有多少田畝，才符合土改的宣傳：「村村流血」的口號。就這樣把我家劃為漏網地主，還要加倍鬥爭。大妹以次到幼弟，做地主的子女要陪着母親被鬥，他們根本沒有一天過地主生活。幼弟還在共和國建政後才出生。即使是我為長子，在故鄉也只算沒有捱過餓；到香港，我還是個徹頭徹尾的童、學徒、皮鞋匠，誰說我是地主階級，我是一貧如洗的被剝削者。共產黨只有一個李先念做木匠出身才可與我相比，但他還是個成年木匠；而我，還不到成年的學徒。我的二妹在偷渡能活着到香港，又能到了加拿大，在自由的環境，生了一男一女。下一代在胼手抵足下創了基礎，孫輩八人，都能受大學教育的專業人士，得到社會的尊重，如果在大陸，黑七類有這個機會嗎？可知階級的烙印和恥辱，在專制落後的社會，埋沒多少人才？其他的弟妹，都有了第三代甚而至第四代。本來黑五或黑七類、或牛鬼蛇神的人，卻在不同的制度的社會，還是被咀咒的資本主義的國家，都能卓然自立。真是不假：落後的專制社會把人變成鬼，先進的社會把鬼變成人，這是多麼諷刺的事實！

我的小妹在一九六九年以「文革」輸出香港，已和父親一同到了加拿大。育有一男一女，女的是個物理治療師，英年早逝，她的事蹟（從略）感動她的母校多倫

多大學、她生前服務的醫院，都用她的姓名設立永久性獎學金。男的讀完博士後專業研究藥物。我的大妹和大弟的子孫輩都能正直自立，且是專業有聲於時。他們困頓於父母之邦，而翻騰於僑居之地，差異之大，還不值得我們反思？母親最後也出來了。活到九十三歲，聽說她還是大隊唯一未摘帽子的人。就在她臨終的那一年，不知怎的我收到從開平月山鄉生產大隊寄給她一封信，通知她：「大隊已經為她摘了地主帽子。」我將這消息告訴她。她面無表情，不徐不疾的說：「你回覆告訴他們：扣帽子我是不知道的，說扣就扣了；現在脫帽子我也不知，事前也沒有徵詢過我，說脫就脫？但我戴慣了幾十年，你告訴他們：我戴慣了，就是不想脫。」母親的話說得有紋有路，不是臨時的氣話，應該同屬沉澱多年，埋在心底的抗議吧！

二妹到了香港的第二年，我就申請她全家到了多倫多來；她比一九六二年的逃亡潮晚了十年。我問她為什麼不在那一次逃出來？我多次到入港境的新界接你們。她說：到消息傳到我們的農村生產大隊時，邊境已封鎖了！她又說，經過逃亡潮，因為逃亡人數太多了！殺不勝殺！關也不夠地方收容，糧荒也養不起這麼多逃亡；只可隨捕隨放；如果在以前，她早就被打死了！她的膽識，在加拿大這個自由、多勞多得的環境下，十年之間，到小鎮經營中菜餐館，雖然算不上大富，但中菜餐館的名聲已响噹噹了。她早就退休，第二代繼承餘烈。她以一半日子，過着雲遊大陸五湖四海了。經歷八次的逃亡，如果她能夠真實像黃琉、寒山碧或馬森亮寫出來，應該是二十世紀震撼之作！

我母親劃入漏網地主被鬥，在鄉子女無一倖免；皇權時代「罪不及妻孥」，都在陶鑄、趙紫陽治粵時代被鬥了。陶、趙都堅決執行毛在廣東鬥地富的政策。到文革時

代，陶不聽毛的指使被鬥致死；趙有違鄧的意旨而監禁至死。在專制中要做到獨裁的位置，連第二把手都無法保護自己；劉少奇、林彪的下場可證，周恩來死得及時，江青已公開宣稱：「現在我們黨內就有大儒，我們現在的政治任務就是就是要批黨內現代大儒。」林彪死後不是周恩來還有誰？京劇有句道白：「曹營的事真不好辦！」

《大逃港》一書為什麼不稱做《大偷渡》？作者陳秉安與《偷渡香港》作者陳通教授的分期有異。《大逃港》指中國公民向香港逃亡的歷史事件，共有七個波段。以一九四九年奪取政權前夕到一九九七主權回歸為止。過了深圳河就進入香港，正如過了柏林圍牆，就到了西德一樣。這七波段的「大逃港」，是從國共內戰，國軍東北失利開始（即一九四七年）到中共大陸建政的一九五零年；算是第一波。第二波是五零年以後的肅反、土改、三反五反時期。第三波是一九五六年推行農村合作化運動和一九五七的反右運動時期；第四波是一九五九至一九六二年的大饑荒時期，廣東陶鑄省委接到報告：揭陽鄰近八縣出現嚴重的饑荒，已有近萬農民斷糧，老百姓開始吃「觀音土」。他突然在五月四日下午下令撤掉寶安縣邊境的崗哨，次日寶安縣的農民下田，發現邊境的崗哨無人，消息遍傳廣東，農民掉下鋤頭就越界到港，三天開閘像狂潮的數十萬饑民湧到香港來。另一次即第五波是一九七九年，習仲勛到寶安縣巡視，看到偷渡收容所將男女知青關押只能站立，骯髒不堪的環境，鼻子一酸說：「放他們走吧！」當天成功偷渡來港的知青年也逾萬人。這兩次像大赦，不是全算偷渡。大概稱做《大逃港》而不叫《大偷渡》的原因吧。當時的寶安縣，就是後來的深圳。崗哨是深圳邊境的崗哨。最後鄧小平選深圳為特區；和偷渡、逃亡不無心理上某種元素存在的反射；也可能是中共領導人某種莫名

的愧咎；或給予特區優惠，留住最能冒險的廣東人。不管個人也好，作為中國也罷，鄧小平和英相簽署了收回香港後，曾說：只要我還在世，用擔架也來看香港的接收！即使是逃離大陸、不認同中共政權的偷渡來港人士，在民族大義下，也願意留在他們曾努力發展的香港，並視作他們的家園，安身立命之所。到執筆至此，國務院猝然對香港頒下《白皮書》；清楚拒絕公民提名、一人一票選特首，也清楚說明：「一國兩制」是主從關係：中央給香港多少權力，香港才有多少。「港人治港」、「五十年不變」在十六年後的今天，說變就變了！

一九七九年以後，不久拘捕「四人幫」、鄧小平復出掌權而至政改開放，逃港者仍有，但第六、七波的規模和以前一九六一、二不同了。

香港一九七九年，經濟起飛開始，及時補充了肯拚搏的勞動力，經濟發展就更暢順。「大逃港」歷年補充的勞工、擴大了內需市場，到了八十年的初期，香港憑着僅有的人力資源、健全的法制、政府廉能的管理團隊；經濟起飛成功，成為昂首天外的亞洲四小龍之一。大陸逃亡的偷渡者到港，是香港安定繁榮重要的支柱。

根據《中國博客》王煉利的專欄，他摘自《檢察風雲》許多已公開的訊息：「僅據廣東省委邊防口岸領導小組辦公室的統計，一九五四年到一九八零年，官方明文記載的逃港事件就有五十六萬五千人次。」這個數字明顯是偏低的。因為對視偷渡為常態的邊界居民來說，很多日常逃港，根本無法統計。惠陽縣是寶安縣的鄰縣，當然是邊境區；在同一篇有這樣的記載：「惠陽縣的澳頭公社新村漁業大隊，一共才 560 人，短短幾個月就有 112 人偷渡成功。大隊黨支部的第六名支部黨員，除了一名婦女委員外，其餘五名都偷渡去了香港。」可知「日常」偷渡的無

法統計，也說明邊境人士的偷渡，由於熟悉環境狀況，偷渡到港的安全率、成功率遠較其他偷渡者高。＜廣東省委邊防口岸領導小組辦公室＞的統計，大概只記載集體逃亡潮幾次重要日期的人數，不及於「日常」發生的少量人數之故，所以和《大逃港》一書，同樣的年期，而估算人數相去甚遠的原因。

　　一九七九年習仲勛放走關押在邊境寶安縣的知青逾萬人，想來是大規模逃亡潮最後的一批。當時香港大體已完成經濟起飛，密集型的手工業已飽和。逃亡潮大量的勞工湧入，香港已不勝荷負了！過去香港因應勞工人口的增加，採取了「抵壘式」的政策，凡是能到了市區，就承認是香港市民，政府不問過程，就是給居民證。有鼓勵了大陸同胞抵港的作用，此外，香港當時的資訊已開始發達，香港電視、廣播很難禁絕。香港勞工階層收入日算約六十到七十元，而大陸農民只有七毫至一點二元，相差幾近一百倍，這個誘因太大了。也因為這樣，加促了深圳經濟特區的形成，讓一些人富起來示範的作用。一九八零年，香港總督麥理浩訪問廣東，並達成協議，十月二十三日香港立法局修訂人民入境條例，宣佈取消「抵壘政策」，即日起一切非法進入香港的大陸人民，即捕即遣返，並從此規定市民必須攜帶身分證備查；禁止非法就業，頒布處罰僱用非法勞工的雇主；經兩地合作，終將大逃亡潮壓制下去；以後大陸經濟也開始發展了！

　　我在台大畢業回港，就遇上逃亡潮，由於風聞二妹也可能參加，她自小就有男子漢的氣概。除了大陸運動風聲緊，我家是地主，七黑類，每月小量的接濟還是有的，是透過親戚匯些小錢回去，後來缺糧，也小量到油糧託運，也順便問問家人的現狀；聽說二妹不知去向，我和父親就想到她會參加逃亡。因此週末我也會到新界接近深圳邊防

香港區的通道去。有一段時期，香港邊區是不設防的，許多居民站滿路旁認親人。我也有幾次在行列中，抱着接不到親人，如能接到同宗同鄉，問問家人的訊息，也是一個大收穫。十年在鄉當上了地主就不敢通訊了，以免增加家人的麻煩。真是「有弟皆星散，無處問死生！」

我看到一個似曾相識的容貌，除了年齡不同，高矮長相卻十分相像。這個逃港的青年，手提着布袋，掛在臂膀上，也是注目兩旁人群，像搜索似的。他真像我的舅公，我到珠海先修班上課半年，他是先修班主任。他是我家的外甥，小時入讀娘家辦的高陽小學，做過陳濟棠據粵時代的教育局局長，撤到香港，擔任珠海書院「先修班」主任。我時常見到他，印象深刻，面對那個逃港與我差不多年歲的青年，四目交投，我好奇的問他；你是姓麥的嗎？真想不到他毫不猶豫承認。那時，大逃亡的人都渴望親人來接，有人問訊，就多點線索。由於大陸仇外，很多大陸人士恐怕被扯上海外關係，早就和海外親人自動割斷關係。突然的逃亡潮，每令他們措手不及；來不及和海外恢復聯絡，就踏上逃亡之路，因此，許多千辛萬苦能進入香港轄區的人，因沒有親人的電話，被一些黑社會敲詐或欺騙；幸運的遇上好心腸也有，會被帶到記得的地址而終於團圓的也不少，亂世更講運氣吧！

我的麥舅公，外貌有許多特徵，五短的身裁，面色也比一般人的膚色稍黑些，頭髮眉毛更黑，聲音有一點天然的沙啞。那位青年一開口，我幾乎就確定，我問他父親的名字，真是一點不假。同行還有一位難友，很瘦削，兩目烱烱有光。我拉着麥先生離開認親人的隊伍，他急不及待問起麥舅公的地址。當時的珠海先修班好像還在德明中學的三樓。我帶着他們到黑布街的德明中學去，終於找到了舅公。說起來，我們還是表兄弟。大概也是緣份吧！

以後我到了加拿大，麥表兄留在香港教書，以後做到珠海書院附屬中學主任。後來我調香港服務，我們再度重逢，來往就多了。到我們都退休的時候，他的身體因癌症而虛弱多了，夫人也經過多次手術，他只可住入近上海街的一間護老院。去年我回港，經常買些便餐去探望他。那間老院很局促，一層樓排滿住房，房間僅容一張小桌，就牀而坐。他的兒女都在美國，他在香港也算教了四十年書，經濟環境不致住這狹小的老人院吧！我也曾問起。他唏噓說，香港地人稠，護老院牀位沒有空檔的，這樣近市區的更難求，大陸人像蝗蟲湧到，往往到了上水，就用救護車送到醫院、護老院來，基以人道，又不能不接，商人就地起價，這個牀位，也要萬多元！香港的護老院，也要接納十三億人口的老人啊！這還是我第一次聽到。

怪不得這幾年，香港人和內地人產生互不包容的衝突，和過去港人視內地人為至親至戚大不相同了！麥表兄說，不要說護老院，連醫院、小學和中學名額，都不只收香港居民了！連幼稚園的名額，內地人可以成群結隊，每日早上從深圳由專人帶領到新界幼兒班上課。當地居民的子弟，家庭大都不如跨境而來的內地生的富裕，付不出額外收費的，只可散向港九各地去。新界的香港居民連買奶粉都要到九龍、香港市區去。新界商場的奶粉都被大陸水客搶購到缺貨了！這些都實質威脅香港人的物質、生活資源。這種矛盾，過去是沒有的。近日又以香港發生《白皮書》問題，大陸中央政府和香港泛民人士未能理性而求化解，反而激化港人與內地人的矛盾，成為香港未來的隱憂。麥表兄在我訪港期間不久便去世的，他是個典型逃港的知識分子，他經過香港最艱難的時刻，和香港一同渡過到繁榮安定，可惜回歸以後，還是不能安享晚年，真又不知從何說起，只可付諸歷史的判斷吧！

翻騰年代的經歷

如果從國共內戰一九四七年，國軍失利開始，大陸人民產生逃亡潮；以迄一九八九年天安門事件止。經歷了四十二年。從一九四九年中共建政至一九八九年也整整四十年了；這是亙古以來最大的逃亡潮。《大逃港》一書所載：「當一個人成功逃到香港時，至少有一個人死在逃亡途中。二百多萬人成功偷渡香港，起碼有三百多萬人死在偷渡水、陸路上。二千多萬人參加偷渡香港行列⋯⋯。」多少人被捕、關押、死亡？哀哀吾土吾民；民族亙古未有之災，老天什麼時候才給我民族一個公道！

世界還有兩地，因共產政權的建立而產逃亡潮。一是柏林牆始建於一九六一年八月十三日，全長一五五公里，是東德阻止居民逃亡西柏林。從一九六一年至一九八九年十一月九日「大約八、九千東德人嘗試翻越柏林牆逃往西德；約五零四三人成功；三二二一人被逮捕。二六零人受傷，死亡在一三六人至二四五人之間，人數還有爭議。」（《看中國》二零一四年四月二十五日）「投奔怒海」的越南大逃亡，多倫多有許多華裔越南人，將每個人資料整理、統計當不是容易的事。一九七九年第一批由加政府接來多倫多的越南華裔，我是參加接待的工作；後來我聘任過幾位先後擔任公司女秘書職的，也是先後投奔怒海的華裔越南人，以後她們講述逃亡的歷程，險死生還的情景，在她的敘述中都泣不成聲，也就不忍再聽。我有一位宗兄許文傑，他是一九八七年親自訓練投奔怒海的參加者，是建船、出海的領導人。他的敘述最完整，據他多年搜集、調查參加逃亡者，死在海上逃亡中，不會少於五十萬人；但和大逃港的人數相比，還是遠遠不及。

世界共產主義運動，是共產國際（又稱第三國際）這個組織領導的。納粹黨人曾以消滅這個運動、這個組織發起歐戰、入侵蘇聯，以美國參戰而失敗。蘇聯得美援終於

扭轉失敗，並長驅進入東歐，後美軍進西德，以柏林圍牆為界，才擋住蘇聯赤化整個歐洲。在亞洲，早在一九二零年，共產國際代表維經斯基（吳廷康）受命組建中國共產黨，因此早期中國共產黨隸屬第三國際的支部，成立日期是一九二零年的八月；後來在一九二一年七月二十三日，在共產國際資助下，來自中國各地和日本留學生代表共十三名（共有黨員五十七人）和共產國際代表馬林、尼克爾斯基在上海舉行第一次全國代表大會，最後一天會議移至嘉興南湖舉行，這是中共通常認可的正式成立日期。一九四三年五月二十五日共產國際公開宣佈＜解散共產國際的決議＞。聲言這是為了適應反法西斯戰爭的發展，便於各國共產黨獨立處理問題。翌日，中共中央：完全同意解散共產國際。共產國際這個決定，中國共產黨、越南共產黨都能隨機應變。兩地區先後赤化。然而，這兩個共產政權，卻產生大量人民叛離新政權的統治，先後產生大逃亡潮。是人民辜負共產黨嗎？如果答案是的話，一個革命政權，如果沒有人民的支持，中共能像摧枯拉朽，三年內把國民黨趕下海去嗎？

中共沒有取得人民全面支持以前，有一段艱苦的過程。在這過程中，鼓勵人民百折不撓，鍛煉鋼鐵的意志，甘心做中共的螺絲釘，投向革命隊伍，就是一不怕死、二不怕苦。這是「火紅的日子」，為實現共產主義的天堂而獻身，雖百死而不悔。有這種子民，中國共產黨的成功真是指日可待。革命成功了！共和國也建造起來了！可惜共產主義的天堂卻沒有見到，過去有多少希望就換來多少失望；謊言雖然還是照樣說，但已經沒有國民黨的存在做藉口了！小道消息聽得多少還不打緊，但中共自我揭露真面目才使人民震驚；而現實的惡劣、民生的困苦，比過去還差，要活命除了逃亡，找不出第二條路，世紀的大逃亡終

於爆發了！

　　二十世紀真是兩岸三地翻天覆地的劇變年代。但作為中國人，無法一概而論，有很多滿腔熱血的青年，在抗戰前後，就嚮往「火紅的年代」號召，奔向延安！奔向革命！但還是大多數同樣滿腔熱血的青年，響應蔣委員長領導的抗日的民族聖戰的：「一寸山河一寸血，十萬青年十萬大軍」的號召，投筆從戎，加入前線作戰；以血肉作長城，以劣勢的裝備和日寇血拼；碧血遍灑神洲大地、碧血長空、江河湖泊。從九一八事變到七七全面抗戰，中國人在蔣委員長領導下已單獨和日本對抗了六年；又從七七全面抗戰，日本偷襲珍珠港之前，中國軍民又戰鬥了四年，才得到美國的援助，和英國不再封鎖滇緬公路。日本要從中國戰場抽兵力對付美軍，願意歸還從民國政府掠奪的土地，蔣委員長堅持必須包括台灣，但日本以為此乃與歷史上清朝沿襲下來的割讓，是不能追溯的歷史。為蔣所拒，中國又為此多打了四年，今日台獨分子要去中國化，講歷史、講法律、講情理都說不過去的。因為回歸歷史的中國，中國同胞曾為此多犧牲了四年在戰場上失去的生命、和戰爭而損失的財產，不是台獨分子所輕易抹煞的。抗戰勝利，國軍的精銳也大多賠上了！前後十四年對日戰爭，是民族存亡絕續的決戰。自從《蔣介石日記》公開，大陸歷史學者絡繹於途，從此興起「中華民國熱」，可知歷史自會起澄清作用。真的假不了；假的也真不了。當面對民族存亡的聖戰一起，除了野心家不顧民族存亡，還要趁火打劫，聯絡外敵，抽後腿，搞擴充勢力、搶地盤，以圖削弱政府領導抗戰的威信，使國人在心理上，蒙上種種失敗的陰影，對抗戰前途不利不言可喻。到一定的時期，政府控制地區日蹙，軍隊犧牲來不及補充和訓練，即使抗戰勝利，也成慘勝的局面，而反對力量已強大到不能制了！這

是抗戰勝利後當時的真象。

　　大陸有一位日語翻譯家劉德有，他記述毛澤東在一九六四年七月十日會見日本國會議員佐佐木，他是現場的翻譯：「佐佐木說：過去日本軍國主義衝擊中國，給你們帶來災難，我們感到抱歉！」毛澤東說：「用不着抱歉，日本軍國主義帶來人民大利益。有了你們，中國人民才可以奪取政權，如果沒有皇軍，我們要奪取政權是不可能的。」這是一字不易錄自劉德有的記述。毛澤東後來接待日首相田中角榮觀賞京劇時，又曾有類似的對話，並曾公開在報上刊出過。可知現場翻譯的劉德有的記述沒有錯誤。

　　蔣、毛並世而去，至於歷史定位，當由歷史判斷。近世黨同伐異，各有立場，當下的高、下定位，還沒有經過歷史的沉澱，像一江大水，魚龍混雜，經蛟龍翻江倒海之後，一時間還濁浪騰滾，還沒有靜止而澄清。到歷史澄清之日，才是蔣、毛歷史定位之時，我們只可拭目以待。但掃除軍閥、領導抗日戰爭，都有事實可據：是蔣無可懷疑的。二十世紀三十年代出生的人，有四萬萬歷史證人，不是誰可以捏造或毀謗能代替的。近日大陸流行一句話：你信不信由你，反正我是信了！

　　歷史只是記載事實，沒有假設的歷史。當中共南湖召開第一次全國代表會議的時候，全國黨員只有五十七人，而國民黨已北伐成功，全國統一了！當不可同日語。即使以後一度守住國民黨多次的「圍剿」，但後來還是不得不放棄井岡山，「長征」到延安才喘定下來，如果不是日本軍國主義的全面侵暑，正如毛澤東說：「如果沒有皇軍，我們要奪取政權是不可能的。」則歷史就完全不同了！領導抗戰的國民黨，在勝利以後，就可以與民生息，施行憲政和總理遺教，建設三民主義的中國，不只是一省的台灣

沾惠，土地改革也不須千萬人頭落地；更不會發生大逃亡潮。然而，歷史是不假設的，是怎麼樣的情境，我們無從想像，但大逃亡、大饑荒和「文化大革命」的大浩劫至少不會發生吧！

農民未必大翻身，但代表「人民」（中共）是大翻身了！國民黨人留在大陸的，到「肅反」時幾全部覆亡，子孫也永不得翻身了！這是一個翻騰的年代，翻騰可以騰起翻身；但也是翻轉覆滅，總之不平靜的激盪時會，國家社會如是，個人更是如是。

一九六一年暑假，我畢業後趕快離開台灣，趁暑假的來臨，先找一份教書工作，再談論以後的前景；那個年代，香港還是人浮於事，還平添逃亡抵港的人潮，一直發展到一九六二年的五月，邊區多處已不設防，雖然時日很短，但日以萬計的逃亡人潮的湧入，香港找工作也不容易。

香港師資，當以本土幾間官辦的師範學院畢業生為錄用主體，這是指官立、津貼小學、初中而言。高中師資，港大畢業生當然最吃香。當時中文大學還是初創時期，能教高中的不多。大陸著名大學在一九五零年以前文、理科畢業的，也要經過教格的甄選。此外，「台大」、「師大」、「成大」文、理學院畢業的，算是合格的師資，可以拿到甲級教師的待遇。其他的，儘管學問很好，都算乙級待遇，只能教小學私立學校。這些大學有學位的人，反不如會考畢業，到羅富國、葛量洪、柏立基等官立師範學院讀兩年或一年，合格畢業，便成甲級待遇的合格教師；甚至經「師資的訓練班」短期訓練，亦可成為合格教師，得到甲級的待遇，但只能教官、津小學。能教中學的，起碼要在羅富國師範兩年制畢業始可。這是一九六一、二年的師資而言，以後的演變，我就不知道了。我只在香港教了整

整一個學年，而且從小學、中學至專上學院，不過全是私立的。因為只有乙級待遇，不兼課是入不敷支的。

父親在港還是執教鞭，但已轉到津貼學校。我回港便搬去和他同住，一直到我離港，前後也不過一年而已，但已是我接近他最多的日子了。住所只是兩房一廳一廚，和一位僑眷合購的。我搬進去，只能在廳擺個帆布牀，晚擺晨收。我到港不認識任何教育界人士，第一份工作還是父親安排並帶我去見：伯南英文中學的校長。我們一同出了寓所，在電梯父親囑咐我要謙虛，不要像時下青年驕傲自大。這原是很好的告誡，但在我聽來，可像有點事事要看校長的面色做人似的。也許我過於敏感，大概也有點反叛的念頭，為什麼事事還要聽老子的教訓，不敢有自己的言行？想來也是一種自尊自信吧！我不能像少年一樣，被擺佈當學徒，這個深刻的教訓忘不了，因此也沒有婉轉對父親的好意有所陳述的必要。卻直接的說：「我跟你去見校長，是憑學識應徵，他的詢問，我自己答就夠了，不必為我過分委屈！」父親一向管教過嚴，沒有人敢挑戰他在家庭的權威。我只是說心裏想說的話，沒有存心頂撞他。但他卻有點氣似的說：「好吧！你自己去好了！我就不必去了！」我怎知道伯南英文中學在那兒！父親一向說一不二，他不去我也就算了！第一份工就這樣泡湯了！我很清楚他的性格，以後也不必指望他介紹了！但後來，他還是將他的兼職介紹給我。

我一點後悔都沒有，我不可能還像初出港時由家人擺佈。走到街上報攤找報紙看聘請教師廣告。當時許多中文學校以環境的需要，每多改辦英文學校；新辦的都是英文中學，我很快被「威靈頓英文中學」聘為 F3、F4 中文教席，是全職的。香港地狹人稠，全日班大多是名校，其他都分上、下午班；我教的是下午班。我看看教科書，全不

需備課。因此，我又接了一間小學全職的上午班教席。晚上也無所事事，但父親卻自動提出：他在「遠東文商學院」兼了一堂經濟學，如果我有興趣而校長黎嘉潮不反對，我可以每週兼兩晚，每晚一小時。我很需要生活費，又恃着年富力強，經濟學是我的本科必修課。黎校長以我剛畢業，要我上一堂課才決定。我信心滿滿的去講一課。翌日，黎校長叫人專送聘書到父親寓所來，在信中揄揚並竭誠歡迎到校兼任講師，連同授課日期時間表送上。我以為父親不會再介紹我任何職位，其實是錯了！我的一舉一動都看在他的眼裏，老一代就只是習慣改不掉的霜臉而已。

不到一週時間，我已敲定一年的就業；對我來說，增加了不少的自信。教育界的口碑訊息傳播也快。我的表現，也傳到父親的耳朵了。他有沒有後悔過浪費我三年多失學的光陰？他不說我也不會去問，但在這一年相聚的日子裏，他早就對我說，要我準備留學，不要困在香港。我本來上、下午班和晚上的兼課已夠忙了！還要準備補習英文和申請北美大學留學事宜。在我說來，父親顯然把下一代寄望在我的身上，我也漸漸了解上一代的作風，他們冰冷的面孔，和他們熾熱的望子成龍的內心，有多麼大的差距！

我是夠忙了，但很快就適應香港人快速求生的節奏；也很快融入學校同事間的社交圈子；我在台大學到處理社團的人事經驗，應用到在學校和同事的相處，我很快懂得融圓去適應，大概我是個新人，容易放下自己的身段，常常有意想不到的效果。先說我在德教小學的情形吧！校長是中山大學前輩林萬任先生，他有潮州人那種對工作和照顧晚輩的熱情，他的長者風儀，使我慶幸有機會能追隨他，完全不感覺私立小學教員的薪水是個可恥的象徵，相

反的，他使我感覺到，在香港能為低層收入家庭的子女教育盡一份責任，是多麼神聖的工作。我教的是三年級、六年級國文、歷史會考班。中文在升中試能不能入官立或津貼中學是一門佔重的學科。香港當時的小學和中學，還分中文和英文學校兩種。六十年代以前，中文學校比英文還多；以後由於香港國際化，英文人才需求日多，教育司鼓勵英文辦學，六十年代以後比重才漸漸倒置過來。

上午班的班主任袁體仁先生，也是中山大學出身的前輩。袁主任負責整個上午班的行政工作，從一年級到六年級會考班。林、袁都與父親有交誼，對我視同他們的子侄。袁主任還每日在教務室相見。由於學校設在上環的唐樓上，課室之間的隔聲設施幾乎沒有，彼此之間是互相遷就的。我對上課的認真，袁主任常讚許。有一位姓唐的三年級生，是每位教席頭痛的人，他的個子小，但嗓門出奇的大。每一次背書、默書他都不及格。那個年代還准藤條體罰打手掌，看到他羸弱的身軀，小光頭有一雙無告的眼睛，眼淚要吊下來，他伸出了受罰的手掌，教人不忍打下去。我說：「唐少傑，你為什麼每次都背不出來；默書也多半不合格？你是不是懶惰？還有什麼原因嗎？」我真希望他隨便說一個理由，我就饒了他。誰知不問還好，這樣一問，他竟啕啕大哭起來，他的嗓門本來就大，這一哭，像觸動傷心處停不下來。在小課室的迴響，真像山崩海嘯，兩層樓都震動起來。我也給他感染着，我摸着他的小光頭，安慰他說：「老師不懲罰你，你慢慢說，不要哭。」但他始終不說；後來從他和同學的訴說中，我了解他上一年級時，已開始扛着掃把在鄰近的街巷叫賣，兩、三年來就練出這高亢、沙啞的嗓門，除了上課，午飯就要上街叫賣，這類貧苦家庭，在六十年代多的是；入學的小童也得為幫補家計，不論男生、女生多不免擔責任，從工廠接

些手工業產品，或購買一些家庭用品擺檔或上街叫賣，這種艱苦的年代，都非時下的港人所能了解的。

唐小傑令我回想自己失學的過程。我用心鼓勵他，並抽一些時間為他補習。我培養他的自信，以後讓他當着全班做背書的示範，他的大嗓門真是一塊背誦的好材料。六年級會考國文的成績，我教的一年，打破了德教小學會考成績優良的人數。我還記得學生鄭志明、陳伯篪都升入官立初中，這是前所未有的。但一年以後，我便離開他們，但帶着他們溫馨對我的不捨，是我為人師表最深刻的記憶；童真是難以取代的，中學生已多了一份機心；大專生多了一份世故。

德國人戰後被分割成兩個國家、兩種對抗性的制度，只有德國最快合而為一，在很短期間連創傷的舊疤痕都看不到了，人民融洽無間，誰還討論東德西德？那個老大？那邊讓利多？那邊讓利小？二零一四的世界足球盃賽，德國國家足球隊奪冠，舉世毫無異議，認為實至名歸。許多教育家早已指出，德國人的優秀，歸因是德國小學教育的重視和成功，是很有道理，塑造一個健全的人格，從小學生開始是事半功倍的；童真是可塑性最好的素材。德國已經浴火重生，公民經兩次大戰的反省，已學得謙卑了！他們從不說「崛起」，默默的自己解決問題，不炫耀、不矜誇，這樸實而努力的國家和人民，真值得中國人反省和學習。

威靈頓英文中學的創辦校長張沛松，他不算識英文的人，聘請了一位識英文的周副校長。原先在九龍先試辦英文小學，大收學生滿座之效，便信心滿滿，在上環自建三、四層校舍，發展得很快，我受聘擔任 F3、F4 的中文、歷史。是下午班的全職教員，空檔的時候，坐在教務處和其他老師閒聊，驚奇地發現族叔許藩芳也是在職教員，

他是上海聖約翰大學畢業的，是教會考班英文的。他知我教中文和中國歷史，認為我教 F1 到 F3 的英文完全沒有問題。他說教英文比教中文薪金多近一倍，目前教 F1 到 F3 的，都是英文中學畢業的任教席，他說可以向周校長說。我說既已受聘了，也不知明年還會留在香港？到續聘時再說。依家譜的輩分來說，他是我的祖父輩。在翻騰的年代，祖孫輩原是從來未見過面，卻在教務處教師座位的桌子置放的名字牌上相認，說起族人族事，國亡家破的眼前和往事，都令我們初相識而有血緣關係的祖孫，平添不知多少的感慨。人與人的緣分是難以捉摸的。三十五年以後，我竟然和他全家在多倫多重聚，我也從商場退休；他的兒子大慶剛從耶魯大學得了物理學博士學位，回到多倫多就業，可惜他未及見他結婚便去世了。

香港基層公務員多數從英文書院經會考及格便可應徵，隨着香港經濟發展，公務員的隊伍日益壯大。高級公務員如處、局級多半從香港大學錄取；以後中文大學和其他大學陸續興辦，投身公務員隊伍，當然不只香港大學了。香港秉承英國的文官制度，即使只有中學會考的程度，亦受到文官制度的保護，對一些優秀基層公務員，也會安排到英國或美國進修，也會遷升到司級，曾蔭權就是一例，在英國管治下成為財政司長，「回歸」後遷政務司而行政長官。他是一個特例，其他如陳方安生、葉劉淑儀、梁愛詩、林鄭月娥無一不是香港大學出身的。

說到香港的公務員隊伍，在設立廉政公署以後，是世界有名效率好和廉潔的。為什麼「回歸」之後，變得這樣令人失望呢？歸根結柢，就是港英殖民地政府，在末代總督彭定康以前，司級的政務官完全是英國人把持。到了彭定康才舉陳方安生出掌民政司、曾蔭權主財政司、梁愛詩主律政司。回歸以後的公務員隊伍，以鄧小平五十

年不變的許諾，文官制度也保存下來，也就是公務員隊伍全班人馬順利渡過，只有董建華這個行政長官，依基本法產生的選舉委員會提名和選舉產生；取代了英政府委任的總督彭定康而已。因此，除了行政長官（過去的總督）換了人；官猶是也；民猶是也。為什麼自回歸以後，香港有像江河日下之感？沙士疫情固然是一個意外，但香港政府對原帶菌者，那位來自大陸的教授，入住旅店後，再到處通行無阻，迅速把疫情廣播，大陸隱瞞或忽視疫情，讓患者進入香港，固是源頭之禍；但香港政府未能當機立斷，市民開始對港府執行效率第一次質疑。對新手上任的董建華，要香港付出如此沉重的代價，固難辭其政治上的責任。但三位前朝的司長，為什麼在港英的殖民地政府一百五十年來，都沒有發生過這樣嚴重的失效？我認為前殖民地的總督，是全權主宰香港政局，司長雖然是政務官，各有所司，但都聽命總督，名義是政務官，實際只是執行官，缺乏獨當一面的訓練。疫情發生，一刻不容的危機處理，那有還等行政長官向「行政會議」提出才敢下命令執行，這是基本法不放心行政長官獨攬全權的操控機制。碰上沒有危機意識和處理危機經驗的董建華，香港公務員的良好效率的形象，香港人說：「一舖輸清」。以後香港的管治出現不同的危機，董建華都無法獨斷獨行，行政會議是行政長官頭上的緊咒箍，此外，行政長官的產生辦法：「最終達致由一個有廣泛代表性的提名委員會按民主程序提名後普選產生的目標。」回歸後至目前仍原地踏步，所謂廣泛代表性的提名委員會，仍由北京操控，普選也是同一批提名代表決定。總共一千二百人，人稱當屆特首梁振英為六八九，就是他的票選數目。香港行政長官的代表性、認受性可想而知。權力要看它的來源，提名和有選舉權的成員的產生誰主宰呢？這還不清楚嗎？所以行政

長官從董到梁振英，又多一個更緊的金剛箍置在頭上。這是和港英時代的總督最重要的不同處，制度看似不變其實變了！誰敢不看背後「阿爺」的臉色？香港的繁榮與安定不再，董建華也就不得不落台。曾蔭權繼上，他是典型的事務官，以後更無作為，還用了個湯顯明的廉政署長，自己涉嫌帶頭貪污，香港唯一還讓市民信賴的衙門，竟又是如此窩囊。曾蔭權一派恭順的「馬仔」態度，他的競選標語：「我做好呢份工！」不就說明一切了嗎？看在港人的眼裏，都已眼火爆了！以後還換一個梁振英，事事聽命「中聯辦」（設在西環）；港人只可寄望自己選出的行政長官了！我花了這麼多筆墨，說明殖民地培養的基層公務員，以文官制度的保護，只要不犯錯就可以「金飯碗」到退休，拿到很高的退休金安渡餘年。不犯錯就是努力執行上司交下的任務，形成高效率的執政團隊。由於不想犯錯，缺少獨當一面的膽識，更沒有獨當一面的判斷能力；香港殖民地政府的教育，只訓練執行基本任務的基層公務員，回顧交接後港事，未嘗不和殖民地的愚民教育有關。今天香港的警政，只訓練執行任務，沒有是非判斷的能力，談不上社會公義的執法者。其始由殖民地政府的愚民，其後以制度望風承旨而變本加厲，才是未來香港多事之秋的遠憂！

回頭再說香港教育，許多因應香港成為國際城市；必然重視英文。張沛松以商人辦學，很懂經營術，從中一到會考，年級愈低招生愈多，用篩選的方法，像個金字塔的學生人數的結構，到了會考班的精英人數自然不多，因此參加會考的人數和會考合格的比例便相對高，這樣就有賣點了！憑他算無遺策的金頭腦，雖然開辦比新法英文中學較慢，但賺錢的速度比新法快。可惜張沛松活得不久，他的太太與英國來的視學官結婚了，以後香港地產直線上

升，辦學還不及地產賺的暴利收息多，張沛松搞盡腦汁建立的學校，其興也暴，其消也速。我在威靈頓教了一年，了解張的經營術，在香港當時還是人浮於事的社會，他對教師極盡剝削的能事。張的起家的現金不多，聽說當時也是捉襟見肘，但他懂得經營和濫收。太太識英文，為他跑教育署，因陋就簡，很快便度過難關，從小學而中學，其暴興當然與太太有關；其促銷也是太太。我曾想：我到加拿大或美國拿個學位和賺些本錢回來；張不識英文都可以辦一所英文中學，我應該還可以的。這當然是初生之犢不畏虎的想頭，但的確在當年存在過。

中文大學已開辦多年了。但香港還有許多超齡、還想入大專進修的人，只可在工餘之暇到夜間私立大專就讀。遠東文商學院這類夜間學院就應運而生。但這類夜校，學生的水準就很參差！主要還是業餘的進修人士，也就不能過於苛求了！但是我還很用心的授課。遠東學院的校長是黎嘉潮。人與人之間的緣分難捉摸，我在一九九零年被台灣的中華民國中央遴選委員會遴選為加拿大地區的立法委員，和香港一同當選立委就有黎嘉潮。不過，黎校長已是高齡了！我從公職退休回加拿大，黎校長不久便逝世。

也在一九六一這一年，那個鐵口直斷中國對日抗戰會勝利的譚能宜先生，自勝利後返回加拿大，而今又到香港來；並在香港申請他在鄉的太太來港團聚。我家的祖墳是由他勘定和建造的，下葬時也是他指定我看着曾祖靈罈落葬的。日本投降，太平洋的美軍解除封鎖，譚公真的說了勝利酒再回加拿大，重新在咸美頓市開設洗衣店。這次回來，已經又過了十五年了！祖墓在抗戰時期奠立，我還是小學生，到他再回來，他已鬚眉皆白，而大陸經歷十五年來的變遷，一個破家亡命的少年，已走過了童工學徒、傭僕生涯的坎坷之路，也算是大學畢業了！父親帶我去見

他。他真是「少小離鄉老大回，鄉音無改鬢毛催！」要不是父親帶我去見，「兒童相見不相識，笑問客從何處來！」真是鮮活的寫實。

譚公見到我，我感受到這個木訥的長者內心的喜悅。他的太太也很慈祥；在談話中，我才知道父親和譚公一直聯絡。譚公有子女各一人，女是長女，早已到了香港，也生下男女各一人，就是譚公的孫輩了。譚公的兒子還未能出來。六十年代的初期，有海外關係的人，每多是原罪的，放個老婦人出來，其他就不一定了！留兒子一家在鄉，總比較容易掌控，何況正在逃亡潮。

譚公的長女的一家也在場，看來和父親有通家之好；譚公約好他們來和我相見。父親對譚公是信賴的，也告訴他有意把我送到美、加兩地去升學。譚公欣然說：我以前不是告訴你：他（指着我）就是這個命，不要擔心，他一定成行。譚公這一說，大家都很開心，這畢竟是以後的事。「為歡幾何？」能憧憬是美好的。譚公在香港逗留不久，又留下妻女回加拿大去了！

無獨有偶，我的外祖父，在譚公離港不久，就正式從溫哥華退休，回到香港來。外祖父和四姑婆是親兄妹的，她想盡方法說服他，把錢存放在她的手上；他有沒有聽從她？也輪不到我說什麼，反正我並沒有再見她的念頭。她的鞋廠原是我少年記憶的煉獄！

四姑婆對外祖父的巴結，諂媚的醜態，和當年刻薄的對我；那真是有天壤之別。如果她還是像過去一樣看待我，總算刻薄到底，個性使然，比較容易接受。但要巴結外祖父，偏偏在他的面前對我，改變一副慈祥的面容；連鄉下話都無法改變的人，卻這樣擅於偽善，多麼可怕！誰說鄉下人一定老實？我後來到了加拿大，了解傳統華僑的狀況；外祖父根本沒有什麼積蓄，又是個老實人。四姑婆

翻騰年代的經歷

這麼狡猾，不難套出真相，但知道以後還去巴結，她的經濟狀況也就不言而喻了！刻薄之家，十年前的風光不再；以後何忍再言。這都是「大逃港」、我離港前所見到的。

外祖父也不敢回鄉，但最後外祖母還是批准出港。也被留下大舅母，僑眷總留一個！我是第一次見到外祖父的；不久，外祖母也從鄉下出來。週末我不上課，就到外祖父新置的居所去，有時還留下來晚飯、過夜。主要就是問起在鄉的母親和弟妹們的近況。外祖母說起二妹，我第一次聽到二妹偷渡又被捉回去坐牢；除了幼弟在家看牛和母親同住，其他的各自離家謀生。真是「有弟皆星散，無處問死生！」我們不是騰起的後代，是覆沒的一代，七黑類嘛！

我留港期間，當然也會到半島酒店去探望盧少荃世伯，並作故地重遊，我畢竟在那裏棲身過兩年。六十年代的初期，整體來說，香港還是個相當靜態的社會，但人口顯著增加了。半島酒店這種歷史、地標性的大企業，從外表到內部經營結構，甚至人事，和我離開後的四年，沒有什麼異樣。最重要的客房部；餐飲部的唐、西餐廳、酒吧，全數仍歸總管徐先生主理；連帶客房的人事管理、客房所有設施、每天牀單和相關的雜務和供應品的採購；唐、西餐厨、西餅部，所有對酒店的供應，也是全由徐先生一手包辦。不但如此，半島酒店的母公司是香港大酒店；這兩大酒店已執港九酒店業的牛耳。後來香港大酒店燬後沒有重建。酒店由英籍猶太裔的嘉道理家族擁有。由於半島酒店聲名卓著，當時的淺水灣酒店、大學堂的餐飲業，都由半島酒店承包；是不是也屬嘉道理家族經營，我就不清楚了。但我確知也由徐先生在半島酒店一手包辦下來。為什麼徐先生得嘉道理董事長如此厚愛和寵任之專？原來有一段歷史關聯的。

盧世伯後來做了我的岳丈，曾略及徐先生的往事，原來他們都是順德眾冲鄉同一村落的人，幼時也同一私塾就讀。年長的梁佳，其次就是徐先生，我的岳丈最年少；三人結拜為異性兄弟。梁家最富庶，徐家子弟需出外謀生，所以徐先生最先到了香港，入半島酒店任侍應生；盧世伯的文化程度比他們都高，在省政府任公務員，戰時一度担任財政部食糖公賣局粵中分局的局長。以後日軍侵佔廣州，因與順德比鄰，盧携眷避地香港；日軍於一九四一年十二月十二攻陷香港，半島酒店升起了日本國旗，成為日軍臨時總部，同月二十五日，港督楊慕琦在半島酒店 336 室與日軍簽署投降書。後來日本派遣香港總督磯谷廉介來港，在未搬入總督府前的兩個月，半島酒店成為督轅、官邸所在；拘留過港督及英籍高官、大企業家如匯豐銀行大班、半島董事長嘉道理等；所以半島酒店也曾為初期日治時代發號施令所在地、統治香港的樞紐。也成為見證香港苦難、轉型、繁榮、與港人歷盡滄桑的香港歷史建築物。徐先生就在囚禁嘉道理時每天帶食物去探望他的人。種下香港光復，產權交還原主（1946）嘉道理董事長（香港人稱「大班」）以後，他珍念落難的三年零八個月，徐先生送餐的情誼，曾許諾出頭之日，就是共富貴之時。

　　日本投降，徐先生已知道他的騰飛年代即將來臨；嘉道理也通知他準備。徐先生的兩位結拜兄弟，在戰後社會動盪之際，得到通知出港的詳情。梁以戰後家道中落，完全沒有考慮，聽信誼弟的安排到半島酒房任職。盧世伯當時已轉入美援善後救濟粵分局任職，接得誼兄的懇請，許委以重職高薪；他亦想到弟妹都已成人，故舊需要他安置的也不少，於是辭了現職，帶同他們到半島酒店交徐先生分配工作。不久內戰開始，很快改朝換代；湧入香港的南來難民，一下子將勞工缺少的現象倒轉來，成為人滿

之患、人浮於事的社會；能到半島酒店工作，編入公司體制的員工，在香港還沒有經濟起飛之前，確是令人羨慕的職場，那怕是侍應生或管房工！也就這樣的環境中耽身下來。徐先生是華人總管，那個員工編入公司體制，屬於他的權力，薪資與退休金全由公司負責。徐另組自己體制，包攬一切公司供應、承辦一切業務。他直接向大班負責，事權專一；對公司來說，有個可信任的承包商，不須以公司的水準支出，樂得省錢省力。酒店業收的是現金，支出的是商定的期票。誰不想徐大總管向自己的產品採購？這一項特權的差額就難估計了！他建立私人承包的體系，所請的員工，當然難與半島相提並論。在大班看來，別的不說，省了一項退休金就是個天文數字！我在一九五五下半年間才入半島酒店服務。職位卑微，當然不會入公司體制；我是員工的服務人，我的薪資，沒有人比我更少，是可以斷言的。我在青少年的經歷，到我從派駐香港的公職退下來，入多倫多「正覺寺」短期出家，跟隨靜心、永惺、覺光三個大法師和尚沿門托砵化緣。悟德師傅說：佛門的托砵，在破除我們的驕傲心，和一切眾生的卑微生命是平等的。這四個大師父我不知靜心法師雲路去處，其他三個已歸極樂；和我剃髮的永惺師尊亦於去年百齡圓寂。我青少年時代的卑微，托砵只是喚回初心吧！因到加拿大後，順境多於逆境，或有驕氣而不自知。這八個晝夜的小沙彌，過午不食，四時微茫便起身做早課、拜佛唸經，在禪修中更愚魯亦有所悟。既是佛弟子，我是相信因果的。我們不是完人，難戒絕貪、嗔、癡，但積漸的精進，不要為惡倒退；種得善因，善果可期。我們看到不同形狀、感性不同種類的眾生相；當會想到：「人身難得今已得，佛法難聞今已聞，此身不向今生渡，更待何生渡此身。」

到我夫婦申請岳父全家到加拿大來，我才知徐大總

管沒有把盧丈列入公司體制，還以為徐對誼弟的體恤和重諾，二十年來為他主理全酒店員工伙食的辛勞；想當然不會少於公司體制的退休金。徐先生當年「富可敵國」的時候，李嘉誠還在跑街賣塑膠用具。當徐先生請員工帶上退休金的支票，交到盧丈時，許多老朋友都圍上來看：究竟有多大；盧丈一生慈祥豁達，不以為忤，當眾揭曉。只得港幣二千元，僅夠當年他一家六口在半島餐廳吃一頓飯！就白白賣了人生的黃金歲月！盧丈為近千員工的伙食做賬，沒有週休，算個二十年整數，每年三百六十五日算，歷七千三百日；只得二千港元退休金！時人說徐大總管是全港每日現金收入最多的人。我向盧丈人說：你也不差這二千元吧！退回怕人說嫌少！撕了不就大家好過嗎？盧丈說：他以前不是這樣的。上一代人的怨道好或壞不說，但包容少有當代人能及。後來我記起梁佳這位長者，七十歲還要他光着上身挑酒水入庫房；半禿頭顱，冒着的汗珠教人憐憫；是我所親眼見的。徐大總管能視若無睹，狠忍到這個程度，也不是「為富不仁」所能盡說。到盧丈退休來加拿大，從他所口述中，半島入公司的員工，沒有一個不是到公司規定退休的年齡才離開。英國大企業對員工的保護，多少都有點為英帝國顏面的光彩着想，完全和徐總管照顧員工沒有任何關係。

　　我在香港失學，在張保仔避地的長洲賣過三個月涼茶，賺兩餐溫飽；然後到七姊妹的皮鞋工廠、上環後巷當學徒，每天工作十一小時賺兩餐另港幣八元、月休一日；以後還到野狗擋路的柴灣，賺兩餐當免費勞工。晚上趕上學，那有時間認識朋友？環境困人而孤陋寡聞；我根本不知道半島酒店是全球十大酒店之一，和它在香港的歷史地位。每天穿着工友的制服，服務的對象是酒店員工，管理是員工的天台上的宿舍，上落乘着工人電梯，和酒店

的客人隔絕。大概是我在酒店工作的第一年，半島酒店轟動一時的跳樓人，在左翼的天台，跨過圍牆，墜落地面的人行道，以致肝腦塗地！這個人能熟悉工人電梯，才可以到酒店的天台去，還要爬到靠近圍牆，牆高及肩，手力好的，身體跳上用手攀住圍牆，只要上身上得去，就可以向牆外移動身體，便能直墜而下。那個跳樓人的慘狀，我是目睹的。而天台部分範圍，還是我管理的。而這個事故，是酒店起建後的第一次，沒有人會想到香港當時最豪華的酒店，還可以跳樓的。我們這些管理天台員工宿舍的人，被告知：以後不是酒店的員工，要注意，必要時盤問他找誰；說不出就要他離開，並通知酒店護衛。

這慘劇發生不久，我發現有一位陌生婦女到天台來，我盯她的動向，她竟越向天台的圍牆去，我當機立斷的追上去，她猛一回頭，驚恐的看到我，就奔到圍牆，幸虧她有點胖，不算高大的少婦體型，還未攀上我已經擋在她的面前，只直覺她已在生死邊緣驚恐過！我總不能和她僵對着。我冒失的說：前兩週那個人跳下去，連腦漿都爆出來，樣子很恐怖。如果她想到會這樣，她不會跳。她可像聽進了，默然沉思着。我又說：我們將自己毀了！我們的父母和家人都很難過；其實什麼困難，並不會一定不能解決的。現在大家都上班去了！你的家人也等着妳回去。趕快離開，有人看見，我會帶你到電梯去，人多了，我就不放妳了！她真的從原路走了。想不到不久，工專夜校兼任的英文老師黎家駒，日間到新界巡視（日間任職教育局督學），吃了不潔的食物。勉強上完課便上吐下瀉，因為我們同名，平時也比較接近，他拉着我，要我打電話告訴他的女友；她的女友是依利莎白醫院的在職護士，請我招的士送他到急診室，她在那裏等候。我送黎老師去了；由她安排，我要趕回酒店。真是天緣巧合，出到醫院門前，迎

面來了一對有說有笑的年青夫婦，婦人還用傳統綁帶背着小孩，我見她到半島天台還不到一週，印象深刻，不可能錯認。我即晚寫信告訴父親：分享我送黎老師，說及重見那位女士一家和樂的過程。父親很高興寫信告訴我，後漢書「東平王為善最樂」的意義。這都是我在半島任職時親見的人與事。

以後到台求學四年，又到了加拿大。一九七二年我首次個人回香港；七三年幼兒已三歲，我夫婦回香港，這還是內人第一次回去。徐先生已在太平山頂建立「爐峰大酒樓」，這是他人生另一個高峰。從半島酒店大班嘉道理一九四六年收回產權起，徐先生平步青雲，真的和嘉道理共享富貴，已超過四分之一世紀了！他在爐峰設宴，請我夫婦、盧丈、馮姻兄夫婦作陪，由徐太太代表到會主持飯局。內人對徐氏夫婦的勢利眼，從來就沒有好感，徐太太夾上的山珍海饌，她全視而不吃，大家談笑裝蒜。這一頓飯是我有生以來到「爐峰大酒樓」的那一次，是最名貴的，但是最難啃得下；不是看在盧丈的面子，真不願見到他們。然而，到香港經濟起飛，香港的股市興起，徐的第二兒子投入證券市場，獨資經營證券公司，大市興旺時，二世祖的豪爽作風初現。到股市反轉，又不知節流，還像牛市的蠻牛亂衝。當時半島酒店大班嘉道理已退休回英國去了，將二班提上來；徐先生有過去的大班撐腰，對二班並不賣賬。如今二班當上大班，徐先生的底細被摸得一清二楚。上任之日當然就是削權之時，徐大總管在一夕之間，失去香港大酒店公司集團一切職權。然徐先生已有三十多年的積聚，如果稍懂得一點投資常識，以現金之多，不難成為港中有數的大富豪。就算一竅不通，安份隨便買幾幢大廈，也足夠幾代吃不完。可惜他夫婦的勢利，身邊竟沒一個朋友，連兒時結拜兄弟都可以奴僕視之，他

還會真心去結交新朋友嗎？他又忙着賺錢，有三男四女，寵而不教，又以面子關係，不願和做股票的兒子切割，或讓他破產。就這樣三幾年間，三十多年的積聚付之流水。真如孔尚任的《桃花扇》說：「眼看他起高樓，眼看他宴賓客，眼看他樓塌了。」我這個香港出身的學徒，怎樣想也想不到走入最豪華、具歷史性的半島酒店任職和住宿；雖然職位最低、住宿最高的天台牀位。但有了這個淵源，我在重回舊地時，由當日的長輩帶領我，看到港督簽降的房間、英高官、大班的拘留室、日本港督的臨時辦公室……。讓我見證部分香港的重要史蹟；體現佛門因果的存在。而這些，在以後翻騰的年代裏，斷斷續續的出現。

中華民國在六十年代，還是聯合國的常任理事國；中加外交穩定。國府派到香港的外交部代表羅明元先生，和父親是認識的。父親從一九五零年初就到香港去，經過十年的努力，收入也從暫准的乙級教師變成合格教師；也取得國府的信任，擔任衛生署派駐香港檢核中醫師資格的主任。國府一向承認經考試部考試合格的中醫公開執業。香港也因襲中醫傳統，不禁止中醫師執業、連成藥都沒有管制的。國府遷台以後，不能在大陸定期為中醫師檢定考試，香港中醫師入台報考也不容易，國府為爭取港澳同胞的支持，譽之為政治的金門、馬祖。港澳中醫師人數眾多，要爭取他們，衛生署任命有考試院考試部合格、經銓敘部註冊有案，又經檢定有中醫師執業資格人員，負責在港、澳全權核定當地中醫師資格，經其推薦，便能領到考試部檢定合格執業的執照。這是權宜之計，但這種由考試部發給的合格執業證書，不能入台執業，以保障台灣正式經考試的執業中醫。當時在香港中醫界名宿有丁濟萬、陳存仁，都是行憲時被中醫界選出的「國大代表」；但他們的醫務已較忙，並不想為國府做這種義務。當時在台的立

法委員覃勤，素知父親在中醫界的聲望，極力向當時署長許子秋推薦。父親於是受任成為駐港審核主任，是個關鍵人物。他一直擔任這榮譽職銜，至一九六九年我接他到加拿大退休才卸任。他在香港中醫師公會理事長期間，發起「贈醫施藥」的義舉，香港中醫界還保留着。也就因為父親算是親國府的右派人物，和駐港的外交部代表羅明元先生時有過從。

　　一九六二年五月的大逃亡潮，我差不多在週末不須上課的時間到新界上水去「接親人」，希望能接到二妹，但都失望而歸。不久便是暑假，我整年的教學課程結束。我要辦理到美、加升學的手續，所教的學校都希望我推薦接替的人選，我便介紹好友陸永權去。但遠東文商學院講的是經濟學，不是陸兄的本科，黎院長又重新自兼了。

吳陳比武、
東京所見、留學所歷

「台大人」出國深造的很多，美國是首選。同班到美國的次第傳來，我也沒有一定要到加拿大去的打算。總之以走出路為考慮。因此，也就向美國駐港的領事館申請簽證，按時去面見了。誰知剛出了領事館的門口，就碰上一個講我開平鄉下話的中年人，上前向我詢問申請留美的手續；我一聽就知道是我的同鄉，便熱心告訴他。後來他又向我訴苦，明他的家境並不是富有，不知能否供兒子讀完學位。我毫無保留告訴他：我說自己都是見步行步，誰能保證一定得到接濟，大不了可半工半讀靠自己；我還好心的安慰他。回家父親問起在領事館問話的情形。起初他沒有什麼反應；但後來我說起遇上同鄉的事，他的臉色就變了：「美國這條路你去不成了！」我錯愕的問什麼理由。他說：「你申請的資料美領館全都有了，連個人照片和申報的內容，領事館的線人很容易就盯着你；批不批准？第一怕你經濟環境不好，到美國靠半工讀，第二怕你是共產黨潛伏。算了，準備到加拿大去吧！」果然不出他所料，一週後收到美國領事館的回覆：「你不符合到美國留學」。就這樣簡單，連理由也不告訴申請者。我第一次初嚐美國霸權的滋味。

中共建政後，民主國家搶先承認就是英國。但英國在香港防範中共甚嚴，還利用台灣國民黨在港的人事勢力，來平衡左右的均勢。優者扼之；弱者扶之。這是老帝國統治殖民地的擅長手法，經百年的積聚，運用到爐火純青的地步了。因此，國民黨遷到台灣後，在英國不承認下，但為了在香港的統治利益，對國民黨地下活動，常採裝聾作啞的放任，有時還暗自拉一把。當然不是有愛於右派，而是抑壓左派的氣燄。我們回眸親歷的一九五六年的「右派暴動」，和以後一九六六年以後，中共對香港「文革」的輸出。港英政府平衡左右的操控，真可謂神而明之。父親

帶我見過國民黨派駐香港特派員朱瑞元，他領導的地下國民黨總支部，總支部轄下的八個支部，而八個支部以下的分部，實際職掌「僑運」、「社運」、「工運」、「學運」；例如香港左派暴動，領導就是「工委會」；國民黨就是「工運分部」對抗。左右針對性很強，蔣、毛並世前真的是漢賊不兩立。至於誰是漢、誰是賊？就像目前兩岸熱門話題的「九二共識」的各自表述了！當年中國駐香港之國民黨的編制，就等於台灣地方的省黨部，直接受國民黨中央海外工作會（簡稱海工會，前身為中央黨部第三組）領導，和現在無法相比的。第三組主任由僑委會委員長鄭彥棻兼任，是「海工會」的全盛時期。我在台灣讀書的年代，「海工會」原有的辦公室，趕不上編制的擴大，只可連辦公室的空地都用上，因陋就簡，蓋上擋太陽擋雨的棚面。以後隨着編制的擴大，僑生輔導室和空中僑校，都要脫幅另闢地方辦公，是今日「海外部」前身的全盛期，和現在隸屬「組發會」一個小編制，不可同日而語。這個過程，我在台四年都親見到了。中國國民黨以創建海外，造福中華，是東亞第一個民主政黨，曾締造中華民國，掃平軍閥，領導抗戰成功的顯赫政黨，深得海外華裔的愛戴，而今日的「海外部」竟萎靡成為附庸，亦教海外同志唏噓。這些年代的變化，我也算恭逢其衰了。

我在香港申請到美國升學，被美駐港的使領館的線人所誤，去不成了。當時「中華旅行社」已在香港比照「華僑旅運社」成立，算是國府外交部派駐香港的主管；當時由羅明元先生領導。父親要我帶著他的名片去見他。羅先生是個溫文的長者，有外交家的風範，他很熱心地垂詢我相關升學的問題，知道我所知的不多，向我不厭求詳的解說。他是第一個幫助我的外交官員。由於他的熱心，為我安排去見加拿大駐港專員，可知他和專員有着私交的情

誼，決非外交圈子的公務關係而已。因為在我到專員公署問話的會面，加拿大專員關心我到加拿大的生活，比對申請事項的發問還要多。他問我對多倫多知道多少？我據實說完全不知道。他告訴我飛到加拿大的首站是溫哥華，我會原機飛多倫多，是我入境的抵達地。他還告訴我，他有一位在多倫多的好朋友叫做咸馬士（T. Thomas）先生，你有困難，帶我名片去見他，他就會幫助你。加拿大專員對留學生和美國總領事館的問話人的態度差別真大。也許是個別的不同吧！即使如此，加拿大專員給我的印象太好了。我終身感激他的恩情。我篤定能到加拿大升學了。

沒有羅明元先生，我不可能認識駐港專員。由於加拿大是英邦聯關係，派駐的代表不稱大使或總領事，稱做專員（commissioner），駐館稱專員公署，如果我不是羅先生介紹的，是一般簽證的申請者，還未必由專員親自接見的。雖然在那個年代，到加拿大留學的申請，是比較容易得到簽證的。但不能不算是人的機緣，才一點阻礙都沒有遇上；譚能宜的神準，確有點不可思議。不管什麼原因，但確是應驗了。

羅明元先生幫助我順利到加拿大留學，說來是我能在加拿大安身立命和以後發展的第一位貴人，他儒雅的身影和關懷的恩情，令我終身感激。他是一位資深的外交人員，中華旅行社在他的領導下，穩健而長足的發展。我一直關心他的行止，後來我在加拿大的發展，也間接得他的助力，就是他讓我認識加拿大駐港專員（他的好友），由他的推薦，使我在最需要幫助時，能順利在加拿大找到最好的工作，使我能立穩根基。也忘記在那一年，我突然在報紙上讀到羅明元大使在外交的成就。其中也有介紹他的四位公子，都是美國學術界的精英人物，真可謂積善之家的餘慶。到我後來回國擔任立法委

員時，在全球僑務會議代表席上，得以重遇，他應該已八十開外了，但仍精神鑠爍，備道我的仰慕和對他的感激。誰會知道三年以後，我會派駐香港，擔任「華僑旅運社」的總經理兼董事長。是台灣駐港兩大機構。其規模與主管事項，將獨闢一章陳述。

那離港的一年，我和女朋友（以後的內子）才公開的交往。她喜歡音樂、歌唱。適美國當時最紅的歌星 Diana Ross 來香港演唱，地點在香港政府大球場。我教私校的收入不多，為了購買兩張入場券，我把父親送我到台大時的手錶典當了。這是我第一個擁有的手錶，帶了很多年，牌子還記得是 Condacts；很準確，但只能當港幣十元；這是我第一次和最後一次上當舖。因為沒有了手錶，早上只可問父親時刻，他也告訴我。到我下課回家，大廳牆壁貼上了那張當票和十元港幣。我也不須解釋，他也不須問，大家心照不宣，我把它贖回了。這一年還有一個小劫，我喜歡足球，但少青年失學，沒有受過什麼訓練，但在鄉下讀書的學校，只有籃球場，我的個子小，這個唯一的運動，就得靠射籃準繩和動作敏捷。因此，有機會到足球場，我只能做守門員。我住的地方，座落灣仔交加街三十二號。穿過街市，就是修頓球場，那裏還有個小型足球場，來練習的人，很多互不認識的，我得到機會佔據守門員的位置，除下手錶，就在門前左撲右接，但有一個射門的角度很刁鑽，我用一手拍出，一手落地支持身體。小型足球場當時還是水泥地，手掌落在堅硬的水泥地上，手腕一陣劇痛，很艱難才爬起來，也就不能再玩下去，想找回門柱後的手錶，不知什麼時候不見了！這手錶還是贖回來不久；真算「禍」不單行！那已是傍晚時份。

我的手腕顯然受傷，而且愈夜愈痛；無法入睡；痛得汗都出來了。家裏也沒有止痛藥，徹夜徹骨的痛，第一

次數嚐試到「痛入骨髓」的體驗。當時白鶴派掌門人吳肇鍾師傅還健在。他曾是「香港中醫師公會」的理事長，該會是香港所有中醫師公會最早成立的一個，創會是孫中山最早的結盟者，人稱「四大寇」的、尤烈先烈。吳肇鍾允稱國術大家，轟動港澳唯一的一場，在澳門正式擂台比武：<陳克夫對吳公儀>。陳克夫就是吳師傅的徒弟。吳師傅不但是武術一代宗師、內外科跌打刀傷大國手；是白鶴派的掌門人。他的詩文、法書的著作亦多，個性溫文儒雅。我存有他的《白鶴草堂詩集》、《白鶴草堂法帖》等多種。堪稱文武卓絕的奇人，沒有人看過他出一拳、揮一劍，但他的確是武林高手。香港著名白鶴派拳師的三夫：鄺本夫、陸智夫、陳克夫等就是他的門徒；是白鶴派的第二代；還有劍術家李劍琴也是。他教出的徒弟都如此了得，雖然除了受業的徒弟，沒人見過他揮過拳、舞過劍，真是「大隱隱於市」的高人。他在「香港中醫師公會」的理事長滿任，就交棒給我父親。因此我認識他，而且也見過陳克夫。

那天早晨，我經一夜徹骨之痛，很早就到他的醫館去等他開門。他摸幾下我的痛處說：腕骨裂了！就吩咐助手配好敷藥，我本來痛得連話都不想說，但經他的助手和我包紮好，竟霍然痛止；這種神奇，的確令我無法相信。大概吳師傅看到我的怪異表情，就說：「這還不算神奇，如果你不去加拿大，我收你做關門弟子，傳我的醫術；我有一些秘方，砍到見骨，不但能止血、療傷，還可以美容，癒後見不到疤痕。」這幾句話，我到執筆時還音容宛在的記着他。我以後只記得再去過一次，他就告訴我以後就不必為此再來了！多紮一天便完全康復。我的兩隻手腕，到今天沒有任何異樣，根本也忘記那一邊腕骨破裂過。我離港前還是到吳師傅醫館辭行。我們都有

點依依之感，上述的那兩本書，就是他臨別時送給我的；我沒有忘記問起當年轟動港澳的「大事」：吳公儀和陳克夫擂台比武。

陳克夫和吳公儀的比武，在一九五四年一月十七日在澳門如期舉行。那個年代，大陸易手，南下難民踴來，約一年之後，當局落閘，「河水不犯井水」。港澳又恢復平靜，算相當靜態的社會。市民為兩餐一宿，除了南來不多的各省大亨、港澳亦有限的世家，大多數是辛勤的下層的普羅大眾，中產階級還未成形。連賣座電影年中也沒有幾齣，無可奈何的生活，港澳像兩潭死水！市民開始沉埋在虛擬幻想的武俠小說中，逃避不死不活中消磨人生，或刺激一下長期麻木的神經系統。突然傳說久負盛名的當代武林宗師，簽了生死狀要決鬥，將在澳門搭擂台舉行。消息一經報章刊出，立即掀起港澳兩潭死水似的社會波瀾。是不是報紙記者的吹噓？誰也說不準，誰看過生死狀？ 但轟動一時是絕對的。在「日出而作，日入而息」，近於先民的原始社會，這樣的「大事」在這樣的社會激起的漪漣，豈不轟動；我還直接向吳師傅問起這事。記得對他這樣說：「吳公儀年紀、輩分和你差不多，而且還是同宗；但和陳克夫就差遠了！你有沒有勸阻過他呢？」吳師傅不假思索的告訴我：「我當然和他說過：論年齡輩份，陳克夫是個晚輩，何必聽他人挑撥呢？你即使贏了也是輸。」吳公儀當年是吳家太極的掌門人，門徒眾多，和吳肇鍾同是武林的尊長。吳肇鍾的勸告沒有被接受，什麼原因，局外人無法知道。吳公儀早歸道山，陳克夫於二零一三年才辭世，已是九十六耆齡人瑞了！因成名早，北美、澳洲都有分館，弟子至今已有七代了！

吳公儀乃吳家太極拳宗師吳鑑泉長子，為吳氏太極拳代表人物之一。1919 年，吳年方二十已出任山東省長

屈映光的武術總教練;後來曾受黃埔軍校請出任學生部及
高級班太極拳教官,又當中山大學體育系講師,許多名流
都跟其習太極拳。吳創辦吳鑑泉太極拳社,自任社長,至
一九六八年逝世。長子大揆、次大齊。拳社現由吳光宇繼
任。光宇先生一度到多倫多設館;租了「文復會」(「中華
文化海外復興會」的簡稱)的後座,也是我促成的,我是
該會的創辦人。吳、陳兩公先後作古,他們的後輩我都及
見。吳肇鍾師傅 一位徒弟陸鏡榮到多倫多定居,和我也
有交往。

說起這場比武,電視後來常播放,第一回合在畫面看
到,陳克夫主動出擊,吳公儀較被動;但太極拳每以柔制
剛,外行人很難作斷誰弱誰強。第二回合開始不久,陳還
主動出擊,吳使用「攬雀尾」,忽然四指彈開,拂正陳克
夫的鼻子,鼻血就流出來;吳的嘴角亦有微血。大概雙方
都動了真火,約定不准起腳都起了;擔任現場裁判的何賢
(第一屆澳門行政長官何厚鏵之父),立即以雙方犯規,宣
佈中止比賽;並以:不勝不負不和作結束。這場比武,以
籌款協助香港石硤尾火災重建為名;因哄動一時,一票難
求,籌得善款二十七萬。當時是個大數目,估算每個單位
建築費成本僅數千元而已;吳、陳造福災民亦大矣!

吳肇鍾師傅大概在香港左派暴動時去世,因為父親
是在暴動不久後,到加拿大定居,我追悼吳師傅的詩他
讀過:「曾記青鐙敷藥時,驚聞道統失宗師。一身已盡興
亡責,雙手兼存文武資。湖海英雄相墮淚,儒林異代必真
知。草堂愧未酬杯酒,萬里長懷白鶴詩。」一代文武兼資
的奇人異士,我未能「立雪程門」,當屬人生一憾。會不
會因我在他晚年未列門牆,竟使他的止血療傷和美容三合
一的秘方失傳呢?思及於此,何能釋懷!時父親已退休來
加就養,讀了這追悼詩慨然嘆曰:如吳師傅在天有靈,讀

了這首詩，信會微笑，不負青睞於你，最後兩句尤情真意切，詩味盎然自出云。

　　父親本來已是台灣衛生署派駐港澳的中醫主任，凡是「香港中醫師公會」，以後又有「九龍中醫師公會」和「港九中醫師公會」的畢業生，經過一個時期的執業，並由會方和會立的中醫學院推薦，統經父親的初審，便可呈請衛生署轉報考試院考選部，就能領到國府考選部發給「檢驗合格中醫師證書」。當時是港九中醫師全盛時期，幾至全部都是親台灣的，和考選部發給檢驗合格中醫師的證書很有關係。父親領導中醫界能大公無私，又對入行執業的嚴格審查，產生了公信力，連港九的病患，都視這張檢驗合格的中醫師證書，為信賴的保證。中醫界耆碩的推崇口碑，也是一個原因。我對香港著名的中醫長輩，幾乎沒有一個不認識的。如丁濟萬、吳肇鍾、陳存仁、伍卓琪、譚寶鈞、方佗、譚述渠、陳建邦、蘇健康、江一葦、吳英鑑、陳養吾、關德興、陸易公、丁景源、吳奕本等諸公長者，今日尚存者只有蘇健康先生，是個百齡人瑞，亦已入住老人院了！以後認識的蔡尚斌，已是譚寶鈞、伍卓琪的學生了。這些中醫長輩們，都是五十年代至八、九十年代望重一時的中醫名家，對港人保健、治療，貢獻至大！移民到多倫多來的，同具港九中醫師執照的有：巢金超、雷家祥、羅威強、盧炳恆、盧鼎儒、黃達炎、王浩然諸君；把中華傳統醫藥傳播異國，使華裔公民多一項醫藥選擇。

　　父親接掌「香港中醫師公會」，除原有會立的中醫學院，後來進一步設立研究院。並發動會員捐款，對貧苦者贈醫施藥。這個傳統成了風氣，是是始自父親的，到今天仍在香港實施，真有「四為」中的「為生民立命」的狹義銓釋。父親退休後到加拿大就養，才辭去衛生署港澳主任。先後由許金真、吳英鑑繼任，但似大將一去、大樹飄

零之感。引來中醫界頗多異議，風評亦差，我派駐港澳時知之甚詳，於後補述。

我定於一九六二年九月二日飛往加拿大，香港當時還沒有直飛，要經日本東京加油，再飛溫哥華而多倫多的。誰知八月底溫黛颱風直撲香港，據報導：是香港有史以來最大的十號風球。所有班機停航，機場封閉，我也無可奈何的在聽新聞廣播。九月一日的下午，竟然風勢減弱，到晚上全部遠離。九月二日全部航線恢復，我得依時上機。當年遠洋航空機票很貴，父親只給我單程機票和半個學期的學雜費和不多的膳費，我就這樣成行了。

一九六二年的香港（啟德）機場，和現在的「赤臘角」機場，無論在觀瞻、面積和設施上都差遠了！但還是第一次來香港機場的我，一切都是新鮮事物。來送我遠行的人，只有我的父親和女友的一家，他們又有誰坐過飛機？我就在他們揮手中告別香港，我的第二故鄉。

飛機要越過太平洋，不是當年的續航力可勝任的，何況要到加拿大的東部多倫多去。從香港出發，要先飛日本的東京；在東京加油，才越洋到加拿大西部海岸的溫哥華，然後再加油東飛多倫多。飛東京途中，我認識同機的江紹經先生。到我講述這經歷時，已超過半個世紀，正在英女皇登基六十週年時，我參加慶祝他的授勳盛宴，江先生對華人社會服務是實至名歸的。他有一位弟弟江紹綸教授，寫了一本書，首頁的題：《獻給家兄江紹經》，具見昆仲情深。

如果翻開當年的歷史冊頁，一九六二年的九月二日，正是日本舉國大遊行示威：要求美國歸還琉球群島的首次示威暴動。整個東京癱瘓，機場封閉。航空公司只可安排乘客入住酒店，並警告在這戒嚴期間，不要到市中心區亂闖亂逛。我又恭逢此劫，只可在酒店附近散步，或留在房

間看示威新聞。

　　我還是第一次看到群體的日本人遊行示威，狠惡的性格的嘴臉暴露無遺，侵畧者的真面目竟如此可怕，如果他們手有一把刀或上了刺刀的槍，配合他們全紥着白頭巾中間染血的紅膏藥，不就是曾橫行中國、隨便刺殺中國人的日本兵！我憤怒地注視螢光幕上日本人的兇暴；實在看不下去，關了掣。到附近街道無目的逛着，這是遠離市中心的地區，附近也有公園。街道和公園附近，新興很多銅像，還在旁晚的時分，銅像的座基所刻的碑文，有許多還是二戰著名的戰犯，有一位特別宏偉的雕塑銅像，一位像戰神騎着躍起奔馬，揮動手中的指揮劍，他的神武吸引我走到碑前閱讀，原來是日俄戰爭，在中國的土地爭霸、擊敗俄軍的乃木希典大將，從此將中國東北劃入日本的勢力範圍，不許俄人染指。散步還不到一小時，我已見到好幾個銅像，大多帶着佩劍，佩槍的軍人。真令人觸目驚心。日本人這一次示威，是要求美國歸還琉球群島而起的。琉球曾在明代一度受中國直接管治，後來成為藩屬；清依舊受清廷冊封為藩屬，日本自明治維新後，積極準備侵畧中國，先侵畧琉球。琉球王到清廷哭訴，清無力抵抗，請出美國總統（Grant）做調人。這應是美國第一次涉足太平洋國際事務，共同簽署協議，將琉球劃分三部管治，北部歸中國；中部仍交琉球王；南部劃歸日本。日本初佔琉球之始。由於清朝的無能，琉球終被日本全佔了！美國亦不盡主持簽署國的道義，沒有出面阻止日本。但由於有這一段淵源，二戰日本戰敗，中國沒有積極爭取琉球歸還，由聯合國委任美國託管，這是日本向美示威歸還的歷史根由。

　　一九四五年二戰日本戰敗，到一九六二年只有十七年，主要交戰的德國和中國正在分裂和貧窮亂中，而日本

已經經崛起了，還明目張膽索還侵人之土，戰敗之國的日本又何嘗戰敗；戰勝之國又何嘗戰勝。勝衰而敗起，還有天理嗎？我默然站在這些戰犯的銅像之前，寫下這樣的幾句：「橫刀躍馬數銅碑，未息戰魂欲付屍，誰證百年無捲土，血腥隱約太陽旗。」走筆至此，時為香港「佔領中環」第四十日，距日本戰敗已六十九年，中日對釣魚列島之爭已白熱化，日本已全面毀「非戰憲法」，又明目張膽發展正規軍而不再是本土自衛隊了！日本前海軍將領公開估算日海軍數量雖較小，而壯大的實質上可戰勝中國云。當年說日本百年將捲土重來，現在正是甲午年，一百二十年前中國北洋海軍全數覆沒，今日又聽到日本海軍經二戰六十九年已能有可勝之道；恐怕不必到百年，中日又難免生死一戰，中國有這個惡鄰，還要兄弟鬩牆，不禦其侮！可痛乎！

美國不履行簽約國應盡的道義，讓日本吞併了琉球。一個霸權且首富之國，二戰後受聯合國託管琉球，日本為其手下敗將，立心不良，要交還琉球，美國既沒有徵詢當時還屬聯合國常任安全理事的中華民國的意見，也沒有得到託管者的聯合國的同意，竟然在日本政府煽動暴民的暴動、遊行示威後不久，便毫無條件交還日本統治，還拖下一句：釣魚列島主權未定論，又啟中、日以後釣魚台列島之爭。中日成仇至今未息之禍，完全出於圍堵中國的惡意而起，美國還能說她是維持國際公義、做維持國際秩序的警察嗎？日本曾統治過台灣五十年，統治琉球更久，對釣魚台列島的歸屬還不清楚嗎？日本因勢利導，利用美國不懷好意的種禍，誰說只是巧合而不是共犯合謀？不幸當年此日此地，我被迫留在東京，身歷日本為重佔琉球而暴動示威的歷史證人，使我對日本侵署成性的野心，認識得更深刻。當年日本還沒有官員敢參拜「靖國神社」（供奉很

多侵署中國的戰犯神位），我當年不還知道這個祀祠，與中華民國的「忠烈詞」同樣性質。其後日本經濟崛起，官員肆無忌憚的去參拜。我有一年特別為此到日本東京去，下榻在「神社」附近，早上步行去，闖入神社，侍奉員要我戴上白手套，我站在眾多神位之前，指着前面的戰犯大罵，什麼污言穢語都用上了；有些我記得的名字都要他們聽着。由於大清早，我是第一個站在那裏罵，那個侍奉員因聽不懂，後來我愈罵愈激越，走來問我為什麼？我又笑臉用英文告訴他：我是讚揚他們，他有點懷疑，但不再問，站回他的原地。因為我還罵得不夠，要從明朝「倭寇之亂」罵起的。我稍降低激越的聲音，但更咬牙切齒的罵。這事我曾在星島日報《遠觀樓札記》寫過，是我一生最痛快的罵賊紀錄！說我阿Q也好，但這口烏氣不吐不快的。我一生不用日本貨。除了那一次罵賊之行，到現在還自我禁足的：就是不去日本。

一九六二年的九月三日，日本暴民發動示威遊行的翌晨，「加航」通知我們：機場重新開放，一輛大巴士已在酒店門口等候。我就這樣踏上到加拿大的旅程。當時的飛行速度沒有今天的快；到溫哥華已是深夜，飛機加油後重新起飛。到達多倫多機場已是四日的早晨，經通關後我正式踏上加拿大的國土；十年以後才第一次回到香港、台灣，以後也不論旅遊或回港、在台擔任中華民國的公職，但我家仍以加拿大為基地，假期必然回家。從升學到加拿大來，以加拿大為家（1062），至今已五十七年了，還在貫徹我當初站在多倫多機場的土地上發願：我要留在這塊土地發展。回眸走過的從前，來時二十七歲，到本書出版，已是八十四高齡了。

有過困境的人，會比常人多一些憂患意識，及早籌算好應有的準備，不致遇上時張惶失措。在他人看來，可像

總是福星高照，至少也是個運氣還不錯的人；很難想像他有什麼焦慮。其實並不盡然，因為許多勢所必至的困境，都是他籌算中已逐一在未發生前解決了！如果他連勢所必至的困難，都還存着僥倖的心理，或坐以待斃的心態沒有兩樣，也許他真能僥倖獲意料的援手，得以過渡這個劫波，不致滅頂，但總是狼狽不堪的遇溺獲救似的；何如自己能操控不致發生呢！當然，個人亦不一定所有困難都能解決的，問題是這勢所必至的困難，你有沒有這個憂患的意識，思量怎樣去解決它，如果有，就會留意到所有解決困難的人事運用，不致渾然不覺的流逝，這就是把握機會的智慧。不能把握機會的人，許多機會都在身邊流逝，還在怨天尤人遇不到運氣，自己起碼要付上一半的責任。人生百年，一輩都說遇不上好運，能說得過去嗎？

我相信夙緣，為我家祖墳遷葬的譚能宜先生，因為我出生時日較準，指定我為祖墳下葬的家屬代表，葬後又預言長房出外開族而「迴龍顧祖」。一別二十年，我從台灣畢業歸港，而他又適值來港探親。並預言我必來加拿大，寫好了連絡的地址、電話，希望我去找他。我留港辦理和等候簽證的日子，我一直和他連絡，他的國學基礎深厚，不是一般江湖術士可比。我低達多倫多，就在機場和他連絡上，我帶着簡單的行李，坐遠程汽車，直向咸美頓市（Hamilton）奔去，並按扯找到他那個洗衣小店。

譚伯知我來，說不上驚喜，但他欣慰於色，已是老一輩矜持中最好的見面禮，我終身感激他。他已是八十五歲的耆老了，還沒退休的打算，和侄媳婦共同操作這個小店。我放下行李，他就請侄媳婦帶我進入一間用木板間隔的小臥房去，除了一張單人牀，牀頭還有一張小木桌，坐在牀沿可以在桌面上書寫；雖然簡陋，但比我在香港當「廳長」睡帆布牀好多了。我把行李放入房。譚伯也進來

翻騰年代的經歷

說：這個房間是留給你的，不嫌棄就可以住下來。譚伯這樣一說，如果我能轉校到咸美頓市來，我住宿的問題就解決了！

不管能不能轉校，譚伯無條件的邀請，我都銘感於心。父親轉入津貼學校教席不久，積蓄不多，除了給我一張單程機票，另外加幣一千元整數，而且強調沒有後續的支援；也就是說，如果不夠，自己解決。加拿大是我完全陌生的環境，無從估計能不能解決。我沒有經正規的高中階段而入大學之門，而且表現不錯，可像沒有什麼事難倒我。現在想來，僅能說涉世不深，遇大難不多，助長了信心而已，並不是有足夠解決問題的能力，有的是青年那股「初生之犢不畏虎」的銳氣。但我經歷過青少年的困頓，思慮比較週詳，不會盲目樂觀。我也不可能再浪費光陰，排定日期到加拿大的時候，還未起飛，我已是「過河卒子」，無法回頭了。

我立即往咸美頓的麥馬士打大學（McMaster University），申請入研究院；並說明我對加拿大的大學和地理不熟悉，也坦率的說明，如果我能在咸美頓市就讀貴校，我會得到朋友的幫助，不須住校或另租住所。我記得系主任 McIvy 教授很慈祥，是個身材龐大的胖子，他當然還要仔細看我大學的成績單。我原不知這所大學，是加拿大當年唯一有核子反應爐和相關研究的設備；物理、化學和醫學都是加拿大頂尖的名校，校譽良好。幸運之神又這樣照顧，俾我遇上 McIvy 教授，大概是開課日期接近，取捨已不是循序進行，也大概當時台大的校譽好，留學美加的學生成績也不錯吧。他當面幾句問話便決定錄取；就像我在港簽證一樣的順利。這一位錄取我入讀的恩師，以後還曾照顧過我。曾國藩曾這樣說：「不信命，信運氣！」；這兩句話絕不是迷信，運氣不能不信是有的，

我先後遇上這兩位恩人，改變了我的人生，不是運氣是什麼？「不信命」是反抗命運的安排，自己掌握命運。這句話和後一句表面看來有點矛盾，其實不然，我們就看曾國藩的命運與運氣，就知道他以自己的經歷，說得出這兩句充滿智慧的人生經歷。

曾國藩科舉出身，在京官期間丁憂，依例回鄉守孝，遇上洪楊「太平天國」的崛起，奉旨就地組織鄉勇抵抗，其初每被翼王石達開所敗，好幾次以兵敗而投水自殺，但一再被部下發覺，自殺不成，只可又重整旗鼓應戰。如果他沒有運氣，只有一次自殺成功，那有以後的知兵，能和石達開纏鬥下去，等到「太平天國」內鬨，石達開領孤軍出走，終為曾國藩所擒。這不是他自己總結人生的經歷？如果他信命，石達開是他的剋星，投水死不成，不可以用其他方法結束自己？或逃脫就算了！這樣那還有擒殺石達開的機會嗎？反抗宿命論，曾國藩做了最好的示範！我對曾國藩的歷史相當認識；所謂有清一代的「中興名臣」：曾、左、李言，曾無論在功勳、學問、品德；都在左、李之上。左宗棠一生自負，與曾幾乎並世出，對曾之生前還未肯歛首低眉。到曾逝世，他輓曾的上聯就道出心底的佩服：「謀國之忠，知人之明，自愧不如明公」了！《曾文正公家書》，老一代的人每有涉獵，他對弟妹子侄的教誨唯嚴，在滿清對漢人的嚴防大之下，而曾能得朝廷長久的專信而未生忌，一、曾以身作則，本身做到溫廉謙恭讓五德俱全；二、曾管教諸弟及子侄從嚴，最戒傲慢奢侈；曾紀澤、寶蓀這一支，就是曾國藩傳下的世系，都正派且有聲於時的。曾有兩個門生：俞樾、李鴻章。曾嘗言：「俞曲園（樾）拚命著書；李合肥（鴻章）拚命做官。」從對兩人評價，我們知道在曾的心目中，著書比做官的高尚多了！拚命著書充其量算個不合時宜的讀書人，但還是有學

問的。拚命做官，不是上了當官癮麼？還能免官僚習氣？曾國藩傯倥戎馬，不忘讀書著述，著名的《千家詩》就是他的巨著，他選詩的嚴謹，至今少有異議。人問他傳世之作，他卻自謙說：「其為聯對乎？」以人視聯對為小道，他就以小道的成就自況，示不出大雅之門；其謙德有如此者。曾的名聯很多，舉不勝舉。茲從其匠心獨運的「小道」見之。曾晚年也隨和與好友冶遊，有「大姑」者，頗得曾的青睞，好友以此妓之名代她向曾索聯。曾喜她聰明好禮，亦未堅拒，概言命筆交好友轉去。聯曰：「大」抵浮生若夢；「姑」從此處銷魂。曾學問淵博，於「小道」處亦如此專注。「大姑」兩字，可謂粗俗不堪。但到了曾國藩手筆，便能化腐朽為神奇。有好事者擬一聯：「文士無人不好色，書生有膽便談兵」。有人說，此聯唯曾國藩似之，或衝着曾公而來；是耶？非耶？記之為讀者作談助。

　　轉讀麥馬士打大學，我向原錄取學校、移民局通報；譚伯很喜歡我能留下來，我交了約六百元學雜費，剩下四百元，當然要精打細算。讀本必須要買的也化了兩百元，所餘無多了！不久加拿大下雪，我還第一次見到，到鞋店買一對厚底的皮鞋，最平的三元，想來也滿意，誰知厚厚的皮，一遇冰雪便一塊一塊掉下來，真是可惱，才知道要穿膠底鞋，只可忍痛再買。我已免費入住譚伯的洗衣店，不好意思增加他的負擔，雖然他多次說沒有關係。我還是早出晚歸，留在學校做功課，也實在很忙的。當年中國人不多，像豬肝一類的內臟，西方人士少買，兩毫半就一磅；為了省錢省時間，我買回來請阿嬸（譚伯的侄媳婦）煮熟，自買一條方包也是兩毫半。把豬肝切成薄片，一週兩條方包和一磅豬肝。加上免費的飲水。一週的伙食不到一元便解決了。

一九六二年我留學加拿大，是一個什麼樣的時代？那是西方社會人心最不安穩的年代，特別是美國年輕人，反戰思想籠罩全國，是立國以來最頹廢的年代；社會公義、人生價值都受到質疑。過去愛國的精神幾乎瓦解，很難怪年輕人，韓戰不勝還傷了元氣，連小小的越共也膠着，一個個屍體從戰場運回來；後園的古巴已崛起，美國也可像無力處理。徵召入伍的年輕人公開燒了徵召書，有的寧願入獄或逃亡，就是拒絕入伍到外國戰場送死；能怪年輕人？又不是保護美國國土。這些理由難道不是嗎。兩大壁壘，蘇聯還沒有出手，美國已遍體鱗傷了；事實是：蘇聯在一九五七年已人造衛星成功升空了！今年（六二）美國才送通訊衛星升空。美國人也真想得到：No War. Make Love（不要戰爭、要做愛）。許多反戰的示威，都打着這個口號。

這還是美國「婦解運動」最盛行的年代；一九六零年，美國正式准許口服避孕藥公開上市，可能也助長年輕人的濫交，婦解的領導者鼓勵婦女走出廚房、走出家庭做出走的「娜拉」。將反戰示威口號倒置過來應用：Make Love，Not War，做愛成了首要的主體。同是那個年代，美國逃避兵役的年輕人，以美、加邊境開放，除非是個政府通緝犯，加、美持本國公民證過境，不須簽入境證的。大量美國的年輕人，帶着女友，開着電（單）動車，聯群結隊，像蝗蟲風擁而至，黑皮積克上衣和牛仔褲，穿州過省到加拿大串連。有一次，一群飛車黨申請到在 Hamilton 和尼加拉瓜（大瀑布）之間一個小鎮的公園，開時興的搖滾音樂會，吸引當地許多年輕人免費參加。公園是丘陵地帶組成，有三個小丘，佔地很廣。從傍晚音樂會開始，搖滾樂伴着歌手歇斯底里的歌聲，瘋癲的搖頭舞、飲酒、吸毒、抽大蔴，各適其適；陶陶然、昏昏然，

大家摸黑幕天蓆地，大被同眠，這樣三天三夜。留下一地垃圾、酒瓶、注射器、保險袋等三卡車。保險袋就裝滿三袋。這是當日小鎮公園的管理人向電台記者說的，我在住所聽到。

加拿大私立大學並不多，大多數是三級政府補助的，少有因經費短缺而濫收，學校的要求也相當嚴格，屬於英式的精英教育。在學的學生，很難在外兼職的。父親給我的一千元，除了學雜費、書籍、文具所餘無幾。長期吃豬肝夾麵包，如果加一杯牛奶（一毫）而不是學校的飲水機的開水，那已是額外的奢侈的晚餐消費了；我不相信還有誰在一年中只消費四百加元。譚公有時在週日邀請我晚飯，有菜有肉有飯；有時他還客氣給我一杯兩安士的倫敦Gin，那真體會到韓信對漂母賜飯的恩情。經過一段刻苦的學習，我已適應功課和作業；心無旁騖漸入佳境。可是日子的流逝，學年快要結束，我的存款也快要用完了；下學年的學費還沒有着落。

我提早請McIvy教授為我找一份暑期工作，他說他會盡力。但防個萬一，我也向譚公的外孫吳樹志說了；他的外賣餐館請個打雜還容易。但這只是做個後備，當時沒有最低工資，一般唐人街的餐館業，雜碎廚師都不好過，打雜更不在話下。暑期終於來臨，我連一天的空餘都不放過，就到吳樹志的餐館去，也沒問起工資，就掛上圍巾，吳樹志就吩咐了我工作的範圍和程序；這種粗活，都是簡單的操作；但要快手。外賣餐館很講時效，做好打包還要送上門。餐期不是很長，集中兩三個小時，先做好準備，餐期一到，多條線的幾個電話響不停。寫單要快。讀單要快；廚師記得要快還要準確。執包的不能漏單，送餐的要熟悉街道，任何部門，都要彼此配合；一有錯漏，全盤零亂。這一天之內，體驗做個餐館業的成員都不容易。唐人

街又有哪個行業容易！

　　放工回到寓所，McIvy教授的電話來了，告訴我透過學校的公關，為我找到當地一個高爾夫會所做管理員的工作；明天就按址上班。他交下時間、地點。我向他道謝，因已深夜才連絡上，就知道他多次來過電話了。明天按址上班，這個高爾夫球會叫做Beverley Golf Club，是咸美頓市的猶太商人集資成立的俱樂部，有哥爾夫球場、游泳池、大會所內的練習場、舞池、酒吧、Locker Room（分男、女，連浴室）；我和另一位來自香港的同學，一同管理男Locker Room。猶太商人尤其婦女喜歡戴鑽石，一身珠光寶氣，開最好的汽車。廣大的停車場，像名牌轎車展覽場；這些富豪，頗有炫富的味道。後來我也熟悉一些會員，還是當地大鋼廠的董事。管理員重要責任是看守貴重的財物，這些大亨，現鈔、鑽戒、大金鍊、名錶多的是，要留意離開時Locker鎖好；此外為他們到酒吧買酒、收拾好浴巾到籮筐，自有負責人拿去洗熨；工作大致就是這樣，但會員多，也不能閒着就是了。第一個月過去了！我到手的工資，就算做足三個月暑期，都不夠一年的學雜費。猶太人擅長精打細算，尤其是這種簡單工作，一、他不會高薪聘請。但為什麼找大學生、研究生做？二、多少也有點炫耀的心理，而我們比較純潔誠實，貴重的財物交我們看管也較安心。一般來說，學生暑期工作，由於短期，大多不會斤斤計較工資；而我，是很少的例外。

　　我把實際情形告訴McIvy教授，他關切的問我有什麼計劃。加拿大那個年代，學生還不能向政府借貸，到畢業才分期償還。我說：我交不出學費，學校可不可以讓我暫時休學？讓我籌了學費才復學？他顯然是個可以代表學校做決定的人，錄取我入學也是他。他說：「好吧！」他問我還有什麼可以幫上忙的。我真感激他對學生的照顧；他

翻騰年代的經歷

這樣一提；我說：「我還沒有加拿大經驗，一份與本科相關的專業工作，如果老師為我寫個推薦函，當然就很有幫助。」他友善的點點頭，要我到室外等他。我到室外的時候，他的秘書就進入，不久出來打字；我心裏想：大概就是推薦書了。她打完就示意和她一同入室見教授，他瀏覽了這書函，簽了字，為我放入信封內，然後和我握手：祝你好運。

我從香港首次見到加拿大駐港專員，我的運氣就這麼好！所見的人都這麼和善好禮；以後進入 Shell Oil Canada Ltd 的過程更意想不到，地產開業、復學都很順利；這不是運氣嗎？但都是後話了。

傳統僑社的浮雕、
在多倫多發展的機遇

一枝筆不能分幾頭。芸芸眾生，個人的進退榮辱，如果只是局限於自身，有何可記？有能放異彩者，或能量過人，或領袖魅力，或君子德風，所言群眾景從，所行群眾效法，自當別論。如蘇軾言韓愈：匹夫而為百世師，一言而為天下法。（見《潮州韓文公廟碑》句），則個人亦可移風易俗；又不可因個人之進退榮枯、所言所為而輕視之！至於群體，若匯成洪流，又幸得英明之領導人物出，則旋乾轉坤；亦指顧間事耳！我在北美僑社歷半個世紀，從抵加一九六二年下半年算起，以五十年為期，二十五年為一半，即在一九八七、八之間，正是蔣經國逝世的時候，台灣由威權時代萌生民主的轉機，一向支持台灣國府的北美傳統僑社也開始蛻變。傳統僑社告別從前，也開始邁向民主選舉，不再由幾個大團體、或幾個人脈廣結的聞人，巧立名目多創幾個社團，因而增加當然代表的數目，操控了總會的選舉，以致有人長期控制有歷史性、代表性的傳統社團。例如過去的安省中華總會館，在還保守的傳統時代，黃主席個人連續做了十八年。後來年輕的一代，用了九牛二虎之力，才把他拉下來，把林主席推上主席位；結果嘗到權力了，又被「社棍」捧得飄飄然，忘了開放改革僑社的責任，辜負了捧他上台的年青人，他比黃主席更虧對僑社，本可進而不幸倒退之故。那是繼黃之後的林仲文，他個人又做了十三年。黃、林合計三十一年。即使三十歲參加中華會館，要到老人六十一歲才可上位；即使對僑社有大貢獻，也無法抵銷斬斷人才、阻礙僑社與時俱進之罪，是謂功不抵過。傳統僑社既是寄生外國的中國傳統社會，對祖國的風尚是上行下效的。中共建政後敵視、清算華僑，北美僑社倒向支持國民政府，導向僑社同樣保守、豎立個人威權，東施效顰，才德都沾不上邊。二十五年來，傳統僑社原地踏步，僑鄉人士支配傳統社團、社會。

回顧傳統的老一代華僑，他們勤奮工作，不是親身體驗很難想像得到的。我記得在台大讀書的時候，僑委會副委員長李樸生，他是早年的印尼僑生，曾追隨過孫中山先生，資格很老，人稱「樸老」，個性慈祥，到台灣升學的僑生，暱稱他為「僑生之父」，什麼難題不能解決，大家都去找他。他的國語是典型廣東腔，有時還夾雜着廣東話，諧趣處教人忍俊不住。我記得他常說：海外華僑是靠三把刀謀生：菜刀、剪刀、和剃頭刀。他把海外華僑營生的工具來說明工作的行業。菜刀是餐館業者用的；剪刀是裁縫業者；剃頭刀是理髮業者，不管經營者是雇主或僱員，都算在業內。事實上，餐館東主往往兼任廚師；服裝店或理髮店，一般規模比餐館小，東主還是主力，甚至東主自營，「一腳踢」的一人開設的小生意。李樸老不是北美華僑；他的話是以印尼華僑的一般謀生職業工具而言，不能代表世界先進國家的。

　　落後的印尼，我們的僑界先輩，還是靠最簡單的謀生工具，當然就是胼手胝足的勞力手藝，博取蠅頭的工資，除儉省之外，又有多少能儲蓄下來？滙回故里接濟家人？這種苦痛，不是僑眷又那能知道？我有一位叔祖，就是去了印尼，在鄉生了四個女兒，以在鄉謀生不易，迫得隻身到印尼去，不幸遇上日本佔領，難以回來，因此留落印尼！印尼本是個落後國家，到可以回國時，也以離家過久，又沒有什麼積蓄，難以面對妻女，只可忍心就此不回。他的痛苦，恐怕也很難盡說。後來大陸改革開放，我回廣州探望這些姑姑，尚存者三人，說起叔祖，都不勝唏噓。我自二零零二年重見她們，和我同年的姑姑，住在廣雅中學舊址的宿舍，竟以夜歸失足，在石級樓梯仰跌，傷了後枕骨，以無人發覺失救逝世，正是我執筆的半年前，亦是僑眷的苦難。她一生獨立奮鬥，惜個人在這翻騰的年

x

代中，無法享到她應有的待遇和尊嚴，抱憾而歿，我還記她兒時的許多往事，印證這個翻騰的年代，所歷的種種災難，我們還能相見，情同同胞姊弟，她生前最怕急難或急病入院，沒有現款隨身，醫院不見錢是不會急救的。我聽了以後，我問她這筆應付急救錢大概的數目多少？她說了，我說姑姑不要擔心，明年我會帶回給你。二零零三年，我如數交給她；誰知她最疚心的事還是發生在她的身上，為什麼醫院不先施救，而必須等家人認可才救？因恐無人付醫藥費！在先進國家，屬醫院失職，不但要賠償，當值醫護對致命失救，還要負上刑事責任。醫院草菅人命如此，姑姑真難瞑目，她怎想到出門要携帶醫藥急救的巨款？我亦哀痛！

北美華僑在二十世紀二次大戰之前，靠菜刀謀生的還是最多的行業。靠剪刀做服裝店已絕無僅有了，也以二十世紀五十年代為界，以前的五十年，加拿大早就超過「淘金年代」，隨着太平洋鐵路的興建，淘金業式微，華僑轉業做築路工人，不僅靠菜刀經營餐館或任職廚師。又隨着鐵路從西部的卑詩省陸續橫跨國境自西而東，那些靠菜刀的廚師，年紀大的，不適宜留在餐館吃力做下去，而「唐餐」又已膾炙人口，洋人以請得起唐人廚師為榮。一般來說，老一代的華僑廚師，大多中西廚藝兼擅的。工資要求又不高，只要不太勞累，上了年紀的華人廚師都樂於做「私家廚」的。在洋人圈子裏也成了風氣，他們勤勞、誠實而謙卑，「唐人私家廚」也就成了一個行業。

菜刀隨着華僑的在北美的開發，美國和加拿大各大城沒有兩樣。成了至今不衰的行業。二十世紀的下半期，香港、台灣同步的經濟發展，飲食業的時代需要也愈來愈講究，廚師挖盡心思講究特色、精緻；色香味和口感都講究，北美早期的「雜碎廚」已難勝任了。六十年代的中期，香

港左派暴動，促成許多香港名廚受聘到加、美來，投資者也大大提高了餐館裝潢的設計，金碧輝煌；不但迎頭趕上西餐館，許多還在規模上、裝潢的設計上，都令當地洋人嘆為觀止的。北美的餐館業的投資者和廚藝的大師傅，不但當代及身看到華人餐館業的輝煌成就，也為華人立足北美開闢一個華人可以壟斷的市場，留給華裔後代的就業的廣場，早已超過李樸生先生只供生存的一把唐人菜刀了！

我到加拿大來，到寫這個回憶錄，已是五十二年後的事，靠一把菜刀維生的、養家的、發財的算是成千累萬數不清的人。多倫多當年只有一萬四千華人左右，現在變成五個市鎮合併成大多倫多市，據估計已超過七十萬華人，國會議員鄒至蕙女士，還當過市長候選人，可惜華裔票源分散而未能當選。相信總有一天，當華人能集合票源之時，應是華人主市政之日了！

起華僑謀生的剪刀，在東南亞如印尼等地，中國人多少還有起碼的尊嚴；對於當地土著，自有「上國衣冠」的驕傲，因此在故鄉的時候，學了裁縫這一門手藝，到東南亞一帶多少可以維持生計。而北美或以外的先進國家，當不是東南亞土著的衣服，甚至難稱得上衣服，女性總還能遮身蔽體的模樣，土著的男性甚至衣不蔽體，還講究什麼度身的裁剪呢？照理，先進國家是更講究時尚服飾了！可惜唐人裁縫師傅，特別是僑鄉出身的華僑，許多連西裝都沒有見過，又怎能做西服師傅？我在加拿大至今已歷五十四年，只遇上一個可以製成套西裝的人，但今年以九十五高齡去世了。他還是在香港做西服學徒出身的。他到這裏來，也不是以裁縫謀生計，還是轉業廚師，用菜刀代替剪刀的。

即使華人學了裁縫的手藝，還是不能靠它來謀生，十八世紀先進國家大多已工業起飛，機器能大部分代替手

工，而且大量生產，決非一針一線的手工能趕得上，誰又有閒時度身、試身、等候成品。百貨公司掛滿西服，衣服式樣、布料顏色五花八門，豐儉隨意，合價合身的試穿後，如無異議，付帳就拿走，銀貨兩訖，沒有拖拉，時間就是金錢，以此而論，就算有「上國衣冠」的念頭，也敵不過價廉物美的機器產品。華人靠剪刀早就絕迹。代之而起，就是與衣服相關的洗衣館了。

洗衣館也以五十年代做分水嶺，前期的是名副其實的洗衣館，俗稱「濕洗」的（laundry），不會做現代化的「乾洗」；只以自來水做冲洗。五十年代後期，一些大的洗衣館賺了錢，能設置機器的，開始半自動、不全靠人手做洗、熨。最初的洗衣機，還不是金屬成品，外表和釀酒桶一樣用木製的，有一條金屬的主軸通入桶內，兩頭封死，有一頭主軸安裝齒輪，用鍊帶套上，接到旋轉的小型機器上，帶動洗衣桶旋轉。桶內先裝滿衣服，放好相當洗衣粉，然後開掣注水，或加少許洗潔精或漂白水之類，使去垢而潔白，一切平妥，便開動電掣，鍊帶帶動洗衣桶旋轉，衣服在桶內翻騰着，磨打聲、桶滾動聲和水聲交會，發出轟轟隆隆的響聲，如果像譚公開的那個小店，迴音又大，很像暗雷，這種半自動操作的洗衣館，到六十年代初期還大量存在，老一代華僑胼手胝足，還能用上的都不捨棄，然而也浪費了時間，躭誤了顧客的週轉期，也因此誤己誤人，很多生意都被洋人大型的全自動機器搶奪去了。也不能說華人業者全都是老懵懂，固然有安於現狀的鄉愿，但辛辛苦苦儲蓄了那蠅頭資本，一來怕操作出問題，怎樣辦！上門修理一次又不知要洗熨多少件衣服才抵銷修理的開支！二來孤注一擲，種種顧慮又終於躭誤了時間，到青春不再，也就退出江湖，清淡度着晚來歲月，也樂得一無顧掛，誰也不能說他得不償失。養老金還不是老一

代人的福利，老人院也不多，也輪不到「唐人」，除了一些「出番」人；言語不通的，多半選擇一些關係的社團，租個廉價散房，分用公厨，大家將將就就，安貧樂道；做個當代孔門弟子的顏回，在上世紀的六十年代，唐人街這種的耆老多的是！到家眷准許入境團聚開始，有些積蓄的華人，買一個居住的房屋。自居還可擠出一些房間分租出去，算是有產之人了。這也是要安置家人，唐人街自置房屋才蔚然成風，傳統僑社拜時代的改變，華人經濟能分享城市的繁榮：是在被動中學到，而善於勤儉與積蓄的民族性格；發展到今日，華人的購買力騰起，早已驚動當地人士；此是後話了。

我想起北美洲的傳統的唐人街，就想起傳統的洗衣館主要經營的工具：那個像木酒桶的洗衣機，裝着不同顏色的衣服，在自來水和各種清潔劑、漂白劑混合中翻騰着。我突然想起這個翻騰的年代；大木桶就像二十世紀人類所謂的地球村，各種膚色的種族都在地球村翻騰着，受到化學、物理各種文明產品的冲洗和污染；你適應也好，不適應也罷！人類都在各種文明產品的蒸汽、電機、引擎，接上了電源，拉近了人與人之間的距離，終於混在這個像大木桶的地球村之中，互相激盪。暗雷般的電機轉動木桶翻騰的噪音、化學成品污染的水源、空氣；蒸氣、濕氣、漂白粉嗆鼻得像霧霾。這個世紀末的風情，就這樣縮龍成寸在我住的小小洗衣館內。

濕洗最重要是先要分類，到洗衣店來的大多是白襯衣；譚伯的洗衣店在加拿大鋼廠的咸美頓，藍領工人比較多，和多倫多市不一樣。譚伯的小店，和華人原始經營的洗衣館，除了半自動的洗衣桶，沒有什麼差異，還是靠經驗自配洗衣原料，計定洗衣時間按開按停，用手抽出桶內衣服，放到水槽中過清水，按掣放出桶內污水。清水過完

以後，用手將衣服一件一件到小型壓水的機器壓出八成水份，然後放在乾衣機。乾衣機操作簡單，五十年代下半期已大行其道，誰還去晾衣服？其實城市的發展，也沒有多大的晾晒場。衣服乾了，就一件一件用手提着熨斗去熨；以後就按顧客的編號，累集包好的衣服上架，全部操作算完成了，就等候顧客取回。

五十年代的後半期，華人洗衣館多數已轉型，不再只是濕洗；大多經營乾濕洗了！當然也有例外，像譚公家庭式的、半退休式的，是少數的例外。有些還未及時可以接受乾洗的，也接受而轉給同行去做，不致連濕洗的顧客都失去。到了六十年代下半期，華人乾洗還成了各大都市的洗衣業主力商戶。規模反比洋人裁縫業的個體戶大得多。多倫多有一位洋人，名叫 Jack Cook，靠賣二手乾洗機器而致富。同一時期，和衣服相關行業的車衣工廠如雨後春筍，這是由於僑眷自一九四七年加拿大廢除「四三苛例」，准許僑眷婦女入境團聚，大量僑眷或以未婚妻名義入境，僑社男女比例逐漸改觀，婦女大量投入人力市場。其始，大多到洋人車衣工廠去；其後有了經驗和門路，也有自營接單代做成衣，而且盛極一時，唐人街也出現車衣工會的組織，多少繼承了傳統的剪刀的技藝。不過成衣畢竟是人工密集的夕陽工業，到大陸崛起，也就在八十年代開始，加、美的成衣代理工廠，以當地最低工資，還是和大陸工資有一段大距離，盛極一時的車衣工廠也開始式微了！九十年代以後，北美的成衣來源，包括世界名牌的產品，代工的產地，少有不是在中國製造。人稱大陸是成衣的世界工廠；和八、九十年代，台灣是世界電子代工工廠一樣。

至於剃頭刀，比裁縫的剪刀，屬更小的行業。我到多倫多的時候，中區唐人街只有「馬源華理髮」，設在登打西

街（Dundas St. West）近麥歌街（McCaul Street），是老一代來自僑鄉台山縣人，「全憑頂上工夫」謀生，剃頭刀的運用工夫，的確不是當代盛行的髮型屋師傅可及，但他的文化水平低，窗廚的價目表也是鄉下土話，四邑人沒有不懂，好在光顧幾乎全屬「鄉里」，外省客看到恐怕卻步，整套包括「刮面」、「取耳」就有點嚇人。「刮面」在僑鄉土語就是刮鬍鬚、修眉毛和剃除長在面上的毛髮：「取耳」用特別構造的幼長刀，為顧客刮除耳孔的耳毛，這是傳統理髮師傅的一門獨步技術，在文明醫學來說，耳朵有自我清潔的生理作用，人為清潔還算是壞習慣，挖耳垢的習慣尤為傷害。到華人近年聚居的多倫多，理髮店亦如雨後春筍。如果以剃頭刀來代表這個行業，還是養活過不少華人。唐人街什麼行業都不缺！不是再集中「三把刀」了！

老一代華僑幾乎都是胼手胝足的，我住在譚公洗衣館半年，完全清楚他們這一代的艱辛生涯，勤奮而刻板的工序。他們安於現狀，樂天知命和固守着中國傳統文化，人生價值早已融化成為他們生命不可分割的精神元素。我們能說這些華人沒有人生的理想嗎？則他們謹守本份，遵守寄人籬下的忍讓，不犯法、不逾規，為家、為下一代子孫，千山獨行的開荊棘、闢道路，頂着歧視的眼光、孤寒落寞的年年月月，犧牲自己，養活家人；真的做到「俯首甘為孺子牛」！回眸一生的風霜冰雪，翹首南天的故鄉，或挑起個「金山箱」，算是衣錦榮歸，買幾斗田，只避免子孫饑寒，修葺一下故居，就已滿足安享晚年了！能忍心說他是裏通外的地主要清算？是清算多少異域留過多少血淚，還是蕭瑟的牆上孤影？那些失意、積蓄無多的華僑，羞於重見家人，垂老只剩一坏黃土，掩不住寒螿在地、寒蟬墓上的哀啕吧！也許有人說，那個政府沒有錯誤的施政？好吧！誰要對錯誤決策、施政負責？要不要鞠躬謝罪

落台？對日本的罪行我們不輕言放棄追討；然則清算胼手胝足、無產階級出身的僑胞和家屬，誰掠奪他們的財產甚至殘殺、虐待、勞改；這還不是異族日本人的罪行，僑胞又向誰追討！也不是連一句道歉的話都沒有嗎？

我的外祖還算有兒有女，但整個青壯年華，都為人頭稅、船費耗盡了！到快要九十才得回到香港來，連故鄉都不敢回去，就是恐怕「送羊入虎口」，人錢俱失；他是「裏通外」的主犯啊！留在香港，就能申請外祖母來，並不是當局愚蠢，因為還有大舅母當人質的吧！我來加辭行的一幕，深深體會到外祖母，也陪着她的夫婿，耗盡一生青春年華。除了結婚的四個月，有孕之後便分離，以後兩次歸鄉，都是三個月離開，外祖母一生倚門望歸的心情，盼到「人老珠黃」，從結婚到最後一次，夫妻相聚不過十個月；到外祖父晚年歸來的時年，守着家園，還要在暮年打入地富，迫着小腳解綁下田插秧、除草，她能不對外祖父怨恨嗎？我十年以後才回香港，他們墓木已拱。我還隱隱聽到外祖母的聲音，音容宛在的說：「我不相信你說：留學兩年便回來，你在說謊、香港會餓死你嗎？」我又還有什麼可說呢？

外祖父好歹還是個燒臘店幾個合夥人之一，算是個有門有戶的唐人街小商店；但必是個胼手胝足的勞動人，不可能是資本家。他一生的積蓄，只有一個「金山箱」就是了；他帶回的臘腸我還嘗試過，不見得比香港土製的好，但他的辛勞，我是看不到的。

譚公和外祖父是同一年代的人，也是交「人頭稅」入境的。他們有着共同的經歷，也不敢回鄉，在香港把妻子接到香港來，我在申請期中他回加，到我抵達時，才能入住他的洗衣店；使我完全了解，傳統一代的先僑是過着什麼樣的生活。

上世紀的六十年代初期，像多倫多這些數一數二的大城市，還只有中區唐人街，燒臘店只有林新經營的「大新」和林阜的「鴻發」，還是一分為二的合夥人，拆夥後各據一方的，一切產品都是親自製作的，妻子是主要助手，兒女有空才來幫忙，或週末找個支薪的長工。這已是二戰後的「新生事物」，准許華人接引家眷來，說是「人道移民」、家庭團聚；可知以前是不人道的。加拿大還算是個民主國家，歷屆總理對此每向中國人道歉的。這一代唐人街的燒臘店比我外祖父時代多了，主要還是解決了人手的問題，「二林」可拆夥，因為各有家眷的助力。不似以前的合夥，互相綑綁做到大家都老了，除了頂讓就是「收檔」。多倫多的「洗衣館」也是家眷來了，多了人手；如果生意做開了，人手不敷，去學洗衣機器的操作，不像傳統華人還脫不了人手做主力。咸美頓算不得大城，洗衣館還是傳統式多，譚公的洗衣館就是一例。

　　這就是典型的傳統洗衣小館，兩個木板隔開的小房，外面就是操作的工場，舊式的洗衣桶裝滿了要洗的衣服，注了水便開動馬達，洗完便自動放水，所以承載的洗衣桶的部分工場，必是水泥建造，四面也用水泥築起防水外流的矮堤，洗衣的時分，洗潔粉的刺鼻氣味被熱水蒸發出來，加上悶雷的馬達聲；乾衣機聲，真似天搖地幌的煉獄。還有一個熨牀，熨斗的電線吊在天花板上。熨牀的牆壁有個衣架，洗好的衣服打包存放在上面。顧客進了店門，門鈴便響起來，隔着鎖着的板牆，板牆中央開了一個大洞，顧客把要洗的衣服放在方洞下的板塊上。譚公清點開了單據，客人便拿着單據離開。到要取回衣服的時候，就憑單據依單交付收費，譚公收了錢，衣服的包裹也從方洞口交出。大多是老主顧，從來沒有發生爭執。這是典型的傳統洗衣館的內部結構，都是濕洗的。六十年代的上半

期，唐人傳統洗衣館，還是以濕洗為主，兼營乾洗的還很少見，到六十年代的下半期，濕洗如不兼營乾洗，已經難以生存了。

譚公的侄婦是主要助手，我寄寓時，小男孩已三歲，還沒有上學，每天和媽媽一同由爸爸送來，他是譚公的侄兒。晚上後又接回來去，他是一位廚師，卻是中國傳統樂器的好手，都是無師自通的，這種藝術天才，可惜就沒有人裁培，枉屈了多少華人子弟！譚公的洗衣館還有一個燒煤炭的傳統火爐；爐口是放煤或清理煤渣的；這種舊式的暖氣爐，是生鐵打造的，爐身的熱度，靠燒煤傳出的，高低溫就憑經驗控制。那一天星期六，我留在房間看書。突然煤爐爆炸，從爐口噴出血紅來。我們驚魂甫定，第一就找三歲小孩，只有他不見，噴出的血紅又像血肉模糊，做媽媽哭起來，這個小店，他能活動的範圍這麼小，一眼都全掃到了。原來他好奇，把一個茄汁牛肉豆的罐頭，打開爐口掉入去，也沒有關閉，他就躲到譚公的臥室去。爆炸後更不敢出來，找到他時才驚慌哭起來了！如果把爐門關死，會怎樣呢？誰都找不到答案。

譚公擅堪輿之學，前時已述；其對命理亦甚了得。我初來館，他有友人來訪，老僑重鄉誼，賜我一個紅包，內有加幣二元。這是我來加第一個鄉親長者所賜，名叫張阿聯。不久，他又來訪，由來一板之隔，談話都是命理的事，我是聽不懂的。只有一句像說他人的問訊，譚公說：「還未到時候，秋涼後就要注意了！」張公都是週日來，那是週休日，當時全加的商戶都遵守，法律規定不准做生意。不久他又來，他比譚公年歲小些，我也在場。張公說，這幾天感冒，還沒有好。譚公若有所思的盤算着，然後說：時候到了！收拾一下行李吧。我只以為他有遠行，不到一個月，譚公對我說：張阿聯過世了。老一代先僑，

往往就是這樣無聲無息地老死他鄉了！他們是豁達看開生死嗎？還是無可奈何？我很想知道！

　　加拿大的淘金熱，發生在洛杉磯山脈下的菲沙河一帶，是一位來自滿地可商人，因收購土著的獸皮所經的河谷，發現黃金露出地面。消息傳出，加拿大便產生淘金熱。十年以前，美國三藩市附近的洛杉磯山脈就發現，形成淘金熱潮，到香港招募勞工，華人因此稱三藩市為金山。十年以後，到卑斯省同一在北的山脈又發現金礦，再掀起淘金熱潮，美國部分有經驗的華工，沿邊境北上到加拿大參加，因區別兩地，三藩市的金山稱為「舊金山」，卑斯省的溫哥華稱做「金山」或稱「新金山」。這是僑鄉流行的稱謂。三藩市的「舊金山」較早，華人已約定俗成，都知道舊金山就是三藩市。至於金山或新金山就少人說了。

　　加拿大的淘金熱的開始與結束，也是漸進的，沒有一刀切的劃分期；都是一個署約的年份。假如我們從加拿大的淘金熱潮在一八五八年前後發生到一八六八結束，這已是十九世紀的較後期。這第一代的淘金人，以二十五歲最小年齡開始，到六十年代早已作古，我一九六二年才抵加，未能及身而見。十九世紀末到鐵路而竣工的二十世紀，華工其失業者，不得不參加危險的攀山鑿壁的築路工作；和香港金山庄到僑鄉招募而來的新華工，一同廉價出賣勞力。也算他們最年輕的二十五歲來，即使從一九零零年算起，到一九六二年也八十七歲。十年以後，我建立自己事業回饋社會、參與華人社團時，他們都九十開外了。有幾位長者屬第二代的築路華工，我尚及見。第一位是我主持的地產公司所在地的唐人街，一位擺街檔賣西洋菜的老先生，到大家見面多了，說起來，他是加拿大回國參加黃花崗之役的敢死隊成員。第二位是姓阮的老人，住在昭倫公所三樓，寸絲不掛地自然老死了。第三位是一位黃姓

的露宿者，我都見過，都是第二代的築路人；這已是碩果僅存在多倫多了。他們的遭遇，我卻在異鄉見到，祖國對不起他們，僑居國也對不起他們，在翻騰的年代裏；他們完全沒有騰起過，而是默默無聞的沉淪，而他們，對祖國、對僑居國都曾有過貢獻！

我最早在唐人街開業的地產公司，是在登打西街（Dundas St. West）新林棧雜貨店的二樓，上下樓常見到一位擺地檔的老人，獨沽西洋菜，售完就走了。因常見面，有時我也買兩紮，慢慢也熟絡閒聊幾句，才知道他一些身世。原來黃花崗起義之前，孫中山到加拿大籌款，得到洪門致公堂兄弟的支持，將堂所按押的現款，全部交給孫先生，作為購買起義的槍械彈藥之用。部分青年同志也自動組織起來，聯絡好在香港策動起義的秘密指揮部，自費到香港歸敢死隊，等候到廣州起義的指令。原來他是其中歸國起義的一員，本姓李。他說：當時黃興已先率部分同志到了廣州，但起義的消息洩漏了，廣州政府已追捕黨人，嚴查香港水陸到廣州的碼頭、關口；連起義原定的總指揮趙聲都無法入穗。滯留在香港的加拿大敢死隊的華僑青年，香港指揮部只可電報向孫先生請示；他原不知加拿大僑青要參加起義，立即阻止，認為這些同志在僑社不多，要留在僑社，就是未來革命的種籽，不能到廣州起義當敢死隊，等於白白犧牲，要立即送回加拿大。我們都知道黃花崗起義失敗，黨中精英犧牲最多的一次，以趙聲不能入穗，黃興提前發難，任總指揮亦失去一指，後得逃脫；趙聲以不能參加，不能與同志共赴死難，年後亦鬱鬱而死了。走筆至此，對爭死而恐後這樣曠世的英雄，他遺作的氣概，直吞滿奴：「……雙擎白眼看天下，偶遇知音一放歌，杯酒發揮豪氣露，笑聲如帶哭聲多，一腔熱血千行淚，慷慨淋漓為我言，大好頭顱拼一擲，太空追攫國民

魂,臨時握手莫咨嗟,小別千年一剎那,再見卻知何處是,茫茫血海怒翻花!」直是視死如歸的大英雄本色!

李老先生安祥和我談起往事,無怨無悔的安貧樂道;晚年還到水邊採擷天然的西洋菜;那個年代,加拿大還沒有養老金。如果他如願參加黃花崗之役,以當時的人數和彈藥,又是衝鋒的敢死隊,十九求仁得仁,成了開國先烈;然而歷史沒有假設的。民國成立後,像李先生這樣參與革命的人,就應責令駐加總支部,收集當年黨人參與推翻滿清,建立民國的個人史料,宣付史館,以勵來茲才對;但國民黨沒有這樣做,另有 B.C. 省域多利市的先烈王昌,當年袁世凱謀稱帝,和日本貸款簽喪權辱國的二十一條約,派爪牙湯化龍到加拿大來宣威,被國民黨人王昌槍殺,那是加拿大政府設黨禁的開始。袁世凱死後,也沒有人過問在獄中的王昌。後來國民黨統一全國,這件轟動加拿大一時的歷史事件,王昌為國家除奸,自應入祀「忠烈祠」;我代表加拿大區任立法委員的時候,特別為此事到「忠烈祠」查詢;確實的答覆:王昌沒有入祀該祠。我將王昌為國犧牲史蹟在立法院向主管機關質詢,並要求入祀;當時李登輝的台獨尾巴已露出來;郝柏村院長被迫辭職,我亦任滿調職。馬英九政府又不會為此事出頭。今政黨又輪替;國家對忠良未盡照顧之責,未始不是衰敗的遠因乎!

兩蔣時代的海外僑社,還屬傳統式的;自從台、港相繼經濟起飛、兩地到北美的留學生每年遞增,學成每多接父母團聚;適齡的又可接結婚對象前來;和以前來自僑鄉的僑眷、未婚妻的情況顯著不同了。但靜態的僑社還未甦醒過來,觀念和制度是一物兩面的相連體,相對地不容易說變就變。台灣的老兵、香港的退休人士,很多應子女來就養。唐人街出現許多退伍軍人會、耆老會;為傳統僑社

多元化添色。多倫多唐人街有一個踽踽獨行俠，平時說話不多；但熟悉以後，就會滔滔不絕的說下去，有點欲罷不能似的，多少予人有腦筋偶然搭錯線的感覺，但未到精神病患的語無倫次，還像個魁梧高度和風度的標準軍人。

自從我認識他以後，他打不死的好漢形象，在他描述中的神采，雖然昔人已去，仍在我神思中翻騰着：陳其光也是個華僑子弟，比早期的黃光銳等輩，參加陳濟棠初建的廣東空軍要晚一些。中國有空軍自陳治粵時開始，後來黃光銳率隊投奔中央，陳濟棠因此垮台。這班為中國空軍初創的華僑青年，都在美、加自費學習飛行，學成後回祖國效命的。抗戰初期血灑長空的，十九都是廣東祖籍的華僑子弟，抗戰史沒有相關的表揚，長使英雄埋名，國家愧對他們了！陳其光志繼這班廣東先烈，投效空軍。有一次執行任務，遇上日本號稱「空中霸王」的三輪寬大隊長率隊迎面而來。陳其光既無可避，只可以一敵眾。全面抗戰後，日本已生產零式的機種，中國還用螺旋式的舊貨；英美為討好日本，還對中國禁運。空軍飛行速度、拉起機頭、俯衝和追尾先進的設計，遠非螺旋舊式機種可比。陳其光迎戰，自思沒有生還的希望，也就豁了出去。三輪寬如果不是這樣自大，任由機隊按平時戰術進行，以多勝少，以快打慢，陳其光恐怕還未開火便被擊落。誰知三輪寬自恃藝高人膽大，要對部下作一次現場的示範，示意不准參戰而觀戰，由他單獨表演擊落；中國健兒喪生在他手上，也難列出多少了！「空中霸王」不是白叫的吧！陳其光自謙的說：「也許戰友英靈不滅，也可能是三輪寬罪惡滿盈，我感覺他追尾將到，避不開必死無疑，不計後果俯衝直落，如果機頭拉不起、或衝急稍昏一秒我也完了。就在我拉起機頭時，像石火電光一閃，我立即按掣開炮。哈哈！三輪寬戰機中炮，拖着黑煙直墜！我掉頭急飛，日機

全隊追來掃射。我按掣彈出機艙，等於戰場繳械不殺俘一樣，但兇狠的獸兵在中國戰場那會遵守過，一直追着我射擊，降落傘因而打不開，我從高空墜落。一般來說，我是死定了！日本飛行員也確信我死才飛離，人體高空墜落一定頭先落，我也沒有例外；這是拯救我的民眾說的。但我早已昏迷，有的說我墜落在沼澤上，有的說我飄落樹梢彈出來。反正頭頸都重傷了，就是運氣才活過來！」這位打落日本最優秀的三輪寬，對振奮士氣的空軍英雄，在我離開多倫多任公職不久，他便逝世了！他是從香港來的。沒有拿過中華民國軍人的退休金，卻靠加拿大的養老金、無籍籍名的活着。是國家不恤之過；還是亂世英雄一般的結局！物傷其類，問世間英雄：感想如何！想起這些建國豪傑、抗日英雄；真教中國人扼腕歎息、史家墮淚。

我來自僑鄉，在抗戰時代看過斷絕僑匯接濟下，僑眷賣兒鬻女、僑婦為求生存被迫改嫁的種種慘劇；又深悉在改朝換代及戰後僑鄉百廢待舉的時候，僑民將積聚毫無保留的匯回，以及戰亂難於接濟的慘痛經歷。置田、建屋、開路，能力較好者買舖經商，為子侄作安身立命之地。華僑胼手胝足，一分一毫完稅收後儲存下來血汗錢，只望子孫免於飢餓、死亡，誰想到會為子孫帶來無妄之災！僑民才是標準的無產階級，賺的錢還不是國內，如何說也不是剝削階級。華僑對國家建設的捐獻，外匯對金融的助益，還有着莫大的功績。蘇聯倒台後的戈巴喬夫曾感慨說，如果蘇聯也有像中國的華僑對國家的支持，我的經濟改革不會失敗！可惜他說的時候，已經是蘇共解體後的事，未能扭轉中共當年土改，清算僑鄉的政策，以致僑鄉又多一次劫難；且不是外來的侵晷，何等可痛！街頭露宿的黃姓老伯，我曾多次去探看他，知道廣州酒家、金龍酒家等，好心的廚師將一些多餘的飯菜留給他。我也曾到黃江夏公所

報訊；有一年嚴冬，被發現綣縮在唐人街一個梯間處，戶主恐他冷僵死去，招警將他強架而出，但他死手抱着一個破爛的包袱不放。結果找到唯一認識他的同宗兄弟，才知道他和這破爛包袱生死不離；以他一生困苦，還恐他死無葬身之地，包袱存有三萬五千元。在他生存的年代，這個數目，可以在唐人街買個小屋。過去在小鎮工作，由於沒有親人或可信之友，不能工作時才到多倫多來。吃些殘羹冷飯度日，露宿店戶梯間。年紀日增，在雪堆冰封下，抖嗦漸難敵長夜了！警局後來找到講台山話的社工，保證他生有安居，死有棺覆地葬，才解決這個可憐長者的困境。也是我後來在會館倡導並發起成立義葬委員會的誘因。

我到加拿大至今五十四年，其中只有不到五年在台灣和香港，擔任公職而離開加拿大，除此，我長期生活在華人社會，而我經營的地點又在唐人街，對華人社會熟悉不過的；所以生活安定下來，我就開始寫唐人街的掌故、小說。在當時還沒有人專寫同類的文字。因此，我應該是北美洲最早提倡「唐人街文學」的人，並孜矻於寫作，至今少說也半個世紀或六十年了！

傳統唐人街的餐館業，不管在大城小鎮，都是以廚師為主導，並決定餐館的榮枯，和二十世紀七十年代後不同，還講究排場、裝璜、服務等，廚師已退離主導的地位，不再是傳統時尚了。洗衣行業早就機器操作了。踏入二十世紀七十年代，多倫多唐人街找不到一間「濕洗」店了！

剃頭刀在理髮店少用了，代之而起是剪刀。自大陸移民湧入，唐人街的理髮店顯著的增加，也真出乎意外，過去華人到洋人理髮店去，現在不同了，華人重新光顧華人理髮店，而洋人開始走入唐人街的理髮店了。這個轉變，也體現地球村的趨勢，各種種族在磨合的過程中，許多意

想不到的事都先在唐人街發生；白皮膚和黃皮膚的能否磨合，可以預見地球村的成敗。畢竟這兩大種族，佔了地球村決定的多數，還包括經濟資源。世界各地的唐人街，都是種族磨合的實驗場。

儘管踏入八十年代，唐人街的傳統思維、作風、規章和實質的結構性還是傳統的；但經營的範圍已擴大，幾至應有盡有，那不是現代化了嗎？不錯，但經營範圍是屬硬體的量的擴大；但經營上述的思維、作風、手法、結構性的制度還是傳統的。舉一個例，我經營的地產經紀業，是現代化的中介行業，是個經專業考試合格、領到執照的人士才可以入行；主管、持牌開業都經不同的專業考試。專業就是現代化的名詞。我在六十年代便在唐人街主持分行業務，還是唐人街第一間經營地產仲介業的，公司沿着登打街（Dundas St. West）把唐人街從依利沙白街（Elizabeth Street）帶到大學街 University Avenue），以後越過；再到麥告羅街 McCaul St.）而曉倫街 Huron Street），又越過士巴大拿街（Spadina Street）和北上到達書院街（College Street），經歷了二十年的帶動，完成了今日唐人街的經營範圍。我在職時，可以從 Bay Street 沿 Dundas Street 西向到 Spadina Avenue，業主是誰、建築物的地段面積：闊度和深度尺寸，有七、八成可以說出。我在四十九歲便從地產業界退休；那麼六十年代的唐人街，有現代化的行業就等於唐人街現代化嗎？當然不是，除了上述的軟體質素，還要論佔整體經營量的比例。因此，六、七十年代唐人街還是守着傳統的。八十前半期的範圍更大，任何行業，應有盡有；就不多說了！但傳統的佔重還是大些。不在唐人街的，分散在不同地區、或商場的經營，又當別論。

正如本章的開始，一筆難同時分述。蔣老先生在台灣

被迫退出聯合國時，昭示國人「莊敬自強，處變不驚」，我在暑期工作時，體驗到只有猶大小民族真能實現此一理念。猶太裔族以聰明勤奮、百折不撓、擅於經商聞名於世，族人也曾建立自己的國度，但不幸次第被其他崛起的帝國征服和統治。迄二戰後（一九四八年）幾經艱辛才從英國統治下獨立而復國，這是世界歷史上少有的奇蹟，這就是今日的以色列。由於歷史的恩怨和宗教信仰，中東的回教幾個主要國家，豈能容得下在他們中間的土地上，冒出一個世仇而且是異教的以色列的存在！一九六七年六月五日，以色列在埃及、約旦、敘利亞包圍中先發制人，開始了著名的「六日戰爭」；以色列徹底擊潰埃、約、敘為主力的阿拉伯聯軍，至今還是中東舉足輕重的國家。猶太裔人自信滿滿；我和他們有過暑假工作的接觸經驗，對他們自信、自強的民族性格，有團結凝聚力的族群，互助的傳統，都值得華人反思和學習。我還喜歡他們尊重知識，卑視無知、懦弱個性的人。後來生活改善的時候，我也有十年光景，住在猶太人聚居的社區地段。我也為此改變當初的成見，不覺得他們好炫耀。正如孔子所說：君子素富貴行乎富貴，素貧賤行乎貧賤。不是很有道理嗎？若富貴而行為貧賤，不是矯情嗎？唐人街露宿者黃伯，帶着三萬五千現款而乞食街頭，不是無知的可憐蟲嗎？對社會何利、對己何益！

學生暑期工當時沒有最低工資的規定，收入有限，酒吧的小費，以務實性格的會員，也休想意外的慷慨。不過有一位老先生，後來才知道是「國家鋼廠」的董事。這個鋼廠，成立在一九一零年，是加拿大發展一個里程碑，加拿大經濟發展史上，有許多經濟學家認為這是帶動加拿大工業發展的火車頭，並認為是加工業起飛的起點。老先生我只能以名字簡寫 G 表示，姓是 Goldberg，這是猶太

傳統僑社的浮雕、在多倫多發展的機遇

裔中很大的姓氏，聽說 berg 是希伯來語的「山」，是他們當時告訴我的，但我沒有查證過。G. Goldberg 先生很喜歡我，打完高爾夫，例行要我倒一杯 Scotch on Rocks（英格蘭威士忌加冰），從來沒有轉喝別的。他喜歡和我聊，那些在旁的朋友，也因愛屋及烏對我表示友善。這些人，不是大賣場就是大批發商。他們有時起哄要我認他做 Godfather（義父），他也在微笑；不管是什麼意思，都沒有惡意吧！但我一向獨立慣了，也還能捱得窮。從來就沒有表示願意，只裝傻扮懵不談就是了。

我記得曾祖的獨女，我稱她做姑婆，嫁給我稱姑公的雷學朗公，他是最早一代的美籍華僑，和廣東省銀行創辦人霍寶財是好朋友。霍創立該銀行時，邀雷學朗入股為原始股東。老一代香港人都記得，香港也有「廣東省銀行」，後來才轉手，曾在香港中英文報章公告：向原始股東要在定期內憑股份股票到行領取應得清盤股本、股利。我的弟弟是過繼雷公、姑婆為嗣孫的人，那時大陸尚未開放，我在加得到消息，要他託人帶出這原始股票，我可找律師依法代為領取。我到現在都沒有再問起為什麼，放着這過萬過億的錢不要！但不是我的錢，再問也過期了！

姑婆一向住在廣州三府前二十五號三樓，整棟都是她的產業。我在香港做學徒的年代，姑婆就向父親說出心事，很想我繼承雷家的香燈，返回廣州繼續學業。姑婆一向喜歡我，幼時暑期去看她，就留着我陪她，怕我年紀小怕黑，晚上也和我同睡，那年代還有婢女「齊好」供使用。有時她回鄉小住，也要母親帶着我，到她的鄉下台山斗洞的大屋。我最記得那的睡牀，不論在廣州或台山，姑婆睡的都是「彈弓牀」（鄉下人稱的），和我家的板牀就不一樣。也記得她還有牛奶麥皮的早餐吃，不是一日兩餐都吃米飯。姑婆還有許多承諾，父親也照轉達了。我那時雖

然十七、八歲，生活也過得很苦，但我已習慣香港的自由自在生活和思想。母親、弟妹在鄉下被鬥，我在自由環境長成下的反思，已不是盲從的左傾青年了。我開始有自己要掌握命運的要求，堅決拒絕姑婆的善意。她是我們一家唯一的祖輩，父親也想她的香燈有繼後之人，便把我一個弟弟和一個妹妹過繼給她。她雖然有點失望，但父親說，曾祖在生時，唯一見過、抱過的曾孫就是我。這樣一說，姑婆也就釋然了！後來，我為感念她這番好意。姑婆晚年到香港定居，我盡力以父親唯一的親姪作人道申請她來加就養。她也終於到了加拿大，但以體弱不適合嚴寒，住了一段時候，還是回到香港去了！活過九十後才逝世。骨灰存放在荃灣的圓玄學院內。

有過這一段個人的經歷，我沒有叫過任何人做契爺或誼父就是了，也從來沒有幻想過有什麼好處；恐怕就所謂「無欲則剛」吧！

當我接到第一張薪酬支票，就知道這份工作的收入，算做完三個月的暑期，還遠遠不夠一年應繳的學費、雜費，交通費和膳費。除了譚公我認識，沒有一個親友在加拿大，當然也沒有可借貸的人。在這關鍵的時刻，我必須未雨綢繆。第一個我想起的人，就是加拿大駐港專員的好友 Tom Thomas。專員的介紹信的信封，已很清楚寫明他的公司，就是著名的 Shell Canada Limited（跨國經營的石油公司）。第二個我必須找系主任 McIvy 教授，向他請教我有什麼可行的方法，能繼續我的學業。我約好了系主任在學校他的辦公室見面。除了謝謝他為我間接找到暑期工作，並告訴他，這份工作的收入，無法應付我的學雜費；而當年政府還沒有開辦低息借貸給學生學費的條例；恐怕有也不是我們境外的留學生吧！我也沒有可借貸的親友。系主任對學生很慈祥，但繳不出學費他也幫不上忙

的。他建議可以為我保留學位，先行休學找一份職業，儲蓄一年再回來復學，他可以為我寫推薦書。他這樣一說，我便掏出專員的介紹信。系主任閱讀以後說：「這是經濟本科生最好的出路，這些大公司有市場研究部門，有了這封介紹信，加上我的推薦書，如無意外，你應該有機會的。當年找工作並不是今天的困難，加拿大的就業率很高 ，只要合法的工作，是不愁找不到工作的。」

系主任的推薦書寫得很好，可惜我沒有人生或加拿大經驗，沒有影印保存下來，這是我人生第一封推薦函啊！我連同駐港專員致友人 Thomas（譚瑪士）先生，按址到大學街五零五號蜆殼石油公司總部的約定見面。譚瑪士先生是個挺英偉的紳士典型，莊重而好禮。原來他是駐港專員的大學同學，他喜形於色接了信，首先便問起專員，可知他們的交情；其實我也是一面之緣，只能將見面時的印象談及，譚瑪士先生已滿心歡喜。再看致函和系主任的推薦書，就問起我是否想他介紹一份工作。我也坦率告訴他；我目前的處境，他二話不說，當面安排我到公司的人事部去填申請表；他和人事部通話後對我說：你未來的工作，就是在我主持的市場研究部，這個研究的成員，全都有加拿大承認的學位，我剛才也問過你的學校了，還有麥瑪士打研究院的教授推薦函，我已核准錄用，但要三個月試用期，才正式轉聘為永久性職位，薪金也會到時調整。你先到人事部補辦申請手續，你就可以回家了，等候人事部通知上任吧。

後來我到公司上班後，才知道這個跨國的石油公司，是荷蘭皇室創辦的，總部在倫敦，是當時加拿大第二大的石油公司，僅次於美國的 Imperial，而大於 Taxico。以歷史性而言，還是第一位，在香港和中國稱做「亞細亞石油公司」，我青少年時代在中國和香港，都見過這個註冊

商標。當時總部的第一位華人同事，是張姓的電機工程師，他是個土生土長的華裔加人，「多大」畢業。只會講四邑話而不會講廣州話或國語。我就是第二個華人了，到我三年後辭職離開，還沒有見過另一位華人同事。

譚瑪士未經正常手續由人事部核定，當然有他職權的範圍和內規。但在我而言，那是一種運氣吧！駐港專員我只見過一面，是國府駐港代表羅明元介紹的。事隔半世紀，名字都忘了！譚瑪士說明到人事部補辦申請手續，他豈是隨便說的話；我立即回學校告訴系主任，請他轉知辦理學生暑期工的人，請他找到頂替我的工作。我也再回高爾夫俱樂部向一些成員辭行，特別是 G. Goldberg 先生，他有點失望，還是衷心的對我祝福，我永遠懷念他。當然我更感激譚公的幫助。我收拾行李，便個人到多倫多，在唐人街靠近大學街附近的格蘭街四十號，租了三樓唯一的單身房，申請裝置電話和號碼，依約定通知人事部相關的通訊住址和電話號碼，等待上任的通知。

記得我到加拿大專員公署，申請到加拿大求學時，是在多倫多入境的，專員先生就問我對多倫多認識多少？這個城市名稱，我還是第一次聽到，只可據實答覆。這個城市，在一九六二年的中港台人士，確是少人知道，遠不如溫哥華和滿地可。到我入境以後，到了咸美頓求學，從譚公的侄兒一家開始，又認識譚公尚未成家的外孫吳先生。吳先生那時已開一間外賣餐館，譚公的侄兒就在餐館做廚師；因靠近大學，路經時也順道探看他們，也認識了其他廚師，他們的週休日，大多往多倫多會友和消費，咸美頓所謂「唐人街」，只有三幾間雜貨店，在 King Street 與 James Street 的市中心內。住在咸美頓的華人，當年連附近的小鎮，也不過千人間，大多是餐館業者，合夥的東主和受僱的廚師最多，餘下的是洗衣館或便利店，都

是「一腳踢」的小生意。他們大多保留僑鄉農村子弟的本色：勤儉純厚。由於一九四七年，加拿大廢除對華人的苛例，允許僑眷來加團聚，到一九四九年首批才成行，有些遲來的或年青的，很多還是單身漢，這個族群，都是自備轎車，週休日法例規定不准營業，是他們盼望的日子。我就常搭「順風車」往返。這些年輕人，常開時速一百二十英里以上。當年還不是公里算的，高速公路最高限額為時速一百英里，不像今天的一百公里。交警又少，年輕人常自誇：我上公路，就不見車速的時針了！因為時速錶一片空白，時針靠邊站的意思。一般人開車，多倫多與咸美頓的車程，正常的車速約一小時，他們四十分鐘就到了。也許這個經歷，到我能開車的時候，在高速公路上，也很少讓洋人「扒頭」（也是從他們學會的諺語「扒頭」：後來居上）；因此，常在高速公路上飆車，曾被罰重考三次，另一次停駕三個月；失事多次，即使車毀但人不傷，我常感天庇，其中車禍毫髮無傷是其中原因之一；包括家人、友人沒有一個受傷。到我七十七歲時，發現「心律不整」，上跳次一分鐘一百四十次，下跳只有四十一次。醫生說：上跳像開飛機速度，下慢像腳踏車。我還在開車，而內人拒絕再坐在旁，從此才不再開車，但坐在友人的身旁，還常嘮嘛開得慢，沒有改變飆車的念頭，可算老而踰矩了。

多倫多有一位僑社聞人張子田，他是第一屆在僑社選出來的國大代表，和李瑞文是立法委員，同是行憲後第一屆實施僑民參政的人物。李瑞文在我到多倫多的時候，李委員已經去世了。張子田代表也在八十高齡以上的夕陽歲月。我在未移居多倫多以前，就憑「台大」黃季陸老師有函介見他。黃師在《醒華日報》創辦時，和賴璉先生一同擔任編輯的。賴先生也是多倫多大學的留學生，後來黃師回國服務，一直做到教育部長退休；賴先生奉蔣先生任

命，為聯合國代表團成員。黃師當過我的老師；賴先生在我留學加拿大期間，回到多倫多探望老朋友，那時他已從聯合國退休了。我有機會陪着張子田社長和他見面。賴璉到聯合國服務，是因為是中華民國這個創辦會員，被中共接替了位置，聯合國以適時招請中文翻譯人才，賴先生一家已久居紐約，以他的學歷和資格，在聯合國謀一職位是輕而易舉的事，也就留居美國，一直到他逝世。《醒華日報》是當時在多倫多唯一的中文日報。其後致公堂辦過《洪鐘日報》，但讀者和廣告的收入，都無法平衡收支而結束。我後來定居多倫多，也擔過一個時期《醒華日報》的董事；當時張子田社長也已逝世了。

第一屆民國行憲後選出的立法委員、國大代表。的確操諸過急，蔣中正領導抗戰，功不可沒。然而抗戰勝利一九四五年才結束，國家瘡痍未復，而中共久經坐大。林彪部隊徒步出關，接受蘇聯在東北的裝備。以成勢不可侮的撫背局面，又以陳誠解散非正規軍和偽軍，迫使這些隊伍求存而投入中共懷抱，在彼長此消下，更成難制的勢力。在這種動盪的環境下，於一九四六年召開制憲國民代表大會，制定中華民國憲法。又未經遵照孫中山的「訓政」時期，人民還不知道怎樣選舉就實行。國民黨人為爭上位，不論國大代表、立法委員，每都由當權的國民黨中央決定，而那些花瓶的政黨，也分別各擁勢力，向國、共遊走，每多抱分一杯羹的心態，少有為戰後復興民族執言及發表制止雙方動武的公義言論，在這種「非楊即墨」的敵對氛圍下，國、共終於兵戎相見。雖然第一屆的國大代、立法委員同時產生了　蔣中正、李宗仁的正、副總統，可是座尚未坐暖，在一九四八年，國、共於　徐蚌會戰分出勝負，中央軍主力被殲；　翌年（一九四九），中共在北京建立政權，國民政府遷到台灣，開始了兩岸對峙，

一延至今。

人生只是歷史的過場，我們有時真身不由己，使我們悟到自由民主的可貴。假如我們有一個民主的制度，便有言論自由。就可以選票決定政權的歸屬，有輿論阻止兩黨的內鬥，避免了千萬人頭落地，廬舍為墟。而中國的實情是，不管勝方、負方，除了關門打狗，殘殺自己同胞外，還不是被主子豢養的打手，甚至看門狗都不如！在這個翻騰的年代中，站錯邊的只得逃亡。逃亡不及的，「翻」就是「覆」的解讀；站對邊的，「翻」就是「翻身」，起碼有過這個騰飛的滋味；雖然最後還是向一個獨夫膜拜，生死榮辱都身不由己；和站錯邊的前者，也只是五十步笑百步。沒有人權、沒有民主，此身那得己有？

加拿大僑社，傳統上開平人比較多。張子田是開平人，又是「龍岡親義公所」的元老。而「龍岡」是不同的姓氏：劉、關、張、趙宗親所組成，這個組織，既不是同宗，也不是一般聯合不同朝代的傳統湊合而成。而是以歷史中一段的淵源，在撥亂反正的時代，憑着四個歷史人物的精誠高義，生死不渝的為復興漢室為終生職志，成功地在後漢時代，以平民身分建立一個舉足輕重的王朝。「龍岡親義公所」的發祥地在舊金山（即三藩市），距今約一百二十年了；以後發展成「世界龍岡親義公所」（一九六二年在香港，首任主席張鎮漢）。論海外僑民社團人多勢眾，「龍岡親義公所」算是少數最大社團中之一。其他的有「黃江夏雲山公所」或稱「黃氏宗親會」，「陳穎川堂」（陳姓）、「李氏公所」（李姓）。集合歷史傳統或血緣 如「昭倫公所」（談、譚、許、謝）、「　倫公所」（薛、司徒）、「至德宗親會」（周、吳、蔡、翁、曹），這些集數姓的會所，也有的另立單一姓氏的宗親會。這些宗親會的結合，有一共同目標，就是為族人的成員排難解

紛。僑社安於現狀，傳統宗親社團起的作用是滿大的。

此外就是同鄉會的組織了。傳統僑社對鄉土之戀，當非今日年輕一代能理解。主要現代化的今天，世界已經變成地球村，朝發夕至，和二十世紀的四十年就完全不同，何況更往上數的年代，北美僑民對山長水遠的僑鄉，上世紀的四十年代的飛機票，和今天的購買力相比，是不可同日而語，更不要上溯坐郵輪的年代了。如果說中國華人只對祖國效力並不公允，沒有海外華人，郵輪也好、飛機也罷，能發展這麼快嗎？中國人傳統就是「安土重遷」，非不得已不離鄉、不離國。不是今天才如此，李陵《答蘇武書》有：「遠託異國，昔人所悲。……誰與為歡，夜不能寐，晨坐聽之，不覺淚下。」過去華人慘遭歧視，又不准家人前來的不人道，自又言語不通。賣豬仔前來，就要立即還旅費、人頭稅的在鄉借貸，少有機會上學去學習當地語言，不做勞工還能做什麼？這種苦況，當非今日的富二代、官二代所能想像的。同鄉會的組織，是解鄉愁的一端。「君自故鄉來，應知故鄉事。」向新來的同鄉問訊，總比先僑「誰與為歡」的孤獨好。因此，同鄉會亦因而應運而生了。可知宗親會敘親情，而同鄉會敘鄉情。雖目的各異，但解華人的孤寂則一。有這種共同的目標，僑民社團就有先天的互助互濟、互惠互榮的傳統。不論宗親會或同鄉會，一年一度的春節聯歡會、成立週年紀念日，都互相邀請參加同歡；其目的，就是「與你同歡」吧！我到加拿大不久，就開始寫「唐人街」的故事，一直到現在。早期的傳統僑社，是中國傳統社會，寄生在外國的土地上。我們沒有像列強一樣，到我們人多勢眾的時候，我們仍謹守着「唐人街」為安身立命之地。不像西方民族，到勢力足以控制當地時，便毫不猶豫將原來的住民趕走，自為統治者；或退而求其次，變佔地為宗主國的殖民地。因此，

中國人所到之外國地方，永遠奉「強賓不奪主」的傳統德化睦鄰。很多人以為中國人那有這個本事，誰不知我們的列祖列宗的開疆闢土的歷史。除非入侵中國本土，屢犯而不悛改者才遠征，被動設省統治而歸入版圖，絲綢之路所經諸國，只要和平相處便安撫而還。鄭和下西洋的軍力還不可以吞併嗎？非不能也；是不為也。近的如琉球、高麗，以前均屬藩國，中國沒有以殖民地視之，更無奴役、剝削的歷史。

上世紀的六十年代，「唐人街」還是傳統的僑社的集散地，大家安份守己，尊老敬賢，是個十足中國傳統社會寄生在北美諸大名城的。雖然當時大陸僑鄉已為中共統治，但視僑眷為裏通外外的人；華僑為資本主義的走狗、洋奴。大陸還是一個封閉的社會，「唐人街」的書店，出售的大多是香港出版的報紙、雜誌和書籍，小部分是台灣出版的。專營大陸的只有長城書局，但長期受到皇家騎警的監控。唯一的當地出版的《醒華日報》，消息來源大多採用台灣的「中央社」消息。雖然是國民黨黨報，實際上是經營自主，盈虧自負，董事由當地黨分部選出的，僱員由社長聘任。但總編輯還是請求黨中央選派過來，這也不是必然的規定，只是因當地缺乏編輯人才，特別是翻譯。當地通訊社、英文報章的翻譯，都要在深夜前翻譯好交到排版的字房去，才趕得上晨早出版。《醒華日報》的整套鉛字，還是蔣老總統送過來。中文打字機要到七十年代後期，才能全部取代鉛字排版。張子田既是當地唯一報紙的社長，又是著名僑界的元老，還掛着「國大代表」的銜頭，自然是一方之雄。雖然僑鄉出生，但早年來加，是當地國民黨骨幹人物，一生對黨國奉獻，順利當選第一屆國大代表，到南京宣誓就職的。以後像我們這些海外選出來「增額」中央民意代表，雖然還算第一屆，也沒有機會到

南京宣誓就職了！

　　《醒華日報》的社址，就在今日多倫多市政府的後面。這個新型建築物，是多倫多市的地標，和另一個地標「國家塔」（C. N. Tower）都在市中心，同樣是世界享盛譽的最新型建築物、加拿大的旅遊景點。隨着城市的發展，《醒華日報》的社址後來被地產商收購了。原址本是當地黨員熱心購地建成的，因此成為國民黨駐加東總支部和多倫多分部的產業。到地產商收購的時候，張子田社長已去世，僑社失了一言九鼎的元老，加東支部與分部按比例分配，各自置業而分家。那是以後的事了，也影響僑社左右勢力的消長，暫此按下。

　　張子田和我見面，已經是八十開外的老人，他是個慈祥的長者，問起黃季陸老師的近況，他由於年在高齡，近年也很少到台北開會，那天剛可是「龍岡親義公所」開紀念會，張子田帶我到會所去，那個年代，港、台兩地的留學生並不多見；到會者都是上了年紀、講廣東四邑話的鄉親。張先生在開紀念會時特別介紹我，並邀請我致詞。

　　這是我在加拿大至今長達五十七年的第一次在多倫多僑社的演講。我真是沒有統計過以後還有多少次，但可以說每年正式的、臨時的都從未間斷過就是了。由於第一次，我至今還清楚當年即席的致詞主題是：「龍岡精神」。我把劉先主的仁、關羽的忠、張飛的義、趙雲的勇的事蹟做基本論據，頗得與會龍岡公所四姓人士的讚許。在他們的特刊，還時常發現這個認同的論點。亦經歷半世紀，我成為眾多龍岡公所鄉親的朋友，並常為他們出刊的刊物發文。從張子田先生以次，我結識了許多龍岡公所的元老如劉子澄、劉祖佐、劉景雲、劉錫文、關舜年、關和燊、關文煥、關文練、關暢飲、張文福、張啟欽、張勝煥、張永鋒、張理超、趙柏裕、趙甘棠等諸公；年輕的更多。

我和張公在《醒華日報》相見時，就告訴他，我將到亞細亞汽油公司任職。最好是在唐人街附近租個柏文，方便我到大學街上班。當時唐人街附近的住宅區，還都是老屋。坐在社長室前面的張經理聽着我們談話，便轉過頭來說，我家在格蘭街，三樓住客剛搬出，如果你願意，可以租給你。就這樣，他帶着我回家，看過了寓所，十五分鐘便可到公司，真是最好不過了，價錢又合理，就這樣決定下來，我也就這樣落住到唐人街的住宅區了。從此與多倫多唐人街結了半生緣；工作的地點和早期的住所都設在唐人街。我對它熟悉不過。

公司很快通知我到任，而任職的部門，正是我的本科「市場研究」（Marketing Research），設在十一樓。全棟是 Shell Oil Canada Ltd. 加拿大總公司的辦公大樓，是加拿大僅次於美國當時 Imperial Oil 公司。三個月試用期滿，我正式成為公司長期僱員；薪酬作第一次調整；到了年終，除了因生活指數調整，還有考績的加薪。這一年，實際上從七月上任到年終僅半年，就經歷三次薪酬的調整。時為一九六三年底。當時一般銀行基層白領階級，週薪只有四十五元到六十元之間，幣值加拿大一元可兌換 1.2 美元，現在剛可倒轉過來。一杯咖啡五毛錢，到唐人街餐館午餐一大碗的芋頭扣肉連例湯，白飯一大碗任食，不過七毫半（3 Quarters）。我的薪酬比一般銀行白領階級約在三、四倍間。我有生以來，還沒有拿過這麼多的錢。第一次匯款給在香港的父親，並向他保證，必會在以後重入大學研究院拿到較高的學位，他高興得在灣仔英京大酒樓，設了十席招待親友，分享他的喜悅。

唐人街的悲情、
傳統的蛻變、
文化的傳承身歷

十七世紀的末期，清廷平定台灣，中國版圖統一初定，西歐的工業革命還沒有發生，中國還是盛世時代。帝俄南下擴充地盤，康熙二十四年（一六八五），俄軍入侵雅克薩城，被清軍大敗逐出，旋又回師復侵，又為清軍所敗，如此多次，俄軍始終不敵，一六八九年始作城下之盟，就是中俄所訂的「尼布楚條約」。這是清廷對外簽訂唯一不喪權辱國割地的條約。以後進入十八世紀，西歐工業革命，英帝國興起，佔領印度，在印度廣種鴉片，大量運入中國販賣，又將鴉片賺到的中國白銀，就地購買茶葉、絲綢等特產運回歐洲販賣，造成了英帝國勢力的膨脹；而中國人民經百年煙毒之害與國庫空虛。一八四零年之中英鴉片戰爭，清廷已不堪一擊；自此中國成為列強的次殖民地。在民不聊生之下，廣東地狹人稠；糧食不足自給，又接近殖民地的香港，居民大量經香港到國外找出路。十九世紀中頁（約在一八五零年前後），美國和加拿大的洛磯山脈先後發現金礦，演變為著名的淘金時代，廣東近香港的一些糧食不足的縣份，很多居民經香港「金山庄」的安排到北美洲來，其初大部分都是四邑人士：台山、開平、恩平、新會居多。因此，以後也稱他們的故鄉四邑，統稱「僑鄉」了。

　　漢人長期在帝制統治下，本來臣奴思想已根深柢固，又經滿人的暴虐，漢民族的馴服、鄉愿等劣性更甚。那些早年出國的，目的在求自身的生存，還背負渡洋船費的巨債、養家的責任，而且本身又沒有受過多少教育，言語又不通，除了以同鄉、同宗彼此照應外，實際能倚靠的助力也不多。中國早期到北美的華人，他們的發展也的確有其局限性，只可遷就本身的條件，大家聚族而居，也就是傳統的僑社（或具體稱唐人街）界定是：「一個保留中國的傳統社群，寄生在外國的土地上。」什麼是中國的傳

統？這個抽象內函，凡是中國的傳統社會都包括的，如語言，風俗習慣和思維。甚至居所、服飾和飲食，僑民能做得到的都做了：不能全做，或因材料所限，但還是盡量模倣，以滿足鄉心的慰藉。舉個例來說，即使死後的墳墓，其墓碑的碑文，全用英文或法文的不多：全用中文則比比皆是。若中英參用，也是中文多而英文少。必然連籍貫，村里都刻上。唐人街的商號、社團名稱，沒有不用中文寫的。近五十年來，台灣、香港而大陸先後的騰飛，唐人街的中文招牌、墳場墓碑就更像昂首闊步：在通衢大道或靜僻幽徑，以至郊野墳地出現，已是司空見慣了。所以近世移殖北美的華人，今日之所見，真難想像二十世紀五十年代之前的華人淒苦。到了六十年代的初期，以我踏入加拿大的一九六二年，已經比前十年好多了。事緣一九四七年二戰結束，中國列為戰勝的四強，盟國自動宣佈取消對中國所有不平等條約：北美華人也因此受惠，許多歧視的苛例都相繼廢止。最能改變僑社的人口結構，就是廢止不准華人婦女入口的法例：以後又經僑社的努力，次第以人道接引僑眷、子女得接引父母、祖父母直系親屬的團聚。同樣又以特別個案，得接引特殊關係的人士入境。我就這樣為父親接引唯一的姑媽來加團聚。如果說海外中國人民站起來，實質還是中華民國抗戰勝利的年代。

上世紀五十年代以前的僑社悲情，固然與中國歷史的積弱，歧視華人已是列強的積習：然而寄人籬下的華人，其本身當亦有被洋人歧視的成因。例如現代知識的不足、言語不通、工作能力薄弱；而言語障礙影響最大，和當地洋人難以溝通，形成自我孤立，缺少當地經驗，以致應變能力不足，冒險創新難有期待，在複雜的工作流程中顯然不是個好僱員，教人難委以重任，那麼，又教洋人怎樣評估？而現代化任何行業，都要算成本的，容不下尸位素餐

的人。更重要的，觀念是最難改變，華人墨守成規有餘，而開創能力不足。自困於自設的牢籠，還以安土重遷，不思改變現狀，唐人街百年鮮有新面目示人，正好說明固步自封的保守。唐人街的悲情的自我衍生者很多，其中和孫中山先生痛陳民族性像一盤散沙，很難團結集中力量應付和解決困難。一個自私的觀念：「各人自掃門前雪，不理他人瓦上霜。」或「槍打出頭鳥」等，這種狹隘思想和懦弱作風，形成一個沒有公義的社群，很難受人尊重，教人怎不歧視？

北美各大城，有唐人街的，一定在市中心發展起來的。可知華人參與北美洲各大城的發展，有其悠久的參與歷史。然而隨着各大城的發展，過去傳統的唐人街少有不是被動的轉移：近三十年來，新的華人移民，帶着知識、技術和資金前來，不可同日而語。他們不甘再被迫轉移，自動擇址，還刻意遠離傳統唐人街。以加拿大第一大城的多倫多為例，可說明華人社會，再不以唐人街為生活的中心。居所都沒有設定在唐人街的附近。這是多倫多傳統唐人街風光不再的主要原因，新一代的華人移民，沒有誰不會開車，要找生活工作，或營商發展事業，都不再自我局限於華人雇主或顧客。他們已習慣和適應與當地商場結合：他們自信滿滿的獨自經營，不必和同族群競爭。這種作風，漸成一種趨勢，一個商場有了大規模的華人大超市、大餐館，同行的就未必再往同一個商場擠入。唐人街在這種趨勢下化整為零、遍地開花。反使傳統的中區和東區的唐人街走向式微，這是時代的進步，誰都無法阻擋的。

造成傳統唐人街的被動與悲情，也不能歸咎於先僑的先天奴性，中國自秦、漢以來，無論當時的法家或儒家，其前提都是「尊君」：法家也不是人人在法律面前平等，而

是嚴刑竣法、令人畏怯，才能締造一個權威的帝王。中國傳統的儒家、法家，都在製造一個威權帝王，沒有想到設施一個制衡威權的力量，才可以長治久安，臣民習慣了專制統治。即使從秦始皇統一六國算起（公元前二二一年），到現在已經歷二千二百三十六年，臣民馴服的習性薰陶出來了。這是民族性主觀環境的塑型。傳統僑社既然是寄生在異國的中國傳統社會，中國主觀環境塑造的民族臣民馴服的性格，固無可避免；而外在客觀環境的渲染，乃清末受列強的侵晷，百多年來都是每戰必敗而割地賠款，民族自尊自信的喪失，在洋人面前自慚形穢，習慣逆來順受，這是傳統唐人街的被動與悲情的客觀環境所造成。

　　馴服的臣奴慣性的薰陶，對整個民族失去反省的能力，任人宰割、認命、怕事、缺少社會的公義、是非的正義，鄉愿瀰漫着中國子民，我們何能獨責華僑呢？僑社只是個寄生異國的群體，還是不折不扣的傳統中國社會。所分別者，中國傳統社會在中國聚族而居；而僑社在異國，以血緣的宗親則建立宗親會而聚：同鄉會則以地緣而聚，其意義是一樣的。內地以人多勢眾的大族，欺凌小族。異國則由會社的有勢力人士，他本身懂得當地言語、文字，能藉結識當地洋人政要或執法者，在許多無知的華人身上，也像國內的官吏一樣，恃勢勒索、刮取，迅速積聚了財富，成為有錢有勢的「僑領」。或本身條件不夠，但懂當地語言，也能成為會社的翻譯，傳統僑社稱之為「出番」，從這稱謂來看，中國人對異族還不是「歧視」嗎？是「出而和番」的意思。非我族類的，統稱「老番」：老番是野蠻，不識中國文化語言的，所以要靠「出番」和老番接洽？僑社也就有靠「出番」這個行業。這一行業，在我到加拿大前十年還是存在的，我認識的也不少。以後才漸式微，而以「出番」為行業的也受到自然生命淘汰。新

移民漸多，他們帶着知識來。大陸還鎖國的年代，香港、台灣來的留學生、移民，大多對英語的溝通沒有困難，那還需要「出番」呢？

傳統僑社對「出番」，以異國環境的關係，向來倚重。許多本來沒有什麼事業的，也因為僑社對他的倚重，漸漸也吃得開，在廣結人脈上佔了優勢，如果還有一點頭腦，不難出人頭地，這些人還算正派？有一些就憑懂當地語言，在僑社攪是生非的，從中漁利，也有不少這種人，因習慣游手好閒，不務正業，這些「出番」就成「社棍」、「社團老鼠」，在社會混，也混得一身光鮮，西裝革履，表面還很風光。還有一些「出番」專為唐人街的賭博館服務。警察拉人封館，就靠「出番」接洽，減少賭博館的損失。一個賭博館，至少長期養活一個「出番」。這些人的待遇本來不錯，有些得力的「出番」，番攤館還有紅股給他，可惜長期流連館內，沒有一個忍手不賭的，豐厚的報酬和紅股，還是輸個乾淨，我沒有見過那個賭館的「出番」不賭的。他所有的收入，又自然回到賭館那些大鱷口袋中。他只是白捱夜和一般賭徒沒有兩樣；沒有一個不是落得晚境淒涼的結局：他們一張張的臉，還在我記憶清晰地出現着！

加拿大算是個傳統保守的國度，重視家庭倫理、子女的正派教育。當地人士也因為傳統的保守，對華人的歧視觀念積漸難改。加拿大以前沒有因為美國很多地方有賭場而效法。就以多倫多作為第一大城市，居民始終反對興建賭場。「尼亞瓜拉」賭場還是近二十年才興建，也在多倫多八十里外；主要顧客的族群，在比例言華人最多。另一個在拉瑪的，還在百里以外。在這兩賭場未開設時，傳統的中區唐人街的賭館常有三、四間。一般都在七、八點開檔（亦稱「開皮」，即開賭），是遷就一般工餘後賭友。

翻騰年代的經歷

賭館難以賭場相比，連門面都因陋就簡，但一定要後門後路，在警察「冚檔」時能逃出賭館，免被逮捕。警察也慢慢懂得竅門，先封了後門後路，賭客便如甕中之鱉了。

由於我常寫唐人街的掌故，又以地產生意而廣結善緣，也在公餘之暇，去賭館探望一些朋友。六十年代賭館的全盛時期，所有賭館我都瀏覽過，但從來沒有下過一「注」。賭館主要有兩檔：一為「番攤」；二為「排九」。流行在廣東、廣西，傳播到北美來。這兩種賭具和怎樣賭，我後來都熟悉。為保持不賭的習慣性，不管探望賭徒或館主，照例以不懂為藉口，就是不賭，免得一次下海，以後就難拒絕。長期經營的「大安」、「大新」和登打士西街、栗子街角二樓「賢兄」開的，我都瀏覽過。賭館要招攬賭徒，開館的館主每以合夥經營，各有職司，分「總包」、「二包」。前者是財政總管，後者負責賭檔經營。「番攤」一般由賭館做「庄家」（即莊家）或做「莊」。這個唐人街的賭館名稱，是不是從莊家而來？賭徒有時賭得性起，或急着「返本」，失去理性作孤注一擲時，銀碼很大，要靠「二包」當場「受賭」或不接受，有時銀碼過大，難以決定，還要問准「總包」，因為輸贏都要現款結數。「牌九」可由賭徒輪流做「莊家」，賭館只提供服務，抽取佣金，沒有輸的道理，除非賭徒全部不肯做「莊家」，賭館要經營，才下水當「莊家」。許多華人除了工作，在不准家眷前來的年代，單身漢的華人，很多在週休日流連馬場；也不少流連唐人街的賭館。這種情況，要到七十年代才大幅改善。初期廢止華人婦女入境禁制，僑眷帶着未成年子女來，以後兒女長大，又可以申請未婚妻、夫前來。僑眷入境以來，在加出生的兒女又接着適齡結婚，這樣經過二十年，僑社男女性別也漸次平衡，有了正常的家庭生活，流連唐人街賭館就漸少。賭館的黃金時代也就過去，除非個

性好賭，與環境無關，又當別論。

二十世紀末期，安大畧省的拉瑪賭場、尼亞瓜拉賭場相繼落成，華人都成賭場的主要光顧客：馬場還是和以前一樣，又不能不說，華人確是個比較好賭的族群。而這些流連賭場的人士，以講廣東話佔重最大，因此，比較客觀的說：說廣東話的華人，佔賭場賭客的主要成份。

唐人街的傳統賭館，在兩處賭場開設以後，已經再找不到。近年大陸移民漸多，但還沒有發現有「番攤」檔的賭館，至於其他賭具的，已非我這個老人所知了。靠賭起家的誰說沒有？但傾家蕩產的更多？不論唐人街傳統的賭館還是現代化賭場，賭場、賭館的經營者必贏，賭徒十之八九輸，能逃出虎口不過百分一兩成，此中的兩成，比例上也是極少數因而致富，比例和中六合彩不相上下？我們又何必還在鱷魚潭淌混水？

我在一九六二年抵達加拿大，在加拿大而言，一九一零年加拿大國家鋼廠在咸美頓市建立，加拿大經濟史算是工業起飛的開始，一般以五年為期，要麼是起飛成功，邁向經濟發展的國家；否則，起飛而墜機，就不知哪年哪月再來一次，摔機是不幸之尤。二戰後菲律賓起飛不成：至今猶是落後地區，連開發中的國家也算不上。我到加拿大時，已是起飛後的半個世紀，早已邁入現代化先進的國家：而傳統僑社，還是在新舊交替中，舊的傳統唐人街已式微，而新的唐人街已有化整為零的趨勢，並不依附中區唐人街。而多倫多東區的唐人街，只有建立中式牌樓，才證明它還是個傳統唐人街。至於規模，早已不及密西西加有「九龍壁」的華人市場，和北面以至萬錦市幾個大商場了。這些都沒有標榜唐人街，而華人都很清楚，經營主體是華人，商品、或服務，是以華人所需為主。新舊互存，是與洋人和平交替、互利互存的典型。

新的華人移民，無法想像老一代傳統華僑的辛酸。唐人街的悲情，因大環境孕育的觀念和習慣而起，上述以身歷的感受而說明。至於老一代的傳統華人，個別的悲情，固然因人而異，但或多或少都受大環境的支配。例如賭館能養活一群經營者：因此必有一群不幸的供養賭徒。我熟悉一個朋友林華，他省吃儉用，也經過在鄉家人的相親，為他物色到一位賢淑的同鄉，經和林先生通信和交換相片，算是兩情相悅。林先生還預備隆重返鄉結婚，然後和新婚妻一同來加，他原在小鎮做「雜碎廚」，經十年八年的積蓄，總算可以娶到這個合意的對象。多少年來埋頭苦幹，很少到多倫多這些大城市來。於是預備在大城逗留一週，探望一些親友，順道和幾位同宗兄弟有幾天在多倫多相處，才經香港回故鄉。這一念之仁，又以相見不易，兄弟特別親切，並且住入其家。那同宗兄弟，還特別請假相陪，也逛到唐人街飲茶，以後帶他到市區的馬場看跑馬。林華鄉下人，沒有見過馬場，更不識賽馬下注，只作壁上觀，也真不枉此行。馬場散了，再轉到唐人街晚飯，同宗兄弟也許並不是沉迷的賭徒，但應該也是個常客。林華和他在番攤檔觀看，不久也小注試試運氣，真是得心應手，慢慢注下大了，還是手風順。暗想，自己快要小登科了，就是一場人生的大喜事，應了個好兆頭，一晚也贏得好幾百，比當廚師當時的週薪五、七十元好太多了。

　　林華的同宗兄弟林興發，在唐人街一間名叫合棧的餐館任廚師，我算是他相識的朋友。他拿手好菜是芋頭扣肉，用湯碗蒸熟，只售一元五毫，白飯任吃。當時的唐人街只有中區一地，以後才有東區的。合棧就在新市府的後面依利沙白街，他就是帶林華到同街的「大安」去，相距不到百碼之遙。真是「輸錢皆因贏錢起」。林華有的是時間，首晚贏了好幾百，到傍晚又想着再去，那還不簡單，

林興發也住在附近，走十多二十分鐘就到。「大安」也開檔了，林華已後悔昨晚的注碼太小，一開始還不知道手風便加大。誰知手風不像昨晚，連輸幾口：心裏有點急，像失了理智，原想幾下博回便離去，就是脫身不得。他的積蓄得來真不容易，輸了昨天的還不算：由於注碼大，每次從下注到揭曉，不過一、兩分鐘，這樣撥出撥入，如果輸的次數多於贏：又贏時「抽水」有百分六、五，即使輸贏各佔一半：二十次的番攤撥出撥入，原有的賭本也化為烏有了。下注愈大，長賭必輸的道理再清楚不過。賭館不贏，誰去開館。這和賭場必贏是一樣道理的。林華這個鄉下人，幾千元的老婆本，在心急氣燥之下一夜輸光了。

我不認識林華，想不到林興發帶着他來找我。的確，這是個棘手問題，在當地當時也少有可咨詢的人。賭館當然也不合法的，能告得誰？地方是租來的，警察來掃賭，能捉到的都半是賭徒；開賭館的人，從來都由那幾個賭館豢養的職業冒充者出頭，承認賭檔是他開的。每個賭館，都準備一兩個冒充開賭館的人。賭徒拉上警察局，識英語的都裝聾作啞，等候「出番」來贖人，賭館包起罰款。但開賭的人會被撿控，那個冒充開賭的人，必是身體孱弱的無業老者。這種人能開賭館嗎？衣服襤褸，蓬頭垢面，連法官也不會相信，但他認了，又能奈何他：言語不通，都是「出番」做代表，不外求情輕判，反正在歧視的年代，判他坐牢，還恐怕他倒斃獄中，多半罰些小款了事。真正開賭館的人都逍遙幕後，警察不知道？那未免掩人耳目吧！反正是歧視的一羣，那時華裔三級（市、省、國會）議員，還沒有在加東出現。多少人傾家蕩產，又去找誰申訴、找誰實際開賭責任、找誰代表華人社群，指證不法坑人的不法賭檔？

「願賭服輸」是開賭檔大言炎炎的借口，其實黑幕重

重。合法賭場還一定遊戲規則，唐人街的賭場的規則誰定的？輸了屍骨無存，贏了例必「抽水」；抽得又重，所以不只十賭九騙，而且是十賭九輸！唐人街即使到了今日，私設賭場還是有的，執法者不盡職、中國人怕事，交互成表面風光守法；實在社會的陰暗處多的是！在賭場發達的人也不是沒有，就像華人中 649 彩票一樣吧。至於串同作弊的，除非當場抓到出千罪證，是很難求償。而「番攤」大多由館作庄，「荷官」能作弊，必是頂尖的高手，恐怕也難捉到他的破綻。林華的遭遇值得同情的，一個「局中人」都難以向人求償，何況局外人？真是愛莫能助，我看到他失神落魄的離開。後來我到「合棧」午餐，林興發也為此深責自己沒有及時勸阻。他說林華只可退了婚，重新回小鎮執業。這樣又過了三年，林興發意外給我一個喜訊。林華終於申請原來的未婚妻來了。

很多賭徒就沒有林華的幸運：他的未婚妻和他通過信，多少有點情愫，他又能自責和後悔，如實的賭博經過也說了。不得已的悔婚請她原諒，以免躭誤了青春。他的誠懇打動了僑鄉姑娘的心，問他要等他多久才能接她過來，省了一個人來回水腳，還省下一筆在鄉擺喜酒的費用。這樣又燃起了林華熾烈的心，從此心無旁騖的努力工作，省吃儉用，終於如期申請未婚妻前來。這對像浴火重生的鴛鴦。我有時在「合棧」還遇見過。

開賭館也得講經營術，那就是向賭徒招徠。此外，還是股東不和拆股散檔。在唐人街大華酒家二樓的賭館較早成立，沒有名號。我和「總包」很熟，因和我主持的地產公司為近隣。到我們同在八十開外時還有來往，我為此問過他：究竟多倫多的警察有沒有收過黑錢。出乎我意料之外，他斬釘截鐵說：沒有金錢，偶而下班約去酒樓吃唐餐會有，這也不過是朋友的應酬，又何獨不能與警察交朋

友？至於冒充館主開賭館的人，往往只象徵式警告或罰點小款作罷，又有什麼解釋？他說：檢控官代表執法者（警方），別的賭館他不知道，他的賭館從未罰過！只有在賭檯上的賭款，法官一律沒收充公。這也是一筆不錯的收入了！「冚檔」一次，又過了相當時期才再來。所以隨「冚」隨開，肆無忌憚。八十年代「大安」還存在，但「大新」和大華酒家已「收山」了。為什麼我知道呢？我有一位外甥初來多倫多的時候，也被損友帶到那裏去，我還得去找他回家。我向前門入，他早已有通報從後門跑了！他的家也因此家變。賭之遺害，在傳統唐人街甚大。到「拉瑪」、尼亞瓜拉賭場開設以後，唐人街有「番攤檔」的賭館無法生存了！合法經營的賭場，遺害更大，已不是誰能「冚檔」了！家變、家破的比前更多，華人移民多了！個人更大的不幸，在人海起不了波瀾，是時代的進步還是唐人街隱慝性的悲情，誰又能說清楚！

　　我還在職場的年代，有一位年輕人到我主持的地產公司來，外表溫文儒雅，但穿着黑布唐裝配黑功夫鞋，十分李小龍的打扮，像個少年武術家。地產公司都歡迎顧客上門詢問，秘書帶他來見我。他的俊秀英挺討人歡喜，開口說話也溫文有禮。他詢問的卻不是地產生意，我也樂意和他交談。談的是他在大學的被歧視，有點不服氣，但他畢竟是個斯文人，講的也很理性。我問他還在學否？他說暫時休學，再看看情況再決定。他姓余，談了一陣，他就告辭了。到再見他的時候，還不到半年，他剪了個平頭裝，坐在銀行門前的石墈上，還是黑唐裝衣服，但上裝已不扣鈕，我一眼就認出他，但多月不見，他白皙清秀的顏容變得黝黑憔悴；他還記得我，但冷漠的眼神令人不易親近。這種情形，以後已多見不怪了。也不知過了多少年月，到我退休回加，唐人街發生警察在警車上開多槍擊斃一華人

翻騰年代的經歷

青年事故，消息連照片一同在多張華文報紙刊出，那個華人就是余先生。報載員警推他上了警車，員警說他在警車上從腰帶拔出一個小鎚來，曾舉小鎚向他們示威，其中一員警認為安全被威脅，即開槍多發，將余先生擊斃倒地而後已。正如余的姊姊對記者控訴：弟弟的小鎚很小，她曾見過。因為弟弟近年患了憂鬱症，常恐有人暗算他，小鎚還只是裝模作樣嚇人。質疑員警每槍都擊中要害，為什麼一定要致他於死地？手腳或不致命的部分，一槍也能令他倒下去，為什麼每槍都是奪命的，我弟弟沒有傷害任何人，只有在街上遊蕩，有必要開槍轟斃？余女士的哭訴，華人團體，未聞有人聲援。此事發生在中區唐人街，除了多添一個冤魂以外，可像什麼事都沒有發生過。執筆至此，多倫多傳媒公報政府截查座車，黑人是白人的三倍，質疑有種族的歧視，要立法嚴禁警察隨意截查車輛。警察殺了黑人，每每引起示威遊行，也獲很多不同族類的同情參與。華人的忍氣吞聲：又不參加社會公義的關注。到同族裔發生不幸的種族歧視，也視若無睹。涼血如此，而寄望其他族裔熱血人士的代勞，又何可得！唐人街的悲情衍生，無過於我們喪失社會的公義心。

這些悲情都是基於民族性格而產生的，不是唐人街寄生於異國才滋生出來的。也因為有這樣的民族性格，才產生了重鄉土情：重民族、文化的情結。老一代的先僑，甚至拒絕接受當地的福利補助。唐人街發展到可以令他們不須走出華人生活的範圍，他們又在「安土重遷」的觀念下，安份地終其一生都留在唐人街討生活，自得其樂的活到老，只以保存民族文化為榮；和時下許多新移民相比，雖然同一樣膚色，但觀念完全不同。傳統華僑辛勤工作，自食其力，很少領失業救濟金；和時下新移民，好逸惡勞不少，恬不知恥，我聽到自炫者，一方面領救濟，私下做

按時計薪的散工，主、賓兩邊串謀省稅。這些年來，新移民出現多少騙局？一個新移民自稱投資專業騙了數千萬、一個新移民婦女突然在餐館業界連開四、五間金璧輝煌的大酒樓；差不多同時宣告破產。假借貸、假結婚、假投資移民多的是；這是過去傳統僑社少見的作大、作假、作弊的新聞。

如果說人類的世界已是個地球村了，中國大地還算本土，其他諸國就算在野。唐人街就是寄生在諸國的野了。中國文化失緒，能傳承中國文化者，唐人街起了最大的在野作用。

華人飽受歧視，對當地政治的冷漠其來有自，這是指傳統僑社而言，但新生代和新移民就不可同日語。然而，當今日老一代還是佔人口基數仍相當的大比數的年代。例如執筆之今日，加拿大剛舉行過大選，保守黨落台，小杜魯道重繼老杜的雄風，迅速崛起，一舉將執政近十年的哈珀政府推翻，成為多數黨政府。這是誰在選前想不到的結果，比預期的差額太大了。過去新民主黨還是最大的在野黨。而自由黨在上次幾潰不成軍，淪為第三，這是前所未有的排在新民主黨之後。誰知小杜魯道崛起，新民主在安大畧竟無一席，還談什麼不成軍？保守黨也大敗。今日為二零一五年十月最後一日，《北美時報》政治評論人陳溢謙，在其專欄有詳盡投票數據指出，華人投票率仍不改過去的低落，而華人公民為加拿大英、法裔之後高居族裔人口的第三位，當選的席數和華人公民人口不成比例。傳統僑社屬於移民公民的，其投票率比土生華人低了百分之十三；比白人土生更低於百分之二十。而新移民的投票率則已和其他族裔（包括英、法裔）大致相等了，這是舊、新華人社會一個可喜的變動；我們也從此確知：傳統僑社老一代的保守性格，時代的巨變影響不到他們，也奈何他

們不了，但誰都無法拒絕生命自然法則的支配。唐人街的兌變，誰也無法拒絕的。此外，同日《星島日報》頭條報導：「華人社會一直存在娼妓問題」。二版頭條的報導：多倫多警局破獲「販賣人口迫良為娼」涉及華人娼妓問題。每一個大城市都有娼妓的問題，唐人街位在市中心，有娼妓問題是必然的，但比起以前的傳統唐人街中的「群鶯亂飛」的情景差太遠了。

傳統唐人街以傳承中華文化為己任。文化的傳承以戲劇最能立竿見影。在沉寂孤獨的華人社會，戲劇帶給人們歡樂，對傳承中華文化有事半功倍的效果。傳統僑社有了眾多的劇社，也增添了它的活潑生機。

我還及見傳統僑社：它是一個靜態的社會，變化不大。社團中的規章和事功，還一一在社團中呈現着，與過去比較，沒有什麼大分別，到八十年代才突變，也有顯著的痕跡可據、新的社團林立可尋、新的僑社領袖輩出可證。八十年代開始，應該說是北美僑社現代化的萌芽期，還不算現代化。但進化的速度和傳統靜態的緩慢，已相對有了強烈的對比：也因此，催生了傳統僑社的改革應變。

談到傳承中華文化的戲劇社團，我來的時候，右派的國民黨系統出現了「世界鏡」，顧名思義，它是反映世界的一面鏡子，當然就有時代的氣息了。此團成立於日本侵華時期，為的是支持抗戰。據曾為我主持的地產公司任職的司徒懿卿女士說，她當時還年青，「世界鏡」最常作街頭演出的《放下你的鞭子》籌款抗日，她常和加拿大勳章得主的林黃彩珍一同演出。抗戰勝利後，「抗日救國會」易名為「涉趣園」；另有成員組成「聯僑劇社」，效忠國民黨，是至今唯一有「黨徽」的僑社組織，多了聯誼性質。我到加拿大不久便參加，並且為該社演出：《重見天日》兩次。此劇為越劇《十五貫》改編的古裝劇。本市粵劇科

班出身的龍軍訪一定要我飾演全劇關鍵歹角劉阿鼠，否則他就罷演：而這是「孟嘗安老院」興建的第一次籌款。而該院的地段，還是司徒懿卿任經紀促成的，我也把公司的佣金收入全部捐出。在這種情形下，歹角也只是舞台上的人生表演，也就答應下來。在本市大型 Ryerson 大劇院公演，座無虛席了兩晚。以後我又和簡家聰律師等又為「孟嘗安老院」再擔綱演出著名話劇《火燭小心》。這兩次在大型的演出成功，「孟嘗安老院」有了基礎建築費，得到了各級政府的支持，首個華人安老院在「達士街」興建完成，這是以華人耆老的收容而興建的，以後該院的陸續的擴建分院，兼收其他族裔。創辦人劉輝醫生的人生夢想次第完成，拜「聯僑劇社」原始演劇籌款，應記首功。建院溯源自劉輝醫生、文學海律師和我共三人，由我負責物色唐人街地段（當時唐人街地產公司只有我主持的「雅來地產公司」）及聯絡僑社籌款演出，由文學海負責一切法律相關事宜，於草創期間弼輔劉醫生。

唐人街有了「孟嘗安老院」，以後又出現王裕佳醫生主持的「頤康安老院」。王醫生早年就參加社運，首創「平權會」、「史維會」等致力華人得到平等的待遇，以後就是「頤康安老院」等著名的事功，建樹卓著，我在《唐人街正傳》將他個人成就的事蹟，有頗詳盡的論述，於此從畧。

「孟嘗安老院」和「頤康安老院」次第建立起來。華人慈善捐款的潛力和慷慨，予當地人士一新耳目的感覺，再不是衣衫襤褸的、面黃骨瘦的東亞病夫，「孟」、「頤」兩院的華麗外表和管理的日趨完善，成為當地同類型機構的楷模，許多白人老人踴躍申請入住，可以概見。而政府興建及資助的安老院，亦以這兩院的成績為借鏡，這是傳統僑社無法夢寐的事。在這翻騰的年代，是唐人街從傳統

翻騰年代的經歷

到變革，堪足大書特書的盛事。此生何幸，在這蛻變的過程中，能參與、盡過一些棉力，見證唐人街歷史的轉捩時期，在一個寫作人來說，亦算老天的恩賜。

唐人街不論傳統的或蛻變後的，對中華文化的傳承，都盡了承先啟後的責任。「聯僑劇社」以後，出現一個專演粵劇的「粵海音樂社」。創辦者且是一群正式戲班「老倌」和音樂師。事緣日本偷襲美海軍基地珍珠港，觸發美對日宣戰，封鎖了太平洋，到加拿大來的戲班無法回歸，只可滯留當地，在多倫多留下來的：如我及見唱老生的雷翠萍，演花旦的謝家燕：掌板師傅何醒華等，都成了「粵海音樂社」的發起人，加上當地許國光、劉榮、揚逢春等，都是我的好友。老倌雷、謝兩人，還以嫁給我的宗親父老，都稱我為叔叔：許國光還是和我接近的兄弟：因此，我也常到「粵海音樂社」聽他們演唱，也在上演時做捧場的座上客。粵海音樂社以後，在香港左派暴動的年代，香港移民大量進入加拿大，許多大老倌、唱家、音樂師也在其中，使粵劇在大舞台上公演的機會驟增，都是當地新興劇社社團重金聘請來演出的。這些挾技而來的粵劇專業人士，豐富了北美僑社的活動。

「粵海音樂社」當年培養了不少粵劇人才，其初的馬盛、許國光、鄭玉龍等文武生、盧少蘭的花旦都曾在舞台上擔綱演出。以後請梁少心來，配合該社原有演員的演出，也頗可觀。後來梁少心和文千歲結婚，重來為該社演出，又是一番光景了。以後梁醒波、蘇少棠、鳳凰女又組班前來，我也是座上客，漸漸和梁醒波熟了。梁不但在台上逗人捧腹，在台下也教人絕倒。語不經腦，隨時「爆肚」，就自然妙絕。令人敬佩，他約我打牌，一有空檔便有電話來，在麻雀檯上，妙語連珠還在其次，最令人笑彎腰的是他手持大牌等「和出」的時候，他毫無例外會雙手

發抖，牌愈大愈抖得厲害，大家都笑了。波叔不以為忤，那隻手震抖，他就用另一隻拍下，還說：「叫你不要震，不聽話。都給那些人知道我叫胡了！」煞有其事的一本正經，都令臨場的雀友和旁觀者笑翻。

我那時在多倫多大學正選修一門中國地方戲種。我向導師 Prof. Kate Stevens（史提芬斯）介紹梁醒波的造詣，她要去看他的《十奏嚴嵩》。當時也適值大陸發生《海瑞罷官》的風波。梁擅長丑角，但他的老生也出色當行，開面演鐵面無私的海瑞，令人耳目一新，可謂能者無所不能。史提芬斯是哈佛文學博士，曾有三年到北京跟章翠鳳學「彈詞」，是章唯一的外籍、關門弟子。後來我還邀請梁及其他演員到「多大」表演，我擔任翻譯。這件事，後來我出畫冊，請史老師寫個短序，她還把這事說了一段話；（原文在英文版刊出）「好像不久以前，雖然已時隔多年了。自從許之遠在多倫多大學攻讀文學碩士的時候，我是慶幸他會選修我所授的中國劇藝的課。他以一個作家和小說家特有的經驗，使我們獲益。他參加華僑的粵劇活動，把演員引進系裏來的表演，同樣豐富了我們的識見。現在，之遠把他的興趣和天份，最多轉注到繪畫方面去，我希望他在新領域中獲得更大的成就。」

我到多倫多大學攻讀，而不用回麥瑪士打大學。最重要的原因，那時我已是三個孩子的父親，家在多倫多。二、我還未在職場退休：我的地產公司，我的投資都在多倫多：我全部的生活和事業，基本的、基礎的一切個人的志業和職業無法和多倫多分開。三、我從來就沒有掉過我寫作的筆。六十年代承陳子俊、張贛萍的安排，以後又得胡爵坤的青睞，我為星島報業系統如日報、晚報、快報寫專欄，也建立個人在香港各報系的著名度，擔任了陳寶森社長時代的《香港時報》名譽上的駐美、加特派員，多個

翻騰年代的經歷

雜誌的評論員，以及台灣的《中央日報》、《新生報》、《青年日報》、《中華日報》的專欄作者：以後還正式為《大成報》的主筆。忙不過來，日常的生活已如此忙迫，無法再到咸美頓上課。四、我的恩師已逝世，無法再立雪程門。五、我讀經濟，是奉父命為我家斬斷破家後的窮根。我原是喜歡中國文學的，也以近世北美著名大學，已發展出自我培養的漢學家，不再依賴中國學者的傳統意見：並把範圍從漢學為主體擴大到「東亞研究」體系。究竟這種學術研究，漢學有沒有脫離中國價值、思想體系等攸關中國民族前途的影響，我也很想知道。因此我到多倫多大學的「東亞研究院」去讀文學碩士的課程。

後來經過兩年選修課程，仍然選史提芬斯教授為我碩士論文的指導老師。當時多大東亞要開辦一個「中國文化講座」，整個策劃由朱維信教授主持，我選修過他的課，他也是「台大」的學長，承他的信賴，要我物色華人社會中，能對中國文化某一項藝文擅長的人，在講座擔任一小時的演講。那大約在一九七七年間，大陸還沒有改革開放，「文革」雖然結束，僑社講普通話的人不多，講座以廣東話進行。由於「文革」，香港發生了移民潮，著名諧星鄧寄塵也移民來了多倫多。他個人可以分別講好幾個男女不同的聲音，年紀的差異和性格，都可以分別得出來，這種口技類似相聲，但相聲是兩個人聯合表演，以題材和對白取勝。而鄧寄塵完全以個人的口技，分飾多人的交談，能演譯出故事的發展。他又是省港兩地廣播界的碩果僅存的人物，我安排他在講座中講述香港廣播史。自大陸「文革」以來，我們海外人士已確認現時主政的中共政府，它的施政目的，最終還是完全以「破舊立新」，徹底以暴烈手段，改變中國傳統的一切，而最重要還是傳統的中國文化，所以清楚揭櫫「文化革命」的大蠹。也激起海

外文化人士，對保存中國傳統文化，像大陸以外的在野，深切感受到要為中國文化在海外維護與保存下來，當為應急之務，我向朱教授提出請鄧寄塵來講「香港廣播史」，從一九四九年以前，其源頭在廣州，隨着人流投奔香港而發展起來。「香港廣播史」，在電視發明或普及以後，廣播電台除平面媒體以外，最能深入到每個家庭去，公共場所、商戶、工廠就更普及，而廣播電台又以「天空小說」如風行一時的李我現代小說：「歷史小說」如方榮：以口技的表達的社會怪現狀如鄧寄塵：都是長達十多二十年，長期是港澳廣播電台主要的娛樂節目，成為港澳地區最重要的消閒文化。我還約聘陳魯慎講「中國文學」、勞允澍講「中國美術史」：我也濫竽講「中國詩學」：李秋雲講「國語教學法」等。我向朱教授所推選的人，全部接納。每次講座，系主任都親來主持並致詞。當地報章都有刊登消息，鄧寄塵還特別在香港娛樂刊物撰文，以能在加拿大最著名的學府的「文化講座」主講為榮。其他人士，在其生前死後，都有記錄這一段以為榮的經歷，但沒有一個說及是我所推選他的人，大概人以直接得學術機構之安排為榮，以間接援引屬為降格。末世之風澆薄如此，真有約定俗成的效應，人同此心，否則何以未有一人說及推選他的人？我只是如實在此記錄這個歷程，對我早已無關宏旨了！我倒有一個難忘的記憶，朱維信原是我「台大」的學長，他的父親，是民國北伐軍五個集團軍總司令之一，是中華民國削平軍閥的大功臣。我在生活安定後重回學校，朱教授卻成為我的老師。

　　一九九五年，我從公職退下來，回到多倫多。當時朱教授也正式退休，我們再見面。他問我有什麼打算，我說最好回大學教書，多讀未讀之書，也好好做些學術研究工作。誰知他很不以為然：「教大學有什麼意義？如果我

選擇，要去大陸地區教小學才有意義。」細想一下，現在的教育風氣，學生可以評估老師，為老師打分數。誰敢得罪學生呢？差不多同一時期，我也和「台大」外文系教授張漢良兄談起大學教書，他搖頭搖手說：不要到「台大」來，有打老師的學生！近年的「太陽花運動」，衝擊行政院、佔據和毀壞立法院設施，都是大學生，不少是「台大」學生帶頭。我的兒媳也分在香港教大學，他們對現階段的大學生，其跋扈與無知，認為是香港前途未來一大隱憂。累集這些訊息，還是自固吾廬，閉門寫書自娛較好。從此斷絕重執教鞭的念頭，時移勢易，免得教鞭落在自己的頭上。

朱教授的話令人感動，國家元勳之子，吐屬真是不凡。當時在感動的情緒下，我說，如果你去大陸教小學，我願意追隨。後來他沒有再提起，什麼原因，我也沒有問起。但他卻提到：台灣中央圖書館重印了四庫全書：有一套已送給香港大學。目前僅有一套尚存，問我是否願意為「多大」東亞系爭取。我並不知道台灣中央圖書館有重印四庫全書的事。朱教授說：如果多倫多大學也有一套皇皇巨著的《四庫全書》，應為圖書館鎮館之寶！我記得中央圖書館館長王振鵠曾多次應我的請求，將許多圖書分批寄贈加拿大各地僑校和有中文書籍的圖書館，這是我在立委任中的工作之一：協助海外僑社為中華文化傳承的新生力軍。我退休以後也應朱教授的請求，只恐人去茶涼，但我還是和王館長接觸了。承他的答應，終於將該套有清一代最偉大的巨著，能全套送給多大東亞圖書館。在傳承中華文化的參與中，也為母校爭取到這珍貴的國寶級圖書，值得一記的事吧。由於我接寫港、台和多倫多好幾個專欄，每天辛勤的筆耕，沒有到「多大」的東亞圖書館去，看看這套巨著的模樣與陣容。後來只聽到巨型古籍都拍成微型

電子書收藏。我曾到該校中文古籍主管喬曉勤博士查詢；據告：東亞圖書館電子貯存《四庫全書》目前有四個版本；但都沒有註明餽贈者的姓名或機構的名稱。台灣國立中央圖書館做弘揚中華文化，亦義理當為的事，不會介懷沒有留下該館贈送的紀錄。

我記得入讀「多大」時，東亞圖書館中文藏書約為十五萬冊。在我畢業時：正當日本經濟最繁盛的年代，日產品取代美出口貨，包括汽車、電視等重要的應用工業產品。朱教授告訴我日文圖書已超越了中文的了。我為《四庫全書》的捐贈盡力而成功，頗感欣慰。後來有校友告訴我，圖書館還有我在香港亞視電視台做《黃土黃水》嘉賓（十三集）的即場辯論的記錄片。該片原為北京電視台拍攝的，紀錄辛亥革命軍以後至兩岸對峙的歷史。這段歷史，香港在殖民地教育下，歷史教科書是不下載的，新生代無從知道，面對「九七回歸」，由北京電視台製作，亞洲電視台買了版權，由能代表國共兩方做嘉賓，以蕭若元為主持，港大教授李預為引言人，對這紀錄片的重視可知。已邀得前駐港新華社統戰部長黃文放（時已退休）為中方嘉賓，我是國府現職駐港僑務主管，為國府代表的嘉賓。這當然是繼「龍門陣」後最哄動的香港的電視節目。

一九四九年真是國民黨在大陸全面潰崩之年。也是龍應台的《大江大海》的時代背景：她在馬英九首任台北市市長時，也首任為該市的文化局長。我在同時間擔任了馬的「市長顧問」，我們和許多官員，包括副市長在內，都只做了一任便離職，究竟是辭或不續聘，難一一調查實據。不過，從馬取代聲望日隆的陳水扁，跌破政評家一地眼鏡，是馬第一次通過民選擔任首都的特任官，打敗人稱「最會選舉」的陳水扁。馬從此政壇騰飛，成為國民黨無可取代的新一代領袖，也成為陳水扁終身的剋星。龍應

台辭職後成為香港大學駐校作家，就在那些年代寫了《大江大海》和一系列散文專欄：《沙灣徑 25 號》，這是她居住香港大學宿舍的住址，位在香港著名的半山區，據高可瞭望離島的點點島嶼和隱隱起伏的大陸山巒，下臨維多利海峽和外海。25 號是香港大學任教席者宿舍，有三座並排，龍應台是例外了。她住第一座：無獨有偶，我的幼兒執教港大，一家就住在 25 號的第二座。我每年都到香港探視兒孫，小住也有兩三個月，和龍又成鄰居，雖有同事之雅，但並不熟落，又是退休人物，少有應酬，也就沒有過訪。龍後來又在馬首任總統時出任首屆文化部部長，龍離開以後，馬在台灣地方選舉潰不成軍：被迫辭黨主席。時隔兩年，又在二零一六年大選更徹底潰敗，與國民黨一九四九年全面潰敗，輸了整個大陸政權一樣。馬英九以書生從政，夤緣時會，位於人生頂峰的尊榮，卻應了宋楚瑜的預言：「馬英九葬國民黨於台灣」。龍應台有幸知所進退，及早全身而退，不致陪馬政府殉葬。馬卸任總統前，贈勳有功人員逾百；而獨缺創文化部長的龍應台，頗有冠蓋滿京華，斯人獨憔悴之憾。龍固瀟灑不以為意，惟馬之對龍，外人難免不解。她忍辱負重，被街頭戰將變立委的民進黨人的辱罵，多次淚灑議場，馬不念龍的忍辱撐持，獨責不效忠到底，就是給你好看；如此雞腸小肚，我欲無言！

　　辛亥革命以後到台灣兩岸對峙，在中國而言，是最動盪的翻騰年代：在國民黨言，削平軍閥，統一全國，是重要而光輝的時期。在日本看來，中國的統一而逐漸強盛，對「明治維新」以來要滅亡中國，自然是不願意見到的趨勢，急不及待佔領東北。東北軍的張學良沒有守土，撤入關內。以後又有「西安事變」、七七全面抗戰、國共合作抗日等：國民黨又轉入一段領導抗戰的艱苦時期。日

本投降，蔣先生急於行憲，黨內因選舉而分裂。又以裁撤偽軍、發行金圓券等失政措施，致中共乘勢而起，終於在一九四九年失去大陸，退守台灣，以後兩岸對峙至今。這就是大陸電視片《黃土黃水》所紀錄的歷史，亞洲電視要開壇評論，國民黨先天上已屬劣勢。我承邀作嘉賓，事前並沒有看過那套紀錄片，想像到這當然是以中共觀點取材：但還自信對這段歷史有足夠認識，應付亦游刃有餘。但身為國府駐外人員，是否參加評論，當然要請准上司。我於是直接寫個呈文給章孝嚴委員長，說明這場評論涉及國家形象和蔣老先生、蔣故主席，與其交由對這段史實一知半解的人去辯論，倒不如由我接受邀請。章孝嚴毫不遲疑就答應，且沒有交帶任何意見，他對我的史識十分信賴。我和亞洲電視接洽人提出條件：這是當場的辯論，不是錄製後播出。他徵詢了主持人和對手嘉賓的黃文放先生。

黃文放在許家屯擔任新華社香港分社社長的時候，是該社對台的統戰部長。在港英（殖民地）政府時代，新華社派駐香港的分社，等於「回歸」後的「中聯辦」，是代表大陸當局駐港的正式機構。「六四事件」發生，新華社駐港從許家屯以次，都同情學生的：否則，他們的《文滙報》怎能「開天窗」大書「痛心疾首」的表態！以後許家屯要到美國去。黃文放的退休是否因年齡還是其他。他從來沒有提過。

黃文放退休後，在香港多個報章寫專欄，算是個開放人士。其初對我還是有點壁壘分明，不算敵視也算冷漠。我們每週拍攝一次，就在亞視拍攝的一個場所。和膳堂相當接近，有時還未到拍攝時，便在膳堂喝咖啡聊天。黃文放自己沒有開車，也沒有司機接送。檔期排在晚飯後的黃金時段，全程半個小時，拍完各自回去，我多次向黃說可

以送他回家。初時還不答應。以後也漸熟落，我還是每次邀請：結果他答應了，以後便成了習慣，由我送他回家，漸漸還可以談及個人私人的事。實際上，他雖然做過對台的統戰部長，但還是從國內供給資料，聽中央指示辦事，個人還沒有到過台灣，實際情形恐怕還欠週詳的了解。他退休後做點個人事業，從事貿易經營。大陸當時還算初步發展，工業產品不多，還遠不及台灣，他向我透露，很想到台灣去看看，有什麼可以促進兩岸貿易關係：也想到「香港之友會」和當時理事長張希哲見面。我說：這都是輕而易舉的事，我可以為他安排。《黃土黃水》拍攝完畢。他後來果真到了台灣：回來後，我已調職回僑務委員會，不到一個月便辭職退休，返回加拿大，也就沒有再和他敘舊，不知道他在台訪問的經過和發展，只有在報章上還讀到他的文字：一般還是談「港事」，少有讀到任內的台灣統戰工作，也沒有讀到他到台訪問的事。我唯一讀到的，我調台不久，黎昌意也就調台，黎昌意歷任中華民國行政院大陸委員會香港事務局局長等職，黃文放也只輕描淡寫記黎調台前曾向他說，將來會告訴他調職的原因。我很有興趣想聽黎的說詞，但很令我失望，黎不久便死了！民進黨法務部長陳定南，原來上任時要起訴他二十七案，曾哄動一時，後來卻變虎頭蛇尾，坊間以陳水扁新上任，極須得軍方的支持，黎昌意是個獨子，父親就是黎玉璽，位至海軍總司令、總統府戰署顧問，是兩蔣時代碩果僅存的將領，是網開一面的傳言嗎？就不應臆測了。黎過去後，陳定南也逝世了。連黃文放亦不久也去世，黎的調職也就沒有人再提起。那時還是港英時代，繼任他的鄭安國，也因為說了李登輝的「兩國論」，便不容於香港。而黎調職的原因很複雜，也非外間所知，只是他離職前拋出一句：我的離職，「是有一隻幕後的黑手推動！」其實，

任職與調職，權在主管機關，像我們這些簡任官員，又是在文官制度保護下，不會是那隻黑手可以推動的。何況還有駐在地的政府決定。黎這句話當然作不得準的，且欠缺常識的，任何人都不必對號入座。

唐人街靜態的傳統僑社，隨着時代的腳步，也加速轉型。一九四七年加拿大廢除舊的歧視華人禁止華人婦女入境的苛例，僑社以後陸續補充了女性，社會性別結構也跟着轉型，以後又以「人道的家庭團聚」，帶動了華裔公民可接父母和未婚法定年齡的兄弟姊妹到加拿大來。由於「人道」的移民，旁及其他符合「人道」的人物。例如我家唯一的老姑婆，我父親就以過去相依為命的理由，由我擔保不會向政府申請任何補助，用宣誓的程序提出保證，結果成行。同樣理由，時隔二十年，申請已比較嚴格，我擔保堂弟一家來，出面申請是三妹需要廚師，但移民部擱置起來，等了年餘都沒有消息，簡律師以為加經濟的不景，恐怕新移民成國家負擔。需要的保證就不只宣誓，還要看產業的市場價值，來決定個人的保證是否有效。保證是加拿大政府本於人道批准的移民，不會因移民入境後確定，一家人的失業救濟還要政府負擔，而政府又不便說明這個恐懼的理由為批准的前提，牴觸了人道移民的精神。辦理移民有經驗的律師，就用擔保新移民入境後，不致增加政府額外的開支。結果經我的擔保，堂弟一家也批准前來了。

上世紀五十年代的最後兩年，藉家人團聚、人道移民政策的新一代華人，多數還是僑鄉的子弟，和傳統僑社的華裔公民的思想、行為、教育水準大致一樣。唐人街人口增加了，但以質不變，還是個傳統的靜態社會。唐人街要突破傳統的思維與作風，要到一九六九年前後，大陸文革向香港輸入。香港大量新移民湧到，僑社從量變而漸

次質變，到「文革」以後，傳統唐人街才甦醒起來，港式經營的餐館，改變了唐人街的容貌。以後又逐漸脫出唐人街範圍：而且有了市場經驗，不再結集在一起，各有各的地盤，這樣更不要在一處爭霸而作平價招徠的割喉戰。傳統僑社因唐人街的爆炸式到處開花，除了中區和東區還像個傳統唐人街，其他各大商場，大的結集和小的獨霸，各呈不同面貌的經營，要到八十年代的下半期，傳統的唐人街，才算徹底改變傳統僑社的風貌；才算僑社現代化，在此以前，我還沒有離開過唐人街，應該是參與從傳統轉到現代化的親歷者。

傳統文化的傳承，在社會能夠深入民心的，也是最能夠發揮傳統作用的，當首推戲劇。過去以舞台劇獨霸，到電影工作崛起，電影市場一日千里：以後電視機又深入每一個家庭，已不止傳承傳統文化，還可以宣揚新觀點、新文化。成為戲劇最重要的板塊。

因應僑社人口的劇增，還是傳統形式劇社的「粵海音樂社」，顯能專業的推廣粵劇，過去因美軍封鎖太平洋，許多原本和加拿大演出的老倌和棚面的音樂師傅，都早已在加拿大定居和組織了家庭。「粵海音樂社」的成立，這些老倌和音樂師傅都成了開創的骨幹人物。開創的聲勢，也帶動原有的劇社如「聯僑劇社」等招兵買馬。到香港大量移民湧到的年代，音樂社如雨後春筍般的發展起來。

我在香港的青少年時代，是粵劇發展的全盛時期。我在上環的「平安鞋廠」當學徒，晚上將木板拼作單人牀，人多擠在一起，又在炎熱氣溫下很難入睡，非到晚上十一時天氣轉涼始可。因此，往往趕到「高陞戲院」，憑着窗口的玻璃折射，舞台上的唱做唸打，音樂鑼鼓，站在街上都能看、聽得到。李少芸組織的「大龍鳳」，真集當時省港大老倌於一團。「大龍鳳」的賣座，李少芸以後還

多次以這個號稱「班霸」重組過好幾次。記憶所及，參加過「大龍鳳」劇團的大老倌，包括薛覺先、馬師曾、白玉堂、任劍輝等當時最負時譽的文武生：花旦有余麗珍、紅線女、白雪仙、鳳凰女、陳艷儂等；丑角有歐陽儉、李海泉、梁醒波；老生靚次伯等。李少芸開出的新戲也因人而異。如尊重伶王泰斗薛覺先，第一齣是《帝苑春心化杜鵑》，以後為馬師曾開《蝴蝶夫人》等，都哄動一時。我如癡如醉看到完場，幸可上環到「高陞戲院」不遠，十五分鐘連跑帶步很快回來，這是學徒生活最後一年的事，使我及時看到香港粵劇全盛時期的大老倌的演出。不久，薛覺先、馬師曾、紅線女都先後回廣廣州去，在香港的「大龍鳳」演出，已是最後的絕唱。

以後留港的幾年，我還是粵劇迷。有些名伶名劇，都是靠「窗口」座位或日場看的（平票價、或鞋廠的半月休假日、以後轉業的週假日）。那些年代，是紅線女與芳艷芬；新馬師曾與何非凡爭霸的年代，任劍輝已適時的冒起，鼎足而三；他們的戲寶，我幾乎全部看過。因為舞台劇也在當時拍成電影，在電影院播演了。

我對薛覺先的瀟灑身段、白玉堂的《起霸》的手足工架和眼神着迷。白居易詠曲藝的名句：「古人唱歌兼唱情，今人唱歌唯唱聲。」真是內行人語。薛覺先的《胡不歸》之《慰妻》、《哭墳》；《漢武帝夢會衛夫人》之《初會》、《夢會》，我都會唱，而且還滿自我陶醉；當然還沒有正式有音樂拍和，自己哼來「自己過癮」而已。新馬的《臥薪嘗膽》、何非凡的《碧海狂僧》也可以自唱自醉。紅線女的《昭君出塞》，我可以男聲「女腔」唱。到音樂師傅小提琴名家盧家熾先生移民定居多倫多，我們成了好朋友，說起《昭君出塞》這個曲詞，我對馬師曾的撰寫工夫十分欣賞。真想不到盧先生說，他才是原作者，不知馬師

曾是否購買了版權？盧先生絕不是好炫耀的人，他是中山大學的畢業生，是少見的學養湛深梨園中人，已去世多年了！馬、紅夫婦的女兒紅虹，後來到了台灣，教育部長李煥特別為她來台，應她的請求想到國立藝專教書，特別安排她到教育部考核教師資格，為她網開一面。那一天，正好李部長約見我，有緣在台灣聽到「女腔」傳人的歌藝。

經李部長的介紹，我又說起她的父母舞台造詣，和當年紅線女帶她到多倫多獻藝，演出的戲碼就是《昭君出塞》，兩母女分飾王昭君，我還是座上客。以後我到台北去，紅虹當時已任國立藝專教席，還邀我參觀她的宿舍單位。以後我派駐香港，紅虹的弟弟馬鼎盛，也在香港為報紙寫專欄。

我派駐香港的「華僑旅運社」每年邀請新聞界組團回台參訪。一九九四年，我奉命邀請香港當時最負盛名的作家來台參訪：由總統李登輝在總統府接見，馬鼎盛是我挑選為參訪團員之一，團長在我心目中的首選是：《九十年代》雜誌的李怡先生。

李怡主辦的《七十年代》，還是被認為左派對海外統戰的重要刊物。我也常讀他的文章：以後換了名稱：《九十年代》。很多人還困於過去的印象，只認為到了九十年代，換個適當年期更符合當代思潮，應是招徠術而轉換。右派人士當年常以為：做了共產黨是百變不離其宗，《九十年代》只是換湯不換藥，不信者恆不信，沒有認真的研究兩者的差別：李怡是否共產黨也不了解。當時駐港各部會都有代表。「中華旅行社」已由外交部轄下轉隸「陸委會」，但名義還是以外交部派駐。「華僑旅運社」實際上由僑委會轄屬，從五十年代創社便成國府駐港的代表處。比前者更具歷史淵源，兩者各有所辦、各有所司：惟參訪團則同一目標亦各辦各的。一九九四年章孝嚴特別交

帶要辦一個超水準的參訪團來，大概不只在總統府召見，
應該也是李登輝為直選總統的宣示。李怡的思路清明，擅
文擅語，如在總統面前發言，一定令當場人士刮目相看，
不是傳媒大亨虛有其表可比。李怡有他的見地，他答不答
應，我是沒有把握的。結果，他答應了！一九九五年我辭
職回加，曾在機場遇見過一次，他也是回加探望家眷。這
幾年，我常在網上讀到他的文章：他出版的書籍，我差不
多本本讀完，故人無恙，雖未重晤，但我對他並不陌生。

　　如果一定要把時代的思想分成左右，那就沒有超然
於兩種思潮之外，一如傳統非楊即墨的武斷。不論是左
是右，李怡都不是風派，他有他堅信的理由：也有唾棄
它的勇氣。這截然不同的理念，都曾經過他反覆思考的複
雜過程而決定下來，以後鍥而不捨的為確認的理念而盡心
盡力。時下所謂「知識分子」，只是專業族群；真正的讀
書人，必有一定的共識。正如范仲淹「以天下事為己任」
的傳統之士，無論「居朝堂之高」或「處江湖之遠」，都
是「先憂後樂」的讀書人。有「以天下事為己任」，才發
生「任重而道遠」這個念頭，他會檢討他們的言行對社會
風氣的影響：深切的反思，自然會修正一些謬誤的過往。
其不容修正的，在讀書人的良知激發下，不會甘於鄉愿
為「德之賊」，產生了良知的對抗；終於打破枷鎖，還作
獅子吼；在社會起了激濁揚清的作用。我讀李怡的書，他
轉變的過程是這樣的自然，本身在實踐中又益增其信念。
我看到他幾次的訪問，其答覆、其宣示，都是內心堅信的
表現。他是個忠於良知的勇者。此外，他熱衷追求知識，
擅於吸收，立論言必有據，文字雋永活潑。他是港中藝文
與時評兼擅的一枝健筆。雖然久未聯繫，但以往對他的認
識，那還論他的報還，自負雙眸不昧，也就夠了！

　　馬鼎盛先生近年聲譽鵲起，儼然是個軍事學者，在鳳

翻騰年代的經歷

凰電視主持軍事相關節目。至於紅虹，我退休後再沒有連絡了。紅虹、馬鼎盛的母親紅線女也高齡逝世了！

「大龍鳳」的班主李少芸、余麗珍伉儷，也在八十年代來多倫多定居。其先和黃千歲合作演出一次，以後再和龍軍訪也只演一次便告別舞台，我都是座上客。黃千歲比余麗珍早移民。扮相俊美，粵劇界無出其右。唱工平穩，稱「玉喉小生」，因沒有獨特的個人風格，所以雖第一線文武生，但沒有可述的造詣。我和他算談得來，唯一可記的：「人生到了八十，一日不如一日。」真教人震慄：今日我已過八十，方知此言不假。龍軍訪、龍讜弟兄早於七十年代便定居多倫多，龍讜是我的至交，獨身不談婚娶，一直到他去世。龍軍訪是個粵劇奇才，舞台工架和唱工是專業水準，字正腔圓。棚面伴奏，從掌板到頭架、二胡無一不精。龍氏兄弟以世家子弟，父祖蔭下，幼年即組「小龍劇團」，兄弟姊妹均有師承，舞台角色不假外求。從澳門而遷居香港，「小龍劇團」均有演出。龍軍訪雖學有專長，但一生均以粵劇傳承為己任。聯僑劇社的中樂組由他負責，造就不少人才。該社在《五十週年特刊》中，龍軍訪寫了一篇「傳統粵劇及其演變」：研究粵劇歷史者最足的參考資料，應是他傳世之作。他的德配夫人呂拾媤，乃香港著名畫家呂壽崐之妹。龍氏兄弟先後作古，令我愴懷者久。緣在「孟嘗安老院」初創，在唐人街找地興建，是我的地產公司促成，以後首次籌款，又促成聯僑劇社義演，我亦首次粉墨登台，以至再三飾演要角，為該院先後籌到了基本金始向政府撥款，促成該院在唐人街興建。當然該機構同人和僑社共同的努力而完成。但其始成為劉輝醫生在開創期間，文學海律師與我應是他最早資詢和曾為他的開創努力過的人。

李少芸是香港粵劇長期的班主，一直到他移民加拿

大，唐滌生才冒起。移民後初期的一兩年，余麗珍尚演過兩台，但李少芸已完全脫離僑社的應酬；但他們還常和我來往。余麗珍以青少年時代學藝，常以未經正規教育為憾。晚年謝絕應酬，以自學自修彌補失學之憾。我們稔熟了，她就問起我有什麼藏書：她喜歡中國歷史，我選好幾本借給她閱讀，她很快便讀完，還有時和我討論書中章節，可知她真的用心。以後我到台海擔任公職，斷絕多年交往又恢復過來。不久，李少芸提議我利用退休餘年，跟他學編寫舞台粵劇，他願將編寫經驗毫無保留相授。可惜我俗務既多，許多未寫之書，都以時間不敷而擱下來，失去為這個歷史悠久的重要地方戲種的粵劇，沒有追隨粵劇最有經驗的編劇家李少芸學習，老年念及，應屬人生一憾。李公的墓地已拱，追悔何用！

　　傳說唐人街的三大劇社，我到加拿大尚全部及見，最具歷史性的「世界鏡」劇社，成立於一九一八年，我到多倫多時，尚有社址：社長是馬鴻想先生：但已作古三十年，然音容宛在。再過一年，明年就是「世界鏡」成立一百週年紀念，不知唐人街還有什麼人會記得？至一九三二年，「世界鏡」部分社員另創「涉趣園」，除承傳中國戲曲藝術，尚有聯誼鄉親為宗旨。「涉趣園」以中華民國為正朔，不管政黨鬥爭、政黨輪替，「涉趣園」自置的社址門前，仍高懸民國國徽「青天白日」於正門的上方，每年國慶照例慶祝。又次年（一九三三），「聯僑劇社」正式開宗明義以「劇社」為立社宗旨，示專門以傳承中華戲劇為號召。也是我參與戲劇活動的唯一社團，該社不但傳承傳統中華戲劇，也演「五四」新文化運動以後流行的時裝話劇、古裝話劇。

　　該社成立初期，仍以傳承粵劇為號召。當年假座柯林街猶太教堂每週日公演：聘請省港名伶到演，場場滿

座，竟引起當地戲院敵視，訴請市府以場地未具備舞台戲條件，飭令禁演。自此以後，該社認為如無自己戲院，難以為繼，又鑑於僑眾對粵劇喜愛，賣座應無問題：遂積極籌建社址兼演出場地，於一九三七年建成並獲市府演出執照。由於場地解決，「聯僑劇社」派專人到省港聘請名伶來加。先後應聘前來者陳醒威、車秀英、馮盈等十人。我在多倫多，馮盈尚健在。以後陸續而來的何醒華、雷翠萍、謝家燕等又到，這些老倌，和我尚有不錯的交情。第二次世界大戰爆發，留加伶人或音樂師傅均留在加國，以後也有許多轉到美國去。

一九五四年市府通過備價收買唐人街與皇后街部分興建新市府。「聯僑劇社」始購現址（安省美術館對面）並發展至今。

一九八二年林環陔主持「聯僑劇社」後，為該社全盛時期。是年港澳名伶鍾麗蓉來市，拍龍軍訪等在懷亞遜劇院演出《萬惡淫為首》。還有小提琴家盧家熾、骨子歌王鍾雲山演唱、鄧寄塵口技聲相。該社當時由龍軍訪擔任中樂組主任、李技能任西樂組主理，俱為音樂界一時楚翹，培養的人才特多。一九八三年為該社金禧週年紀念，演出三場折子戲。其中《拷紅》由吳潔玲、黃楚翹演出。吳小姐之女腔一唱成名，是本市唱家成名人物。

在這翻騰的年代，我們對所有在海外為中華文化傳承努力過的人，都給予應有的掌聲。粵劇是民族文化中重要的地方戲種，是民族文化中絢燦的一頁，缺少了它，就減色了。近年來，大多倫多市的華裔公民應在七十萬間，對粵劇傳承的重要社團，經曾任《文藝季》主編黃紹明學兄所告，除上述傳統劇社，先後尚有二十一個團體成立。黃兄是顧曲的周郎，對粵劇人事自亦如數家珍。錄之為海外粵劇史存證：

1. 馮華悅聲曲藝社：馮華現居香港
2. 宋錦榮粵劇曲藝學院：創辦人宋錦榮，創院十八年後去世，其子宋耀基接掌。
3. 邱少游戲曲學會：邱少游
4. 麥秋儂粵劇曲藝社：麥秋儂
5. 國旋雅集：阮國旋
6. 鄭伯漢音樂中心：鄭伯漢
7. 楊麗粵劇學院：楊麗
8. 劉永全戲曲學院：劉永全
9. 華聲粵劇藝術中心：何華棧（現多在港）
10. 鴻福音樂社：陳鴻福
11. 洪健藝術中心：余洪健
12. 瓊音樂苑：黃麗瓊
13. 鄺家章曲藝研習社：鄺家章
14. 星凱煌碩藝苑：王倫石
15. 悅樂軒：李阮民
16. 玉才曲藝中心（社）：黃玉才
17. 楓華曲藝：莊瑞德
18. 瓊音樂苑：黃麗鳥、蕭四郎（參看 #12 ）
19. 春華社：勞允樹
20. 繞樑軒樂社：馮志堅

翻騰年代的經歷

僑教、
僑校的發展歷程，
漢字存廢的功罪

認識了張子田這位僑社大老，經他的援引，我就能廣泛接觸到僑界中人。我住在唐人街附近，自然更接近僑社，上班步行可到，也省了不少時間，就定居下來。我也開始對資本主義的先進企業的規模與運作，在工作中學到、悟到許多前所未知的領域。過去僅靠教科書的理論，但經濟學很多原理，怎樣實際上應用到市場的研究和操作，卻真是完全陌生、甚至不懂的。都按部就班的學到。我們的部門都是有學位的成員，公司也早由荷蘭王室，轉到英國人控制的國際級大企業，員工少不免佔染了英大企業的作風，像我們這個部門，當年聘任的僱員多少都帶點英國中產階級的作風，起碼外表的衣著是如此。夏天走出辦公室的門口，還是西裝、白襯衫、領帶。秋天加一件薄長外衣，冬天加大衣、氊帽和領巾；不論夏熱冬寒，皮鞋每多黑色，褐黃色不多，雜色絕無僅有。連送咖啡的工人都穿着齊整的制服。大家交談，也是聲細語溫的。

市場研究部是每個大企業的首要部門；一切生產成本的預算、市場供給和需要的預測、價格的建議、市場供需計劃和實際行銷的差額的月結、季結、年結，盈虧的原因與及時的建議等，都是這個部門的研究範圍，是公司盈虧重要決策的機構。不須說這些大企業都是股票市場的籃籌股，還需面對公眾股東質詢、證管會的監管等；就是資本市場結構的縮影。那個年代，我工作的部門已經設置了電腦，當時還是發明應用的初階，整座電腦，連 keypunch 設備約有二千平方尺之大。在我們的團隊中，有一位叫 Dr. T. Major，擅用經濟理論和數學結合，用各種方程式嘗試找出市場的趨勢，都令我們敬佩不已。而他的祖籍還不是西歐；是東歐的匈牙利；漢武帝追逐漠北，就是把匈奴驅逐到東歐、成為以後的匈牙利人。Dr. Major 應用數學程式的熟練，真教我訝異，世界

有這種博聞強記的人。我當年少不更事自負得很，幸及時有了遇上此君，才知天外有天。相處久了，談論中、匈民族的歷史，漢人的發展和匈奴被追迫至東歐落地生根是為匈牙利，互相印證，加深了我對這一段中國民族發展史的認識。

在大企業研究部門任職，可算是一份優差。上午九時上班，各有各的職責，河水不犯井水。十一時有工友推着咖啡茶水來，大家悠閒享受免費的，大家稱做 coffee break 時間，談論加拿大冰球、美式足球的多，也有熱門的社會新聞，就是不談工作的問題。約半小時或早或遲再工作。中午十二時用餐，公司也有自己的膳堂，但多半到街外去。大學街是多倫多一條主街，從湖邊直到省議會；兩邊有各國使領館。我從公司出來，一個街口就到唐人街的登打士西街，唐餐館林立，用過午餐，施施然上班還綽綽有餘。其實也沒有人理會，是份自律性高的工作。下午三時又是 coffee break 的時間，四時四十五分執拾一下桌面，五點準時，和同事道個晚安，拍拍屁股下班了！

我十五歲到香港以來，還沒有這樣平靜過；即使大學四年，求知慾和參加社團活動，學科和課外的安排還是滿滿的。而今這份優差不但週六、日全日休息，每日五時下班以後，到唐人街餐館吃了晚飯，還有一大段晚上時間，在一個勤勞慣的人看來真是浪費光陰吧！這個意念一起，就和張子田先生說起。他問我肯不肯到「華僑公立學校」當教員。我當然沒有問題；但他說薪水很微薄，才問我肯不肯。我說還沒有想過有薪水，有是意外的。他立即和校長麥造周先生連絡好，我們見了面，我只問上下課的時間、教的班次。其他都沒有問起，就這樣，我在下班後，晚上七時至九時到華僑公立學校教中文，由週一到週五，並擔任三年級的班主任，算是全職的教員。

華僑公立學校座落在今之中區唐人街庇華利街（Beverley Street）的中段，和基督長老教會、青年會合而為一。學校的課室設在一樓；青年會設在地下層，分團契中心，籃球場由青年會管理，但學校的集會體育課有權使用，無須通知；長老教會佔北面全座，自設教堂，巍然而新穎。這三合一的建築物，是當年僑社集體議定而興建的。以當年孫中山革命，很得僑民的擁護，黃花崗之役，多倫多也有熱血青年秘密到了香港，預備起義時入廣州參加，以事洩無法依計劃進行，原定總指揮的趙聲也不能入廣州指揮，清廷搜捕入穗的黨人甚急，遂由副指揮領導提前發動。雖然失敗，但已造成革命風潮，喚醒民族意識，終於在同年十月發生了辛亥革命，建立了民國。由於加國黨人的對革命成功的貢獻。影響到以後僑社對國民黨的向心力。抗戰八年，加僑支持政府的捐獻甚大，當年加僑的半數，都加入國民黨。抗戰勝利後，加僑將原先無法匯給家人的積蓄，投入祖國戰後的建設；買田買地，和幫助僑鄉的建設，慷慨成風。即使在加拿大，這三合一的建築物，華僑公立學校部分，是由安省中華總會館主導捐款興建的，主權原居總會館所有，因此稱之為「公立學校」，以示和長老會、青年會各有歸屬。當年學校的校監、董事會成員，都是從總會館選出確定的。由於我曾在學校擔任過教席，和先後校長麥造周、黃秉勛先生共事，承他們的過愛，學校的歷史我十分了解。後來我又到安省中華總會館服務，既擔任過校監，也擔任過校董會的董事長，產權的歸屬不會不清楚的。

華僑公立學校的落成，是加東特別是多倫多僑社的大事。儘管當地還有其他中文學校，但多半是教會、社團附設的中文班，和華僑公立學校的規模，從一年級到小學畢業的六年級，各有獨立的教室，年級不同的課程都有差

別。由於張子田是國大代表，六十年代還是初遷時期，台灣仰仗海外僑社的支持極殷切的，何況海外國大代表，所有的小學教科書，全由僑務委員會無條件供給的，這是其他中文班尚未有的待遇。至於師資，第一任麥校長造周，還是當年在僑鄉的教育家，辦學很有經驗。我到任的時候，他已步履緩慢的老人了；應在八十五歲間吧。當時黃秉勛先生實際上已負起全部校務責任了。麥校長只在週一全校師生集會時作精神講話；不久也全退去，由黃先生繼任。黃校長在抗日時代奉命到僑鄉（十三鄉聯防）的「廣陽指揮部」參加游擊抗日的工作，是馮鎬專員的戰時伙伴。大陸撤守，馮鎬到了台灣，成為僑委會第二處處長，以後派到香港創辦「集成圖書公司」，是僑委會對香港文教事業預算項下撥款興辦起來的。黃秉勛校長有華僑眷屬的關係，到了多倫多定居，到學校任職，也一直到退休。麥、黃校長英壯之年報國，晚年瘁心力於僑教，慈祥愷悌，都享耆齡，積善人瑞，宜其子孫昌盛。余感念故人長者，以後與麥、黃兩家有通家之好。此外，僑界大老尚有麥錫舟長老，他跨越宗教界、黨人、僑界同欽的人，是當年知識水準較高的長者，夫人是香港視學官阮雁鳴的妹妹。兒子麥芝祥醫生，有聲於時。

　　我在週一全校師生操場集會出現。老師們都上了年紀；我是最年青的。麥校長講話，對我作簡短的介紹。學生都是課餘之後上中文學校的，小朋友多了一份負擔，不似當地洋人同學可以自由自在的玩樂，多少有點抗拒；有些家長也不太在意，只想孩子學點中文，方便在家溝通。有一些勞工階層，把孩子送到中文學校，只圖方便個人沒有時間管教，往學校一送，一了百了；真正要求兒女傳承中國文化，不是沒有，但明知已剝奪兒女的學業之餘的玩樂時間，心裏已存一份愧疚，得過且過就算，能夠應付，

僑教、僑校的發展歷程，漢字存廢的功罪

就不再勉強。這種種心態，也影響孩子的積極性。老師們也不想太嚴肅對付，學多學少，也勉強不來，當年華僑社會人數不多，圈子小，也不想嚴格過度，得個罵名更不值得，這樣彼此交互影響，真正能教出幾個好學生也不太容易。

學生在操場集合，排隊也彎彎曲曲的，站無站相。麥校長介紹我之後，想同學對我有個認識，要我講話。我畢業在香港的一年，全天候分別教過：「德教學校」（小學）、「威靈頓英文中學」和「遠東文商學院」。這種即場即興式的講話，正好給我對學生現場簡慢的態度，提出不以為然的道理。我聲音高亢，態度嚴肅。操場本來是個籃球場，有場地內外的劃分界，我即場要求再排。學生初還交頭接耳，以後愣了一陣。到我要求再排列，指着每行直線依線站立，他們便乖乖的照線排好，我教他們挺胸、專注精神聽講，還聽先生有沒有講錯，可以舉手發問。這樣一來，硬軟兼施，學生專心聽了！一百五十多個童真的小朋友，在以後的集會上都明顯改進過來。

集會完畢，同學依次回到課室。我到三年級的課室去。書桌和坐椅是分開的；兩桌、椅合併，從前到後合成一行；成三行排列，留下四行通道。教師桌放在中排兩學生合併書桌的前面。我進入課室，我這個新任老師，有了操場集合的餘威，同學大多靜下來，但我對面的兩位同學，長得一模一樣，只是衣服不同，一看是對孖生兄弟。左邊的已坐好，右邊的卻脫了運動鞋擺在書桌上，正在輪流執著鞋子倒敲在桌上，發出了響聲。我看着他的動作，他視若無覩，輪流的敲，還把手伸入鞋內。我問他做什麼？他說要倒清鞋內的沙，臉上爛漫輾然笑着。旁邊的兄弟說：他常常這樣，還指他的鞋很臭！果然很臭，我制止他再敲，要把鞋放在地上。他還是一面笑着，一面做倒

333

翻騰年代的經歷

沙的動作。這真是蠻棘手的現場，如果輕易將就，以後就更難管教了！這個念頭一轉，我乘他不備，一手將一雙鞋子搶過來，他本能來搶，我用力一手格開。他到底還是個頑皮慣了的孩子，不過八、九歲，我這突然的舉動，大概出乎他所料，定定的看着我。我嚴厲的眼光震懾着他，他把頭垂下來，但還倔強的站着，我把雙鞋緩慢放在教師桌的抽屜內，他沒有反應。我然後說，你可以坐下來；如果你不坐，要罰自己站，也可以；就要離開座位到前面來，面對同學或背着，也由你決定。他就範選擇坐下來。這是一個關鍵的時刻和關鍵的人物，他的眼神還有一點怨毒，我必須處理。我對全班同學說：上課的時候，脫鞋敲桌子倒沙，妨礙大家上課，他對不對？小朋友反應熱烈。一同說：不對！我記得他的兄弟說他常常這樣，鞋子很臭！全班都聽到。我又問：是他常常脫鞋倒沙？還是第一次？小朋友又大聲答：不是第一次。我又問：先生警告他不能再敲鞋倒沙，他不聽先生的話，是先生錯還是他錯！這下就更熱烈反應：他錯！他已不敢正眼看我了！我向他說：你做錯了事，還要搶回鞋子，我不能就這樣交回給你，除非你向我道歉。天氣又不冷，你就這樣回家吧！叫你的父母打電話給我，明天我交回給你。這對孖生兄弟，大的名字卓平、小的卓寧。

這事就應告一個段落，總不能全班為他躭誤了課程。但由於這樣不迴避的處理態度，倒令小朋友有了一個不磨滅的好形象，也從這種作風帶來了好效果，以後就沒有管教困難的問題。那一天下課時，那個頑皮的譚同學等其他人離開後，他用英文向我道歉！我也不提這事的過程，只說：明天見！就把鞋子還給他。

那天晚上，譚同學的父親給我電話，這原是沒有想到的事。因為他已經道歉，原不需要父母打電話來，我猜

這孖生兄弟，那個純厚小弟告狀了；像在課室反對小兄一樣。原來譚先生的電話主要向我道謝，無論如何賞光，到他的餐館吃個便飯。這原是我份內的事，我婉拒了！然而，譚先生多次來邀請，並告訴我：我們供奉的祖先同是姜太公，姜太公封於齊，談、譚、許、謝都是姜的子孫封邑，邑人以國為姓。這段歷史，就成為北美洲「昭倫公所」（即四姓組織的宗親會）聯宗成立的根據，譚、許其實是一家的，我希望你來見面，敘敘宗誼，不是很好嗎？我聽得出他的誠意，反正週日無事，就應約相見了。

他的餐館設在書院街靠近 Parliament Street 的附近，座位不多的小型自營中餐館，是洋人所謂「雜碎店」，夫妻檔，只請一個廚師，譚先生店面和廚房兩邊走，在尖鋒時刻還有一位洋女「企枱」。生意很好，譚先生夫婦比我想像的年紀大得多，孖胎兄弟和大哥相差六、七歲。原來戰後譚先生回到台山白水鄉結婚，生了兒子就回來，一九四七年加拿大毀除苛例，准許僑眷到加拿大團聚，五十年代開始，陸續接引前來，譚先生要到五十五年間才辦好接到妻兒，以後意外得了這孖生兒，由於工作的忙迫，又是鄉下人，對兒女只有愧欠的心。不知道正如柳宗元《種樹郭橐駝傳》曰：「雖曰愛之，其實害之。雖曰憂之，其實讎之。」譚先生曾悄悄的告訴我說，他送這孖生兄弟到中文學校來，那個做孖生的老大卓平，已經氣壞了兩個女老師，辭職不教了。他都不好意思；所以很感激我能「治理」他。以後，我對頑皮的小兄因人施教，這種過動兒的花樣多，因為平時不在心，學習更敷衍了事，追不上進程，只有作怪瞞過，就永遠成為搗蛋鬼，引人注目，來掩飾內心的虛弱無知。他和小弟性格完全相反。做弟弟的，和他出生相差五分鐘，從小就聰明好學，在正規小學都是前茅生，從來不會令父母、師長傷腦筋。同胞孖

生兄弟，且是同胎的，竟有這種截然的差別，不知醫學界怎樣解釋。

　　六十年代的中文學校，每附屬於基督或天主教會，華僑公立學校是唯一自置校址、分班級傚國內學制的一間。多倫多市也僅有唯一的唐人街，商戶還在大學街以東，庇街以西，以登打士西街為主街。旁邊東西側的依利沙白街、栗子街南北伸向。過了大學街直到拔德街南北地段，都屬唐人街住宅的範圍。在栗子街也有一個教堂叫做「中華基督教會」，也設有中文班的。當年多倫多唐人街社區就只有這兩處。到了大陸「文革」興起，我和余道生發起成立「中華文化海外復興會」，經過半年的動盪，終於建立了良好的基礎，在 310 Spadina Ave 二樓整層約二萬尺租下做會址。是「文復會」全盛時期。也設立了中文班，但只分初級班和高級班兩組，不在週一至五的晚間上課，而改在週六、日兩天下午。四年以後，「中加文化交流協會」成立，到後來自置會址；部分改為「逸仙中文學校」。以後又有孟嘗安老院附設的中文學校、思豪街的社區服務中心的成立，也附設了中文班。這是多倫多傳統唐人街社區，負起中國文化傳承的中文學校和中文班的概況。

　　六十年代的中葉，香港受「文革」的衝擊，一九六七年發生左派暴動，港人移民加拿大驟增，原有的傳統唐人街社區已不能滿足新移民的要求。而越南華人也在「投奔怒海」時期的難民同步湧到。加上台灣的留學生和移民來加逐年增加。這種種的適時匯合，傳統的唐人街社區，不但商業區已無法容納，很快越過大學街向西發展到「拔德街」了！還另創一個東區唐人街。香港移民也成了一股新的力量，向士嘉堡、萬錦地區衝線。華人商業在各大商場佔重日大，更大規模的點與面都比傳統唐人街社區更現代化。中文學校也隨着華人新移民的增加，直至由王筱蕙醫

生、趙美然、范紀武等七人發起成立中文教育協會，會員
與學校就有了一個結合力量的團體，展開推廣中文教育的
力量。

一個國族的生命，是靠文化來維持。文化的淪喪，
等於宣告國族的死亡。中華文化也經過多次的劫火，總在
危難中有許多仁人志人出來救亡，終於又在劫火下重獲生
機。大陸的「文化革命」表面上是中共的內鬥，毛澤東又
鬥倒一切反對他的人；長遠來說，是要把中華文化連根拔
起：其毀壞傳統漢字、打倒儒家學說的批孔、刨平孔上下
三代之墓、毀滅傳統文物、倫理和人生價值觀，都是摧毀
中華文化的傳承，實現世界共產主義運動為目的的手段。
在「文革」期間，加拿大興起復興中華文化運動。最顯著
的，是中文學校、中文教師不斷的增加。

中文教師到北美來，戰前都是應聘而來；有的教會牧
師兼負中文教學之責。二戰以後，禁止華人婦女入境的苛
例廢除，部分婦女受過中文教育，每多投入中文教師的行
列；教師的隊伍擴大了。到了六十年代，香港、台灣的留
學生開始北來。以加拿大而論，投入中文教師行列的，我
和黃建人先生是最早的；他是個工程師，是同年代留學生
投入中文教育工作，雖然我們是業餘的，也算為中文傳薪
者吧！後來黃先生再沒有見面；而我也因後來的創業，再
沒有兼課，但還是由內人承乏多年，到「文復會」創辦，
我成為首任創會理事長，在會址開辦了中文班，還是以業
餘做着文化傳承的工作。到了中文學校大量興起的年代，
我多次為「安大畧省華文教育協會」主辦的「教師研習
會」講座的主講者，可以說為中文傳薪海外的參與者；見
證歷史的人吧。

我沒有在中華文化傳承路上落跑，因為有許多身邊的
朋友做着同一的事功。例如范紀武同學，他是台大機械系

畢業的印尼僑生，是「中華民國僑生聯誼會」的籌創人，我在《唐人街正傳》寫過他夫婦的事蹟。范紀武雖然來加比我稍晚，但其投入僑社工作卻少有中斷，直至以後到美國受聘於波音飛機廠任職，才放下僑社和中文教師研習會的工作。到他退休歸來。又再投入，屈原的「雖百死而無悔」的精神，是教人感動。

加拿大的華文教師研究會，是由加東幾個來自台灣的學人發起的，當中所知的趙美然、巢志成、范紀武、王筱蕙等人在趙美然家裏座談後產生。那個年代，多所中文學校已經建立起來，為了中文教師對海外土生土長的青少年，怎樣去培養他們對中文學習的興趣，座談會上有廣泛的討論。達成了幾個共識：透過台灣駐外人員，請求派遣專職教師，配合舉辦的加東「華文教師研習會」各項教學工作的指導或示範；並希望能補助舉辦的經費、落實教材、教科書的供給。一九八七年的「第一屆華文教師研習會」就辦起來，首次由巢志成主持；以後依次第二屆的主持人孫崇芬（一九八八）、第三屆蔣思慧（一九八九）、第四屆瞿緋藜（一九九零）、第五屆范紀武（一九九一）、第六、七屆王筱蕙（一九九二、三）。其中在一九九零年，「安大畧省華文教育協會」成立。「研習會」由該會推派主持人。鄭偉志也擔任過一屆。以後由趙美然提議，請加東已成立的七所中文學校輪流擔任研習會的主辦學校；不再以個人名義做主持人。這七所中文學校，計有：中華、仁愛、愛正、維德、銘華、西北、光華。一直到了今天，教師研習會薪火不斷；我多次被邀主講詩、詞和寫作的教學經驗，得以參與安大畧省華人教育協會的推動工作。尤有進者，該會還創辦了「草地運動會」，是讓華裔學童在學習中文之餘，也有課外活動，增進彼此交誼和廣結同族裔的朋友，公推首屆運動會由趙美然主持（一九九一）；以

後第二屆至第八屆，由范紀武主持。從第四屆開始，商借了有田徑運動的學校舉行，比賽項目接近全民運動會，也同時開放讓僑社團體參加，人數有達千人，是運動會全盛時期。范紀武也在同一時期主持第一、二、三屆「龍鳳青少年夏令營」。

趙美然以中文學校多間已成立，召集發起組織「加東中文學校聯合會」（二零零九年）。增加推動「漢字文化系列」，對中文傳薪工作植根海外，藉補兩岸三地的缺失，意義深長。她創辦的「銘華學校」，學生有千人之多，真可謂傳薪有人了！王筱蕙醫生擔任安大畧省華文教育協會的年代，我已退休回加，參與研習會的活動比前增多了。她還別開生面，舉辦過「族裔和諧研討會」，邀請省長李博（Bob Rae）和安省教育副廳長區文思（S. Owens）來會演講。直接在研討會討論：族裔和諧的教育方法。是非常適切的議題；對多元文化的加拿大，這種研討會尤顯得重要。主講者都是專業、高學歷，可謂一時之選。此外，王會長也舉辦過年來在兩岸、在海外爭議的正、簡體漢字的研討會，她同樣請來許多漢字專家，（包括境外從美國來的漢學家）我也是特別安排主講者之一。這個爭議性的話題，是遲早要解決、面對的；吸引到會聽眾，座無虛席，發言的踴躍也是少見的。個別的研討會固難有經學術性的結論，但能公開提到公眾面前來討論，王會長膽識過人，在文化傳薪中，和上述諸人，都是堪足一記的人物。

這十年來，台、港的新移民少了！適齡入中文學校的小學童當然也相對少了！而過去閉關鎖國的中國大陸區，經過開放改革三十年後，人民富有了！政策也鼓勵人民出國。因此，大陸新移民驟增，簡體字的中文學校跟着不斷增加，所學漢字也以大陸提供的教科書為準則，立論也未必和傳統教育概念一致，是另一種傳承吧。

安大畧省華文教育協會和加東中文學校聯合會，過往與台灣合作，推進中文海外傳薪的工作是雙向的。台灣的經費補助，教科書和派遣專業教師來做示範的教學方法，是輔導中文傳承於海外的工作，除此之外，沒有任何附帶的條件，這是我所確知的。而這兩會也會選拔一些僑校在職教師，組團參加台灣舉辦的「僑校教師研習會」的教學學習。在這台灣經濟發展的榮景時代，除華文教育的輔導，還舉辦許多青少年暑期夏令營、各行業創業的職前、在職的研習班、企業討論會等的各種班次，都是免費的。許多青年學生、在職人士、創業雇主只要買來回機票便可成行。從蔣經國擔任行政院長後，到第一次政黨輪替（陳水扁獲選總統），對海外輔導僑校學生、僑社青年都在相關部門編列預算開辦的。民進黨執政後，第一任僑務委員會委員長提出「僑民三等論」；傳統僑社淪為第三等，激起僑社的杯葛反彈。第二次輪替，馬英九原本可以重獲僑社的擁戴，可惜亦未得馬的青睞，這是僑社轉風的主要原因。大陸近年經濟長足的發展，傳統僑社又青黃不接下，許多新興的團體，都漸次與台灣關係疏離。榮枯之間的逆轉，不是僑社跟紅頂白，主要還是兩岸的領導人的風格丕變，認同的後果就截然不同。在翻騰的年代，彼消此長就有很大的差異。不管怎樣，對國家認同、尤其是文化認同不一致的年代，豈又是一個民族的復興夢！何曾不是我們這一代的悲情！

我在華僑公立學校，把譚先生的雙胞胎兒子管教好，對自己來說，也是件賞心樂事。這一班，本來被那個過動兒搞得兩位老師先後辭職，同學也難安心學習。偏偏這一班都是僑社有頭有面的家長，得過加拿大勳章的林黃彩珍的女兒們，吳氏公所的先後主席的兒子們，伍氏公所的元老子侄，都似集中在這一班。學童回家向父母講述班中的

情形難免。我到任以後，班上學習情況迅速的改變，當然也在學童回家的講述中。這些家長，以後都成為我的好友。他們都比我的年歲大，到現在都已八十五歲以上，只有譚先生夫婦、林黃彩珍夫人和先生辭世，如他們健在，已是百齡人瑞了。

後來，黃校長以第一屆小學畢業產生，請我另開一班高級班，讓那些對中文有興趣的畢業生進修。我也沒有什麼條件，便答應下來。以後這些同學，在加拿大平等教育機會下，都成了專業的牙醫、藥劑師、工程師或中學教師。以後我們在唐人街相遇，他們都恭恭敬敬的稱呼老師；看到他們次第的成長和成就，憶起他們兒時的童真樣貌。心頭欣慰、愉快，證實「得天下英才而教之，一樂也！」

北美傳統僑社對孫中山、蔣中正兩先生的尊敬是有其歷史的淵源的。民國之建立，國家一直在內患外侵的困局中，及大陸撤守，到台灣一九七零年以前，不論在大陸或在台灣，國民政府莫不在焦頭爛額中，但僑社不離不棄。到台灣成為亞洲四小龍時，台灣才稍稍有餘力回饋僑社，但為時很短。一九七五年蔣老總統去世，蔣經國繼志述事，對僑社仍十分重視，但晚年已力不從心了。李登輝繼位，不久就實行「去中國化」，視傳統僑社為反台獨的異己，民進黨成為馬前卒，開始對回國慶雙十的僑團、僑民諸般辱罵、擲石、攔路次第出現和升級，以致每年歸國參加慶典盛況不再，觀光者也銳減。陳水扁執政後，對傳統僑社的侮辱言論更多，改變了傳統社團對國府的認同。民粹之排他性，徹底表現出來；到今天，北美僑社對台獨的民進黨，還是無法認同的。

二零一五年是抗戰勝利七十週年，大陸要擴大慶祝，準備還有閱兵的節目，且邀請許多國家的元首參加。聽說

連佔領釣魚台的、也是挑起抗戰的侵畧者也來觀禮。歷史上也有「觀兵」的典禮，當然有示強之意，希望能有威攝對手的企圖，起碼展示不敗之陣。如是則可能產生反效果，違背「兵者，詭道也」、「藏於九地之下」、「強者示弱」「弱者示強」的詭譎亂敵目的。海外親共的報紙，當然大讚閱兵是自信的表現，還提前在四月上旬大肆宣傳，展示廣場上抗戰有功人士和將領的雕塑，其最前面赫然出現領導全面抗戰的統帥蔣委員長及其夫人宋美齡女士。中共的轉變是一種自信？歷史本來真的假不了，假的也真不了。《蔣介石日記》早已公開，歷史學家絡繹於途多年，還有什麼能混淆、抹黑的可能？也可能不是什麼自信，只是回歸歷史，但總比繼續胡扯對歷史的污辱好多了。這些新聞，都是四月五日前後讀報或在網上刊登的；而是年適為蔣老先生逝世四十週年。但我們還是讀到許多中共抗日的英勇事蹟，雖沒有全盤否定蔣對抗日的功勳、國軍官兵犧牲的壯烈，但含意是充其量只能與共軍平分秋色，終究違背歷史真實。

毛澤東在一九三七年八月在陝北洛川會議上的講話，摘要地錄上兩段：「中國共產黨人一定要趁着國民黨與日本人拚命廝殺的良機，一定要趁着日本佔領中國的大好時機全力壯大，發展自己，一定要在抗日勝利後，打敗精疲力盡的國民黨，拿下整個中國。」又說：「為了發展壯大我黨的武裝力量，在戰後奪取全國政權。我黨必須嚴格遵循方針是一分抗日，二分敷衍國民黨，七分發展，十分宣傳。任何組織都不得違背這個方針。」

同是四月五日，友人將網上紀錄蔣老先生生平事蹟一文，作為蔣老先生逝世四十週年紀念，用電郵傳來，問我們的意見。這篇文章的題目是：「失敗的偉人蔣介石」。該文所記載的，都是蔣對中國貢獻的犖犖大事，沒有什麼

新意。我覆他如次:「這完全是事實。這個偉人,我對他的人格認知,比作者深刻得多:蔣多次在中常會檢討大陸失敗,不但從不諉過於人,自承政治責任。在國民黨中央設改造委員會,有幾句話常帶淚勉同志的:『知恥知病』、『放下士大夫虛矯的身段』、『對美國每次落井下石,世世子孫不要忘記』等。他掉了大陸,死後不入土,只停厝慈湖;我猜他的私人遺囑真意,必然已告訴其子孫。也因此蔣經國在還沒有光復大陸之前,也不敢入土為安,停厝頭寮。以蔣對傳統之重視,也不會不知風水之後果。就是自我懲罰,要子孫、黨人光復大陸,他才入土;是仿照孫中山停厝北平碧雲寺,蔣也要光復大陸、統一全國的心願得償,始奉安南京。孫有蔣這個繼承人,而蔣無此幸運,長此英雄停厝,真是死不瞑目!」

蔣、毛這兩個並世而出的中國巨人,他們是功是罪,當歷史經過一段沉澱時期以後,真相就會浮起。在台灣大學、香港中文大學任教歷史系的教授李定一老師,曾有這樣的話告訴我:「針對目前兩岸,以黨同伐異之見,都不能作準的:站在國民黨人的立場,當然對蔣褒多於貶;站在共產黨立場,也當然對毛褒多於貶的。但歷史自有澄清的作用,是褒是貶,才能蓋棺定論。」

蔣比毛大六歲,生於一八八七年十月三十一日,終於一九七五年四月五日,享年八十八歲。毛生於一八九三年十二月二十六日,終於一九七六年九月九日,享年八十三歲。蔣在一九二七年,領導北伐軍光復南京,國民政府同年奠都南京,時年適四十歲;翌年全國統一。當蔣介石奠都南京時,毛澤東還在寫《湖南農民運動考察報告》(見《毛澤東選集》第一卷第一頁目錄所載)。國、共鬥爭,毛一生以以倒蔣介石為對象。毛臨終前,經李秀芝譯出他生平快意的遺言:第一件就是「把蔣介石趕到海上幾個島上

去。」第二才說到：「抗戰八年，把日本人請回老家去。」對蔣介石是「趕到」；對日本人是「請回」。對日本人遠不如對蔣的仇恨可見。（見《太行軍事》等）有論者告訴我：蔣、毛終身彼此為敵，曾引起他研究的興趣。蔣依農曆干支記年為「丁亥」；毛為「癸巳」。蔣天干屬「火」；毛天干屬「水」。蔣生肖屬「豬」；毛屬「蛇」。真的是水火不相容；豬、蛇相尅。蔣旺時毛避；毛旺蔣避。晚年兩者各得地利。彼此奈何不得；只可相安無事，不像過去都逐鹿中原，逼着困獸猶鬥。毛據北京的北，水也；蔣據台澎東南，屬東和蔣的五行，有火木通明之象，南屬火，自宜蔣的「丁火」。兩得其地，隔海峽對峙，各適其適。信者恆信，不信者恆不信。這種玄學，只供讀者談助。概與本人立論無關。

毛澤東逝世的一年，上半年三月八日，吉林突然發生隕石雨，最小也有 0.5 公斤；有三塊超過 100 公斤；最大的一塊 1770 公斤，跌下來陷地六點五米。同年七月二十八日的唐山大地震，全市夷為平地，死者二十四萬餘人，震央應及北京，這是在毛死前四十五天發生的事，毛應該及身聽到或感受到吧！共產黨人後來說是天人感應的現象；誠或有之，但一說是毛常說過：「鬥天鬥地，其樂無窮！」也許老天也讓他終於知道人可欺，天地不可欺吧！也只是引為談助，也概與區史觀無涉。

二零零四年十二月二十六日南亞發生海嘯，是九．三級大地震引發的，這是僅次於一九六零年智利九．五級；畧勝一九六四年阿拉斯加的九．二級。南亞海嘯死了二十九萬人。我在電視看到海浪高高的推湧上岸，又強力的拉捲下海。原在岸上的建築都不見了，漫說人畜車輛，原來海嘯的掠奪，其摧毀之力，不下大地震的裂土搗毀，真教人觸目驚心。那幾個島上景點，又是舊遊之地，不免

感憶都上心頭。回過神來,那發生的日子似滿熟悉的,慢慢在記憶搜索,原來是毛老人家的一百零一的冥壽。也因為這「巧合」,我又翻查一些歷史的紀錄。毛老的生朝,本來也以鬥天鬥地鬥人為樂事,應必有一些記載。曹長青曾紀錄下來的:一九六七年,僅在北京東部的鬥爭會上,有八萬四千多人被批鬥,當場被打死的就有二千九百人。曹說:無論算一日的批鬥,這一天也比全世界不正常的死亡總數還要多。如算中國在毛之世,被批鬥至死的人數,同樣比全世界非戰爭的殺害總和也要多。

南亞海嘯以後,我每年都注意毛老先生的冥壽有沒有異常事故發生,特別是兩岸三地。毛老在南亞海嘯發生,已去世二十八年了,總不能還是「天人感應」之頌和帶來「災難」之貶扣在老人的頭上。但的確,海嘯以後的多年,毛的冥誕在兩岸或多或少還有點事故發生就是了。前數年,也是同一日,快要就寢了,倒是沒有什麼事發生過,打開網頁看最後訊息,還是發現台海屏東(台灣最南的縣)發生了六點多地震,但沒有傷亡。但從此以後,毛的冥誕算是平靜了!願他的靈魂終於安息吧!

大陸推行簡體字,近年許多大陸年輕一代,對正體字已不認識了。長此下去,海外的文化傳薪工作的責任就更大了。「欲亡其國,先亡其史。」現在的經驗可以加兩句:「欲亡其史,先亡其字。」我在三十年前,就《從大陸停用第二批簡化字說起》一文(刊在單行本《諤諤集》第二十三頁)。附錄為本章之末如下:

據近日報載:在北京召開的「全國語言文字工作會議」閉幕;國家語委會副座陳章太說:「絕大多數與會人士認為第一批二千三百多個簡化漢字(一九五六年公佈)後,再試行的「二簡」,對出版物,特別是多卷本的字典,詞典,百科全書……以及計算機的漢字字庫都會造成

很多困難。因此建議國務院正式宣佈停止使用一九七七年公佈的一百一十個簡字。」

從這一段談話看來，中共對簡化漢字似乎已知道造成「很多困難」，因而停止使用第二次公佈的簡字；可是，第一次公佈的一批，仍然繼續使用。胡喬木說：「今後中國語言文字的重要工作，是消化，鞏固五十年代以來推廣普通話，漢字拼音和實行第一批簡化字的成果。」可知中共停止使用第二批簡字，只是放緩了簡化漢字的步伐，要「消化，鞏固第一批」，然後進一步使用第二批。

中共近年對外、對華僑宣傳中華文化，表示對民族文化的尊重。並把「破四舊」的「文革」時代，毀壞難以數計的文物，掃數撥入「四人幫」的帳。但中共對民族、文化、文物的摧殘，豈僅是「文革」時代。即以漢字簡化，就是其中一項證據。中共一貫對中華文化不放心，仇視知識分子，致力消滅足以危及其政權的敵人。對中共本質有研究的人，不會認為這是謊言；中華文化與知識分子，中共認為同是政權潛在的敵人；因此，能改造的就改造，不能改造的，就要消滅。

中央簡化漢字，就是對文化間接改造的一個方法；這還只是一個過渡時期，最終的目的，是漢字拼音化；如果實行全面拼音化，過了幾代，中國古籍就沒有人看得懂了，歷史全部是拼音漢字，予刪予改，悉隨中共所好，也就徹底解除傳統文化對中共政權的威脅，間接也解決了知識分子的威脅。

中共歷來對傳統漢字都抱着仇視的心理，所以在執政以後，就迫不及待地改造漢字，第一批公佈使用的漢字，其實還有許多字未經成熟的簡化也出來了，造成許多混亂，這也是中共所承認的。也許有人說我對中共有偏見，有什麼證據說中共仇視漢字？

我可以舉出許許多多的歷史事例；但有許多人們淡忘了，舉出來也許會不承認。讓我抄幾段「文藝的旗手」魯迅（中共對魯的稱謂）：對漢字的觀點和處理，就可以看出中共的態度，如果說魯迅不能代表中共，除了強辯以外，是毫無意義的，因為即使到現在，中共還是依着這個路向處理漢字的。

　　魯迅在《答曹聚仁先生》中《論大眾語》，提出三個綱要：「一、漢字和大眾，是勢不兩立的。二、所以，要推行大眾語文，必須用羅馬字拼音（即拉丁化）。三、普及拉丁化，要在大眾自掌教育的時候。」這已是很清楚看出魯迅對漢字的態度和改造處理的方法及時候了。而中共執政後，就是一步一步地進行着，魯迅在其著的《中國語文的新生》中說：「中國現在的所謂中國字和中國文，已經不是中國大家的東西了。」他主要的理由是：「識字的大概佔中國人口十分之二，能作文的當然還要少。這還能說文字和我們大家有關係麼？」「我們倒應該以最大多數為根據，說中國現在等於並沒有文字。」

　　這是何等強辭奪理的詭辯。中國過去大多數人不識字，原因是教育不普及。不識字佔大多數，並不等於沒有文字。中國文字從黃帝開始便存在，並且逐漸演變和豐富起來，這是誰都不能否認的事。如果漢字不屬於中國文字，那麼它是屬於那一個民族的呢？總不能瞎說中國沒有文字吧！魯迅的《阿Q正傳》、《孔乙己》、《藥》是用什麼文字寫出來的呢？

　　魯迅認為漢字的不普及，歸因在不易懂，不易學。實在是欲加之罪，何患無辭的藉口而已。中國字起於象形，以後逐漸豐富起來，用形聲、轉注等方式補充，使我們能望文生義，這是其他語文所沒有的長處。自從有了國語拼音，許多小學生，不認識的字也會讀。漢字的

形狀優美，讀音富音樂性，這是世界所公認的。也非其他文字可有的長處。也並不是不易學，我們的小學生和外國語的小學生，他們的語文能力大致相等，足證中文不是難懂難學。以前我們擔心漢字不能入電腦，現在已證明是錯誤的判斷。

中國文字是在演變與豐富中成長的：甲骨文、金文、篆書、隸書楷書和草書，形狀順乎自然的演變。可知漢文不是僵化和一成不變的；但它的演變，必有其背景。過程是漸進的，像瓜熟然後蒂落。瓜不熟而且用手扭斷其蒂，我們就會嘗到苦澀的瓜果。用政治力量去干涉民族文化自然的生長，其後果往往是斬斷文化的根源。使文化失去生機。也許有人反駁，秦始皇不是用政治力量統一中國文字嗎？不是對漢字的演變，促成統一的局面嗎？這句話問得好！秦始皇是統一漢字，他是有功的。所以成功而有功，是「統一」這兩個字，如果秦始皇把已統一的漢字，用政治力量去分裂它，他必然會失敗，並且成為分裂漢字的罪人。今天漢字是統一的，簡化漢字就是用政治力量去分裂我們統一的文字，於是造成混亂。這是今天大陸不得不宣佈停止使用第二批簡化字的主要原因。也許有人以為簡化漢字是文字的演變，這是不對的。中共祇不過把原有漢字殘肢斷足，挖眼去心，然後美其名曰簡體，把正體說成繁體，證明是分裂漢字。

為了普及國人認識漢字，我並不反對學習拼音，正如我不反對國語注音符號的拼音一樣，但是這只是輔助學習漢字的方法，而不是用以取代消漢字。我們想想一個歷史事例：法國殖民地主義者，為了斷絕越南和中國文化的淵源，取消了越文，把越文拉丁化了。越南失去了文化的源頭，到現在，越南能建立「新越南文化」嗎？不但建立不起來，連原有的文化歷史都沒有了；越南以後也赤化

了。越南雖然統一了，但沒有文化的根源去維持；我們試拭目以待。這是值得侈言取消傳統漢字者的警惕了。

民族文化，必然在孕育民族的本土產生。民族文化產生以後，也許會因民族遷播而發展起來，但它的源頭還是孕育民族的本土。中華文化產生的搖籃也不例外；中華文化的主體其實就是漢族文化，中華民族由許多族裔合組而成，主要是漢滿蒙回藏，蒙滿先後入關統治過中國，也先後漢化，程度上容有些差異，大體上已融入漢文化了。尤其是滿人，入關二百六十四年之後，滿人漢化和漢人無異。五族原各有自己的語言文字，至今已無可否認，漢文化已獨領風騷。即使在政治上經歷元、清的統治，漢文化還是中華文族的主體，其優秀是經得歷史的考驗。魯迅這些人，要在「人民掌握教育權力的時候，就是廢除方塊漢字，實行拉丁拼音之時。」真是蚍蜉撼大樹的囈語。

革新社團、
曾經滄海與快意人生

我到加拿大多倫多來，一直以當地是我安身立命的地方，生活愈久愈感覺這個僑社，是寄生在異域上的中國傳統社會，是徹頭徹尾的傳統和保守。難以想像久已歸化的華裔加拿大公民，在老一代華人，很困難找上一個能講一句完整的英語。在這老一代中的「出番」（代表華裔加人對外接洽的翻譯稱謂）；也只能粗淺的意譯，在僑社已是響噹噹的人物了。所以，更切實的說：過去的北美僑社，是中國的鄉村傳統社會、寄生在北美的地方上。即使在北美的大城市，僑社還是自我封閉的中國鄉村傳統社會。我是鄉村傳統社會長大的人，對我來說，一點都不陌生，連僑鄉的土話土語，都活生生在多倫多這個大城市出現。這個現象，要到香港左派大暴動；一九六九年由大量香港移民湧來加拿大才正式打破。在一九六四年，我和香港來的女友結婚，由於她在香港出生，不會說僑鄉的四邑話，有一些唐人街雜貨店以她不會講「中國話」（四邑話）而拒絕賣雜貨給她。唐人街的封閉可想而知。

我由於在靠近唐人街的大學街上班，又在僑校兼職，衣食住行都在唐人街的範圍。六十年代的多倫多唐人街還只有一個。當時新的市政府還沒有建立起來。唐人街的範圍，從皇后街的四季酒店（現址），當時稱做「Carsino 戲院」一帶，轉入主街伊利沙白街直到今日的登打士西街街，東伸至庇街，西至大學街為止，就是唐人街商戶的全部了。唐人住宅區的範圍，就越過大學街到士巴丹拿街，南起皇后街，北至書院街。多倫多市的華人，在六十年代聽說只有一萬四千人之間。自一九四七年才廢除禁止婦女入境條例。一九四九年第一批僑眷進入加國；至六十年代時，仍是男多女少的時代，單身男性比結婚成家的男性多。

多倫多的唐人街，和加拿大各大名城；甚至美國

諸大城市差不多一樣的結構。以商業區來說，地面的一層，餐館業（包括燒臘）和雜貨店大致相等，這是最大（數量最多）的兩大行業。其他可併為另類；另類是前兩大類以外的行業，再加上同鄉、宗親或各種聯誼性的社團。以規模而言，裝潢和佔地之廣，當以餐飲業執牛耳。時移勢易，人類物質享受的繁富，過去家族經營的小型雜貨店，顯然無法像現代超市的大規模，傳統的毗鄰各自經營的老字號，到八十年代幾乎絕迹。代之而起的是大型的超市。品類齊全，從新鮮蔬果、海產到急凍貨色，應有盡有。乾貨更不在話下。反正走上門來，無須再像從前挨戶去問某種貨色，而是一種貨色可以有多種選擇。過去還有議價的空間，現代化的超市做到「不二價」了！這是時代的進步吧！

大型超市的普及，徹底打破傳統唐人街的結構。過去所謂「成行成市」，行業集中起來，就能成為市集。這原是大陸傳統式的市集成為物流的集散地。這個觀念，到了唐人街寄生在異國，卻成金科玉律：聯結華人商戶成市集的唐人街。華人商戶有住商兩用，但畢竟少數，商戶主大部分另有住宅，情願將地庫或二樓闢作儲物室，方便貨品集中和易於管理。大型超市集中管理的概念雖還脫胎於唐人街，但規模之大，成為在一定範圍內的壟斷生意，只要有一個大超市，不愁其他行業，特別是餐館業的相繼在鄰近衍生出來；因為大超市必備的條件，就是停車場較大，大家能共存共榮。這種大超市，是台灣取法日本超市並加改良。大超市不但改良了唐人街的經營方式，還擴散唐人街的地盤，過去只有一個唐人街，後來超市做大了，就有東區唐人街。近年超市愈開愈大，開得愈大的，追隨的各色商戶愈多，地盤愈擴愈大，已經不稱唐人街，而俱備唐人街各行各業、應有

盡有的功能。以「商場」或「廣場」取代。今日之中區和東區之仍稱的「唐人街」，許多新興的商場的規模，早已超越傳統的唐人街了。過去唐人街另一特色是傳統的同鄉會、宗鄉會、工會、聯誼會等社團，都設在唐人街的。現在，除了傳統社團，很多新興商場、廣場，也隨着華人的大超市、商戶聚集，也發現豎起了華人社團的招牌來。中文的特色，豐富了楓葉的多元文化。過去唐人街的雜貨店，很少當地白人光顧；和今天華人經營的大超市，真不可同日而語。「大統華」是台商在大陸經營「大潤發」的模式加拿大版，盛傳其始創約二千萬加元，得到長足的發展，幾年間為加拿大最著名的超市 Loblow 以二億加元收購了。是華裔經營超市過去無法想像的事。

我原先的專業是市場研究，原來和當時唐人街的性質是楚河漢界的，井水不犯河水。只以天假其便，我上班的總公司，竟離唐人街主街的登打士西街僅五十步之近，我還單身漢的兩年，早午晚三餐都在唐人街的餐館打發掉。我常到的「合棧」、林姓開的登打士西街和伊利沙白街角的茶餐廳；「西湖」分拆後，陳郁、陳振師傅開的人稱「小西湖」，還有人稱「好天時」的「金龍酒家」，他們各具特色。

當時唐人街的餐館業，有些菜色很特別；有的還失傳了。例如「西湖」譚炳（頭廚）的「窩燒雞」就失傳了。老一代的華僑吃過的，起碼有我這樣歲數、八十開外的人。他能將全雞的骨頭連肉取出，但能保持全雞的形狀，也就是不破壞整體雞皮，將雞肉混和燕窩，經調味後塞回皮裏，頭翼身腿的大小一如原狀，但已經切件再拚成，手藝刀法口味均屬一流。譚炳這門絕技，只傳兒子，被紐約高價聘去了。到譚炳去世，這個窩燒雞也成絕響。當時燕窩和現價差太遠了，即使譚炳復生，也不一定有多

少人吃得起。「合棧」的芋頭扣肉，用大湯碗排好五花肉一件夾檳榔芋一片，用上等南乳等淹後慢火蒸爛，入口香滑而不膩。我當時尚屬青年，一大湯碗扣肉也連汁帶芋塊全吃，還加上大碗飯。到「小西湖」（東湖？）是吃著名的「翻蒸魚」。「例湯」、「大湯碗飯」任吃。兩者都是七毫半，連小費共一元，當時一個 Quarter（兩毫半）的花利（小費），已經很闊綽了。街角的茶餐廳，最著名是「焗牛扒」，也不過是一元半，咖啡還免費。那裏的咖啡，全市華人都喜歡喝，我到那裏混熟了，問林老先生（侍者）怎樣泡製得這麼濃郁而好口感。他乾脆揭開那個大咖啡壺給我看，除咖啡渣滓，還有許多的烤過的雞蛋殼。林先生說，將雞蛋殼先烤一下，取其香味，也有定量的咖啡配一些蛋黃；口感就很好。這個方法，我還是第一次寫出來。後來也有業者說，加入小量的鹽，咖啡別有風味，我不是行家，只是好飲好食的老饕，姑錄之。

金龍酒家的老闆張姓，人忘其名，因他每天見到不熟悉的客人或朋友，例牌一句：「今日好天時」，日久成為口頭禪，大家就稱他「好天時」，他照應不誤，兩得其便。過去到唐人街吃霸王餐的洋人有好幾個，街角的老侍者林老先生，就曾被一位吃霸王餐的洋人提起，掛在衣柱上而長揚走了！金龍酒家有兩位年輕侍者，當時還是在校的學生，暑期到同姓的「好天時」的金龍酒家當「企枱」，遇上吃霸王餐的黑人，被這兩個跆拳道好手打得直滾到樓梯底去。後來一位當了醫生，就是張子田的長孫張燦文，他弟弟開跆拳道武館。陳郁、陳振師傅也有懲治過吃霸王餐的人，都是我親眼看到的。

我自從業餘任教華僑公立學校，認識了不少接送子弟來上學的家長。那對孖生譚兄弟的一家，以後我們成通家之好；以後第一個得加拿大勳章的黃彩珍，她的一對女兒

也是同年級的學生。還有吳姓姊妹，他的父親吳賢輝；洗衣館的業主。同是姓吳的女學生，家長吳榮律，他們先後擔任過廣東開平同鄉會的理事長，而這個同鄉會，譚傳楹和我是創會主要成員之一。發起啟事還是我手稿的，譚是第一屆理事長，那已是八十年代的事了。如說早期參加發起的社團，那是有幾個可記的。發起創辦的社團：中華文化海外復興協會，在文革時代，我是主要發起和創辦人，從籌備以至成立，經費還是我個人承擔，成立以後才有會費和捐款。是當時會員人數最多的團體。主持開幕是當時加拿大總督密秦拿（Daniel Michener）。後來有繼任者說他是創辦人，我聽到了也不好否認，只是慨歎連海外中國人也學假了！僑社第一個人國泰獅子會，發起人麥成德、簡家聰律師邀請我參加創辦會員。一九九零年，我擔任台灣國府立法委員期間，前僑委員委員長毛松年擔任世界廣東同鄉會總會會長時，促我開辦加東分會，我和陳聯樞先生各借三萬元購置會址，陳並在香港朋友間籌得頗多捐款而成立。至於參與社團的工作，那是抵加後到多倫多定居便開始；幾與我到僑校服務時同步進行。那是教好譚氏兄弟之後，他們的父親譚光普，就一直致力邀請我加入「昭倫公所」，該公所是談、譚、許、謝四宗親所組織的；但在世界昭倫公所總會章則，特別容許加拿大昭倫公所加上阮姓，聽說有歷史的淵源，均未經考證。但阮姓兄弟，也一直以參加成為昭倫公所為榮，也因此沒有異議並存於今日，至於參加創辦成員之一的中華民國僑生聯誼會、華協總會的加東分會等的工作和捐款，我還沒有中斷過。

　　譚先生是將我拉入僑社服務的首位長者。他從小就跟同鄉長者，交了「人頭稅」而進入加拿大的；初到時以年歲尚小，入過加拿大正規小學，所以發音比一般老華僑準確。但他讀書不久就要找出路謀生，養活在鄉下的家人。

因懂英文，能與當地洋人打交道，所以經營的餐館，雖館子不大，仍是生意暢旺，很快在多倫多露了頭角，被眾宗親推舉擔任了同宗組織的昭倫公所主席多年。以抗日戰爭航路被封，躭誤了回鄉結婚的時日，兒子雖小，但他的年紀已大。又以餐館業的忙碌，因此極力請我參加；就這樣，我又參加了多倫多僑社的組織和服務，到退休之年，迄未卸下仔肩。如果要找一個從一九六三年在僑社經歷這麼多年，創辦過、服務過這麼多個僑社，和捐款之多，與同時期在多倫多其他人，我也不敢多讓。

傳統僑社因循保守，都是幾個大姓掌控着，表面上還是經過民主程序選出來，但經過層層的篩選，到最後還是換湯不換藥，又是那幾個能操控的集團瓜分。我在譚光普帶入昭倫公所以後，由於公所是宗親會，算是傳統僑社的龍頭的「安省中華總分館」的社團代表成員，代表成員本來就是會館的基本會員，以基本會員為組合的單位。可是會館的章程卻又不是單由代表成員做基本會員，又容許以代表社團提名社會人士進入執行委員會，形成社團代表成員與提名個別的執行委員共同組織執行委員會；而這個執委會，就是選出應屆主席以次理事會和監事會，等於會員大會具備一切權力的最高機構。這種折衷的和稀泥，總之使權力分佔，職權糾纏不清了數十年。我代表昭倫公所參加以後，對會館的結構性問題，提出了幾次建議。

華人到加拿大來，原是參加北美淘金潮行列，初在洛磯山脈的三藩市一帶，以後沿山脈北上，在加拿大卑詩省菲莎河谷又發現金礦。華人又沿岸北上到溫哥華，有些在香港的金山庄到僑鄉的四邑招募，也是在卑詩省的溫哥華落腳。因此，溫哥華成為加拿大社團較早建立的基地，只比同省的域多利市稍遲，但由於地理佔了優勢，不像域多利市孤懸洋中的島嶼可比。溫哥華成了太平洋進入加拿大

境的第一個城市、西海岸的入口商港。華人建立的社團，自此以溫哥華為總會，以後隨着鐵路的建設，自西而東，唐人街的社團也因此擴散，仍尊溫哥華的原始社團為總會。溫哥華的「加拿大中華會館總會」就這樣定於一尊。以後，地方性的中華會館冠上省或市的名稱，每視有沒有重複而定。安大畧省就稱「安省中華總會館」，後來又分裂出以市名的中華會館。

「會館」名稱的起用，並不是始於海外，中國內地的名城大邑，為方便鄉人在異地的聯絡，已用「會館」為名稱。過去北京的幾朝帝都，到北京經商的商賈、或應考的士人，都寄寓於北京的同鄉會館；廣東人到廣東會館去，湖南人到湖南會館去，各有歸屬。加拿大中華會館起於何時，是不是民國建立後？如果說有，必須提出證據來。緣民國建立後就軍閥混戰，日本更趁火打劫，而會館在民國成立前也仿國內以同鄉省、市建立的會館，還沒有人想到中華會館的適當性。倒是在我寫《唐人街》歷史掌故時，許多身歷會館沿革的長者，都一致認為「中華會館」的前身是「抗日救國會」，抗戰勝利以後，「中華會館」的名稱才取代「抗日救國會」的。

由於「全加中華總會館」以各省市的會館為會員代表，因此卑斯省另成立一個以省為會館即「卑斯省中華會館」的地方性組織，再以社團代表參加「全加中華總會館」的組織，後來又有了個溫哥華市的中華會館，就像安省一樣，實在有點架牀叠屋的感覺。為什麼有這種現象呢？照個人的觀察，也許僑社人士未免太注重名位虛銜了吧！特別是傳統社團的老一代，他們經歷了「天朝棄民」的苦痛，沒有一個滿清駐外人員關心過僑民，見到洋人自己就矮了幾寸，誰能保僑護僑？不出事平安任滿就邀天之幸了。就以加拿大僑民來說，許多不平等的苛例，一句

「天朝棄民」，間接鼓勵當地官吏對華裔的苛刻。為了生存和生計，只有結合同鄉、同宗自請律師、當地議員發聲或抗議，因此僑社的職銜，就成了個人身分鑑定。二戰後，民主思潮改變了社會風氣，國際也因中華民國對德日發動侵略的犧牲和貢獻，也改變列強自動取消對中國的不平等條約。但僑社對名位的觀念還不能改變過來。要到僑社新生代長成，他們卻視傳統僑社是老一代的地盤，與新生代沒有關係，這種矯枉過正的態度，又使得傳統僑社難為後繼。這是兩個極端，老一代死抱着僑社的名位不放；而新一代卻無視父兄過去辛苦經營的僑社，任由其自生自滅。今天傳統僑社的困境，也不能全往新生代的身上推。為什麼你們不早一些交棒，要到七老八十不能動時，卻埋怨新生代不接棒，忘記他們已經不是年青人了，有更多的社會、家庭的責任要他們扛起。何況真要他們扛起時，誰保證七老八十的不耍老大手段？僑社的末落，尸位素餐的老大們也要承擔部分責任，這是平情之論。

譚光普先生將我引入昭倫公所，我很快就知道僑社一般的組織和分工。在學生時代擔任過好幾個社團服務，除了學術性不同；聯誼性質相同分工也大同小異，職銜上便很顯著各有職責了。當時昭倫公所還欠下銀行按揭，要靠「三益會」按月供期。所謂「三益會」，就是要求會員參加供會。例如一份會（如認供股，一會就是一股）以每週算，視乎個人每週能力收入可供多少而自定。加拿大每多以週薪計，除了必要生活費，尚有多少餘力供會。譬如一份會（股）要供三十元，每月平分四點五週算，四週是一百二十元，尚加半週十五元。則每月要供會一份就要一百三十五元了。以五十二人參加供會，剛可一年便供滿了。如果供滿到最後一期，不須另付利息，可全得一千六百二十元；但須扣除「會頭」一份三十元，就是

一千五百九十元。「會頭」就是公所，公所的責任，就是保障會員供會的本金。如果有會員不供，不管什麼理由，公所必須負起代供的責任，所以對供會者要了解他的信譽和收入，以免被人拿走了會銀而爛尾不供。公所也有另一個保障，登記供會者，必須有人做擔保，擔保人遇上吃了會銀而不履行供會的，要擔（任保人）負上供會的法律責任。這個法律的文件，在「得會」（出一定的利息，且比其他人高的）收會銀時，擔保人要和得會人聯署。因此，在會所得會，可免去銀行各種人事、物業擔保的麻煩，如急需款項者，一週內可以到手，此第一益。二，如不急需，可以出很小的利息，就算得會，除付微利外，存放銀行以定期計，尚有很大的利潤差距。有些有錢的友人，專以微息得會，而存放銀行定期收息，如果能每週做十份八份，定期存放銀行，可以坐享其差額。二益也。三益當然是對會所，一年一份就有一千五百六十元。六十年代至七十年代，僑社還盛行三益會，至八十年代漸式微了。因家庭都已團聚，各有各的家庭預算，加上民智日開，不必怕銀行以言語刁難，三來社團的新生代不多，嚴重產生向心力、人手不足，三益會也就式微了！

當年唐人街住宅區的房屋並不貴，昭倫公所的所址在住宅區，並且買了多年，但是老一代的華僑，省吃儉用，省下的本來就不多，至於捐獻，除了幾個特別有錢的生意人，靠份工錢生活的人佔了大多數，因此買了多年，還是欠下銀行的按揭。就以三益會一份來說，一年也只能供上千多元，利息就去了大部分，供本金的很少。我開始為公所想：怎樣解決這個沉重的負擔，使同姓兄弟不會因而卻步，或參加者產生疏離感。想來想去，如果不牽頭捐款解決，靠三益會一份一年也不過一千五百六十元收入，除了利息，本金的遞減不知到何年何月。因此，我當上主席不

久，便提請到大會討論這個公所榮枯所關的問題，大家都認為很有道理。我必須帶頭做個首倡，才能水到渠成，好在我還沒有家累，就帶頭捐了一大筆。在現在看數字，和五十年前差遠了。當時住宅區，四、五千元就可買到半相鄰屋。我舉個實例，格蘭街老字號的「金漢雞、鴨舖」（現在還存在，其西邊相連屋商住兩用），是 47 號的猶太裔的洗衣店，我的襯衫是他洗的，我就住在他對面的四十號三樓上。那個店主也老了，有一次趁我提衣服去洗，他認真對我說，你租住三樓，倒不如買我這舖，全價五千元，你有份好職業，首期五百便可以了，剩下四千五百元，三厘年息，三十年不變的供期，每月只供一百一十五元，你租出舖面就夠了，自己可留一層，比你交租好，又有個物業？但當時環境還不熟悉，也沒有想要一個物業在手，沒有認真考慮就不談了。就把這筆錢捐給昭倫公所，這樣一來，很多老先生包括譚光普，都慷慨解囊，在我任內的兩年間，便還清了銀行按揭。三益會由於公所沒有債務，信用好了；來做會的也多了，開多了三、四份。我負責對外，不供會的、或一時週轉不靈的暫時無法供下去的，負責上法庭，和勸告的，都在法理情中進行，也使我對僑民的生活增加了認識。一些經我寬容的創業者，有好幾個成為成為百萬富翁的，到我執筆年在八十開外的時刻，有的還是來往親切的朋友，他的後代或晚輩，都變成通家之好，這是我當時做三益會，主要抱着以人為善，對困境而看得出不是奸邪的老實人，就盡可能以通融，在彼此都能共渡時艱，留下了善緣而結下的善果，使我有充滿溫暖而感恩的人生。

昭倫公所在我的十年任內，曾舉辦過「世界懇親大會」，由於昆仲的信賴，除了沒有債務，還餘下十多萬元，是可以在巴士丹拿街添一座物業，如果供期，兩座

革新社團、曾經滄海與快意人生

也綽綽有餘，可惜因為避免嫌疑，自己後來又開地產公司，更恐被人懷疑利益衝突，因此沒有決心進行置業。當一些存有私心的後繼人接手，在我離開職位，又以「不在其位，不謀其政」的古訓下，公所以後所任非人下，經過二十年，這些人雖然比我當時的年歲還大，卻成了「啃老族」的白頭人，真令人不勝傷感。近年又都是大陸新移民，生活和年齡的差距又大，參加社團的目的也不一樣。僑社的事務有來向我問詢，我可以建議，但已心餘力欠了！

參與宗親會的領導和實際工作，不久便為公所的代表，到多倫多的安省中華總會館成了當然執委：會館名義上是代表安省華人社團的總會，實際上左派已有福利會和其他親左的團體存在，早已和會館分庭抗禮，但當時大陸運動頻仍，又沒有和加拿大建交，左派的存在，未足和右派自謂自由社團對抗。而台灣的國府，實質幫助僑社的力量也有限。加拿大政府對華僑處境之改善，是華僑本身的努力，和對加國貢獻而來的，與兩岸沒有什麼關係。

美、加對華僑的歧視，過去沒有人道可言。不准華人婦女入口，就是不人道的苛例，到一九四七年才廢除，僑社性別懸殊可知。女性在還沒有禁止入境之前，華裔夫婦一同到加拿大的已經不多，也沒有統計資料可查性別的準確的比例。但從一般經驗的常識而言，窮苦人家過洋飄海，大郵船的大艙位的機油氣味，煤炭爐的煤煙，震耳欲聾的磨打像雷劈聲，順風順水也要三個多月。一些從未出過門的鄉下人，在顛簸的波浪不分晝夜，海水混着機油、柴油味，火光熊熊的煤煙嗆人，黃膽水也吐了！暈浪中勉強啃幾片麵包，胃酸像翻江倒海似的，吐的比吃下的多。心情又不好，又無法充飢，七八天不飲不食就差不多了。支持不住病倒，誰會當中國豬仔勞工是人？沒有氣息了，晚上水手，像抓青蛙的瘦腿，一扔就被海水捲沒得無

影無蹤。能上得岸來，連站也站不穩，要上報入境姓名等手續，自顧不暇，誰關心躺在身旁的人呢？實在從上船到上岸，都在顛簸中暈頭暈腦。上船像趕鴨子一樣被趕下艙底層，找到一個躺下的位置，轟轟隆隆的磨打聲已振耳欲聾，還能交談？不久就暈浪了。我的外祖父曾向我說起過洋的往事，還捉着我的手摸他光勺勺的後惱，說是三個多月躺在甲板的成績，連軟枕頭也不供給。豬仔勞工的待遇真不是人的，中國人的災難可像永遠無有休止的迹象，不是洋奴就是家奴。「來生不做中國人」，真也有它的歷史淵源的。

整個華裔加國公民社會，都在歧視氛圍中積漸下形成，鄉愿、息事寧人、還加上「各人自掃門前雪，不管他人瓦上霜。」昧於「自固吾廬」，苟且求活下去，這種「臣奴」、「家奴」的習性，到了異地的陌生環境，順從強、惡勢力，轉變為「洋奴」是自然不過的事。中華會館的建立，在華裔成員當時的積習和氛圍下，老一代傳統的先僑，能領導得起、有足夠勇氣和公民權利的現在化知識，敢和不合理的歧視對抗嗎？他們畢竟還有在鄉積欠的債務，郵船費、人頭稅和養家費；過激對抗的後果會怎樣，誰都不敢想，也沒有誰敢向統治的歧視者、政府相關部門去問訊。還得靠幾個「出番」（翻譯）的華人。然而這些能控制華裔公民的譯者，他們會為整體僑社的福祉而爭取嗎？爭取到了，對他們來說，一個公平的社會，中間的剝削者獲利會相對減少了，誰做這虧本生意？而一些在中華會館任職的「僑領」，一切的榮寵似乎都來自會館的頭銜，每次選舉像分贓一樣，幾乎大同小異。黃衛青重出以後，又取代了只任一屆主席的周天祿。黃先生的專業是人壽保險的推銷員；周天祿也是，但黃姓人數比周的多。黃是國民黨籍，而周沒有黨派，且是個土生土長的人，人

脈上就輸了。

　　黃衛青先生一直是中華會館主席，周天祿能任一屆主席，是黃以個人事不得不離任，事情過去了，又再作馮婦。黃太太卻是個女中豪傑，是開平世家司徒望族，其長兄就是當年著名畫家司徒喬，以畫嶺南英雄樹紅棉，蜚聲畫壇的。黃太太小字懿卿，抗戰前已到了加拿大。當年會館還稱「抗日救國會」，司徒懿卿領導婦女界，演抗日街頭劇《放下你的鞭子》為慰勞前線將士籌款。黃氏夫婦育一女三子，俱在多倫多大學畢業。由於司徒懿卿領有執照的地產專業人士，當我後來在唐人街開業地產公司時，她便加入，一直到我退休才離開，因此有通家之好。子女都為專業人士，次男尤為傑出，是麻省理工學院博士，任教上庠；長男建築師；幼男律師。均有聲於時。應是司徒懿卿居功最大；黃衛青晚年似患老人癡呆症，因為有一次僑委會興建之「經濟文化中心」落成，他和我都是董事會的董事，在簽名簿簽名時，他突然側過頭來問我：「我的名字是什麼？」令我錯愕一下，才附耳告訴他是黃衛青。司徒懿卿近百齡，住在孟嘗安老院，頭腦還很清楚，只是不良於行，不久也便逝世。孟嘗安老院的地段，是她在我主持地產公司時為該院買入的，我將公司應收的佣金，全部交她贈送該院作興建經費。誰想到她最後的耆老生活，也得入住手購的地段！

　　過去僑社的社團，固然貪戀名位的陋習早已存在，但民主的風氣，已成為不可阻擋的趨勢。像黃先生出身中山大學，正是民主革命的搖籃，為什麼長期戀棧會館主席的名銜，難道連一個接班人都找不到嗎？如果說恐怕新人沒有經驗，不克領導全僑，也說不通，人不是生而知之，而是學而知之。根本連學習的機會都沒有，經驗從何而來！對於有心為僑社服務的人，是很不公平的。試問在幾個當

權派的所謂僑領，他們一坐就坐了十多年，有過什麼建樹？這種尸位素餐作風，不是貪戀名位？過去參加會館的人都無可奈何。很多人知道我常常譏笑不斷連任或隔了一屆又回任的人，叫做「回鍋肉」，除了老油條的油滑，實在令賢者避席，很多僑社老油條，埋怨青年人自私，不參加社團工作，其實關鍵在他們恃老賣老，就是不讓年輕一代接班。過去會館每年都有選舉，總是像例行會議，社團代表還是大多照舊，大家都很默契選出新的執委；然後共同選舉主席、副主席、主任秘書；而且先選主任秘書，產生以後才選正、副主席。我問為什麼會主、從倒置。這本來是常識問題，卻引起僑社昂然大波。

那一位同鄉的主任秘書，也已經八十以上的人。他的任期沒有限制，因為任職又久，會館事無大小，他都一清二楚，做主席的未必知道，還得要問他。他老神在在，嗓門高亢而中氣十足，雖然一口鄉音，不懂開平話的廣府人，就得要拉長耳朵去聽，不懂還不能問他，再答覆也還是鄉下話，也只可問之左右。如果不識趣直接問他。主任秘書會高分貝說：「你連中國話都不會講、不會聽，怎能在會館任職。」他這樣一說，就是要你閉嘴；又能奈他何！過去四邑人多，唐人街的中國話就是四邑話，到後來香港移民湧入，比例上逐漸拉近，到四邑人聽廣東話多了，也就自然代替了鄉下話。但在當時，以服務、聯誼為目的的會館，主要負責人像訓話式告誡新任的執行委員，除了老氣橫秋的心態，想不到更恰當的解釋。

廣府話的人，在粵省應比四邑多：廣州市、南海、番禺、順德的三邑。鄰近的佛山鎮、中山縣等都說接近廣府話，比說四邑話的人口多。粵省的方言很複雜，還有潮州話、客家話、西樵一帶的雲浮、增城、鶴佬話都自成一系。不過四邑人放洋到北美來最多，四邑話便成粵語方言

主要的語系而已。主任秘書未免夜郎自大了些。我原想為那個聽不懂四邑話的同人緩臉，我說：「四邑話不能代表中國話，也只是地方語，會館既然是華人代表社團，且自稱代表華裔公民社團，主任秘書有責任答覆代表會員的詢問。」這似乎衝着主任秘書而來，還是會館少有的異議。主席也一時答不上話，空氣似乎凝固了！

「你是要秘書主任回答嗎？」一個發自尖銳嗓門的聲音響了！正是坐穩釣魚船的永遠主任秘書說。我原以為一般性的稱謂，在一些政府部門中，不只一位秘書的較大機構設有秘書處，主管的稱做主任秘書，如果像個民間團體，沒有設秘書處的必要，就只設一名秘書，統管秘書職責，是協助主席收發、記錄、存檔等日常工作的。秘書主任還是第一次聽到。

「就請秘書主任答覆吧。」我說。

「很簡單，他講的話我聽不懂！」

「你說的也不是中國話，是中國方言，而且還是粵省的一種方言。廣東省的方言代表是廣州話，你都聽不懂，你是不是不適任？」這一段話，使好幾位三邑人士和一些講廣州話的代表會員，情不自禁拍掌，四邑會員默然。

「我做了二、三十年秘書主任，還沒有人說我不適任，真是豈有此理。」

主席黃衛青站起來調解：「都是誤會了，許先生也不知會冒犯你老。」

我不管他們怎樣說，反正心底話已經說出來了！我繼續說：「我代表昭倫公所參加會館也多年了，在周天祿到黃衛青還一直擔任副主席。我體驗這是只是一個虛銜。主席和秘書主任商議好，只形式在會議上通過便確認而執行了！出個通告，貼在會館的報告板上，就仰各知照，算是功德圓滿；當然也沒有分函各社團『知照』，政令不出

都門，在會館言：是不出館門，出門也沒有人理會。」黃主席搓湯圓只又是以和為貴；但秘書主任還是憤憤不平，真有點「愚而好自尊」的味道。我說：「我只是對事理、制度而言，並不是想冒犯誰。如果以體制而言，主席在章程而言，既然對外代表會館；對內主理館務，秘書主任是主席的幕僚。主席還未選出，先選秘書主任，我們怎知道主席願不願意選出的秘書做他的幕僚？如果不願意，但已選舉確定。同樣是被選舉人，如果秘書主任的選票比主席還要多，按照權力的來源，是不是主席要聽秘書主任的裁決？再說，會館只有一位秘書，綜理一切秘書職務，為什麼特別稱秘書主任？或普遍稱主任秘書？如果依會館章程，就應先選主席，最好還請選出的新主席提名秘書，如果主席放棄提名又當別論。以示主席與秘書職權各有歸屬。從另一角度看，選了秘書，就不能再選主席、副主席，因章程規定：正、副主席不能兼任秘書。這不是剝奪秘書的權利？總之，因人而設的制度是不妥當就是了！」這個會議也不了了之。

這次發言，在當年安省中華總會是前所未有的事，我記得十分清楚。中生代在傳統老一代的控制下，馴服已變成麻木，或認為理所當然；一旦醒悟，其勢很難阻擋。而老一代也都是七老八十開外的人，只有少數戀棧，長期以虛銜做啦啦隊的多數，很多已自動和我接觸，匯成了一股改革會館的力量，因為會館又面臨改選的日期；所以自動約聚到我的家來。時為一九七零間的事，那個年代，我早已離開汽油公司市場研究員的職位，在唐人街和友人合作開設雅來地產公司多年了。而地產業務還在擴大和發展中，我已有點回饋僑社的意念。在會館而言，我任副主席也多年了：當然算個資深職銜人：但體制卻沒有年限，年年選舉，年年照舊，主席和秘書主任掌控，換屆像家常便

飯。會館是僑界具歷史性和代表性，它的存在和功能，應為僑社起觀瞻、示範作用才對。要回饋僑社，應從會館的革新開始。我發言的原意，只是漸進的修整會館的章程，進行逐步結構性的改革；並沒有立即動大手術的意圖，何況黃衛青和我有通家之好，完全不是針對他，只是體制的不合理才提出修改章程，以免長久被秘書主任一言堂操控着。黃主席已做了十八年，中間周天祿一年，十九年來，秘書主任已成「政由我出，祭則主席」的局面。我這次發言，觸動他的諱忌，我也只可因應而為了。

我默計一下，自動來找我的當然委員（團體代表）和選出的執行委員已超過半數，下一屆如果要選誰做主席，和修改章程，已經可以有足夠過半的票數；大家都勸我出來。我很清楚表明，我們要改變的是這個不合理的制度，並不是針對誰；此外，會館有僑社代表性，是傳統華僑建立的，我來加時候的身分是留學生，雖然已是加拿大公民，但因工作的忙碌，我實在抽不出時間身負主持人的主席，還是留任副主席好了，如果我當選，而我是這次革新的提案人，為了避免利益衝突，我不會做主席。做輔助的工作比較適合。秘書的年紀已高，當然要換個新的年輕人來配合新主席，創出一個新局面回應僑社，既然改革，就應有個新氣象。

在當時，大陸的「文革」已輸出到香港，許多香港新移民已開始到多倫多市來。自從滿地可舉辦過世界博覽會以後，魁北克省興起了「獨立」的氛圍，許多大企業和員工遷到多倫多。隨着人口的膨脹；香港新移民又選擇多倫多的安定。使多倫多市在兩三年間的人口超越了滿地可，成為加拿大第一大都會。「唐人街」也隨着發展起來，跨過了大學街，往西向到了士巴大拿街了！我經營的地產公司，帶動了西向的趨勢，有牌照的經紀不斷加盟，已發展

到舊址難容的情況，也和趨勢配合西移。個人的聲譽也顯著增加。大家都旨望我來領導，這是為什麼要到舍下來的主因。我說：只要大家有心為會館革新，就應放棄過去領導的模式，用團隊精神和方式做服務工作，不依照過去由一兩個人操控，群策群力，才是新氣象、新局面。我們的中生代的人才不是都有了嗎？與會的朋友，還不知道我心目中的團隊班子，很直接問我關於正、副主席、秘書和各部主任。我說，誰在團隊都是主要幹部，正、副主席、秘書也只是職銜的分工。但他們還是希望在這次聚會上決定，以免選舉時票數不集中。我再不能猶豫了事，這是關鍵的時刻，執行委員會的社團代表稱做「當然委員」；「當然委員」經推選投票產生稱做「執行委員」，兩者合併就是執行委員會的全體成員，權力均等；由他們票選主席和以次各組主任和組幹事。

我無法推搪對人選的意見，但我再強調會館的革新是制度的革新，不是針對某人，尤其是不是現任主席；因為制度沒有任期，連選得連任；雖然每年選一次，大家因循，結果黃主席做了十八年，秘書主任更久，即使做得好，也難抵償阻擋賢路，使僑社的更新機能癱瘓、新血亦難以補充。我只是提議人選，決定還是公意，但我要聲明，我決不做主席，一因我在會上的發言，已經引起一些人的誤會，以為己謀，我如果真取代他人，黃河之水都洗不清，且成壞的示範，這一點我是堅持的。照目前來看，林仲文出身僑鄉、在會館擔任青年部有年，他也只是四十出頭，事業穩定，可以多抽一些時間，會館是華僑傳統社團，以僑社子弟來接，他人也沒話說。至於秘書主任，最好省去主任兩字，我們中生代不在乎名銜，予人較好的形象，我認為龍讜較適合，受過大專教育，又是單身沒有家累，可全心全意配合主席。至於副主席，我已當了多年，

最好有人來接，以免說我戀棧。其實這是個虛位，黃主席從未徵詢過我的意見。只是不同意我辭職，實在無可奈何。與會的林仲文第一個出來表示，如果許兄不留任，我決不做主席。這是一個革新的機會，如果泡湯，下一次有了防範，就很難有機會了。我堅持把我的問題押後，大家對其他組的主任，都商定好了人選。

聚會到人選決定時已深夜，其他的問題也還沒有談到，例如規定主席的任期等；大家明天還要上班的朋友總要結束了，細節可以再議；臨時的會議也就此結束。過了幾天，其中有個到聚會之一的友人，特別來對我說：黃主席希望再任一屆，讓他有機會表現功成身退，很有體面的讓賢。我對他說：我們聚會不是都作了決議嗎？我不能獨斷改變，而且我們的決定是制度的改革，不是針對某個人的。這已是清楚表達我的立場，他也不可再說下去。我猜與會的人總有八、九個，偶而不經意的洩漏總會有的，也不必問誰洩漏，以免自造分裂。到選舉會員代表大會。還是黃主席主持會議，出人意表的自我表白：希望產生新的人事，他已擔任了十八年主席，不希望再擔任下去。他的話使一部分老委員錯愕，尤其秘書主任為最。然而對秘書主任的一派，就措手不及了。票數已擺明新生代和傳統一代的強弱，除非倒戈，但以黃主席的態度來說，為首的也希望有個新局面，似乎應該順利渡過。主席按照程序進行；根據傳統應先選定秘書主任。這是一個關鍵的程序，我們革新的同人，都像預期的看着我表態，而且也是我在會上提出過的。我也就義不容辭站起來發言，說上一次會議我也說過這個程序不是因人而設，但今天黃主席已表明不希望連任，因為他已擔任了十八年，其中只有因事倦勤，由周天祿擔任一屆。周主席任期只有一年，沒有過大的變革，能選熟悉業務的秘書主任是有必要的，但今天既

希望會館有新局面、新人事出現，如果確定了秘書主任，就未必和新選出的主席相配合，就不是理想的組合。會館就只有一名秘書，似乎不必再掛個主任的空銜，就是秘書便可，章程也未設有秘書處。秘書主任這一派都錯愕着，但都沒有辦法異議。主席就宣佈選正、副主席。先提名正主席，林仲文為避嫌，到洗手間去。我也就依在我家會議時的決議，由我提名林仲文。我剛坐下。就有一位從台灣到多倫多不久的新人站起來說話。此人聽說在中央電影製片公司當過司理級的人；廣東人，是由國府前大使館武官周錫年將軍，申請到他自營的餐館服務的；但已離職，目前在廣州餐館做帶位，東主林黃彩珍，是個著名的婦女僑領，土生土長，在政治圈中很吃得開，就把他安置到中華會館來，看在她的面上，大家都對這位新人刮目相看。林黃彩珍和黃衛青同宗，這位新人在會館為新，但在台灣電影界混多了，很會自我宣傳，遇上老實的周錫年，便把他帶來加拿大，以後憑他一副擅於鑽營的金頭腦，居然把秘書主任的洋人情婦騙過來，以後還生了個混血兒，他的吹牛術，真可以寫成一冊傳奇：《騙術大全》。此人一出，唐人街鬧得雞犬不寧，沒有一個接近過他的人能全身而去。

這位新人其實是老先生，但他把頭髮染黑，可惜他那副假牙，有時鬆了綁，一不留神自動滑下，泄漏了真鬚假牙的秘密。吳姓，久而久之，作風也自然流露了尾巴，大家背地裏稱他做「老狐狸」（國語吳與狐的粵音接近）。但他能言善道，面皮又厚，他能化敵為友，又能翻臉不認人，瞞上欺下，官場僚氣與商場醬氣，他真可以「手撥五絃，目送飛鴻」的揮灑自如。可惜因為生性過狠，每個曾親近過的朋友，都成「終凶隙末」的結局，一一離他而去。我們未免為他的晚境見憐，但他把安祥的唐人街，特

別是自由社團，搞成分裂不堪，難以收拾的局面，一直到他斃命才戢止。九尾狐真不是白叫的。我原以為會館被碩鼠幕後魷誤了二十年，清除了牠，讓中生代出頭，應該與時俱進；今城狐乍現，已見機詐狠毒；「狼顧豺聲，忍人也」，何況他有的是如劍之聲還不是豺聲麼！

老狐狸趁林仲文離開，站起來說：「會館主席是全僑矚望的人物，不但要老成持重，還要有豐富社會經驗、很好的教育程度；決不是做洗衣館出身的人可以領導得起的。」這很清楚針對提名人而來，毫不留情面。假牙有時擋不住口沫飛了出來，這帶有針對性、甚至人身攻擊。那真是中華會館前所未有的，到現在時隔四十多年，當時情景猶歷歷在目。吳、林都已去世，我決不會誣毀前人，但還生存的人也有好幾個，都可以證明。我立即站起來說：中華民國選總統。被提名的候選人，也只要超過四十五歲的公民身分，其他職業、教育程度都沒有規定。做洗衣行業是僑社的主要行業，在座就不止林仲文，誰有資格說不准就不准。這些話當然也衝着他而來，一時肅靜下來。黃主席說：章程沒有這個規定，現在就發選票互選舉正主席。當時會館的章程，重要職務都是互選出來的。

林仲文順利當選；主席宣佈選副主席。我不能不再站起來，因為我對會館的改革，完全與個人利害無關。我當時的地產業務已長足的發展，實在沒有時間多兼顧會館的事，過去掛個副主席的虛銜，實在是無所視事，上有主席，下有全權包辦事務的秘書主任，輪不到我有任何的意見。其實也不願過問，以免扯入紛爭，這次是不得已徇中生代的要求，對老人長期控制僑社，的確應大事改革來適應潮流。我抱着開風氣的念頭，決定不再過問會館的事，以免啟人疑竇。於是我說：「我從周天祿主席，又歷黃主席已多年做了副主席，我要和黃主席同進退的，讓新

一代開展他們的新局面，亦避免個人有任何幕後操縱的嫌疑。」我這些話的確是實情，自從眾人來舍聚集以後，就有人放話在外放話：「以後許某便可左右會館。」自我避嫌是最好的證明；誰知新當選的林仲文截住我說下去。他說：「如果許先生退出選舉，我不會做主席。」還是黃主席裁決說：「許先生是個人意願的聲明；目前還沒有選出，只希望大家考量他的意願。」我一再說明，做執行委員也一樣用心協助主席，我也按着坐旁的林主席不要反對。會議就繼續進行，執委互選副主席，結果還是我當選。林仲文如釋重負；我還是推辭。但林說：「你能辭；我也能辭了！」如此，這個十八年的革新機會就此泡湯了！在眾人力勸下，我只可勉就。

我完全沒有一點意願再連任下去。林仲文過去是會館青年部主任，當然只是聊備一格，也沒有人會注意到，突然冒出頭來，如果初期沒有我在他的身旁協助，面對傳統的老一代，也許真有些膽怯。但我真不願再做下去。如果要做，也輪不到他吧！我想，只要按原來計劃，由新生代上任，誰做副主席就不是那麼重要了！林仲文自然會打消辭意。主要是龍讜取代原來的秘書主任，結果也在意料中選上，由於佈置週密，會館按照計劃全部大換血。我和林仲文說，有龍讜兄在旁，還有許多新人的配合，我的副主席就讓我辭職，以免有人說閒話。如果你有需要，我不須名份也可以幫忙，不必令我難做吧！誰知他堅持：你辭職，我也辭職。態度十分堅定，那些新當選的朋友也異口同聲不同意；真出乎我的意料。總不能「成也蕭何！敗也蕭何！」又倒回舊窩臼，夠秘書主任這班人譏笑：讓給他們也不敢做！幾個後遺症的念頭出現，唯一是希望是林仲文肯讓我辭職。然而就是他不肯，我一時不能脫困，只好為大局留下來！我的另一的挫折，是不能依照原計劃提出

主席任期的改革,避免了黃主席一做就十八年的怪現象。
原擬修改任期,從一年增至二年,讓新主席有多些時間建
樹,避免只有一年過短的藉口,作無數次連任憑藉。但要
為防止長期的連任,必須有連任期的限制,一般只能連任
一次,也就是一共四年,就可以解決這個體制的缺失。中
華總會館既是僑社社團的領導,她的改革,必然帶動僑社
社團的革新。但在那會議中,格於形勢,只好把任期延長
和連任的限制暫時擱置下來。那是不徹底的權宜之計,反
給老狐狸施展迷惑的手段,把自由僑社分化得四分五裂。
又有誰能料到人為了私利,可以恩斷義絕?「物先腐然後
蟲生」,明知老狐狸瞧不起自己,但有他的足智多謀,彼
此利用,也可以風光十年;有了這個念頭,到他立穩腳
跟,次第就顯露出來。那是以後的事了。

　　林仲文雖然領銜主席,但他的乾洗衣店離唐人街頗
遠。而我的地產公司設在華埠,林又十分信賴,正如他說
我不做,他也不會就任,我只可盡心盡力而為。幸有龍讜
兄的秘書協助,奔走聯絡和文書,他都勝任,會館離我的
公司又近,過來談一下工作就解決了,林就垂拱而治。當
時要將會館改革,必須改變她的形象,真正做到服務僑
社,在服務中建立聲譽,不是自封領導;而是要實際從服
務中帶動僑社的革新,走出僑社,參與當地活動,讓當地
人士知道一個多元種族社會,華裔公民,是一個不能缺少
的族裔,對建立加拿大的繁榮,也是不能不講的貢獻,我
們不自外於當地,也不希望只是寄生在加拿大,而是一個
參與者,共存共榮的族裔。

　　新的班子上場不久,政府有一項補助當地社團的措
施,由政府撥款為社團聘用僱員,專為移民申請職位或尋
找雇主。這就是政府的輔助新移民的就業計劃,我立即代
表會館和政府主辦人員接洽,很快得到同意。形式上必須

經過招聘手續，所以連龍謹納入內定聘請人員中，也須經過筆試和問話，以他作為對會館的聯絡人，也能讓會館掌控這項就業計劃，除龍謹以外，還有何競文、黃健華、和吳太、丁小姐。辦理成績非常理想，就業計劃期滿得以延長半年。會館終於真正走出只是聯誼的功能，以僑民為服務對象，成為廣受重視的社團，那是安省中華總會館革新後最蓬勃發展的一年。以後我建議會館組織「義葬委員會」。事緣過去先僑受到歧視，少有家室，到開放僑眷來時，許多在僑鄉的眷屬已故世。有的因自己年老，或者沒有能力申請家眷來加團聚，僑社單身的老人還不少。龍謹每接到市政府通知，華裔公民去世，無以為殮的也不少。市政府找不到親屬，每向會館通報。過去那位秘書主任，根本不懂英語，也就相應不理，這種事每年總有好幾宗，會館不理，就由市政府埋葬。這些沒有人認領的屍體，棺木大概用紙皮做的多，而且一塚多屍，像疊羅漢的從下疊上，塚上也沒有姓名，蓋上草皮就是了。人生至此，可謂不幸之尤。我在僑社還有點信譽，登了一則組織義葬委員會的廣告，以會館通過我擔任主任委員的名義發刊，結果很多善長仁翁認捐，一次捐款就足夠，以後多年都不需再籌。而老華僑的零落，要由會館義葬的人也逐年減少，到我辭去主任委員，餘款尚存七千多元，當時是一個頗大的數目。交由接任的黃英發君接手。以後這筆善款，就是後來起建「先僑紀念碑」（建地在 Mount Pleasant 墳場）的基金，這是我在七十年代初期，以商譽超著得僑心信賴而籌集留下來的。沒有我建立的義葬的善舉，就沒有多年為沒有親屬認領的同胞一屍一穴的安葬；也沒有先僑紀念碑的建立，供會館同人、僑社對先僑春秋二祭。這段歷史，當年參與者龍謹、林仲文、黃英發、林環陔都先後謝世，而從發起並主其事的我尚健存，寫出供僑社談助而已。死

有所安葬，孤魂有春秋之祭。我一念之仁，不意在翻天覆地的時代尚可實現，亦平生快事；比起到日本靖國神社罵倭寇大賊逞口舌快意，更具意義！

由於老狐狸看不起洗衣行業出身的人，我曾特意鼓勵林仲文衝出這個行業，另發展副業，我願意出資玉成，他當時言聽計從。當時台灣正在發展農業加工，以高雄為基地，廠商可直接將產品免稅外銷，增加了市場的競爭力，一兩年間，台灣的食品加工，橫掃世界市場，所有華人經營的餐館業，都向台灣廠商訂貨，是台灣農產品加工外銷最暢旺的時期，以後還帶動台海的工業起飛，我在一九七二年第一次重返台北，當時僑委會的毛松年就曾鼓勵我從事貿易，他可以配額最暢銷的竹筍、馬蹄（即荸薺）。如真能得到政府的配額，是大有可為的貿易。

到我為林仲文走出洗衣舘的行業，籌組貿易公司成功，我出資最多，順理任董事長，因主要培養林仲文，由他當總經理，還帶着他第一次回台，向當局介紹認識。然後和龍讜介紹他加入國民黨，真可謂情至義盡、出錢出力的扶植。以後的轉變，一個低學歷、從傳統洗衣業出身，憑着原本看不起他的老狐狸，竟能全心全意言聽計從；在不知情的人看來，誰能相信他的不義？「君子可以欺其方」；也就算了！反正這對狼狽發現得早，還不是我人生規劃的人。也就算了，他無法將貿易公司發展起來，而我的主業在地產，無法抽空過問，林和他的副手到外面招股，我這個創辦人的董事長，什麼時候被換了還不知道，誰說知識低的人、貌似忠信的人不夠狠？到我被告知公司結束時，負債很多。只有我手購的貨倉賺錢。由於我的股份大，分配的銀行債務也最大。像「啞子吃黃連」，有苦自己知；只可按比例還了。林繼黃又做了十三年會館主席，還做了一屆僑選立法委員；印了一本小薄頁書：《問

政三年》，翻開一讀；「口頭質詢」只有一次。毛松年選的僑選立委就是這種人物吧！我當年沒有把會館的任期制度限制下來，就離開了。以後會館在老狐狸操縱下，目中無人；連黃衛青都看不過眼。兩人公開鬧翻，我適在現場，看到老狐狸拿了個煙灰缸，作狀要擲黃，我隔阻了他。後來，我抽空到會館開會，還是十年來第一次，我看到老狐狸的氣燄。我不信邪，即席問林主席的第幾次任期；他說第十三次了。我說：「黃衛青主席過去做了十八年，你又做十三年，一共已三十一年了！還想做下去？」他不知怎樣答覆；我說：「我先說明，這還是十年來代表昭倫公所來開會，我正式提案召開會員大會、修改主席任期並改選新一屆的理、監事會。」我這個突然的提案，吳劍聲起來反對；這種即席的辯論，老狐狸當不是我的對手；結果通過召開會員大會並如期舉行。我在大會說明，僑社應與時俱進，培養人才要放權給年輕人，他們才有鍛煉的機會。家長式制度應及早揚棄，年輕人才有出頭。這三十一年，會館還不是原地踏步？我已是老代表了！不再適任，七老八十還指手畫腳，這個團體還有什麼希望！結果，總會館以後選出主席兩年一任；連選得連任一次，從此確定下來，一延至今。

　　一枝筆不能同寫兩頭，我到加拿大十年後才回港探視父親，台、港兩地還沒有經濟起飛，但已有改變了，還不很明顯而已。在我來說，雖然不算衣錦榮歸，但當不是窮學徒、窮學生的身分。那一年，正是中共政權和加拿大互派大使之年，台灣在加拿大模式建交下，國府外交陣線全面潰敗的年代，國府為穩定台灣人心，透過僑委會敦促親國府社團，組織慶祝雙十慶典團歸國。全加中華總會館的前身是抗日救國會，原是親國府的僑團，順理成章響應號召。一共十二個成員，都是會館的首腦，約定時間在溫

哥華機場集會，溫尼辟中華會館的區富先生年高德劭，被推為團長，但他以年紀已高，不堪繁劇，而這次回國有可能出席各種慶典，不想成為玷誤之身，遂推舉滿地可的甄庸甫擔任，我是當年最年輕的人，擔任秘書長，協助團長應對各方；我也不好推辭。到了台灣，我們入住中國大飯店，是台北當年新建的，算是五星級的大旅館了。

十年的人事變化很大，同班同學，有的做到系主任，財經界的同學很多，做廠長的、大企業的董事長、總經理的也不少，真的是「同學少年多不賤。」當年的台灣，和十一年前的消費能力差遠了！過去的歌廳，長木板放在鐵架上便算是桌面，座位木板凳，泡一杯清茶，四壁蕭牆而已。如今的歌廳已金碧輝煌，這還是最普通的消費場所，等而上之，台海已恢復日治時代的飲花酒。著名的「白玉樓」、「帝后酒家」、「花非花」之類酒色場所，陪酒女侍穿花蝴蝶的滿場飛，跟客人划拳、勸酒，為客人夾菜進饌；你可以像個殘廢人一樣，也可以左擁右抱。台灣人的熱情，可像沒有請你飲花酒，還不算盡意招待。我同班同學發了達的人已不少，他們帶我這個鄉下人，就像劉姥姥入了大觀園。當時新台幣最大的還是一百元，主人一大叠紅當當的百元大鈔放在桌面上，新陪酒女伴來了，例行一張紅底，能撒嬌勸客人一飲而盡的，算是討客歡心，可能又是一張。紅酒女坐下不久，例有過檔的習慣，不以為忤，有時還得主人打賞，也不一定百元為限。當年當紅的柯俊雄，到白玉樓鬧酒的新聞也聽到，而同學招待到此相聚，真的體會到紙醉金迷一擲千金的豪氣。當我們一桌一室，自有樂隊伴奏，那種圓桌視客人多少而定大小，一客必有一酒女相陪，一桌二十四人是常見的，燕叱鶯啼，有時自動獻唱，在音樂伴奏下，霓虹燈掩映，熱面狐步，真教人意亂神迷。這種靡靡之音，伴着紅燈綠酒，這種荒唐的場

翻騰年代的經歷

所；和外交陣線全面崩潰是多麼不協調。

　　我很不習慣這種場所，但同學的盛情，只可隨俗，我總不能來而不往，也請過他們一次。那時台北還是三輪車的天下，計程車不一定遇上。回去就費時了。這個緣故，自從回請他們，也就謝絕他們這種「盛情」的應酬了。這一年，正是台灣立法院通過增額選舉台灣地區和海外僑選的立法、監察委員。曾廣順那時已任海工會副主任。我在學生時代，他剛可在香港右派暴動時被遞解出境的，成為救國團的文教組專員，轉入海外會任副主任，很得主任馬樹禮的信任。他說是他從政最好境遇。我在學生時代，以參加救國團各項活動，時常見到他，這次十一年的重敘，我以當時台灣的物質條件還很差，公務員的待遇還沒有多大的改善，特別在加拿大買了一套英製西服羊毛絨給他，並由他選定手工好的西服裁縫店，為他量身訂造。也買了送給陳松光和夫人、趙天水和夫人的禮物去拜訪他們，都令他們大出意外。陳、趙兩家，以後均合家遷播來美，余晚歲猶常拜望，有通家之好。我視他們的子女像親弟妹，到老猶像童年，親暱猶呼許哥哥而不名。當時陳松光伯父為毛松年借調，出任僑委會第四處處長，主管總務。他極力鼓勵我報名參選立法委員的選舉；和曾廣順副主任一樣熱心。海工會邀請加拿大代表團晚宴，座位安排我坐在中央位置，左右為馬主任、曾副主任，團長甄庸甫反坐旁位。大概有關單位安排我代表本團，應邀至各電視台訪問的表現稱意，對我獲選立法委員都很樂觀。事實上，本團成員當時有加拿大僑界的代表性，也沒有什麼異議。在年齡、學歷與僑社認受性，我也不敢多讓。海工會的席上，區富公開希望我能當選。都把提名表格拿回來交給我。一九七二年，是加拿大地產最暢旺的年代，特別是多倫多，緣一九六七年世博會在滿地可舉辦以後，當地人士以

魁北克省已具備獨立的條件，勢頭也一發不可收拾，許多大企業開始遷移到多倫多來。因此，六七年為滿地可盛衰的分界點，過此以後，只一兩年間，多倫多人口已超越滿地可；安大畧省也成為加拿大製造業的中心。也因政治上的分歧和動盪，新的移民百分之六十五選擇到多倫多來，人口急激的增長，地產業的蓬勃發展，可謂一日千里。我和合夥人在中區唐人街開設第一個分行，持執照的經紀人常在二、三十人之間，這已是當時最多經紀人的大公司了，收入頗為可觀而穩定，如果要我回台北當立委，捨棄已建立的基業，如果以收入而論，差距無法相比，除非當個掛名的委員又當別論。

我還在思考是否送上立委報名表，早晨又要帶團參加各項活動，副團長區富勸我不要躊躇，他可以為我送表到中央遴選委員會去，第一屆開辦時法規未週，不像以後經僑居地的初選，然後篩選後向中央遴選委員會報呈覆核，確定後再公告。當晚回到旅館，團長甄庸甫來拍門，我讓他進來，以為有什麼要我去辦。甄是僑鄉台山人，是個典型的老華僑，過去以開計程車為業。到年紀大了，戴上一副老花眼鏡，已不能開車載客了。將住家分房出租，就靠收房租維持生計。以年青時在鄉學過武術，在滿地可遇有喜慶、慶典要舞獅的時候，他可以找幾個青年來，大家賺點「採青」紅包，雖然談不上聲譽，但總有一些人面關係。滿地可華人原來就不多，大家對他不會陌生就是了。甄庸甫原來在我們活動中，知道區富為我送了報名表，晚上來找我就為這事。以他的條件，我連做夢也不會夢到他會去報名參選的。他說：「我已七、八十歲了，對中華民國也效忠了一輩子，有意參選監察委員，只當一屆。加拿大名額不多，如果選出了一個立法委員，當然不可能又有一個監察委員，兩者只容一個當選。希望你能成全我，你

還不到四十歲，收入又好。我只能當一屆。時間很快便過去，就算排隊輪也會輪到你。」甄庸甫可以做我的祖父，鬚眉已灰白了，他這樣坦率一說，我真難以拒絕，而且這事本來不在我目前生涯規劃之中，甄庸甫也沒有說錯：立委任期三年，監察委員四年一任，我還只是三十七歲。在外國生活了這麼多年，一般政治家或代議士，每多是打好經濟基礎才出仕的。我也未必選得上，讓他一個人情又何妨。甄庸甫又說，「我識字不多，你幫我幫到底，今晚就麻煩你幫我填表，我也可向毛松年交代，說我是你推薦的，連報名表都是你代我填的，不就一切順利了嗎？」我想想也有道理，一個晚上就為他填好，把他歷年的工作表現，也寫得活色生香。有這樣的真實過程，而甄庸甫就這樣當選了加拿大地區的監察委員。世事真難料，一屆任滿時，正值中華民國和美國斷交，對台灣的衝擊，比退出聯合國、加中建交浪潮更大，國府在這艱難的處境下，而蔣老總統又逝世不久，立、監委選舉就延期下來，又為安定政局計，到舉行新一任再選，沒有重大過失的委員，都全部得以連任，這樣一眨就十年過去了。真可謂時移世易，台灣、香港、星加坡、南韓已同步發展為亞洲「四小龍」，台灣且是四小龍之首。而我已步入中年了！

在這十年的個人生涯，可說雲淡風輕，順水行舟。在翻騰的年代中，是難得的好時光；然而在整個民族來說，還是兩岸對峙着，而日本已經再崛起了！投降還不到三十年，已經重新吞併了琉球群島；又正劍指釣魚台。可惜一枝筆又不能兼兩頭，讓我回溯到七十年代的翻騰歲月，從保護釣魚台運動到中華文化海外復興運動的產生始末，體驗和紀錄我們這一代三十後中國人的心靈吶喊與徬徨。

從人生規劃
談到文革輸出
與釣魚台

人生的規劃，有時不是心想事成的，一些不經意的「小事」；也許會意想不到發展成為「大事」；如上一章提及首屆立法委員的提名、由全加當時最有聲望的區富親呈中央遴選主任委員，我還代甄庸甫填表並推薦他而當選監察委員，後值國府與美斷交，至近十年以暫停、連任等求安定而迹近擱置。再選時人事已變。要延至國民黨因要應付崛起的民進黨，不得不改變選任只聽話、只識看國民黨黨鞭指揮的「僑領」為僑選立法委員的前科，選拔才德兼備者。中央遴選委員會因而打破黑箱作業，首次公佈提名和遴選作業全程。我報名參加僑選立委，乃在截止的最後一日。但代表處的初選名單已確定，我因而未列入北美初選名單。到名單呈中央遴選會議議決時，我第一個被提出覆議的人，在無異議通過，就以北美洲首名公佈當選。我在晚上深夜二時（即台北下午二時）已接到台北公佈的當選消息，最後一個經審議通過的要在台北當日凌晨散會前。我以為小事不經意放棄的職位，要近二十年後才再來；以我率直講真話的個性，忤逆了國民黨許多要員而不自知；如果還是黑箱作業、民進黨還沒有崛起，自份沒有當選可能。而自以為大事，有時反變得風淡雲輕，一晃眼就過去。例如上章無意質疑秘書主任，看來不會善了，何況還涉十八年主席的下台。結果，除了秘書主任對我射一個怨毒的眼神，而主席卻自動宣告不再參選下，安省中華總會館以二十年原地踏步，竟藉此革新機會莊不是一夕之間得以解決。

　　我從小有個自學自悟的環境，說來好聽，其實是民族世紀末的悲情；是耕讀世代的傳統農村，遺留下來一個不合時宜的階層的苦痛。新時代有人稱它做小農階層；從清末廢了科舉，讀書人少了一條能光宗耀祖的出路，又無法放下身段做農夫。耕讀世代二廢其一。家道中落是必然的

了！但這個曾經以科舉功名顯耀過的家族，真金白銀未必有，但藏書骨董還是一大堆。也滿足一些紈綺子弟緬懷過去；至少也可供談助，以示其清淡尚博雅的君子流，不一而足。我們就是傳統中落的耕讀人家，男人出外謀生計；婦女挑起一切家務重擔。我說從小有個自學自悟的環境，這不是自炫而是從實招供。試想我出生（1935）之年，日本已佔據東北而入侵華北；我兩歲便「全面抗戰」。所以整個童年都在抗日戰爭中渡過。父親很少回家，母親又不識字，好在家裏藏書多，所以靠自學自悟者多，因而漸喜好文與藝；以後到台灣去，喜歡社團各種活動，參加各種選舉、聽許多名家政治辯論；而經濟系在台大很特殊，編入法學院；讀了許多政治相關的科目。所以我很喜歡政治。然而，為了依父親的建議要為我家斬斷窮根，選了經濟系本科，還做過三年市場研究員；離開以後，我到商場謀生，接觸更多各行各業。我為收藏中國字畫而又被騙的多，在痛徹心肺後去學鑑古、閱讀許多中國書畫相關流派，加速我進入多倫多大學東亞研究院，完成文學碩士學位的課程。對中國書畫的啟悟多了幾年，而後在不同城市，舉行多次書、畫個展。但畢竟沒有足夠而又能長期浸泡在技法上，所以我以書畫為業餘的喜好，不以專業書畫家自視。因此，除了初期的個展作試測觀眾的評價後，以後至今未再展出。若論對詩道、書道、畫道的了解和識見；相對於同道，我是不敢多讓的。教育部聘的國家文藝創作評審委員，不可能是白聘的吧！但如果問我什麼是我的專業；我實在答不上；因為沒有偏廢，但是也沒有偏專。我有一位年紀相若的姑丈（廣東華南師範大學前物理系主任、發明火箭螺托推進原理）說：你真像春秋時代百家中的「雜家」；我哈哈大笑對他說：我早就刻好一個自嘲的閒章：篆刻了三個字：「四不像」。

我的人生規劃，也不會劃地為牢，自甘困於唐人街。只是取諸社會用諸社會的回饋；僑社的職銜，對我沒有一點吸引力。不可能像秘書主任，二十年攬住不放，可像封妻蔭子全靠它。我還在商界時，我的住宅不在唐人街。到我決心離開地產行業，重新自我檢視人生的規劃，我總不能一輩子為錢做奴隸。到幼兒也隨兩姊入讀多倫多大學，當時唐人街已遷到士巴大拿街，距大學步行十五分鐘可到；住宅遷出唐人街二十年後又搬回來。正式埋頭研究書、畫、鑑古；也大量接寫每日或定期的特約專欄，內容包括時事評論、藝文掌故、人物傳記、小說；五花八門。像個廚師老手，老編點什麼菜式，我都能精美的調配出來。這是我寫作最多產的年代，又正盛年，每次換跑道都是全新的，寫作雖有經驗，但每日交出多個不同屬性的專欄，不能脫稿；定期的、不定期的而重要的評論，敏銳的觸角和穩重的立論，命題概括全面而吸睛，都講究筆下工夫和廣博的知識，立論必須言中有物，我不喜歡模棱兩可的結論。數十年的老編輯，我的稿件從來就照發不誤。五十生朝，狂猖未戢。自壽聯是這樣寫的：「二十著文，三十著論，四十著書，五十著畫；尚有半生好歲月，當為文藝傳人，開流立派：少年學子，青年學徒，英年學術，盛年學人，長懷故國舊山河，自勉儒林繼席，啟後承先。」我寫這自壽聯的年代，父親以因「文革」輸出，早已定居加拿大，不久又從多倫多移居滿地可去了。由於他的針灸術在多倫多很快就風傳到魁北克省，法裔人士信賴中醫針灸，包括好幾個醫生為學習針灸，常到多倫多向他學習。有些還稱他做義父，就這樣被他們請到滿地可去了。我們兄弟姊妹六人，父緣都很薄。我算接近他最多了。在香港七年，我自顧生活，見面不多。以後到台灣讀書，只在畢業後的一年同住；但我教上下午小學和中學，

晚上教遠東文商書院。各有各的忙、各吃各的飯。很少在一起。來加拿大總算同住同食了，也只有幾個月。我們父子是少有的組合，不會討論家事，我只是被告知。談的都是文事、兩岸三地事。他是老國民黨人，但從來不勸我加入。我們談文、詩，各有各的主張，年幼的督責從嚴，但成年後卻是個開明的攻錯對象。我拿這自壽聯給他看，並問是否有點狂妄自炫？他說沒有；只屬事實的陳述，而氣勢猶存，晚運應有。話雖如此，但所歷既多，所讀漸廣。到今天我已逾八十歲月；我不可能、也根本沒有少不更事的膽量寫出這樣的自壽聯。在悔悟能稍慰者；我還是孔子的信徒，所以想爭儒林一席，不過爾爾；只是文氣之盛，稍驚俗眼而已。關於狂狷兩字，也出於孔子：「不得中行而與之，狂者進取，狷者有所不為也。」「中行」：就是執中的中庸之道；無過，亦不超前進取。這個不是我的性格，喜歡也好，不喜歡也罷；我就是我。「中行」易於傾向鄉愿、和稀泥，模稜兩可的是非，還可找歪理寬恕自己的懦弱，這正是當代窩囊透頂的「知識分子」的大多數；少出現「寧鳴而死，不默而生」的勇氣。這也正是中國人能長期在專制暴政下苟活的主要原因！

我離開地產這個賺錢的行業，就要結束唐人街主持的地產公司，在我還未滿五十便萌生這個念頭了，但讓聘請的經紀們有個緩衝期，選擇轉換的公司；到他們全部轉換完畢，我保留這個陪伴我二十年在唐人街的物業，只租不賣，一直到二零一八年底才出售；不捨也得捨！

從退出商場，接寫港、台兩地每日的、特約的專欄；我已夠忙了；書畫和鑑古又佔了部分時間，比在業時更忙。就在這段期間，大陸著名作家丁玲女士到多倫多訪問。我也在場，有些記者問她，她的全部作品，字數大約多少？她說估計約有一百萬吧！我還在職場，只算業餘作

家，當時略約的估算自己每日的、特約的專欄，字數平均少說也在八百間，年產就在三十萬言。我在詩詞初集有這首紀錄：「今年書畫逾千幅，展覽來觀亦萬人，十載為文三百萬，此生疑註不閒身。」我四年的作品數量就超過她了！可知自由寫作環境對作家寫作的重要。這幾年，是我藝文生活最繁富的歲月。我將所學，重新認識書家運筆、結字；畫家構圖、落筆、用墨、渲染、敷彩、落款、題字、用章的基礎工夫。還到安省美術學校實習寫生素描。將所學應用到購買書畫文物，也開始大量購買書籍收藏，供自修閱讀。以後每與長者談到藏書的訊息，到他們晚年必須處理的時候，不論當地或港、台，他們就會通知我；許多絕版的古書、好書常兼雜在內，無論當地或香港、台灣；我都親到領取，或一包包的寄回來。自購和徵集至今，在「中國熱」開始，也歷近四十年了。魏書《李謐論》有句：「丈夫擁書萬卷，何假南面百城」；可知藏書萬卷，不輸坐擁百城、南面稱尊的封疆大吏，其樂不足為外人道！當時的萬卷，一般來說，遠不如今印刷術文明的萬冊。這樣的規劃，既是偶然又何嘗不是必然呢！

　　然時隨境遷，人生的規劃，到親臨其境，和規劃時的想象不一樣，也會令原有的規劃改變。所以智如諸葛武侯，也會無奈慨然嘆曰：「謀事在人，成事在天。」規劃就是謀事；成敗是個未知數。這個數就是天數；天數不可測，如果能測，武侯就不會慨歎了。人生規劃的改變，不是始亂終棄的；有規劃何可說是「始亂」？後來的放棄，也許是順天應時。人在經驗中成長，就是經一事長一智。可知有經驗而尚不智，就是愚昧。我退出商場七年；然後在規劃之外出任國府的公職。五十自壽聯連一點官氣訊息都沒有。過去有這個念頭卻自己推翻了；在沒有這個念頭卻送上門來。還不是「成事在天」嗎？新世代把一切天數

撥於「迷信」，又豈是智者之言！

　　兩蔣過後，台灣威權時代結束；行政主導政局也轉變為民意主導，自然是民意代表的立法院。台灣民主的政黨政治從此開始，這個關鍵的時刻我全程參加；我對台灣的演變有身歷的經驗。任滿派駐香港，正是末代港督彭定康推行政改的前後，這是前所未有的。大陸當局以為搞亂香港的起身炮，和殖民地的港英政府的「拗爭」不斷，過程和涉及，也是關鍵的一九九三、四年，正是我派駐香港的任期；我當然明暸；與九七年七月一日「回歸」，相隔只有兩年六個月而已。我對香港的前途，也在我的專著：《一九九七香港之變》中詳及；到現在還沒有超出我的分析與預測的範圍。

　　在五年從政中，我對台、港兩地的政治環境，由於我的投入與實際的參與，不再是門外漢而是參與或者是主持人，這種可貴的基本資料和運作的經歷，其導致的結果，在我的經驗分析中，都會或多或少的浮現；我的感悟也深了一層；當然會影響我人生的規劃。從政只是如陶淵明所說的偶然墮塵網，其後即調職回僑務委員會。我親眼看到連戰成為國民黨總統候選人，以副總統之尊，到徐州路中央政府聯合辦公大樓拜票，要從地下層每層拾級而上，向每一個公務員（編制上都是他的部屬）拱手或握手。我親身體驗到李登輝積極培養民進黨下，還是執政黨的國民黨，從政的官員已喊出「官不聊生」了！我回想在香港辛勤的工作，也難避免民進黨發動捕風捉影的誣衊；主管者不敢依法抗拒，以息事寧人將我調回僑委會；正如趙少康委員為我發聲：「主管沒有擔當！那個國民黨有能力的從政官員，不是被民進黨迫下台的！」我畢竟在國家名器下擔任過公職：一在立法院；一在派駐香港。將有專章紀述。當時民進黨的總統候選人陳水扁，雖然還在民調中落

後於宋楚瑜，但「興票案」已發酵了！而僑委會那個主任秘書，一直對我有避忌，章孝嚴要他設個專室給我，一直不見動靜。一件偶然的小事令我拍桌大罵他，偶然想起唐人小說筆記有：《七十不做官》。而我已五十不建華屋，提早了十年。我當時還有兩週就六十了！立即退休，也提前了十年。還有一個念頭，我一輩子反台獨，尤其反陳水扁，我決不會當他的部下！我決定立即辭職，並未咨詢任何人，辭呈自請立即生效、不受慰留。一九九四年的聖誕前夕，趕回多倫多和家人渡聖誕和迎接九五新年，結束我的從政的生涯；改寫我的人生規劃。

性格對人的影響很大，應無可諱言；但對人生的規劃、榮枯的決定又不盡然；還要看運氣機緣。運氣屬自身應運而生，機緣是外在的機會偶遇而成；亦很難將兩者清楚割切。我到加拿大，嚴格來說還是父親對我的規劃，遇上國府駐港的羅明元，我由他的介紹得識加拿大駐港專員，就能順利到加拿大升學；又由專員介紹在加的友人，我順利進入跨國大企業的市場研究部任職，是運氣也是機緣；都不在我的生涯規劃內。在職三年，這麼一個好職位，但我不願一輩子困在空調舒適的寫字間，只做汽油的市場研究。這個性格，決定我會遲早都要離開。因為做市場研究，相關的範圍很廣，會當地產業冒起，我便得風氣之先，毫無猶豫的離開我任職的 Shell Oil Canada Ltd.，還在我妻懷孕接近分娩的時候。而我結婚後和接濟大陸星散的弟妹，積蓄並不多，考到經紀執照，便急不及待，找個現成可開分行的地產經紀行，第一通電話便找到而確定了。我也沒有預備找多個來比較合作的條件，這要當機立斷，是我人生第一次豪賭：放棄高薪難得的職位，把全部積蓄，到唐人街裝修租來的二樓商戶，一個經理室，其他闢作經紀人坐位、秘書接電話、打字的坐位；

因陋就簡，已所餘無幾。開業時只有自己一人唱獨腳戲，由內人暫充秘書接聽電話。我當時沒有想到：如果第一個月沒有做出成績會怎樣？誰知彼蒼厚我，第一個月就售出了兩座（每座四個「柏文」）獨立樓宇；地點一流。就這樣，我完全沒有壓力下，順利投入一個陌生的行業；這才是我第一個自己規劃的人生生涯。我沒有後悔離開高薪的專業職位，雖然還不是獨資經營，而我的商業合夥人，是一位誠信君子；唐人街的分行，我能全權掌控。這個合作的模式，一共經營了十六年。這個行業，在多倫多唐人街是第一個正式開行經營的，商號持牌人從開始是以合伙人雅來（Julius Aloi Real Estate）為公司名號，實際上由我全權主持，其初規模還小，由我包支包結，其後建立了聲譽，持牌經紀來投的人數日增，連兼職計，最高時近百人；寫字樓也一遷到地面成商户，沿着登打西街（Dundas St。West，跨過大學街（University Avenue）向西，二遷過了 St. Patrick；三遷近 Spadina Ave。四遷跨過它，這時已自置商户。五遷脫離登打西街，沿 Spadina Ave（336號）北上。也是（自置）最後的一次。可知發展的迅速；我帶動唐人街沿登打街西遷，到士巴丹拿街，就是今日多倫多的唐人街。我曾在《星島日報》長篇轉載《唐人街外史》、《世界日報》長篇轉載過《唐人街之變》、《唐人街正傳》。在此之前，我已在香港的《星島晚報》連載長篇小說《暗潮》、短篇小說《楓葉奇情錄》。兩報都曾刊出過區區是提倡「唐人街文學」的第一人。多倫多唐人街西遷成為今日的規模，當然由許多商户集中參加而成，但我主動掌控公司西遷，眾多的公司經紀，又能說服而帶動想在唐人街創業的顧客西遷，經多年努力成了不可逆轉的趨勢，終於積聚至完成，當時只有「雅來地產」；沒有人能否認的事實。

多倫多唐人街急速的發展，當然有其機運；一是大陸文革輸出到香港來，大量香港新移民潮湧而至。二是魁北克開始鬧獨立。緣一九六七年聯邦成立一百週年紀念。魁北克是加拿大主要人口的省份，只比安大略省少一些；但滿地可人口是加拿大第一大城。法裔加人的佔重當然重要。加政府邀請法國總統戴高樂來參加慶祝。戴在慶祝會上發表著名的演說：《魁北克自由萬歲》（Vive Quebec Libre）。對法裔的魁北克人帶有煽動性的鼓勵；脫離加拿大獨立的思想因而勃興，不久便積極成立「魁北克人黨」，開始鼓勵獨立和參加各級的選舉。許多住在該省而不是法裔人士，陸續遷到多倫多來；滿地可人口自此讓位多倫多。這都是我在唐人街開業後不久便發生的事；我深體悟曾國藩說過的：「不信命，信運氣。」地產在唐人街急速的興旺，我已沒有時間兼管財政會計，由伙伴雅來包支包結，分紅就像我分給他一樣，只是互易，他多做了收支；分行仍屬我掌控。雅來先生只長我兩歲，十六年我們歡若平生，情如昆仲。我有一次到他主持的公司去探他，到他送我出來，我泊在門前的車位上，吃了罰款告票，那個抄牌警察還沒有離開；雅來和他理論，但抄牌警察沒有取消，雅來突然一巴掌扇過去，打得蠻重；那時公司的人已多個出來，雅來拿了罰票，對警察說：去告我吧！並對我說：我會處理，你不要管。我的小女出生，他說：「我早就知道，你再生也是女的。」我說你怎麼會這樣想？他說：「我生三個女你已知道，你當然也要生三個嘛！」到我幼兒出生，我又告訴他，看他有什麼說詞！他居然一臉疑惑說：「怎麼可能？那我就想不通了！」他攤開雙手，其幽默有如此者。他祖籍意大利，天性風流、慷慨，是個享受主義者；夫人法裔土生。我和他共事，由始至終；我們從來沒有頂撞過對方一句，我不邀請他來看我，他

絕對不到唐人街的分行來，表示對我的信任和尊重，真可說慎始慎終。這個行業在我離開前，好景比逆境多；我有過許多能幹、勤奮的經紀人，我做管理日常營運、廣告工作；收入穩定而可觀。我能騰出許多時間回饋僑社；寫我的專欄；到多倫多大學修完文學碩士的課程。到加拿大的稅務法規日趨完備，還可以追溯五年前的舊帳。像我這樣對個人財務不太注意的個性，那會在報稅表每項都能存有收據？所以在職的最後五年，補稅日大而煩惱日多。我又何必多賺多煩，在金錢打滾過活；離開職場的規劃便萌生了！但我在香港，經歷過身無分文的日子；長期窮困的生活，為了省車錢，我讀工專夜校，班次設在依利沙白中學，下課後跑步趕到德明中學上珠海先修班的課。那個時期的窮困，卻不以為苦。回想起來，才覺得自己蠻捱得；忍人所不能忍。我離開地產業尚在市場興旺年代，也像我離開 Shell Oil 市場研究部門一樣；但現在多了在學的三個兒女，但算一算收入，也就知足，平生也不好疑慮。我從來不在兒女面前有吝嗇態，但告訴他們：不可以任性浪費。我也清楚告訴他們，在這個知識爆炸時代，一定要有個基礎學位，能專業最好，只要在學。所有費用由我付，不須向政府借貸；如果決定就業，有了收入，歡迎留在家裏，不收分文；要是搬離自立門戶，購房的總價的三分一我付，作餽贈不須償還，用作首期或另作其他投資，我不過問。這個規劃定了，我就決定離開地產界。

我和雅來一次閒聊中，透露我準備退休的消息，他當然捨不得。我們又說起人生的規劃，他說他沒有什麼打算。他有一個哥哥，比他更早經營地產業；自設三個分行。雅來有一段時期，在東區再設一個分行，但不成功；所託非人還自兼而時間不敷？我沒有詢問原因，這是他獨立經營的事業。一九八二年，我結束地產事業，沒有煩

惱。把地面商戶和三樓租出去。留下二樓交一位青年畫家經營畫廊，我當義工為此間經營《快報》的朋友寫社論和一個專欄。有空就步行（五分鐘）到畫廊習書畫。這段日子，是我青少年到香港以後，最無拘無束、最優閒享受生活的日子，一共過了七年。日常生活：買書讀書、接寫專欄、習書畫、鑑古、開書畫展和旅遊；這些都是我喜歡做的，生活和工作都沒有壓力。兒女漸長，看着他們次第進入中學、大學。我的大妹最後一個離開大陸，父母和其他妹弟都先她到了加拿大。經歷這亙古未有的苦難艱危；我們這一家「漏網地主」；從星散各地、不知死生音訊的覆巢年代；居然能讓我重見到「父母雙全，兄弟無故」日子！父母所出的，一個不缺回到他們的身邊；又豈是我能規劃得到的人生！

一九八八年一月十三日蔣經國總統逝世；國民黨召開十三次代表大會，我是加拿大區總支部選出的代表返台北出席大會；八九年北京發生天安門事件；同年底我當選僑選立法委員；翌年二月就職；台灣從行政主導轉到民意代表的立法院主導，我又恭逢其盛。就這樣轉入人生另一個里程，當然不是個人的生涯規劃。任滿派駐香港，以香港華僑旅運社總經理的名義，代表僑委會派駐香港、澳門，時當一九九三年七月一日，距香港回歸正好四年、準備交接的重要時段。我又身不由己的遇上。這是我人生重要的歷程，將分章後述。

一九九四年的九月，一件偶發事件，章孝嚴調我回僑委會，但不放心新手在港澳辦雙十國慶，要我辦完歸會，再派外駐。十一月歸會；我才真正走入台灣官場。過去在立法院可以做獨行俠，派駐香港可以乾坤獨斷；對台灣行政部門難深入了解。至此才對官場文化，我難以接受。十二月十六日，我請辭堅決：請辭即日生效。和人事室辦

好交接手續，趕上回家過聖誕節，結束五年從政生涯。

　　我回來還未滿六十；比唐人小說筆記：《七十不做官》又提前了十年。這第二次退休就決定不再擔任任何實際職務了。當時《世界日報》社長丁侃先生，希望我任該報顧問，月薪二千；我什麼都不問就婉拒了。只答應寫唐人街的故事，論篇計酬就好。《世界日報》的《唐人街之變》、《星島日報》的《遠觀樓札記》、台灣出版的《香港1997之變》等，都是退休後寫的。因慕詩佛王維的輞川別業，找了半年，在多倫多東北的 Peterborough 區的小鎮 Apsly，在 #620 公路旁找到 Bott's Lake 一百畝的地段；即使從多倫多市中心開車，不過兩小時可達；如果從華人已聚居的萬錦市、北約克鎮不超過一個半小時。這個湖的名字，還可以在地圖上找到。在周邊的岡陵地段的中心，湖邊參差婀娜，中有小島，島上雜樹，和湖邊的紅楓綠樹，倒映澄碧的湖水，像一個天然的大彩盤。初看已令我神醉；就這樣買下來。不久章孝嚴委員長來視察，問我還有意從政否？我把湖中盪舟的照片給他看；我用不長進的阿斗說過的話答：「此間樂，不思蜀矣！」他對這幅美麗的天然佈置，嘖嘖稱奇！我為此湖寫過詩文各一。詩如次「退休喜得美景勝地」：「百畝岡陵廿畝湖，紅楓綠島草如蘇。雪殘猶見獸痕跡，冰解方知魚水都。夏至泛舟閒釣鯉，秋來攜犬可圍狐。恩仇了卻辭歸日，論畫著書修此廬。」

　　文題：「一路丹楓直到湖」：

　　「我來自鄉野，是杏花春雨『嶺南』之地；紅花看得多了，包括英雄樹的木棉花。紅花之中，每多嬌艷有餘，氣度不足。紅劍蘭略帶剛勁，少了脂粉氣，是柔中帶剛，像巾幗英雄。惟木棉樹喬木高枝，氣度不凡，大大的紅花掛在枝頭，像凱歌歸來、簪着紅花的英雄，故名英雄樹。

比草本的劍蘭，氣度上勝了一籌。詠紅棉花詩不多，後來見到嶺南詩家陳荊鴻氏的詩集，有一首詠木棉：『此身直欲上天衝，小草人間一覽空，但覺此心猶赤子，未妨好色是英雄，更為南國衣冠氣，想見夷蠻大長風，已到江南春不管，酡顏醉映晚霞紅。』乃記憶所及，中或有一二字出入。前六句大手筆，木棉無憾。惟結句兩句，力有不繼；有英雄老去，壯士暮年之憾。平生詩作題材博雜，惟獨缺木棉，乃恐筆力有未逮，使英雄有憾耳。

「生於南國的人，沒有不見紅豆的。『紅豆生南國，春來發幾枝，願君多採擷，此物最相思。』物以詩傳，我們稱紅豆做相思豆。紅豆晶瑩好色，歷久彌堅，真不愧愛情種籽，令人喜愛思慕。紅花、紅豆有了，紅葉呢？原來植物中還有一樣代表思慕愛情的，就是楓葉。楓葉到秋來的時候，漸漸轉紅，和一般樹葉必轉枯黃不一樣，紅得令人沉醉，又在秋來懷人時節，它代表相思，看來更屬恰當。我們生於南國的人，看不到楓葉。讀到『停車坐愛楓林晚，霜葉紅於二月花。』也是語焉不詳，楓葉經霜而紅是唯一的資料。後來讀到『未有御溪流水，怎題付與紅葉。』才知道李商隱在楓葉題詩，藉御溪的流水，希望飄浮到了宮苑，讓他思慕的宮女情人，收到他的相思語的故事。對楓葉又多了一層好感，心焉嚮往，不知有沒有機會看到楓葉，拾一片來，寄給心愛的人，或思念的朋友。一九六二年，我到加拿大，原不知道這是楓葉之國，到處都是楓葉。一九六七年，加拿大慶祝立國一百週年，真的連國旗都變成楓葉，也真的是名副其實的楓葉之國。來加的第一年，我迫不及待盼着楓葉轉紅，可讓我也寫一首詩在楓葉上，寄給我思慕的人。

「經秋風吹過，天氣初蕭，早來看到薄霜，楓真轉了色；但不是都是紅的，還有黃的。黃的不像其他的樹葉

的枯黃；黃得像袈裟的金黃，在陽光下金光璨爛。紅的
有像胭脂，像少女的嘴唇色。有些不是全紅，像噴色壺噴
出的胭脂點，遠遠望去，像紅紗帳似的。又有的紅得深，
葉面像過一層薄蠟，閃閃發亮的丹砂色。怪不得有『相思
楓葉丹。』也有人稱為丹楓了。把一些丹葉拾起來，用書
本內頁壓著，過了一段時間，葉的水份沒有了，顏色還是
鮮艷如初。我這樣寫上：『舊盟誰解苦辭枝，身不經霜焉
可知，夏鬢閨中猶翠綠；秋容嫁後藉胭脂。御溪有意尚流
水；末世無情空擬詩。君與天南紅豆子，人間才得寄相
思。』這是來加第一年寫的，時年二十六耳。一晃間，我
的幼兒，今年剛可是當年歲月。駒光過隙，楓林一年一轉
紅，並無異樣；而我，『多情應笑我，早生華髮』了！不
論到那裏，總是還想起兒時故土，又不甘心回去認同不該
認同的，三十年來，夢魂猶牽。『卅年憂患幾時休，我亦
微霜漸白頭，歸路迢迢山隱隱，不堪回首認神州。』

「『道不行，乘桴浮於海。』聖人也有遠適異國之懷，
反正這個世界已成地球村了，又何必如此執著呢？這就是
與自己過不去嘛！執著原就是苦海。『青山原不老，為雪
白頭；綠水本無波，因風皺面。』雪融了，雪在那裏？風
過無痕，風在那裏？青山和綠水依然，白頭皺面都是人妄
想中的幻景假象，何必執著自溺苦海呢？『以其不變者而
觀之，則物與我皆無盡也。』東坡居士的曠達，真令人景
慕、嚮往。

「東坡晚年好佛，和曠達的性格很有關係。王維為田
園派一代宗師，與恬淡性格分不開，詩人中有仙、聖、
佛。人稱王維為詩佛。王的仕途不錯，做過右丞。晚年
好山水，不但工詩，亦工於畫，開南宗一代宗師，人稱其
詩中有畫、畫中有詩；和他好山水又善畫山水有關。晚年
在陝西藍田輞川築別業居，日間以畫輞川山水為樂。唐朝

《名畫錄》有記：『王維畫輞川圖，山谷鬱盤，雲水飛動，意出塵外，怪生筆端。』輞川為地名，輞是車輪的外周，大概是水隨山轉，所畫的圖，有『山谷鬱盤』，可知他的別業，圓圓的繞着山，也必然有水，而且『雲水飛動』，輞川別業給我們的資料就只有這些，是語意過簡，但已教我心焉嚮往。前年我退休回加，就開始找相近似的別業，每日開車到湖泊的小鎮去，早出晚歸，由於地勢過平，費了半年工夫，終於如願。

「這個別業，距多倫多市是兩小時車程，過遠不宜，過近則近市肆。買於暮春，佔地百畝，地段中有一小湖，約廿五畝，像個胡蘆，兩旁山坡，全都是原始森林，湖中最深處約十四英尺，像個鍋型，地段有深谷，也有低窪，每日流水不斷，經過小橋，流入池塘，轉流出口，湖中有一小島，湖邊有兩幢別墅，雖然大一點，也就不嫌貴了。買時尚有殘雪，陪我去看的朋友是個農林專家，看到殘雪上的野獸腳印，他竟分辨出野狐麋鹿等，森林的樹木如數家珍，花旗蔘、山渣、九子菖蒲很多，他說，真要帶個山草藥師來。我不覺哈哈大笑，這不就是賈島的『尋隱者不遇』嗎？『松下問童子，言師採藥去，只在此山中，雲深不知處。』這裏針葉松很多，他說每株可賣千元間。那年夏天，我約了些朋友到別墅野餐，他們帶着釣竿來，小孩子在岸邊垂釣，每下釣就有，但魚不大，大概岸邊水淺的緣故。但他們已哈哈大笑了，還說我養的魚和我一樣笨。大概是私人湖，我不釣就無人釣，魚和人一樣，沒有教訓是聰明不來的。到了暮秋，竟是一路楓葉。小湖就在公路旁，轉入一看，繞湖竟然丹黃交雜，真像個彩湖。楓葉倒影，也把湖點成像個彩盆，真是意外的收穫。去年冬，我到港、台度假，在香港請一個畫油畫的朋友，把全湖畫了，橫幅約八尺，掛在別墅的正廳。今秋，我在報章讀

到：賞楓葉在本省有兩條公路，其中一條，正是全程到我的小湖去。小湖在地圖也有名稱，叫做 Bott's Lake 我為它譯作『寶聚湖』。我曾請李定一老師去看楓，並把譯名告訴他。他說，叫『小西湖』不是更好嗎？

「我會一步一步來整頓修葺，那些巨石可以洗淨，讓詩人朋友題壁，起一度曲橋。從湖邊伸到小島，像西湖中的蘇堤。島上做個小型彩塔。把原有的兩幢別墅漆成紅牆綠瓦，經濟許可的時候，另築一個較有氣派宮殿式物在高岡上，小池塘多種蓮花；地段入口處築一度大拱門，兩旁的對聯會寫上：『寶塔聳層雲，飛閣靜亭，迎面香花水榭，興來可題壁刻碑，直是家山景物；』『聚流成仙境，淺溪幽谷，入眸彩鳥錦鱗，慨勝便圍狐釣鯉，何殊天上澄湖。』

「人總有夢；夢能否圓，一半人為；一半天意。」

以上一詩一文，是在一九九五年開始找別業，至翌年買到後寫的，分刊在網頁的文集上，其詩還在《詩壇》刊登，一字不改而錄下，是我晚年生涯的一個規劃。今日重讀文章的最後一行，不禁失笑；經過年逾八十的練歷，懂得無常；懂得人為天意了！不管個人怎麼樣的縝密的規劃，天意並不照足人為的意願而轉移。我買了以後，原有靠湖邊的兩幢大別墅，有一幢是兩層的，面積很大；那幢小的原是有住客的，在交易時我要空置，就是留作自用，也不想有人騷擾；後來才漸感孤獨。實在也不能常去，只可在當地僱用一個看守門戶，並能修理室內設施的雜工。但他不常駐，別墅的設施每被偷走，包括客廳八尺的油畫；都沒有意料到。我還是不氣餒，約了建築師、會計師到地盤勘定，都認定可以發展一個旅遊景點。在當時（1996）依圖則設計，全部完成一百五十萬加元。建築師估計可以申請投資移民二十五家，每家入股四十萬加

元，當地政府恐批准後不履行，炒作只求轉手圖大利，需存放總建築成本的三份之一，但按完成的工程比例發還。這是正常改變地目的要求。這原不是我的原規劃，但不想輕易放棄，尋求如何保留下來。當時我的幼兒仍在香港大學讀書；但兩女已畢業而就業，只要任何一個肯接班，我都會發展下去。然而她們都有自己的專業規劃，就只可留着當個人別墅用了。自四年前我以心律不整不再開車；也確知幼兒一家留在香港，我才忍痛放棄這個心愛的「小西湖」；也剛可二十年了！真是一半人為，一半天意；我只能慨嘆人事已盡，惜天意難憑。像手錶有個動人的廣告：「不在乎天長地久；只在乎曾經擁有！」這不就是蘇東坡的「自其不變者而觀之」？何況我擁有她已二十年了！聽說接手的集團，將籌三億加元去發展。他日素束換上霓裳羽衣，當故主來訪，能含笑一揖問道：「季子平安否？」就能解我廿年綣戀、一斛情愁了！

　　我體會到塵世的無常，許多變遷不是人的意志或能力可掌握的；位階高比低的複雜。人世間的智慧如海的深，人已難測了；如果把人世間以外的智慧稱做出世的智慧；則出世的智慧如天的無際；人又如何測定天意？個人真渺小得何等可憐。真如先知先賢所謂滄海一粟、恆河一沙而已；他又如何改變天數地運、測出天災人禍？也許是因緣吧，我從公職退下來，還只六十歲。一個偶然的機會，我週日到住宅附近的正覺寺拜佛茹素，剛可看到該寺舉辦短期出家，分男、女班；參加者要集中在寺內剃髮（女班免削髮）修行，留寺八晝夜，過沙彌全程的清規生活。講經和尚來自世界各地，亦一時之選，包括香港的永惺大和尚、覺光法師，台灣的淨心長老等。我在台北見過多位來自西藏的高僧活佛，家裏的佛堂所供的佛菩薩，都是他們隨緣開光的。和我同屆在立法院，代表西藏的覺安慈仁委

員，是我最好的同事，我能見到多個西藏活佛，都是他的引見。在台北吃齋，又正好和歐洲喧騰一時有佛性的靈童相遇。也許與佛有緣，我曾到佛祖出生地去，沐浴在祂曾沐浴的清流，趺坐在祂悟道的菩提樹下；登上祂的頭骨寺頂上。那是一九九二年。為此我寫過一首詩：《遊尼泊爾佛祖塔》（見致屈原新詩集第五十七頁）；我能做受戒的小沙彌，使我有機會稍蕩滌塵世的穢濁，減少無知、無明的罪孽；放下貪嗔癡；未敢奢望在靈性上的精進，能不退轉就可自安了。我就這樣閱讀佛世界，佛經是釋加牟尼佛祖在世四十九年口傳的；祂的圓滿不漏的智慧，在閱經中還未發現一句自相矛盾的話語。在同一時期內，我開始閱讀明代周易大師來知德的《周易集註》向台北的盧淑貞學周易占卜原理，向當地馬兆麒長者問詢難釋的爻辭、孔子的《十翼》；這樣經過兩年，爻辭大致上可以理解，惟「擅易者不卜」；我知占卜的原理，但也到此止步，我不學實際占卜術。這種近乎玄學，當不能全盤否定，畢竟自周代傳下來，又經孔子刪修補充。自言：「加我數年，五十以學易，可以無大過矣。」《述而》學易而知趨吉避凶，明興衰之理，在我看來，先知者如孔子，對易如此重視；想亦接近出世的智慧吧！近年大陸不再提「破舊」，還大興「孔子學院」，又輸出到世界各地，也不再提「批孔」「批臭孔老二」。真可謂「愛則加諸膝，惡則墜諸淵」（《禮記‧檀弓》）的愛惡無常。如果是個統治者，民無噍類矣！

在翻騰的年代，毛澤東發動的「文化大革命」，是他早就規劃的，還正如他所說的：「客觀不是一成不變的，客觀隨着時間和內外環境的變化而變化，但是它依然不以個人的意志為轉移。」可知「文革」原不在他的規劃之中。有一位姓陳的朋友告訴我，《炎黃春秋》有一期出版

翻騰年代的經歷

後收回，那是劉少奇當上國家主席、毛退居第二線的年代，該雜誌刊出劉少奇對毛說：「三面紅旗的失誤，造成的人為大饑荒，我和你都有責任，未來都會被歷史譴責，我們應不應該改變一下？」劉也許是好意，但在毛澤東聽來，認為他只是黨的傀儡，就有這個念頭；如果他真的成了黨主席，自己一切罪證難以洗脫；「文革」就是先下手為強，非置劉於死地不可。然而，表面他勝利了。但自此他已眾叛親離，屍骨未寒，不要說他的規劃保不住，連妻子家孥也保不住。則十年浩劫只苦了廣大的人民。望風承旨的「文革」輸出，柬埔寨百萬華人枉死了；而較早的印尼政變又死了超過百萬；都與蘇加諾會見毛澤東以後，傾向共產主義有關。印尼共產黨在一九六五年九月三十日，突然發難拘捕六名將領並當晚殺害。這年正是「文革」開始。無法證明與中共相關。但迅被蘇哈托敉平。蘇加諾從此被架空至死。「文革」對香港左派暴動，起了啟發作用，到督轅貼大字報的、放真假菠蘿的，有幾個漏網之魚不須入獄？傅奇、石慧夠積極了！入境不收容，積極又值幾錢一斤？許多紅色香港資本家，寵幸一時的「毛夾雞」、「周夾雞」都離港暫避。還有一些到多倫多唐人街找地產經紀，購置產業準備遷地為良；我在這個行業太清楚了，就不多說。

　　我在一九九二年到印尼兩次；第一次和印尼僑生陳岳生夫婦同遊。陳的一家算是印尼華僑的大家族，兄弟都是大商家。印尼的蘇加諾開始，都是軍人靠政變而掌權；蘇生前好色好貨；他第四位太太出身日本藝伎，也是天生尤物。我到過他生前的行宮別墅參觀，當時已闢為觀光景點。是兩個並列的山頭，應該是人工削平，小的是他的直升飛機的降落場，與行宮相望，只稍矮一些，行宮主體的建築，以迴廊連貫的幾座小館、亭閣疏落相伴，我最

深刻的老籐，穿廊出舍的生氣勃勃的生長着，像條巨蟒，他們傳說蘇加諾屬蛇云。第二深刻是行宮的門前廣闊的草地，用精緻的銅欄圍着，下瞰有一條石牆石巷，石牆安裝了自來水管，專供下面人家的年青婦女露天淋浴的（男性不准）。蘇加諾居高臨下，用望遠鏡看得一清二楚。印尼地處熱帶，婦女早熟而風氣開放；蘇加諾看了，如果喜歡她，自有接應的人帶上來。導遊留下想像的空間，就各憑想像了。這還不是落台的原因；主要還是好名，做了印尼國父還不夠，很有野心要做「東盟」的東道主，他認為：馬來西亞應納入印尼的版圖，他的親共不是信仰而是野心，正好被人利用了。蘇哈托奪權成功，蘇加諾從此難以再起；五年後便死了。我那次到印尼去。認識了蘇哈托的侍衛長 Peter（印尼的拼音字忘記），離開後還有書信、電話來往。他患腎病，後到廣州換腎，但只一年，要重到廣州治療，後來陳岳生說他逝世了。

　　民主政制和非民主政制不一樣；正如市場經濟和計畫經濟不一樣。選舉失敗了，政權轉移，誰還去認真執行前朝的規劃？日本因有自由選舉的制度，凡能自由選舉，本質屬於民主制度。日本二戰後也不是只有自由民主黨（簡稱自民黨），還有民進黨、公明黨；還出現過社會民主黨、共產黨；因而亦屬於多黨制的國家。由於自民黨長期執政，一黨獨大擁有多數議席，但該黨容許黨內有派，擔任黨魁的，是議席最多的一派。所以有時內閣總理更換，但還是自民黨執政；因是個多數黨，政策推行，比其他國家的內閣制，經選舉而決定的政黨，執政相對穩健。明治維新規劃侵略中國，甲午戰爭一直到美國原子彈投落廣島、長崎，才結束對華全面侵略。二戰後美國交給日本琉球，重啟日本侵華的規劃，美國一句釣魚台主權未定論，日本政府咬着不放，已證明日本舉國一致要亡中國，已經

死灰復燃，是堅定不移的規劃，是從重佔琉球開始，以佔領釣魚台為繼。我在《翻騰年代的經歷》說過這些話，希望未來史家為我存證。

釣魚台的主權從沒有任何疑問，是中國的。其地理和歷史：釣魚台列島位於台灣省基隆市東北約92海里的東海海域，是台灣省宜蘭縣轄的島嶼，主要由釣魚島、黃尾嶼、赤尾嶼、南小島和北小島及一些礁石組成，除了三、五個稍大，其它都屬片巖孤石，稍遠一點都看不到。島上巖石比土地多，不適合耕種，因此一直荒蕪人煙。長期沒有受到重視，僅僅作為漁民捕魚與作業時避風浪的去處。一五三四年中國明朝冊封使陳侃所著的《使疏球錄》即有關於釣魚台列島的記錄：「是年五月八日，自福州梅花所出外洋，向東南航行，在雞籠夷（今台灣基隆）海而轉向東，至十日過釣魚嶼。」這是迄今發現的人類歷史上首次關於釣魚台列嶼的明確記錄。中國第一次向疏球派遣疏球冊封使是在一三七二年，是陳侃（第十一任）以前第一任冊封使。只記載使節的，出使疏球時，是由福州出發，沿陳侃一樣的航線東渡。此外沒有其他航線紀錄。陳侃之後，一五六二年的冊封使郭汝霖在他的《重編使琉球錄》中也談：撰寫使琉球錄始於陳侃。幾乎與陳侃同一時代的抗倭名將胡宗憲編纂了《籌海圖編》（上有一五六一年的序文）。當時在中國沿海四處作惡的倭寇打過幾百次仗。《籌海圖編》卷一收錄了整個遭受倭寇襲擊的中國沿海地圖，以西南到東北為界，其中有「雞籠山」、「彭加山」、「釣魚嶼」、「花瓶山」、「黃尾山」、「橄欖山」。中國領土的地區都編入，通過這張地圖便可知道，釣魚台列島是處在當時中國防禦倭寇的防區內。在日本，最早相關記錄可見於一七八五年（天明五年）出版的《三國通覽圖說》，那是日本仙台人林子平研究了當時的權威資料《中山傳信

錄》（中國冊封副使徐葆光著）及《琉球國事略》等，同時加上了自己的見解而成。《圖說》繪製了一目了然的地圖。從這張圖上，可以看出，日本早年的權威人士林子平，毫無異議地把釣魚台列島看作中國領土。另一段有關歷史，在滿清慈禧太后的一次生日上，郵務大臣盛宣懷命人在釣魚島上採藥進貢。慈禧降懿旨，將該島賜給盛供採藥之用。釣魚島爭議發生後，盛的後裔還把那道懿旨公布過，證明該島的主權歸屬。要了解釣魚島的歷史，還需要了解它所附屬的管轄的台灣省。目前一些「台獨」人士說：台灣曾受過荷蘭人的統治。其實不然。明朝末年，中國海盜鄭芝龍受朝廷招安為官，恰遇福建大旱，饑民遍野。鄭將福建饑民大批遷徙台灣，從事各種開發，鄭氏並因此成為管治島上事務的地方官員；移民到台灣的租收由他經辦。明朝天啟年間，荷蘭派人到北京，要求像葡萄牙可以在澳門駐腳一樣，容許荷蘭商人在中國也有一個駐腳處。但被清朝拒絕。後來，荷蘭發現了中國大陸以東的台灣島，當時島上土著和從中國大陸來的漢人移民分布各地，很多地方尚未開發。於是，荷蘭商人登島，佔據台南的安平和赤嵌兩個毗鄰的小鎮，作為對中國貿易的據點。荷蘭並未在此以外的地區進行開發，也從來沒有統治過台灣　。由於他們只佔據兩個小鎮，鄭芝龍當時已富甲一方，對荷蘭佔領的小地方，全未影響他的收入，因而未作處理。一六六二年，鄭芝龍的後人鄭成功驅逐荷蘭人，正式統治全台灣。一六八三年，清政府平定台灣。至此，明朝鄭氏政權已經統治全台灣二十一年。從清政府掌控台灣，至一八九五年甲午戰爭，清政府失敗，被迫簽訂了《馬關條約》，把包括釣魚台列島的台灣附屬島嶼割讓給日本。到此，中國從明鄭開始到割讓台灣，已經統治台灣二百三十三年。一九四五年，發動亞洲二戰的日本被迫投

降。無論《波茨坦宣言》，就是以後兩岸政府各自簽定的《中日和約》都宣告：台灣主權屬於中國。因此，歷來一向附屬於台灣的釣魚台列島，主權當然也屬於中國，是無可爭議。美國包藏禍心的主權未定，可以否定彰彰可考的歷史證據嗎？她憑什麼資格？如果兩岸政府，宣告三藩市一帶主權未定論。我們還可以列舉千百華人，在一八五零年間已在那裏淘金的史實。再說美國獨立宣言（一七七六年七月四日）立國。而明代鄭成功於一六六二年已統治台灣；比美國獨立超過百年。到一六八三年清政府平定台灣後建省統治，也比美國獨立超過九十年。這個史實，美國有什麼理由說釣魚台主權未定；美國連一個美國人都未登島，也不及千百華人參加三藩市淘金。美國哪有國際公義可言。這些歷史紀錄，同樣為史家存證。

釣魚台主權紛爭的源起：釣魚台列島內附台灣管轄，原來就完全沒有任何爭議。二戰後，由於琉球群島（包括沖繩）被美國托管。在美國當時的「圍堵亞洲共產主義戰略」之下，一九七零年，美國把聯合國托其管治的琉球群島，未經聯合國決議就私相授受地交給了日本。當時作為聯合國安全理事會具有關鍵性否決權的常任理事會員的中華民國對此事，一無所知，美國既沒有就此事進行任諮詢；也沒有知會當時大陸當局的中華人民共和國。美國在把琉球交給日本時，竟然說「釣魚台是不是屬於琉球群島，目前還沒有定論」。美國這個「主權未有定論」，導致日本極端勢力先後到中國的釣魚島上立碑豎塔，進行前瞻性的「擁有實質主權」宣示動作。既然提到琉球，讓我們也探討一下相關歷史。早在 1372 年，中國在明朝初年，明太祖朱元璋給琉球的中山王察度下達詔書後，琉球的北山、中山、南山三王就開始向明廷朝貢，從此琉球成為中國的藩屬。琉球的所有記載把釣魚台列島認為中國領土。

十九世紀末，日本趁清朝末年的腐敗，開始對琉球進行侵略，琉球王親自到北京哭訴，要求出兵保護。一八七九年，日本把琉球最後一位國王尚泰囚禁到東京致死。自此，日本把琉球併入日本版圖，改稱沖繩縣。二戰後，美國透過運作，通過聯合國把琉球交美國托管，從而得到這個西太平洋的海外駐軍基地。韓戰發生後，美國進一步大力扶植日本，作為圍堵亞洲共產主義的一環。為此，美國竟於一九七零年把琉球重新交給曾經侵佔過它的日本，從而完成了北起日本，經琉球、台灣到菲律賓的「西太平洋戰略防線」，對中國進行包圍。事實上，曾經作為琉球宗主國的中國，從未在國際法上承認日本十九世紀末竊取琉球主權的合法性。即使當時並不認為擁有主權的中國滿清政府，也從未承認日本佔領琉球的合法性。美國也許由於擔心台灣一旦失守，美國才拋出釣魚台列島主權未定論，以增加包圍中國的保險系數。除了這個理由，我想不出美國有任何理由把釣魚台歸於「主權未定」。

日本佔領釣魚台列島，是民族缺乏生存必須的資源，從十四、五世紀起，就長期侵掠鄰國。食髓知味，養成了它的侵略性，而且詭計多端。最初，日本由民間人士到釣魚台登島豎立標記，表面似乎和政府無關。可是只要看他們受「自衛隊」保護，就明白了誰是後台。自一九六零年代中，發現釣魚台海底的資源豐富，日本政府進一步加緊佔領。台灣大學生首先發起「保護釣魚台運動」；接着香港青年人起來響應，以後擴展到海外各地。主要是北美的留學生參加。至一九七零年代，我們這第一代保釣運動的留學生，都能感到中共已滲透到這次保護國土的運動來；左右兩邊變得壁壘分明，一場純潔的學生愛國運動，左派學生盜用了五四運動反袁世凱的口號：「內除國賊，外拒強權」；把台灣社會有妓女，都扯到國民黨貪污和勾結日

本去，這分明假學生運動用來打擊國民政府的威信。當全球華人轟轟烈烈的保釣運動興起後，本來中國政府民心可用；卻因為政治、經濟原因和簽訂《中日和約》、日本建交、貸款。以致當時周恩來提出把釣魚島等島嶼的歸屬問題擱置下來，「留待將來條件成熟時再解決。」雙方並就這一點達成了協議。保釣熱潮也就冷卻下來，只有大陸以外的民間人士繼續奮鬥。香港的保釣勇士陳毓祥就是在孤立無援的情況下，被日本海上巡邏艇撞擊、落海壯烈犧牲的。就在這些年間，香港的《萬人雜誌》郵寄了大批《釣魚台專號》來。多倫多黨部都是老黨員，只有我和余道生同志敢到公共集會場所分發。當時整個保釣運動，全被左派學生操縱；右派留學生不是沒有，就因沒有人聯繫，那些負責連絡的人，都畢業離校，只是業餘的或義務的。比不上職業學生專責的。我和余道生從來都是義務，那次到左派在多倫多大學「保釣」集會，大課堂可容百多人，開會即將開始，我和余分前後派《專號》。不久主辦人士看到分派的，是香港著名的反動雜誌，不由分說分頭圍着余和我。我說：你們不是討論釣魚台嗎？這專號都以史實為據，聲討日本人侵佔中國釣魚台主權；為什麼不准我派。他們有的說，要派也要經大會審核。我說這是民主嗎？我大聲對余道生說，他們不講理，我們走吧！我的車泊在入門附近。我和余道生上了車，他們還圍着我的車，還有幾個擋在車頭。我發動機器。左腳踏實煞車掣，右腳突然踏上油門，發出呼嘯一聲，圍者全部慌張走避，我們迅速就脫離了包圍。此事記憶猶新，我們第一代留學生做了保釣；而今天保釣還在繼續，看看兩岸政府和侵佔者不同的決心，就明白我們的哀愁！

　　近年來，日本政府又玩弄「向民間租借」釣魚島；接着日本右翼分子藉口「無力維護，請求日本政府接管」。

於是，日本政府派出海防巡邏艇，正式接管了釣魚台列島。就這樣，兩岸漁民、到釣魚台宣示主權的中國兩岸民間人士，全部被日本政府拘捕、驅趕。近年，日本更進一步把和美國的《安全聯防》內容包括了中國的台灣和所謂「尖閣群島」的中國釣魚台列島。釣魚台列島是重要的戰略問題，台灣海峽只有二百多海里寬。如果把釣魚台列島歸屬日本，日本的領海又擴張了二百多海里直徑，正好堵住了中國的東大門，這樣一來，中國還有出路嗎？從地理上，中國可剋制日本；南面的台灣（包括釣魚台列島）、北面的圖門江、海參威，中間的遼寧、山東，南北夾攻，使日本首尾難顧。日本為了扭轉地理上的劣勢；在甲午戰爭後得了台灣又於一九三一年在中國東北發起侵略。佔領東三省，優劣之勢互易；中國漫長的海岸線無險可守，中華民族被迫以血肉作長城，進行了十四年的浴血奮戰。抗日戰爭的勝利，台灣回歸中國。可是日本從來沒有停止分裂和侵略中國的野心。現在，日本正在千方百計篡改教科書、修改「和平憲法」、參拜靖國神社；這一切，都證明日本軍國主義的幽靈復活。如果釣魚台一旦落入日本之手，日本侵略我國的歷史輪盤便又開始轉動了。皇天后土，中國人怎能對此掉以輕心！

中華文化復興運動
到海外推行的參與者

一九六二年，我在香港最後的一年，正可趕上大陸的逃亡潮，我還有三個妹妹，兩個弟弟分散內地。週末不需教學，就到新界接南來的逃亡者，希望能接到弟妹。那個時期，毛澤東已從一線退到二線，以「三面紅旗」宣告失敗故，大陸農村缺糧的結果，活活餓死了六千萬，這還是以後略約的估計；有些認為八千萬還是保守了些，因為連吃都不飽，還能講究營養，健保和醫療？所以間接的死亡就無從稽考了。毛澤東雖然讓出「國家主席」，但仍然執掌黨主席，軍委會主席；黨、軍兩個最重要的位置仍牢牢穩握，他以低調姿勢示人，遂能輕車簡從，表面像到處遊山玩水，實際上到各地串連，三年行蹤的潛藏，到一九六五年諸事籌備成熟，以不經意的態度，批評《三家村》的論點。

《三家村》只是一個談古論今的文藝專欄，分別由史學家吳晗，鄧拓，廖沫沙執筆。大家以為毛澤東閒極無聊，讓他發發牢騷，也是人情之常，不以為意。一九六五年第十期《人民畫報》刊出一張照片：向反黨反社會主義的黑線開火，徹底搗毀《三家村》。到一九六六年五月十七日，《人民日報》以同樣題目，分成兩篇文章 ：一、《搗毀三家村》；二、《徹底鬧革命》。可知道已進一步踏入另一個階段。不過，前者只是一個人民代表的意見，由記者記錄的一篇報導文章；後者還只是大慶油田一個「五好標兵」的意見，把「徹底鬧革命」的火辣標題降溫。在這前的《戲劇報》，由「編輯部」的名義發表了《田漢的戲劇主張為誰服務？》可以看出，田漢是中共培養，享盛名的劇作家，還是「戲劇家協會」的主席，正是代表中共領導戲劇行業的人，沒有背後有力的人士授意誰敢質疑田漢。同年十二月六日《人民日報》第六版頭條「把戲劇界的祖師爺，黨內分子田漢鬥倒鬥臭」。其實，到了

一九六六年，毛澤東已完全掌控局面，「文化大革命」已正式拉開帳幕了。發動群眾批鬥，公審已公開上演。《人民日報》的文化批鬥，思想批鬥已毫不掩飾了。如「剝開吳晗民主鬥士的畫皮」（作者丁偉志，王正萍），五月三日的：「吳晗的清官論是徹頭徹尾的修正主義貨色」，「揭露吳晗的革命真面目」（三月二十三日），「評新編歷史劇：海瑞罷官」（姚文元）。以後還有戚本禹的：「海瑞罵皇帝」和「海瑞罷官的反動實質」，方澤生的：「海瑞上疏」必須繼續批判。近代史家認為：這就是「文化大革命」正式開始。

其實，根據後來中共發佈的史料，「文化大革命」（以後簡稱「文革」），是從姚文元的文章：「評新編歷史劇《海瑞罷官》」開始，並說這篇文章是經過毛澤東多次修改才見報的。首刊於一九六五年十一月十四日的上海《文滙報》：其後由《人民日報》呼籲文藝討論，成為當時「百花齊放、百家爭鳴」的熱點文章。以前誤認對《三家村》的批判，縱使是毛澤東在背後，也是局限於文藝觀點的無聊動作，但姚文元的文章刊出的附注消息，說明是毛修改過賦以思想指導的意涵。批判《三家村》是打擊為彭德懷翻案，而吳晗等三人是北京市長彭真手下的大將，顯然是有政治企圖的。到一九六六年五月，北京市委改組，彭真下台，文革已演變為奪權鬥爭，同年八月，毛澤東發表了「炮打司令部」的大字報（五月十六日）就是著名的《五一六通知》，成了打倒劉少奇的正式動員令。運動擴及全國，劉少奇、鄧小平等當權派成為毛澤東矛頭直指的「資產階級司令部」。到了八月十八日，北京舉行慶祝「無產階段文化大革命」的大會，女紅衛兵宋彬彬登上天安門城樓，為毛戴上紅衛兵袖章。毛澤東正式以紅衛兵代表無產階級向當權派奪權。展開為期十年的文革運動。認為是

中國革命和國際共產主義運動史上前所未有的偉大革命的創舉。(見一九六七年七月第七期《人民畫報》:《毛主席先後檢閱一千一百萬文化革命大軍》;照片是毛澤東、林彪兩人在城樓上。)

「文革」當然是翻騰年代一個重要的紀錄,不管是翻覆也可,騰起也罷,都是這個動盪年代的經歷。所以我還是勾出一個產生的大致過程。不管用什麼美麗的詞藻去歌頌它,也很難掩蓋上它的「破舊立新」為主軸,把一切「舊」的破壞,建立或佈置一切「新」的來臨。這不是「文革」的要求口號?如果「文革」能真的為民族建立一個現代化的新局面、新制度,破壞舊的也就算了。可惜破壞的國寶、文物都無法補救了!而新的、現代化的、法治的人民作主都還渺茫無期。從一九六五年《海瑞罷官》燃點「文革」的火炬,到二零一六年已歷五十年,在執筆時為八月十九日,《星島日報》海外版的《中國要聞》版的頭條,赫然大字標題為《左派新舉動,供毛澤東神位》。一幅彩照是:毛澤東生前身邊工作人員周福明手捧着毛靈位,將靈位供奉在先祖大殿(與三皇五帝同殿),讓遊客參拜。毛生前「破舊說」的號召,不知毀了多少廟宇、寺院,到頭來,他的追隨要供奉他的靈位供人參加參拜,真是諷刺的事。

「文革」在這《翻騰年代的經歷》只是不能缺席,歷史的功罪,不是我的陳述經歷要表達的範圍。然而即使今天的天安門廣場,還是懸着毛的巨照,他的紀念堂也還是在這廣場上的要衝中心;但他參與創建和生前控制的中國共產黨,已將「文革」定性為「十年浩劫」,恐怕已難以翻案了,是毛一生最大的失敗吧!以此而論,不能說是異議人士,甚至是反共人士的偏見,而是中共黨人對「文革」的定論了。

蔣老總統對傳統文化的維護，也成為中共黨人指斥為封建的罪證之一。蔣在大陸對抗中共失敗，北平陷落之前，他要撤退的，首先是文物的國寶和活國寶（執教著名大學的教授、文史哲領域享盛譽的學者、著名作家）到台灣去，為中華文化保存了民族歷史文物；為道統保存了「為往聖繼絕學的種籽」。到「文革」興起，毛澤東提出了「破舊立新」，到處毀滅國寶、文物時，台灣和海外僑胞，咸認為蔣老先生首先撤離北平故宮博物館的國寶，確有先見之明。一九七二年，我僑居加拿大十年重返台北，故宮博物已建立起來。當年初撤到台灣來，那裏有錢蓋個這樣規模的博物館？美國曾建議以一件國寶級的碧綠白菜作為交換興建博物館的代價，遭到當局的拒絕。這是當年從故宮文物管理層傳出來的，是不是蔣先生的旨意，就無從查證了！但的確有此一說的。至於北平著名大學如北大、清華等的著名教授，望重一時的教育界名人；如蔡元培、梅貽琦、胡適之、陳寅恪、傅斯年、錢思亮、沈剛伯、毛子水、台靜農、李濟、孔德成、董作賓、蘇雪林、謝冰瑩、陳致中、梁實秋、陳紀瀅、胡秋原等，都成為當時台灣大學、或後來的中央研究院注入發展或新建院所的主持人，都是用專機南遷的文化、教育人士。其中只有蔡元培、陳寅恪沒有入台灣。蔡元培止於香港；陳寅恪到了澳門，最後又轉回廣州在中山大學執教，以後重回北大。陳的過程頗為離奇曲折，他的自述和大女兒所記有出入。陳也在「文革」被鬥，後病逝。「文革」被鬥的文化人很多，少有不被衝擊過，株連之廣，當非「鳴放運動」可及。

蔣、毛並世而出，隔了一個台灣海峽，彼此對峙。一邊是地廣人眾；一邊是地狹人少，面積和人口都不成比例。但文化、教育的戰線，卻不一定是大的吃定小的。毛澤東發動了「文化大革命」，蔣則在台灣成立一個「中華

文化復興推行委員會」，總會設在台北市復興南路。蔣先生自任該會會長，秘書長谷鳳翔；下設多個工作部門，由專人擔任。「委員會」當然有很多委員組成，其中有許多是現職官員，在台的社會賢達。以復興中華文化為目的，以推行復興為工作。

一九七五年蔣老先生逝世後，該會由繼任的嚴家淦總統兼任會長。嚴家淦只是繼承蔣老先生餘下的任期。任滿後沒有參加總統選舉，由蔣經國代表國民黨參選，他當選是必然的結果，資歷完備和政績好，當年在台灣是無人可及的。蔣經國為尊重嚴前總統，仍請他擔任該會會長，一直到他去世。

蔣老先生雖然是首任會長，但該會推行的工作，實際上由谷鳳翔秘書長執行。谷在蔣時代中，曾任法務部部長，很得蔣的信賴。嚴繼任後，我已多次回台灣。並以響應該會事功，早在一九七四年，我把構思實現，聯絡好幾位知識界朋友，來自香港的余道生、黃有鈞、黃健華、吳賢輝、梁鐵魂等，來自台灣的有彭冊之、李朝楫、龔氏夫婦等。我提出組織一個大型文化社團，是多倫多前所未有的，經費以兩年為期，全由我個人負責，兩年內收支平衡時才由會自籌。我把會名定為「中華文化海外復興協會」（以下簡稱「文復會」）。隱然號召海外仁人志士，以復興中華文化為宗旨。成立於一九七四年（時年三十九歲），成立酒會地點選在唐人街最大的「美而廉大酒樓」，座無虛席。我當時已參加加拿大保守黨有年，並請得原是保守黨在中區唐人街選出的國會議員，當時已成為加拿大總督的密秦拿（L. Mitchener），為「文復會」的成立剪綵和致詞。這是華人社團前所未有的哄動和殊榮的事。邀請僑社和社會賢達參加成立和酒會，筵開三十餘桌，餐費酒水不敷，我有言在先，全數包起。

「文復會」先租了登打士西街和 Kensington Ave.，街角的店舖上的二樓做會址。我在遷入前，已請工人修葺過，並購買檯桌、坐椅等為會所開會，和招待客人的客廳、辦公室應有的設備，這一切的開支和月租，都是我掏腰包捐出的。「文復會」異軍突起，是多倫多僑社第一個發揚中華文化立案的團體。且是我第一個構想：以召集知識青年為基礎，純粹以傳承中華文化為宗旨；有異於一般僑社以同鄉、宗親或聯誼性質的團體。終於一炮打響，也教當時傳統僑社的注目。尤以加拿大總督親臨主持成立，開僑社社團成立的先河，至今還好像後無來者。

「文復會」也開始了廣東省籍和以外的省籍結合的團體，符合會的宗旨，以復興中華文化為職志；會員沒有省籍不同、言語有異的分別。這也是一個創舉。然而，事與願違，主要我個人和幾個得力的粵籍友人，都是忙於事業的人，例會的時候，有不少以抽不出時間來而缺席，我以僑社每多這種現象，不以為意。誰料到我倚重的幾位外省籍的友人理事，突然在普通例會鄭重聲明改選，我看到人心的醜惡的一面。立即說：改選理、監事會，只有會員大會依章才可以，理、監事會沒有這個權力，而且任期未到，依法不合。

彭、李及從者強爭詭辯，令我大開眼界。然默察形勢，以爭辯亦無補當時，我當機立斷說：今日例會有議程，而今卻不依章程改作會員大會。我身為理事長，無法違章遷就。例會既已無法進行，只可宣告散會。一切決議在會議主席退場屬於非法，決不承認。我即離場。理、監事在初創時人數不多，合共只在二十人左右，所以都在聯席會議的形式下召開。外省籍的理、監事精準的串連好，攻其無備，實行「文革」式在「文復會」奪權，真是一大諷刺。其實，這些外省朋友都是來自台灣，很多還沒有一

份正式的職業，當地言語又不通，有幾個還要我接濟，卻為了搶奪已成立而享譽的社團，居然可以翻臉成仇，有一個還剛好借了我四百元，在一九七四年還不算個太小的數目，且是同校中文系畢業的學長，卻是最堅決改選的人。人心的可怕如此。其實，這批人完全沒有社團經驗，也拿不出成立和後續的經費，拿得出也捨不得。以後證明，都是酸秀才，大多一事無成的人。

第二天的《世界日報》，居然刊出「文復會」已改選的消息，新人名單都上了報。昨天傍晚才開會，他們以迅雷不及掩耳的速度，當即擬稿，親自送到報社去，趕上明晨見報。如果說沒有預謀，那是掩耳盜鈴了。他們要造成事實，迫我下台。其實，我當時的事業發展迅速，時間上也捉襟見肘。而且我曾坦率告訴兩個主謀人，我只是過渡創辦，章程是兩年一任，連選只能連任一次，說不定一任便要交棒。他們不擇手段相迫，反令我決心一鬥；這原不是我從來與人為善、廣結善緣的人生觀。孟子說：予豈好辯哉！予不得已也。於我來說：予豈好鬥，予不得已也。

見報後，我立即撥電代我向政府立案註冊「文復會」為不牟利社團的律師。他說明不依章程改選是非法的，他主張我以社團登記人，登報召開會員大會，並在舉行時由大會推選臨時主持人，不必自己擔任。以剪報資料為證據，請求大會：一、開除鬧事成員會籍；二、重新改選。

「文復會」突然改選，而當選的名字，有一個還不是會員，原有的粵籍理、監事，又無緣無故除名，都令人詫異；當事者更多一份憤怒。我和幾位主幹商議好，擇了日期、時間，遷就了大多數，在中區唐人街的「假日酒店」租一個大廳召開會員大會。我也預備對手會帶同所有他的支持者來。因此找律師派個代表做現場見證。大會如期舉行，我只作座上觀。真是意想不到，只有那個最激烈的彭

某來，次激烈的欠我借款的人沒有現身。大會推定余道生主持。彭某軍人出身，身材魁梧，他擺明來鬧場的，硬說不合法。余大會主席請他說明為什麼不合法，他只兇巴巴的咆哮，卻說不出道理來。所以余說：你是來鬧場的，我現在以主持大會人身分，請你出去，要立即離開會場。彭逞兇說：我不離開又怎樣？余說：多講也等於白說，我數三聲，如果你不離開，不是你倒下就是我倒下，分一個勝負吧！我聽了也震動一下。余真開始數「一」了！

余道生雖然沒有彭某健碩，那是彭已到發胖的中年。余則二十出頭，卻英挺軒昂，曾經是大學時代參加過西洋拳擊比賽，僅輸於陸軍官校選手；有過自由搏擊的經驗，他曾告訴過我的。因此，我不愁余被擊倒，是怕彭濺血五步。誰知彭色厲內荏，余挽袖只數了一聲，彭已訕訕的離開，眼神雖還怨毒，也掩不了羞愧的神色，那副可憐相，也使我想起：「可憐之人，必有可恨之處！」他是個湖北籍退役軍人，比我大上十多年，還曾說我出資辦個書店，他來管理，一定賺錢，因唐人街當時只有一間書店；我也認真考慮過，只以事忙，暫時擱下來；想不到會發生這樣的事。翻臉像翻書那樣容易，和寡信輕諾；有這種性格的人，難為久遠之友。

僑社還沒有過這樣公開登報，開除過這麼多人，當然是不得已的霹靂手段；而彭自取其辱。從此以後，是不是因此離開多倫多？我就不得而知了！但後來傳說他到了溫哥華。又過了很多年，我在台灣一個場合見到他，他已有點龍鐘了！沒有當年跋扈囂張的氣燄，歲月真不饒人，已垂垂頹老，口齒不清尚未改好言本色；我在旁靜聽，一生無成幾可定論，尤能如此阿Q，魯迅見之，描寫的人物在前，恐也會絕倒。那位李學長也從此絕跡唐人街，聽說回山東老家教書，他很會吹噓，吹出一個歸宿總要祝福他，

從不旨望他還錢。這還事小，但他的形象被毀，才令我人悵惘。台大中文系這麼多老師宿儒；卻有如此寡情薄義的學生，朽木真不可雕也！

「文復會」經過這樣的大風波，反使我決心辦好。也不計化費多少金錢，在我兩屆（四年任內），設置了醒獅隊，一切醒獅隊的設施，旗鼓刀劍槍棒，應有盡有，我記得交伍祥栢監事到香港購買從水路運來，結帳加元一萬八千，連在多倫多可買的，醒獅隊就化了約二萬元。以現有會址不敷發展，租了唐人街最大的建築物，座落三一零士巴大拿街的二樓全層二萬平方尺。開辦了「中文班」、「英文移民班」、「書畫班」；都請會員義工授課。康樂方面，有乒乓球隊、中國象棋會、太極班、烹飪班，還方便會員來會休息，設有小食部。因此，選出管理會所的主任負責。「文復會」聲譽鵲起，為當時僑社最負盛譽的唯一文化團體；比起傳統歷史的任何社團，更具規範、更多活動。「文復會」邀請過許多學者、政治人物來演講，開過許多書、畫展，都非一般社團可比。後來，我被聘為台灣的「中華文化復興推行委員會」的委員，排名在曾廣順（海工會主任）和王玉雲（高雄市長）之間，也是居住海外當時唯一的委員。並將該會倣古的陶瓷，贈送「文復會」巡迴展覽及收藏，且每年象徵性補助經費二千元，正式承認「文復會」為該會的海外「分會」，並說明只此一分會而已。

我在嚴家淦前總統任會長時受聘為委員，秘書長谷鳳翔當然是賞識我為主因，但任總幹事的梁健行兄常提出我推行文化復興的各項事功，也是原因之一。此外，該會還有一職銜，但很少見到的耆宿，那就是蔣經國的老師胡一貫先生。這是很少人知道的當代大儒。蔣經國有兩個老師，是蔣老先生指定兒子師事的兩個人：一個就是胡一貫，另一位是當時政壇人士都知道的吳稚暉先生。蔣經國

常提起吳；但很少提起胡先生，大概知道先生不喜人知，所謂「大隱隱於朝」的典型人物。胡公不好名，而詩詞卓絕。我只讀過他在中央日報詠蘭詞五闋，清高如夫子自道，真令我佩服、驚嘆不已。我當時剛可完成一部個人傳記《風雨江湖三十年》；每日一篇，刊在《星島晚報》專欄上。結篇是這樣寫：《讀胡一貫先生詠蘭五章，有感賦此，並作是篇代序（調寄滿江紅）：「笑傲江湖別有意，非關落魄，獨行志、功名塵土，潔身如璧。讀盡古今奇士錄，眼中只學萬人敵，論文章詩酒與豪情，誰相惜。 千秋業，還期得，興亡事，匹夫責。況故園烽火，至今猶冒，目送遼天孤鶴去，枕痕夢返家山北，問彼蒼、何以這昏庸，人頭白。」詞成後郵寄呈胡公教正。胡公青睞有加，在回信寫：「代序精練如姜白石；詞直追辛稼軒。」給我很大的鼓勵。一九八五年，我第一次到台北書畫展，胡公策杖前來，逐一觀看，我陪侍在側，他指導亦多，是人生難得的殊榮。以後我每到台北，例必去拜訪他。每有邀宴，他都欣然來敘，他是「中華文化運動推行委員會」的主任委員；文化政策性的指導，他應是個主持人。據我所知，未聞他擔任過官職，至少在台灣以後沒有擔任過。在《詠蘭五章》中有句：「明月一輪高」，真像夫子自道。此生有這樣機緣，能多次追隨高士杖履，聆聽教誨，其安祥舉止，長者風範，猶歷歷在目。

　　該會還有一位長者孫公如陵，是《中央日報》全盛時期的副刊主編，筆名仲父。副刊右方上角的「短篇專欄」，是他寫的。孫公還是當年「名嘴」，何只一代作手。他與先父同是「聯戰班」第四期結訓。後來，我為港、台報章寫的短篇專欄多了，也託他為我在台北出版，名曰《諤諤集》。孫公貴州人，是一位國大代表。遺家隨中央政府來台，無法與貴州髮妻通消息，死生未卜。後來在台另

娶，卜居「台北小城」的中央新邨，育有子女多人。

　　蔣老先生對「文革」摧毀中華文化是痛心疾首的；我們又不得不佩服他對中共以至毛澤東個人的了解，在大陸淪陷之前，把民族文物國寶搶救到台灣去。要不然，我們這一代炎黃子孫，怎樣向列祖列宗交代！國民黨人包括蔣老先生，對創黨總理孫中山先生：他對傳統中華文化，抱持什麼樣的態度？他反對還是認同？大陸當局常把他的巨照掛上天安門，如果這個運動和孫中山的理念、認知不同，國民黨人為什麼緘默？孫中山是這樣廉價的花瓶？一九二零年，孫中山對中國詩自五四運動（1919年）的轉變提出他不同的意見，絕對不是即興的說詞，但是國民黨人不敢阻擋這個逆流，我在黨史館看到這個資料，頗令我悵惘。

　　孫中山由伍廷芳的推薦書，抱着熱烈的希望，深思熟慮，寫好如何達致國家富強的《萬言書》；北上京華去見權傾一時的相國李鴻章。提出富強的實現境界：「人盡其才、物盡其用、貨暢其流。」而達致此三者的實踐方法與步驟，都具體寫在這《萬言書》上；可惜昏庸的李鴻章，只以為他來求職，北京話還沒有說得好；又這樣年輕，不免心裏怪責伍廷芳來，起身表示送客。孫中山連《萬言書》都來不及呈上，便被端茶送客請出門外。孫中山從此不再對清廷抱改革的希望；非推翻滿清不可；時又當中法之戰，中國在戰場打勝了！卻又喪權辱國簽約賠款；孫中山受的刺激很大，開始專心一志奔走革命了！

　　孫中山的國學基礎很好，又絕頂聰明，在西醫學堂（香港大學前身）以滿分畢業（事蹟從略），以專志革命，很少有機會說及對中國文化藝術詩文方面的造詣與看法。我在國史館查他的事蹟，意外發現一九二零年，他和胡漢民論中國詩的問題；起因是朱執信偶然寫了白話詩，引起

孫中山對詩論的意見，他說：「中國詩之美，逾越各國，三百篇以逮唐宋，名家有一韵數句，可演為彼方數百言而不盡者。或以格律為束縛，不知能者，益以見工巧。至於盡塗飾而無意義，自非好詩。然如「牀前明月光」之絕唱；謂妙手偶得則可，惟決非尋常人能道也。今人提倡為至粗率淺俚之詩，不復求二千餘年吾國之粹美，或者人人能詩，而中國無詩矣！」（見《孫中山詳傳》第452頁）孫中山對五四運動提倡「我手寫我口」的白話詩提出這精警的批評；在當時年輕的學生，都嚮往白話詩；新詩人你吹我捧。孫中山認為捨棄二千餘年的粹美詩作而學粗率淺俚之詩，到人人都可成詩人時，而中國無詩矣！這不正是大陸今天摧毀了粹美的傳統詩，靠寫工農兵的「詩人」的作品；中國果真無詩矣。孫中山的真知灼見，真是不世出的偉人！國民黨人為什麼沒有將其立黨總理對中華文化的立論發揚光大？粹美的傳統詩經二千多年的千錘百煉，而啐之為封建殘餘；代之以粗率淺俚之詩，不是文化的逆流麼？

孫中山不以詩名，不刻意為詩，亦無意做詩人，詩作雖然不多，但寫得真好。一八九九年秋，孫中山作七言絕句《詠志》：

萬象陰霾掃不開，紅羊劫運日相催。頂天立地奇男子，要把乾坤扭轉來。

該詩曾用作革命組織的動員口號和聯絡語，又稱革命歌、起義歌。全詩多用口語，淺顯易懂，極具鼓動性。惟「紅羊」一句借用典故：南宋理宗時，有一位算命先生柴望上書提請朝廷注意，每逢丙午、丁未年，國家必有禍患。以天干「丙」「丁」和地支「午」在陰陽五行裏都屬火，為紅色，而「未」這個地支在生肖上是羊，每六十年出現一次的「丙午丁未之厄」，後被稱為「紅羊劫」。宋人

最慘痛的記憶靖康之恥就發生在丙午年（1126年），今人所謂十年浩劫也始於丙午年（1966年）。（見趙明宇《國父詩詞鑒賞》）

《挽劉道一》：
半壁東南三楚雄，劉郎死去霸圖空。尚餘遺業艱難甚，誰與斯人慷慨同！
塞上秋風悲戰馬，神州落日泣哀鴻。幾時痛飲黃龍酒，橫攬江流一奠公。

孫中山此篇作於1907年2月3日，氣魄恢弘，境界遠大，實為彪炳史冊之作，劉道一就義僅二十出頭，先烈爭死惟恐後人，斯人慷慨，孫先生哭之甚哀。同年3月4日，孫中山被日本當局驅逐出境前，會晤唐群英，贈五言絕句一首作別：此去浪滔天，應知身在船。若還瀟湘日，為我問陳癲。（陳癲即陳樹人）

同年12月鎮南關起義，孫中山親臨戰場，向清軍開炮。失利後率軍退入安南（今越南），在馬背上吟成了一首七絕：
咸來意氣不論功，魂夢忽驚征馬中。漠漠東南雲萬疊，鐵鞭叱吒厲天風。

1917年，孫中山有詩《祝童潔泉七十壽》：
階前雙鳳戾天飛，覽揆年華屆古稀。治國安民兒輩事，博施濟眾我公徽。
玉槐花照瑤觥燕，寶桂香凝彩舞衣。所欲從心皆絜矩，蘭孫繞膝慶祥暉。
此詩以人情味見長，展示了作者精神世界的另一面。詩中用典嫻熟妥帖。

孫先生填的《虞美人‧為謝逸橋詩鈔題詞》：

吉光片羽珍同璧，瀟灑追秦七。好詩讀到謝先生，另有一番天籟任縱橫。

五陵待客賒豪興，揮金為革命。憑君紐帶作橋樑，輸送僑胞熱血慨而慷。

1920年10月，曾在護國軍韶關之役中以神奇炮火扭轉戰局，後升任滇軍第六旅旅長的魯子材（字梓楠）犧牲於重慶，孫中山再題挽詩以表彰英烈，其《魯旅長梓楠像贊》言：

智戰嶺海，夙耳英聲。桓桓心傑，卜為國楨。轉鬥入蜀，戈返陽精。沙場灑血，錦水嗚嗚。緬茲遺像，宜炳丹青。

孫並題書挽聯曰：

為國惜英忠搗龍事遠烝民苦；瓣香嗟萬里化鶴魂歸蜀道難。

孫先生還有詩贈《贈陳樹人》詩曰：史臣重朱家，君乃隱於酒。時事尚縱橫，雄心寧復有？

另外，孫中山一生還留下四、五十副對聯，其中亦不乏佳作，可印證其詩品。

如《題鼎湖廟聯》：塵事未除人自苦；江山無恙我重遊。

《題上海香山路居室》：

滿堂花醉三千客；一劍霜寒四十州。

孫中山詩詞對聯精絕，中華文化之復興，對孫中山先生應全面研究，特錄其詩詞作品，為未來史家存證。

蔣老先生提倡中華文化復興運動，為響應這個運動的文化人士，為某種藝術文化的同好，也結集起來，由是許

多文化團體，在台灣應運而生：如古典傳統詩社，新詩門派各立門户；國劇社、地方戲種的劇社：外省的、本土的各有各的來頭。「文革」帶動大陸的十年浩劫，也帶動台灣中國化的熱潮。在此同時，有一位致力將中國詩學推向世界詩壇的人，就是鍾鼎文先生。

提起鍾鼎文，大概還活着的現代詩詩人，已找不到比他的資格更老的了；包括大陸已故的艾青，不但在詩壇是他的晚輩，還當過他的部下。大陸撤退時，鍾鼎文以國大代表的身分到了台灣，但他從此不再涉政壇，專志於新詩的推廣。台灣現代詩蓬勃的發展，詩人輩出，他的貢獻應該算上。台灣大報《聯合報》的長春方塊「黑白集」，他是早年集體的撰寫人之一；他不但是台灣詩壇的大老，還把中國現代詩介紹到世界詩壇去。因此，世界詩人每次大會，鍾的作品，幾乎沒有那一次沒有被翻譯出來在大會朗誦的。世界詩人大會成立的學院，鍾被推出來當院長。他在世界詩人組織的團體裏，有着崇高的地位。

鍾先生出過的詩集多少本，我收集不全，難有定論。惟可以想像，自他到台灣至他百齡逝世，在他專志於現代詩的發揚，作品之豐，是可以想像的。像他這樣經歷過北伐、抗日的年代，沒有哪一個詩人不是充滿對國家的癡戀，對民族充滿情感的人，即使政治的理念不同。鍾先生強烈的愛國、愛民族的情懷，都在他的作品反射出來。我們試讀他在《山河詩抄》中的《第五個秋》：

「屈指數來，今年的秋是第五個秋，／我的手，竟捏成一隻憤恨的拳頭。／五年的秋風，吹白多少少年頭？／五年的秋雨，滴去了多少故鄉愁？／多少壯懷，在五年裏澆滿了濁酒！／多少人的輕裘，五年裏變成襤褸？／多少人的襤褸，五年裏變成輕裘？／有多少人，在五年裏憔悴、消瘦？／有多少人，在五年裏新起了高樓？／天上的

明月，有過六十次的圓缺／月圓月缺，照着我們在海外漂流！／人間的花朵，有過二十次的開落，／花開花落，卻帶不去我們的恩仇！／屈指數來，今年的秋是第五個秋，／我的手，竟捏成一隻憤恨的拳頭！」

詩人對時空的轉換，有著多少無奈和感慨，都在詩裏浮現出來。鍾先生的詩的意象明朗，質感真實，而層次的分明，很容易把讀者帶入詩的境界，隨着詩情的發展，引起內心的共鳴。

《山河詩抄》對故國山川河嶽的禮讚，真教異鄉作客的遊子神思夢憶。二十年來專職為總統府寫文告的山東滕縣倪搏九先生，對鍾先生的文采與成就，為表敬佩，曾以《高山流水吟》長詩致頌，並手寫成長卷。鍾先生為此邀當代詩家題詠，計有方子丹、趙諒公、蔡鼎新、張定成、龔嘉英、林恭祖。方、趙二公年均逾九十的詩壇耆宿，其他年雖不詳，但早已聲名卓著，亦屬大老無疑。忝屬世誼晚輩，亦應邀敬陪末席，曾命筆書之如次：

「人間有筆大如椽，禮讚長城認史遷，西疆立將山之巔，黃河織錦大江穿，五嶽萬山綠草原，名堤千島江南邨。如此山河如此筆，教人長憶舊家園。才華誰比鍾夫子，論政論詩還論史，奇磊能謙真大儒，議壇望重今國士。廿年杖履久追隨，兩代情誼半世紀，先君棄養成怙孤，賴公面命與提耳。長者風儀百感生，駒光我亦近晚晴。山河詩抄重展讀，依舊清芬心所傾。」

上及追隨鍾公二、三十年，是父親每次在我回國時必提起要謁見的長者；鍾公曾對我說：「我與令尊在抗戰時的陪都重慶已認識，四十多年而莫逆於心。」一九八七年父親棄養；鍾公致唁情辭感人；我更對他親近，有一次他在美國寓所滑倒，我的電話適時到。他說：我滑倒了！你來陪我吧！我就到加州他的寓所去，在附近租了旅舍，方

便他來，陪伴了他三天。這段期間，他把一生的經歷對我說了！亦從此以猶子視我。臨別，他語重心長說，你父親過去了！你又不需為稻粱謀，就應好好為國家做點事，你應該考慮參加僑選立法委員的遴選。我說：國民黨過去在僑社選的，十九都是聽黨鞭指揮而舉手的「花瓶」，不會選我！他說：如果你選出，你可以不做舉手的「花瓶」，做個一士諤諤誰禁止得了你！到了一九八九年，僑選立委應屆開始進行遴選，這一屆遴選確不是「黑箱作業」，願意出來遴選都公開了身分、學、經歷、從政理念和任內承諾。台灣和海外報章的記者追逐採訪，果真全部公開。當時蔣經國已去世，我還沒有參選的意願，要到溫哥華為國民黨總支部代表大會寫宣言，因為這幾屆都是我執筆的。就在我動身前夕。鍾公有電話來問；怎麼還不見你參選的報導：我只可說沒有報名；我還沒有說第二句話。鍾公說：你這樣早就要浪費生命嗎？你趕快報，選不上我不怪你，但你一定要報。鍾鼎文和梁子衡兩公都這樣說。我只可從命說：總之我從溫哥華回來就報。到我回來，只剩下三天截止日期。而我的基地在多倫多，臨行前我只向好友林環陔說：我在台北有幾位長者，要我報名參選僑選立委，難以拒絕，而我要到溫哥華開會，請你幫個忙，將這兩種推薦書請團體代表、友好個人填好、簽名、蓋章。他說沒有問題。我也沒有多囑，以應命而為，便到溫哥華去了。誰知四天回來，我也無法整理這麼多的推薦書，原來林環陔兄透露我參選後，華文報紙都報導了，很多友人到社團簽署推薦書；以致過多難以處理，只可歸類將原件連同報名表格，用快遞寄到紐約收件處，在最後截止日期證實收到。以後我就不管了。結果意外當選，第一個向我通報的，是時當黨中央常委的宗長許勝發公，他必然是其中之一；我當選後曾問過遴選會主席曾廣順委員長，中央這

麼多大老推薦我，僑社的推薦究竟起作用嗎？曾正色說：
「那是最基本的，如果當地人少出來推薦，還有什麼更有
力的證據，對付民進黨的質疑？我也想不到你在僑社有這
樣的聲望。所以北美選區會議，當地代表性最強，第一確
定出線就是你。」我就不再問其他細節，也沒有說我當時
人在溫哥華。對於鍾公及時的催促，改變了我人生的歷
程。只以此而論，正是《岳陽樓記》范文正公最後兩句：
「微斯人，吾誰與歸！」

　　回台北就任後，鍾鼎文公常召我到他安和路的寓所
去；這習慣到我退休回台旅遊不改。他的年事已高了！
特別是夫人先去的幾年，老人的孤寂是可以理解的。有
三次印象很深刻。一為他召我去講他對民謠詩歌概括性的
評論。他說：「謠之精者為歌；歌之精者詩詞。」第一句
照字面可解；第二句歌之旋律、節奏、講聲講韻；細思旋
律不就是詩詞中的格律、詞譜；節奏不就是詩詞的平仄節
奏，詞中尚講究領頭、一氣呵成等複雜的規律節奏；聲韻
在歌固重要，而詩詞更講究、更精到。老先生召我去就講
這兩句。我的演繹是否符他所想，就不得而知了！第二、
有關國共抗日秘辛，以茲事體大，特將當時紀錄整理出，
問准他可不可公開發表，請准後我同時同日在大陸的「鳳
凰網」（http://blog.ifeng.com/1840283.html）、「網
易」等六個「許之遠的博客」發表；節錄原文如下：

　　當時鍾鼎文在上海任《天下日報》總編輯，他有兩
個重要同事：江上青（筆名：王者香）在《天下日報》的
「民眾知識版」（每週一次的週刊）擔任編輯。另一位是：
艾青，是《天下日報》的副刊編輯。對於艾青，鍾公曾在
一九九一年應邀到北京召開一個「艾青研討會」。被作為
壓軸的主講：鍾公認為艾青的詩作有三種特性；一、民族
性，二、社會性和三、藝術性。江澤民曾請他入住中南

海，鍾婉拒而入住妹妹（安徽大學農學院教授）家。

　　鍾既是上海《天下日報》總編輯，由於日本加緊侵華，常與中央要員聯絡找新消息，當時他也還是青年，也常對中央忍讓有異議。當時國民黨大員孫科向他解釋說：「蔣委員長不是不想抗日，是怕抗日開戰後中共扯後腿，所以還在猶豫。」鍾先生知道蔣委員長唯一顧忌的原因，便去找陳望道。陳是負時譽的復旦大學教授，鍾知道他的太太是個共產黨員，所以特別向陳透露中樞忍辱的顧忌，希望他的太太轉知中共。如果能獲保證不扯後腿，蔣必立即全面抗戰。果然不久就有了回應：有一天，他回到報社，就有人說：有一位客人等了你三小時。一見面，就是認識的馮雪峰。馮雪峰曾在洪琛辦的「藝術研究所」教過書，當過教職員代表參加管理「研究所」。鍾當時是學生代表，故在參加管理中早就認識。鍾公說：當時國共雖仍是互相猜疑，但已開始接洽合作共同抗日。馮雪峰是中共中央派到上海的代表。鍾、馮見面以後，馮追問消息來源；鍾直言來自孫科，並可以帶他去見孫科當面求證。馮至此相信了。便要告辭，鍾公與馮有舊，認為雖在法租界，但在傍晚近暮的時侯，馮的出現，未必人身安全，勸他留宿一夜，在白日離開比較安全。馮也接納了；翌日清晨才離開。在離開之前，馮認為既有口頭的協議，總要發個消息表示國民黨對抗日有誠意。鍾答應在《天下日報》發刊。並由陳友仁以英文譯出，同時刊佈。陳曾任國府外交部大員，其子就是戰後香港最有名的陳丕士大律師。鍾公後來補充說：馮雪峰同行還有一位同志，可像潘梓年；又說：馮雪峰和魯迅是一派。那時　迅已死，周揚一派得勢。中共建政，馮雪峰出任「人民出版社」負責人，沒有周揚的炙手可熱。

　　鍾鼎文先生把蔣委員長對抗日戰爭的誠意與顧慮，

經馮雪峰的會面，和在《天下日報》刊出國民黨的認可誠意。以後國共有無進一步接觸，還是鍾、馮之會就算確定下來呢？鍾公說：已不問了；只能說他經歷的一段。但我對他說：張學良的「西安事變」，一般人說是促成蔣委員長抗日的原因。但鍾公不同意，他說：蔣的意志堅強，不會在張學良威脅下而改變的。「西安事變」後，有很多事件，均未因此而全面抗戰。但到鍾、馮之會，兩三個月就開始了！過去因統戰關係，才說張學良是「千古功臣」，現在還有人說嗎？是忠是奸，歷史自有定位的。現在蔣介石日記已公開，誰都可以參閱，真假便可立判了。

鍾公第三次召我，只告訴我：醫生自從發覺他心臟血管阻塞，不宜坐遠程飛機。毛松年教他每日喝台灣的黑背木耳煲紅棗湯，湯經滾開後以文火煎兩小時就成黏液，飲一碗。每日加水再煲，約四五次連木耳同吃。成本低又通血管。他說真有效，醫生准他坐飛機了！二零一四年我患血管阻塞而心律不整，本來已安排到香港瑪麗醫院做通波手術，想起鍾公的湯方，每天如期喝了約兩週，在手術牀上照出已不需要做通波手術了！手術醫生為港大李教授，是我身歷的。

先君還有一位國大代表的好友韋德懋公，來諭致唁說：「德懋與令尊同學，三十年間從未失去聯繫，於今一旦星隕北美，痛感如失去手足！」我在國民黨十三全會還和他在一起，隔了一年，韋公亦返道山！

蔣經國晚年開放老兵回鄉，以後有大陸探親；取消報禁；開放組黨，台灣以蕞爾小島，卻能信心滿滿推行政黨政治，使台灣走上徹底的民主政治，對中華民族的前景，其影響說有多大就有多大。是威權人物最足借鏡的人。蔣經國一念之仁，為民族的民主政治做了最好的示範。如果中華民族未來真走上民主的長治久安。蔣的功業最足堪記

的：「為萬世開太平」了！在這翻騰的年代，不可不記。

台灣開放到大陸探親，人民再沒有偷偷摸摸的心態，光明正大到大陸去，台灣籍的人士，本來無親可探，但說得出一個姓名，來一個遠房親戚，或同族同宗，誰會再調查？「探親」符合名目就沒有拒絕的理由。這個籠統的名稱，沒有說限在幾等親或其他特別規定。旅行社乾脆組團，浩浩蕩蕩的打起「探親團」去。那開放的幾年，正是台灣好景、錢淹腳目的年代，真給大陸人民一個大驚喜。過去盛傳台灣人民吃樹葉蕉皮，也變了大笑話。當時的開放，公務員在科長級以上，還是要有特殊原因經主管批准才可探親的。因此，孫如陵公只可通知髮妻到香港去，他到香港接到台灣來。那個年頭，孫公在台灣的妻子又剛去世。我正可調派駐港，有機會照顧從大陸到港的孫夫人。她到了台灣，還沒有來得及適應，她和兒子孫子相依為命慣了，天天嚷着要回老家去，孫公也只可讓夫人再回故里。那個年代，大陸也由鄧小平當政，提出改革開放，我的兄弟妹妹和母親都次第到加拿大團聚，母親同樣不適應和父親生活，還是搬回和幼弟一家同住，和孫公的情形是一樣的。我有一次在台灣述職時，和孫公見面。說起父母好不容易團聚，卻又無法相處，做妻子的常常算舊帳，大家都七老八十了，還算舊帳有什麼意義呢？孫公說：「對於愛情，在女性來說，十八歲和八十歲沒有兩樣。」真是一語道破。他晚年沒有人照料，我問他：「你有這麼多的仰慕女讀者，女性朋友，沒有適合的嗎？」孫公連忙擺擺手說：「一之謂甚，其可再乎！」孫公圖書也很多；比較特別的他還收藏各國軍刀，各式各樣和指揮劍，也有外國的。我介紹孫公和余道生認識，他也送一把給他。那個年代還沒有恐怖分子，我們都能放在行李帶回加拿大。

「中華文化復興運動推行委員會」，到李登輝時代，派

翻騰年代的經歷

黃石城任秘書長，配合「去中國化」，那裏還會做「復興運動」？把它改為「文化總會」；我們這些委員也變成「會員」，一切不可同日而語。

李登輝主政之初，正是與我任職立法委員幾同時開始。李仍以蔣經國的學生自居，蕭規曹隨。還以安撫外省籍國大代表、立法委員，主導成立「國家統一委員會」（簡稱「國統會」），分期進行，最終促成國家和平統一。這個假象，使人再不懷疑他效忠國民黨、效忠民國、反對台獨的。「國統會」的成立，使李登輝能迷惑所有懷疑他的人，到他佈置好以後；逐步剪除反對他的人；權力定於一尊，什麼「國統會」？「兩國論」就出爐了！到中共強烈反對，才加上：國與國之間的「特殊關係」，以示和大陸還藕斷絲連，和緩一下拔劍張弩的對峙。實際上竄改歷史教科書，或淡化兩岸淵源，也就是「去中國化」的實現；所謂法理台獨。他撤銷「中華文化復興推行委員會」而改為「文化總會」，連中華文化都省了！什麼文化都不在乎了！在「國統會」熱議的時期，我曾在立法院質詢：要談國家統一，初期應先談文字統一。我認為，如果連文字都無法統一，則政令、公文，甚至連一個小小的通告，文字解讀都要「各自表述」？都無法溝通，怎能談國家和平統一？當時還有個民間組織，主持人龔鵬程教授，應邀到立法院和我座談。後來龔教授受聘任大學校長；「國統會」不久也偃旗息鼓；這個必要的統一談判前提，一岸理虧的不敢提起；另一岸理足的像個埋首沙堆的鴕鳥，不敢想也不敢談。兩岸裝盲作啞六十七年；許某像一隻孤鳥，蹈海不如一石之重，淹沒也不過泡沫一個；老夫其奈兩岸何！把它寫下來，只是不要讓後代拍手笑此代無人！

到了陳水扁執政，還要「一邊一國」，只借中華民國的外衣，掩飾做台獨的立國計劃，第一次由他主持大會

時，先來一個會員再登記手續。實際上，在李登輝易會名的時候，我已不再參加任何工作了！陳水扁的重新登記時，也收到會的通知書和建議書，我趁機痛罵他一頓數典忘祖；並自動宣告脫離。但我和朋友創辦的「文復會」，不因總會的改觀，還是在多倫多延續到「文革」以後二十年。

大陸有「文革」才有台灣的中華文化的復興運動。「文復會」也由是產生的，在兩岸對中華文化的異議時，我恭逢盛會，參加文化的復興工作，也算慎始慎終，到豎子李登輝登場。加拿大的分會「文復會」，經歷了十二年的歲月，也就是六屆，由我、余道生、錢舜麟（每人連任一次）主持，還做了許多文化活動和工作，總算在兩岸中華文化的翻騰年代，盡過個人的棉力，於心稍安。以後「文復會」因人事改變，雖還存在，但盛況不再。何況任何社團，落入社棍的手裏，什麼立社宗旨都屬空談；何況復興中華文化；社棍懂中華文化？教他怎樣復興！

人與事都有他的運氣。閱歷豐富的曾國藩說過：「不信命，信運氣。」如果真是有「命」，一切該定了。再努力去改變也是徒然的，那就信命中註定吧！不要反抗「命」了。但事實上，有許多人與事，看來的趨勢和結局無可避免，但忽然翻轉過來，趨勢不再，結局也改變了。正是「山窮水盡疑無路，柳暗花明又一村。」這個突然能改變趨勢的，我們不知它怎樣形成、怎樣發生，是不是就是曾國藩所說的「運氣」。比較合理一點分析，有的「運氣」屬於「天數」；是來無蹤去無影的。有的是「人為」的，經過人的努力，積聚了一定的能量，終於把趨勢扭轉過來，產生不一樣的結局。因此，盡其在我還是必要的，不要坐以待斃！

大陸「文革」的十年浩劫；當然是一九六六年毛澤東

正式發動文化大革命開始，到一九七六年毛逝世而結束。台灣的文化復興運動，是在「文革」發生後一年一九六七年，由蔣老先生主導成立「推行委員會」。該會一直到蔣經國逝世（一九八八），前後經歷約二十年，到李登輝繼位，已經名存實亡，不久便改變為「文化總會」，已經和復興中華文化劃清界線。國民黨在李心目中成為「外來政權」；因此，「去中國化」的「兩國論」，已是台獨勢所必至的法理台獨了。而我所發起的「文復會」從一九七四年的立會開始，以後成為總會海外唯一的分會，經歷了風風雨雨，歷六屆人事的十二年，到了一九八六年左右，錢舜麟任滿以後，「文復會」在新任人事的主持下，過去的圖書，藏畫；總會送來的文物複製品，醒獅隊刀槍棍棒，獅頭旗鼓，已次第不知所終。過去興辦的班次也沒有了，僅餘以麻雀抽水；屍居餘氣下，會所也不知所終，有實業股的借款人，許多人到賣了會所也沒有收回借款，黑字白紙寫下的收據又有什麼用。唐人街的社棍，比股海的大鱷啃人更乾淨利害。

在復興中華文化的理念下，大概在一九八二年。「文復會」還在鼎盛的年代，已無需我的資助，我也任滿退下來。當時有一位「北大」畢業長輩馮民鑑移居多倫多；另一位香港詩人陳浪平君也來本市定居。有一個偶然的機會，我們三人聊天，聊出了創立多倫多第一個詩社：「湖楓詩社」。他們推舉我寫個「發起小啟」。這個小啟，算是「湖楓詩社」成立的歷史文獻，曾在一九八四年首刊「湖楓唱酬錄」的首頁，由我親書影印刊出。《唱酬錄》均由會員將作品親書，由主編陳浪平君收集付印。「湖楓詩社」亦極一時之盛。在一九八二年上元節假國際酒樓成立，入口處掛着我親書的對聯：「提倡風雅開文運；點染湖楓入漢詩。」當年意氣，頗有志士暮年，壯心猶在。這是我為

該社《創社誌慶》寫的七言絕句中的兩句。全首詩:「戴帽遼東厲雪時,不因胡語學胡兒,提倡風雅開文運,點染湖楓入漢詩。」發起的《湖楓詩社緣起小啟》,應是多倫多首創傳統漢詩的第一篇文獻,錄之為中華文化遠播北美存證:「湖光耀錦,楓葉流丹,高塔登臨,縱目攬地靈之美,大都寄意,騁懷有人傑之思,湖楓詩國,唯天可授,況曲水流觴,東排千島之列,地裂天壺,西湧大瀑布之景,文納多元,詩放百家,正宜發大漢之聲,集詩人而成社,風雅君子,蓋興乎來。」文末:「壬戌春月許之遠撰書」。兩年後,《湖楓詩集唱酬錄》出版,刊出社員的作品五百五十六首(含詞六闋)。當時我們這三位發起人的年齡,馮民鑑八十;陳浪平六十;我才四十九。主編陳浪平社長的努力發展足記一功。我個人寫作和職業商務忙碌,只能在經濟上、精神上支持他。《唱酬錄》決定社員作品以親書映印成冊,以八開版面的闊頁印出,自然比十六開鉛字較大,成本也多了。能寫傳統詩的人年齡較大,多半退休,又是詩人,一般經濟條件較差,捐款大多百元至一百五十元(加元)。陳浪平經理其事,我問他還差多少便可以成功,他算出三百五十元;我就捐了這個數,會員個人捐款的數字,也在書末公佈。

自從大陸「文革」以來,海外傳統詩社顯著增加,其中原因,都沒有人具體研究過,似乎是心照不宣:精神上不認同破壞文物、把一切不進步歸罪到傳統文化、傳統藝術。歷史證明「文革」是錯誤的,文化是有自然生長的生態,不是用政治手段去革它的命。「文革」定性為「十年浩劫」是對了。今日大陸經歷了這十年浩劫,傳統詩社如雨後春筍。比「文革」前顯著多了!而海外詩社的增加更顯著;尤以港台兩地;也是心照不宣對「文革」的否定。

「湖楓詩社」成立以後,北美的傳統詩社跟着顯著的

增加。而詩人的努力，端不是金錢、物質可替代的。陳浪平常來看我，使我對詩社的發展很樂觀，到底我們是合作無間的，有他這樣努力去執行，還有什麼不滿意？但我公私兩事對他的支持，應也是重要的原因。例如他有一位同鄉的好友雷浪六教授，是高劍父創辦在廣州的「美專」時的創校教授之一，和陳社長是台山人，因耿介性格，到老還是蹭蹬名場，臥病在香港公立醫院，極需有人買他的畫應急。陳社長拿了他的斗方冊頁來請我幫忙，在我的能力範圍，也就如數交他轉付。像雷浪六這樣造詣的前輩，到老病危，連入醫院的醫藥費都繳不起，我們的社會風氣，也未免太銅臭了吧！

陳主持「湖楓詩社」的辛勞，也還有他的職業，為人壽保險公司做代理營業員。詩社擴大發展了，他認識的人也多起來；因為他，我全家和許多認識的親友，都向他們的公司投保，已有的也在能力下多買一份。他的生活也逐漸改善過來。主持詩社一年，我送他一個銅製古硯盒，盒上雕刻了精緻的圖畫，還題上文字，像一幅國畫的構圖。賀他主盟詩社一週年，還寫了兩絕詩：「點染湖楓三百篇，知君常以硯為田。送君不是無情物，可伴詩人寫大千。」「風義平生總淡然，相知以外復相憐。乘車戴笠吾儕事，主領騷盟又一年。」陳兄接此銅製古硯盒，很感性說「拜領之餘，敬和並誌謝忱：『銅硯一方詩兩篇，拳拳盛意出心田。教儂客路逢青眼，潭水桃花感萬千。』『欽君碩學志超然，況復文章海內憐。嗤我菲材無一用，也能結契到忘年。』」余畢生好詩，好與詩人結交。個人以為，傳統詩人有傳統詩教，比初創的新體詩（稱新詩或現代詩）還在言人人殊的摸索階段，詩教的薰陶，不可同日而語。除非天生反叛的異類，傳統詩人大致多宅心仁厚具赤子心的。

我好詩詞，以後又為《亞洲詩壇》，做徵集加拿大詩人作品的義工。當時主持該壇者，乃甄陶先生，自號「袖蘭館主」，詩詞同為一代作手；大概在一九八二、三年間去世。《亞洲詩壇》從此停刊。這個刊物，是渡海東遷後第一代詩人如于右任、梁寒操、成惕軒、賈景德、鼓國棟等詩詞大家創建。這些詩壇大老，多居台灣，以後相繼謝世。而支持該刊的讀者、作者，遍佈海外，比淹留孤島的人還多，在這種情形之下，《亞洲詩壇》遷址香港繼續發行，由甄陶主持。各地設特派員（義工）一人，負責聯絡徵收詩人和詩稿，且自付郵費。可惜人生不過百年間，到甄陶先生逝世，該東渡著名第一詩壇和集世界詩人作品而發行的詩刊，從此也走入歷史。我有幸能為該詩壇擔任義工的特派員，效力多年，為傳統中華文化的漢詩做過傳承與發揚的工作，是功是罪、是封建殘餘還是文化傳承？也交給未來史家判斷吧！

《亞洲詩壇》過去了。曾是該壇的特派員的我，和該刊的作者：詩人馮民鑑、甄梯雲、陳浪平等在多倫多發起成立「湖楓詩社」，遙接「亞洲詩壇」。一九九五年，我正式退休回加，馮民鑑、甄梯雲已逝世，以後陳浪平也相繼而去。「湖楓」社員能寫漢詩的二十一人；未見作品而歷次雅集都來參加的社友，就難以統計。因為雅集而寫詩必然是首要的項目；但每次均有文化風雅節目，例如：書畫即席、古箏欣賞、琵琶合奏、橫笛民曲、粵曲小調等助興；也有武藝刀劍等表演。陳浪平點子多，雅集不只靜態的寫詩、寫書畫、唱酬、還配合許多中華文化藝術的示範或表演，常在二十桌以上，就有二百位社員詩友前來參加。到陳兄逝世，由許多位社員接力；「晚晴詩社」在多倫多繼起了！

我在一九九五年初，正式從公職退休回加。其初的

幾年，陳兄還在，但身體狀況已大不如前。主要還是老年的腳力漸失，已不良於行。那幾年，我還聯絡上「湖楓詩社」後期的詩友，如姚懿庭、野宇、張清、嚴仲均、胡其禮、談雲璈、鄭漢彪、阮五湖、袁英齊、張操正、周博等。陳兄既無法行動，我鼓勵他們接棒，每次茶敘他們還約我參加，到一九九六年，這些後期的社友，已出版《晚晴詩社雙月刊》，並在刊物上有慶祝該社成立三週年的詩、聯紀念的文字，可知自陳兄無法行動時，這些詩友已準備繼起並已組社。只是還未正式發刊而已。由姚懿庭任社長。大概這些老友，也已「晚晴」歲月，一九九七年之後，我已沒有接到雙月刊了！後聞姚兄也住入老人院。而野宇、談雲璈、張操正相繼作古，直目前為止尚未見「晚晴詩社」任何消息，不禁感慨系之！

一九九九年杪，「魁北克中華詩詞研究會」成立，由中華會館主席譚銳祥先生擔綱「壇主」，而實際負主編是盧國才君，無獨有偶。譚君是先君執教國民大學時代的受業學生；盧君在我在商界退休後，任多倫多《快報》社論及專欄主筆時，以因緣通訊始，而後盧君以學生請列門牆學詩相繼，執禮弟子禮三十年來，至今不衰。在我退休後回加，多倫多《世界日報》的當年社長丁侃先生，原意聘我為該社顧問。但我已從公職退休，無意再受任何公私職務上的羈勒，婉謝其好意，只恢復以前為該報寫專欄，按篇計酬。我曾建議丁社長在《世界日報》闢個傳統詩壇，讓加拿大寫漢詩的詩人有個發表的園地，對該報也是增加讀者的方法，丁社長沒有任何條件就答應了。我原計劃就是讓盧君主持編務的。後以兩地相隔過遠，轉接間也的確有困難作罷。盧君後與譚先生合作成立「魁北克中華詩詞研究會」，以「詩壇」在華僑新報發刊，先後經歷十五年，每週一次為一期，至今（二零一六年中）計刊行逾

七百五十期，作品達詩詞共一萬八千首（含詩餘）。作者和讀者遍及全世界各地。北美詩壇經歷年代之久，作品之多未有此盛。我列交遊之末，與有榮焉！何況是參與者。

盧君亦以聲譽鵲起，培養後起漢詩詩人甚多。涉獵既廣，造詣自深，於二零零八年獲世界詩人大會之「世界藝術文化學院」頒予榮譽文學博士學位，實至名歸矣！

至於漢詩在加拿大弘揚，正如華裔在加之播遷，是從西部溫哥華開始，沿太平洋鐵路自西而東的。余生也晚，民國創建之前，旅加華人入口尚納人頭稅，都為淘金、築路工人。在未禁華女、華婦入口之前，縱有少數留下，但為數不多。故華僑婦女在入口解禁前（一九四七），加拿大土生土長的不多，但先僑對傳承中華文化至重，故為其子女能學習中國文字，都回僑鄉禮聘國文老師來加；雖然這些受聘來加執教國文者，每有宿儒碩學在內，對傳統詩有一定的造詣，但培養土生成為傳統詩人則不易。溫哥華詩人徐孤風（字子樂），卻是一位土生土長的華僑子弟；所不同者，幼時歸國教育，與唐山子弟無異，以徐家富裕，得隨許多詩家遊，民初最著名的梁啟超私淑弟子韓樹園（筆名「捫虱談虎客」），徐孤風拜為詩學老師，遙接康梁一脈。以抗戰軍興，徐孤風投筆從戎。勝利後重返溫哥華，從事報社工作，先後任《大漢公報》、《世界日報》總編輯。退休後以傳承中華文化為己任，其入室弟子有雷基磐、馬藝民、余詠棠等是以講授傳統詩學為主。我們這一代海外及見的詩人，最早應是徐孤風這一支脈。《徐孤風先生詩詞集》，後由門人雷基磐先生出資結集，是我最早收藏的加拿大詩集。

我在六十年代為香港各大報寫專欄，其中專寫唐人街掌故的，則在《星島晚報》，該報的綜合版主編胡爵坤先生，承香港名作家張贛萍的介紹，延攬我在該版闢專

欄。與我同為該版的作者，如任不名、傑克、萬人傑、岳騫、陳存仁、徐東濱、張贛萍等，都是負時譽的作家前輩，都比我年長；而今主編胡爵坤已近九十三歲，而上述由他安排園地的作家均已作古。前幾年，我也從他的口中得知同文的殞落，心也不免發毛。然胡公豁達，衝口而出：「主編在，你怕什麼？」真是一語解惑。今胡公和同輩已巍巍獨存。我屬交遊之末，亦過八十了。唯一可探視的，只有詩人方寬烈兄，但去年見了最後一面，翌日便逝世。在《星島晚報》寫唐人街掌故，自然談起溫哥華的僑界詩人徐孤風和他的門人，由是結識雷基磐先生。這一個淵源，我們一直相知至今，五年前，雷兄亦已八十，平生寫了八千多首詩（含詞），幾與「千古詩人一放翁」在數量不相伯仲間，請我為他編集，我化了兩年時間，選出三千二百首成冊，來傳溫哥華徐孤風、雷基磐承傳一脈。雷兄亦以為完成夙願，從今享自由自在的天年，向我三示擱筆決心，誰知一年尚未過，又禁不住技癢；另一原因，溫哥華一個新詩社成立了，請老詩人供稿，這樣一來，雷基磐又重拾詩筆，兩年間又成詩兩千餘，聞近月出版，名山一卷，亦必得傳。近年溫哥華來了很多香港文化人，對中華文化的傳播，溫市始終是重要外來的第一站。

中共在大陸建政以後，許多耆宿碩學的詩人，很少再寫傳統詩。有之，亦少有在海外報章刊登，以其掛一漏萬，姑不錄以待明時。大陸本土以外，曾存在的傳統漢詩詩社；括弧成立年期、主持人為已知者，錄如次：台灣：台灣瀛社詩學會、台灣蘭亭詩詞研究社（1965）、台北龍山吟社、南廬吟社、春人詩社、網溪詩社、天聲詩社、天籟社；台中古典時學會、桃園詩社、興賢詩社、詩人聯吟會；台南昆侖詩社、中國古典詩學會、櫟社。澳門：中華詩詞學會。香港：香港海外吟社（1912）、潛

社（1916）、香海吟社（1916）、聯愛詩社（1921）、竹林詩社（1924）、北山詩社（1924-1925）、風雅頌詩詞學會（2009.01.14）、瀛海詩詞學會（2006）、香港詩詞學會（2008）、長青詩社、春秋詩社、國風詩壇（梁志超）、世界漢詩協會（2003.07.12）。泰國：全球漢詩詩友聯盟總會（1990曼谷成立，會長王誠）、泰國曼谷湄江詩壇（50年代）、南園詩社、泰華詩學社（1977.09.27中秋節）、國風吟苑。越南：湄江吟社（2002成立，首屆社長龐明）。新加坡：新聲詩社（張濟川）。馬來西亞：大馬詩詞總會（70年代）、馬來西亞南海詩社、馬六甲孔教會古城詩社（2007）、檳城鶴山詩社、怡保山城詩社、吉隆坡湖濱詩社、首邦詩文社、沙巴神山詩詞學會。菲律賓：南瀛詩社、籟社、岷江詩社、瀛環詩社。日本：東京日中友好漢詩協會美國：華府詩友社；紐約四海詩社（1960年代）、世紀詩社、環球吟壇、紐約詩詞學會（2003.02.15元宵節成立，創會會長梅振才）；洛杉磯中華詩社、晚芳詩社、梅花詩社；舊金山敦風詩社。澳洲：悉尼詩詞協會（2005）。加拿大：溫哥華加拿大中華詩詞學會（2014.09.28成立，創會會長沈家莊）；多倫多湖楓詩社（1982年上元節成立）、晚晴詩社、加拿大嶺梅詩社、加拿大魁北克中華詩詞研究會（1999.11.0法國：巴黎歐洲龍吟詩社（1990.01.14），根據「香港詩壇」編者郭亦園先生所編之《網珠集》的「例言」所記。該集成於民國五十三年（一九六四年），即「文革」前二年，入選該集作品，是當年頗負時譽的詩人。以「香港詩壇」為基地的作者，先將該集所列出的詩人姓名錄出，為這個「翻騰的年代」，在打倒一切傳統文化，尤以打倒傳統漢詩的年代，記錄曾為繼承漢詩而努力過的詩人，作詩史存證。繼《網珠集》詩作之作者後；也盡個人的努力，搜集海外傳

統詩詩人，自「文革」以來凡在海外發表過傳統漢詩者，不分地區、性別、年歲，羅列錄其姓名，為詩史存證；惟個人見識有限，只能就記憶所及，難免掛一漏萬；有待詩人、詩友補充為詩史存證（以中文原名為準，不設英譯）：

　　台靜農、戴君仁、沈剛伯、屈萬里、易君左、李　璜、左舜生、王叔岷、陳致平、陳蝶衣（滌夷）、鍾鼎文、倪搏九、馬鶴凌、許大路、李漁叔、梁尚勇、陳新雄、葉嘉瑩、陳維德、陳武宗、高廣孚、胡學超、龔書綿、陳冠甫、張星寰、蘇心絃、甄陶、許復琴、甄梯雲、雷魯萍、林青雲、曾厚成、邱燮友、文幸福、許倬雲、許翼雲、葉詠琍、徐世澤、高明誠、朱秉義、賴貴三、顏大豪、王　甦、張夢機、韋金滿、黃祖蔭、林正三、鍾子美、許昭華、屠炳春、余玉書、方寬烈、談永錫、古鶴翔、古德明、林　真、許恨紅、陳文華、廖從雲、丁邦新、何大安、黃坤堯、陳樹衡、姚榮松、馬兆騏、張劍向、林環陔、朱雅正、陳庶宗、陳鼎元、梁廣文、黃公安、蔡海傑、郭逸之、方競濤、梁金謀、楊榮邦、馬子豪、陳仲元、鄭　仁、鄺　諤、李榮銓、譚銳祥、盧國才、陳子漢、伍兆職、懷　碩、懷　素、馬新雲、吳永存、何宗雄、雷一鳴、丁樹清、李廣德、李忠祐、李錦榮、姚洪亮、唐偉濱、劉家驊、莊步興、徐西樓、敖詩豪、陳國璋、郭燕芝、彭鈞錚、曾習之、劉松能、馮雁薇、蔡麗華、鄭石泉、薛世祺、韓志隆、關不玉、饒宗頤、羅香林、李時宇、香翰屏、張啟正、梁羽生、何幼惠、羅忼烈、陳泰來、陳襄陵、何敏公、羅叔重、陳耀南、葉華湛、金達凱、呂治平、高　陽、沈達夫、潘葵邨、周　德、陳觀海、李燄生、何叔惠、何竹平、何伯釗、鄧偉賢、張英傑、王德箴、陳本昌、潘兆賢、蘇武齡、容劍斌、蕭繼宗、曾今可、陳冠夫、司徒農、陳濟民、李尚沛、

盧觀藜、梁智蔚、陳白石、余錫曾、譚耀華、張經史、馮萬里、謝欣為、蕭君亮、馮忠效、邱　鏨、關志雄、蘇賡哲、劉秉衡、鄭水心、鄭郁郎、黎心齊、黎晋偉、廖書蘭、雷嘯岑、黃天石、黃紹明、傅靜庵、陳荊鴻、張文達、梁簡能、徐亮之、南懷瑾、封淑英、周策縱、周榆瑞、金堯如、朱祖仁、姚洪亮、江一明、馬孝揚、薛理茂、張淵量、黎均全、林仁超、方競濤、陳　本、蘇文擢、高　明、陳定山、于大成、曾約農、俞大綵、吳　楚、吳海浦、吳源順、李長鐸、李仁華、謝勖波、馮若炎、林光英、薛孟賢、王　誠、黃逸鴻、李駒南、黎均全、姚宗偉、謝敏儂、江　沛、何建才、黃煜南、黃迪華、黃惟憲、章自競、張蘭芳、莫愛環、陳明鏘、徐小燕、李冰人、方子丹、劉太希、張　鶴、潘清持、吳超亮、徐持慶、張定成、廖一瑾、廖從雲、黃昭豐、許之遠等。都是老人記憶所及，或詩友提供，或詩卷所載者，所見、所聞、所記有遺珠者，唯各方大雅君子恕諒為感。

　　以上這些詩人，我認識的不少；為他們寫詩集《序》的計有《滿城賡詠集》、《滿城吟唱錄》、《滿城賡詠集合訂本》、《熹先樓詩集》、《方競濤詩集》、《雷基磐詩選》、《伍兆職詩詞集》、《眄柯樓詩集》（多集）、《張劍向詩集》、《雷一鳴詩集》、《何宗雄詩集》等；為詩集題詩的也不盡可記從畧。起碼我曾讀過他們的作品；或知其人其事；三者必佔其一。他們在這個翻騰的年代，奉獻過他們傳承中華文化的心力，特別是傳承中國古典詩詞。有了他們傾注的心力，傳統詩詞才能度過寒冷的冬天。中國能稱為詩國，乃在每次文化浩劫中，都有一批批的仁人志士頂着橫逆，終於薪火相傳，冬天一過，像東風甦原，詩的園圃又欣欣向榮，繁花似錦了！詩國不可不記，文化大國亦如是。

點將中國文壇、
代表香港筆會
在國際大會的身歷

本章「中國」的界定，主要係指中國固有疆界的中、港、台三地而言。

我既以寫作為終生職志，對當代文壇注目，自不待言。這本回憶錄，從二零一三年開筆，至今已歷四、五載；如不意外，最快也要到今年（2018）的下半期；經五年才能出版。我在「大二」時任「台大海風出版社」社長，就開始寫專欄；畢業前結集成書，在學生時代算不多見的紀錄；以後不論到那裏、什麼職業（駐港五百日例外），都沒有停止寫作。

我未到台灣，在香港開始向《新青年》雜誌投稿；但只算渾沌年歲的嘗試；沒有確定成為職志的路向或標的。所以還是從台灣的文壇，且是我親見的人物說起。

想起陳紀瀅、胡秋原，就會記起中國三十年代的老作家們。那一個年代，我能及身見到的，還有：胡適之、謝冰瑩、鍾鼎文、趙元任、無名氏；而陳紀瀅、胡秋原是我接近最多的兩位。因為我於役國府立法院的三年中，和他們在會期的日子裏，我常有機會得侍杖履。那個年代，他們大概應在九十之間的老人了，步履蹣跚；我離台後，只從報章上讀到他們先後去世的消息；應該接近百歲的人瑞吧。人的自然壽命所限，能活到百歲，原沒有什麼遺憾了。但在陳、胡兩老來說，過去的崢嶸歲月，而今綣縮一隅的孤島，還受台獨稱之為「老賊」，把霸佔「萬年國會」的罪證套在他們的頭上，獨不念這些曾經為中國民主制度奮鬥的先驅，帶着憲法到了台灣，在風雨飄搖的時期去實施，並埋頭建設這個蕞爾小島，成為舉世矚目的經濟奇迹，來證明中國的傳統文化，不是民族的積弱之因；對恢復民族的自尊與自信，起了旋乾轉坤的契機。這些渡海而來的老委員，在台獨利盡義絕的人格侮辱中，撒手而去，能不感到遺憾與無奈嗎？

陳紀瀅畢生致力於文藝和創作，著作等身。當時他還擔任世界華文作家協會主席。以他的資格，除非他真的走不動，大家還是請他領銜；他也真的為了聯絡各地的華文作家，還是到處去主持會議。那三年中，除了在台灣，還有在香港和曼谷；三次全球性的作家聚會，我都陪着他出席的。他有北方人的健碩身軀，不但是「高頭大馬」，還可說是「頭大高馬」，他的頭特別大，配着偉岸的身型，真有關西大漢的形象。陳公一定要我參加他領導這個協會，送了好多本着作給我；由於長期追隨，他希望我留在台灣，幫助協會發展；但我沒有答應，政壇的涼薄，誰比老委員更傷懷！特別像陳、胡這些傳統讀書人；我不能留，只是政壇的過客，還不致為「五斗米折腰」吧。辜負長者的殷望。

三十年代雖然國民黨已掌握政權，但她尚忙於對付軍閥的餘孽；而更重要的，是日本軍國主義的崛起，已見諸於行動的侵略。

蔣先生是個軍人：說實的，他無法體會總理遺教中的宣傳的重要，也無法體會共產主義的崛起，在宣傳策略運用的重要性。以為消滅共產黨，就和消滅軍閥一樣，必須靠武力來實現。這和孫中山的主張，根本上已南轅北轍了。孫的主張，以「必須喚起民眾」，那就是筆桿子的宣傳；孫又說：「統一不能靠武力，也不應靠武力。要加強宣傳本黨的政治理念，使民眾知道和支持。」（見《國父思想精粹》）可惜蔣先生沒有體會，依靠武力，不重視筆桿子的宣傳。因此，中共得以全力佔據一切「輿論陣地」，包括文壇。「左聯」因而應運而生，控制了當時筆桿子。許多不就範的作家，統統有計劃的打擊、誣衊；都在捱打狀態中失去民眾信賴和寫作的園地。像胡適、胡秋原、陳紀瀅這些已有知名度的作家都不能倖免。「輿論陣

地」既為中共所佔領，廣大的知識分子群都向左靠，故戰後國共兵戎相見，勝負早已決定了。

到了台灣，國民黨還是沒有吸取教訓，到民進黨崛起，國民黨政府還是不注意宣傳，讓民進黨的歪理以至蠻橫手段，化不法為合法。國民黨甚至不敢訴諸法律的懲處。蔣經國在高雄暴動時，甚至下令打不還手、罵不還口，以致助長在野人士的囂張，終於自己嘔血致死。立法院的民進黨委員，帶頭動武威脅老一代委員，這是我身歷其境看到的。陳紀瀅在民國八十年九月六日致函給我：「立院失秩序，以罵毀為尚之野蠻會場，令人觸目驚心，失望已極，恨不能即離會場，羞以為伍也。」不久，陳果然退職了。我們以後還是有書信往來，或互贈著作。前十幾年，才從報章讀到他逝世的訊息，令我悵惘者久。

胡秋原是個瀟灑不群、不修邊幅的書生典型。不知為何結怨李敖，李就是扯着他不放；但胡是個自由派學者，他又怕過誰？但年歲畢竟大了！又同樣被台獨侮辱，晚景如此，更瀟灑也帶點蕭瑟的淒涼。見了他，不無興起枉拋心力作文化人！我懷着誠敬的心，對這些為民族後代貢獻一生心力的前輩，在台灣克難的時代，他們才是魯迅說的「吃的是草，搾出的是牛奶！」沒有他們對民主政治的努力，台灣不可能在二十年間，完成西方先進民主國家要化二百年才完成的政黨和平輪替、憲法治國的制度；到台灣錢淹腳目了！他們極不光彩的離開。這是以德報德的中道？日本人蹂躪中國、掠奪中國；國民政府尚以德報怨；何本末之倒置！老委員、老國代拿的退休金利息比銀行所定為高，那是國家體恤其捱窮大半生，使老有所養老。他們都已高齡了，還活得多久？立法會為此通過預算補償銀行的利息差額，但連蔡英文也開罵了！誰知這個罵人的年輕人，她的退休金卻比照老委員領着同等的優待，這才是

特權；真是恬不知恥之尤！

　　我是第一屆最後增額委員，有幸和渡海而來的同屆立法委員、國大代表在台灣民主轉型中努力過，知道他們的待遇。我們是第一屆最後的一班。以後全是本土選出，海外遴選的委員，是點綴一下憲法的僑民參政權，以後民進黨執政，連點綴都免了！剝奪了憲法對海外僑民過問祖國政治的權利！違背了孫中山先生的立國立憲的精神。馬英九當選，行政院院會卻討論裁撤僑務委員會，將該會歸併到外交部，作轄下一個司級建制。吳英毅（僑務委員會委員長）已發函向海僑團告別。茲事體大，容後在相關章節補上。

　　胡適之多次在校慶來致詞，也應學生社團的邀請作專題演講；淵博令人景仰，多次說及，不贅。謝冰瑩、鍾鼎文對我有個人恩義，恐失諸偏愛，不在點將之列。趙元任詞曲作家，所涉未足評點。其實當年從北大、清華初到台大任教的學術大師很多，很難界定他們不是作家，尚幸限於我所認識的，當又別論。

　　無名氏在三十年代極負盛名的小說家，最流行的有《北極風情畫》、《塔裏的女人》。那個年代，文藝園地大部分為左傾作家佔據，年輕人誰沒有讀過巴金的《家》、《春》、《秋》；誰沒有看過曹禺的舞台白話劇《雷雨》、《日出》；這些所謂文藝創作，還不是帶着強烈反封建、打倒舊社會的意識，鼓勵年輕人成為「進步青年」麼？在文壇一面倒的年代，出人意表出現這兩本歌頌愛情，沒有任何為某種意識、特定的政治目的而呼號、吶喊的純文藝小說。文字也清新可喜。每本出至五百版；哄動一時可知。無名氏成為最負時譽、作品最暢銷的作家。可惜好景不常，中共建政；無名氏以母親年老，獨留在家照顧。至一九八二年才到香港，不久轉到台灣去。其初頗為轟動，

還在台灣結了婚。他在大陸經歷二十多年的苦難，終於稍享人生家室之樂，只可惜好景不長；其後新夫人不告而別；到他八十五歲逝世時，才由乃弟卜幼夫查到她的戶口也轉移了，真令人唏噓。

再說卜乃夫定居台灣後，多倫多大學東亞系曾邀請他到校專題演講，以後我安排他到文復會演講及座談。後來我返台于役立法院，我們又在台北見面，那時他的夫人已離開，他生計相當困難。以後又來找我：請為他想個解決基本生活。當時我剛派駐香港要動身的前夕，不忍心這樣有貢獻的作家，在台灣錢淹腳目的年代，竟難養活自己，當是國家之羞。我將這番話向章孝嚴委員長說了！他二話不說，就當面答應我：每月特別補助他三萬新台幣，使他的生活安定下來。一直到章委員長調職才被取銷。

卜乃夫在二零零二年鬱鬱而終，《自由時報》一位趙姓記者在報導的最後一段這樣說：「當來台時的轟動到晚景的平淡，卜乃夫曾說當年他抱着『申包胥哭秦廷』的悲壯心理來台，但是後來發現其實良知與良心，都是『特殊動物』而不是普遍存在的，卜乃夫的堅持顯得有些不合時宜，但他仍繼續書寫，希望自己的文字見證着時代。」無名氏之喪，章孝嚴名列治喪委員，我也要感謝他。

無名氏有長兄卜少夫，創刊《新聞天地》，獨立支持該刊五十六年，一直到他九十二歲逝世才停刊，可謂共生共死。我和卜少夫先後擔任立法委員，我派駐香港就更多接觸，以後還成為酒友。他好飲，惟晚年已不勝酒力。但有自知之明，未及席終，已不見人影，我們都知道他是「借水」遁去。他當然也算是香港論政健筆，大報總編、主筆；是另類作家，活躍在中、港、台三地，也著作等身；無損其貢獻；但不算文壇專業的作家。

台灣怎樣說還是個相當言論自由、開放的社會。即

翻騰年代的經歷

使在兩蔣的威權時代，也只是親共言論禁忌；或有威脅蔣老先生威信的結集，如雷震的《自由中國》雜誌社也是禁忌的。其他很大的空間還是相當自由的，至於個別文藝作家，什麼鄉土文學、鄉野文學、純文學、復興文學，關懷社會文學、傳記文學，隨便自我定位，沒有人管你，文藝團體多得很，純是民間民間組織，沒有人管，台灣連文化部都沒有，後來才有個「文化建設委員會」（簡稱「文建會」），也沒有特別職司，經費甚少，是個冷衙門。到馬英九執政才設立文化部。龍應台算是創部的首任部長；我深信她很努力。馬英九任滿時贈勳有功人員過百人，獨不見對龍贈勳，頗有「冠蓋滿京華，斯人獨憔悴」的味道；龍也是個「偶然入塵網」的作家，當不會縈懷的，只是人說馬英九涼薄，又不似空穴來風。

在相對自由創作的環境下，自五十年代國府遷台後，華文作家輩出，出身台灣大學的先後同學，就有余光中、陳鼓應、楊允達、於梨華、白先勇、李敖、許之遠、余玉書、陳若曦、高準等，至今還以寫作為職志的人。不同校出身而我認識的龍應台、徐懿美等仍健在的作家。

南來香港已成名的作家很多，徐訏、易君左、曹聚仁、李儵生、任不名、陳蝶衣等，有不少還加入中國筆會香港分會，使我有機會認識他們，比較熟悉的是陳蝶衣；一因我們常有機會深談；二因他寫的《梁祝》歌劇，希望能成為「國家代表性劇目」；像莎士比亞的《羅密歐與朱麗葉》一樣，還有某種文化的代表性，我為此事多次向教育部陳詞，一個文化古國沒有一齣代表性的好戲，也真說不過去。本來教育部長毛高文原則性已答應；我也滿心歡喜向蝶老報訊。誰知第二個會期，毛部長調職出使外國，人去茶涼，接掌的似興趣缺缺；台灣政策沒有延續性，官場陋習至今未改，特別是文化傳承，沒有一個文化部的專

職。勉強飭令教育部兼管，等於兼職的副業，教育部又怎會捨本逐末！文化古國不重視文化、藝術，真堪發一嘆！三因我準備為陳蝶衣寫傳記，常有相約的敘會。

陳蝶衣三字能給人深刻的印象，是他創作大量膾炙人口的歌詞。這些名歌，歷半世紀還在流行着，人以歌傳，陳蝶衣在當代應算首屈一指。在流行的時代曲還未正式面世的上一代，國劇（京戲）著名編劇家，捧紅了梅蘭芳的齊如山，捧紅了程硯秋的羅癭公，雖然也寫過不少國劇中的好歌詞。但產量還是不如陳蝶衣：又以國劇的普及不如時代曲，影響也難望陳的背項。齊、羅公分別專為梅、程腔調而寫，可謂一人之師，不若陳如眾星拱月的光芒。時代畢竟不同了，宋人說：「有井水的地方，就有人唱柳三變（永）的詞。」這個形容，近代僅陳蝶衣一人堪比擬。

陳蝶衣國學基礎打得深厚，對文字駕馭的工夫了得，又以他過人的才情，而身處變動的大時代，眼見人間的悲歡離合，發而為聲，所寫歌詞，都能動人心弦。

陳蝶衣第一首歌詞，也是因為愛國心而起，當時正值抗戰時期，歌舞片著名導演方沛霖，要籌備由周璇、黃河主演的《傾國傾城》。陳蝶衣以為國難方殷的時候，這個片名起得不祥，且對民眾的心理有不良作用。方導演接納他的建議，改為《鳳凰于飛》，還請他負責為周璇在片中演唱的兩首「主題曲」的撰寫，這是陳蝶衣初負盛名的起點。他初試啼聲，就將愛國的思想融入作品，香草美人，從來就是我國詩人心中感情寄託的對象，屈原的懷君念國正是如此。歐陽修的《南歌子》很直接地道出：「人間自是有情癡，此恨不關風與月。」對國家民族的癡愛，豈為風月之恨而抒？陳蝶衣寫以上這兩首電影主題曲。第一首的中心思想在這兩句：「在家的時候愛雙棲，出外的時候愛雙攜。」他說：「當你看到了戰爭毀了家園，逃難

的時候失散了家人、愛侶。你會想起雙棲雙攜的幸福。誰毀了我們的家園，誰使我們大好的家庭妻離子散，骨肉乖分？在日本人佔領的淪陷區，也只可假借愛情的故事，抒發愛國思想了。」他再指出第二首的幾句：「分離不如雙棲好，珍重這花月良宵；分離不如雙攜好，且珍惜這青春年少。」他說：「既然雙棲好，還能雙棲的時候，就要維護這個家園不要被毀；雙攜比骨肉乖離好，青年們你應珍惜，就要起來保衛國家。」陳蝶衣感慨地說：「國家多難，一生辛苦作詞人，在不得已的環境中，你就得挖空心思，達成你對國家民族應負的責任，而又能保全性命於獸蹄之下，性命掉了，責任也落空了，多難！像《合家歡》也由周璇唱的插曲：『走遍千山萬水，嘗盡了苦辣甜酸，如今又回到了舊時庭院，聽到了燕語呢喃；孩子你靠近母親的懷抱，母親的懷抱溫暖……』舊時的庭院就是國家，母親的懷抱就政府。淪陷區的民眾，唱着重投母親的懷抱，不再作孤兒的憧憬，你想想心中的激動是怎樣？」陳蝶衣淒然中帶點安慰說：「『願將愛字作旌旆』，這是我寫歌詞的目的。」

　　如果當代要選一個中國藝術家庭，我會選陳蝶衣這一家。夫人梁佩瓊女士，同樣是一位詞人，著有「板橋對」、「何必去燒香」、「桔梗謠」等歌詞。長子陳燮陽是上海交響樂團團長；長女陳力行為南京合唱團團長兼主唱，次子陳志陽是著名化妝師。

　　陳蝶衣手寫的詩稿四十餘冊，出版的有《花寮詩葉》。我與他算是忘年之交的詩友。台灣大選後的變局，我有「台灣即事」絕句四首，紀國民黨失去政權首詠，在台頗引各方唱酬（原作從略），奉詒陳蝶衣先生；他的感觸尤深，不久接其和詩，錄之以證當年九二高齡的詞人，言深而旨遠，猶以文化道統為念：

一、身閒心怯首重回，歎述特多時命衰。惟有東望長在憶，春台盡是水樓台。

二、老去偏勞年矢催，允宜終老白雲隈；隊歌響徹歡聲後，黃耇無疆背亦台。

三、喜戚無關越視秦，苟安負盡客中身。曰歸歸向山林臥，變置吳民作逸民。

四、達觀專屬達官身，觀矕常能日日新，由得海籬圍繞外，支離飄泊有畸人。

縱觀二十世紀中國作家，很難找到和陳蝶衣先生這樣一位全方位的寫作人，作品包括時代曲歌詞、新詩、古典詩、電影劇本、歌劇、文藝批評、小品，產量多而質精。因此無法將他局限於歸類定位，堪足稱為世紀華文作家。他還是一個儒行的實踐者，謙躬仁厚；他也是一個傳統的，先憂後樂的讀書人、布衣江湖之士。胡振海說他不談政治，但從不入大陸；他近百齡時，台灣曲藝界和歌手，在廣播電台為他祝壽，全日由名歌手演唱他的歌，並邀他到台北主持慶祝；他欣然赴約。

後來收到香港方寬烈先生的信，得知蝶公已於百歲高齡的十月十四日仙逝。而我為他完成的傳記，剛於前日投郵，他已不及見了！他的筆名，全部都隱含對日本的敵意，如「蝶衣」就是敵意、「滌夷」就是洗滌東夷等；他是文化人的愛國愛民主志士，一生無悔無愧，走筆至此，對他的逝世，謹以心瓣一片而誄之曰：

蝶衣敵意滌東夷，歌詞正是寄情家破淚，

詩集花窠離別恨，「故國不堪回首月明中」。

徐訏的小說在大陸已享盛名，南來後更成熟。《江湖行》是否他的代表作？我只和他通信一次，以來加的前十年，在個人創業階段，少作應酬。以後回港，徐已歸道山了！其他南來作家，在報紙、雜誌算是同文，但我人在加

拿大，無一面之緣。在香港成名的作家多的是，可以點將，但不是我在本章記述的對象。

南來的文教人士也多，生活也最清苦；有些在大陸已負盛名，像錢穆、左舜生、李璜、易君左等是。易君左應算專業作家，他是名詩人易實甫（哭庵）哲嗣，在大陸已頗有文名，出版過《揚州閒話》，頗引揚州人士的不滿，好事出一上聯：「易君左閒話揚州，引起揚州閒話，易君左矣！」時林森（子超）為國府主席，有對之者成下聯：「林子超主席國府，成為國府主席，林子超然。」

易君左當然是個作家、亦有古典詩集行世，論功深不如乃翁，惟所寫遊記，在香港出版就有《祖國江山戀》（初、續兩集）、《偉大的青海盡頭》、《祖國山河》等，以其行文流麗，又能結合歷史、人物，可讀性很高。他說：我們中國的江山實在太美了；但是祖國的江山究竟是如何美法？美到什麼樣子？不能含糊敷衍過去，應該用我們的一枝筆，盡自己的才力描寫，並發掘美之真正所在。

他的結論：「我們遊覽山水，欣賞文學，不是消閒遣興，而是發掘祖國山川的優點，闡揚潛德幽光，來恢宏我們民族文化的精神而充實其內涵。」可見易君左寫遊記，和一般人的遊記不同。不過，有易君左的文字修養，對民族精神的了解，才能筆觸所至，引領我們在飽覽山河之美的同時，發思古之幽情，感受中華文化的博大精深處。我沒有見過易君左，頗心儀其文字流麗。當我聽到郭英殊（《新青年》雜誌創辦人）說他有一顆羊脂白玉古章，是易君左推薦買到的；我請他轉讓給我；這個閒章，是我最常用於書畫上，算是神交之人吧。

我在七十年代便加入香港筆會，該會隸屬國際筆會（以地區、城市為單位作分會；各分會互不隸屬）總會設立在倫敦，歷史悠久（二戰前），香港筆會是獨一無二

的。記憶所及的名稱：「香港中國筆會」；簡稱「香港筆會」。早期創會成員如：李秋生、徐訏、徐速，徐東濱、歐陽天、陳子雋（筆名俊人、萬人傑）、張戀萍、朱振聲、何家驊、林仁超等，易君左是個著名作家，不可能沒有作家朋友邀請他入會，但我還是找不到實據；而許多筆會會員，其姓名也一時想不起來的，音容宛在者，尚有二三十位，都已作古。近年胡振海、裴有明、方寬烈先後謝世；隱居的可移民的如許行、高雄、胡菊人等都擱筆有年。都是當年名家，生於亂世的中國名筆，及身湮沒無聞，思代能還他一個公道麼？我看到末世人心的敗壞，生尚蹭蹬名場、自生自滅；「從今賤價賣文者；自古傷心執筆人！」我們這一代賣文者，港中也恐怕所存無幾。像劉晟、潘一工、寒山碧、黃仲鳴、王亭之、黃琉都已退休；同代的阿濃還在溫哥華寫，馮湘湘在多倫多寫；留港年青一代的古德明是枝健筆，胡燕妮文字亦如絮絮老婦，比後輩亦舒、李默、李碧華差遠了。李怡算是港中作家中目前一柱擎天的領軍人物。黃毓民投筆從政；文名恐為辯名所掩。

在海外的，據知尚有溫哥華之余玉書、張文達近期亦似隱居。今仍活躍於文藝者，應數黎炳昭了。黎兄十三年前定居多倫多，不但設畫舍授徒，畫藝備受當地推重。尤難能可貴者，其主持出版的《多倫多文藝季》，不但團結一批文藝愛好者，而且培養了不少年輕的作家，這種為中華文化傳播海外的精神，在「禮失而求諸野」的年代，黎兄與《文藝季》諸君子，正是「為往聖繼絕學」，亦為加拿大多元文化加上最絢爛的一筆。

前兩年，香港筆會會長廖書蘭來找我，說及香港筆會出現雙包案，要對簿倫敦總會，她要親到倫敦去陳情；希望我在必要時相助，因我曾出席多次代表香港筆會，出

席國際筆會召開的代表大會；是個資深的會員，並曾正式為該會代表，在大會提案並通過成為決議，在總會應有紀錄。廖會長到總會真的遇上困難，對方也提出許多理據。總會難以判斷；她請我立即致書總會陳情，由她親携到總會辨析。我在一九八九年對大會的提案，是相當震撼的。總會接到並核對這真憑實據的證詞，排除了困擾。名稱之爭告一段，會籍法統確立。我對香港筆會的確保，算是無心插柳柳成陰吧！

香港專業作家不多，徐訏、任不名應是；其他不是自辦報紙、雜誌，或不在報社兼職編務就有其他兼職，稿費養不起有家室的人。

左派報紙的編輯都是健筆，像李子誦、羅孚、金堯如等都是好手，我都認識，均已作古。金庸左派出身，做了老闆；長袖善舞。包裝得自己很好；因緣時會而已。倪匡、梁羽生的文字都比他好。

我過去接觸大陸的作家不多，偶然到北美乍現身的不算，在各大城應邀座談的丁玲；以及到多倫多住上一段時間的沙葉新，我都有緣相見，還和後者成為朋友。

大概八十年代吧，丁玲曾到美、加兩地各大城訪問，並和新聞界見面；和海外作家、讀者座談。我也去聽，她曾以《太陽照在桑乾河上》，獲得史太林文藝獎，與巴金齊名，但仍然被打成大右派，所經的災難也很多，但依舊對中共非常感激，因為她每月仍領到三百元人民幣的退休金，感到自豪。後來我告訴她，台灣有一名和她一樣出名的女作家瓊瑤，她的稿費和版權收入，早就成了台灣電影的製片家，只拍自己的愛情小說就賺翻了；不是最紅的男女主角她都看不上眼，賺的新台幣以億算！她有點驚異，說她還是第一次聽到。

約三十年前吧！「假如我是真的」電影劇作家沙葉新

到多倫多來，我們成了談得來的朋友。有一次我們一起吃火鍋，他說他要寫一個周恩來的劇本，在他的心目中，周恩來是個完美而仁慈的偶像人物，像這樣的「好宰相」，中國歷史上還不多見。他徵詢我的意見。我只告訴他，歷史人物的表象有時化裝得很神聖，所以歷史家必須有史識和史德；史料的鑑定就要靠史識，否則很易被矇騙了。于右任曾有兩句名詩：「風虎龍雲亦偶然，欺人青史話連篇。」他聽我別有深意的一番話，便追問我對周恩來的看法。我不便多說，但似又不可不說一些。我說：史家有一句話：「善戰者無赫赫之功」，就是以威望使人不敢輕易啟戰端；就是不須戰爭手段，已解決了敵人；因此不須大量的殺戮才定勝負。古之賢相，其標準也是同樣道理，他在位的時候，國家沒有動亂，因他能消弭動亂於未萌生之時，到要動亂發生了才平定下來，已是等而下之了。中共政權成立，幾可謂三年一小亂，五年一大亂；如果以以上的標準來說，周是賢相嗎？中共自承成立政權以後，大陸人民有六千萬死於鬥爭；也有相等數目餓死的人民。縱然有一些人靠周的庇護得以保存了生命，但保了一小撮，冤死、餓死了絕大部分，只論這點，其他都不必說了，周的功罪便有數得計了。沙先生默然，以後也聽不到有這個劇本的消息。分別以後，我們還常通訊息，但各有各的忙，就漸疏了。但後來大陸開放了！我們多次在世界華文作家會議中不期重敍，都沒有一點疏離感，一見面就自然擁抱、執手殷殷，歡若生平。這幾年他常不顧帶病之身，對腐敗的現狀作獅子吼！令我感佩而惦掛！

再說我在國際筆會代表大會的提案，要從一九八八年在韓國召開的國際筆會代表大會說起；

一九八八年，韓國為配合主辦「世運」，也成為國際筆會代表大會的東道主。那一年（一九八八年八月廿九日

至九月三日）我是中國筆會香港分會的代表，因緣盛會，頗多好記之人；從大陸來的作家代表們。在這幾天的聚會中，印象彌深，記其言行和印象，對研究中共文藝政策、大陸作家生活和其省思，或有一得之助吧。這年也是中國大陸開放以後最開放的一年，言論自由比以前各個階段更廣闊；重要的城市都恢復了國際筆會的分會。

這次在漢城召開的國際筆會代表大會，北京、上海、廣州分會，都派了代表來漢城做觀察員。德國發動世界第二次大戰之前，在柏林召開的國際筆會表大會，大陸各大城的分會都有代表出席，過此以後，這個國際性的組織，都看不到中國大陸分會的成員出席了。自一九四九年成立共和國後，大陸分會亦早已沒有參加國際筆會，這次只是被邀請為大會的觀察員而已。他們是北京筆會會長蕭乾、上海筆會代表、詩人柯靈和廣州筆會會長黃秋耘；還有劉亞洲、馮牧、金堅範。由於大陸作家首度參加國際性會議，很引起來自各地代表的重視。

蕭乾安排作大會專題報告，蕭是留英學人，英語說得極好，是我接觸來自大陸各界人士中最好的一位。大概當時沒有受任何約束；蕭乾的專題「改革與開放政策下的大陸文藝的轉變現狀」。蕭乾以英文宣讀，發音精確；雖然對文藝理論一無所提，且多少有點宣傳性，但仍說了許多實話。他在論文中指出，中共在一九五六年侈言文藝「百花齊放」，但它卻效法蘇聯把全國僅有的幾個出版社控制着。作家的作品拿到出版社審核，一個出版社否決，不准印行，等於對這個作品宣判了死刑，永無出版的希望。這樣，還談什麼「百花齊放」？這種控制作家的現象，到一九七八年才有轉機，一家不成，可往別的去接洽。大陸現有出版社四百六十家；五千七百個期刊，其中七百家翻譯外國作家的作品。

蕭乾最後呼籲全世界作家聯合起來，築造一條「精神的長城」，這不是抵抗侵略的，是「對抗猜疑、誤解和血腥」。這一位生來一副孩子臉的作家，攜帶了三部自選集來展覽。他是國際筆會的老會員，第二次大戰在倫敦時加入的，四十多年來，他做夢也想不到會再有機會重臨大會。我和蕭乾在會議期中談得最多，他不是黨員，有一副悲天憫人的心腸。說起蕭軍、吳晗、老舍……等作家之死，他的眼淚一直在眼眶裏打轉。他的論文宣讀到結束的一句：「希望我們的作家再沒有哭泣的明天。」他報告完畢，全體代表起立向他致敬，掌聲響了很久。我到現在，還記得他那最後的一句話，和面上的淚痕。

大陸地區這三個筆會的代表團，名義上是由李先念的女婿劉亞洲率領，可是劉很少露面，有點神龍見首不見尾的味道。大會期間，適值山東省的貿易代表團到了漢城，韓國朝野也正熱烈討論和中共的新關係，大家都笑着說：與其說劉亞洲來參加世界國際筆會議，毋寧說來作秘密的外交更恰當。劉亞洲雖然軍籍，但他的文筆，至少沒有意識形態的八股味。走筆至此（二零一六年七月），剛讀到劉亞洲的講話：人民不需要偉大的領袖。一個革命的領袖是和人民結合在一起；如果領袖愈來愈偉大，人民便愈來愈渺小。在愈來愈集權於一身的趨勢下，劉亞洲的預警，真具有作家的良心。

大陸著名的散文家黃秋耘；和他的相會卻有點偶然。那一天大會開過，節目安排我們去看奧運會一個場地館。我和他都走得很後面，邊走邊談，將近入門，就看到一位年紀很大、禿頭的日本老作家，步履維艱，站一會，身體卻變得軟下來，搖搖欲墜，黃秋耘趕上幾步，把他穩住，慢慢使他坐下來，我也趕到，他的頭已經抬不起來，我趕快用手臂托住，怕他腦充血。黃秋耘伸手從袋裏掏出一個

小瓶，倒出二粒金丹交給我說：「這是救急的靈丹」。我強按入病人的嘴巴去。然後大聲呼援，可是韓人司守衛的都不懂英語，我們又不懂韓文。黃秋耘的年紀也不輕，我請他扶着病者，不使他倒在地上。我趕快跑入場內，把筆會的職員找來，經他們的接洽，救傷車和醫生很快趕到，我和黃秋耘才得離開，大家因此交換了名片。

黃秋耘原是香港出生的，他見我是香港筆會的代表，大家才用粵語交談，頗覺得親切。他是香港華仁書院的學生。抗戰時代，在國軍裏從尉官到少校；他說：「實不相瞞，我在一九三六年便『參加革命』了。」也就是說，他過去是潛伏在國軍裏的共產黨員。他在中共部隊裏以上校官階退役的，以後便一直以寫作為職業，文革的時候，也下放了，受過不少苦。我曾問他：「後不後悔？」他卻身子一挺說：「有什麼可後悔呢？大時代總要有犧牲的。」可知他還是個不言悔的人了。

黃秋耘的性格是相當的開朗，不用轉彎抹角的話，可以談到問題的核心去。他告訴我在港還有五天逗留，可直接找他多敍，可惜我也雜務蝟集，要趕回多倫多，未及重聚了。

近年，大陸拍了一部電影：「人到中年」。這是一個寫實的故事，反映上海的房屋緊張，物質貧乏的困境。男的是個科學家，女的是個醫生；這對夫婦的家庭，只有一張桌子，男的用了，女的便沒有着落。為了解決這個問題，男的只可留在實驗室做研究，晚上不回家，讓桌子給太太用。反過來也一樣，男的在家，女的便回醫院。這樣聚少離多，婚姻觸礁了，最後以離婚的悲劇結束。這部電影，是著名小說家馮牧原著《人到中年》的故事。

馮牧成名很早，是「延安出來的作家」。樣子看來卻不老；腰挺得很直，帶着相機到處逛。他比蕭乾、黃秋耘

和柯靈看來年輕得多。文革時代，他被下放到「五七幹校」勞改，因此也有說不完的傷感語。他對大陸的人口政策很焦慮：只准生一個，大家要男的。試問十八年後還找得到老婆嗎？大家已知教育問題的嚴重，但還有時間來補救；但沒有女孩怎麼辦？

對大陸作家的待遇，馮牧也有話說，有名的作家只有三百二十元一個月，沒有名氣的有二百。寫了許多文章，薪津還是不變，也有人還想吃大鍋飯，寫不出文章來，還是照領不誤。不過，他說，目前有百分之八十的作家要求改用薪級制度，多寫多拿。但是多少錢一篇，還沒有決定，不知拖到哪一天！

除了以上三人，柯靈也算是大陸著名的詩人，香港《新晚報》每週的週日可以讀到他的新詩。文革時代吃苦最多，折磨得瘦骨伶仃，帶着耳朵助聽器，一臉詩人底憂鬱，面上的表情，彷彿就寫着無奈兩個字，我還沒有看他笑過。

柯靈的談話蠻有條理，談到統一，他說目前言之過早。我們也談過「四個堅持」，他認為這是思想上的問題，要慢慢來嘛！

到會的尚有三位年輕的，女的叫金晶，她自己說是科學院的副研究員，她對主辦的韓國作家，搶着出鋒頭的作風，表現得十分反感。另有一位男的，永遠是名片欠奉。沒有人知道他的身分；最年輕的一位當英文譯員，是在美的公費研究生，笑容滿面，謙謙多禮，有一次我對他說：你是我們所寄望的大陸新生代了！

大陸作家能經中共批准參加國際性集會的，自有其背景與條件。白樺、劉賓雁可以出國，但做代表就恐不易了；像王若水這些敢批逆鱗的作家，在那個年代；恐怕戞戞乎更難望了！

一九八八年，我還掛着《香港時報》美、加特派員的職銜，伍毓庭總編輯要我為元旦特刊寫一篇年度世局的預測專題。我想起十二年前（一九七六）有過「天安門事件」，是北京民眾悼周恩來引起的暴動，同年還有唐山大地震。再上數十二年，是毛澤東萌生了「文革」十年的浩劫投石問路之時；中國十二年為一紀，我在一九八八年的世局預測，認為兩岸都有不同程度的衝擊。蔣經國不久逝世了；蘇聯的民主運動已經起來，大陸民眾對「官倒」不滿延漫全國。伍總告訴我，那一年的預測令社長陳寶森嘖嘖稱奇。《香港時報》的董事長鄭貞銘，由於是黨報，例由國民黨中央任命派出，他也在韓國那次筆會大會時，是中華民國的代表，看到我的名字，就知道我是他們的特派員，他又提起我元旦的專題。

一九八九年的四月，北京大學生在北京天安門集會追悼胡耀邦前總書記；已可預見大陸的民主運動，將與「悼胡」相結合，就像十二年前的「悼周」。而那一年，又是歷史上的「五四運動」的七十週年。其實不是巧合，是歷史軌跡的重現。四月二十三日，多倫多《星島日報》刊出我寫的專題：「大陸民主運動的發展與趨勢」；我預言五月四日（七十週年的五四運動紀念日），北京學生民主運動，必然發展到另一個高潮。而專制必與民主是冰炭不相容的；也就必然強烈反彈的鎮壓。這是預言的結論。為什麼我會有這個結論？一、「悼胡」的學生和群眾愈聚愈多，完全沒有散去的迹象。二、學生代表吾爾開希和李鵬會談，李沒有答應學生任何卑微的要求，只言不及義的不歡而散，卻暴露了他顢頇，我看到全部過程；三、香港已發起捐款購買帳篷，並陸續空運到天安門廣場，準備長期佔據抗爭。四、學生已發起絕食。這種種迹象，總不能長期在國際觀瞻下僵持下去，以當局一向的性格，清場是唯

一的出路。清場的手段就難說了！以後就演變成海外華文報紙稱之為「屠城」的天安門廣場事件。以後陸續的報導，檢紀當時海外各報、雜誌都有相關專著的文字；尚有許多具歷史性的圖書館，應可以檢出。於此不贅。

大概同年（1989）四月的上旬，香港筆會主席胡振海先生致電來，要我全權代表香港筆會，出席國際筆會在多倫多、滿地可舉行的第五十四屆代表大會，香港的俞淵若也會來；因此，我在多倫多聯絡上定居本市的筆會老會員姚漢樑和陳浪平，連同來加的俞淵若，組成了香港代表團。於會期九月二十二日到湖濱的威斯汀城堡大酒店向大會報到。二十三日正式代表大會開幕的第一天，到會的分會代表共四百五十人、分別來自全世界五十八個地區的著名作家、詩人、編輯；開幕儀式後第一個節目，由營救在獄作家委員會（Writers In Prison Committee）主持。讓世界各地作家能首先為失去自由的在獄作家投訴。六四天安門事件發生後，因為職責所在，我收集了香港作家對事件的專欄評析、當時報紙的報導資料、被捕的作家等資訊。報到以後，發現有一個「流亡作家筆會」，當然也是國際筆會立案承認的成員會；我和該會代表交談，知道他們已和「美西筆會」、「加拿大筆會」聯絡好，要對「六四」拘捕的大陸作家提出積極的聲援。

我和中華民國的代表作家多數有舊，還在會前以地主之誼宴請他們，王藍早在學生時代就認識，我在他的家裏打過地舖；余光中、團長殷張蘭熙也多次在作家聚會，有在國外和台灣見到；還有台大教授張漢良。張蘭熙我們稱她張團長，她告訴我也準備了一份被拘捕的作家名單，也會向大會提出。我想：大家只向大會提供一份被捕名單，如果北京當局否認，又怎樣證明？如果當局說要依法律程序審判，遷移時日，在獄作家不是成了涸轍之魚，等得西

江之水，恐怕早已變了魚乾了！又假如大會沒有積極的心態關心被捕的作家，沒有代表正式提案，大會那有討論而造成決議；沒有決議怎樣執行，隨便發個宣言；或發個抗議函到北京便交代過了！起不到一點作用；作家誰還尊重這個組織！何況這一次大會主題是：《作家的自由與權力》（Writer Freedom and Power）？

　　我去找「營救在獄作家委員會」主席（瑞典籍代表，音譯：活加賽），他也很關心被捕的大陸作家。我告訴他：香港筆會有具體營救大陸拘捕作家的提案，請他指導程序。他說很高興香港筆會能提案，這還是中國地區代表的創舉，但需要兩個筆會才成提案，先向營救在獄作家委員會提出，要在委員會通過以後，由委員會名義正式提交「代表大會」，經討論、表決才作成大會決議而執行。其慎重可知。我立即找到中華民國筆會殷張蘭熙團長，徵詢她作共同提案人的意見，中國作家被捕，中國人組織的筆會不出頭營救，還要假手外國筆會是說不過去的，這應是我們責無旁貸的的責任。她說當然願意，也是責任。我們就商定好提案的內容，並共同擬定交委員會的英文提案原本；並將被捕作家名單附上。同樣準備了中文譯本，準備分發眾多的華文傳媒記者採訪和索取。

　　台灣與大陸，當時還在壁壘森嚴年代，又在蔣經國初喪的第二年，雖然他在生前已解嚴、解報禁、解黨禁、准許老兵回大陸探親，從過去零接觸，打破了禁忌，沒有蔣經國的高瞻遠矚和自信的練歷，後來兩岸的磨合，真不知要延後多少年；而最大的受益者，不是台灣而是大陸。試想天安門事件之後，西方先進民主國家，少有不召回大使、斷絕貿易、有的還實施禁運；這段時期，又逢共產帝國的蘇聯解體，東歐附庸國迅速民主轉型，證明共產政制，不是不能轉化到民主制度，而是被共產權力所禁錮。

蘇共的崩塌的影響，無論經濟的打擊、政治的孤立、意識型態的分崩離析；是中共政權最脆弱的時候。而經濟的困境，乃蘇共垮台的主因；擺在眼前當時大陸的現狀，正是蘇共垮台前的現狀。就在四面楚歌、孤立、蕭條的時候，台灣正是錢淹腳目、年增長總值一如十年前的大陸；當時香港和海外華商，每年都參加台灣「外貿協會」主導的「全球華商會議」，以台商為馬首是瞻。台商巨款源源渡海而來，帶動港資和海外華裔資金到大陸投資。因此，揚言制裁大陸的禁運、絕貿、斷交都失效，大陸過此一劫，經濟得以迅速的復甦，而至今天的世界第二經濟實體。蘇共前總書記戈巴喬夫曾言：如果蘇聯也有中國本土外的僑民（華人）的幫助，蘇聯也不會垮台。真值得今日大陸當局深思，對港、台政策的擬訂，多一份寬容；如果還像個主子的臉孔，頤氣指使對港人、台胞說：「不靠大陸做生意，你還能活嗎！」這種心態，正是港人每日抗爭；台胞支持台獨的因由！

　　我和殷張蘭熙代表港、台兩筆會，簽署了我們的提案，是這樣寫的：「我們經過詳細的研討，達成以下的決議：一、我們不能接受中共對支援民主運動的作家所加的罪名；並反對對他們的拘捕。二、中共應立即停止對所有作家囚禁和監視。容許作家有發表自由。根據我們的消息來源，我們要求中共立即釋放下列入獄的作家：劉曉波、王若望、曹思源、包遵信、任畹町、于浩成、鮑彤、王軍濤、王魯湘、鄭義、老鬼、柯雲路、趙瑜、王炎、楊百揆、周國強、楊浪、楊宏、張偉國、陳子明、徐小薇、白南風、楊冠三、高山。

　　「被捕的大陸作家面臨悲慘的命運，十分需要我們的支援。香港中國筆會要求所有國際筆會的出席代表，支持我們的提案；要求中共立即做到以上的兩項決議。提案

人：香港中國筆會代表許之遠、中華民國筆會代表殷張蘭熙　簽署日期：一九八九年九月二十三日」

九月二十五日，「營救在獄作家委員會」由瑞典籍代表主持會議，以「天安門事件」營救被捕作家最為矚目。下午二時開會前，我向主席交了提案。其他地區的在獄作家究竟不多，主席處理了一個小時便完畢。就輪大陸在獄作家的處理。第一個被邀請請上台的瑞典筆會代表瑪利西．狄文，她是劉曉波的朋友，申述劉確實被捕，請求大會營救，要求大陸當局放人。我是第二個發言。由於大會只設英、法兩語發言（設有互譯），我用英語致詞：相信各位代表都知道今年六月四日天安門發生的事，不僅是中國人的悲劇，而是文明人類的悲劇。不僅是對我們在大陸同業的拘捕，也是對所有同業的侮辱。記得去年出席過大會的大陸分會的代表，他們都不能來了！但他們都有信來，說「天安門」沒有死過人；也沒有作家被捕。他們能在自由心證下寫的嗎？我說到這裏，會場起了一陣騷動；許多代表還不知道大會收到北京、上海、廣州筆會發來的信。大會秘書長在旁打岔說：是一封信由兩個分會主席，一個分會副主席簽名的。我繼續說，這封信是三個分會聯同發函，北京筆會不是去年的蕭乾而是副主席馮牧簽名，為什麼蕭乾不簽？不是一封與三封的問題，一封還是涵蓋三個分會，這還不重要，重要是否在自由心證簽的。蕭乾這個好老人目前怎樣？希望大家關心他。香港與大陸接近，我們有切膚之痛！我說完就宣讀提案內容。宣讀完畢時，代表都站起來報以熱烈掌聲。後來委員會表決，只有日本棄權，算是一致通過。委員會鑒於全體無異議通過，最後由主席裁定：接受香港中國筆會提案；並針對提案的兩點，委員會作出反應的決議：一、在十月一日以前，以書面譴責並交到最近中國領使館，聲討其對大陸作家迫

害。二、要求中國立即無條件釋放在獄作家。其名單，請香港筆會代表會同各分會提出之名單之代表，集商後在散會之前，向委員會提交共同認可之名單。我和幾個代表立即到場外討論，名單沒有什麼爭議，包括「六四」以前被捕的作家。也有刪除的如白樺（沒有確實被捕的消息）、老鬼（已逃離）；認可之名單，仍以香港筆會提出的名次做基礎，劉曉波置第一位。我也在散會前，將這份共同認可的名單交上主席。「營救在獄委員會」的主席是瑞典籍，而瑞典筆會代表也專為劉曉波發言；認可的名單也置劉首位。到以「委員會」名義將提案的決議，向代表大會提出，成為大會正式的決議，只是例行的程序。大會公佈以後，劉曉波一日之間成了世界矚目的人物。2006 年，獲第十一屆香港人權新聞獎優異獎；2010 年獲挪威諾貝爾和平獎。

當國際筆會代表大會發佈營救八九民運被捕作家的決議，自然提到香港中國筆會代表和提案。北美華文報、香港各大報的頭條新聞，多半以此次國際筆會大會的決議為題；而副題每多是（或類似）「香港筆會代表許之遠提案」。我後來讀到香港筆會就此事的會議紀錄，有些新進會員就問許之遠是誰？是不是譯音「徐」之誤；事實上姓徐的會員多，我記得就有徐訏、徐速、徐東濱、徐達文。僅有姓許的我，在新進的會員看來，我也沒有寫過什麼文章。以當時我還在多倫多從商，在香港所安排的專欄，都以筆名發表，星系的星島日、晚報、快報，都用「程千里」；其他的隨便按一個，常用的有李士諤、程驥等。一九零零年二月正式上任立法委員，才不再使用筆名，一直至今。新進會員不知許某是誰，應是意中事。

另一件有趣的事，有一位青年詩人，在「六四」離開北京，到了歐洲，這次特別趕來出席大會；大會也安排

他一次演講和朗誦自己的詩作，他不會說英語，大會也為他找了即場英譯。我和余光中同去捧場。他原名栗世征，筆名「多多」的北京人，一九五一年出生。散場後我和他交談，問起他有沒發表詩作的園地，我或可以為他找些有稿費的園地。他說沒有興趣，只有興趣和出版商簽約，出版他的詩集。如果有，可以和他的經理談。至此就沒有談下去。第二次見到他，想起一般流亡人士和民運青年，經濟生活的桎梏，我又向他提起前議，他有點不耐煩：你找到出版商，我才叫我的經理和你談吧！真是熱臉貼在冷屁股上。我和余光中閒談說起這事；余一臉正經的說：如果我是你，我會對他說：那只可請你的經理找我的經理說好了！他的幽默，令我忍俊不住，我們都哈哈大笑起來。

事隔二十七年，回眸所歷，都已物是人非。香港筆會的四個代表已去了一半，筆會舊友，前後認識的起碼五、六十人；尖沙咀的「泰豐樓」筆會的雅集，每張笑臉還是如此鮮活的存在；如今只剩下五、六人；還是星散天涯海角。「訪舊半為鬼，驚呼熱中腸。」台大教授戴君仁老師有句：「寂寥身世生前酒；零落親朋曙後星。」走筆至此，追不回的流光，悲憾多而歡樂少；誰能避過老來心境！

我的筆墨生涯

「筆墨生涯」這個詞彙早就存在。「生涯」兩字，比「生活」要深刻，有專業甚至有一輩子鍥而不捨的志業味道；不是指一般職場的、隨意轉換的工作，並以此維生計的生活。「筆墨」兩字，也不是專指「筆桿子」，以擅寫作執筆為能；還有「墨」。古人書寫必用墨，故「筆墨」這個詞彙，來形容寫作也不為過。但嚴格來說，還是不週延的。中國傳統畫家對墨研究最深刻，原始的墨，固然是中國人發明的，和黑顏色的洋製品有別。中國畫家擅用筆墨寫意，一度成為中國畫主流的水墨畫，就是以墨的藝術表現為主體。擅用墨的渲染，可以「墨分五色」。香港第一個受封為 O.B.E. 的畫家呂壽琨，我備價唯一收藏他的《妙蓮》，就是水墨畫，的確出現墨分五色。因此，「筆墨」不專指寫作生涯，還有書畫生涯的內涵。由於墨分五色的特性，指畫家還要比作家多點注意墨的作用分量。在《翻騰年代的經歷》中，這一章論述我對書畫的喜愛與恣意因緣的過往；是書畫的筆墨生涯。而長期寫作的筆墨生涯，到老投荒，還是念茲在茲，應算終身的志業了吧。

　　在童年的憶述中，提及農村長大、我的母親，原就不識字的，所以我從二年級學串句開始，就要為她寫家書給父親，不識的字空下來，父親為我填空和修改。我三年級開始讀古文，雖然不求甚解，但背書多了，以後的反芻，對寫作的裨益很大。初中時代對文史科的成績是顯著的強項；雖然到香港輟學，但閱讀的習慣未改；工餘之暇必到書局閱讀。香港書局歡迎年輕人，不買也可以充充門面，免得空蕩蕭瑟教人卻步。不久我發覺有一本《新青年雜誌》，封面有向讀者徵文的啟事。這是我第一次在香港投稿，處女作居然論詩仙和詩聖（題目：《李白與杜甫》）。我當時只是大陸農村初中畢業生程度；不但刊出，還特別獲主編的好評，對我的鼓勵很大。當時鞋廠的工場，有一

位師兄也是開平僑鄉初中畢業生潘錦裳；但學校不同，聽說是全校第一名畢業，他的手工藝也是學徒中的師傅級水準；他也很詫異的望着我。自此以後，《新青年》成為我投稿的對象。人的緣份真不可思議，我到多倫多經營地產公司後，有一天郭英殊先生來找我，是經一位友人介紹而來。雖然素未見面，但我早就知道他是《新青年》雜誌的創辦人、社長。他當然不會認識我，經我後來說起，許多香港的同文，才署知年來近況。他後來將于右任為他寫的《新青年雜誌》、《循環日報社》（小中堂長幅），送了給我。後來前者轉贈張明生、後者轉贈葉大煌。這一刊一報，都是香港五十年代的具歷史性的雜誌，報社，又是書法名家的墨寶封面，就這樣贈送我的好友！希望他們珍惜。但很不幸，葉大煌還比我少十歲，但卻已歸道山了，不知這個小中堂，是香港早期歷史報社的招牌字。如果他的後人，不知珍惜，隨便掉了，那才是令我痛入心肺的事！

書畫的筆墨生涯，當我從職場退下來，原想以書畫為下半生努力的方向，還將我在唐人街曾經營地產的舖位，地面和三樓分租出去，二樓全層一千多尺，闢作我會客的畫廊，經營另由一位姓劉的朋友管理。我真的開始努力習書畫，大量搜集書畫碑帖冊頁，從台北故宮買來的名書畫精致的影印本，一箱一箱的運回來。向有經驗的朋友請益，並對畫道、技法的專著研讀。我對書道、書法已有一定的基礎，且有時間琢磨，進步可以日見。但畫道和實驗技法，那是全新的初步開始。雖然在美總統尼克遜掀起中國熱的時代，國故文物被日本人大量收購，我也不自量力去收藏，但對畫人的風格，師承和流派都沒有足夠鑒別的知識；包括許多書、畫卷上許多基本知識，如紙料、顏料的年代，印章和印色的氧化程度，都是被騙後在開始學鑒古。這些知識，都是後來對我習書畫發生了作用。我學畫

也從模仿古畫開始，經過了約半年，我就有開書畫展的念頭。而結果呢，經過十一個月的努力，大致也還有些可取之處，真的就不計成敗在當時還是伊頓公司（Eaton）在書院街（College Street and Yonge Street）地面一層的大廳展出；書畫共約六、七十幅。這是我第一次書畫個人展出，記憶所及，大概是一九八五年的事了。

相距三十多年的今天來回顧，當時的書畫是嫩澀的。正如齊白石說：「不似欺世，太似媚世。」而兩者還都不達到想像的效果，不管欺世、媚世，都談不上，但在展時聽到觀賞者的讚美，不免有點飄飄然。記得一九六七年，父親在香港以中共的「文革」輸出，在一九六九年來加就養，就曾批評我的書法不依繩規、沒有書道的法度，是離經叛道求外觀的皮相。使我痛下決心焚燬以前所書，重新讀歷朝書家相關書道的著作，和名家偶而抒發的一言半語，然而這吉光片羽，對我的書法有莫大的裨益。而國畫，我只花了十一個月的功夫，就要展出，當然是不成熟的好勝心態促成。那個年代，家父已應滿地可一些友人晚輩的邀請，北上去長期定居，教授針灸學。我想：如果父親在多倫多，有他的督責和批評，總會削減好勝的狂妄氣；不致到自悟以後才矯正！人生憾恨誰能免，又不免找到自恕的藉口，反多一重憾恨！

再說我首次的書畫個展，初試啼聲，就開前所未有之局。也許我在當地的報紙每天寫專欄、社論，已具有知名度，今又開書畫個展，新知舊雨和讀者來觀展者頗多，一週為期的展出；居然售出了五十三幅。友人說在多倫多數十年，中國書畫個人展，未有斯盛。但照我看來，認識的朋友來捧場者最多，真正行家來欣賞而買書者少。例如好友黃國年先生，由於他是我在星島專欄必讀的讀者，一個人就選出五張分贈五個子女。好友簡家聰律師喜歡我一

幅大筆寫意「坐井觀天」。一筆先粗模寫個大「井」字，順筆掃個井外的大圓圈。當然也得濃淡濕燥像個井口，再從上而下看到淺水的深井底，光線投影下去，井底有沙石和一隻蹲着向上望的青蛙；題字也帶點諷刺的井底之蛙的寓意。他還另訂二幅，說是送給他的律師朋友。這三幅，我也就沒有向他收費。由於展覽場地下通地鐵，恐展場的門戶不穩，萬一有人竊取或破壞展品，難以展後交出，只可付錢請下班警員守夜；在此之前，也是華人書畫家未曾有過的展出經驗吧！

從這第一次展出，明白職業的華裔書畫家每年展出的道理，這是他們生活的資源。翌年，我安排到三藩市展出，並順便探望在那裏定居的謝冰瑩老師、台大《海風出版社》舊友葉子球兄；並得到劉雲同學邀請到府上作客。三藩市唐人街有個「勝利堂」，是僑眾為紀念對日抗戰勝利集資興建的，地點適中，場地寬廣，由作家林炳光兄主持；林兄也是《星島日報》的同文。我們雖不常見，但友誼一直維持到現在。那次展出的場地；就在勝利堂。葉子球到美國後再婚，夫人賢慧，惜結婚多年，未有所出，而相隔約年餘，忽聞葉兄以癌症逝世，人生過隙，亦可痛也。至於謝冰瑩老師，每天都到展場陪我，見我像她常流眼淚。她說作家一個通病，要我不能過度用眼，要適時休息，她並且帶着眼藥水來給我。長者風儀，令人感動。我們一直有通信，我存有他很多手稿。後來，我到《快報》掛名主筆，組織讀者文藝社，曾請她到多倫多和讀者見面，她惠然果來。後來我回國服務，她也千里迢迢到台北來看我。我真不知什麼時候才摒開俗務，把她的遺稿整理出來，報答冰瑩師生前過愛的恩義。至於劉雲同學，她的聰明而堅毅，是很難遇上的女孩，一生瀟灑自如，是個獨身主義者。我後來于役立法院，她也能摒當一切回來做我

的助理，一直到我任滿。以後留在台灣發展，但後來聽說回三藩市去了！我從香港退休回加，到處問她的消息，終不可尋，她的俠義心腸，女中豪傑；「平生最怕受恩多」，何況是個女生，她的風義豪懷，真令人傾倒，但願故人無恙，算來她也快要八十了！

在三藩市的展出，以在展場能賣出的作品而言，那是徹底的失敗。這是一個深刻的反思。在多倫多能破書畫界歷來的記錄，是我的知名度和人際的關係；不是書畫作品的藝術價值。像在三藩市的展出，在那裏沒有什麼人認識，在缺乏輿論宣傳下，完全以來場參觀者，在藝術層面出價購買；傳統僑社大多是小康之家的環境下，有餘錢買一幅姓名不顯的字畫欣賞，本來就是個奇蹟。而我根本就未達到專業應有的水準，尚幸我並未打算以賣字畫為生，當是旅遊的附帶活動，很愉快收拾起展出，跑到三藩市幾個著名景點遊覽。飽覽當地風情，了解該市為什麼吸引這麼多世界著名畫家、詩人聚居；我徜徉在太平洋的岸邊，聽「驚濤拍岸」，看浪花起落，特別在朝暉微熹下；或夕陰的落日斜陽中，面對浩淼無際的海洋，真感個人「渺滄海之一粟」。這一個經驗，使我後來到台灣擔任公職時，到花蓮買一幅面對太平洋岸邊的建地，準備退休後到那裏寫詩寫畫，誰料台灣地震，這幅地就在地震帶，只可放棄了。

同年（一九八四）在香港大會堂八樓的展出，又是一次大豐收。我來自香港（一九六二）十年以後（一九七二）第一次回到香港，就得到故友張贛萍許多生前的朋友照顧。由於張兄以心臟病突發而猝逝，遺下一門孤寡。本來一九七二年我和張兄約定相見，想不到未及見他便走了。我仍然依址去找他的遺眷。張大嫂谷志蘭讓我看到張兄生前寫下的遺言：清楚說明遇到大變故時要找

我。張兄的字是有名的「鬼畫符」（他自己形容的），沒有人能假冒。我一看就認出他親手寫的，有託孤的味道。為什麼他還在精壯的英年就寫存這些遺言？難道真有預感這回事？那是的而且確的事。那年，他的長女韋弦高中會考畢業，就要出來幫助家計，到國泰航空公司服務，張兄生前是《星島日報》編輯，以張兄猝逝，上司胡爵坤先生聘請張大嫂到《快報》（星系子報）當會計，稍解燃眉之急。韋弦有二妹一弟，都是在學年齡。初入職場，母女二人維持一家五口，實在不易。我問韋弦要不要到加拿大隨我工作，她很歡喜。以後一切申請移民手續，我作保很快便到加拿大來，在我主持的地產公司任秘書，以後半工讀，結婚，一直至我離開職場，她也才離開我。後來重入大學，成為電腦專家。以後她接母弟來加，兩家親若家人。先生徐姓，電機工程師，育有一女。大嫂志蘭仍健在，時年九十多了。胡爵坤先生也早就來加定居，我們三家，有時還飲茶歡敘，但張大嫂重聽日重，近年只可書信往還，見面說話她已聽不到了！

張兄逝世前，義務兼職《萬人雜誌》，他實際主持編務下，一紙風行。據說他和掛名主編的萬人傑，同列當時左派暴動的黑名單，是否因此張兄先寫下遺囑的原因？我當然不知道，但遺囑有關我的，的確是我親見的。

一九七二年回港以後，每年幾乎都到香港去。以後承胡爵坤先生的邀約，我在他主編《星島晚報》的《綜合版》開始寫專欄。

回顧一九六二年，廣東和香港的邊界，發生了「大逃亡」。香港人經歷過這個現場，到邊界去找親人的心情，恐怕永不磨滅，不論找到和找不到的情懷都難以忘懷的。我是找不到親人的現場歷史見證人，那種失望的落寞，像針刺入心肺，戚戚然但說不出痛楚的。到邊境重新恢復正

翻騰年代的經歷

常後不久，我便離港，負笈加拿大了。

一九六六年（五一六通告），毛澤東正式發起「文化大革命」。不久（六七年七月），左派發動暴動，香港文化界特別是各種媒體工作者站出來自救。由於暴徒公然在市區攔截電台記者林彬，並潑汽油縱火，以致林彬及同車的弟弟慘被活活燒死，許多平日寫過反共文字的記者和作者人人自危。其中以萬人傑在星島報系的每日專欄最為激烈，也得到大量讀者的擁戴，組織了「萬人協會」；是以支持萬人傑而組會的，在香港為一個作家，正式立案成社團還是首創的。不像今天「追星族」的年輕人或學生們，為喜歡的偶像而結合、捧場為目的。支持老萬的成年人比較多，起因是左派暴亂分子有張黑名單，金庸和萬人傑同為前列中人。大字報還罵他是文化打手，稱他做「萬人碟」（寓意萬人斬）；公開聲言要制裁他，當時「菠蘿」（土製炸彈）滿地，（港人口頭禪），金庸也離開香港，萬人傑原是寫奇情小說的作者陳子雋，筆名俊人，每日為多個報紙寫專欄，左派暴動後更紅極一時，讀者之多，一時無兩。他最得力的助手就是張贛萍。有了萬人協會這個社團，萬人傑就籌辦一個《萬人雜誌》，名義上老萬自任主編；實際由張贛萍主持編務的，《萬人雜誌》出版後一紙風行，因我認識張兄，也被他邀請（義務）投稿；後來（一九七二）轉到《星島晚報》（綜合版）寫專欄，也開始為香港多張報紙，包括《香港時報》、《星島日報》、《快報》等報每日專欄，後來我回台灣擔任公職前，潘一工兄安排我為《東方日報》寫專欄，經不起陳萬宜先生的請求，把專欄的篇幅讓了給他。陳先生闢作命理服務欄，他是個職業的相命師，一炮而紅。可惜我還未任滿，他已猝然去世。易經有言：「驟得大名，不永。」還是巧合？天意難測了。

也差不多在一九七二年，我經香港回台灣，是畢業離台的第十一年。當時「文革」已興起，蔣老先生發起成立了「中華文化復興運動推行委員會」，自任會長；逝世後由嚴家淦繼任，我受聘為該會委員。以後我每年有回台之行，也接受了多個報社邀約為專欄特約、主筆、社論撰寫人。

　　大陸「文革」後來定性為「十年浩劫」。香港暴動從一九六七年革命輸出，至林彬兄弟燒死、真彈「詐彈」「菠蘿滿地」、左派公佈黑名單於港督府貼大字報的那段時期，人心徬徨，到英國代表得到周恩來否認「文革」對香港輸出，並表示不干預港英的殖民地政府對香港的管治，香港政府在大多數港人表態支持下採取鎮暴措施，很快恢復了原來的市容；激烈的衝擊為期大約九個月，相對和日軍佔領的三年零八個月當然不算長。從暴動開始起，港人經歷戰後第一次移民潮；以後到一九八四年中英簽訂協議，確定一九九七香港「回歸」，出現第二次移民潮；第三次則在「九七回歸」前夕發生。這三次移民潮，都是港人恐懼中共管治所致。留在香港的市民，應是視香港為安身立命之地。如果按照《基本法》執行，誰會自己搞亂這塊安身立命之地？那有這麼多港奸、勾結外國勢力來亂港呢？

　　張贛萍算得是當時香港有名氣的作家了。他的《彈雨餘生述異》，從參軍抗日開始，到戰後的內戰，他在戰場的九死一生的身歷；將讀者帶上戰場。他的描述是如此精到，沒有人會懷疑是虛構的。其實也無法虛構得如此精到。《萬人雜誌》風行世界華人社會，香港的動亂，固然是世界華人矚目的焦點，而香港已是世界金融第三中心，也是世界金融樞紐的地位；而「文革」的發動，對中國未來、對世界共產主義運動領導地位的挑戰，都吸引世

人觀察的、輿論界分析的目標。《萬人雜誌》集中報導香港暴動事物，先天上適時適地的新產品。又在港人驚懼之餘，看到這樣不為威迫、不為勢劫的，起了帶頭的作用。張贛萍也起了個人的示範。他使我對他的志節和膽量，產生了敬佩和感情。就因為這樣，當他猝逝尚不及見之餘，我仍到香港去找他的遺眷，並當韋弦姪如己出，及老而叔姪之情猶在，當是生平快事。

一九八四年，我如期依約在香港大會堂八樓展覽廳作香港首度、也是我僅有的書畫個展。那個年度，香港已經歷第一和第二次移民潮，該走的已經走了；香港已恢復舊觀，誰料得到一九八九年爆發天安門事件，學生和平請願，當局下令以坦克車清場。以致港人惶恐，於「九七回歸」的限期前夕，有二十三萬人排隊申領殖民地政府發的BNO護照。也就說明港人對大陸當局不放心了。這是港人第三波移民潮的原因。

再回頭說我的書畫筆墨生涯。一九八四年的香港大會堂八樓的展出，由已在香港執業律師簡家聰先生，為展覽會開幕，邀請得加拿大駐港專員（同以英聯邦關係，不稱總領事）為我剪綵，也有部份加拿大好朋友特別為展覽會回港協助、捧場：包括「陳李濟」總經理陳聯樞、名流黃偉才、陳劍懷、王介、洪偉成、文復會伍祥柏及一些回港探親的許多多倫多朋友，在港的許氏宗親、昭倫公所的宗長。更重要的：星系報業、《香港時報》都大篇幅報導我回港的書畫個展。送到展場的花籃，不但繞了會場一周，還一直沿着展場的入口，一直到了七樓。伍祥柏說，如果這些花籃折現，數目也不少。我看到許多不相識的送花籃人士，比相識的多。胡爵坤主編說：主要是你的讀者群和中國筆會香港分會的文友，這種聲勢，比在多倫多的首展更有精神上的滿足感。

我和加拿大駐港專員像有夙緣；我到多倫多時得到當時專員的協助，間接開拓我在加拿大的前途；十餘年後的個展，在任的專員又以我是加拿大傑出公民的揄揚，使我以加拿大公民為榮。他還在公署為我設茶點招待。加拿大駐外官員對公民的禮貌週到，使我留有深刻的印象。到我回台北擔任立委期間，使我有機會報還加拿大駐台北的安省代表處、加拿大代表處，都在節日的時節，我不會忘記送上台灣特產給駐館人員。

　　在展場上，我重見許多香港僑生同學，二十四年的重聚，都在每個人的臉上，都或多或少刻上一些風霜的痕迹，畢竟經歷了四分之一世紀，在這翻騰的年代，即使幸運，在歲月的流逝下，也掩不住一些滄桑的嘆惜。

　　那個年代，香港人和大陸到港的遊客或新居民，衣著上有很不同的差異。新來的大陸同胞，多一點唐山鄉土味的衣著，是很自然的事，並不是香港人的歧視，是觀感上容易識別而已。來看我個展的人很多，有三位每晚都來的大陸青年，由於衣著容易識別，引起我的注意，在個展結束的一天，我特別和他們交談，他們說是我的讀者，令我覺得很詫異，因為他們到香港定居不久，來自廣州。近月還跟吳天任學習書法。吳先生卻於上週去世了，讀報知我有書畫個展，而他們是我的讀者，所以要來認識我。我的個展有專人朋友看守，我來去無定，他們一連幾天都沒有機會，展期今天結束，他們渴望我能和他們談一談書法實際的問題。我說這也是不容易一語概全，如果一定以實際運筆來說，執筆能否正確就有爭論。譬如說：清代大書法家包世臣說是「五指齊力」；而康有為說：「五指爭力」。你們認為那一個對呢？

　　我對他們說，近代中國人受西方教育的影響，如果小學還有「習字科」開設的話，也屬聊備一格而已。做小學

老師的，也很少真正懂得書道的人，尤其是正確的教導學生執筆寫字；和我們這一代的老師不可同日語了。如果不會正確的執筆，如何能有得心應手的運筆？包世臣的「五指齊力」，在《藝舟雙楫》提出來，但沒有講清楚。康有為的《廣藝舟雙楫》，就不同意，提出「五指爭力」。他說執筆的五個指頭，雖有主從分別，但還有其功能。譬如食指為主，中指為從，執筆於內，用力將筆向內靠，而拇指夾筆於外，用力將筆往外推；無名指為主，尾指為從，作用在擋。五指分三組，功能有內靠、外推和擋中；五指在爭力下，才有力，才不偏不倚有利於中鋒的運行。以此而論，當比包世臣合理。我邊說邊拿起筆示範。展場當然有筆硯以備客人簽名，也有小條幅裁好供書家即席批評。我以他們蒞臨等着談話，我也就即席各書「五指爭力」小條幅並寫上他們的名字、書寫日期和署名送給他們。有許多未解的書道、書法，我都能一一為他們解答，使他們神色上有不枉此行的喜悅。後來我問他們在那個報紙上閱讀過我的文字。他們說是廣州的《羊城晚報》；這令我很詫異！我沒有為該報寫稿的安排！他們說：「這是早幾年中、加建交的前後，《羊城晚報》每日刊出『程千里』的《楓葉奇情錄》，我們讀到《星島晚報》你寫的《風雨江湖三十年》不是也用『程千里』筆名嗎？近日都刊登你書畫展的消息。」我們才恍然大悟，原來他們在星島日、晚報都讀到我書畫個展的消息，就是由於這一段因緣，到我二零零二年首次進入大陸，就到《羊城晚報》找到我的族叔許實，以輩分來說，他是我的叔祖。他從小離鄉，是個「老革命」了。我們相敍，只敍家族和鄉情。那時他已辭去總編輯，每日還寫個小方塊，以文筆簡練，立論精闢，可謂當代「南中一」（當時香港名筆任不名的另一筆名就是「南中一」自詡為南中國第一枝筆）。惜叔祖不久

去世。我家早期參加中共，從尚未建政的開平第一位烈士的何世熊開始；他是我的姑丈。建政後擔任廣東省組織部領導的姑姐許瑩英、「文革」自殺的姑丈方惠民校長，（未建政前帶領長沙師範學生入山打游擊。）叔祖許實又比他們更早。堂叔許霖慶（曾參加抗美援朝）、堂兄許傳緒（深圳第一任海關領導）、許國華（入藏幹部、東莞人代主任）均已去世，這些都在建政前「老革命」，到此劃上完結點了。

「文革」帶動了香港的左派暴動，《萬人雜誌》應運而生。因張贛萍而認識胡爵坤，他把我帶入《星系》成為專欄的預約作者，一直為日、晚報撰稿歷半個世紀。胡翁今亦作古；而我也入於耄齡了。走筆至此，記胡翁回港視兒孫，經半年未返，新春有電話來，言及在港謁別胡文虎先生墓，有從此永別之意，余悵然久之！檢出前未發之詩呈胡翁：「深院幽幽人惻惻，閉門一卷對黃爐。思親每感風難靜，接札還知道不孤。小聚從來常恨短，多恩反覺謝言無。平生有憾偏離別，記否相携千島湖。」張贛萍遺孀谷志蘭大嫂，亦已九十開外，亦步履艱難；我亦不再開車，不能接送了。十年前，張兄骨灰帶到多倫多東邊墓園安置，子女均有聲於時，可以告慰壯志未酬的人間鐵漢。

一九八五年間，我尚有一次在台北市博物館的書畫個展。當時我已多年是「中華文化復興推行委員會」的委員，該會秘書長谷鳳翔、主任胡一貫與孫如陵、梁行健諸公來會場觀展，殊以為榮。原定到此告別書畫的筆墨生涯，最後還是無可奈何多了一次。

書畫之道，表現必靠技法；而技法必須不斷浸淫，基本功端不能取巧，一日不做筆墨工夫，便手生荊棘。正如讀書人，三日不讀書，已覺面目可憎，是同一的道理。而我對文事從少年的愛好，及英歲為報章、雜誌寫時評專

欄以至藝文心得與評論、恣意的隨筆；詩詞的唱酬，早已是我生命和生活的部分，是無法分割的了！魚與熊掌，可兼而不可兼也。中年習書畫，也只不過從職場退下去填一些生活的空白而已；還有點「能者無所不能」的自負，細想下來，又何必浪得虛譽呢？藝文之事，要抵得寂寞才有成。因此，輒嘗即止，自我確定書畫為我遣興的業餘愛好者，不再多花時間尋求突破。「務廣則荒」，放棄文事是得不償失的事。於是書畫個展，已決心到此為止。

一九九三年初，我擔任立法委員期滿之前，忽然得知有一位僑選委員，在任滿之前舉行其個人書畫展，並在畫廊舉行。畫廊的經營屬商業行為，當然要賣展品。我約了幾位同人去觀賞，的確令我失望，作品談不上水準，不但沒有藝術價值、甚至市場價值。離任前作這種商業行為，正如上海人閒話一句：「打秋風」。我認為，這對僑選委員的觀感不好，與人有利用國家的名器圖利自己的印象。

在僑選立法委員中，澳洲的楊雪峰、美國加州的張蓀甫都對書畫有同好。我與楊雪峰學兄同出李定一老師門下，平時過往從密，楊兄是澳洲大學的歷史系博士，任教雪梨大學。在台北《聯合日報》邀請范曾到台北舉行個展時，范曾竟把台灣人士在其大陸展場購買的書畫作品，十居其九鑑定為贗品，並蓋章簽名作實，以致收藏家吃了啞虧，明明買自他的個展展場，卻由作者親簽為贗品，激起全台書畫界的憤怒。當時我長期為《中華日報》、《青年日報》副刊寫文藝專欄；編者以范還有兩週展期，請我為書畫界、收藏界說句公道話。楊雪峰兄也願意陪我到展場參觀，他對書畫的欣賞有一定水準，我們相約同行。

范曾以畫人物而享譽；而且在記者招待會大言不慚說：「我的線條高人一等！」這句話還沒有前提，就是古今中外，他畫人物的線條都高人一等，狂妄之氣，和不認

帳前期（未成名）作品視為贗品一樣的荒謬，並說他的畫不會賣得這麼便宜；這種自圓其說，真當海內外的中國人都是白癡的。當年大陸一窮二白時代，不要說范曾的畫不值錢，連近代大師如齊璜、林風眠、李可染、黃胄、吳冠中、潘壽年、錢瘦鐵、劉海粟等又能賣多少呢？我和楊雪峰看了以後，楊先說：他的畫代表作是《竹林七賢》，哪裏有晉人蕭逸氣質，倒是像台灣著名黑幫會「竹聯幫」那種粗鄙無文，稱做「竹聯七大（哥）」較適合，真是一針見血。其實，范曾的人物，都像他自己面目，不同只是向背俯仰、年歲、服飾不同而已。我先寫了篇「范曾的線條高人一等嗎？」刊在《中華日報》上。引起很大的迴響，但范曾不知稍斂，還每日為市民檢驗他的作品，買自他展場的，還是說成贗品，引起當場人士的反駁，鬧得滿城風雨，他又在電視宣傳，我看到他寫字不懂提腕，執筆的手腕，枕在左掌背而寫。因此，我又應《中時》編輯再寫一篇：「似曾相識燕歸來」。我指出當代大畫家香港如趙少昂、台灣黃君璧，對自己前期作品，是自己的都承認。認不出的還不說贗品，也只是說記不清楚。決不在藏品上簽名蓋章一律視作假貨。我說，更好的畫家，都有過成長的稚嫩期，不是初出手就能寫出成熟、滿意的作品。決不會因我今天成熟的筆墨，來否認我過去的稚嫩。沒有進步的畫家值得尊敬嗎？范曾在台灣賣畫並不成功，臨出機場，還給一位收藏家當面一拳，鼻子冒血回去。以後也未聞再到台灣。

如果委員的任期將滿，在台灣作書畫個展，又有一定的水準，賣個合理價錢也是個人的自由。但藉國家名器，而作品並無可取的市場價值（更不要說收藏的藝術價值）又何必打秋風？我和一些同人參觀以後，他們都希望我出來，稍為僑選立委予當地藝文界人士另一個水準體驗。我

原以為在台北省立博物館的個展，就是退出書畫筆墨生涯之時，誰知為此又重拾書畫之筆，趕在任滿之前展出，在兩個月內利用公餘之暇，完成書畫百幅，並選出其中製版成冊，租了中正紀念堂的懷恩畫廊（當時台北最大的）作「詩書畫個展」，所發請帖和發報的消息，都註明「祇供觀賞」，以不賣明志。

任滿前的個展，連裱裝和書畫冊的開支，畧約估計就化去了近四十萬台幣，以後又全部打包裝箱，運回多倫多的運費還不計算在內。當時行政院原子能委員會的主委許翼雲，和夫人一同來觀賞，曾向我說：我們的委員會的入門大廳，就缺少一個大屏封，希望我將《十竹圖》賣給他，作壓鏡裝為屏封，放置在入門之後的大廳，點綴下不致有空洞的感覺。但我為實踐「祇供欣賞」的諾言，婉謝了他的好意。許主委一門三傑，老大就是中央研究院院士，是執教美國、享譽世界的著名歷史學者許倬雲。翼雲先生退休以後，重回美國，在華府一個詩社刊物中，常拜讀他的吟詠。他是世界著名研究原子能的學者，對我國古典詩詞卻有如此造詣，令人讚嘆；他比馬英九政府首屆行政院長劉兆玄，下台後以筆名「上官鼎」寫虛無的武俠小說，有意義多了。很多當年台灣武俠小說迷，都知道上官鼎的武俠小說。

書畫的筆墨生涯就在懷恩畫廊畫上句號。退休以後，書畫之道，以讀書和個人經驗，常應此間書畫會的邀請作專題演講；或座談會上陳述個人心得。一鱗半爪的記錄和為此上網或演講稿；積之成帙；出版了《書法、書道精要》。近年又應墨韻琴聲書畫會的邀請，先後講了《國畫的進程》、《國畫的特質》兩講。以後會講下去，計劃輯成《中國畫論》。這都是書畫筆墨生涯的延伸；到本書出版時，我的《藝文講座》，由劉家驊先生為我編成電子書，將

近年演講稿分兩輯：第一輯《如何寫出好文章》（共六講）；第二輯《許之遠畫論》（十講）。我的《散文自選集》，也由劉先生編好電子版，都在網頁的《許之遠文集》上。

說起我寫作的筆墨生涯，比書畫的筆墨生涯早得多，而且是一生最專注的志業，即使在書畫的筆墨生涯中，也沒有對寫作停頓下來。只有在派駐港澳的近兩年期中，隸屬外交駐外人員，關於政策性的任何文字，都要呈請主管核准才能發刊。所以連藝文都暫擱下來。亦恐有不專所司之嫌，非主管所應為。背負國家的名器，自律的約束比公務員的明文規定更重要，上行下效是體制清明與否的無形風尚；自問尚能不逾矩！司馬溫公勉勵讀書人有言：「正色立朝，為讀書人增顏色。」我雖偶而入塵網，但上任之時，刻了這兩句的印章自勉。為此沒有對報紙雜誌再供稿。但嚴格說來，寫作還不致完全中斷，因公文的來往，雖有專職秘書司其事，但簽署前的修改或另擬，還很多須親力親為；日間已忙得恨不能分身。每天還得帶公文回寓所，批改或另擬，比撰稿賣文更嚴格。我在世新大學教過應用文，到此教用合一。原有意寫本《現代應用文》，比舊式的「等因奉此」較適宜；後有更多的文書要先做，只可看機緣了。

自從一九五五年投稿《新青年》雜誌，即被取錄刊出；建立我寫作的信心。一九五七年考入台大，開始為學生社團刊物投稿。同年冬令營徵文比賽第一名。翌年出任《港澳青年》總編輯，大學二年級出任台大海風出版社社長，以台大出版社負責人參加救國團主辦的歲寒三友會，擔任出版社的總編輯，奉派為蔣經國蒞會演講的「紀錄」。演講完畢，承蔣經國邀拍照留念。這段時期，是在學寫作最勤的年代。後來由才華文化事業有限公司出版台大散文全集（分一、二冊）包括楊允達、逯耀東、於

梨華、李敖、陳若曦、何秀煌、王尚義、王杏慶、許之遠（家駒）等出身台大而同時代的作家；並以此為平生志業，未改初衷。這些同年代的台大同學，除了逯耀東謝世多年，李敖去歲亦大去；其他似多健在。而楊允達學長尚擔任世界詩人大會會長；這幾年在美國、台北和二零一六在捷克；今年（二零一九）在印度舉辦的世界詩人大會；我近年不良於行，很少參加。其他文友均已退休，少者都近八十，我與李敖同歲。

　　同一代「台大」寫作人，如上述的；據記憶所及。楊允達、逯耀東、李敖都是歷史系畢業的。於梨華、白先勇、陳若曦、余光中都是外文系出身的；何秀煌是哲學系；我是經濟系；都不是中文系出身。香港中文大學曾任校長的金耀基學長也不是。想來想去，畢業後成為朋友而以寫作著述且出身中文系的，先我兩屆畢業的只有成大文學院長的于大成兄，他詩書畫的造詣很高，子部尤以《莊子》、《淮南子》的研究到家，我每次返台北，必然相敘為快。他未中風之前，我們都在台大校園散步聊天，然後沿新生南路回到他的書齋，同觀賞他的藏帖；他常勸我多讀《淮南子》，對寫作必有好處。中風以後，我們仍敘舊如故，一直至他逝世。另一位是曾永義教授，他應比我後畢業，我們同一時期擔任教育部聘全國文藝獎（古典詩組）的評審委員，我公職退休後，知道他是《二二八紀念碑文》的撰寫人，文字嚴謹和尊重史實。于、曾也後來都執教上庠，晉身學術，不算是作家專業身分。寫詩的余玉書兄，也是中文系畢業的，曾任香港筆會會長。還有一位從事教職的，退休後移居多倫多的鄧偉賢，也是台大中文系畢業的。若論傳承台大中文系學風的，古典文學的就數于大成、曾永義、鄧偉賢了；新文學的余玉書；我都先後認識。鄧來加後過往反比在港時密。我七十生日，鄧兄攜賀詩來，後來

也在他所著的詩集刊出：「議壇人識許之遠，放曠誰知鄧偉賢；異地相逢情似昔，萬千祝頌付詩篇。」鄧夫人後來又將他珍藏的師友書函書畫成冊出版；鶼鰈情深如此。出版之時，她已回港定居，仍託友人携贈，所珍藏者，十九是台大共同師友；而為師者均已作古，思之黯然。卷中有過宋王台感賦（一首），大概同一時期，我亦有此作兩首（見《許之遠詩詞初集》第六頁」：「馬前碧海悲銅駝，放眼山川烟浪多。嘆惜當年廢北伐，偏安至此醒南柯。九龍帝子傷心地，萬里江山胡羯歌。泐石興元竟漢冑，千秋史筆感如何！」「斜陽終古戀天涯，憑弔興亡壁上詩。衰草頹城膅幾許，荒台冷月況當時。元兇清狠原非類，宋妒明殘信是癡。我亦西風長忍淚，流亡依舊望旌旗。」

學生時代屬多產的何秀煌兄，後來我應邀到香港中文大學座談會，是離校第一次才重聚。我主持台大《海風出版社》時，他是少不得的約稿人，印象深刻，以後都沒有在港、台兩地讀到他的文章。我詫異問他為什麼就輕易擱筆？他笑着說：「中文作家養不起家啊！沒有辦法不轉行！」真是一語道破中文作家慘淡的生涯！這還不算，自清末光緒年間廢科舉以來，科技還沒有發展，筆桿子連出路都沒有了！真的成為百無一用是書生。寄身權貴之門，尊嚴掃地。如果我也靠「爬格子」維生，幾可肯定難以支持西方社會應有的生活水準。港、台兩地對特約作家的制度、稿費，我太了解。起碼不少於十家報章，我曾是專欄特約撰稿人、時事評論人、主筆、編輯。這是中文作家的悲哀，其基本收入、社會地位和西方作家、編輯相去太遠了。傳統觀念固然負部分責任，但中文作家沒有組織、聯結一個強有力的集體力量，譬如組織一個公會，透過立法規定稿酬；連餐館洗碗工人都有最低工資，而作家卻沒有；正如何秀煌教授說：稿酬養不起家！作家本身難辭其

咎。只懂自固寫作地盤，各自圖蠅頭小利，報社、出版公司就能以菲薄的稿酬收買，不會花錢培養人才；市場更大的銷量的利潤，完全與作家無關，文化界有此最惡劣的傳統制度，只益了無良操控集團，這是文運之厄；文運關乎國運，風氣如此，國運能好起來嗎？哀哉文運！哀哉國運！在這翻騰的年代，白道、黑道、紅藍黃道都有風光一時的機運，只有中文作家最倒霉，永遠是霉運。或者說，明報的金庸不是靠一枝筆寫出《明報》、「明報大廈」？然而當一個人成了資本家，如果他也出身這個叢林，太了解自喻為「爬格子動物」的自私和懦弱，他也最會閹割、剝削中文作家，就能將中文作家的血汗智慧，疊起一個大廈來。我只泛指這個可能，不是指金庸，請勿誤會。

我不在香港居住，但我自六十年代起，已為香港各報章撰文，許多同文說起某君，似乎沒有一個好評，在還沒有靠稿費維生計下，也當遠離他的荼毒。有些被豢養的文人，甘心為統治者做輿論放毒，遂有配合各種摧毀傳統文化、倫理的悖情悖義的謬論出現，假武俠小說的情節放毒、把正統的俠義精神顛倒過來；就能把變態變成常態，產生了：「國無正統」、「人無正派」、「可邪可正」、「散毒播謠」都是人性的部分，是正常的。這種荼毒人心的思維，正是末世「天以好殺為德」觀念的推廣。無行文人以「大師」自居！至於連平仄都搞不清，卻藉小說情節，到處題詩；內行人一讀便知；謬種流傳已是小事一椿；古聖賢告誡我們：「毋以嗜色殺身，毋以嗜財害命，毋以政治殺人，毋以學術殺天下後世。」他還沒有後兩句的資格，但為虎作倀，蠱惑人心，助紂為虐，間接殺人於不知不覺中；顛倒是非黑白，亦殺天下後世！文人無行至此，不說也罷。

如果中共沒有迅速在大陸建立政權，香港就算也會

發展，也不會在短短的十年間脫胎換骨。南下的資金和人力資源的驟增，香港憑着地緣的優勢，幾乎是唾手而得；又以英國的殖民地，在驚惶失措、離逃大陸共產黨政權體制的難民潮，香港就更無選擇的託庇之所。從確定大陸成為人民共和國統治後，香港的原來居民和新來的大陸同胞，已是同舟一命，把香港視為安身立命之地了！求生發揮的潛力爆發，又加上韓戰發生，港人前所未有的商機都蓬勃發展起來。中小企業、工廠如雨後春筍，香港在經濟起飛之前，已經是一個以製造業為主的城市。在這十年中，殖民地政府投資培養專才的院校大量成立起來，有充分就業的社會下，多勞多取，子女教育不愁沒有學校，而「會考」制度又能公平、公正和公開下競爭，造就了無數精英，所以香港到人才儲蓄夠了！經濟起飛水到渠成，香港與其他合稱亞洲四小龍同步起飛，且成為世界金融第三中心。一八四二年的《南京條約》割讓了香港，到一九八四年才簽訂《中英協議》，確定香港「回歸」時，香港已是發展城市、世界金融中心了！

以大陸總人口來說，隨蔣老先生的東渡台灣宣稱的三百萬軍民，在比例上，不過是總人口的零頭小數，到香港落腳就更少。但香港這個蕞爾小島，一下子湧進了百萬人，以香港當時的基本設施，是不敷應用的。中共政權立足未穩，初期從大陸來港的人，在邊境是出入自如的。那些趕不及在大陸易手之前後趕上來港，還有很長的時間來，一年間又陸續增加了百萬。但一九四九至五零年的上半年，很多對中共政權持觀望的人，到了香港又有自動回去的，但畢竟是少數。

中共初期佔領整個大陸，民心所向的擁護，當然屬大多數；即使海外輿論，望風轉舵的十分普遍。以香港三大報業的《星島》、《華僑》、《工商》。當一九四九年廣

州「解放」,《星島日報》便率先頭版以「天亮了!」表示立場的轉變:表態擁護中共;將中華民國紀年改了公元紀年。當時星島創辦人胡文虎尚健在。在這翻騰的年代,瞬息的世變,在長期農村為主,還以「小農」的社會體制而言,真的經過漫長的黑夜,一下子的變動,真有「天亮了!」的感覺,至於以後一直到文革結束,經三十年的鬥左鬥右、鬥天鬥地、鬥到一窮二白,和平時期餓死了六、七千萬人,和間接的又無據可證;在頻繁鬥爭而死於現場的、間接關押酷刑、醫藥失救致死的又有多少?三十年這漫長歲月的確難以數計。回眸當年的「天亮了!」固然一廂情願,歷史證明,以後的歲月是更悲慘、沒有日光、星光的漆黑的長空;飢腸轆轆的無告黑夜。我們不得不承認「統戰」是中共佔據大陸最重要的手段、朝代改變的史無前例的成功典範。周恩來得意說:「中國共產黨為什麼能成功?因為我們有三個寶:就是中國共產黨;人民解放軍;統一陣線(統戰)。」周其實拾漢高祖能用漢初三傑而戰勝項羽的牙慧。按情而論,統戰是中共建政「三寶」之首,而非「三寶」之末。

我雖然與張贛萍在他的生前,緣慳一面;但和他卻似有夙緣的感覺;要不然,他的遺書是如此清楚,要谷志蘭親手交給我。算來也是「文革」輸出到香港,一個心感災難將臨的長期反共人士,萬一遭到不測之禍,所寄望朋友中誰可給予援手。我們都是忙人,即使有過通信。也不見得頻密,在這種情形下,處涼薄之世,只有兩種處境才有托孤之遺言:一是許為知己;二是香港終非久居之地,而亦無可託之人。由於他的遺信,我終於把韋弦姪,接到多倫多來。原不是什麼大不了的事,且只有遺孀知道,但張贛萍於當時頗負盛名,大家為他遺下一門孤寡,正在《萬人雜誌》報導:「萬人協會」會員為他兒女籌措教育

基金。張的好友如萬人傑、岳騫、裴有明、焦毅夫都在自己的專欄呼籲。後來報導，谷志蘭迅速由胡爵坤聘到《快報》當會計，但一個家庭主婦支持四個兒女的教育，實在難以應付。不久，又報導長女停學找到航空公司的櫃枱工作，算暫時穩定下來。到我回港，才徹底解決她的妹妹和弟弟的教育和生活。張先生有許多文友，但中文作家的收入菲薄，即使兼幾個專欄，同樣無法養家，除非編輯，有一份固定收入，而又有專欄兼職；也只能養活一家，僅屬小康之家。張先生身兼大報編輯和多個專欄撰稿人，算是擁有大量的讀者群，全沒有休息時間。張大嫂說他是累死的。香港賣文生涯之苦，可以思之過半了。

　　我的寫作生涯真正的開展，這是誤打誤撞做了張贛萍的朋友，從張大嫂口中傳出我的消息，我認識了胡爵坤主編和張先生生前許多好友、文友。胡爵坤很快把我帶入星系報業的《星島晚報》（當時最暢銷的報紙）、《星島日報》和《快報》。因而認識了潘一工先生，他是個資深的傳媒人，曾任香港「浸大」新聞系教席。蔣經國逝世後，國民黨召開第十三屆全代會。潘兄在國民黨從威權時代到轉型，第十三全代會為關鍵時刻，他代表報社到台北親臨觀訪。而我亦以此關鍵時會，經選舉為加拿大安省黨支部代表，參加全會。我由於一直是文復會總會的成員，並自一九七二年擔任加拿大僑團領袖代表團的秘書長，在退出聯合國的衝擊下歸國，表達支持國府，當時已有多個不定期的個人專欄。這次歸國，又承潘兄的介見，認識《世界論壇》報創辦人段宏俊，他有意選國民黨中央委員。段兄自言出身民國執政段祺瑞一族系。段雖然出身北洋軍閥袁世凱帳下，但是唯一不貪財、不好色的正派人物，歸政後抵抗日本侵畧，自始至終矢志不變。段宏俊以他為榜樣，希望我也為《論壇報》寫時事評論專欄。我恐怕時間不

敷，沒有答應。想不到段兄求稿心切，翌日親攜兩年預支稿費，當着潘一工兄面前交給我；這還是我第一次遇上的事，每週五篇，稿費不少於大報，且盛意拳拳，沒有任何條件。段兄與我年歲相若，就不好多說，一言為定了！《論壇報》至今猶存，我也為他寫足了兩年，以後我于役立法院，已不能在時間上全投入於時事評論。至此才不能為段兄效力。去歲我在台灣參加世界詩人大會，打探段兄消息，原來他已入了老人院。我到港重晤潘一工兄，告訴他這個消息，嗟嘆良久。人生就是這麼一回事：生老病死，誰又能免？

　　胡爵坤先生生於一九二四年，時年（二零一六）九十二歲了！從出道到退休，効力「永安堂」創辦人胡文虎、以後胡山、胡仙至移民加國退休。雖亦姓胡，卻與胡文虎家族完全沒有血緣、姻親關係，只是有緣巧合，父親在永安堂門前近處擺個檔，能上接觸胡文虎，知其人信實勤儉，願意栽培其子（即胡爵坤）讀書，以後入星島日報工作，並兼任行政，爵坤先生稱他做「大恩人」。《星島日報》是香港三張傳統大報之一，（其他為《華僑日報》、《工商日報》）。「中共建政後，《大公報》和《文匯報》先後由中共的『港澳工委』領導，成為正式的左報。」（見梁天偉專訪資深報人潘一工先生的《香港上世紀五十年代的報業》。打字稿二十二頁約二萬二千字，在發刊中。）對最具香港歷史價值的《星島日報》而言，從第一代創辦人胡文虎先生，胡爵坤得參與編務，而又得兼其發展過程的行政工作，到執筆時為止，胡爵坤是碩果僅存者，我因緣得隨杖履，特別是他晚年移居多倫多，而我適時從公務徹底退休（一九九五）始，在我還沒有患心律不整的前三年，每週幾和胡先生有一定的約敍，對於香港報業的發展、與寫作界的朋友、特別是同文的興起與凋謝，在他的

講述中，也頗詳細。何況還有潘一工兄的見聞，而我又在「回歸」前派駐香港，直接和媒體有定期的約敘，並作為香港中國筆會代表成員，出席國際筆會三次，對香港寫作同文與友人，從上世紀的六十年代開始，以迄於今，潮起潮落，文壇人事的興衰，在這翻騰的年代，廁身其中，也不能不算奇逢巧遇吧！

抗日戰爭期中，胡文虎對支持國府抗戰，捐輸至巨，是中央政府多次獎飾的愛國僑領；胡先生亦以此為榮。到了國共內戰，國民黨內訌日極，又將帥失和，到中央政府播遷到廣州來，不久又「解放」了！《星島日報》在香港石破天驚頭條標題：「天亮了！」，一夜之間，連報頭的中華民國紀年都轉換以公元紀年了，傳統三大報第一個「轉軚」，頗令當時港人驚愕了一陣，也可知中共的統戰能力。可是不久，大陸政權穩定以後，肅反與土改跟着而來的「三反」、「五反」，中共將胡文虎在大陸的產業，連店舖樓宇總共七十二棟，全部沒收。

當時代表胡文虎，管理大陸生意和產權的胡安定，隻身回到香港向胡文虎報告。胡老闆只說了一句話：「土匪！」跟着《星島日報》的立場轉變了。一直到一九五四年，胡老闆逝世時仍站反共立場。

星島報系在胡文虎遺囑上分二十份，經營權則由遺孀陳金枝所生二女兒胡仙女士執掌。星島報系的永安堂，原是胡文虎、文豹兄弟的，二十份當然有胡文豹的後人。兄弟二人各在香港與星洲（星加坡）分頭負責。兄弟都身故以後，遺產繼承者發生糾紛，後經和解。星洲產業亦經胡仙備價收購了。星島報系在胡仙任社長之前，本由胡山出任，當時尚在胡文虎生前，胡仙和何鴻毅在英文虎部任職，胡仙為採訪組主任。惜胡山以「太子債事件」被胡文虎發覺，登報脫離父子關係，以後才培養胡仙的。胡仙

經營星系報業時，適值香港榮景，胡仙且成為世界華文報業總會的創會主席，是胡仙的全盛時期。後又與鄺蔭泉、胡爵坤創辦了《快報》，允許鄺、胡以勞力代股，初期是個新銳的崛起大報，日銷四萬份。那個時候，我亦隨胡爵坤兼在《快報》闢專欄，其初放在副刊右上角的重要篇幅上。後來胡仙聘了周融來總管一切，《快報》才急轉直下，為什麼會這樣？和周融的作風大有關係。以我來說，我的專欄一向在顯著篇幅上，後來搬了位置，這是周來後的事，剛好有一篇關於珠江公司的時事評論，據說珠江的代表寫信給《快報》，說事件的內容與事實不符，要求《快報》作者更正和道歉。我當時正在香港旅遊，我對周融說：我的評論以新聞報導的資料做基礎，如果要更正，珠江應先向報導的報紙要求，不是我的評論專欄，我不會更正和道歉。如果該公司不滿意，他可以告我，我自負法律責任。這樣答覆他以後，很快我卻在《快報》看到以編輯部的名義，向珠江公司道歉啟事。周融這種作風，令我很反感，而當時《快報》鄺、胡的股份已被胡仙議價收購了，但他們仍在報社掛個虛銜，我與胡爵坤稔熟，以後幾年又和鄺社長做了朋友，我懶得和周融屈蛇，直接告訴胡先生，我不喜歡周融作風，這樣不分黑白，身為傳媒的主持人，怎可以這樣沒有膽識，我都說明自負法律責任，並準備在法庭爭個公道。如今編輯部自向珠江道歉，間接否定我，周融這樣不尊重作者，請告訴他，我不會為《快報》再寫稿了。我就這樣結束《快報》專欄的《回歸集》。該集始於一九八七年，比周融入主較早，至一九八八年結束。

鄺蔭泉和胡爵坤都是辦報的老行尊，很想擴大《快報》，適在當時，胡仙投資的「太陽廣場」（尖沙咀地產）的調度發生問題，於是同意將股份轉讓。到鄺先生準備

籌組成功，帶着律師找胡仙簽約讓出股權時，胡仙卻反悔拒絕了。

為什麼胡仙出爾反爾，拒絕口頭上的承諾？原來在這段期間，日本資金大量東來，以八億買下太陽廣場。胡仙不但脫困，還有利可圖。在此之後，還有好幾次地產投資都得利，增強了她的信心。這真是福兮禍所寄，以後還轉向海外各地大量投資地產，終於造成整個星島報業體系掉失。

胡爵坤從字房、排版，凡與編輯相關；包括機房印出的過程到運到報攤的操作、調配，他都瞭如指掌。他處事縝密，又忠於職守，一直是星島報系的重臣。《星晚》全港銷量第一，和他建立堅強的筆陣有莫大的關係。他直接主編的《綜合版》，是當時港人下班後不能或缺的精神食糧。我在六十年代末期就開始為《星晚》撰文。到七十年代成了每天固定的篇幅「方塊」，照記憶所及，在《星島晚報》以「程千里」筆名刊出的就有《暗潮》（長篇小說海外留學生的故事）、《楓葉奇情錄》（短篇小說集）、《風雨江湖三十年》（傳記文學）、《唐人街外史》（章回小說）、《中國名詩欣賞集》等，每集常在兩年才告一個段落。到胡仙終止星島日報與《北美日報》合約；決定自發刊時，也帶同胡爵坤到多倫多策劃。我向胡翁建議，《星島日報》要在多倫多發行，因已有兩張報紙，雖然是老一代的傳統作風，但僑社已習慣閱讀。星島要把他們的讀者爭取過來，單靠來自香港的新移民勢難確立銷量第一大報的地位。《北美日報》經營了這麼多年，只能做到三足鼎立的局面，就是沒有爭取到傳統僑社的讀者，只靠香港新移民還是不夠的。胡翁覺得有理，問我用什麼方法爭取。我說，傳統僑民對其父祖輩來加拿大，還沒有一本吸引他們的讀物，既不離事實，

又適合他們的胃口，可以章回小說形式寫淘金時代、築鐵路時代的早期唐人街故事。我搜集了許多資料，用筆稍為花俏點，不難吸引他們的後代來看。目前原有報紙都沒有留意這是最好的題材，既能反映當年先僑的艱辛；也可以懲前啟後，讓華裔了解到唐人淪為二等公民乃咎由自取，是對切身政治冷漠所致。我相信這種題材和形式，會吸引許多讀者。胡翁聽後立即要我動筆，以備趕在發行之日的重點宣傳。這是我寫：《唐人街外史》的因由。

以星島報系的人才、資金和辦報的經驗，移師美加開業，其優勢非傳統僑社報業能抵擋的，其成功只是時間問題。但胡翁能迅速接受我的建議，亦是主要因素。《唐人街外史》針對傳統僑民的口味，用章回小說方式刊出，以歷史人物做骨幹，建構出淘金、築鐵路時代的唐人街演變，自西而東的發展過程，繪聲繪影的描述。我還建議版面插圖，做到傳統章回小說全部形式。插圖由廣州美術學院王鷹女士，根據情節的人物與場景，生動地描繪出現場的狀況，增加了情節的趣味性。我為背景的現場，自費到卑詩省域多利唐人街（加拿大第一個華埠）實地觀察，且由加拿大最早、由孫中山手創的《國民日報》的總編輯余超平先生的指引和講解，從唐人街的入口處，經「番攤巷」（尚有古蹟路標的說明）。從番攤巷轉入當年的賭場，建築物依然保存着，余超平先生當年已八十開外的年歲了。余先生是余毓材的幼子，余毓材是孫中山親手為他剪辮的同盟會司庫，其子孫輩都成以後效忠中國國民黨的人，我認識的余道生，已是曾孫輩的第四代了。余超平先生是加拿大僑社的第二代，淘金時代結束，而築鐵路剛開始，他真是加拿大承接第一代，後啟以後的歷史見證人。他帶我參觀淘金時代唐人街大賭商「阿熾」的賭場；孫中

山到域多利籌款的下榻酒店；代表袁世凱的軍閥湯化龍，被國民黨人王昌槍殺的現場；形成「四三苛例」的女傭案，主犯怎樣橫屍街頭。余並告訴我，加拿大第一華人富翁張廣就怎樣幫助金礦大王夏利屋的「湖邊公司」；華僑怎樣組成抗日會；「中國館」怎樣起火、釣魚台運動怎樣在加拿大開始。這篇章回小說是古為今用，是「演義」歷史小說和時下的傳記文學的揉合成品。許多文友說我是提倡「唐人街文學」的第一人。以後我還為《世界日報》寫過《唐人街之變》、《唐人街正傳》，都是多年的連載，我對「唐人街文學」的提倡，自從《楓葉奇情錄》、《風雨江湖三十年》，無不以北美唐人街為背景的，包括小說《暗潮》。我也希望後之研究海外華人文學的人，對「唐人街文學」的提倡並瘁力於此者，我是否為第一人能找到論證。「不虞之譽，有甚於毀。」余孜矻於藝文為志業，守誠抱拙。於五十生朝，曾有句自勵：「收拾虛名歸美酒；放開名利入詩筒。」

　　《唐人街外史》當然是裨官野史者流；第一回：坐桅船生離祖國；傷心淚痛話僑情。開場白仿《三國演義》先來一闋詞，我用《蝶戀花》填成：「漫道金山容易去，萬里飄蓬，身已如飛絮，白髮蕭蕭回首暮，辛酸多少難忘處。今日洋場趨若鶩，同是漢人，爭說胡人語，看盡升沉貧與富，寫成滿紙荒唐句。」首回記一八六零年二月八日抵達域多利之西的「中國岸」（China Beach）的一艘大桅船，經過三個月零十天的航行，從香港來加拿大的第一批華僑。歷經海盜的洗劫，到上岸的時候，大家才發覺有一位是女性。看得同船的一百零八條好漢都傻了眼。有分教：「同舟萬里天涯客，也為紅粉起波瀾。」接着第二回：賣鴉片鄧強中伏，防艷妻曹濟築欄。《外史》就以這種模式寫下去；吸引很多讀者，不但在多倫多由《星島日

報》發刊，香港的《星島晚報》同步刊出。到《外史》完結時，《星島日報》在多倫多確立銷量最大的報紙。胡爵坤並出版單行本，初版聽說過萬，不到三個月，第二版以至後來三版四版五版，我也不知道印出多少版。有一年胡仙小姐又帶胡金枝夫人、胡好夫人到多倫多來，我照例請她們到五星級酒店晚飯，胡仙交了一張支票給我說：「這是《唐人街外史》的版費，意思意思，我知道你志不在此的。」我打開一看，只區區加幣五百元，這一頓飯已差不多全報銷了。哀哉！中文作家能靠稿酬、版費養家嗎？這麼暢銷的版本，利益幾全歸出版商，我為報社寫了四、五十年，這本《唐人街外史》賺到有餘，而且帶動多少讀者？

想到中文作家的稿酬，又使我想起無名氏卜乃夫兄，不管左傾作家佔據國民黨時代的文壇，最紅的作家不論魯迅、巴金或是誰；銷量都不及無名氏的小說；然而到他從大陸到香港來，以後又到台灣定歸，他的稿酬還是養不起他個人的生活；真是中文作家的不幸和恥辱。

北美的《星島日報》報系還在胡仙掌控下，如果能夠及早與香港的關係切割，另立公司控管，本來是十分簡單的法律程序。可惜主持者沒有周詳的風險控管，以致一榮俱榮，一枯全枯。可知舊式的家族經營，到底追不上時代的步伐。此外，一個傳媒的成長，較暴起暴跌的任何商業行為得來不易，重要是其社會功能，對政府權力的監督有其責任性。不了解它的功能，真是暴殄天物。中國傳媒從來就忽視這一點，權力者將它當宣傳，統治的工具；投資的商家把它視為賺錢工具，傳媒在喪失記憶它重要的功能時，變得毫無社會公義的商號，有奶便是娘，一切社會公義，人的價值、尊嚴、法律的維護，媒體的老闆誰會想到過？而新聞從業人、時評人；大多為了個人收入，望風承

旨，甚至為虎作倀。這樣的人格操守，誰又會尊重「爬格子動物」？我為文的筆墨生涯，有時真感枉拋心力。

鄺蔭泉和胡爵坤都是講信義的傳統人物。而當時成立《快報》是「以勞代資」，雖然兩人合起來也佔了半數，但畢竟還是尊重胡仙的決定，既買不到胡的股權，又不能更新設備而擴展，透過周融徵詢胡仙要不要接受鄺、胡的轉讓股權。胡仙在地產賺錢，也就承接了，並交周融主持。周主持的過程就不必說；其結果，胡仙在《快報》不斷虧本下低價出售了！不久也在地產投資失利下，被債主接管了整體星島報系。這個具有香港歷史性的報系，就這樣轉手了。

多倫多的《星島日報》，早於轉手前售予當地英文的《多倫多星報》（Toronto Star Daily），在古偉凱兄還擔任總編輯的時期，我建議每在週日寫一篇適時的專題，圖文佔四開版面。相關照片由報社負責。也寫了不少日子。古先生離開後，副刊又重新安排，在週日不再設專題，我被安排每週一至五寫短評：《遠觀樓札記》；大概經兩年吧！就沒有再寫下去。至此，我為星系撰文，粗略估計，從《星島晚報》開始，至多倫多《星島日報》止，始於《星島晚報》的《暗潮》（小說），止於多倫多《星島日報》的副刊《遠觀樓扎記》。約近半個世紀，是我賣文的筆墨生涯、長期效力的報社。

《星島晚報》、《星島日報》、《快報》以外，我早期曾擔任過多倫多《醒華日報》、多倫多《快報》社論撰寫人；並在後者寫短評「諤諤集」。我曾為《香港時報》美、加特派員（陳寶森社長任內），每日寫短評「激揚集」，並為加拿大《世界日報》先後完成《唐人街之變》、《唐人街正傳》。此外，還有台北《新生日報》不定期特約撰述，不同時期之高雄《民眾日報》、《中國晨報》、

《中央日報》、《中華日報》特約時事評論，以及台北《青年日報》副刊特約文藝專欄（主編李宜涯）。至於雜誌刊稿，即有《中華文化月刊》、《孔孟月刊》、《多倫多文藝季》等。我在大陸以我的名字而設的博客《鳳凰網》、《網易》、《博客中國》、《法律中國》、《博訊》、《天益》等，至今，只以《鳳凰網》的《許之遠博客》，我擁有讀者就逾八百萬人次。至於筆墨生涯的寫作，經歷超過五十年，寫了多少文字，我就無法統計了。

近年，我將手上存稿請友人成輯的《許之遠文集》，應有約五十輯吧！出了單行本的，學生時代的《火花》不算，正式在報章、雜誌專欄發表過而結集出版的，只有《諤諤集》（散文），《暗潮》（長篇小說），《詩詞初集》，《詩詞別集》，《台灣沉淪紀事詩》（古典詩詞集），《致屈原》（新詩集），《一九九七香港之變》（香港回歸政治評論），《讜論有據》（博文第一輯），《書法與書道精要》，《論詩與詩人》。而我逾五十年的寫作，又除去時效性評論；成輯在文集就有五十輯（失散的不算），出版的只有十冊，還不到五分之一。我以為，還在頭腦尚不糊塗時多寫，結集已在其次了。未來成書，似不及存在電子版上的普及，也就不急於出版。

寫作生涯的苦樂參半；精神回報遠多於物質。如果要靠論字計酬，作為一般中文作家是苦不堪言的。許多年青時代的文友，還在父母的生活庇蔭下，以寫作為終身職志。到真要自食其力時，就很少能堅持下去，寫作變成了業餘的嗜好，已經是不錯了！大陸作家還缺少一個自由寫作環境，精神的回報甚至少於物質，雙重的壓力可想而知。一九八八年，北京的中國筆會會長蕭乾到韓國出席國際筆會，安排在大會演講，說到作家的苦痛，淚流披面，最後結語的一句：「希望中國作家再沒有哭泣的明天！」

至今仍在我的耳朵響着。我能在海外長寫長有，終身自由自在的執筆為文，暢所欲言，沒有一些顧忌，更不會仰人鼻息；因為我有自己發表的園地，沒有人可以禁制我。在這翻騰的年代，真算老天厚我了！

我在香港的文友，大都是香港筆會的會員，此外就是報紙雜誌的同文或編輯。但也有例外。如金鐘先生在香港出版界頗負時譽，渠於一九九零年創刊《開放》時，台北《論壇報》創辦人段宏俊約我同去，自此認識。銅鑼灣書店的李波不明不白上了大陸，《開放》停刊。類似的《前哨》，主持人劉達文，我也早就認識。為該刊寫的，都是和台灣相關。劉先生經營有道；是少有賺錢的雜誌。寫作人經營有道，自立門户，總算打破過去的咀咒：想一個人破產，最好鼓勵他辦個雜誌！在多倫多的文友，當以香港筆會舊友黎炳照創辦的《文藝季》，蘇紹興、陳慧先後擔任過會長的華文作家協會的作者為主。蘇紹興先生香港大學博士，譯筆一流，與香港古德明、澳洲李時宇共比肩；應是老一代海外學人林語堂、夏濟安後之譯筆繼起者，應無疑問；或有所遺，亦類遺珠難免之嘆。

文筆與畫筆享譽，黎炳昭與陳慧同樣出色當行，桃李滿門；後者更培養殘障少年；均不知老之將至！比我大的何睦、思華、黃容岫等，其人生練歷的文字洗練同步；年歲相若如蘇穗芬、黃紹明學長、林達敏、馮湘湘、葉啟光、梁煥釗、張士雄等；都屬多年文友，未及一一了！

不論書畫或寫作的筆墨生涯，都無法脫離中國文字的。大焉者涉文運和國運，尤其是和中華文化的傳承與發揚、民族的盛衰所關；中國的文人，對傳統漢字的前途能緘默嗎？中共建政後，漢字簡體化已逐步進行，我們也看到草率簡化的流弊，讓這種模式繼續簡化下去？唐人街出現「蘭州拉面」，其初還以為蘭州的整容（拉面皮）診所

發展到這裏來；余光中正慶幸自己的姓名簡到無法再簡，不致有改名換姓之變，誰知亦難免成了「餘」光中；狸貓換了太子，簡體轉換正體的失誤又能奈何？簡化到了最後，大家都看不懂漢字之日，是不是就是魯迅告訴曹聚仁「大眾語」拉丁化之時？內地一言堂無異議猶可曲恕，然以傳承中華文化的台灣和海外，對大陸草率簡化漢字竟視而不見；不管那一方面，不先作文字統合，連一個政令都不能通行全國，又何能順利達致國家、民族統一！我在立法院服務時，就為此作過質詢，後來還舉行過座談會；以免後世拍手笑此代無人。這是一九九零年寫的原稿，作為寫作生涯存證之一的紀錄：

中華文化與漢字的研析
——兼論正體與簡體字的統合

前言

　　這個題目是中華民族面臨而必須解決的大問題，在國家未統一之前，原是兩岸政府的責任，理應由兩岸政府邀集相關學者，成立相關的專職機構，從事研究，然後依據結論，以政令推廣與施行。茲事本來體大，非個別學者所能勝任，但攸關民族、國家的前途，匹夫有責，何況對歷史、文化有深厚感情的文化人士也不能自我菲薄，點滴研究的成果，可預作未來政府相關研究機構的參考。這篇文章做個拋磚引玉的起點，如能引起討論，因而觸起海內外文化人士的關注，督促兩岸政府及早正視，已算是達到既定目的。

　　本文論列，純就理性的探討和事實的陳述。個人限於學養，容有偏私，惟立在有利於民族、國家、歷史與文化的前途，應是沒有疑義的。

一、文字與文化

群體社會、國家或民族在發展過程中累積而成的文化，是包括文字、語言、風俗、習慣、倫理、道德、社會價值等具體事象和抽象觀念以至信仰；是群體社會、國家或民族在發展過程中累積而成的。文字是文化內涵中所佔比重最大，因為這些具體事項、抽象觀念和信仰在累積過程中，是靠文字記載而傳承下來的。有些文字、文化經不起時代的考驗，終於湮沒或勉強尚存，但已不受重視。此固然和其社會、國家、民族的盛衰有關，但小心分析，亦未嘗不發現致盛衰之原因也和文化息息相關。一個久經歷史考驗的族群，能多次屢經挫折，終又能劫火重生，則文字在文化上的功能，我們又豈可忽視？

二、中華文化和漢字

世界文化有兩個主要源頭，發展成為東西方文化。中華文化是東方文化的源頭；希臘文化是西方文化的源頭。我們常說「中華文化博大精深」，這句話似乎無美不備，也許有一點過譽。那什麼是中華文化？看來也是「一言難盡」。但籠統來作個代表性的「一言」，應該是「人文」兩字。「人文」的詮釋，恐怕出一本專書，尚意猶未盡（唐君毅就出了兩本）。也只能概括為：人本精神、文治義理。

到工業革命時代，現代化思想開始，中華文化受到衝擊。我們一度曾懷疑人本文化是否適應世界文明的潮流，因此要向西方列強取經。「五四新文化運動」，終於出現「民主」與「科學」，也就是「德先生」與「賽先生」，這正是西方文化的精髓。我們民族在學習過程中也是跌跌撞撞，至今還在學習中。這樣經過近百年的苦難，終於又能日新月盛的發展下去，很多人以為這是拜西方文化所賜，

其實是中華文化發揮了它擅長於吸收的功能。正如中華民族同化異族的功能一樣，還有多少國家依舊落後，難道不知取法嗎？可知文化起不起作用有着重要決定性。

人類文明發展至今，西方文化所欠缺的，在物質文明的富裕下，正感到精神的蒼白萎靡。霸權無法解決恐怖、戰亂，正要向東方取經，可知東、西方文化在世界變成地球村時，西方文化欠缺了那重視「人文」的東方文化精神，以致物質富裕而精神貧乏。也可知東西方文化的互補性，其間沒有東方文化不如西方文化的問題。只是在人類發展過程中，有階段性的適應性，中華文化已跨過艱難的時刻，西方文化能否帶領強權國家克服其精神蒼白萎靡，還需觀察而後可。

三、中國文字優點的研析

文字既是文化內涵的重要元素，中華文化的優異自然與最重要的元素──中國文字息息相關，瞭解中文的結構，才能瞭解她的優點。人類不斷進步，都認定複雜的代表最好用符號來替代，以免過多的文字反把已成共識的命題不斷重複，而成為研究障礙；譬如數學、物理等，很多以符號代替。全世界所有各類文字最接近符號的，就是中文。中文脫胎於象形，中華文化起源在形象，相似的符號作為文字的基礎。文字學者在世界文字中選出孩子最接近的貓，讓他們去辨認，結果認中文的貓字最多，法文第二。又從民族的進步，思想從簡樸到複雜，中文本着象形的基礎，發展視野所及的指事，相成的會意，結合語言的形聲，字形通音近義的轉注，和依聲託事的假借，連同基礎象形，我們稱作「六書」，這是中文發展的基礎理論，環環相扣，沒有無憑而來，無據而至的。所以學習中文，許多字雖然不識讀，但看其結構、上下字句交接，它的意

思大概也猜得出來。我們高中的學生大致可以讀懂三千年前古代的著作，而英國的高中生無法讀通四百年前的英文；中文的字典不需每年增加，英文的字典每五年要多一大冊；中文單字能力強，新生事物用相關的配詞便可成為新的詞彙，不像英文，因而又多一個新字。因此，在聯合國的諸類文件中，中文是最薄的一本或一頁；而在聯合國調查當中，中文小學生畢業所認得的單字和英文小學畢業生大致相等，可知中文的學習不比英文難。

中文單字單音，富音樂性，由於有這個特點，造就中國詩句或文句有抑揚頓挫的低昂，易於朗朗上口，不管是鏗鏘的朗誦，或是哀婉的詠嘆，都能使聽者入神，而產生共鳴，終於成為文詩大國。方形成字，外形有整齊之美，書者易於掌控佈局，加上字的嚴寬不一，造就中國書法獨步藝壇，任何文字難望其項背。過去埋怨方塊字是落後產物，靠人在龐雜的鉛字粒中逐個字找，不若英文只控制廿六個字母便可。誰知現代人從中文的基本結構，理出法則，同樣可以輸入電腦。由於中文字具有科學性，未來的研究結果將更進步，定能超越不能變的英文打字，而到電腦對中文能精準辨音時，就更不在話下了。

四、中文統一與分裂

中國以幅員廣大，到了周朝，天子還只是天下諸侯的共主，不是中央集權的皇朝。周室東遷以後，王室式微，對諸侯已沒有約束力，諸侯擴大勢力的結果，開始兼併爭霸，春秋戰國的時代便來臨。秦始皇統一天下，皇朝的中央集權才開始，於是「書同文，車同軌」。丞相李斯作小篆，頒行天下，由於年代久遠，他怎麼統一文字過程，似無典可據。但說始皇「焚書坑儒」，其實是不利於秦皇朝的籍典才焚（醫、卜等書未焚），反對皇朝的儒生才坑

（一說卅多人也有說三百多人）。《漢書‧地理志》只簡單說「始皇負力怙威，燔書坑儒」，亦未聞六國遺民因焚書而不識字，可知李斯作小篆，只是有一些文字作局部修訂而已。我們現在讀到四書五經等書，都是秦以前便存在的了，可知小篆還沒有把當時文字離譜地改頭換面，以致面目全非，而產生讀不懂的問題。正如從原始文字而漸進至小篆、大篆、隸書，以至唐的正楷，其演變是漸進而自然的。秦從割據的諸侯進而現代化雛型的中央集權的政府，只是在文字漸進的自然生態中加以統一使用。正楷亦稱正體字，自秦統一文字後，到一九五六年中華人民共和國公佈第一批簡體字，中文從來就是自然演變，中央政府從沒有用政令手段使之分裂的。

秦代統一文字，為什麼不叫「秦字」，而稱「漢字」呢？有兩個主因，一是大抵李斯只做修訂或取捨的文字工作，沒有另創一套文字；二是國人以漢唐盛世為榮，又以漢民族為主體，正如我們稱「漢人」而不叫「秦人」是一樣的道理吧！

中華人民共和國是由中國共產黨（以下簡稱中共）建政的，憲法也明定中共為領導政黨，中共是否要負起中文分裂的責任？在回答這個問題之前，我們還得要考證一下。中共創黨人陳獨秀，乃首倡「五四新文化運動」的人，他主編的《新青年》雜誌發表他石破天驚的《文學革命芻議》，那是新文化運動的號角。他主張「文學革命」而不是「文字革命」。

我在多倫多大學讀書的時候，發覺東亞圖書館藏有《新青年》雜誌，從創刊到停刊，一期不缺，這是研究新文化運動直接的資料。我完全同意胡遐園寫《陳獨秀傳》（《賢不肖列傳》第十八頁，文星叢刊出版）：「文學革命之為事，陳實主角，胡（適）乃配角」。陳獨秀連任中央

總書記六屆，中共在一九四二年首次紀五四運動，還是「由總書記陳獨秀，秘書毛澤東簽署，以後成為中共年年紀念五四，這是我黨的優良傳統。五四精神只有一個：就是『民主』和『科學』。」（中國社科院研究員唐寶林主持「北京紀念五四運動八十六週年座談會」引言）。

　　縱覽陳獨秀的文章，不但沒有對中文有任何非議的意思，而且他本身就是一位文字學者，對《說文》研讀出成績，曾在《東方雜誌》發表過《對中文研究心得》。同一次八十六週年紀念五四運動在北京座談會上，北京大學教授孟昭容發言說：「陳獨秀不僅是個思想家、革命家，還是個研究文學的大家。從文字學的角度看，今天會議的主題定得非常好！和諧兩字的和，是由『禾』、『口』組成，就是人人都要吃飯，不能再餓死人，這是科學。諧字，從『皆』和『言』要大家說話，暢所欲言，這就是民主。從此看來，中國漢字實在是太偉大！」可知中文的分裂，絕不是中共創黨人陳獨秀，或部份學者黨員甚至多數黨員的主張，但的確是執政的中共政府在一九五六年所公佈的政令。

　　正如很多人不滿中共沒有民主，不尊重科學；但中國首倡民主、科學，確是中共的創黨人陳獨秀的中心思想。如果我們尊重歷史，就要講歷史真相，中共在創黨之前期，並沒有改造中文的意圖，還表揚中文的優質。

五、分裂中文的元兇

　　中共要改造中國文字，以適合當時世界共產主義運動，這個歷史無可諱言。以後有文化大革命，「破四舊，立四新」，紅衛兵恣意破壞文物古蹟，是我國文化歷史上慘痛的一頁，正如同珍貴的漢字被改得面目全非一樣，如果不設法制止，而再繼續胡鬧下去，亦幾近於毀了過去文

化遺產。毀掉的古蹟文物，已無可挽救，但漢字不同古蹟文物，而且尚幸有台灣、香港、澳門、北美等大陸以外地區施行正體字，讓這些地區成為恢復傳統漢字的基礎，不難出現轉機，而終於重回漢字發展的正軌。也許中共已感到這種必要，「文革」以後在北京召開過的「全國語言文字工作會議」，建議國務院正式宣佈停止使用一九五六年公佈「漢字簡化方案」五百一十五個簡字。

漢字分裂的元兇是誰呢？我們不須臆測誰是背後的推手？也許連背後的推手並不存在。但站出來極力主張消滅漢字的，確是魯迅。他在《答曹聚仁先生》中〈論大眾語〉提出三個綱要：「一、漢字和大眾是勢不兩立的；二、所以，要推行大眾語文，必須用羅馬拼音（即拉丁化）；三、是普及拉丁化，要在大眾自掌教育的時候。」這還不清楚魯迅對漢字的態度，改造處理的方法及進程嗎？在魯迅時代，「大眾」幾與「人民」兩字同義，如果中共建政後，根據「文藝旗手」魯迅對文字改革的進程，也是「在大眾自掌教育的時候」實施中文拉丁化，中國文化便是萬劫不復了。我們看到法國統治越南，以拉丁化言語取代了以漢字為基礎的越文，人民徹底不知越南歷史，結果亡國了，真應了「欲亡其國，先亡其史」。越南文拉丁化以後，徹底揚棄使用已千年的漢字，設若漢字也用羅馬拼音，中共建政以後，能輕易建立新的中華文化嗎？魯迅巧立名目說的「大眾語」；胡適當年就反問過：「大眾語在哪裏？」魯迅從來不敢答。

魯迅在《中國語文的新生》中說：「中國現在的所謂『中國字』和『中國文』已經不是中國大眾的東西了。」主要理由：「識字的大約佔全國人口的十分之二，能作文的當然還要少，這還能說文字和我們有關係嗎？」，「我們倒應該以最大多數為根據，說中國現在等於並沒有文字。」

照魯迅的看法，他那個時代全國識字的人只有十分之二，就算這個數據是對的，但總算有十分之二的人識字，這又和中文本身有什麼直接關係呢？其直接的關係，乃是當時教育沒有普及所致，不是中文本身出了問題。如果一改而成拉丁化，而教育還是不普及，恐怕識拉丁化的中文人口還不到十分之二。如果魯迅說，中文和我們沒有關係，則魯迅大放厥詞的年代，有這麼多的讀者對他盲目的崇拜，他不是靠中文嗎？說中國等於沒有文字，那是詭辯。

中國文字在黃帝時代便開始存在，中國字不是中國的，那又是那國的？魯迅該讀過很多的古籍，怎能瞎着眼睛說「等於沒有文字」？魯迅以充滿霸氣辛辣的筆調、荒謬的邏輯，吸引思想未成熟的青年學生崇拜，又被當時左翼文聯捧成文藝導師，犯了讀書人最大的誡條：「以學術殺天下後世」。他拜中文的優點所賜，寫了吸引這麼多青年學生的文章，造就他睥睨一世，他怎會不知道中文的偉大，反而要消滅之而後快？一是矯情的不徇私，如果不是，他定是別具肝肺。他的煽動：「漢字和大眾是勢不兩立的」引伸來說，就是中文和中國人是勢不兩立的。這種偏激的謬論，除了瘋子，那個中國人會同意！這個分裂甚至要消滅中文的元兇，凡是愛中華文化的人，何能不鳴鼓而攻之。不如是，這個「死靈魂（魯迅語）」必拍手獰笑此代無人了。魯迅六十出頭便死了，筆者現在就比他多活了十年（這篇文字是十多年前寫的），在接近成熟的年份，也比他多讀了十年書，和多了十年現代的世界知識，為什麼不能直指這個「死靈魂」的錯誤？中華民族能不斷發展，就是「江山代有人才出」，也當然不是在故紙堆裏發囈語，但也不應該厚今薄古。若我們連魯迅都不能超越，中華民族還有什麼指望？

六、由簡入繁與文字演變

　　傳統中文的優點已見上論，據此而論，正統字就無美不備了。這樣說來，簡體字和正體字相比之下，還需討論嗎？雖然不是無醜不備，但相對之下的取捨，不也是很聰明嗎？那也是「還需要討論嗎？」把簡體字一筆勾消就好。如果這樣武斷，也顯然有悖真理，真理有愈辯愈明的精神，才符合學術原理的探討，只憑好惡的武斷和取捨，又和魯迅的偏激有什麼兩樣？

　　如果說，目前使用簡體字的人比正體字的人多得太多，已經不成比例，難道十三億中國人，加上海外如新加坡以至其他各地使用簡體字的華裔人士都錯了嗎？少數怎能不服從多數？表面看來也算是理直氣壯。試問在中古時代，誰不相信地球是方的？相信地球是圓的，只有幾個人，多數人認為這是邪說，並利用教會把這些人殺了，地球從此就方了嗎？可知真理不是以人數多寡決定，真知灼見的重要在此。

　　我聽到不少主張簡體字的朋友說，文字的發展過程中，是從繁到簡的，看看小篆、大篆，不是比隸書複雜；隸書又比楷書複雜嗎？可知愈早愈繁了。這完全是一種誤會，如果對文字演進有研究人就知道這是字形的變化，實際上在筆劃上與原字沒有增減，和簡體字簡化（減少）原字筆劃有基本上的不同，不能一概而論。以此而據，文字的發展由繁到簡是不能成立的；此外，先民的生活，愈古愈簡樸。人類的發展，物質生活日漸豐富，人際關係日漸複雜，思維因而也會多方面因應。記載這些新生事物和思維的文字，自然隨着人類的發展而繁富起來，世界任何文字也必然由簡漸繁，中文何能例外？可知論者是悖於真理、倒行逆施的一種誤導，是不能成立的論據。

結語

　　大陸為我中華民族生存的空間主體，文化的搖籃。台灣過去曾是中華文化的維護者，「禮失而求諸野」。然自台獨政府「去中國化」以後，早已放棄她的責任，對兩岸文字的磨合也漫不經心，使不上力了。我們也只得回頭寄望大陸和海外為民族文化而奮鬥的仁人志士，本着文化的傳承責任，對中國文字前景關心。我們對一些泛政治化的所謂「學者」，其對正體字的攻訐，每本着「見樹不見林」的態度，取其小瑕，攻其全瑜的強詞奪理，已經不值一駁。

　　很多大陸學者已覺得簡體字的運用出現了大問題。上述北京大學教授孟昭容在二零零六年紀念「五四」座談會的發言，已見端倪；其他學者贊成恢復正體字的已難一一錄述，都認為現在還來得及，也是社會成本最低且最可行的方法。大陸當局也早就明令第二批簡體字停止使用，都令人審慎樂觀，「解鈴還須繫鈴人」，國務院應速召開「中國文字學會議」，廣邀海內外文字學者參加，主動將政治勢力撤出干預會議進行，並不可預設立場。政治利益妨礙民族文化長遠發展的生機，有為有守的政府，能從宏觀的民族利益着想，使分裂的文字能磨合起來，對國家民族的長治久安，政令推行都有好處和必要，這是和平發展的一個重要契機。]

　　（本文係作者於一九九零年在國府立法院座談會上提出，經台北多個報章轉載。）

一個僑選
立法委員自尊
的掙扎與回顧

兩蔣過後，台灣正式結束威權的強人政治。時代總是向前邁進的，更好的強人政治，也因強人的自然生命所限而終結。孫中山先生是少見的政治天才；他對政治的界定：「管理眾人之事」。可知政治與政治家是好是壞，評價在管理的好壞。李登輝奢言走民主政治，但實際是學強人手段。結果是「學虎不成反類犬」，台灣從此變成「黑金政治」：政治被黑道與金權結合操控了；一直影響的現在（執筆時蔡英文已執政）。我適時在強人去後、行政主導轉入民意主導的立法院問政，看到政治轉型的過程。蔣經國時代已是台灣經濟發展的頂峰，過此已每下愈況了。蔣猝然而去，轉型的配套未全備，交到一個想學強人而智能兩欠的李登輝手裏，他又排斥老臣，以黑道籬票選舉鞏固權位，進而乾坤獨斷；又以金權自肥、豢養人脈（如培養黨內的集思會、黨外的民進黨）；以致能穩定政局的老臣被斥逐，愚而好自用又不知人善任，何異盲人騎瞎馬！台灣盛極而衰。關鍵在李登輝主政的十二年。國民黨培養一個仇視國民黨的主席；其結局能不支離破碎！

第一屆立法委員（包括大陸來台、增額當地、僑選委員），仍依蔣經國時代屬公教人員薪俸，未及時重新規劃而只稍為調整，予李登輝收買政客的良機。我們同屬第一屆的委員，以後的第二屆以次每三年換屆，後改至四年，與總統大選同時合併進行。李登輝權位穩定後操控政局，在他自肥而上行下效，又為鞏固他的權位，縱容中央民意代表恣意自肥；以致立法委員開始大幅加薪，而國民代表大會的代表、監察院的監察委員，同屬中央級民意代表提出比照加薪和一切津貼福利；以致立委自肥而立法，國大代表、監察委員坐享其成；大家悶聲發財。

我長居北美，在強人過後因緣問政，台灣政治轉型身歷其會，看到民主政治的開步，這對我們民族未來的盛衰

關係至大。個人的紀錄，只是隨着歷史的進程，為歷史保存真實的材料；比個人榮枯的意義大得多。我是本着胡適鼓勵人們寫自傳的目的，寫這個《翻騰年代》，這一章也不例外。

美、加兩地毗鄰，「淘金熱」且是同屬西部跨越兩國的洛磯山脈發生；美國三藩市的淘金熱比溫哥華只早上十年，在靜態的經濟社會，和工業革命後飛躍的發展，不可同日而語。大自然的氣候，美國也比加拿大的酷寒優勝。因此自工業革命後美國迅速的發展，遠遠拋離了加拿大，成為世界的霸權或甚至「超級霸權」；相對來說，她比加拿大對自然開發更早更好，人口也比加拿大超過約十倍，華裔美籍的移民，也大幅拋離加籍華人，影響兩岸三地當然也大得多。美國移民結構中，來自大陸僑鄉的傳統僑民，比加拿大也倍增。以中共建政的早期，土改對僑鄉的衝擊最大，美國僑社反彈因而最強，又以傳統支持國民政府；故又相對得到重視的回報。但香港、台灣同步發展，來加拿大的香港、台灣兩地的新移民，在比例上比來自僑鄉的多，因大陸在「開放」以前還是鎖國的。美、加僑民數目的差距也日漸縮小。

一九七二年台灣第一屆增額立法委員，已開始實施中華民國憲法的華僑參政權，這也是因應原在大陸隨政府來台的第一屆立法委員，他們的年齡已漸老化。其初只在台灣實施「增額」委員，名額的增設，抵銷不了老化委員的死亡率。此外，台灣的穩定，帶來各方長足的進步。因此從憲法條文保障華僑參政權的實施，在台灣各方需求下，特別海外華僑的殷望，於一九七二年（民國六十一年）水到渠成；繼台灣本土實施增額委員的選舉之後，經立法程序，訂出「中央遴選海外增額委員條例」；設立中央海外遴選委員會主辦其事。惟礙於建交國當時不多，沒有

外交承認的國家，要辦理僑民登記和選舉，也未必得到駐在國政府的通融；只可利用駐外單位收集參加遴選的「候選人」表格、和認可的華僑社團或個人的華僑身分的推薦函。由中央海外遴選委員會指定的駐外單位負責徵集，在規定的期間內完成登記參選和推薦手續。由當地領使館或代表處甄選出海外初選的入圍名單。其作業情形，外間難以了解。因此，當地駐外的主管單位，對初選名單難免有主觀的成分，對參加遴選者亦不一定實際了解。例如北美（美加兩地）加拿大只分東西兩區，東區以美國紐約總領事館為徵集和初選主辦單位。試想駐美國的紐約總領事館（未斷交前）經辦人員，能了解加東地區的僑情？斷交後的代表處（編制更小）就更談不上。我參加是一九九零（即民國七十九年）年度的僑選立法委員增額選舉，也就是斷交以後的年代，當時還不知道，是第一屆最後一次遴選的機會。以後依次便是第二屆；我是國民政府實施憲政體制第一屆立法委員，和大陸及海外選出的第一屆立法院委員是同屆的。我從首屆遴選增額僑選立法委員，就以全加代表回國訪問團的秘書長與發言人的名義，得到全團的推薦為首屆遴選立法委員的候選人；但當時並無從政的意願，輕易自行推薦了甄庸甫。至一九九零年已歷十七年光景，而且是最後一班列車了。算入一屆立法委員任期，依次為第一屆第八十五至八十九會期。過此以後，三年或四年一屆，是第二屆的開始，以後依次而下，至執筆時已到第九屆了。

國父遺教，以中國國情言，對傳統的考試制度十分重視，應予保存成一獨立治權機構，以確立文官制度，經考試通過，才能任命的官吏，一律能得到文官制度的保護（必須經過高、普考）。過去王朝尚有御史的設置，就是監督行政首長施政，亦獨立在三權分立的立法院以外。

立法院是擬定法律、通過法律；並負責考核、通過政府的預算。到國民代表大會廢除後，台灣的立法院尚有彈劾總統、罷免總統之權。台灣自強人蔣經國逝世後，威權時代正式結束，民主政治的重心，當然由行政主導轉到民意主導的立法院來。

我雖然讀法學院經濟系，也從參加學生社團開始，便懂得人際關係的重要；但只是參加寫作、出版社團，可知我對寫作還是主要的興趣。沒有打算以後參加台灣的國民黨政治活動。從第一次回台灣，適逢國府增加海外立法委員的名額實施；這是自從行憲後，海外僑民一人一票選出「國大代表」和「立法委員」後，由於國家的變故而播遷到台灣。外交的挫敗，政府無法像過去可以公開在邦交國中選舉民意代表，只可實施「遴選制度」，以僑民向駐外代表處推薦，又委託代表處選定初選名單，再回到國內的中央海外遴選委員會覆核取捨而確定。這個過程，海外代表處人對初選名單有最大的確定能力，除非被「中央」在最後覆核中否決。我是最後截止日期以空郵包裹直寄紐約代表處。我後來才知道，截止報名的日期，並不等於代表初選核定名單的日期，代表處的作業無須對外公佈。我因可有可無的參加遴選，主要還是避免長者的責難。像鍾公鼎文的催促說：你父親已過去了！你也退休！就這樣浪擲光陰嗎？我只可說：你看看過去僑選立委，我沒有見到他們做過什麼？甚至沒有聽過他們發言。本市過去有個僑選立委，任滿出了一本小冊子，還送一本給我，稱做《問政三年》，只有發言一次的紀錄；只比交白卷好。實際他連廣東話也說不清楚，他的國語爛到廣東人也猜不透。但鍾公認為，人家做不好，如果你有本事把職位做好，不就不一樣嗎？這些話很打動我。

有一個我在場的場合，《問政三年》講過一次話的前

立委卻對左光煊（在任委員）說：「不是你出來，我還可以連任。」也難怪他，過去在毛松年時代，僑選立委大多連任的。但時移世易，毛松年下台，曾廣順擔任僑委會委員長，沿例兼「中央海外遴選委員會」主委。許多新的委員被提選上來，他還好意思說人搶了他的素餐屍位。毛松年擔任僑委會委員長十二年，從一九七二年經他選拔的僑選立法委員有哪個專業問政的？他活到九十五歲，在美國曉士頓市逝世，追悼會說他兩袖清風。他清風不清風？我不知道，但我擔任駐港僑務主管時，過去他的老部下畢卓榮（當時調到國府各部會駐港代表的李復中小組當秘書），打電話來通知，向我說：毛前委員長過去長期擔任僑委會駐港機構的直接主管，每次到港，我們都接待，費用可以直報。我派駐香港，是立委任滿後的工作，是當時僑務委員長章孝嚴的任命，經考試院資格審查核定合格，由總統簽署任命令的；我當然知道。那一天，畢卓榮帶着毛松年和他的朋友到他安排的酒店來。我也帶了陸經理永權赴宴。畢卓榮熟悉毛的口胃，我也無異議讓他安排飯局的菜式。陸永權後來向我報告結帳的數目，我也嚇了一跳。原來毛松年是個講究滋補的老饕，一碗燕窩就八百港元（一九九三年）。畢卓榮就點上了每人一碗；五碗就化了四千元。我對陸經理說：以後拒絕畢卓榮代表過氣官僚的約會，也再不接待毛松年，雖然曾是本會主管，依法沒有預算供養他。由於這次印象深刻，使我聯想起毛任僑務委員長十二年，任命的立、監委，每是當地經貿著名人物；他兩袖清風嗎？誰證明？自始不再款接畢卓榮建議的離職官僚，將本社預算供他們補身，還有官箴？我得罪所有過境的舊官僚。

回頭再說我當選立委的過程，我不知道遴選的運作制度，但國內的長者都是官場中人，當然了然。曾廣順委員

長上任第一次選出立委之後，我有一次回台北探望他。他對我說：「我以為你會報名參選；但沒有。」我將這話告訴梁子衡先生，他說：「你下一次就參加，我來幫你！」宗叔許勝發（國民黨中央常委）也鼓勵我報名。當中央海外遴選委員會提上我當選僑選立法委員（向國民黨中央常委會報備）時，第一個打電話到加拿大通知我的就是他。

一九九零年（民國七十九年）僑選立法委員增額二十九名，於一九八九年十月二日公佈當選名單。《世界日報》記者林風雲特來訪問「專訪」；並於翌日在該報刊出：

「多倫多共有五人角逐，其中許之遠，是僑界相當有份量的人士。目前是二十八個僑社的顧問或委員；本身是位專業作家，每年撰寫三十五萬言，三十年從未間斷。月前在多市舉行的第五十四屆國際筆會中，許之遠代表香港筆會，向大會提出人道呼聲，要求中共釋放在獄作家議案，獲得各國代表重視。記者特別訪問他，以問答型式談談他參選的動機：

問：過去兩屆，加拿大產生過立委，你有沒有參加？

答：沒有。

問：為什麼這次參加呢？

答：響應國府的號召，曾委員長多次表示，國府這次辦理僑選立委，必能公正、公開地遴選有代表性之優秀僑界領袖。明鎮華副委員長復指出，將考慮候選人的議事能力為取向。這都是使海外有志效力國家的忠貞人士奮起，參與遴選的原因；因此我也起來響應。

問：台灣近年在立法院產生若干脫軌的情況，你的看法如何？

答：這也是我們海外愛國僑胞所關心的事，這種現象，也是國府這次強調僑選立委須有議事能力的原因之一。

一個僑選立法委員自尊的掙扎與回顧

要確保法治的基礎，立法者和執法者同樣重要。這也是參選的理由。希望能在這一方面有所貢獻。

問：你認為自己的代表性如何？

答：我旅加將近三十年，一直和僑社與華埠息息相關，這次決定參選，許多社團和商號自動為我推薦，囊括全加逾百的代表性社團，兩百多個商號，許多負時望的教授、律師、醫生、工程師和其他專業人士都簽名支持，我在短短三週內得到支持的推薦書超過五百，分成三大冊呈報。

問：大家均知你是位作家，寫過許多政論文章，是與對政治的興趣也是參選之原因？

答：現代中國知識分子，都有一份難言的苦痛，是對國家民族的遭遇分不開的，如果說是對政治有興趣，不如說對國家民族有一份不可推卸的責任，天安門的學生和被逮捕的大陸作家，相信也是為了對國家民族的使命感所驅使，我們在海外就幸運得多了，在此關鍵時刻，自然就應該起來，在不同之地各盡責任。

問：你有信心勝任這個職務嗎？

答：當然有，自問是個正直敢言的人，三、四十年對國際政治的認識，對中國近代史的熟悉，我知道什麼對國家民族有利，我更熟悉僑社，可以反應真正的僑意，我深信自己能勝任。」

該報同一記者林風雲，於上述專訪後，次日再刊出：「許之遠、左光煊談遴選及對僑社服務」：

「在名單未公佈前，記者曾向不同對象徵詢意見，均認為許之遠為謀求連任的青年黨籍左光煊之最具條件與實力的對手，很多人尚認為許君當選機會較大；結果許之遠也終於在各界殷望下，當選加拿大地區立法委員，而左光

煊也以其前三年在立法院問政的成績，獲得肯定再度上榜，使得加拿大增加了一名，令此間僑社異常興奮，兩位當選立委以問答方式接受記者簡短訪問，以下是新當選的立委許之遠表示：

問：記得在僑選立委進行遴選後，記者曾問你要不要參加？你說還在考慮中。一週後才宣佈參加，到現在，你當能說明原因？

答：這是國家的名器，我必須慎重考慮自己的能力，時間和其他能否勝任的條件，我也向一些長輩和親友請示才決定，所以來說，原因只是為了慎重。

問：聽說你這次競選，很得僑社支持，能簡單說明一下嗎？

答：我很感謝各方的推荐支持，全加和各地中華會館與學術界、專業人士、商號、社會賢達以至輿論界都很支持我，這是我衷心感謝的，而我當選了，也說明政府重視「代表性」的諾言，並對服務僑社人士起了鼓勵作用。

問：這次立委遴選，各地報名參選者有一千多人，初選有三百六十多人，現在公佈名單，除連任九人外，新當選者只有二十人，過程十分激烈，你曾去台北，知道一些情形嗎？

答：我是因為出席中華民國筆會，因我獲得世界詩人大會的學術機構頒發的榮譽博士學位，而頒發地點設在台北市的「台大校友會」，那時已經是十月十八日了，跟着參加蔣公誕辰紀念；我在十一月二日便到香港去，在台北時間很短。「中央海外遴選委員會」有遴選規定的作業，尤其是這次遴選與過去不同，成了透明狀態，僑社也在評審，誰有資格當選。曾主委向記者說明過程，開會也開了十四次，可知慎重與公正，

跟過去有很大分別，不再秘密作業，而且分三級遴
選，僑社都知道參選的名單，誰當選了，就知道公正
不公正，何況還可以追蹤就任後的表現。（訪問左委
員從略）」

國府對美國之倚重，看海外僑選名額的分配便可瞭
解。加拿大雖地廣而人稀；但華僑總人口比起德、法、西
班牙合起來還要多，而這三個均有一名立委，而過去加拿
大只有一名監察委員，且此人是個白牌司機，典型聊備
一格的花瓶樣板而已。到了滿地可遴選出謝文慶，是一位
「唐貨」商人，大概「高雄加工區」的竹筍、「馬蹄」（荸
薺）找出路，這些加工的罐頭食品，當時盛極一時；由僑
委會第三處主導交僑商外銷，那個張處長肚滿腸肥，他只
是白手套。我和他有過接觸，瞞不過我，只因我不就範而
已。從謝文慶開始，加拿大才佔有立委一席的名額，又歷
林仲文、左光煊都是一席。「中央海外遴選委員會」開始
產生僑選國大代表、立、監委以後，均由毛松年任主委。
除了徐亨立委（靠本身對國家的貢獻），毛松年主持十二
年該職，能找出誰是他擢拔而對國家、對言責有貢獻的人
嗎？該會其中一位遴選委員曾坦率對我說：曾廣順接任
後，比毛開放多了，最低限度開會時，可以自由對候選人
有異議。與毛松年主持會議不同，他對海外的初選名單，
哪一個在他心目中有份量的候選人，大家一聽就明白，我
們委員有異議的，他聽不進去，他總有辦法擱置下來，或
借故不談；他有太極手法的官僚，總有辦法使屬意者當選
就是了。由於他輕諾缺少誠信，我多次在一些公開場合頂
撞過他，加上聽到這個遴選委員對毛的評語，從此不再參
與遴選。一直至曾廣順主持最後一屆時，民進黨已崛起，
國民黨非革新不可，我才應幾位長者的督促，到最後截止

519

翻騰年代的經歷

日期才報名參選的；以致初選名單已排定，我並不在初選名單之內。

　　北美僑選立委當選名單公佈的次日，《世界日報》刊出一則消息：

　　「《僑選立委爭奪激烈、加拿大有兩名入選》：由於有三百多人爭奪二十九個名位，各候選人都志在必得，令遴選小組十分為難。加拿大地區慣例只有一名，這次竟然產生兩名，將許之遠列入『北美地區』，左光煊列入『不分區』。據台北方面傳出的消息稱，截止最後只分配一名僑選立委給加拿大地區，但台北方面，有人運用其所屬政黨國大代表的黨團力量，向國民黨的李登輝總統間接施壓：以杯葛明年三月間的總統來爭取僑選立委的名額，讓李登輝在總統選舉得票數額上難堪，當局基於種種顧慮，最後才增加一名給加拿大，而使美中及美南地區落空，引起強烈的反彈，認為國民黨政府遴選海外立委不按牌理去牌，仍為鞏固本身的權位及面子問題。」

　　我以國民黨籍參選，所指政黨施壓當然不是執政的國民黨，但政黨政治的在野黨為政黨爭取權力是理所當然的。美國當時已有八個名額，幾佔全海外三分之一。加拿大當時僑民人口約在百萬間，只有兩席，僅佔華裔僑民全額不足百分之零點七，還遠不及百分之一，照比例言，應是加拿大「強烈反彈」才合理。

　　由於我在遴選中出線，名義是代表加拿大地區，為了盡善對地區僑情的反映、僑民的服務。當選以後，加東僑民聚居的安省、大城滿地可我都先去了。同年的十月十六日，我前往溫尼辟市（Winnipeg），與當地中華會館李杏源、中華文化中心主席余嶽興、董事李紹麟、當地國民黨常委裴蓉等會面詳談。年輕一代的余、李、裴等都非常優秀。余嶽興是個醫生、李紹麟是個學者，

裴蓉這個女性同志，有鑑湖女俠的志氣，都令我印象深刻。到退休回來，又經過了十多年，時移世易，國民黨還是「處變不變」的老路，余嶽興退休了！李紹麟已貴為當地「省督」。有秋瑾豪俠的裴蓉相信也退休了吧！這些人都是國民黨海外菁英，都變了「老殘」或楚材晉用了！那一次，我和他們相聚了兩天，紀錄他們的意見。才飛到溫哥華，出席八十餘代表的歡宴，並在全加中華總會館舉行座談會，發言者二十二人。並接受輿論的訪問。我保證他們的意見上達，並將結果親覆。我也在溫哥華逗留兩天，拜會許多著名的社團；均留下我對團體經費的捐贈。以後就從溫哥華飛抵台北，和香港中國筆會代表團同住在東方大飯店；出席亞洲作家會議的歡迎會，代表香港筆會在會議上演講和發言。

我就這樣留在台北，等候立法院新的開議會期和上任；並拜候幫助過我的長輩，向他請益，了解台北的政情；閱讀立法院相關組織和議事的程序、憲法和六法全書，我希望上任就能有相當程度的議政能力。當時國民黨中央黨部，已由宋楚瑜繼任秘書長，原任的李煥已調升行政院長了。族叔許大路做了院長辦公室主任。中央黨部海外部已由章孝嚴出任，我當然要去拜候，這還是第一次私人相見，也是第一次握手，他的手幾乎和蔣經國是一模一樣的粗樸、又厚又實。我和蔣經國握手起碼三次，一次是學生時代在「歲寒三友會」做他蒞會演講紀錄後的握手，兩次回國參加雙十節，在院長茶會中見到；和蔣經國握過手的人，有可能忘記他衣著和天真的笑容，但不可能忘記他那粗樸渾厚有力的手掌。我比章主任大上六、七歲。後來比較熟了，他說自己的出生日期不準確，當然他也沒有在長大後和自己父親握過手。我忍不住告訴他和蔣故主席握手的印象，他也有點訝異。我將加拿大最新的黨務情

況，在這次分別拜訪各部的紀錄呈上。後來，我又在海外部見到「台大」經濟系教授「財政學」的黃錫和老師。

在台灣光復後，嚴家淦任台灣省主席年代，黃老師已是台灣省政府財政廳的稅務處長，代表經濟部部長楊繼曾先後委派為台灣機械股份公司、台糖公司的監察人。後來李國鼎繼任亦續委派。嚴家淦寫信給黃老師，並委出楊、李部長的任命狀（行政命令）。最足珍貴的，是民國四十一年五月，蔣總統初遷台灣不久，鑒於大陸失敗，在台灣將中國國民黨中央黨部改稱「中央改造委員會」，所有直屬中央黨部經黨員大會選出的委員，統由中央改造委員會總裁簽署發給證明書。這種具有歷史價值的證明書，恐怕保留下來不多。黃老師從學生年代、家庭照到稅務處長所轄全省人員四千六百零八人的訓話照片，都存放我處。他逝世的時候，海外部也派員協助孝家治喪，生平行誼公推由我這個門人執筆的。黃老師的家，在我任職立委期間，差不多是我在台灣的家，感念恩澤，先寫出來，這些遺物，自黃老師哲嗣傑生和傑雄弟失去聯絡後，要交回他們，也要等候機緣了。此外，我感受黃老師恩澤之餘，想到長輩的一代，在台灣最艱難的年代，何嘗計算過付出與回報，像黃老師從出道，就是財經界的肥缺，而且掌握全省稅務大權的人，且身兼國營、省營的大企業監察人；而黃老師一生所居，還是台大教職人員宿舍，他才是真的兩袖清風，他的廉正作風，真是典型足式，他是我的榜樣楷模。

新科立委宣誓就職排在民國七十九年（一九九零）二月九日。在這個空檔時期，以興趣關係，常到市區省立台灣歷史博物館、國立藝術教育館、私營畫廊去看書畫展。我寓所在和平東路的泰順街，最常到是國立藝術教育館去。好幾次見到展覽廳的女職員，都是愁眉苦臉。有一

次好奇的詢問她：是什麼原因？是不是工作不滿意、或其他？其初她以我只是個無聊的小市民，隔幾天就來這裏觀賞書畫，也只是敷衍幾句，後來去多了，也看出她更重重心事，我又多餘的追問，後來還很誠意說：如果是你的工作問題不是太難解決，或者還趕得及幫上你！因為我知道這個國立教育機構，是行政院教育部統轄的。這位女士的眼睛出現一點異常，但一陣又像失望似的說：「恐怕趕不及了，我們的主管已收到公文，準備移交了！」我說：「你們的主管是誰？」答：「是這裏的館長。」問：「那是很正常的調職，為什麼與你有關係？」她像豁了出去似的說：「本來我們這些小職員不願說的，但還是希望你為我守秘。」答：「當然可以。」她說：「我聽你的口音也不是當地的台籍人士。你老先生也是外省籍吧！」答：「你已聽出來了！有關係嗎？」她說：「當然有，我也是外省籍；館長也是。你們不知道，民進黨這次中央民意大選得票，破空前紀錄。已不是蔣經國時代，除了政務官還是國民黨掌握，許多經考試，成為公務員的中、上級，大多數已是本省籍人士了，他們掌握許多遷升機會，並且籍故排除外省籍，像我們這些小職員，千辛萬苦才得到聘用，還沒有考到公務員資格，不受文官制度保護；館長已是個簡任級的文官，被教育部人事處長一紙公文，說他的公文寫得不好，就不能做下去；文官制度還不是保護一些特權嗎？館長也開始打包了！他走了，我們這些外省籍小職員還能保得住嗎？」

　　大致我已聽得到關鍵的資料，我默然離開。蔣經國逝世沒有預警；但他一直有糖尿病，早一兩年就坐輪椅了！面目浮腫可見，還不是預警？但威權人士習慣凡事親躬，有預警也等於沒有，他根本沒有時間休息，更不必說住院休養。美麗島事件時，他已是有點處事失常，下令：「罵

不還口，打不還手。」那麼執法的公權力自動繳械，徒增得開明虛譽，但縱容暴力付出的代價，則是國家的長治久安因此動搖，法治的基礎也因此被侵蝕了！那個人的虛譽又算得什麼？他基於人道准許老兵返大陸無可厚非。但開放黨禁、報禁、廢除解嚴令而不是循序漸進，也沒有週詳配套的安全系數。這都和他一向穩重、慎密行事作風大相逕庭的。我們無法得知他的身體狀況，是否影響他的思維在失控的狀態之中；或者他已感到來日無多、時不我予鋌而走險呢？強人政治在常態應變綽綽有餘；但在突發失控中，尤其是強人的身體不支或精神紊亂中，在繁劇的壓力下，又從未權力下放，以致無可分憂分擔之人。結果是強人鞠躬盡瘁，死而後已的歷史覆轍，不斷上演；這是強人政治的致命傷。權力集中在少數人之手固不如民主政治的分層負責，何況獨裁的強人政治。很不幸，一九七八年黨外人士又吃髓知味示威遊行，敢直接挑戰蔣經國的威權統治。這還是首次的，就在當天的晚上，後來傳出：經國先生吐血不止，因此去世了！

再回頭說我提前回國，準備了解一下當前的民情、國情；對國立藝術教育館給我的訊息，是強人去後的具體政治生態：本省人為主建立的民進黨，已懂得利用民主政治「數人頭」的「多數決」，來改變政治既有的生態。如果對國家認同，對法治尊重；在孤島「同舟一命」，民主政治多數決是理所當然的，但用作排斥少數族群，違反尊重少數，就變成民主政治怪胎的「民粹」了！這個憂慮，我未上任已感覺到了。這大概經三十年作為政治評論人，累積觀察政治生態演變的經驗吧！我還沒有上任，也完全不認識館長是什麼人，連他的姓名也一無所知。但我想：寫公文好不好，就像我們作文好不好；主管的認定難免有主觀的成分，喜歡傳統「等因奉此」程

式的下屬，主管或認為是八股的官僚氣味。喜用白話文的，遇上傳統的主管，可能又嫌不夠莊重。然而時代是進步的，文字達意的功能做到，應用文的目的就已達到，公文程式是應用文其中一種，我們不能要求寫個公文，要有文起八代之衰的功力吧！除非我上任趕不上館長已辭退的事實，我真也想為這無辜的「原罪」的「非我族類」作不平之鳴！只是暫時按下。

　　立法院已排定民國七九年（一九九零）二月九日宣誓上任。我提早到僑委會取得立法委員當選證書。由許鳴曦副委員長頒發。宣誓的日期愈接近，立法院民進黨團傳出的消息也愈升溫，他們甚至公然宣佈不惜流血，也要阻擋僑選委員進入院內宣誓上任。國民黨團的黨鞭饒穎奇也召集我們開會，立法院秘書長郭俊次也應邀在場，並向我們保證已和民進黨團談好，只是形式的抗爭，不會用暴力。饒穎奇也說有萬金的準備，請大家放心依時到院宣誓。饒、郭兩人的保證，和報載民進黨的抗爭佈置完全不同。民進黨注重立法院的暴力鬥爭。監察院和國大代表僑選名額不多，而功能也沒有立法院的重要。僑選立法委員中，美國的陳歷健和我，比其他到場的委員相對年輕些。宣誓日期，有些委員還沒有出現，二十九人只有十八人依時出席，我真不明白那些未及時出席的委員共十一人，連任、新任都有，即使有人通報，又有什麼理由比就職宣誓更重要。我們這十八人，也沒有任何示弱而畏縮的理由。立法院的大門分兩道打開，都站滿民進黨的成員。當地選出的委員進入會場宣誓，擋門的民進黨人當然認得。但我們在眾多記者面前，總不能停止前進或脫隊溜走。菲律賓的蔡文曲是個連任委員，自信民進黨有些相熟的朋友，帶着美國大胖子陳歷健走在前面，其他的列隊進入，美國的《世界日報》社長馬克任人面廣，也是個連任、年歲較高的委

員，大家請我專照顧他。誰知他走得慢還不算，也邊走邊與相熟友人寒暄，在人頭洶湧中不知去向。我本來也可以到處找他，避過進入。但一想：民進黨都是年輕新當選的二十一位，我們除了不出現的十一人，到場的只有十八個已比他們少了，而大多是老殘，新科的少壯委員也有不見蹤影的。我想：即使我躺在地上也要進去看個究竟，我從來都不是逃兵。一進大門，我已見到王鼎熹和幾個老委員躺在地上。民進黨看到我進入，胸前的識別證就是新科的僑選委員。有三個人立即衝向我來。後來我認識的是林正杰（綽號街頭小霸王）、戴振耀和黃天生。我從來沒有練過拳腳，他們三人都比我健碩。這一組是最後的圍攻，我在會議廳沿着座位遊走，沒有一個當地同黨籍的委員來幫助我，國民黨是一個講情講義的政黨？起碼當今在台灣的國民黨不是；新當選的國民黨黨籍的新科委員，比民進黨的二十一員多了幾倍，但全都作壁上觀。三人見我避着他們遊走，突然分批來堵塞我，一個繞在我的前頭擋住路口，我回身想逃離，突然肩頸上捱了一個重拳，我不支倒下去，自救的本能突然躍起，向前衝上飛起一腳，對着前面的黃天生踢去。黃看到我像瘋子衝着他來，也就躲開走了。這時，倒是國民黨的女委員看不過眼，列陣擋住。為首那個女委員特別嬌小，就是一身是膽的洪秀柱、終身茹素的沈智慧；都是後來才認識的，一場惡鬥才因此結束。

使我回想起多倫多僑界聯合祝賀，我和左光煊兄當選僑選立委的餐會；在這之前，報載民進黨已揚言暴力，阻擋海外的僑選委員宣誓就職。記者在餐會問我怎樣面對；我說：「我們是回國議政而參政，沒有想過以暴易暴，立法院應有警力保證我們的人身安全；如果不能，我們總不會束手待斃；每個人都有自衛的權利。」

當時，僑選立委已住進兩處：一是立法委員會館；二

是彩虹賓館。我是住在賓館的。我向每個委員打電話，民進黨的暴力行為，如果我們就止隱忍，將來很難在院會發言，我建議起碼先發個聲明，對暴力的譴責。大家黃夜會議，公推我起草《聲明》。我即席草擬了，並即晚舉行記者招待會，翌日即見報。聲明如下：

僑選立委的聯合書面聲明：

「我們是根據中華民國憲法第六十四條而產生的海外地區立法委員，代表海外三千萬華僑，以理性的議政態度問政。華僑一貫以愛國的忠誠，在這個充滿挑戰性、國家民族盛衰的關鍵時刻，抱着時代的使命感，依法當選而歸國參加立法院議政的工作。因此我們不但要堂堂正正代表海外三千萬華僑走上議壇，而且負有維護憲法的尊嚴、文化道統的責任和道德勇氣，確保中華民國的法統而參加問政的。

「我們完全信賴國家的法令，和執法人員對我們人生安全的保障，決不作無謂的抗爭。

「任何侵犯我們人身的安全，必起而自衛，並依法追究。

「我們希望迅速重建一個安和樂利的社會，立法者有責任為民表率，首先守法，其不守法者，我們呼籲全民共棄之，輿論共討之，法律制裁之。」

我因保護馬克任委員進入立法院，造成我最遲而隻身進入，到林、戴、黃來圍攻，我陷入被包圍下。我個子比他們小，年歲比他們大；而且還有綽號叫「街頭小霸王」的林正杰在；戴振耀、黃天生都是農民出身的委員，都有一副健碩的身手；我是手無縛雞之力的書生，但求生的激發本能，我也不知道現場的表現如此武勇。電視台不斷放映我衝拳和那凌空飛腳的配合，加上鏡頭剪接的配合，倒像武俠電影進退有度似的，自己看了也嚇了一跳；原來求

生本能的爆發可以這樣的。當天即時和晚上新聞，代表了民進黨和僑選立委全武行的少不得一個鏡頭。引起許多記者來採訪，支持民進黨的媒體稱我為最剽悍的僑選委員。問我有沒有學過功夫。我說：「如果我學過功夫，我情願在加拿大開武館，也不會在這裏被毫無武德的人圍毆，你看不到我的頸背之間那還紅腫的拳印嗎？他們不是做秀的，是真要致人死地的。」我把衣領拉下給他們看。有一位記者顯然是綠營（民進黨以綠色為黨徽色）的說：「他們不認為你有代表性而抗爭吧！」我立即說：「那麼，你們民進黨就應該循民主程序修憲，刪掉憲法規定：僑民有參政權的條款」。那記者又問：「你代表那個地區？」我說：「加拿大。那裏有一百萬之眾的僑民，就只有我一個僑選立法委員。你們這裏地區單票制，同區參選的候選人數常有四、五位，有的二、三萬票就當選。我們全球僑胞三千萬，初選入名單的就有三百人，但只有 29 個席位。你怎麼不去質疑當地委員？」我的發言，也在電視播出來。

騰折了一整天，那天晚上，回到彩虹賓館，這個原是美軍顧問團的宿舍。自中華民國與美斷交後，顧問團也隨着撤去，闢作立法委員部分宿舍，是只有兩層的建築物。房間分前後兩排，中間設有通道。我選住地面層的後排。宿舍的窗戶很闊大，我的窗戶對着宿舍的後園草地。當時台北市的治安很壞，流氓橫行。我想，我已被點名最剽悍的委員，萬一被親綠的流氓知道我的住處，又無警衛的派駐，窗戶又大，不論用刀用槍，我都難防。只可不睡在牀上，拉了被舖睡在牀前的地板上。地板很硬，我起來寫了：《民主殿堂蒙難記》，後來登在《中央日報》上。捱過了一夜。晨起搬到二樓的前排單位去。

星期六全國的日報都報導：「新科立委宣誓儀式，

混亂火爆中草草完成」。副題是「民進黨立委與僑選立委大打出手、大法官翁岳生險些進不了場。」這是《中國時報》的頭版新聞。舉一已知其餘。當司儀宣佈禮成，一場混亂的宣誓典禮落幕。《中國時報》是外省籍且是國民黨的中常委余紀忠控制的民營日報，沒有譴責民進黨帶頭動武；毆傷多名僑選立委，破壞議會政治生態。國民黨人主持的報尚且如此，台灣民主政治前途多艱可想而知！

星期六、日照例休會的，但黨團對外活動、招待記會常在院內的房間舉行。到了週一，我見到代表西班牙地區的王鼎熹委員一臉病容。那一天宣誓抗爭，我進入大門便見到他倒在地上。也沒有人理會，任人拳打腳踢。我在這一刻間也被圍攻，無法知道他後來怎樣。王鼎熹掩着胸部。我走過去問他是否身體不適？他說昨天捱了一拳，受傷了！咳嗽也覺得痛。我看他情形不對，拉着他到飯廳一角。我說：「你給我看看傷勢。」他拉高衣服，胸部一掌大的又紅又腫的傷很明顯。我說：「你不能到院會去，我為你請假。」我立即打電話到立法院醫務室去，請他們到彩虹賓館接王委員到台大附設醫院急診，他受傷嚴重。我安排好後才出席院會。這一天會議是「內規」的講解。

我第一次發言，就遇上民進黨立委田再庭的阻擋。田委員看來對法律有豐富的經驗。我早到台北兩、三個月，大致熟悉立法院的運作和內規。電視台日來對我的報導頻繁，視為目標也額外顯著。田再庭年已在六十五左右，但身體硬朗，後來才知道，他是黨團指定專門對付我的人；三年任期都專門盯着我。後來大家也心照不宣。有一次，我們一同乘立法院專車回賓館晚飯，真出乎意外，他竟對我說：「學長請你不要見怪，我是上了賊船，不得不聽黨鞭的指揮。」委員的學經歷都刊在通訊名冊上；彼此都心中有數。我說：「政黨問政本來就是這

樣；不過，站在同學之誼，人身攻擊大可不必。我也沒有看到你老出手打人。」他苦笑說：「我的年紀已過了打架的年齡了！」田再庭在三年中只對我作過唯一的一次交代。以後他還是專責針對我。我還沒有見過僑選委員中，誰被專責對付的人。

王鼎熹入了台大附設醫院急診；被強留下來，我去探望他的時候。院方以我為送院急診的當事人，向我說明他的傷勢十分嚴重，那一掌打斷了六條肋骨，有的差一點就插穿胸膜，可能立即致命死亡。隔了一夜才送院，也嫌過遲了，經手術後才穩定下來。再遲些就難說了！王鼎熹幸虧有我多管閒事，拉起他的衣服看到傷勢，把他送去醫院急診。他出院後也不能執行職權，回到西班牙養傷多月。他是西班牙大學博士，江西玉山人。近年才逝世，他是我台大的學長，逝世時已近九十高齡了！

宣誓後星期一院會開議。由立法院院長劉潤才主持，劉院長是本省籍人士，也是連任的當地委員。倪文亞是一位從大陸隨政府撤退的外省籍前院長，是早期哥倫比亞大學的畢業生，陳誠一系的紅人，長期是革命實踐研究院的主任；父親曾調訓該校。我在校時參加過大專黨員受訓並當選臨時知識青年黨部，選任主任委員，也是倪當主任，當選證書由他簽署頒發的。倪主任的繼室郭婉容，曾任經濟系講師時我選修過她的課；到我任立委時，她已是財政部長了。因此，他們伉儷與我有師生關係。我記得有一次「總質詢」，我引用世界各國興建的公路統計數字，證明台灣遠遠落後於世界各國。在院會的座位編排上，財政部長與交通部長比鄰。郭老師在散會時，對我問政的用功，特別對我握手讚揚；並告訴我，她對交通部長簡又新說：你做交通部長，對台灣公路和世界公路的統計，有沒有許委員的清楚？她說簡部長不敢答。

劉潤才院長苗栗市人，他的兒子劉國昭與我同屆，是少有的父子同時為立委的。劉院長已是七十開外的人，是當地最早增額的委員；以後到一九七二年，才有增額僑選立委；因此，立法委員是：行憲第一屆在中華民國各地票選而當選的（包括兩岸各地）、在海外認可的選區票選而當選的委員。以後台灣穩定下來，實施在台灣當地的增額立委；繼而有海外增額的僑選立委；合併為第一屆全數的立法委員。

劉院長雖然的土生土長的台籍人士，但屬國民黨籍。民進黨的崛起，已將國民黨定位為「外來政權」，到李登輝坐穩大位更形公開。因此，新任的民進黨委員，在劉院長主持院會開議時，蜂擁而出擾亂，罵「走狗」等羞辱性的人身攻擊，惡形惡狀的圍着他，在人雜中，劉院長突然慘叫一聲倒下。民進黨人才散夥，劉院長掩着胸口宣佈散會。原來在圍着劉院長時，有人擋在前面，後面的人在空隙中偷襲一拳，着實打在劉院長的胸骨上。國民黨員的新科立委，很多和民進黨一樣年青，而且數目遠遠超過他們。記憶所及，那一屆民進黨只有立委二十一人，國民黨以倍數超過，沒有一人上前為劉院長解圍；一如毆打僑選時作壁上觀；那個郭秘書長又是個昏庸的人，也不敢當機立斷召警制止。翌日院會重開，劉院長掩住胸口宣佈開會，首先站起來，拉起上身衣服。我們在下面的坐位上也清楚看到一大片瘀腫。他的痛苦寫在面上；突然泣不成聲。我們只聽到他宣告：不再擔任院長和立法委員本職了！大家都錯愕的看着他蹣跚走下台，一言不發離開了！我看到他孤獨的身影，我不禁倒抽一口冷氣。我默然目送他佝僂的身體，拖着蝸蝸的細步走出院會的大門。心裏想：他和王鼎熹才是民主殿堂的蒙難者；中華民國政府是這樣對待資深的院長嗎？國民黨是這樣對待效忠的追隨者

嗎？輿論是這樣左祖暴力而禁聲嗎？我對台灣的民主政治打了幾個問號。更不幸的是，劉院長不久便去世了！是因傷？老人在不設防中，能捱下重擊一拳嗎？因老來受辱氣死？使我想起蔣經國吐血而死的事！輿論全沒有報導，所謂輿論正義，於蔣經國、今之劉院長何有！都被民進黨的「合理抗爭」的新聞淹沒了。台灣媒體的涼薄，對香港人的「大限」已表現無遺，何在乎劉濶才的生死！我後來和劉國昭兄成為好朋友，他後來成為世界龍岡親義公所總會的總會長，到多倫多參加公所的百年慶祝大會時，我們再相敘。國民黨的式微，彼此唏噓，都有孤臣無力之嘆；近年也聽不到他的消息了。

中華民國自立法院成立，至我參加的一屆仍屬第一屆，但已排到第八十五會期；每半年為一個會期。三年任期分六會期（從八十五至九十會期止）。第一個會期（即第八十五會期）從民七十九（一九九零）年二月九日開議，民進黨的暴力得到輿論的支持。在開議後的十日中，僑選立委在宣誓中集體被毆打；國民黨籍的老委員個別被打；劉院長被毆傷辭職而逝世。民進黨毆傷劉院長，確實令渡海而來的老委員恐懼，大多數不敢回立法院議政。民進黨揚言，「見一個打一個」；並稱他們做「老賊」。僑選稱為「海盜」。老委員以年老而沒有氣力抗爭，只有僑選委員，有時和他們對罵，他們稱我們為「海盜」。我們有些也稱他們做「土匪」。台灣的民主政治轉型，就是「老賊」、「海盜」和「土匪」對抗，真是台灣的悲哀！

這一段實質參與政治的經驗，使許多以前對政治有抱負和有革新理念的熱心委員都感到失望。我還未至於懷憂喪志，也許由於久歷風霜，有一定的抗壓能力；個人練歷，增加了自信和解決問題的本領，不會輕易服輸。在深入體會現實政治的過程中，逐漸體會對國家認同的重

要性。任何政治理念的分歧，如果對國家的認同還是一致的，對忠誠為國也不會分歧，都可以逐漸磨合。否則，分歧逐漸擴大，力量抵銷，興衰由此而定。台灣不幸，自蔣經國逝世，李登輝主導政局，到他的政治地位鞏固以後，肆無忌憚的撕裂族群，從隱形的意識「獨台」到「兩國論」實質的「台獨」。國家認同的分歧已擴大到不可收拾；到政權交到陳水扁的民進黨，分歧確立；興衰轉變亦從此確立。馬英九的能力已無法挽既倒的狂瀾，台灣衰弱，地緣在國際地位亦已邊沿化。這是我從一九九零年參加實質政治的回眸，到現在執筆，經歷二十七年、超過了四分之一世紀，看到台灣由盛而衰的不幸轉變。

強人去後，威權政治的行政主導轉變到民意主導。而憲法的設計，國民代表大會是體認主權的形式，雖有「常設」的形式，但實質開會議事，一年中只有一兩次。徒有國會的名稱。但實質監督行政權在立法院。一、因政府的預算需立法院通過；審查執行預案同屬立法院；已是具體對行政權的監督。行政院提出立法條文，也須立法院通過交總統公告才成為法律。在通過的過程中，立法院不可以就條文修改，或另行提出立法院的版本取代；但一旦認為有立新法的必要，立法院更就名正言順的擁有立法權，經總統公告交行政院執行。民進黨以抗爭僑選立法委員未經僑民像國內一人一票選出，此為其一、質疑僑選立委的合法性；二、雙重國籍對效忠國家的質疑；三、不能監督政府的質疑；四、僑民比率高的國家，沒有中央民代功能的質疑；五、僑選立委比率偏高的質疑；六、不納稅與不當兵的質疑。

我們這一屆，連任的九席，新任的二十席，我曾詢問過一些連任的委員，是否對民進黨的質疑，應予有力的答覆，以免眾口鑠金，在輿論左袒下，容易積非成是，會

使我們僑選委員問政更舉步維艱。我想，連任委員比我多了三年的問政經驗，這些問題又不是今天才出現，但我聽到的答覆，卻是相應不理；有些還顯得茫然。這還不只是連任委員，新科委員也差不多，這關乎全體僑選委員，大家似乎都盤算着：我何必自招麻煩，況且正是民進黨崛起的勢頭，為什麼自己出頭抗爭？槍打出頭鳥啊！何況這六大質疑，又從哪裏去反駁？這樣大家都裝聾作啞。中央海外遴選委員會既由執政黨的國民黨操控，選出的僑選委員全屬國民黨籍的，當地選出的國民黨籍的立委，也不會因同一黨籍的同志，攻擊國民黨的僑選委員，站在同黨的立場，亦應據理力爭；當民進黨集體圍攻僑選委員，當地黨籍的委員，還不是作壁上觀嗎？何況質疑？說不定於內心對僑選委員的成見，和民進黨沒有兩樣。在這種情況下，僑選委員外有強敵的環攻詆毀，內無黨友的義助；又何能怪僑選委員也自固吾廬，裝聾作啞平安混下去，也就算了！在這種氛圍下，想來想去，能執筆寫下這種大塊文章，其實也沒有幾人；還需要在法理上做些研究工夫。這些條件合起來具備更不容易，但這種質疑不去廓清，往者已矣！這三年就今非昔比，來者到積非成是之日，則外省籍和華僑參政的兩項，必然是台獨的民進黨以本土排斥「外來政權」的焦點，勢難阻擋。為己為民國以至民族的前途，對於國家賦予的名器，連言責都萎縮踟躕，還講什麼歷史責任與使命？

開議以後只有十天，天天有老委員被毆打；每天開會僑選委員遭受辱罵。院外圍牆一部部的卡車，載滿紮着頭巾的人，以米高峰藉擴聲器高呼台獨口號；大門前長期坐滿抗爭人士。每天警察進駐。立法院像個佈防的戰場；還有好幾次受到暴徒縱火，真有點風聲鶴唳，草木皆兵的氣氛。我就在這種氛圍下，議事完畢；就在寓所埋頭

寫第一篇「議案關係文書」。本來原擬在院會總質詢時上台當講稿，這種專挑民進黨攻擊僑選委員的答辯，難免針鋒相對，民進黨田再庭的阻擋、甚至群起圍攻，看來理所必至、勢所必然的；二來這種據法據理的答辯，也非限制的短時間講得清楚；起碼有以上的六點要全面答覆，一次過起澄清作用才達到釋疑的目的。擔任立委之前，我已有三十多年寫作經驗，而且沒有間斷任各報的時事評論人、主筆、或社論撰寫人。自信駕馭文字有一定的能力和水準；也需要數千言才說得清楚。總質詢的規定時間不可能講完，何況必成阻擋抗爭的局面，就更無法一次講明白；因此只可改作「議案關係文書」，向行政院長提出緊急質詢，要求答覆。這個重要的「文書」，立法院完全依照我的安排：比內文較大的字號這樣寫上：

「僑選立法委員歸國執行職權，從報到至宣誓，迭遭民進黨籍若干立委阻擋與圍毆，僑選委員致輕、重傷者多人。其中王鼎熹委員胸肋骨裂六根最為嚴重，已不能執行職權，昨返西班牙療養。本席亦在被圍之列，至感憤慨。用暴力阻擋僑選立委執行公職之藉口：在法以《國籍法》條文片段，及僑選委員未履行納稅與服兵役為訴求；在理以無民意基礎、雙重國籍之效忠、不能監督政府、人數比率偏高之臆測為質疑。具見詭辯奪法；強詞奪理。本席以法、理有澄清之必要。對僑選立委之人身安全、依法執行職務之保障，向行政院李院長提出緊急質詢，至希惠答。

「所質疑的六點，其中前面的五點，都是不實不盡或片面的、比較抽象的質疑，我在「文書」中已詳盡說明（從署）。惟第六點：「不納稅與不當兵的質疑」，是指證僑選立委既然未盡國民這兩個義務，依義務與權利相對的原則，依法沒有當選資格。我已從法的觀點答覆了，但恐有人不服，再自動在理的層而來商榷：

翻騰年代的經歷

「國民義務規定的上述兩項，僑民以居住國境之外，不是他應盡而不盡；是無從盡起也無法盡的問題（有好幾位僑選立委倒是盡了，因為當時留在國內，算是例外）。但是國民應享之權利，僑民同樣沒有享受。如工作權、國民教育權、一切公共設施、福利等（見憲法第二章人民之權利與義務）。也和上述的理由一樣，因為他們住在國境之外。那麼，論者只責僑民未盡兩項義務而否定他們對國家貢獻，獨不論僑民對國家貢獻而沒有享受過權利，把他們無償的奉獻一筆抹煞，是合理嗎？此其一。三千萬海外華僑只有二十九位代表進入立法院，他們三千萬人過去對國家的貢獻抵不上二十九人沒有納稅、服兵役的義務嗎？此其二。這二十九人的平均資歷，報章已公報過，不必多說。而立法院工作量之多，壓力之大，以我們這些人要留在國外賺立委的薪津，是綽綽有餘的。而所得的薪津，如果夠我們自用，已經於願已足。自有僑選立委以來，只聞僑選立委破產，未聞藉此發達。因此，以待遇來說，我們並沒有不勞而穫，對得起國家。然我們過去都沒有想過會當立委的，因此也沒有想到薪津的問題。此其三。再說我們這二十九人，每人對國家的貢獻，相信都各有各的一本賬，才當選的！我們都不想自炫，因此擱下，如果有人要問，可以詳告。所費之大，比起納稅，老實說：納稅實在小兒科了。

「如果一定要僑選立委有納稅或服兵役的義務才有資格，不是不可以，就應該修改憲法。惟僑民盡是國民義務，亦須有和國內國民應享的所有權利；而過去僑民對國家之無償貢獻，又如何報還？不知質疑者可有辦法令居住在國外的僑民，享受國內國民的權利。

「如果質疑者不講理，簡單得很，在憲法上一筆勾銷有關僑民可當選立委的條文，不是更乾脆了當嗎？然而，

到中華民國憲法已不要華僑的時候，我們已無須喋喋了，因為這已經不是中華民國；或者名存實亡了。我們又何必還放心不下呢？

「為此，本席以中華民國憲法賦予僑民參政之權利，是否已確切受到保障？僑選立委當選，依法執行職務，是否也同樣有確切之保障，向行政院提出緊急質詢，並要求答覆。」

（許註：上述「文書」編號（85施政質詢014）並將該文輯在：「許之遠立法院第八十五會期國是建言」（中華民國七十九年二月）。此文刊出後，民進黨減少對僑選委員之攻擊。至第二屆會期，民進黨按比例遴選其僑選委員進入立法院，從此不提出僑選委員不合法，可知過去純屬誣衊國民黨而已。）

劉潤才在倪文亞院長辭職後，以副院長繼任為院長。民七十九年二月九日應屆才開議，二月十二日被打成傷而即時辭職。由梁肅戎委員代理院長主持會議。立法院是民國三十六年（1947）行憲同時建立的，根據憲法，全國選出七百五十九席立法委員。大陸撤守，隨中央政府來台者三百八十餘人，剛可達到半數。由於大陸無法回去，要維持立法院的全國代表性，也就是民國存在的合法性，只有修憲延長任期。民進黨崛起以後，詆之為「萬年國會」。老委員也以自然生命所限，逐漸凋零；因此一九六九年開始作「增加名額」（簡稱「增額」）的修憲，增十一席；至一九八九年增補（除增額加上補席選舉）共一百三十席。一九九一年，國民代表大會通過第一屆來自大陸的立法委員，確定於一九九二年全部退職。一九九三（民八十二）年開始為第二屆。設一百六十五席。二零零五年，民國代表大會再修憲，立法委員改為單一票制，設一百一十三席；另設「不分區三十四席（包括僑選立委）。」僑選立

委過去不併入「不分區」時仍有六席，併了以後，徒具名稱，只得一席，屬象徵式了。以後完全取消。僑民參政的中華民國憲法，經李登輝時代五年修改六次，早已面目全非。連總統公告，也不須行政院長副署的牽制；行政院長的行政權力大大的削弱。又將民選省長，以廢省為名而取銷。總統又成唯一的一人一票選出，無人匹敵的民意代表者，權力擴大也無可匹敵，強人政治不須政績培養威望而達成，而靠扭曲憲法原有體制而達致。廢除總統間接票選，致使國民大會的功能亦盡毀，再不能代表全中國的主權的國會了！因而國民大會亦宣告撤銷。台灣至此，已成為政治實體；以自我矮化：主權只及台（台灣本土）澎（澎湖）金（金門）馬（馬祖）；經此體制確立，台灣雖沒有獨立之名，而有獨立之實了！這種逐漸侵蝕立國與立憲精神，在李登輝主政十二年中全部完成，決非恣意自雄的李登輝的能耐；也不是民進黨人有此機謀。只要我們冷靜想到兩蔣永不錄用的人，到李年代的大紅人，到李將任滿時，又為李清除而反李之人；這幾個小人，就是李登輝背後出謀定策、搞垮國民黨的老奸巨猾、外省籍的國民黨的二臣！蔣經國解除戒嚴令、黨禁、報禁而未設配套的後遺症，又自選李登輝為其副總統，他突然逝世，李得以憲法的繼承權而上大位。中華民國雖名稱依舊，但實際都被李登輝偷樑換柱改變了！未來史家怎樣為蔣經國定位？當非今人所能解說而決定的。

　　一九八六年，我對台灣政治生態已頗多失望，開始對書畫發生興趣；就在那一年首次在多倫多舉行個人書畫展覽。一九八七年父親突然以心臟病而逝世，享年七十四歲。國民黨中央黨部致奠儀美金一千元，並賜黨旗覆棺。父親曾擔任國民黨第十、十一、十二次大會代表，自離大陸，他一生為國民黨做海外義工。我將中央的奠儀加倍，

以父親的遺志，分贈給滿地可、多倫多黨分部、滿地可重要社團經費，完成他到香港以後就是無償作義工的心願。《醒華日報》在出殯之日，我買下四頁全版刊出父親的事蹟和作品的目錄、法書、詩詞手稿等；我還請了滿地可警察樂隊開道出殯。就是因為他的逝世，父親許多老同志在致唁時，頗多希望我能繼志述事，又稍稍喚起我對台灣政局、國民黨的關心。一九八八年國民黨召開第十三次全國代表大會，這是蔣經國逝世後的第一次。父親在生前最後一次，是第十二次全國代表大會的加拿總支部的代表；父親在世時，我養晦近十年；他大去後；我繼志述事當為，一舉當選第十三次代表大會的加拿大的代表。重新接觸中央黨部，翌年十月便當選僑選立法委員，次年二月宣誓就任；前後不足兩年。

　　我到台北出席國民黨第十三次代表大會，印象最深刻的我看到蔣宋美齡告別台灣精彩的「老幹新枝」的演講和瀟灑揮揮手帕的身影。我也看到李登輝主席木訥不擅言詞的表情，和李煥秘書長流麗有致的演講；當然也看到李登輝在比對下的尷尬的皺面；心裏有不祥和的感覺。李登輝躁暴的性格，憤怒已寫在臉上；我不明白蔣經國選上他，而放棄敦厚的林洋港！

　　這個「翻騰年代」，台灣也是這個年代的一角，當然也就有「騰翻」的顛倒過來；所涉獵的範圍，固不止於個人的經歷；因此，稍作勾出當時的政治氛圍是必要的。我退休後且用十五年時間，整理我紀錄下來檔案、日記，相關李登輝出賣國民黨、失政；及豢育民進黨成長到接替政權的過程，用七言絕句詩的體裁；附錄其「本事」，出版了《台灣沉淪紀事詩》（一九九零至二零零四年）。補未來正史之不足；為歷史存證。

　　李煥和王昇曾是蔣經國手下一文一武的紅人，後來都

被蔣冷遇。王昇且外放，徹底離開權力中心，到蔣逝世後才准予回國。李煥調離較早，後來到高雄籌辦中山大學。成立後重出政壇，先任教育部長；不久出任國民黨中央秘書長，時蔣經國已糖尿病不良於行，坐輪椅視事，亦已面目浮腫。李煥的位置就更形重要了！

　　蔣經國在一九八八年一月十三日逝世，依憲法規定，李登輝繼任大位是難以改變的了；但國民黨的黨主席，不為憲法所左右，當然由全國黨員代表大會選生。蔣老總統逝世，嚴家淦以副總統而繼承大位；但黨主席還是全國黨員代表大會產生，結果蔣經國當選，並非嚴家淦。國民黨中央對國家或黨重要的決策，常由中央常委會討論決定，過去交蔣總裁核定執行。蔣經國逝世，中央常委會秘書長是李煥，副秘書長宋楚瑜。蔣經國逝世後第一次中央常委會會議，輪到由常委余紀忠主持會議。在這關鍵的時刻，對黨主席人選為全台人民所矚目，不只是國民黨全體黨員而已。國民黨權力最高機構當為中央委員會，休會後由中央委員選出的中央常委會執行。而監督制和重要諮詢為中央評議委員會，以中央評議委員會的主席團為代表，猶如中央常委會之功能。當時主席團主席為蔣宋美齡。相傳蔣經國逝世，蔣夫人曾多次以電話找秘書長李煥，欲詢問未來黨主席由誰人擔任；另一說傳出她有意出任。這是歷史的懸案。但當時李煥沒有接電話。兩日後中央常委會傳出：「宋楚瑜臨門一腳」，把李登輝送上黨主席的大位。

　　以上的歷史懸案，除非有確鑿的證據，又當別論。如以史識來判斷，未必盡然。蔣經國事父唯謹，尤以蔣老先生的晚年。自陳誠逝世以後，論資排班，蔣經國已不遜當時任何人，論父子親情就更不必說了。蔣經國的圓融，對蔣宋美齡的敬謹也出於自然，頗得繼母的歡心。蔣經國在臨終前不久，曾對媒體說：蔣家後代，不再有人膺國家大

任。以蔣經國的歷練和純孝，有蔣夫人在堂，對家族的未來，如未經她的同意，我是不相信的。以蔣夫人之自尊，聲望之隆，如有意出任黨主席，也不會繼兒子之後而為。故說蔣夫人之找李煥促成她繼承黨主席，蔣夫人端不會這樣自降身分。

另一疑點：宋楚瑜當時位不過副秘事長，有強勢的秘書長李煥在，他官邸出身，熟悉政治倫理，沒有李煥的同意，宋是不會如此魯莽的。國民黨體制：有實權的總統，應當由黨主席出任。嚴家淦是虛位元首，沒有膺黨主席是一個例外。而且當時常委與秘書長，已達成一致決議：主席亦由李登輝出任。主持會議的余紀忠，只是讓各常委表態，始達成一致決議，不是「憑宋楚瑜臨門一腳。」宋楚瑜的副秘書長，只有在中央常委會列席資格，列席沒有提案權，更沒有臨門一腳的地位。如果對主席的人選有意見，可以列席發言，也不能說宋為己之謀而出此一着；而且他在政治倫理上是個有分寸的人，沒有秘書長的許可甚至安排，宋是不會發言的；應是合理的推測。

國民黨中央常委會通過：「提名黨主席候選人李登輝」。這個國民黨交替的重要代表大會，我是出席大會的代表。當時國民黨菁英如趙少康、郁慕明、李勝峰、陳癸淼、章孝嚴、章孝慈、吳敦義、紅影星柯俊雄和許多台籍青年與會。李煥秘書長當然掌控全場。如果適應政治潮流，這應該是決定國民黨重新出發的契機。趙少康、郁慕明、李勝峰已提議今後選黨主席，應一改過去威權時代的起立鼓掌通過；既是中央常委會通過黨的主席候選人，大會又沒有人另提人選。李登輝當選是不成問題，且符合民主程序，為本黨轉型做個好榜樣，提請大會主席改用舉手方式、點清人數、依過半數通過當選。這個合理的提議，卻引來大會騷動，可知威權的積習，合理的常規反覺是一

種異議、不尊重黨的傳承制度。被大會主席團否決這個提案，也就是依舊起立鼓掌通過。引起三人的抗議；揚言對主席的選舉，以不起立抗議。李登輝享受兩蔣殊榮，受到大會起立鼓掌通過，只有他們三個坐着不鼓掌，從此得罪李登輝。

我是參加國民黨近四十年才第一次決定政治轉型的大會，很投入而認真的去觀察。我真欣賞趙少康、郁慕明和陳癸淼；李勝峰能言善辯，雖然稍為急躁一些，但可以理解年輕人對理想的熱烈。這些人，正是最初看穿李登輝的真面目，陳、李且是台籍人士；四人都在立法院應屆選舉中參加；且全部當選，和我同時進入立法院；以後他們在立法院組織一個「新國民黨連線」，一時不喜歡李登輝的人都加入；如台中縣的吳耀寬、台南的王滔夫（都是台籍）、台北的周荃。都成為新國民黨連線的骨幹人物。他們以正統國民黨為號召，和我的政治理念接近，但我還是守着傳統的國民黨，沒有參加。這四個骨幹人物，我們在十三全已奠立友誼基礎，後來又一同當選立委，他們出版了團體的刊物，陳癸淼為會刊召集人，社評每多由我代筆，這是後話了。也證明這個問政團體的雅量。

國民黨的代表大會選舉，暴露了黨中央的當權派，還無法拋開歷史的傳統積習。當威權人物過去了，又再培養一個威權人物出來，為國民黨坐江山，以致民主政治的慢步追不上時代。國民黨在蔣經國逝世，久習在威權人物統治之下，而蔣經國又有處理危機的豐富經驗。大家習慣依賴他了；以為威權人物也要時間培養，有了經驗，就必然可以決斷政策和處理危機。殊不知並不盡然。善謀能斷不一定能同時做到，這是為什麼具備領袖條件的人，也屬於不世出的。我舉一例：當蔣老先生逝世，台灣人心徬徨。當時中共與蘇共交惡，消息傳出蘇共已派出密使到台灣求

見蔣經國。中央黨部舉行常委會議時，由主席蔣經國主持：徵詢出席者意見。曾任中央第二組（中央管情治）主任陳建中發言，認為中、蘇共交惡，美國又與中共建交，我們為了生存，為什麼不可以和蘇共建立適當的互動？陳建中還沒有說完。蔣經國已站起來制止他再說下去。蔣直斥陳的胡塗：中華民國舉世所知：在最艱危的時刻都沒有搖動過反共的國策；本黨更以總理的三民主義為立國的根本。如果我們反對共產黨稍有動搖，不論用什麼道理做說詞，都會動搖我們的國本，還談什麼互動呢？蔣經國就此一錘定音，不必說同不同意，只要蔣稍有猶豫；讓會議再討論下去，消息傳出：連蔣經國都不反對共產黨，台灣還不大亂嗎？結果呢？台灣在蔣老先生逝世後，台灣在蔣經國領導下發生經濟奇蹟，是台灣最安定的時期，成為「四小龍」之首。可知領導人能不能處理危機，不一定是鍛煉出來的。蔣經國逝世後，國民黨主席誰有這樣處理危機的本領？國民黨沒有利用蔣經國逝世後培養民主政治的人才、亦未為轉型民主政治而奠基，還以傳統方式去培養領袖，乃目光如豆！「中央常委會」當年諸公和秘書長李煥都昧於時勢的變遷，均難辭其咎，種下李登輝以後亂政的契機；國民黨亦因而失去政權的最主要原因；治史者不可不知！

　　事有湊巧，是無意或有意，已不可考。國民黨在台北舉行第十三次全國代表大會；也正是中國共產黨在北京舉行第十三次全國人民代表大會，結束之時，後者主要是通過「香港特別行政區」的《基本法》。當日報紙已傳送到台北，我全部讀到。國民黨對港澳的重視，兩蔣時代視港、澳為政治的金門、馬祖，有捍衛台澎基地的無形力量。蔣老先生每在雙十節前夕，駐香港國民黨總支部必須動員，清點懸掛青天白日國旗的數目，向台北報告，供老

543

翻騰年代的經歷

先生閱讀後才就寢；是測試海外僑胞對國府的向心力。他重視海外的反共的人心背向，尤其對港澳的重視。

國民黨代表大會，也有建言的機會。大家排隊登記，抽籤決定，表面很公平，但能上台講話的海外代表不多，我幾乎每日開會例必去登記發言，總輪不上。在最後一日，當程序表快要討論大會宣言時，接下來大會宣告結束。而《大會宣言》卻沒有一句關於香港「回歸」的表示，未免太涼薄了！香港人精神上對國府的支持，每年回國慶祝雙十，動逾百團人數（逾萬人）返台灣慶祝，四十年來如一日。如今「香港大限」（港人喻「回歸」語）擺在眼前，而執政的國民黨卻無一語說及。香港也有代表出席，抽到上台的工團總會的李秘書長，他國語差勁，也不知所云。香港來台採訪的記者團，連日都沒有相關可報導的香港回歸消息，國府對香港是什麼態度？而《南京條約》還留在外交部的檔案上。發言的時間快將結束，我顧不得什麼登記、抽籤這些虛有其表的程序，我走到大會主持的主席團前面站立舉手。到前一個發言完畢，主席團由王尊秋主席主持，他直接在台上問我：「什麼事站出來舉手。」我說：「報告主席，我從千里迢迢代表加拿大同志出席大會，我每天很早便排隊登記發言，但總輪不到我，很不公平。《大會宣言》下節便討論，很有缺失。我難以向加拿大同志交代，我請求公平發言。」我說完，手是不放下來，全場矚目。王主席和左右協助他的人講了幾句話。就說：「許代表情形特殊，破例允許發言五分鐘。」請開始計時。我趕快急步走上發言台，照例自報代表地區、姓名就發言。我劈頭第一句：「我非常遺憾，在我的心目中，中國國民黨是一個有情有義的政黨。在過去近四十年來，國家遇到許多橫逆困辱、孤立無援的時候，香港僑胞從來不離不棄，總裁喻為政治的金門。今日

香港僑胞稱為「大限」的主權移交的日期已確定。而中共的十三次人大對香港的《基本法》亦已公佈，香港報紙大都全版刊載；尤其左派報紙的重視。我們的《大會宣言》稿已印了出來，我亦全篇閱讀過，竟沒有一句關心香港特別行政區和該區的《基本法》。過去我們有危難的時候，香港僑胞的聲援，影響國際觀瞻；也成為全球僑胞支持我政府，起了帶領的作用。今日我們這樣涼薄對待港人，我們還能號召他們反共嗎？還能取信世界各地僑胞？還能說中華民國從來就關心僑胞的福祉？對香港「大限」的冷漠，除非台灣以後無災無難；否則，一定會嚐到自絕於僑胞的苦果！」我坦率的發言，全場肅靜的聽完，發出巨大的掌聲；我看到港報記者都重回記者席上。我繼續說：「這是本黨代表大會，對四十年來支持本黨的香港同胞面臨的大難，代表全黨的大會竟沒有一句支持、甚至一句關心的話都沒有，難道中國國民黨的良心，早就泯滅了嗎？」我發言完畢後，特別到記者席上和他們相見。我的講詞，翌日都刊在港報上。《大會宣言》以我的發言而重印了，但真的只加上了一句：「大力支持香港民主運動。」我雖然不滿意，看來似是敷衍。但一般而言，這種《大會宣言》，不可能臨時擬定，早就由專人根據中央常委會交下的綱要擬定；大會通過只是例行的程序。臨時發言的內涵。不可能多變動而致整篇重新討論；程序也不容許耽誤閉會既定時間，予國人的誤會。我能在國民黨十三次代表全會，特別加上：「大力支持香港民主運動」這政策性的一筆，算我長於香港的回饋，或對香港人對民國的四十年來的支持回報，不論那個角度去評點，對個人對黨都堪作歷史的獻禮。

　　我在大會發言應屬成功的；大概由於職場的關係，而我又在香港有一年擔任過私立中、小學的文史、大專

的經濟學的教席。在「蜆殼牌」跨國石油公司擔任過市場研究，在家庭法庭兼任過翻釋。更重要的，我主持唐人街的地產公司時，許多棘手買賣，在經紀職員無法掌控時，向我說及和多半請求我到現場解決，我有這近二十年解決問題的經驗。唐人街比鄰猶太人市場（原稱 Jewish Market，今稱 Kensington Market）。猶太人精於市道。很多人認為比較難纏，但我接觸多了，他們實在是非常合理的對話人，但你必須在知識上比他高明，讓他信賴，我覺得這是合理而起碼要求。後來我遷到猶太人住宅區居住了十年，對他們的民族背景較熟悉。多倫多市的唐人街，由我們的公司帶領，直到猶太區的 Spadina Avenue，就變成今日的中區唐人街。我不敢邀天之功以為己力，但順利帶動起作用的，當時只有我主持的公司，應該是沒有人否認吧！點滴訓練的累積，幫助我問政臨場發言的掌握。

我第一次國民黨代表大會發言，能在全黨代表大會的「大會宣言」加上一句，也算是人生中一個記錄。如果國民黨政府執行黨的決議：「大力支持香港民主運動」，一句也就夠了！如不執行，更多幾句也徒是具文而已！國民黨政府就是沒有執行！其實在《中英協議》簽定（一九八四年），我在出席代表大會，已經知道行政院有一個跨部會的「港澳小組」的組織，由交通部長連戰主持。他還少我一歲，是台大法學院政治系學生，與我是先後同學，因科系不同，只在籃球場常見，但沒有交談。他常騎着單車來，眼鏡的玻璃鏡厚得一見就知道是他，瘦高得也特別顯著，他的父親連震東；祖父就是中國近代史著名歷史學家連雅堂，是個徹頭徹尾的民族主義者，抗戰時將兒子送入大陸赴國難，連戰在抗戰時在西安出生，連雅堂為之命名，其寓意深遠可知：「勝也好，敗也好，就是不同日本講和！」和蔣百里一樣戰到底，所以「連戰」。抗戰

勝利，連震東是奉命接收台灣大員之一；後任內政部長。當兩蔣時代，政風清廉，連震東死後尚負債二千萬台幣。可是連戰今日家財難以數計。連戰的兒子連勝文曾參加台北市長的選舉，被人在宣傳台上，按下頭從面上槍擊，子彈穿過頭部的空隙，竟大難不死，論者謂祖蔭積德所庇。連戰當然也是中央常委，出席第十三次代表大會，又兼長行政院的港澳小組，竟無一言相關，在大會期間，我在休息時間向他詢問：「香港回歸」，政府有什麼因應的方案？他左右而言不及義；開會鐘聲又響，只說再談。當然只是敷衍。這種袴絝子弟，又能期待他什麼？連後來任國民黨主席，先後做了兩次國民黨總統候選人，均失敗。從此面團團作大富翁；父祖的期待，早已不復記憶了！袁子才（枚）說：「人須顧名思義，為大人者不可不大。為小人者不可不小。所云大者，非驕傲之謂；氣量恢宏之謂也。所謂小者，非卑諂之謂，安分知足之謂也。小人惟恐不富，做大官府之人，惟恐不窮。小人能富，則其人平日之勤儉可知。作大官府者能窮，則其人平日之潔廉可知。」連震東能窮，連戰能富。父子當有分別。

蔣經國在一九八八年初逝世；同年國民黨召開第十三次代表大會，確定了李登輝出任黨主席。李煥在大會各方面的表現都比李登輝強，炙手可熱，當時主席新任，一切還得秘書長的協助，至於內心世界就難說了。俞國華是前期舊臣。李煥在一九八九年五月一日開始接任行政院長，我到立法院服務以後，李煥仍是行政院長。立法院劉潤才受辱辭職，梁肅戎經立法委員投票後出任院長，劉松藩為副。宋楚瑜接任國民黨中央黨部秘書長，是李登輝對宋言聽計從，關係最好的時期。李登輝利用民進黨對付李煥，行政院的施政困難日見。也是台灣治安最壞的時期。

僑選立委經過三個月的擾攘，總算過一個段落。地

方立委，根據問政的功能，籌組各種團體，如「新國民黨連線」、「集思會」支持李登輝的本土派和廖福本籌組的聯誼派「協和會」。我們二十九個僑選立委，也組織一個「環球會」。這是由連任僑選立委建議成立的，首屆由連任的蔡文曲委員（菲律賓地區）擔任會長；秘書長他們選出我來擔任。我們出了一份會刊，刊出籌組目的宣言，都由我撰就交會議通過。立法院長梁肅戎、行政院長李煥都到賀。李登輝繼承蔣經國任期屆滿，又經國民大會代表選出為總統，李元簇為副總統。我們請李副總統為主禮嘉賓。李曾任政治大學校長，當時我在《中央日報》讀到他想在政治大學的校園，種一種有象徵意義的樹木。我當時還不認識他，但偶起的意興，不分尊卑寫了一封信給他。我說：「國立政治大學，是蔣老總統定都南京後創建。當辛亥革命成功；次年中華民國成立，國父就任臨時大總統於廣州。以後創立黃埔軍校，在當時的廣東高師演講三民主義。為革命基地一文一武的最高學府。國父逝世，廣東高師改為國立中山大學，亦為國民黨培養政治人才學校。以後北伐成功，在南京的國立政治大學，遙接國立中山大學的傳統，顧名思義，更直接為國民黨培養政治人才。廣東之木棉花，人稱英雄樹，顏色壯麗，是花中的英雄氣概，木棉樹原屬南方植物，枝幹雄偉，政治大學最適宜種此樹，意象、形狀均符合貴校建立宗旨。」後接李校長函，並告在校園多處種植。以後大家都忙，不常通音訊，但此事彼此均有深刻印象。當李副總統來主禮，說起前事，他完全記得，執手殷殷；執筆至此（民國一零六年四月二十五日），李前副總統適逝世，享壽九十七，若於積潤加上三歲之習俗，則亦登期頤人瑞之壽。余曾奉先考之命，當年特專程經三藩市，代先考謁見其恩師張香譜公（公時年九十九）。翌年足齡一百，世界門生雲集，先考

受託主編頌師德之卷。次年開爐燒水，見火受驚而逝；先考言其壽元有火劫所致。是耶非耶！然乃余最早及見之人瑞。其次為鍾公鼎文，其百齡生辰之晨，我的電話適到，他即命我立即到寓（台北市安和路），始知當日為其足百齡之辰，言其長女至晚上始抵寓，午餐正可由我侍杖履。夙緣之奇，莫非天意！同年杪遽返道山了。李前副總統之喪，亦當日偶閱海外報載見之，只一小段。並不當眼處，近年上網，且不常買報紙，疑亦夙緣。

我接應屆僑選立委組織之環球會問政的秘書長職，乃希望結合力量，彼此支持，特別在民進黨崛起，其勢方銳，又得輿論力捧之際，應是適時之舉。我亦擬了多個構想，怎樣因應和發展。因宣誓就職以後，民進黨人在老委員行近立法院時，常突襲毆打、恐嚇。而國民黨籍之地方選出者，少有照顧，同志視若途人，頗令我感嘆。此外，立法院當時捲起講台語風；李煥也感到嚴重，他身為行政院長，如果在立法院講台語，李煥如何聽得清楚，又如何答辯、宣告？李煥在開議後，於二月十八日邀請僑選立委到行政院一樓晚宴；宴前舉行座談會。他提出講台灣話甚為不妥。我在席間發言：「茲事體大，且在立法院發生；當然要阻止，但還是有後遺症。立法院是中央民意機構，以目前情勢，本黨還是多數黨，阻擋議案通過不成問題。但地方政府與議會是否准予通行？因此，為杜絕以後的困撓；院長是否應考慮向黨中央建言，趁國民代表大會召開的時候，在本黨還可以控制這個政權象徵的中央民意機構，在憲法上增設國家官方語文的條文。」我並指出：「加拿大法律亦有此規定的先例，明定英、法兩語為官方語言。如果現在不從速補救；六年以後，國民代表大會撤銷就難辦了。語言問題是民進黨視為重要抗爭手段，關係國家法統的存亡。試問以後民意代表都講台灣話，不是台

獨也實際變了台獨。中華民國將無疾而終了！」李煥同意我的看法；後來我在席間對李慶珠（李煥的長女在僑委會任第二處處長），請她向李院長備忘。她說，院長知道嚴重性，當有她所本，我就不再說。結果，終李煥行政院長任內，並未立法。因循的鄉愿，豈是天意！

原台籍的僑選委員，有一位姓高的，在美國執業的醫生。回到台灣任職，卻自動主張限制僑選立法委員的表決權。如果只有出席和發言權而沒有表決權，憲法規定的僑民參政權不就等於取消嗎？他參加僑選立委的選舉而自限職能，不是人格分裂嗎？李慶珠說：高某當選是李總統下條紙交辦的。我頗驚異，如果屬實，中央海外遴選委員會還有存在的必要嗎？由李登輝定名單就是了；這是李登輝要超越威權人物的初步泄密了。兩蔣時代，也沒有用手令干預法定的行政機構！高某的言論當然不能代表僑選立委，但李登輝這顆棋子，已製造了憲法相關的僑民參政權的困擾。以後他還有怪異的言行。

立法院開議後的亂象，每天糾集的暴民在門前示威叫囂，米高風的高亢煽動輪番演講、打鑼打鼓的騷擾。還試圖用土製燃燒彈拋入院內，卻無法逮到縱火人。當時王昇已回國，他看到亂象，在質詢時公開說：他經過美國，和安全局的朋友相聚，他們認為這樣下去，中共未倒，台灣也難保下去；王昇引述美安全局朋友的話語，我在場聽到的。

李煥久在威權人物手下任職，習慣馬首是瞻。一旦掌握行政主導，在急劇變動下，難以因循的官僚作風所能應付的，也給李登輝和民進黨看透了他的應變能力。就在這時，台灣發生白曉燕案。白是醒吾學校的初中生，是著名藝人白冰冰的獨生女，綁票事發後竟被殺害，李內閣毫無辦法因應。黑道橫行霸道，連德國名車賓士所泊的車

位，就有黑道「保護」收費，警察視而不見，以致台灣當時，沒有人敢用。都轉買BMW，而此車安全不會騷擾。黑道能影響市場消費，至此可見。而李登輝大位坐穩又再選連任，一切在他掌控下，李煥被郝柏村的國防部長代替下來。計李煥內閣從一九八九年五月至同月的次一年換下，剛可一年而已。郝繼李出任行政院長，上任即倡言肅整治安，人稱治安內閣。郝任職不到三個月，執法機關不敢玩法，郝鐵腕整治下，也破了白曉燕案和其他大案，全島大治。民意調查超過了李登輝。

郝內閣改組，僑選立委的環球會也以每會期任滿改選，由牟宗燦任會長、左光煊任秘書長。內閣出現變動。錢復出任外交部長，馬英九掌法務部，王建煊財政部，趙少康環保署。錢復字君復；台大法學院畢業後，到美國哥倫比亞大學留學得博士學位。他是台大校長錢思亮的幼子，上有兩兄錢純、錢煦，我任立委時都與他們談過。俱學有專長，都是國府獨當一面的要員。外公是廣東著名詩人、遜清舉人張公昭芹，我在台大讀書時還見過他，寫得一手館閣體好字。錢復和我同庚，是我的學長。在我的《諤諤集》寫過他：「錢復在華府記者會上的演講」。當時他任駐美代表，在美國華盛頓的記者招待會上，面對二百餘各報駐美首都的記者，發表有關購買軍事器材的演講說：「我們自製軍機成本高昂，除非找到買家；否則，不如向美國購買。」我當時已在北美居住了二十五年，聽過無數國府駐外人員的演講和談話。還是第一次聽到這樣精彩、不亢不卑的演詞。過去駐外人員，每以委曲求全，甚至近於奴顏妄態與外人週旋，有辱國家使命者比比皆是。這些年來，國府在外交陣線上節節退卻；如果說外交人員沒有責任，誰會相信！過去慣聽我國外交家的演詞，是符合美國利益，錢復說：「這是符合中華民國的利益」、「也

是美國與我們簽約上的義務。」當時寫在加拿大《星島日報》專欄上。《諤諤集》出版於蔣經國逝世那一年，我寄了一本給錢復。

我在台灣任立委，由於代表加拿大地區，我多次在台北訪問加拿大駐「台北貿易辦事處」，該辦事處在一九八六年已在台北開設。主持人秘書的名字依稀記得為Margaret，說起來是「多大」的校友。我先後有兩三次應邀參加他們的午餐，或應邀報告台灣對外貿易的狀況。當時台灣已發展為「亞洲四小龍」之首，是台灣最榮景的年代。我有一次和辦事處代表 John Clayden 閒聊；我說：台灣已經和美國簽定了兩國首都代表處，各大城也互設辦事處，為什麼加拿大不能比照辦理？他說：「不是我們不肯，是台灣方面要求：加拿大可比照美國模式辦理。你要知道：美國有『台灣關係法』；但加拿大沒有。要突然立法，也不可能在國會通過。就因為這樣無法比照美國。不是加拿大不想做，是台灣方面的條件我們做不到。除此之外，我們都願意配合。」這個訊息，錢部長剛上任，似乎還不知道，外交部也沒有人注意到。大概連戰這個前外交部長，和他做交通部長時的習性未改，認為自己命好，做什麼職位都平順康泰，無為而治吧！交到他手上不會動，枉花心力，還可能成事不足，敗事有餘。

錢復是繼連戰出任外交部長的，機會就來了。為此事擴大其迫切性，我特別在院會向外交部提出質詢。這畢竟是外交的大事，自從加總理杜魯多提出的「加拿大模式」，就是以中華人民共和國取代了中華民國，中共加入了聯合國，並且又為安全理事會的常任理事，就應「無條件與中國建立外交關係。」這個模式由加拿大推動，是國民政府在外交陣線上全線潰敗下來的骨牌效應。如果加拿大和國民政府重新建立實質關係，總比完

全沒有關係好得太多。我在院會提出的質詢，自然驚動想做事的錢復。就在當天晚上，錢復立即派北美司長王肇元到我的寓所相見。

　　我還是第一次和王司長正式見面，他不知道我的背景，何能確定消息的來源。我只好稍為簡署的自我介紹：我到加拿大不久，就加入加拿大保守黨，一直到現在。承認中共的杜魯多是自由黨的。目前加拿大還是保守黨執政，派駐台灣貿易辦事處我常去，和主持人及秘書都認識；他們沒有必要說假話，你們可以調查誰與他們聯絡過，是不是在交往中，也說及要求和比照美國模式辦理？如果這些人聽了不向部回報，或回報上級不理，都算不用心的失職。我又對王司長強調：如果保守黨有這個意願而因循觀望；到自由黨再執政，這個互派代表的機會就沒有了。我的訊息準不準確，你和他們接洽一下，不就完全明白了嗎？懷疑不是多餘的嗎？我這樣一說；王司長也沒有什麼可問。我說：保守黨最近的民調並不樂觀，如無意外，下次大選極可能下台，最好趁快接觸，我也會直接向錢部長說明。

　　後來，我在立法院見到錢復，說明時間的迫切性。部長深以為然，並告已在接洽中。到一九九零年十月二十二日，王司長奉命在傍晚又到我的寓所來看我。向我說明兩國代表頻密的接觸，已於今日簽署在加拿大設立辦事處換文。原則已確定，細節應不會有什麼變化，除感謝我的協助，並問我有什麼要求。我說沒有任何要求，只因為我代表加拿大地區，當兩國對外公開宣佈互派代表的同時，請亦提前通知我，使我能同步向加拿大華文報紙發這個消息，以免我身為加地區的僑選立委，還不知兩國交往的變化。王司長很感動的說：這是應該的！應該的！我記得清楚同年十一月十四日的下午。王司長就在外交部次長程

建人對外公開宣佈兩國互設代表辦事處並簽署交換航權協定的同時，向我報訊。我立即當着他面前，用長途電話通知多倫多《星島日報》古總編輯偉凱兄，並請他通報北美地區傳媒。台北和加拿大相差十二個小時，我通知加拿大《星島》在半夜，正可趕上十一月十五日的日報，用「頭條」套紅：「國府外交部昨日正式宣佈。加、台兩地將互設辦事處」：「本報訊」：「據本報今晨接獲台北立法院僑選立委許之遠的長途電話報導，加拿大與中華民國互設半官方辦事處的消息曝光後，各界均感振奮。許之遠委員在長途電話中表示外交次長程建人十四日下午舉行一項記者會，正式宣佈加台互設辦事處，同時宣佈互相交換航權。許之遠表示，加方已核准台灣方面可在渥太華、滿地可、多倫多及溫哥華四個大城市設立辦事處。加拿大方面，將把設在台北市敦化路之辦事處擴充一倍。許之遠表示，加拿大各華人社團負責人組成之回國訪問團日內抵達台北，他已電告外交部長錢復。錢部長亦已安排於本（十一）月二十三日上午接見這批遠道來訪的僑胞。」重建關係在我意料中，連航權互換一起完成是意外的驚喜；誰說僑選立委全是花瓶擺設！我實現鍾鼎文公的期待。

後來，錢部長決定一九九二年秒，駐加拿大台北經濟文化代表處將在渥太華開處時，也通知我到立法院外交委員會支持。立法院也公告過程：「錢復在立法院外交委員會答覆僑選立委許之遠質詢時透露：國府駐加拿大台北經濟文化代表處渥太華辦事處將於今年底前成立。」於此，我在三年僑選立委任中，提供資訊，並協助政府促成中華民國與加拿大建立半官方的代表處，也和斷絕航線二十年得以恢復。至今事經二十九年，我從未對外說及這個外交秘辛；而在耆老之齡首次述及，故絕非自炫，

乃謹守本分，做歷史存證的史料而已。後來我將任滿的時候，古偉凱兄還在星島任內，寫了一篇短文：「許之遠期不負僑胞」（一九九二年三月十一日「楓林閒話——台灣之行見聞之三」）。我公職全退後，古兄為我在該報每週日開一個全版面的「專題」，題目與內容，從不過問，而版面還配合相關圖片，很能吸引讀者。我們都有各盡本分的性格，不說過當之言、不作相捧交歡，只是莫逆於心。古兄從《星島日報》退休後，可能也像我不良於行，已少了相敘，我多次電話都無法再聯絡，自屬憾事。

我對國府政情熟悉，尤其對國民黨籍的僑選立委，毛松年選拔的徐亨、梁風兩人，一直對國家有貢獻。不是毛提拔後而崛起的人，除了徐、梁，我看不出還有那個真材實料、肯為黨國奮鬥而有建樹，大多拿國家的名器向僑社炫耀，做過那一件堪足與國家名器相符的事呢？這個印象很深刻。因此，要洗脫僑選立委的花瓶形象，必須從自己做起。我過了第一個會期，趁着休會的假期，我要回加拿大，特向海工會（海外部的前身）章主任辭行。由於我曾在歸國任職時，曾拜訪全加各大城的黨分部、僑界重要社團，做成記錄送章主任卓參，他印象深刻。辭行中，他特別資助我一些象徵的考察費。這種鼓勵，反而加深我在假期的工作量，旅費和酒店，也遠遠超過他的補助；但我仍沿各大城和黨僑團舉行座談會，作成記錄使僑情上達。

過去僑選立委，全未聞親自組織僑團領袖，並帶領他們回國訪問，使這些領袖們能和各部會首長直接座談。這個動機，我趁着到各大城訪問，實地視察，誰是僑黨團的實際領袖。回到多倫多，便着手挑選及徵詢他們能否抽時回台灣訪問。我邀集了五十三個僑團領袖，全數應邀參加。

一九九零年（立法院第八十五會期）僑選立委的薪

津還很微薄，助理只有一個不全薪的補助費。我開始就聘請三個全職的：沈秉文、賴天生、馬盛河。一個都不敷，何況三個！（以後又增多一個和多個義工）有許多僑選委員，四、五人合聘一個做傳達，有的乾脆不聘。沈秉文先生原是調查局科長，退休後成為報社專欄作家。經香港著名作家焦毅夫的介紹，當我的特別助理。由於他多年任情治單位的科長，對台灣內部情況當然嫻熟。總有七十多歲吧！他開始為我寫書面質詢稿的時候，許多不合理的社會現象，都很能道出癥結所在，也有他一套可行的導向政策，我都仔細聽取他的意見，然後確定用書面質詢，還是在院會或「委員會」（向相關部會問責）作口頭質詢。他寫好以後給我作最後核定，如書面質詢，我簽署後，他會代交到文書處打字，由立法院轉到相關的問責部會去，經書面答覆在立法院公佈，並另函向質詢委員答覆。口頭質詢分院會的「總質詢」和院會針對行政院屬下的部會而設的委員會的質詢；「總質詢」乃對行政院長為對象的施政質詢。但所有部會首要均須出席聆聽。由行政院長即席作答；或行政院長指定質詢的相關部會首長答覆。院會對各部會問責的委員會開會，立法院例必公告；相關部會首長也例必依時出席備詢並答覆；其重要主管亦列席隨時提供資料供首長因應。

　　一般來說，口頭質詢均由我親撰，但間中有重要的國情資訊，在沈秉文的書面質詢稿中發現，我會移作重要的發言稿；在院會或委員會的現場，我上台口頭質詢而在院內即場播出。有的被電視台當重要新聞即場或稍後轉播。書面質詢由沈秉文起稿經我核定送去。沈先生其初對我的修改，頗有抗拒。我向他解釋說：「這質詢稿許多資料和意見、建議，雖由你主稿，但因為立委才有這職權，而且是我簽署的，對外它完全代表我向相關首長問責，你

是我的助理，但好壞都由我個人承擔。如果你不願意我修改，我是無法接受的，因為是我簽署的公文，已不是你的了。但我亦不勉強你，希望你忍耐一下，看我的修改如何；才決定去留不遲。」這些退休的老公務員，都有他的練歷和自尊，而且情治單位的一個特徵，官銜小而權力大。我平心靜氣和他說理，他當然也知道，只是自尊心的自然抗拒；也就勉為其難把初稿交給我。經我修改、核定交回，修改過多的，我會要他重新繕正。他接回經我的核定稿，我也不再說話。這樣過了好幾天，他卻又有一些書面質詢稿交來，而且說：「這幾篇都針對時弊，我很用心的做了初稿，請你核辦。」我原本讓他休息幾天，沒有交代他要為我再撰寫什麼；他的轉變，是他終於明白兩者不同的職權，與一般友誼有別；他也知道我在他認為得意之作，常移作我的發言稿。他在研究室看着播出，當有一份光榮感！《水滸傳》的江湖好漢：「俺的頭顱，要賣與識貨的人！」我們後來成了忘年交！沈秉文到我將任滿的會期，幾乎每日上班相見，意甚依依。我為尊重他，從開始就不設上班時間，亦不過問。到我任期將滿，有一位朋友剪了一篇文章來，原來是沈秉文寫的，他沒有告訴我；我也沒有讀到。友人交來他寫我們的相處事說：「做了半輩子公務員，寫了大半輩子時事評論，退休後為許之遠委員的特別助理，卻是精神最愉快和值得驕傲的事。」我的書面質詢稿，許多是沈公建議由我確定內容取捨與核定由他寫的，他太熟悉台灣的內情。有了他，每一篇書面質詢稿都言之有物。針對國情、各部門內情、社會輿情而發。立法院印成《許委員之遠八十五至八十九會期分類問政輯要》。與沈公相處，使我領悟對「國士」和「眾人」之別。也可從沈公描寫中，當時微薄的薪津，到我任滿，我帶到台灣上任的四十萬加元就歸零了。任滿外調香港，以

公務繁忙，沒有時間通訊息，在香港調回台北，不久從公職退休，再到台北找他，已縹緲難尋。如果他還活着，已逾百齡人瑞了。

我到台北等候上任期間，常到寓所附近的國立藝術教育館觀賞書畫展；本章前文已述不另。我記得館中還未考上「普考」（公務員考試及格的資格承認的必要條件）的多個女職員，以館長接到調職通知，而她們都是他任中僱聘的人，又是外省籍，恐有解僱之憂。開議不久，遇上教育委員委員開會，記得前事，我立即出席並登記發言。教育部長毛高文，率領該部主管到會備詢。人事處長當然追隨。我登記發言後，向教育部一個隨員說：「我是許委員。有要事找人事處長，我在會外等他出來，請你通報他。」我在事前對處長的學歷已摸清楚，館長也還未交接，不到三分鐘，處長就急步到我的面前來：「許委員找我有事嗎？」我拉他離會場遠幾步：「聽說你要調離藝術教育館的張館長了！他不稱職嗎？」處長說：「張館長的公文寫得不好，人事處有閒言，他也做得夠久了！調動一下對他也是好事。」我乾脆讓他知道我有備而來，隨即說：「林處長！這恐怕是你的主觀，館長做不出成績，過了一些時日都不稱職，將他調離沒有人說不對；但張館長很專業，且是個書畫老手；我見過他的題款，一般公文應難不倒他！聽說那一位候任是台籍人士，說不定是你的親友吧？」林處長連忙揮手否認；我緊接着說：「館長是經銓敘部認可的公務員，那條法律要經人事處覆核公文才得留任？」林處長為難的表情寫在臉上：「大委員不要難為我吧！教我怎辦！」我想部會的人事主管，那個不是老手智多星？我硬着頭皮說：「在你們來說，撤回公文，還不是小事一樁嗎？如果就此作罷論，我現在就離開；不會質詢。如果你堅持己見，我也準備坐等和指定你辯論。反正

我沒有任何好處，更不是關說，我不認識姓張的，也從未見面。」處長不能離開會議室過久，隨時要提供部資訊；伸出手來說：「就請你老離開吧」。隔了兩三月，我經過該館，順便探望上幾次見過面的魏小姐，我那時已有名片了。我說：「你們的館長留下來吧！你們也不再担心被解僱了吧！」魏小姐看看名片，有點驚奇的打量我。我說：「不是嗎？兩個月前林處長已撤回館長調職的公文。」魏說：「我們還以為是丑輝英委員做的！」我當然認識丑委員，是大陸地區選出的前輩；那個年代的女性能選上立法委員，來頭可不小，只是年紀垂老，早些日子還見她在院內跌倒；少壯親綠的官僚誰還聽她的話呢！魏小姐入館工作未久，最有可能先被解僱，很感謝我的義助，後來相熟了，我三位男助理都不開車，她在週休或假期，常為我做送件的義工。我的助理當然樂於我的研究室多了一位義工，他們有時不待她的出現，還會請她過來幫忙。當時她的軍人先生剛退休；山東閔姓，大兒子閔大弘，軍校剛畢業，幼女還在學校讀書。魏名德珍，祖籍湖北。一直做我的義工到我任滿；以後還加入兩位不定時的義工，一位是黃錫和老師的兒子傑雄弟，他還陪過我到柬埔寨洽公；另一位是邱寶珠女士。

我退休後，陳水扁才登大位，我真感謝老天厚待，如果我從香港調回本會，沒有依自己的人生規劃，於唐人小說筆記所謂七十不做官提早十年退休，稍作因循，到陳水扁當選，即使未上任，也算是觀望的像大陸所謂「風派」，到不得不才離開官場，和我提前自主的離開，瀟灑「不帶一絲雲彩」差遠了！我在一九九四年十二月中旬辭職，自批即時生效不受挽留。次年重遊台北。時陳水扁已上任，把唐飛從國防部調升行政院長，明顯是李登輝起用郝柏村的故智。副部長伍世文升部長。我到台北和舊友敘

會，才知道魏德珍的兒子不會逢迎，得罪了台籍的上司，把他關入三軍醫院的精神科，眼看前途盡毀，還可能連性命都掉了。魏德珍沒有告訴我；後來我常用的立法院的司機李官生向我說的；我與伍部長有舊，即時將實情寫了一封信給他；承他念舊，派了謝國樞（中將）到三軍醫院調查；院長也覺得疑點重重，主要是閔大弘身體與精神都健康，只可暫時留院察看。並希望伍部長下令，他會立即遵辦。結果還由部長下令，在沒有證據下應依法放人。回想起來，閔大弘畢業時還在母親的安排來見我。我說你出身軍人家庭，又是本科生，而軍人的事業在戰場；金門是前線，何必等待抽籤？自報到金門服役更好；是我鼓勵他去的。我還送了一枝 Cross 18K 金筆給他做紀念。想不到這麼愛國的年青軍人，即使出生在台灣，由於祖籍是外省，還不免「原罪」，令我無法在為民主政治奮鬥中，不去反對台獨。我亦沒有理由鼓勵閔大弘再去守金門，結果退役從商了！他的母親剛看到了孫輩次第出生，又剛退休之年，也不知患了什麼病，又是故人李官生的報訊，這個一生憂患的忠勤的公務員、人間的慈母、佛陀的弟子往生極樂了！此外，最早的助理賴天生兄，為了養母年老，任助理兩年，就回到花蓮奉養，且終身未娶，他真是人間純孝；我每次回台，尚有聯絡；但已沒有說起養母了！人生百年，如尚在已超出百齡人瑞了。以賴兄的純孝，未敢多問。他辭職，留美的學妹（曾任台大法律系班代表、成績第一名）劉雲回台繼任；她真是巾幗鬚眉；我感激她的努力盡責，以派駐香港在倉率間決定，未及詳談，追悔難及。另一位馬盛河兄，也是渡海人，經鄉親介紹而來，我任滿而他已年老，難再找幫傭的工作；想做個小本賺零用的擺攤檔，不想有家累。我問他要多少？他說二萬台幣就夠了！可知他的簡儉！如數交給他；後來在台灣也找不到

他，二十年前，終於找到他的遺孀，知他平靜過去了！這些故人舊友，常在我的感念中鮮活的出現！

一枝筆難以兩頭寫。耄齡心無罣礙，以真為主；回頭再說在這翻騰年代，不論「居廟堂之高」或「處江湖之遠」的經歷，心懷信史。至於時序，如史料有可用者，交歷史編者整理可也。

立法院對憲法規定行政院設置的部會，也相應在院內設置委員會，作為監督部會的對口單位。在民主三權分立的國家，就是所謂在野黨的「影子內閣」。例如行政院的有內政部、外交部，立法院就有內政委員會、外交委員會，以此相應類推。因此中華民國雖然是總統制，但有內閣制的色彩。民選總統是治權的總負責人，也不能逃避政治責任，他不是有權無責的皇帝。寫到這裏，我就記起另一件為保存中華民國的法統，做了一個海外僑民未必能做到的事。那是我從公職退休後的事了！事緣加東各大僑團，接到當時僑務委員會委員長吳英毅函，語極委婉：行政院已決定將僑委會裁併到外交部，創設仍主管僑務事宜的「僑務局」，他將任該局主管；並言外交部經費較充裕，或有利於僑務的發展，希望僑社仍一本支持政府云。這通函已發給全球各地僑團，他亦準備出任裁併後之新職。有向僑社道別的意涵，只等待裁併日期通知而已。此間華僑協會加東分會通知我開會。會中固然有人反對裁併。但此事已勢在必行，其事起至今，如果重視僑界的反應，怎會在行政院會議原則通過？可知在僑界激烈反對，無補於事。必須警醒總統馬英九，除了他，已無人可以阻擋。而且必須一擊中的。到院會議決確定裁併日期，就無可挽救了。裁撤僑委會，是民進黨裁撤「蒙藏委員會」後最重要的政綱，過去民進黨羽翼未硬，陳水扁時代之張富美任僑務委員長時，被全世界傳統僑社杯葛，曾痛苦在三

藩市中華會館門前不能入而灑淚。今馬總統領導國民黨重新執政，卻自動裁併僑委會，行政院會原則上已通過，這是何等不可思議的事。馬英九不過問，顯然漠視全世界僑社之反對、不考慮違憲問題、更重要是：台灣得不到三千多萬海外華僑的支持，以今日台灣在外交上之孤立無援，卻自棄所有海外支持的力量，而妄想成為民進黨人也擁護的「台灣全民總統」，豈不虛幻可笑。這正如孫中山的比喻：一個苦力中了彩票，這彩票放入謀生的擔挑中，他以為發了大財，那還須這謀生的擔挑？結果把擔挑掉了；不但失了彩票，而且連謀生的工具也掉了！我告訴會眾：什麼抗議已沒有用：如果有用，早就不會等到今日這個地步。只有一個方法，讓馬英九知道，他是負裁併僑委會的政治責任，而這個責任，在歷史上是毀憲的；在民國史上，將漠視孫中山回饋傳統僑社創建民國功績的遺教，等於切斷中華民國與海外華僑歷史的哺育臍帶。他要負起這無情一刀的政治責任；他未必買到民進黨人擁戴的心，卻先不義自絕了全世界僑界的支持。這個反對裁併僑委會的函件撰寫的正文、副本發出的管道、簽署人的先後；統由我負責。還要會議出席一致通過，如果能趕在行政院會議決定之前發出，我有把握馬英九不會不叫停。經會議決議一致通過。

我在散會後即時擬好呈文，及發向正、副本之受文者。由於我曾擔任過馬市長時代的市長顧問，我不迴避，置呈文者之首位，就是扛下一切後果的責任；馬不會不看我的簽署，就必然閱讀全文。全文不長，他也不能不讀：如他斷然裁併，就要負起我上述的政治責任、歷史責任。這呈文在二零零九年四月一日分呈。錄之如下：

「受文者：馬總統英九

呈文者：見名冊（附另紙）

副本抄送：劉行政院院長兆玄

王立法院院長金平

主旨：反對違憲裁併僑務委員會

說明：海外僑社多數已堅決反對裁併僑委會，所申述之理由不贅，茲從中華民國憲法之立憲精神與規定，以及裁併之後果，扼述要點如下：

一，中華民國之創建，海外華僑貢獻至大；因此中華民國憲法明定中央民意代表有由海外華僑選舉之產生。後以中央政府播遷台灣改為遴選。仍遵守憲法華僑有參政權之立憲精神；其後修憲取消國民代表大會，修改監察院組織法，和僑選立法委員併入不分區，依政黨比例產生，實際上已違反華僑參政之立憲精神。二，憲法七部二會，其中僑務委員會，以華僑對國家貢獻卓著，除非自行申請脫離國籍，否則仍以僑民視之；並設僑務委員會管理和服務。三，憲法規定之蒙藏委員會，以過去修改中華民國主權限於台澎金馬而撤消，實在已違反憲法第四條之規定。如果又裁併僑務委員會，實際已完全自我矮化為地方政權。故僑委會之存在，有宣示中華民國之中央政府不是地方政府之意義。四，若僑務委員會與外交部合併，無論任何巧立名目或經費較充裕等美言，均無法掩飾僑務首長降級為政次之實際職位，僑委會亦淪為外交部轄下之實際附庸單位，違反立憲精神與體制。五，民進黨以台灣獨立為黨綱，其排斥華僑，反對華僑參政，其提出裁併僑務委員會乃理所必至。然政黨今已再輪替；國民黨政府豈可因循鄉愿，不予修正，且為此作違憲精神與體制之幫兇。若不矯正，可斷言將失盡僑民向心。六，今僑務以僑教和聯絡為核心，一切活動，可視為文化，傳統聯誼。例如慶祝雙十，可視作文化活動。若併合外交部則有政治內涵。且僑民多歸化僑居地，祖國與僑社連繫亦可視作傳統文化性活

翻騰年代的經歷

動，外交部顯然不宜。以上扼要陳呈，至希

睿詧

加東僑團連署人見名冊附頁」

呈文電郵傳出，不到十日，僑委會吳英毅委員長傳來道謝函，稱：行政院會通過：裁併僑委會案不再討論。二零一五年，我回台北旅行，順道到僑委會看看舊友。呂元榮副委員長是我帶領「加拿大社團領袖回國訪問團」時初期加入的僑委會任科員，很客氣留我午餐，席間我第一次說起這事。他才恍然說：明明當日已打包準備離職，怎麼忽然煞住。我當年阻止裁併僑委會是二零零九年，我已經退休後十四年了！「嘗棲是山，不忍見其焚！」湖海布衣，尚能保民國法統餘緒不斷，非自邀譽，實哀國運之多舛！也為民國存信史。

再說我在立法委員的任期，當第一個會期結束。依原有計劃組織：一個包括加拿大各大城的黨團僑領來台訪問，使他們知道台灣實際的民主進程。當時李登輝尚對台獨的言行未露，但我長期做政治評論，很容易參悟一些政治人物言行，身體語言到表情，琢磨出他的用意或潛意識。我有一次對宋楚瑜秘書長說：我總覺得李主席對本黨有某種情緒上的抗拒、甚至悖離。宋說：以經國先生的練歷都選擇了他，我們也只可相信他的判斷吧！這樣一說，我也有點懷疑自己的過敏，例如李要換行政院長，這半年李煥內閣的治安確實太壞了！黑道的猖獗教人瞠目結舌，而且一日數驚，都是明目張膽的殺人擄掠。郝柏村上台就面目一新，又例如起用錢復等人，都孚民望高的菁英；又以章孝嚴入中央黨部海工會，顯有讓他經歷黨務的好意。宋秘書長的解釋未必沒有道理，也就稍為釋然。

第八十六會期又開始；訪問團來訪的程序安排置首要。以其有僑選立法委員以來，第一次組團代表遴選的地

區，都是僑團代表性的人物。我在選擇時，亦照顧到年齡的分配，結合了老中青。我記得蔣夫人臨別政治舞台的演講：告誡國民黨要「老幹新枝」，不可偏廢的警語；而會期開始的重頭戲是對行政院長的「總質詢」。上次是上任的第一會期（立法院的第八十五）；立法院還在民進黨暴力劫持下進行，我在總質詢期中以緊急質詢向行政院長提出萬言書，就法理情對僑選委員的正當性全面申辯，並要求政府保證保護人身安全。而這次總質詢，我不再只書面，而是親上講台發言。

不論是對行政院的總質詢，或對相關各部會的問責質詢（在院設的各委員會），都是親上院會、委員會的口頭質詢。我都親撰講詞和準備因應的辯論綱要，這是立法委員重要的職能；是評估委員的稱職能力，除非甘作「花瓶」，領了薪水回僑居地渡假。郝柏村擔任行政院長以後，治安大大改善。《世界日報》記者阮炳忠當我回多倫多招開記者會一篇訪問稿，引述我的話：「郝上任後，為了杜絕大陸軍火走私、擾亂治安、採取釜底抽薪行動，首先在宜蘭等幾個登陸的據點實施戒嚴措施。在島內徹查軍火走私的流氓及不法集團。破獲多宗軍火走私案，並鼓勵有黑槍的流氓自首。民眾對郝院長的行政智慧與魄力，予極高的評價。許委員說，治安改善，使得投資意願帶來可喜的改善，外流的資金開始回流。他又加強證券管理處的功能，防止大戶操作、小戶受害的現象。他又提出六年的經建計劃，重新改善全省南北走向交通網、加強東西的交通。」這些話，部分在總質詢。我並批評民進黨使用暴力，蔑視議會政治，扭曲民主精神。記得就是那一次，在郝院長新上任第一次總質詢，惹起民進黨全體立委到講台圍着我恐嚇、叫囂，田再庭還扯斷米高風。我回頭問主持大會的梁肅戎院長：「這是不是我總質詢的時段，他們

圍着我扯斷米高風合不合法？」梁院長答：「還是你的時間，他們不合法。」我得到答覆即護住講台，就是不走。相持僵對良久，國民籍當地立委才上前勸阻挑釁者，着其返回座位。我繼續質詢至完畢，院會休息。趙少康署長第一個下來向我致意。我說有些更具體的事實還沒有說，可惜時間不夠了。趙說：這已很夠了！他們受不了。曾廣順不久也到我的面前，用廣東話附耳說，「這麼多人圍着你，你的腿不發軟嗎？」我說：「如果我害怕逃避，以後所有僑選立委回家好了！」意外的是，當晚郝院長請人帶了一籃鮮果來慰問。過了一週，還用鏡屏裝裱裝紅底黑字，署名郝柏村：「立言忠鯁」四個字，送到寓所給我。對我起了鼓舞的作用；也開始了我們至今未停的友誼，到執筆時，他已九十九的高齡了！南山仰止，不勝馨祝！

一九九零年十一月二十三日，《星島日報》的「台北專訊」「加華社團領袖訪問團」報導：「昨拜會國府外交部長、立法院長。錢部長稱：加拿大僑胞在中斷了二十年邦交之下，能不斷地在各種直接間接的情況下，為中華民國加拿大保持實力，承先啟後，使中、加兩國能又恢復辦事處的設立，希望今後仍大力支持，使外交關係再進一步。錢部長也聽取了多個代表的意見，也誠懇精要的回答，贏得全團最熱烈的掌聲。訪問團又在許委員安排下訪問了立法院，梁肅戎院長及秘書長等特別設茶會招待。他特別推許之遠委員在政壇的傑出表現，也答覆代表的問題，許委員又帶領訪問團到二樓，觀看立法院委員的發言與官員的答辯。」

《星島日報》（一九九零）十一月三十日，在訪問團結束一週行程，以一版的頭條報導：「在台北作為一週之訪問後分期回加。該團在抵台時招待記者，發表該團之「聲明與意見」。並於結束行程時，對元首、郝院長、梁院長

及各部會首長之招待、邀宴與座談向新聞界發表了感謝函。據大多數成員稱,訪問金門的印象最深刻難忘;晉見總統和副總統最緊張。總統力勸大家多留些時日,並每人致送紀念品。郝院長的果斷與決心,使團員留下深刻印象,他聽取大家的意見,一連說了:「政府一定依法反對台獨和打擊台獨。」僑委會座談會歷時兩小時三十分鐘,僑領均能暢所欲言。海工會之招待會,適逢該黨六十九週年前夕,大家提議唱歌慶祝。以後在新聞局、內政部之招待會,團員均興高采烈時,都在暢飲後高歌。」

（許委員每天均與助理隨團服務,並邀請全團到「白金歌廳」聽歌。並在「彩虹賓館招待所」設宴招待,請僑務大老高資政信、董副秘書長世芳、葛代主任維新、張委員希哲、曾委員長廣順等作陪,席間放映許委員問政的即場錄影帶歷時九十分鐘。總統招待茶會,當日三大電視台均轉播。）

加拿大社團領袖訪問團,是我當選後就有這個腹稿。百聞不如一見,我要每個大城,都有個僑界表性的社團人物,親到台灣去實地觀察一下:民主政治是怎樣開步的,也許跌跌撞撞;也許是拳風腳影;但這個過程,比起民主先進國家的英國,她需要二百年才穩定建立內閣制。君主虛位的法國流血的大革命多少人被推上斷頭台。民主進程也在百年才能成熟。美國的獨立南北戰爭後走上兩黨輪替的總統制也經歷近百年的擾攘。台灣從威權的強人政治,轉型到今日第三次和平的政黨輪替,只不過從一九九零年至今只二十七年。不必拿英法美這些先進民主國度言,就與大陸相比,六十七年的民主進程還是原地踏步,就不能相提並論了。

第一屆增額僑選立法委員,在一九七二年才開始實施;到一九九三年一月結束（立法院第八十五至九十會

期）。立法委員從第二屆開始，僑選立委人數從二十九個名額減至六人，並全併入「不分區」。這是非常陰險的招數。到第三屆，全球僑選立委就只有一席，其他五席，都被移作國內政黨按比例瓜分了！這是台獨間接褫奪憲法賦與僑民參政權的凌遲血刃。當時曾廣順還任僑務委員長，不但不敢據憲據理予反對，而且還用大陸第一屆行憲年代的國內人口總額所選的立委人數和海外僑選名額相比。認為六個名額，要比當時國內的名額，比例上還要超過。也證明目前代表國內的台灣能有六名僑選立委是合理的。這種詭辯，把台灣一地暴增的名額當作國內（包括當年大陸地區）。這當然為李登輝逐漸消除僑選名額作實質支持的所為；到今天，那還有僑選名額？全被「不分區」吞沒了。曾廣順還不是被利用後下台麼！曾先生一生效忠民國，提攜本黨海外人才頗多，比毛松年的官僚氣好太多了。我多次在專欄上揄揚過。但他認同李登輝削減僑選立委，恐怕是唯一的憾事吧！他下台不久便歸道山了！「吾愛吾師，吾尤愛真理！」算是春秋責備賢者吧！自有僑選立委以來，在其代表地區組團回國，見證政治轉型，已確定在中華民國史上，前不見古人矣，後不見來者乎？除非台灣出現一個傑出的政治家，深切了解中華民國不能缺少海外僑胞的支持，重新確認僑民的參政權，實施僑選立委重新配額，我樂見後之來者，有繼吾志之人。

第一屆立法委員，不管從大陸渡海的、在本土增額的、在一九七二年海外增額僑選的委員（第二屆以前），還來不及調整薪俸，就因民進黨的暴力抗爭而止步；老委員也等不及應屆會期結束就提前退休了！剩下本土和僑選立委，撐大樑支持執政的國民黨政府。郝院長上任的第一次總質詢，李登輝還說着「肝膽相照」。但實際上民進黨籍的立法委員，已給郝臉色看了！特別是陳水扁，當面罵

他「軍頭」。郝在發言台上反駁了；陳隨手拿着記事簿、書本當面向他擲過去，幸郝上講台時，他的侍從常開傘擋住。以後李登輝坐穩大位，對郝院長迫害愈來愈嚴重。我們聽到台獨之父李之言、台獨之子陳之行；就知道他們政治父子的互動，緊密無縫的配合着，郝主持最後一次總質詢時，陳水扁突然脫了一隻鞋子，脫手飛向郝院長的面前，幸那個侍從身手敏捷擋下，沒有擲中。這是我在現場親見的。陳水扁這種狗仗主人勢的惡劣行為，不但黨同伐異；對同黨也沒有信義可言。當他取得連任台北市長的民進黨候選人之前，清楚表示放棄爭取該黨應屆總統候選人。誰知他的連任市長，選不過馬英九；結果他食言了！回民進黨參選應屆總統候選人，把當時黨主席許信良趕下台；許被迫脫黨參選。在李登輝支持下，陳水扁成為第一次政黨輪替坐上大位。

　　民進黨執政了！陳水扁夫婦貪婪成性，公務員的自肥案也在他執政下，比李主政時更甚。立法委員大幅加薪，陳任內每屆增加助理名額，補助助理費，給立委一個總數作「國會助理費」，每年台幣三千萬。由立委支配；報個姓名上去，一樣可以吃空額；有人算出，連立法委員本人的各種薪俸津貼、助理補助費等算在一起，每年一位立委，國家須編列預算八千七百四十四萬台幣；和我們第一屆立委的微薄，差距有天壤之別了！舉個例吧！三年只有最後會期共六個月補助一名助理月薪一萬五千元；立委月薪連津貼約十萬，比現屆的零頭都不及。原來經調查的一篇文章和列表，巨細無遺的統計出這國家預算，立委的薪給和補助費（見上述 87,448,000），以今日美元（最強勢）兌台幣為一比三十算，每年計為二百九十五萬美元，立委現改四年任期合計為一千一百八十萬美元。

　　為什麼累積到這個龐大的數字呢？這篇調查報告指

出：立委每月領來薪俸和公費合十七萬九千五百台幣；
加上年終獎金、文具費、電話費、汽油費、高速公路通行
費、餐費、國外考察費、國會外交費、交通費、健康檢查
費、立法研究補助費、研究室租金補助費、國會助理費、
助理年終獎金、助理自強活動、加班費、統籌事務費。看
看以上的項目，不是自肥是什麼？這些項目，有的是個概
念，有的是巧立名目，一個國會議員，自肥到這樣無恥的
地步，還有什麼自律可言！損害國家什麼事不可以做到？
幸好我們第一屆委員還不會這樣歛財自肥；比不上一個
現任立委的助理。這些年來，立法院幾至癱瘓，立委在
立法院只為耍嘴皮、鬥嗓門大、鬥狠。現屆立法委員為
一百一十三席；而每個人算算每年開支的公帑，就是個天
文數字。行政院的部長，過去是七部二會，也不過九個。
他們的預算都經立法院審核，行政院的預算敢刪除立法委
員的各項不合理的補助嗎？明知自肥，也只可裝聾作啞照
列：「不怕官，最怕管」，立法院的功能是以國會監督行
政。部長見了立法委員已矮了一截；在功利的社會觀念
下，部長和立委的薪津的差距這樣大，難怪官員慨嘆「官
不聊生」。本來，這個《翻騰年代的經歷》，是個人的記
錄。但正如本章的開始，或「序言」都指出，個人的經歷
陳述，只是為我民族歷史的進程，保存歷史真實的材料。
個人榮枯殊不足道，所以沒有一定要記下什麼；而且三年
的任期，我的口頭和書面質詢達一千三百七十餘次，沒有
一次是廢話的；也難分出重要的層次。

　　當李登輝擬修改憲法的初期，還是請黨籍委員在陽
明山「革命實踐研究」開會，表示他有崇高民主的作風。
他透過省籍的支持者，放風目前已進入憲政時期，一黨獨
大的色彩應淡化，憲法也不宜寫上國民黨的政治理想「三
民主義」，應以其他的精神如「自由、民主、均富」代表

便好。外表看來，似乎持之成理。但政治理想，一在它是否適合國情；二在是否適合世界潮流；三在是否人民普遍的渴望。包裝可以很美麗，理想過高則難以實行，或實行代價可大到人民負擔不起。這正是民主政治的過程比理想實現更重要的原因。憲法是長治久安的國家大法，不宜輕易更動，美國立國至今二百年，憲法少有更動。李登輝在一九八八年（民國才七十七年）才主政，就任十二年中更動憲法五次，太兒戲了吧！我記得當年討論是否取消「三民主義」在憲法的條文：「中華民國基於三民主義，為民有、民治、民享之民主共和國。」我當時還是僑選委員組織的環球會的秘書長，大家都希望我對這重要的座談會，表達一下僑選立委的意見，尤其是為向海外僑胞有個交代。而老一代委員當時尚未談妥全部退下來，而增額之本土立委也大幅超過民進黨的席位。實踐堂塞得滿滿的。在這種大型政治集會上，許多重量級政治人物都極慎言，他們已地位崇隆，犯不着立場露底，這種鄉愿作風，未始不是國民黨經過風風雨雨，又沉醉於「器小易盈」現狀之表現。我本鄉野人、江湖的不羈客，又沒有留在政治圈子發展的機心，所以一直本着一點良知，回報國家的名器。因此又激起一點忠憤之氣，自然又舉手發言：「國家的建立，都有其背景，締造民國的國父，其始求漢民族脫離滿清壓迫的臣奴地位；建國後提倡五族共和，成立少數民族自治區，求所有中華民族得到解放。我們現在看到東歐民族掙脫蘇俄的支配，民族主義正是世界潮流。民權又比人權更進一步發展，成為主權在民的世界民主政治主流。民生還求經濟發展後能達致社會均富，也是潮流的趨勢。達成民有、民治和民享。這種先進的民主政治內涵，是中華民國立國基礎的寶貝，而我們因黨見不同，把寶貝當破爛掉棄；今天的俄羅斯民族、東歐的附庸國，都把共產主義

這個破爛掉棄，卻有人當它作寶貝供奉；同是中華民族的悲哀。」我的發言到此為止。會後，曾任退伍軍人輔導會主委許歷農上將前來向我致意讚許。李登輝對憲法修改這個「放風會」，我的發言和迴響，和這個座談會的異議，會不會傳到他的耳朵去？固然少有人知道，但李登輝貫徹己見是有名的，黨籍大老緘默不言，最終還是被李伺機得逞，那已是直選總統後的事了。

第一會期在兩黨抗爭很快就過去，民進黨如常針對大陸地區的老一代委員和海外現任僑選委員。蔣經國開放黨禁，卻完全沒有對立法院民意機構作配套的規範，以致議會亂象浮現。國民黨是個大黨，開始黨內有黨。民進黨是個小黨，也開始黨內有派。立法院國民黨有幾個由委員結成的問政小團體：「集思會」、「本省籍支持李登輝的委員」、「環球會」（僑選委員的組織）、「新國民黨連線」（反對李登輝的正統國民黨）、「協和會」（聯誼性質）等；我們僑選委員組織的環球會到第二會期開始，產生了新一屆的會長和秘書長。每個會期從二月開議之日起到六月中結束，跟着立法院暑假休假。到下半年開議日到明年一月中旬結束。寒假較短；暑假較長。委員參加問政團體一個或多個，或置身度外，悉隨尊便。台籍組成的集思會人數最多；不分省籍的本土選出的菁英組織的新國民黨連線最得當時人心。其他可能尚有較小的，不復記憶了。集思會我當然不會參加；其他的不參加但我都被邀請為他們的團體會刊撰文，其中為陳癸淼召集之新國民黨連線會刊寫社評為時最久。我和趙少康、郁慕明、陳癸淼及以後的吳耀寬交情最篤。以後成為「新黨」而吳、陳兩人先後在英年去世，今只餘趙、郁。郁仍任新黨主席，趙已離開政壇，主持電視台節目，是台灣輿情的重鎮；我本來寫好的《中國酒經》，是趙少康寫序。後來，我實地到內地看過許多中

國酒廠的設施、生產器材、儲酒容器、原料等的衛生環境和標準，未符先進國家的規格，暫緩出版。

李登輝急欲樹立其權威，宣示要召開「國是會議」。我在立法院提出質詢：國家既有憲法，則國是會議之結論，具何種法律效力？如輕易付與，勢將損及立法機關之法定地位，如無法律效力，未能求得國家之「是」而益增國家之「非」；後果不堪設想。故質詢行政院長，宜建議總統之「國是會議」定名為「國是諮詢會議」。我們可以想像，這種質詢，行政院長敢為總統李登輝越俎代庖？當然也等因奉此一番，但有一士諤諤的言論，出自僑選立委之口，本土的立委會反思嗎？台灣不但黨同伐異，而且不免同黨亦妒忌，不然，國民黨何以每下愈況！

塑膠大王王永慶，自天安門事件第一個到大陸設廠。當然，在商人重利的誘惑下，殺頭的事業也有人幹。台灣誰有異議？恐怕也只有我建議政府「應運用國家公權力加以阻止」。我說：「在台灣工商界造成的震撼，極可能導致我經濟衰退，且必有政治上深遠的影響。」不幸言中，以後大廠的富士康、宏碁、統一、大潤發等，相繼出走，台灣從此衰落，今天重讀《立法院議案關係文書》（民七十九年四月十一）；誰敢笑僑選立委無人。

第二個會期（第一屆第八十六會期），台灣發生多宗強暴稚齡女學生案；甚至有生父強暴其親生女之亂倫事件。這種事一再發生，我開始研究相關法律。原來台灣對上述的刑責，在《刑法》第二百二十一條至三十條屬：「須告訴乃論」。我才明白台灣強暴未成年少女，甚至還在稚齡的兒童時候，執法人員和執法機關，除非有人控告，不會提出刑事檢控，稱為「須告訴乃論」。政府明顯沒有自動保護未成年少女和女兒童，甚至亂倫亦不會提出公訴刑法問罪，這豈非是禽獸社會都不如？未成年女性之

不保護，成人婦女更談不上了。這種流風，大概從日治時代就是如此。當我了解刑法的缺陷，在民七十九年十月五日議案提出：「行政院宜立即自動修改不當條文，以免本院委員動議修改，又招致貴院的難堪或詭辯。特此作緊急質詢。」我聯絡幾位黨籍女委員，其中以記者出身的周荃最熱心。我對她說：妳們對異性嚴重的歧視都不注意嗎？她才醒覺對婦女身體、名節、精神，全無具體的法律條文保護，嚇了一跳，急問如何修改。我說：對強暴無反抗力的未成年女童、少女，當用嚴刑竣法。香港人煙稠密，有「一家八口一張牀」的諺語；而少有發生亂倫，因為有「打籐」的體罰，這是引用星加坡曾用過：對強姦犯除坐牢外，還通過電流的電鞭，對強姦犯施行「對生殖器電擊」，大致半年不能人道；而且行刑時的痛苦不堪，起了阻嚇的作用。我和周荃合作，我對星加坡和香港法例的引用較多；周荃以婦女而發言，喚起女立委的覺醒；行政院當不能坐視不理。此案哄動一時，雖然九十年代注重人身的尊嚴，電擊的體罰不宜，但台灣從此對亂倫、強暴不成年少女、兒童，成為必然的公訴刑責了！一個僑選立委不是可以改變社會風俗？這些發言可書面質詢，立法院都有紀錄。

台灣自從開放大陸探親後，衍生大陸同胞來台「依親」；也開始有大陸配偶來台。但過去依親者，規定六十五歲以上留在大陸之直系親屬，得申請來台就養。不久，在民七十九（一九九零）年底改為七十。我以關係文書（民七十九、十月二十五日）向行政院指出有悖常情、倫理，希復舊觀。此外，在我將滿任時，大陸配偶要等七年才取得中華民國公民資格；而越南等配偶只須三年，我亦為大陸配偶之不平向行政院質詢。我離台後不知結果，但我已盡言責了。

大概我個人的性格，以接受傳統的薰陶，對履行自己的責任，每抱持較認真的態度，我的國語又帶有廣東腔，在台籍或外省人士聽來，都有些怪異是必然的，我發言又多，所言和台灣的認知與論點又每多不同，在他們聽來也頗有吸引。民進黨專對付我的田再庭又不放過我，引致二樓的記者的鏡頭常聚焦於我，還未到一年，我對跑立法院新聞的記者幾乎無不認識。當時香港輿論界對台灣的重視，當非今日所能想像。舉一個例，香港當時的電影事業，在數量上遠非台灣可比，有一段時期，產量還超過荷里活。然而，香港人在電影作為藝術的層面上，仍以台灣的評價馬首是瞻。所以對「金馬獎」的重視，遠遠超過香港自由影劇公會的香港電影金像獎。至於大陸電影獎，過去向不重視。開始有一本電影雜誌評審名為「百花獎」（一九六二），因各種運動至文革年代停止，到一九八零年恢復，選出劇情片《淚痕》得獎，那是傷痕文學興起的年代了。此後產生「金雞獎」（一九八一），選出兩套劇情片《巴山夜雨》、《天雲傳奇》和紀錄片《劉少奇同志永垂不朽》，評審仍配合政治需要，因此一直不為人所重視。台灣有「電影法」，只要不違背，政府不過問，可以上映。台灣「金馬獎」由民間電影從業員、導演李行等組織，由行政院新聞局電檢處撥款輔導。一向以來，金馬獎的評審都很「獨立」而「認真」，很受兩岸三地的好評。

　　台灣著名演員徐楓，在胡金銓起用為《俠女》主角之後，迅速走紅。一九七六年以《刺客》得十三屆金馬獎最佳女主角；一九八零年以《源》重獲金馬獎最佳女主角。走紅後與港商湯君年結婚，成立「湯臣電影公司」。該公司向香港自由影劇公會報備籌拍《滾滾紅塵》資料。一九九零年四月到長春拍攝，至同年七月全部拍竣，同年底在香港各大戲院上映，該片全部內涵令觀眾嘩然，影評

人如鄭義寫的「寡廉鮮恥同狗彘」、林同寫的「淺釋胡蘭成的漢奸言論」、江介風寫的「滾滾紅塵的問題」，我都全部讀了；的確有問題，怎麼會在電檢處通過？我找到電影法研究，那個電檢處處長官慶成是不是受了許多好處？而李行主持的金馬獎，難道真是一位香港專欄作家說的「金馬獎的墮落」？

香港出版的《自由香港》日報以四版全張刊《滾》片的拍攝過程，認為該片的成本，即使退一萬步言，沒有中共協助調動，湯臣公司是無法拍到這種場面的。該片拍成以後參加香港第十屆「金像獎」，一個獎都沒有得到。可知那個年代，香港評審人排斥由大陸內地資助拍攝的電影，保持電影不受政治污染。當該片向台灣「金馬獎」主辦單位和「電檢處」進行送審時，香港最大的電影公司邵氏、嘉禾、德寶、新藝城的負責人陳偉光、張標、錢大軍、麥維國等十四人聯合簽名，給我傳真，希望我為香港電影界保持不受政治污染，在電影市場能有公平競爭的機會。我一方面對該片內容的了解，一方面先行向行政院質詢。電檢處給我的答覆是：「本局依《電影法》第五條、第二十六條及三十條之規定，如未牴觸有關法令，均不加干涉」等語。我多次看了法定規定和影片內容的牴觸。官慶成耍的太極，對着一個專業委員，當然踢到鐵板。我質詢說：「如果官慶成還以中華民國為國家，怎會看不到《滾》片「牴觸國家利益」？理應按電影法禁止。整個情節以至意識形態，如難民被推下船艙而跳不出來，船上就有中華民國的國旗，鼓勵學生反政府運動及社會青年參加共軍，明顯牴觸第二、三項。「漢奸無所謂；對漢奸情深款款」、「漢奸，我還是愛他」、「沒有人理會做漢奸」牴觸第五項。「男人可以常常換」、「男人都不是人」牴觸第五、六項善良風俗。《滾》片嚴重醜化國軍。就以

中共軍官張正隆，一九九零年發表「長春圍城慘境」，絲毫未提及國軍蹂躪百姓，反而質疑中共「硬是製造十幾萬餓殍」。《爭鳴》同年十二月第十四頁，有作者對《滾》片「軍人扔老百姓下海」之說引經據典反駁。以上都是真憑實據的牴觸。」我結論說：「電檢處如果不是無知的史盲，一定別具用心。」證據確鑿，力指《滾》片牴觸電影法第二十六條。

我因接到傳真後到香港徵集各種資料，故能掌握《滾》片的內涵、輿論界的批判的要點。但電檢處長像完全不重視。我將在香港收集近六十篇批判的文章，在同年底兩次見行政院副院長施啟揚質詢。施說：「我認為民族大義很重要，我願意把意見轉達新聞局。」這是個關鍵的時刻。因年底是金馬獎送審電影的評審會議開始作業，而《滾》片已經接受送審。施啟揚院長及時將公文轉到新聞局，再轉至「金馬獎」執行委員會後，該會的秘書長李天鐸扣押起來，他說：「深恐十二位評審的思想受到污染。」把香港影評人的文章，全數撥入思想污染。此人膽大妄，教人吃驚。誰知電檢處長官慶成，相繼接受台獨的週刊專訪說：「香港的影評極為空洞，全是反共八股，難以引述。什麼時代了還寫這種文章？」（見《自由香港》日報第一版），並在《新新聞》說：「全是反共八股」（見該刊記者引述）。這樣的處長把香港影評人、作家、歷史學者全部不看在眼裏。有官處長這種為《滾》片撐場，又在評審的前夕，其哄動可知；而我是焦點的主打，也有人向我說項：編劇三毛是台灣著名女作家，不可能有如此意識形態。我說：「三毛會寫政治小說嗎？她只個掛名的『編劇』，她被利用了！與她無關，編劇實際是嚴浩。」台北當時也傳出三毛與某導演談戀愛了！有人尚且想帶主角林青霞來見。我說：她只是個演員，不是我質詢的對象，何

必見面；也拒絕了。

　　《滾滾紅塵》獲十二獎項提名。十二月十五日金馬獎投票時，十二名評審有一人堅決退出，三人強烈反對該片得獎，幾經拍案爭論，僵持六個小時嘈吵才草草收場，給予《滾》片得「金馬獎」八個獎項，包括最佳「電影獎」。在一次宣傳的座談會上，觀眾質疑導演嚴浩的意圖？嚴失聲痛哭，但台北沒有一張報紙登出，也沒有一張報紙敢批判該片的評論。嚴浩的父親是嚴慶澍，風行全國的《金陵春夢》、《鄭三發子》、《十年內戰》、《八年抗戰》、《和談前後》等即其手筆。大陸建政後，此人再在香港寫《草山殘夢》、《蔣後主秘錄》、《台灣回歸》等，筆名「唐人」、「阮朗」、「洛風」、「江杏雨」等，真是統戰的一枝健筆、專家。嚴氏有後了。

　　我在金馬獎評審會議之前，多次在立法院向行政院、新聞局指出電檢處漠視湯臣公司拍攝的《滾滾紅塵》明顯牴觸電影法，不應准予通過上演。從《滾滾紅塵》在香港放映，海外嘩然。參選香港電影金像獎又交白卷。而此片最重要的目的，還不是在電影市場賺錢，投資這麼大的資金，也決不是徐楓應估算的投資和能力，當然有背後的支持者。據當時眾多報章的推測，這種不計成本的投資，當然有條件相互得益，無形的回報，誰能算得出？對台灣能上映、參獎而得獎，徐楓有一定的人脈關係；其過程真是「關關難過、關關過」，徐楓以外的影響力是看不到，沒有內外支援能嗎？我從香港電影界公司、人士的委託代表他們質詢，完全基於義所當為，盡僑選委員的問政之責，天地良心的驅使而已。得獎的嚴浩捧了八項獎項的榮譽和獎金（或稱補助得獎影片）走了！我們可以想像，最痛苦的是名義共同編劇的三毛女士。在這不久之前，還傳出她和大陸民歌名家王洛賓的戀情無疾而終，如今又重蹈覆轍？

這位唯情作家也正巧在《滾》片得獎時,嚴浩名利雙收走了!應享殊榮的三毛女士卻如秋後扇被捐棄了!多情如她,情何以堪而自殺了!天壤之間,這種特時材料製造的肝腸;倒令我對三毛女士一掬同情之心;而慨歎天下竟有如此忘情負義之人!她應該高興以解脫為是!早登極樂為禱;也忘記留在台灣的訾議吧!人生圓滿,期之再來。

也算嚴浩好運,在關鍵的時刻,有人扣押我反擊官慶成觸犯電影法在影片的列舉證據;而剛可在立法院會期結束之時。金馬獎獎項在這夾縫中趕快結束評審而決定了,不是籌謀策劃的處處內外配合成嗎?如果碰到虎頭蛇尾的對手,不就是全部過關長揚而去了嗎?但跑了燒香客,廟祝和廟都跑不了;八十七會期開議後,我在一九九一年五月二十二日,由我領銜另邀沈世雄、許武勝、劉盛良、李碧祥等委員聯署一份文件交立法院轉新聞局,指陳電檢處未理會海外輿情的反映,並違背電影法第二十六條的規定。檢舉和建議:一、處長官慶成應負全責;二、現存之金馬獎評審委員會,有徇私嚴重失職,不宜再主辦以後金馬獎之評審工作。同日,立法院決定刪去本年度新聞局預算一億一千萬台幣,其中包括金馬獎輔導經費一千二百八十萬。我指出,香港影評之石琪、列孚等有在香港大學任教職的,又有劍橋博士,都被官慶成指為「反共八股」。官氏嚴重有失官箴,應予免職。不久,新聞局將官慶成調職到一個南美小國去;直至我退休仍未回國,這結局可為失職失官箴者鑑!官慶成當年炙手可熱,批評「反共八股」時氣燄干雲,竟有一個僑選委員不自量力出面抗衡,奇哉!

《自由日報》還有「滾滾紅塵、滔滔餘波」、「金馬獎的墮落」等文章,台港兩地餘波盪漾,但台灣遠不如香港哄動。我和許多關心中華民國的朋友,常感到海外人士對

民國的熱愛，遠遠勝過台灣本土人。《滾滾紅塵》不但有統戰的意涵，更重要的是要摧毀中華民族自古以來的夷夏之防。特別是清道光以來，國族的危難深切；如果我們還不效法先賢往聖，在民族危難中挺身而出，為民族保存生機，中華民族就不能歷經劫火、不能日新月盛一延至今了！這個體認，對該片摧毀夷夏之防、認賊作父的漢奸所為，更毒化民族再生的契機，罪不可恕。也因此，台灣對批評漢奸，引起台獨的敏感神經，當時《新新聞週刊》總編輯的王杏慶（筆名「南方朔」），特別製作三萬餘字的專輯，乾脆否認「漢奸」這名詞的合理性。他說：「當土地已失，統治者又怎能說別人為「奸」？」該刊並為胡蘭成炮製整兩版吹捧文字（見該刊專輯）。這是什麼鬼話！法國二戰為德國佔領，戴高諾在境外組織流亡政府，那些組織了政府的投降傀儡，後來不是以叛國罪判刑嗎？何況中華民國今天還存在，如果胡蘭成這種自動投靠汪精衛的偽政權都不是「漢奸」，汪精衛、陳公博、周佛海都不是了。此于右任慨嘆「欺人青史話連篇」之由也。我花了十五年徵集台獨之父李登輝、台獨之子陳水扁對危害民國的資料，出版了《台灣沉淪紀事詩》，為歷史存證。我在「序文」說：「在此指鹿為馬年代，非親歷者難述當時真相，無道德勇氣而不計較個人得失者，誰敢直指姦妄、善偽之流？」香港也是我的故鄉，我和她同步成長，電影界養活多少香港人，他們對我的信賴，敢不盡心盡力而為！至於由我而起的波瀾、哄動港台兩地，得失已不是我的顧計可及了！

一九九零年，台灣經濟已經是亞洲四小龍之首，「錢淹腳目」的年代。大陸還在「摸着石頭過河」的「改革開放」實驗的初階。美國已指台灣操控利率，有違自由市場規則。二十七年後的今天，大陸同樣遭到美國的指控。翻

檢當年（九零年）十二月七日我為此用「議案關係文書」向行政院提出：「美國常以中（華民國）、美貿易逆差為詞，分用不同手段與理由，強迫我對美產品開放，來紓解其貿易逆差；又如數度強迫台幣升值，我政府每為美之威脅屈從，長美政府動輒對我施壓之氣燄。」今日美國對大陸之威脅理由，如過去對台灣一樣。我當時向行政院說：「查世界各國中央銀行，主要功能包括與經濟發展之目的，此乃眾所週知之事，美財政部對我中央銀行之指控，不但常識有欠，茲有干涉我國內政之嫌。允宜嚴正拒絕，始能壓制其無理要求。」

　　從台灣金門游泳投奔大陸之林毅夫，後來做了世界銀行副行長，尚多次主張大陸當局購買美國政府發行的債券，我曾多次在我的博客網頁指出他的謬誤，到最後他才承認這是錯誤的失策。

　　一九九一年的「總質詢」，我向郝院長提出「華人經濟共同體與當前治國之道」。這是每個會期最重要的院會，例由行政院長到立法院作施政報告。然後由委員按登記發言次序上台發言，對行政院長的施政和政策質詢或獨抒己見。我首次將海外身歷的體驗，說明海外華人經濟力量大有助於台灣的經濟發展。我說：「我國自鴉片戰爭以來，國弱民困，許多人歸罪於傳統文化；但是終於被「台灣經驗」所否定，我們也終於自己找到富強的道路。」「我在民國五十年間出國，香港還有得多木屋貧民區。然而三十年後，現在世界級富豪如李嘉誠、包玉剛、邵逸夫、霍英東等，當時還是勞工大眾的小老百姓。北美僑社也還是拿菜刀、熨斗為職業的佔大多數。然而三十年後的今天，就以現代化的高科技人才，美加兩地，五人之中，就有一個是華人。中國人不但在學術界、科學界大露頭角。在經濟領域中華人的財富比重也非常驚人。我濫竽多

倫多地產界近二十年，多倫多精華地段、地產，少說有四份之一控制在華人手裏。可惜我們政府還沒有重視海外華人雄厚的經濟力量；也就是我們目前還沒有想到如何整合僑商、利用民族感情、擬訂有利於台灣和海外華僑共同的經濟發展的計劃；也就是成立『華人經濟共同體』。」我指出：歐洲共同體已經實現，東歐自共產制度崩潰，未來必然加入歐洲原有的共同市場。因此，美國已正視形勢的發展，也實行美、加、墨西哥為基礎，發展為「美洲經濟共同體」。台灣目前雖還不如日本，但我們如能整合遍佈世界各國的華僑經濟力量，足以抵銷日本的強勢。尤其在經濟轉型，非常需要高科技知識和經驗的輸入。如果政府有計劃來整合海外華僑經濟力量，就會事半功倍解決；整合成為組織，就是「華人經濟共同體」。這是我在二十六年前就提出的經濟發展方案，如果台灣認真的去研究和實行，以台灣當時經濟力量、科技人才和教育普及，香港、星加坡和南韓，都難與台灣比肩。可惜未得財經大老們的重視，陶聲洋、尹仲容早死；孫運璿中風，剩下李國鼎也疲老不能興，恐怕他也不無「及其老也戒之在得」之憾，他早已心滿意足了。郝柏村雄才大署，且一向放權下屬，他畢竟不熟悉經貿發展，錯過了機會，和頗為此事縈心，於任期的第八十九會期，在郝院長提出施政方針與施政報告後的質詢中，重提上次的「海外華人經濟共同體」的言論。（見一九九二年二月十五日質詢）。因自我提出，後一些時，我多次讀到有人提出中華經濟共同體，不同點只是把大陸納入。我認為在當年不管經濟體制、政治層面、貿易措施、法律架構，大陸與台灣還有重大的歧異，不應勉強結合，由我們先做起，必能轉變大陸，縮短兩岸的距離；中華經濟共同體也就自然水到渠成。當時有一個出版機構和我接洽，望和把這個構想再深研究，出一本專書。

我認為此事關乎國家民族前途，應由行政院主導研究。但
經過幾個月的思考，想到兩個可行的初步結論：一、將歷
年經濟部與僑委會合辦的「世界華商會議」，由一個鬆散
的，一年一度的會議，發展成一個緊密聯繫的組織，擴大
其成員與功能，成為運作的體系。二、透過設在國外的銀
行，賦予其權責，結成一個機動的運作體系；協助海外華
商經貿的運作機構。以上應是可行的方法，但必須由行政
院負起統籌的主導工作，在運行中，隨機應變，不斷修補
其缺失；國父倡導「知難行易」乃恐人止於言論而不實
踐。我這個二十六年前的提議方案，均未實施。結果，
「華商會議」由大陸接手過去了，許多華商、連台灣企業
都到大陸投資去了。今天重憶當年，台灣的因循與內鬥，
歸結成今天的孤立無援，豈全是天意！復憶老師李定一引
述周恩來對陳誠說過的一段話：「國民黨有好的政策不去
實行；有好的人才不會來用；有錯而不能改！」不可以人
廢言，思之尤戚戚於心！老友余道生君常說，老兄生不逢
時、又生不逢地。

　　大陸經濟改革與開放，美國已多次指控操控利率、
中央銀行管制外滙等措施有違自由市場貿易。這種指控
和一九九零年前後對台灣崛起時完全一樣。我當年立即
在立法院質詢提出：中行的重要功能，視市場而因應如加
減息、調節貨幣供應、擬定對外滙掌握俾有利於貿易、穩
定經濟成長為目的，乃眾所周知的事。美國中行何嘗有
異，尚有聯邦儲備局公開操控利率、中行印鈔達總生產值
70%，又誰買了美債而抗議美國財政部濫印貨幣？美國前
對台灣、今對大陸的指控，可不是干涉內政？

　　台灣的交通之亂世界知名，我頗思盡點心力去改變，
因此參加交通委員會曾被選擔任交通委員會的召集人（會
議主席），這個委員會沒有僑選委員參加，更不要說以最

翻騰年代的經歷

高票當選主持會議的召集人。交通部長簡又新迷信風水、命相。交通意外不停發生，他又在辦公室移動設置或搬坐位，被記者揭露。他任內幼稚園接送的「娃娃車」失事，燒死了二十多個幼童，哄動全台。我在委員會議為此要出席官員全體肅立默念；全台灣電視轉播，簡又新暨全部出席官員灰頭土臉像罰站。我揶揄簡部長的改運不靈，建議他做好職內事，改善交通條例、嚴格執行規則、對違法者一定依法起訴，絕不輕恕肇禍駕駛者，就是廣積陰德，才會否極泰來。否則，改風水、改運都無法避過厄運。這番話全台報紙都照登出來，成為揶揄簡部長的大笑話。一九九二年一月八日，因造橋而火車失事，又轟動全台，初擬賠償每人八十萬台幣，後覆核為一百二十萬。還不到五萬美元，家屬不滿這個國賠，我離開時還在訴訟中。過去交通部一直是個官僚衙門，連戰開其端，我初入立法院時，國內車禍導致死亡，僅賠一萬五千台幣，我嚴厲質詢：台灣人命不如一頭豬。當時駕車者無須購買保險，更不知道什麼叫做第三者保險，在我介紹先進國的保險制度、理賠的最低限額（致傷殘等級）、死亡等，台灣以後才立法建構保險制度的實施。連戰、簡又新是有國外博士學位的人，在先進國家多年，他們不知道交通意外的保險？非不能也，是不為也。台灣有了駕駛執照的人，必須強制購買汽車保險、對方理賠保險和第三者保險；汽車保險制度實施後，車禍傷亡的理賠，才得到起碼的保障。

台灣的地上交通是這樣紊亂；但天上的交通，以國際觀瞻所在應較重視吧！但實情並不如此，也是世界摔機第一名的紀錄。後來從美國請了何邦立這位飛行安全檢查「飛安」專家的航醫回台灣主持「航醫中心」和兼管桃園國際機場的航空站。何邦立以學有專精，銳意改革「飛安」，希能為國家洗清污名，對負責飛行的機師體檢，特

別是視網膜脫落過或任何不符規定的體檢，不論大公司、大人物關說，為乘客的安全和國家名譽；何寸步不讓。有一私營大公司，以降低成本，常到外國請退休的機師，或眼角膜未符安全規定的到台灣來，希望蒙混過關，都被何邦立一一拔除；成績日漸顯著，一躍成「飛安」模範國，有的還經美國的推薦到台灣學習。但何邦立斷人財路，早為航空財團必去之而後快。收買幾個女空服員，開記者招待會，抗議何假體檢，實則進行性騷擾。還有國民黨出身記者的女立委，帶頭煽動，已令人起疑有政治目的。航空飛安檢查和機場的航空站，都屬交通部管轄；我以交通委員會成員身分，已注意及此。大概何邦立以隸屬交通部的關係，受到人格的污辱，帶着夫人來找我。這是經我認識的陳姓律師的介紹，我還是第一次和何主任夫婦見面的，他給我的印象是個溫良謙恭讓的人；夫人在「華航」上班，是總經理的秘書，和何邦立可算郎才女貌。何主任對體檢認真，是「飛安」最重要的把關防線，他防微杜漸，親自操作。他陪我到航醫中心的體檢室去了解環境，該室只設門檻不設門，門檻掛着布簾，護士隨時可入。何主任亦請駐室護士，放映美國飛安體檢的全部過程，這是很多國家公認，特別是對女空服員的檢驗標準。我看過整個過程，映片有醫生用手指按着空服員的乳房，作硬塊的檢查和講解。這正是空服員指控和入罪何主任之處。我看完以後，我對他說：我們素不相識，也知道交通部這個爛透的衙門，又有空服員出面指控，還有活躍傳播界的女立委帶頭起哄，一下子將你推上千夫所指、未審先判的疑犯。不會是個偶發個案，可能有利益集團的幕後操縱，要還你清白很是棘手。我不是個本土委員，人脈的助力幾乎零，而此案是對抗本土財團的，你是否可以找本土委員解圍？何主任是土生土長的人，但祖籍外省。他說想不到會有哪個

585

翻騰年代的經歷

本土委員可以幫上，如果馬馬虎虎要他息事寧人辭職，這不等於認罪？他怎能面對父母和家人！我了解一個被冤枉的無告者的憤激；也憐憫他們的遭遇，這種毀人名節，有時比殺害其人的生命還殘忍；餘生漫長的前路怎樣能走下去！我說：「我隻身到台灣供職，並不是為稻粱謀，台灣的流氓很多，我的幼兒才上大學不久，如果你確實沒有做過被指控的行為，我的犧牲還是為國惜才；否則我是為虎作倀了！你一定憑良心對我說實話。」我當着他的夫人面前問得這樣坦率，因我豁出去的代價總要知道值不值得。何邦立斬釘截鐵的向我保證他的乾淨，並且說：「如果有護士在場，我還請她代檢查乳房，我只在旁指導和詢問作紀錄而判斷。」

　　交通部只有何邦立上任後，航醫中心立竿見影的進步，從全世界摔機第一名到國際視為模範飛安體檢，主要對機師的體檢認真，特別依國際航空法例對眼角膜脫落或修補者嚴拒；想不到不是機師的指控而是空服員！我對何邦立說：「你看到女立委常利用女空服員，不斷的開記者會對你指控，你再退縮到積非成是，你不辭職民航局也會迫你就範，沒有官僚不怕惹事上身，你一定自己先要堅強起來反擊；不自救全靠旁人救不了。」何邦立問這應該怎辦！我說：「對着幹！女立委開記者會；你也立即到立法院申請召開，這案已哄動全台灣，立法院不會拒絕，場地大小不重要，造成逼爆的局面更好；登記好立即張貼海報在當眼處。總之有針對性。我建議趕拍體檢室的室內全部，從入門拍起加上旁白的說明；並準備美國『飛安體檢標準過程』示範的錄映帶。每次記者招待會，最好有夫人和護士在場，何主任除解說，對記者有問即答，對那些插贓加禍的胡說一定有，但不能動氣，可以反問如：你在現場親見？你能答假設的問題？主要保持誠坦、率真態度就

可。人的好奇總有點窺秘心，我建議最好主動到立法院召開記者招待會：放影美國對女空服員體檢的過程標準的錄映帶，不要都是被動應付。長期防守只是捱打。」何主任做了。轟動一時；輿論已不是一面倒；女委員又請了一些新面孔的空服員出來指控；何邦立也即帶了夫人和護士、體檢室的室內設施錄影帶，到立法院召開記者招待會，那真是精彩的對着幹！就更轟動一時了！最值得一提的：有記者查出女委員的妹妹，原來是一大航空公司的前空服員，這些出來指控的，都是她的安排。也有報導當記者看了體檢錄影帶，問那女立委：何主任對空服員胸部檢查，是必要過程。體檢室沒有門和鎖，只有一塊布簾，護士可以隨時進入，而且有許多機會，還是由護士作乳房檢查。那是護士自己說的。女立委賣弄聰明：護士隨時進入，並不保證何邦立沒有不軌的動作，這種詭辯誰能說得清！但她冒失的說：何邦立不親自檢查，難道不是失職嗎？引起哄堂大笑：認真檢查是心懷不軌；交由護士檢查又失職。就是不管怎樣做，何邦立在這個女委員眼中都有罪就是了！這樣還講什麼正義問政！

　　這已是二十五、六年前的事。我當時初入交通委員會，到立法院備詢常是張國政。記憶中的民航局的代局長或副局長，是個飛行員出身，對何邦立並不友善，我不客氣問日本名古屋等摔機事件：為什麼台灣是世界摔機率第一名？是不是體檢把關不力？讓一些外來退休機師甚至視網膜有問題的都可以檢驗過關？張支支吾吾。到何邦立上任後是不是大幅改善？我說：「你不要迴避問題；是或不是？」張只可承認。我又說，這和何邦立嚴格把關沒有關係？張又左右言他。我沒想留難誰，只想一個優秀人才，能留在一個人命相關的重要位置上，不要眾口鑠金，使人才安於位就可。我只語重心長的說：「像有個何邦立這種

忠於職守的人是自己的部下多好！大家都應珍惜！」弦外之音，他那會聽不出來？

　　這個煽情的案件來得兇猛；沒有什麼新料再爆，去得也似流水行雲，終於無聲無息的過去。過了一段平靜的日子，在我將任滿的時候，何邦立又告訴我，歸他管轄的桃園機場的航空站，有一位由他聘用的僱員，原是軍醫出身，退役後以何邦立念舊，聘他駐守機場任管理員的工作；以他曾任軍醫，特別告誡他不能開藥方給任何人。誰知這位老先生，經不起一位旅客的請求，覺得有點很普通的傷風感冒之類的不適，請寫個藥名，可在機場商店買得到的普通成藥。這老先生沒有什麼戒心，就寫了個藥名在印有單位的條紙上。成了真憑實據沒有醫生資格開方的機場航檢站僱員所開的。何邦立因此要負起管理失職的責任；不是正式醫生開藥方屬刑事檢控，他只可上報，不知誰告訴他：最多也是管理上疏失，有罪也是短期和會緩刑，在緩刑期間不再犯就好。他充滿樂觀，我也沒有理由潑他冷水！而他的確是緩刑處分了。我也任滿離開台北；到香港就任新職。在這期間，我記不起誰告訴我；還是何主任的長途電話：何邦立的緩刑沒有預警而改變：即時執行入獄服刑！這個政績昭昭、只是負管理僱員不週的行政失職，如果革職已屬過當。由於上級的誤導，何沒有在審判時請律師辯護或自陳述，信賴上司的的判斷，無條件認罪。刑事入獄留下案底，等於毀了一生，連做醫生的執照也被取銷。更滑稽的事，即時執行也不是即時，讓何邦立逃亡到美國；然後發個通緝令。又風淡雲輕的像沒有發生過的事。何邦立離開台灣，就變成通緝犯；這樣設計夠狠毒了吧！我還在香港，一架民航機又摔倒在啟德機場的水溝旁，天天掉人現眼；台灣的「飛安」重新倒數第一！台灣民航機的失事率，原是全世界民航平均失事率的五點五

一個僑選立法委員自尊的掙扎與回顧

倍;是美國民航平均失事率的八倍,可不容易由何邦立把
關而徹底改觀。到二零零零「華航」的空中巴士大空難,
全機無一人生還,包括中央銀行總裁許遠東在內(見網上
《許之遠文集》的「從台灣的華航空難檢視飛安問題的產
生」。真是將軍一去,大樹飄零。我不久也從香港調回台
灣,隨即辭職退休。我和何邦立恢復聯絡。對一心報國有
志而純正的人,被一個草菅人命的衙門上下串同;一再設
好的陷阱,終有一次會落入這些構陷中;被迫流亡海外。
何邦立案可以看到李登輝已徹底改變國民黨人,為了自
利,可以上下構陷同志,不以為恥。近年出個洪秀柱,又
兩次換下來,上樑不正,堅柱抽換,能禁得幾番風雨!何
邦立流亡海外,比蘇武的年份更長,他卻先後出版了《筧
橋精神》,對民國空軍健兒血灑長空的事蹟,考證詳盡。
以後又有《何宜武與華僑經濟》、《何宜慈與新竹科學園
區》,前者記其父、後為其叔對民國的貢獻。真可謂「求
忠臣於孝子之門」。執筆至此,我還無法和這對賢伉儷聯
絡上。這是我在這《翻騰年代的經歷》着墨最多的個人,
完全基於君子之交、真摯之情,只為一個末世忠貞之士還
他一個公道。

　　我在台灣的身歷,在這個翻騰的年代裏,想到中國
國民黨可以靠黃埔軍校的子弟兵和落後的武器軍備,掃平
軍閥。同樣以劣勢裝備與訓練不足的兵員,對抗世界軍力
強權的日本,從九一八事變到日本偷襲珍珠港,國軍獨力
抵抗日軍已十年。國軍不擅戰嗎?何以內戰三年,被中共
徹底擊潰要靠美國第七艦隊保護才得喘息?主要還是戰後
的國民黨變了,物先腐而後蟲生,黨內有黨,各為自利,
見死不救,被中共統戰蠶食、逐個擊破,頓成蓆捲之勢。
兩蔣到了台灣,先改造了國民黨,恢復黨魂而重獲生機。
惜兩蔣逝世後;李、連先後擔任主席,國民黨成李黨、

連黨；黨的理想和功能盡毀。馬英九繼任，且握總統大權，成立一個核心小組：成員以黨主席為首，包括副總統蕭萬長、行政院長劉兆玄、立法院長王金平、黨秘書長吳敦義。兩蔣時代，國民黨決定的政策、人事，或總裁、主席交辦研擬的事項，過去均由中常會作成決議報呈總裁、主席核定執行。以總裁的威望，從未改變中常會的職權與功能。黃宇人的回憶錄，記當年總裁交辦的某事項，他提出異議，提案卒由中常會向總裁退回；由是為蔣老先生賞識。馬英九既為黨主席，另設小組，誰還尊重中常會，一切由小組決定：以馬英九為馬首是瞻。五人小組，三人隨職位而變動；王金平的立法院長不是馬英九任命，其他三人，誰敢對馬英九有異議。如果馬器識才智堪當大任，雖不符民主的政黨政治，或可權宜曲諒；惜馬器才兩欠下，黨的重要功能卻被他毀了，這正是國民黨到台灣，到馬主黨政，他先毀黨而又失政，是以後國民黨迅速潰敗的原因。同樣如國共內戰三年，國民黨在台灣換了對手，同樣被民進黨連根拔起！馬英九能像總裁那樣重振黨魂？復興國民黨嗎？蔣總裁即使多次下野，亦從未毀棄國民黨的理想與功能，故能重振而復興。馬主席有這種才智和魄力？想起故友馬公鶴凌，當年破除情面，公開反對馬英九出選黨主席，是「知子莫若父」乎！真欲起馬公而問。中國國民黨締造在海外，造福於中華；有志黨人，勉乎哉！

再說我在台灣任職期間，又遇上轟動世界的香港富商王德輝綁票案，贓款竟運到台北去，後來查到：隸屬法務部情報局幹員陳麒元涉案，有人且疑陳為案發之策劃主謀人；否則贓款不會到台北交收。王德輝遺孀輾轉找到我，由於陳員涉案，所供贓款確實是王德輝家屬所付，已無可置疑。我在立法院質詢建議應予發還；後由答詢書面中通知我：已直接發還。

台灣又政黨輪替了！看起來和平輪替是人民一人一票選出來，這是民主政治的可喜現象。可憾者，兩黨對國家認同有異，因而勇於內鬥，民主政治空具外表，何補於民族、民權、民生！況有強權在外的虎視；內仍族群撕裂、政黨纏鬥。余友劉家驊君有詩及此，棖觸予懷，頗能道出台灣現狀：「青天白日寄生蟲，腐蝕藍圖民主空。救黨雖難能救國，殘心勢必似殘紅。亡邦切莫亡文化，亂字何如亂史同。綠髮少年時態淺，未經浩劫判台中。」

我喜讀元好問詩，其《四哀詩》對四好友之悼亡，對提攜我在台灣之長者頗有相似之身世及我對他們的感念，茲錄之如下：「赤縣神州坐陸沉，金湯非粟禍侵尋。為官避事平生恥，視死如歸社稷心。文采是人知子重，交朋無我與君深。悲來不待山陽笛，一憶同衾淚滿襟。」已逝世的長者有馬樹禮、胡一貫、黃季陸、高信、董世芳、梁子衡、鍾鼎文、馬鶴凌、黃錫和、李定一、許大路、韋德懋、孫如陵、曾廣順等公。我還有一位鼓勵我從政的長者梁風，他是嘉禾電影公司三巨頭之一，找到李小龍簽約的人，李成為一代巨星、「嘉禾」亦一度把「邵氏」比下去。梁公與我久為忘年之交。曾書明名臣呂坤（新吾）句送我：「忠臣孝子之事，在與天爭順逆，與人事爭存亡。」我視為座右銘；是我終身服膺的人生大節處。

我真是無法逐一寫完三年問政的一千三百餘次的質詢、行政院的答覆。但讀者可以在國府立法院第一屆第八十五會期至九十會期查詢許之遠委員口頭質詢與書面（議案文書共五卷輯錄）質詢；或相關錄映紀錄片。上述也均將存放在我的母校多倫多大學的東亞圖書館；及我唯一的《許委員之遠第八十五至八十九會期問政分類輯要》三冊。每逢立法院假期及週休日，當地委員回選區服務，我仍如常到院工作，接待來請願的民眾或團體，答應交通

義警、障殘協會做顧問等義工的工作。

在這翻騰年代，我經歷中華民國三次政黨輪替。都是我離開公職之後。第一次國民黨的總統候選人連戰，不但被民進黨的陳水扁擊敗；還落在剛成立的親民黨宋楚瑜之後。連戰選後說：「不信民心喚不回！」可惜他毫無作為，我當時就有詩記敗選事：一、「空說民心喚得回，斜陽社鼓敲沉哀。轉頭一覺百年夢，賸水殘山風雨台。」二、「海外奔馳欲沼秦，黃花灼灼證前身。東籬忍比南山下，志士何堪作逸民？」三、「紅燭燒殘剩淚身，醒來猶感枕痕新。廣場燈火花千樹，粉飾宮牆換主人。」這是陳蝶衣和我的原作。

馬英九領導國民黨初勝民進黨的謝長廷、再勝蔡英文為第二次政黨輪替；八年不思進取，國民黨大敗落台，不但輸了中央政權，立法院首次成為少數，地方市縣治權亦大幅易手；國民黨在台灣未有如此慘敗；是第三次政權輪替，馬總統尚言丹心猶在；恐怕也是空談。我當日聞訊寫下：一、「四壁書城如是觀，年年甚事到臨安。南朝馬老終無力，枉說壯心今尚丹。」二、「落日桃花怯暮寒，可憐顏色問長安。黨魂銷盡成陳蹟，冷眼沐猴今又冠。」

蔡英文主政了！我多次說及其人其事，兩岸已緊張，內政又不修。蔡政府砍完軍人將兵及相關軍職人員、公職的政府公務員、教師和相關教育界人員，接下來砍勞工！而全部高官厚祿、黨政高層，收入不減反增；原本無給職，各個變成年薪四百萬（新台幣計，下同），都是百姓繳稅的血汗錢！有心人查到證據在媒體指出：國營事業由民進黨大員的親屬佔位：何暖軒——華航董事長，年薪1000多萬。邱義仁機要秘書：羅雅美——升任華航副總，年薪500多萬。蔡英文好友：張兆順——兆豐銀董事長，年薪800多萬。葉宜津弟——葉光章，第一金證總

經理，年薪 400 多萬。吳乃仁女兒——吳怡青，台苯董事長，年薪 600 多萬。施俊吉——證交所董事長，年薪 800 多萬。謝欣霓——華旅董事長，年薪 300 多萬。蔡政府又新成立 13 個委員會，又準備決定增設「國幣改版委員會」和「經濟轉型委員會」。國家名器如此賤踏，台灣又還有什麼值得人尊敬！這樣下去，比陳水扁政府更臃腫、更貪污。這真是翻騰年代，民進黨雞犬升天全騰飛了！可憐島內人民能向誰訴苦！蔡英文沒有什麼過人之處，如何駕馭這班好鬥貪婪的黨人！如果她不會有南韓總統扑槿惠的下場就不錯了。

倚角呼應比金馬、
孤臣孽子話港澳

人生有許多機緣，唾手可得的未必不好，可能是福至心靈的機運到了，順手便撿到。有些職位是一生精力所聚；正如許信良要當民進黨的總統候選人，他已身兼黨主席，黨內最大的對手是陳水扁，但陳水扁已出任台北市長，他的連任機會幾乎是百分之百，因為他潛在的強勁對手是馬英九，但馬英九得不到李登輝的支持，已辭職要到政治大學教書；亦宣稱不選市長了。陳水扁的聲望如日中天，又是在職的市長，連任乃指顧間事。而登記參選日期無多，誰能在短期內倉卒成軍？冒險參加而面對選戰未逢對手的陳市長？馬英九未經選戰，選市長是唯一出路，有李登輝擋路尚不可能，直接選總統更何須論？如陳水扁連任達成，選總統便順理成便章了。故陳把握十足，宣告放棄當民進黨的總統候選人。世事真如高手棋局，變幻莫測。李登輝久經戰陣，知馬英九謹慎有餘，魄力不足，他哪會在短期間倉卒登記參選！他撿了便宜又賣乖的個性又復發了；記者常對他提出的問題：「你為什麼一定要阻止馬英九參選市長選舉？」過去他一直裝聾作啞不答覆；但這一次卻提高嗓門否認：「誰說我不讓他選？是他自己決定不選。」這句話一經出口，台灣的傳媒可有爆炸的新料了。吳伯雄久受李的壓迫，他曾誓言：台灣只剩下一個山頭，他都會選台灣省長。結果還是被李阻擋下來，有志難伸。李今又否認阻擋馬英九出山，想起自己的屈辱，以時間的迫切，黃夜去找馬鶴凌（英九之父）。告訴他：這是馬英九千載一時的機會，李登輝否認阻擋馬英九，再不能在黨中央食言，阻止黨中央公開支持馬英九了！他並曉以大義；亦願意陪他立即去見馬英九。吳伯雄要給馬英九信心，拍着胸脯為他任競選團隊的主持人，有吳伯雄承擔，馬當夜終於宣佈參選台北市長的選舉。並一舉把陳水扁打下來。這個演變，說明李登輝「閒話一句」，整個局面反

轉過來；以後陳水扁背信棄義，不顧對民進黨內的承諾：民進黨若提名我為台北市市長候選人，我就放棄參加應屆總統候選人。誰知陳在市長選戰中敗給馬英九；他食言了！轉過頭來參選黨內總統候選人的提名，許信良選不過他；被迫脫黨以獨立候選人參選；明知當選機會幾等於零，但許信良的處境，正如凌峰唱出的一句：「此生只為這一天！」失敗亦可預見。許信良是民進黨早期的黨外人士，還是蔣經國培養的人，原是國民黨黨籍，但反對威權政治；最後成為通緝犯，至李登輝上台才返國，我心儀他對民主的執著，但不算認識；但他的胞弟許國泰與我有同屆立委之雅；兄弟倆都是其黨中孤鳥。陳水扁終於成為李登輝的「圓夢人」，而貪婪無度，結果落得終身監禁的收場，可知不擇手段的攫取，亦未必是件好事。陳水扁賠了一生好運還是咎由自取，可憐中華民國在台獨父子二十年的傳承中，正是「黃台之瓜，何堪再摘」了！況且以後還有馬英九的躊躇了八年；又輪到蔡英文的蹂躪。對岸崛起了！這正是：「千年古國貧窮弱；一代新邦假大空！」政治人物的不肖，政治風氣敗壞；制度還是約束不了。哀哀吾土吾民！皇天后土之不佑亦明矣！

我們這一屆僑選立委二十九人，其中朱辛鎏和林空委員，未及任滿已病故。也有不少在任滿之前，請假先行離開。我算是慎始慎終的留到最後一刻，在這結束的尾聲日子裏，有許多當地國民黨籍委員要佈置連任的競選活動，也走了不少。倒是民進黨的委員，趁着這尾聲的空檔期，不斷以突擊的提案，希望徼倖通過。我記得有一天，葉菊蘭一連幾個提案，她每提一案，我即舉手反對。立法院平時有黨團「協商」，這「協商」是國民黨縱容民進黨，自縛手腳的姑息，違背政黨政治的多數決定。民進黨常以弱者的勢態向國民黨示好，對不利自己的提案，以

種種歪理在協商中進行阻擋；如國民黨堅決執行，民進黨人又用暴力在協商中恐嚇。軟硬兼施，每利用「協商」而癱瘓立法，以致提案山積，政令不行；梁肅戎尚能據法據理有為有守。李登輝早已不耐，梁肅戎亦與老委員同時退休後，從短期的劉松藩到長期的在王金平主院政，都以「協商」示好民進黨；國民黨政令不行，使忠貞黨員離心離德；民眾基礎逐為民進黨蠶食而漸衰敗，豈非人謀不臧！立法院另一陋規是，任何提案，只要有一人舉手反對，該提案不再討論，要另排上提案日程，到沒有反對始討論。國民黨有許多很好的提案，民進黨一人舉手，便討論告吹了！這個陋規，立法院議事癱瘓，執政的國民黨自然要負政治責任。這何嘗不是周恩來所說：國民黨有錯而不能改！我反正任滿，還理得葉菊蘭的提案對不對，都先舉手反對能擋下再說：這不正是民進黨對付國民黨的常用手段？我只是「以其人之道，還治其人之身」而已。葉菊蘭每次都似驚愕的表情看着我舉手反對。同黨的謝長廷，走過來拍拍我的肩膀笑着說：「你老兄不也過份了嗎？為什麼葉委員的提案你都反對！能說一個理由嗎？」李敖說過：謝長廷是台灣最聰明的男人。我也笑着說：「你老哥博聞強記，一定讀過蘇洵的「辨姦論」：「凡事之不近人情者，鮮不為大姦慝。」你們的烈士鄭南榕是葉委員的先生，他自焚而死，我不相信沒有告訴她；勸止不來還可以阻擋。報導都沒有提及。不近人情的提案人還有什麼好事？」謝沒有再說下去。

　　第一屆立法院，在最後一日會期結束便走入歷史了！這不只是應屆最後的第九十會期，而且是第一屆的第一會期，一直到第九十會期，每一年兩個。九十個會期就經歷了四十五年。為了保持中華民國的法統不斷，這些從大陸隨中央政府播遷南來的立法委員，如果平均年齡是四十五

歲，到第九十會期而止，也滿滿的九十歲了，如果沒有增額委員（包括當地委員和海外僑選委員）。靠九十人瑞去立法、議政，的確怪現狀。下一屆歸於正常的三年一屆的第二屆了！我在民國七十九年踏上立法院第一屆最後一班的列車，而且現身在第一屆最後結束之日，已是午夜二時最後離開議堂的為數不多委員之一，見證中華民國國會第一屆最後閉幕的一刻。

我最記得脫黨（民進黨）的朱高正委員，出了議堂和我殷殷握別；民進黨的崛起，朱高正和林正杰起了很大的作用。朱高正在《和平革命》（朱高正的論文集）中找到自己是朱熹的裔孫，他（雖然留學德國，攻讀康德哲學，卻始終以紹述孔孟聖學自許。得知身為一代儒學宗師朱子的後裔，更深感責任重大。）手創民進黨，後因民進黨將「住民自決的主張，改為『獨立建國』，乃黯然退出民進黨。」他在德國波昂大學獲得哲學博士即歸國投入政治，以黨外組織的代表，參加南投縣立法委員的選舉，以最高票當選，是當時黨外人士矚望之士。其言詞鋒利，肢體言語豐富，台灣政風為之丕變。他和我似有夙緣，我回台就任委員，在機艙坐位上就有人以為我就是朱委員。到任以後，我認識的吳毓寧兄，就是朱委員的熱心支持者，這樣一下子便熟稔起來，後來吳兄請我書一中堂給他。記起王荊公送友人許君的幾句，完全適合朱委員性格為人「士固有離世異俗，獨行其志，譏侮困辱而不悔，以其無求於眾人，而有待於後世者也。」我們各有各的忙；在任期中，我們甚至談話的機會也不多。倒是任期以後，他也沒有連任下去，我們才有機會約聚。朱高正對康德哲學可謂心會神領；對黑格爾的辯法更神而化之的應用於「變」。他在論文集：《變的哲學》對中國歷朝的變革下過工夫。他對王安石的「三不足」：「天命不足畏，祖宗不足法，流俗不

足恤。」視之為「何等氣概」。我給他書寫的中堂，引用王安石的文句，正可以引為「知己」之言了！朱高正比民進黨少有的學術人才，一些自封或被吹捧的所謂「理論大師」，朱不知要高出多少倍。民進黨迫使朱高正出走。像蔡英文這些拿着博士銜頭，她對政治實在還是個小學生，和朱高正就差遠了！真值得為民進黨人反醒。朱後來到北京大學教書，後幾年，我到台北旅遊，約他出來再敘，他還是活力十足。但對台灣的局面，我們都不勝唏噓，以後就少有聯絡了。他現在教的是《易經》相關課程；近聞腸胃不適，大概吃毒食品太多吧！惟海外聞訊，故人抱恙，難免怏怏；他還在盛年；以朱高正的犖犖大材，應知留此身為國族強飯加衣。

我離開台北後，林正杰多次到香港相見，他第二屆還是選上，以後也轉向地方政治發展，任新竹市副市長；這幾年也漸少有所聞。另兩位的戴振耀、黃天生；在陳水扁時代，戴振耀出任過「農委會」副主委，我到台北和他敘過舊，另一位黃天生任滿曾告訴我，會到高雄市擺檔賣牛肉麵。林、戴、黃就是我初任立委時圍攻過我的三人，以後我們都成了朋友。但到香港來找我最多的，卻是民進黨的魏耀乾，有一次還希望我回台北為他管理文物館。後來他到金門地區選立委，可惜失敗了！以後也看淡政治，重拾舊業（牙醫），這幾年也失去聯絡。

我留台北短期還有個小插曲；有一天，遇上新任海工會副主任吳豐堃兄。他特別和我握手致歉意說：「我們是好朋友，也許你也不知道，海工會挑選副主任，有兩人被推薦交李主席裁定：就是我和你；後來選了我。」我聽了哈哈大笑，我說：「豐堃兄客氣！此人睚眥必報，他會選一個反對他的人才怪！」

當我準備回加拿大，特別到高雄去拜望一些友人，

那一天是星期五，台北的交通更塞車，到淞山機場坐飛機趕着回南部的人特別多，我乘的計程車比人走路還慢，將近到達機場時，手機響了；原來是「僑委會」章委員長（當時仍未改父姓）打來的。這個電話來得及時；當時手機進入機場即使不關機，也無法接聽。章委員長沒有問我在哪裏，只要我立即到「僑委會」見他，他說要見了我才下班。我只可不去高雄；坐原車趕到「僑委會」去，見到了他。他說：「之遠兄，上次我們見面，講到香港的情況，你很熟悉。我到僑委會後，也希望駐港機構能發展起來，港、澳又快將回歸，我們更應該有所因應。如果你有意願到香港去，可以先辦理資格銓敘。現在駐外人員和過去就地聘僱不一樣了，要納入制度系統，原任的不再續聘了。」我當時還未到六十歲，香港是我成長的第二故鄉，能有機會服務固所願也；一個行政官吏和立法委（議）員職司不同。立法與議政，平情而論，我稱職應無疑問；也想知道自己對行政的能力，派駐香港，是個最能多方面測試的要衝之地，真是可遇而不可求。我謝謝章委員長的賞識並將全力以赴。章委員長說：「你初入行政系統，可以權理十二職等。職銜是本會『顧問』，派駐港、澳，對外用『香港華僑旅運社總經理』名義。你到考試院銓敘部問明所須學、經歷證件，辦妥就回家一趟，然後回會報到，接了『任命令』，就可以派出接任了！」他清楚交代了；很客氣問我有什麼要求。我說：「在本會第一處第一科的陸永權，原是『華僑旅運社』轄下的『華光旅運社』的經理，他熟悉本社業務，而且能力與操守都很好，我只希望調他回來，主管財政工作，使我無後顧之憂。」我很感激章委員長對我的優容，除非在公共場合以職銜相稱，私下談話，從來都以之遠兄稱；內心引為知己，公義私誼，自勉非努力不可。我也相信所提唯一的要求：調回陸永權回

「華僑旅運社」做我的經理,應得他特別的通融;因此,我告訴陸兄:一、準備歸港就任;並預先將香港目前的現狀,日內以書面撮要向我簡報;二、本單位轄下的附屬機構、人員的現狀、應興應革的個人意見,以書面給我參考;三、我要知道駐港相關單位的派駐人員和概況;同上亦以書面提出。

香港、台灣兩地的航班頻密,航線又多。香港報章、雜誌在台灣應有盡有;我大量閱讀香港相關現狀的論述。香港《文匯報》前總編輯金堯如的「香港共管過渡兩制漸歸一國」一文,是我履新後在香港讀到,這篇文章在我今天寫香港任期中經歷時撿出,我們不能不對時事評論老一代的前輩,他們觀察力的敏銳,真令人敬佩。今日香港的局面。金堯如早在一九九四前就預言了。這種人才、這枝健筆,在國民黨我還看不到;不是「老王賣瓜,自賣自誇」,之遠不敢多讓。

金堯如觀察入微;又是中共黨籍人士,比一般人更熟悉黨意的指標作用。金對過渡時期,乃指中英協議簽訂以後,過渡時期便開始,到香港總督衛奕信,香港便已經進入後過渡時期。「特點便是中央已經開始從政治、經濟、文化、到意識形態全面干預香港內部行政事務。這種干預實際上已經到達中共與港英共管的地步。」金堯如說:「例如衛奕信時期提出香港建築新機場的計劃時,中共立即提出機場投資預算的限額、留給九七後特區的儲備額、投標的外資集團、中資集團與合資集團的比例數額……等等。甚至於非由英國首相梅傑(港譯馬卓安)到北京同李鵬商談,簽署協議而後可。」

這個共管不是對等的、平等的,而是北京處於上手地位,倫敦處下手地位。港英根本無權,處於俯首聽令辦事的地位。這是第一階段。

二、從彭定康的立法局政改方案開始，是第二個階段。北京在政治方面的干預，例如北京堅稱不准實行立法局政改方案；不准香港電台從公有制改為股份制。

三、一九九三北京成立「香港特區政府⋯⋯預備委員會」之後，共管進入第三階段，北京用「預委會」的名義開會討論香港每一政法事務，直接否定港英的法案。例如不許成立「香港人權法委員會」，不許建立「資信開放法案」。

「預委會」還可以直接命令港英政府官員，包括輔督陳方安生在內，向「預委會」報告和解釋機場預算方案。這第三階段的特點，已從「共管」升級到了中共「專政」的地位。中共在香港實行共管或獨管的法權根據是《基本法》。反對「政改」、人權法案；無不是說基本法裏無根據；或者說基本法已有規定；例如人權問題，因此不必另立什麼人權法。九七後生效的香港特區政府基本法已經管到九七前按中英聯合聲明規定，行政權仍屬港英管理的香港了。《基本法》對香港實行提前接管。根本違反和破壞了中英聯合聲明。中共提前接管的借口則是事事「要過渡到九七」。

「九七」這條界線，根據中英聯合聲明原來是劃分中英兩國對香港行使主權和行政管理的界限：「九七」前行政管理全屬英港當局；「九七」後，中國對香港始恢復行使主權。而現在中共用「跨越『九七』」為理由來干預以至否決港英在「九七」前的法權和管理權，實際上抹掉了「九七」這個界限。現在是「兩制」已漸漸屬於中國一國了。

這篇「政評」，發表於一九九四年中，尚有兩年到三年中共才主權接管；但金堯如已鐵口直斷「九七」以後的香港現狀了。

我對金堯如的印象頗深刻，後來在多倫多還見過他一次。就是「三峽工程」應否興建的問題，在北美中國人聚居的各大城，都捲起探討的旋風；實際上是反對興建的浪潮，北美諸大名城的中國人集體反對。金堯如也從美國趕來出席，就在前排與我比鄰而坐。那一次主講是鄭竹園教授。我有機會向他請益，並問他對三峽興建的意見。他說：當然要反對。

對於香港負責左派文宣人物如李子誦、羅孚等，我都在任職香港期中的前後認識；羅孚住在太湖花園一段長時期，我和詩人作家方寬烈兄常找他到「太湖」飲茶，那時我已退休，真是無所不談，但已經都少談政治了。金先生逝世多年，我曾詢問他的後人。簡兆平兄告訴我：他只認識他的女兒，也是「作協」的會員；也是香港紀念抗日受難同胞聯合會成員。

我接觸的香港左派文宣工作者不少，特別在香港任內，大概和每個月總有一次招待報界人士有關；左右不分而坐，大家可以自由交談。那個時期（一九九三、四），正是鄧小平提出「有中國特色的社會主義」的初階。鄧提這個口號時，還沒有人去詮釋口號的內涵或表象，令人好奇各自表述。那個時期，大陸的氣圍已從天安門事件的肅煞逐漸復甦過來。我記得有一次招待新聞界例會，《大公報》和《文匯報》也有代表在場；張副社長也在坐。席間閒聊說及他剛從北京回來，那時還是鄧小平「垂簾聽政」。中共元老輩許多人都做了「顧問」，做「顧問」也是論資排班的。張副社長說起在京那次招待餐敘中，大家正興高采烈籌酢閒聊，酒到微醺間，有人無意說起香港社會都在問：「什麼是『有中國特色的社會主義？』」這個問題；一經提出，空氣像立刻凝結起來。座中有兩位「顧問」級的元老，也同時互望一下；還是那個年長的先開

口，他看着旁邊的老者：「大概你也要我先做答覆了。」他笑着說，氣氛也像溫和起來。「你老來說比較適合！」他的謙恭似乎說明他的地位。那個作答的顧問開口了：「有中國特色的社會主義，」大家側着耳朵聽，老顧問笑容滿面軟軟的說：「就是遮遮掩掩的資本主義！」真是誰都猜不到的解讀，出自一個地位尊崇的老共產黨黨員。大家回過神來，情不自禁得喝彩起哄；座中有人高聲說：「顧問，我們還是不明白，你老能多解釋一下嗎？」那顧問也高興笑起來。「好！」我再說：「我們的經濟好轉，大量出口到資本主義國家，我們才有錢買他們的貨，我們和他們講做生意，簽貿易協定；大家都向錢看，但不可說白了，遮掩遮掩吧！」大家又起哄再請老顧問解釋；在這種熱烈的氛圍下，既然說開了，他笑瞇瞇的又說：「有中國特色的社會主義，就是偷偷摸摸的封建主義！」大家又轟然叫好。顧問補充說：「可不是嗎？我們共產黨人到今天，我們老一代黨人退休前，不是都安排兒女甚至孫輩上位？大家摸寶不要笑。」我真訝異這老人家這樣開通不諱，更引起記者們的探索下去：「顧問，我們還是不明白，請你老多指點。」顧問這時賣了個關子，問旁邊的顧問：「你老明白嗎？」那被問的顧問說：「我不明白。」顧問轉過頭來對大家說：「你們明白嗎？」大家像同一時間說：不明白。顧問說：大家都不明白；我也不明白。所以「有中國特色的社會主義，就是糊糊塗塗的社會主義。」這一下大家可樂了！都不期然拍掌。真難想像一向講究鬥爭的共產黨人，開放還沒有多久，比資本主義的幽默還資本主義。如不是我親耳聽到和見到，我是無法想像得出來的；給我的印象太深刻了，實在無法忘記這個場景；也決不是我能偽造得出來的話語。鄧小平以後，歷經江、胡主導的二十年，大陸的「有中國特色的社會主義」不正是這

604

倚角呼應比金馬、孤臣孽子話港澳

樣嗎？

回頭再說，我辦理好銓敘部的資格審查，接了總統的「任命令」和章委員長的派令，啟程到香港接任。由於陸永權經理調港追隨我，故必須將原任的李經理調回台北本會，調任令已收到。但李不願意，我只可就商王經理，他是主管九龍的支社（華光旅運社）；他也不願意，而且調任令原就不是他。如果我接受會的安排，李不接受調任只有離職。但李能言善道，由於他在社本部任職，對社務較熟悉，在交接上頗見八面玲瓏手段，主觀上在取捨之間，我左袒了他：「巧言令色鮮矣仁。」我為此付出很大的代價，後來一一才發覺；為存忠厚，就不忍言了；因此也對王經理心存愧咎。

章委員長對我任命之專，我決定留李捨王一事可見。王也只可調部繼任陸永權之職位，陸調回本社，李出任「華光」經理，我為鼓勵李的努力工作圖報，特將本社為我新買的座車，日本「皇冠牌」（當年日本最豪華座車）交他用，我仍用原來的舊車「富豪」（港人稱 Volvo）。原司機蘇先生不久辭職，我初到不久，不了解內情，但恐自己有令他不滿處；特約他到辦公室談話。他初時也沒有說什麼，只說久了，想換一下環境。這原是沒有什麼可疑，也不過是一位青年司機，香港人浮於事；請個司機還不簡單嗎？但由於自己過往艱苦的出身，對經驗不足的年輕人，常常望有能力拉他一把。鍥而不捨的追問，還表示我能力可及，想幫他留下來，希望他說出心中的話，我才可以想辦法。其實我的司機是全天職，專心侍候我一人的出入，應是好差事，尚有員工的紅利分配。他終於說出：「總經理，我還年輕；也非常嚮往能為國家做點事，但任職多年，始終沒有人關心過，你還是第一個。我過去為李天齊前總經理開車，到過『烏溪沙』基督青年團契音樂

營；也到過『海防大廈』的『青年中心』，我多麼希望能做這種工作，但是沒有人像你這樣關心過我；李前總經理走了，連他都沒有關心職位低微的我，何況他人。這是我不想再呆下去的原因。」我對這一位青年人十分同情，真還想不到他對中華民國有這份情意結。我立即把李經理找來，我問他：「蘇錫存向我辭職了！你對他有什麼看法？」李說：「他說話不多，沒有什麼印象。（我沒有告訴他和蘇談過辭職的原因。）李又說：「做你的司機是份好差事，很多人都願意做，沒有問題，我可以找人代替。」我說：「算了！我自己來處理。」我把「海華青年中心」總幹事溫繼堯找來：「蘇錫存要辭職，我想用他到「青年中心」當幹事，你同意？」溫說：「總經理的決定當然就可以。」「海華青年中心」，位在尖沙咀「海防大廈」，早年由僑委會出資四百萬港元買來的兩個單位，打通充作青年活動中心，是「僑運」青年工作的一個常置的場所，溫繼堯對青年活動做得很好。「華光旅運社」在旺角的「銀行中心」大廈，我交李經理就近協助指導。陸永權那時已經到本社就任，我把蘇錫存當面交陸說：「蘇錫存將調海華青年中心當幹事，他的職位由他自己推薦才可以離任。我做這個人情，讓他知道我對他的信任。」他很快帶一個年青人來，名叫「秋瑾」。我說：「這個名字是先烈『秋瑾』」？他說正是，是他父親命名的。蘇以後便正式成為海華青年中心當幹事。一直做到現在，多年前我在一個場合見過他；他還是走過來向我點頭致意，並感謝我改給他有意義的生命。以後回港的偶遇，也說着同樣親切的話語。後來他結婚了，我見面還希望繼後有人，但他們說目前還養不起，後來再問，他已改變口風，我們沒有再想這個問題了！大家好好做青年人的工作，也等於自己的兒女了！每次見面都令我窩心。

僑委會過去很積極培訓幹部，每年都有「僑務幹部培訓班」舉辦，在世界各大城市的華僑社團，很多都會挑選熱心僑社服務的青年，到台灣僑委會參加；「僑務幹部培訓班」簡稱「僑幹班」。但問題出在，僑委員每年化這麼多預算為各地僑社培訓的幹部，但都沒有積極去重用他們。這些人，且都是僑社中的國民黨黨人，他們熱心參加僑社工作，也響應國民黨的號召到台灣來受訓。但國民黨沒有「訓用合一」的機制。熱心的經久沒有被重視的感覺；慢慢也淡化下來，隨着年月的增長，個人也從青及壯入老。人才也一代一代零落。國民黨的政權也一代不如一代的衰老下來。誰都知道國民黨在海外締造，而造福於中華。民國成立，國民黨不論掃平軍閥和抵抗日本侵畧、海外僑胞的捐輸是一個重要致勝的關鍵力量。政府播遷台灣後，國民黨積極培養僑生、僑務幹部（簡稱「僑幹」）。但僑委會有僑生政策，沒有重用畢業僑生。一如培訓僑務幹部，但沒有重用經培訓的人才。台灣過去還沒有發展；海外經濟環境大多比台灣好。但台灣後來發展了，食品加工大量出口，毛松年任委員長，不但沒有幫助過僑生創業，有經濟條件的也不交他們代理，都檢現成的貿易商。像那些僑幹班畢業的幹部，毛在職十年，沒有培養過一個幹部在僑社當權或致富，連一個可標榜的號召人物都沒有。就以從民國六十一年（一九七二）的中央民代在海外　生，包括國大代表、立、監委員的僑選國大代表、立、監委員，沒有一個僑生當選過。到曾廣順接任也只遴選過三個僑生：許之遠、牟宗燦、黃興邦三人。但不能怪他，這已是最後一屆了！七十年來，有多少萬僑生在台灣大專畢業呢？

　　再說「僑幹班」，我到香港履新，同機就有「僑幹班」受訓完畢歸港的一班人；想起這些熱心僑社的幹部，提醒

我要怎樣起用他們。這一番心事，我在召集「僑幹班」畢業學員宣示：我要重組「同興行」。這是「僑幹班」畢業的僑幹班成員必須參加的，是僑委會在駐港推動團結僑界、服務僑社的組織的代號。當時「同興行」主席黃燦，他是一個八十開外的老僑幹，原是裁縫工會主持人。這個傳統的夕陽手工業，已沒有學徒去繼承了。只是大家還尊重這個僑幹班的老前輩。「同興行」由他來領導，對其他人多勢眾的工會也不盡相宜，只是「華僑旅運社」過去的領導人，只是多一事不如少一事，習於苟且鄉愿，說不好聽就是尸位素餐，漠視國家名器。僑委會過去就地取材，這種積習歷數十年一仍舊觀，到台灣發展起來了，又遇上毛松年這種老官僚主持整個海外僑務，怎會有進步？只是他運氣好，大陸內鬥不停，沒有餘力和國民黨在港、澳地區競爭。僑委會每年編列預算培訓僑務幹部，數十年來還讓黃燦這種傳統裁縫工人做領導，就思之過半了。黃燦敢有作為嗎？敢為「同興行」佈新除舊嗎？他根本沒有膽量向前任總經理畢卓榮、或後任李天齊商討；他也想不出有任何辦法振興「同興行」。只看「華僑旅運社」派來的「僑團秘書」的臉色，能有象徵式的經費補助就心滿意足了。我不相信他能提出任何改善組織的能力，更不能指望他振興「同興行」！這些負責和「同興行」接觸的「僑團秘書」，也沒有一個有擔當的想個辦法，使得數百個經培訓過的僑幹重振士氣。大家因循苟且！補助多多少少不要緊，排排坐，吃果果，你一個，我一個，大家安靜自然來。這種上行下效、蔚然成風的習氣，我看得很不舒服。

以歷史淵源言，英國以香港殖民地的利益為前提，是第一個民主國家承認中華人民共和國的；因此，也是第一個與中華民國政府斷絕外交關係的。英國人很會操控兩岸手法，既承認前者，又容許後者巧立名目，用「華僑旅

運社」的名義，務實地得到與台灣繼續接觸的作用。不但如此，英國自二戰後，已淪為二等國家。惟其外交手段靈活，仍能藉與美國同文同種的關係，還在國際舞台舉足輕重。其操縱兩岸在港勢力的平衡，可謂得心應手。「中、英聯合聲明」簽訂之後，正如金堯如的觀察：「香港後過渡時期中，實際上已處於中共的共管之下」。我派駐香港在一九九三年，正好在七月一日履新。當然是過渡期中後期的後期了。遇上強勢的末期總督彭定康，雙方的「爭拗」已無日無之。

中共也經歷了「八九民運」的低潮復甦過來，經濟日趨好轉。彭定康的強勢只維持體面上風光，實際上也正似金堯如所說的「倫敦處下手地位」；這是形勢比人強的結果。我到香港來的形勢就是交接前的前夕，其中艱巨可想而知；但我從不服輸的性格，反而激發我和時間競走，希望在「回歸」之前，把自由民主陣營的團結，我盡能力所及處，做到歷任做不到的事，作為對國家名器的回報。我上任後沒有時間去找住宿處（人稱官邸），租住尖沙咀彌敦道的「國賓酒店」。我只可請內子從速提前來港，辦理租賃居所事。事實上，自我一九九零年擔任公職以後，我已經甚少過問家中的瑣事了；而家裏亦沒有大事可言，財務沒有後顧之憂，兒女都入了大學，從來就沒有讓他們分擔過一分學雜費，連零用錢都不缺。我得專心公務，派駐香港以後才知道駐外的主管，經常有對外的應酬場合，有些例必携眷參加的。內人是香港土生土長的人；她也只可在我的任內，兩邊游走着。她來港以後，她選定太古城一個單位入住，我可在日間批不完的公文，包括上呈本會，下示管轄本社、支社和海華青年中心的通告、裁示。原任的林秘書是個公文程式的老手，但案牘勞形，已有點老態；為此多請了一位繕正的文員協助。此人很會掉書

包，在我的面前也會不經意掉一、二句出來，談不上應用，只屬花拳繡腿，不切實際。林秘書的老式公文，以詞彙太熟，反覺油滑，「等因奉此」呈文，如遇上年青一代長官，琢磨其意，花去不應花的時間，對講究績效來說，當然有點累贅。就算以文論文，公文程式最多陳言腐語。我在台灣服務期間，曾應邀到世新大學兼任「應用文」教席。我深深體會教、學相長。顧名思義，這是「應用」的文字，許多「繁文縟節」的飾辭、冗文、贅節都應該刪減。劉大櫆著的「論文偶記」有一些見解，頗對「應用文」的改進，頗能概括，不外「簡」、「瘦」兩字。他說：「文貴簡，凡文筆老則簡，辭切則簡，理當則簡，味淡則簡，氣蘊則簡，品貴則簡，…故簡為文章盡境。」「應用文」要求「意盡」，所謂講清楚、說明白，不要模棱兩可，這是公文之基本要求。他又說：「文貴瘦，須從瘦出，而不宜以瘦名。蓋文至瘦則筆能屈曲盡意，而言無不達，然以瘦名，則文必狹隘……極高峻難識，學之有得，便當捨去。」這是進一步的「盡意」，稍有節制的手段，惟識者可得。作為主管，能滲透此意，則上呈下示，無不得心應手了。

　　林秘書在大陸一直追隨馬樹禮，隨馬公到台灣。國府在香港恢復與英國半官方關係而先設本社時，林秘書便來港入社工作；是本社元老。我做學生時，也經本社簽證入台的，想不到悠悠歲月，我派駐香港，他仍任秘書，已歷近四十年仍留為我用，可謂有緣，後來繼我退休，又到多倫多來；到馬公樹禮九十大壽，我在多倫多為他設筵慶生，特請林兄伉儷到會，主賓見到舊屬，歷半世紀而能在海外相聚，莫非夙緣前定。林兄今已九十開外的人，他有時仍慣稱我的職銜，但我早就呼他林哥了！延至戊戌以九二高齡道山，我親送遺體，寄葬於多倫多市北之陽。

我推動僑社的運作，就是聲氣相同；團結互助；這種「僑運」在香港，很明顯的工作是防守性，在主權移交後能繼續存在為滿足；中共的僑運工作，正如金堯如所說，要兩制漸變於一國。不可同日而語。即便如此，國府原有的僑務工作，在我接事後，現狀告訴我：面對「九七」回歸，國府全無加強因應的準備，連過去都不如。倒是加速「去中國化」，稱為隱性台獨的策署，增設「大陸委員會」和廢除台灣省政府。在「大陸委員會」起用黃昆輝，調走馬英九；廢省等於廢了宋楚瑜的基地。宋不遠走美國，「請辭待命」，他又能做什麼？這是我到港履新時的台灣政局，那個時期，正是李登輝台獨表面化的年代。過去兩蔣永不起用的王作榮，已經大搖大擺重上政治舞台的時候。照我後來思前想後，蔣經國一死，王作榮與李登輝便接觸上了。因對中、英協議的年代，蔣經國尚未逝世。大概蔣經國死後不久，王作榮在香港露面的時候，是台灣遣派一個代表團到香港來，就是由王作榮擔任團長，有點代表台灣官方的意味，更重要的是：對於香港的回歸，台灣是持什麼態度？香港人也極想知道，因為兩蔣的反共態度堅決，港人自無疑慮，換了個李登輝會有什麼轉變，香港人怎會不關心？何況「一國兩制」的宣示，當初是衝着台灣而來，和現在台灣邊緣化是完全不同的。台灣原地踏步甚至倒退，予中共無後顧之憂，那還須買香港人的賬？大陸以人代「常委會」通過的「8‧31」（2014年八月三十一日通過的決議）明令取代「基本法」，誰敢說與台灣的沒有作為無關呢？王作榮率團到香港來時，李登輝為掩人耳目，沒有任何痕跡地授意當局組團到香港，而又無人懷疑王作榮做團長，乃銜李登輝之命向中共示好的表態。香港人對王作榮是有期待的；錯覺上，他是外省籍人士，也算在野一枝敢言的健筆，照理應不會左袒中共。誰能想到這

個代表團到港與文化、新聞界座談，王某在席間發言，全不談台灣能為港人可做之助，獨要港人應該順從中國的統治；當時在座的出席人士，拍枱痛罵王無恥！做順民還須你王某來教！王某灰頭土臉，未終席向後門逃去了。後來李登輝坐穩了大位，我才磨琢出當年勸港人做順民，就猜出王某銜李登輝之命來向中共示好；其後李登輝又主導通過「國家統一綱領」；清楚分近期、中期和長期；最終達成國家統一的目的。可知李登輝上位時求穩定局面，向大陸獻媚、示好都發生過的；以後他連「九二共識」都不承認。我理清李、王的勾結，要香港人做順民後，我寫了一篇短評，登在香港報章：題目：「台灣出了個王作榮！」香港有許多報紙轉載了。那時我在立委員任中。

王作榮不久便在台灣頭角漸露，為李登輝的台獨鳴鑼喝道了；連篇累牘寫了：「李登輝無台獨意識」、「李登輝的治國理念」等，先刊在「自由時報」，後由「中央日報」轉載，文中舉證歷歷。章孝嚴以我對王之言行不假辭飾，特將王此種文字交我閱讀。及李自承台獨，真面目自揭了。及李下台之後，王亦失監察院院長職，王又自忘其言行，對李攻擊又甚於人；偽君子比真小人還狠，又恃老賣老，指責宋楚瑜為李登輝後毀黨之第二人。然則助李毀黨和他沒有關係嗎？則王作榮又是毀黨第幾人？我離開公職後，有一次在「三軍軍官俱樂部」等電梯，適值遇上他。我上前指着他問：「王作榮，你不是說李登輝無台獨意識嗎？又再寫他治國理念嗎？你幫助李毀了國民黨，你老奴做了幫兇還罵人！你還有廉恥嗎？」王說：「你究竟是誰？」我說：「罵賊還須報上姓名？誰都可以罵？」說完拂袖而去；管他跳腳！這是我罵「靖國神社」後最痛快一次罵奴才！

離開了僑社而談僑務，還不是空談嗎？過去那些僑務

官老爺；僑社的社團怎樣運作，恐怕社團的組織法都無法熟悉。我在本社（華僑旅運社）任職，轄下有八十個僑團秘書名額，有的派出專職長駐該僑團，擔任秘書職，由本社支薪。當時（一九九三年）當年月薪七千元港幣，當然不算高薪，但與一般白領階級言，也算中位數字。另半數由本社調動，分管多個社團；也有部分隨時在本社需要時擔任特別差事，例如帶團、帶隊、帶公文袋、郵袋到本會去來等，屬交通靈活的兼差；都歸我節制。在早期初創的二十年，由馮漢樹擔任董事長，何樹祥擔任總經理。到兩者離職後，是否還是分別擔任，或一人全兼兩職而以「總經理」為對外名稱？因為是以前的編制，我沒有需要知道。我是以「總經理」對外代表本社，而我實際是兼董事長職的，由於本社只能稱民間組織。雖然實質大部分比照其他駐港代表的權益，但彼此仍保持默契的間接接觸。由於沒有正式的外交關係，僑委會在港置的產業、或商業，都以委託主管者或僑委會信賴人士為持有者。港、澳地區本會上述之產業、商業；均歸第四處管轄。

我來香港履新，僑委會所有在香港產業、商業，委託我個人持有百分之七十股權。其他百分之三十，仍登記在前總經理何樹祥名下，而何公退休後移居美國，畢卓榮（曾為短期總經理，以病辭職）自言受何樹祥委託有百分之十五股權，另一位李順財亦佔同數合共百分之三十。我上任後得知李順財先生為股實人士，可以隨時簽字交還股權。惟畢卓榮支吾其詞，我知何公當時已逝世，而何公與先君份屬好友，他是畢卓榮的長期上司，他當知這是國家財產，不會私相授受轉給其下屬，然我上任之初，不擬衝突，暫緩辦理「具結書」，以待時機，為國家收回財產。

為了要能促進僑務，重振僑運；我要加強對僑團組織的了解，鞏固僑社對民主政治的向心力。我要安排親

訪向本會登記的僑團；發覺許多傳統的社團，當事人也多半口語相傳，許多會員的資料多亡失了！我建議他們重新登記；本社可以協助設計團體的資料表格、職員名冊表格、會員資料登記表格。相關資料分欄填入；便可存檔。由隨行拜訪僑團的陸經理和幹事，紀錄我們在訪談中僑團的建議。以後成為本社編定的張本。這三類表格，大致使僑團徹底了解他們團體的歷史、成員有多少，成員的年齡結構、學、經歷、教育水準都可一目了然。能掌握僑團的成員資料，對人事的聯絡和推動工作自然就通順得多。過去自由僑團各辦各的活動，沒有一個共同的目標，我幾經考慮，做好了重新整理僑團登記後，我從籌備到向港府備案，創辦四開兩紙八版的《港澳僑訊》，由簡家聰律師代表本社註冊出版登記，其初之「發刊詞」及以後代表之社評，每由我親撰。《僑訊》內容當是宣揚國府的僑務政策為重點，間亦涉當前的政策；除此便全部是僑社的消息、社團的動態，本社青年中心的活動，表揚有績效的僑團、僑校教師；推廣回台升學、當時的僑教的政策，報導優秀畢業僑生的動向。所有本社主管的業務，都有簡報。《港澳僑訊》辦了三期以後，風格大致確立。我飭令「華光」支社主辦、海華青年中心協助，這兩個機構，年青人都有朝氣。我到任兩月便出刊這份彩色精印的喉舌，請僑務秘書分送在僑委會登記的僑團，咸認為是本社一個破天荒的創舉。

　　這些僑務秘書，都是職工會、各行業的聯誼僑團中，將積極熱心會員抽調出來，多數參加過「僑幹班」培訓出來的。結業後歸入「同興行」組織。一部分由本部聘為本社支薪的僑務秘書，分派到特定社團專責任秘書工作；有的視本社需要聘為某種特定功能工作的僱員。過去每月指定日期到本社領薪，除此之外，本社亦少有專人和他們聯

絡，以致毫無責任與績效可言。我視事後，深悉經過僑訓的學員，從第一期至今已到八十七期。「僑委會」花了這麼大的人力物力、經營這麼久的「僑幹班」，還養活一班「僑務秘書」。績效的結賬，在我看來，真是浪費公帑。香港、澳門「回歸」之日，只有不足四年，僑委會到我視事後還在培訓幹部，而實際培訓的績效從不過問，訓用不合一，是官僚形式主義的特性，章委員長到會未久，又未必得窺全豹，我既得上司專擅信任，要不負國家的名器，是不能容忍尸位素餐的。

我把「同興行」的主席黃燦請到辦公室來，把第一期至八十七期的學員名冊和相關資料交出來。我告訴他要召集一次全體學員會議，請他提出整頓的意見。他有些訝異。這是前兩任的總經理都沒有過的事。怎樣整頓？他有點茫然，一來十多年來都沒有過的要求，每月只到總經理室簽個名就領一些津貼了事。我說：以前的畢、李總經理都沒有要求工作嗎？他說沒有；這一點小錢只夠我做交通費，還能做出什麼事？我問他每月領多少？他說只有二千元。黃燦是個老師傅，不擅言辭。我相信他說的數目。我說你有收據呢？黃搖搖頭說，從老畢開始，他只在他的條紙上簽個字而已，從來就沒有收據。我終於明白畢卓榮一貫作風，我履新不久，國府派駐港澳各部會的聯絡小組開例會。各單位代表都領出席費。當時小組召集人是黎昌意，秘書就是畢卓榮。畢分別拿條紙請每位出席代表簽收出席費。還是如黃燦所說沒有寫上銀碼的白紙條。我裝蒜說簽名做什麼？他說領出席費？我說請寫上銀碼，我不會在白紙上簽名的。我想：諒他不敢把我們有職等位的人，當僑團如黃燦者看待；只是習慣了霸道，他以為做主子就是操控了發錢糧的人，由於領者向不敢問銀碼，以免招怨受扼；殊不知我向不信邪，確信駐派人員的出席費，都經

立法院在外交部的預算中撥付的，只交有司代發，畢只是小組發放的僱員，連成員都不是。我在立委期間，宋楚瑜一度要我代發放僑選委員的津貼，我沒有答應，後交社工會李祖源主任辦理。論職等畢卓榮尚不及部會的派駐代表。我後來和熟稔的國民黨的駐港總支部主任委員陳志輝問訊：你領多少出席費？陳卻直截的拒絕相告；也就算了。後來畢卓榮不得不寫了銀碼，他知道碰上鐵板。我便問他：出席費是不是和其他出席人相等？他再不敢不答：是一樣的。陳主委後來忍不住倒過來問我領多少？我笑着說：我也不告訴你。

我與陳屬忘年交。我在職場退休下來（在 1982—1989），常到香港旅遊，以先君曾任香港國民黨總支部中之某支主委；故常與陳君過從。他希望我回港義助黨事。一九八八年，先君遽返道山，我真的應陳之邀請，到香港接受他的差遣，完全是友情的義助，沒有接受過陳志輝分毫的資助；派我到灣仔盧押道附近的一層樓宇工作，是總支部直轄的第三處（文宣處處長俞劍飛），聽說俞先生是情治單位出身的。總支部還有一個單位接近銅鑼灣，由一位吳姓的年輕人管理，這人有一個小孩，常帶到單位去。我個性喜歡小孩，「愛屋及烏」，對吳先生因而示好。這個單位空置着，陳志輝說我可以搬到這裏來，省得我到北角英皇道父親的舊居去；走路也不到二十分鐘，便可到「文宣處」去。我青少年時代在香港，也經歷過刻苦的生活，沒有什麼簡陋住不下去的念頭；就搬了過去。才知道吳先生是「文宣處」的僱員，專責為陳志輝剪報。我搬入後只佔一房，晚餐都到附近餐廳去，有時還請吳先生共進。我對他的示好，除他的小孩討喜，也因為個性好結交朋友，而他又是年輕同志，原是純潔不過的事。誰知卻惹起他的疑惑，他對一位圈內人說，許某如果在加拿大還能過生

活，何必到香港來，住在我都不能住的小房！說來他也並不全錯，他全家也沒有住在這破舊的單位，而我還不過是其中的一個小房間。但對我來說，比起我做學徒睡在廁所頂，上蓋鐵皮，只有兩板條併起來容仰臥之身；而我在小房間的小牀，還可以轉身；或側或仰隨心所欲。我也沒有標榜能刻苦為清高，只是習慣了勤儉，沒有低調高調的層次，沒有擺濶或言語上炫耀的必要。我到香港只是個黨中義工，那是先君到香港後一直做黨中業餘的義工，不同只是我為全職的義工而已。全沒有想過來港機票、以後膳宿、交通各種支出；甚至工作時間，全都不問就天天依時上班；但吳先生這樣一說，我反覺得奇怪。我們的父執輩為黨效力，誰不是義工！但此事令我感慨甚。我們上一代多少黨中義工在香港賣過命，在國民黨的初興時代，我們的先烈爭死惟恐後人。而今日年輕的黨人對一個全職的義工也產生懷疑。國民黨的前途又在那裏？由於他給我的印象深刻，約四年以後，我重臨舊地服務，此人突在「華僑旅運社」求見；坐定後方知來求職，且備道生計艱難，我問他現在的職業。他這樣說：「還不是為陳先生剪報嗎？快六年了！陳先生沒有照顧過我。」「噢！除了剪報，陳先生有沒有其他事務要你做？」「沒有，他指定一些報紙，要我分類剪貼，他每日向台北用特別郵包寄去。我在午飯前就做好。」「你有沒有就這些資料，向陳先生提供個人的意見或建議？」「陳先生沒有這個要求。」我也問及他的月薪，和我們的僑團秘書相差不多，但有些是全職上班的。因此告訴他：半日做完的工作，可以找個兼職；香港人都很勤勞，很多人都有兼職的；我告訴他：「當年我為陳先生工作，是全職義工，我每日上午六時要向他匯報，又趕回盧押道上班，我沒有拿過陳先生一毫錢和任何餽贈；你可以去問他。我這裏還沒有半職的空缺。」我當

然知道香港是個現實的社會，黨職的義工還很多，但都是兼職的；不復當年一批批對黨事熱心的全職義工；這也是國民黨在香港今不如昔一個主因。大陸改革開放以後，到許家屯銜命來接香港新華社社長時。以方面大員來接，職級上已有所改變，編制擴大，而經費更非國民黨可及；相比之下，國民黨連一張《香港時報》都守不住，人謀不臧固然亦為主因之一。但兩蔣過後，台獨化日顯，對香港事務不再重視，反映在經費上，國民黨在現實的香港環境也相對式微了！

陳志輝是一個勤慎的老好人，和李煥（錫俊）、王昇（化行）是蔣經國贛南時期幹訓班的同時學員。蔣經國在陳誠（辭修）逝世後，在台灣已無政壇抗手；嚴家淦只是過渡時期的客卿。蔣經國的繼承人地位日漸明顯，李、王掌文武要位；陳志輝粵籍人士，派駐香港接替朱集禧負總揆香港黨務。以前上面設特派員（朱瑞元），但已年事已高，實際黨務已轉到總支部主任委員手上。朱集禧調歸「僑委會」副委員長，任毛松年的副手。如果陳志輝憤發有為；後台又有李、王的支持，當可以做出一番新氣象，因為國民黨的基礎，遠非中共的地下黨能比擬的。當許家屯來港；香港輿論還操在自由的右派人士手上。《大公報》、《文匯報》還只是聊備一格，港人並不重視，許家屯到港初期，在港人看來，其形象還十足土共，一言一行，還常被自由的右派報紙揶揄。不但如此，大陸稍為好轉的形勢，又遇上震撼世界的「一九八九民運」，以血洗清場來解決。距香港「回歸」尚有足八年之久，而當時香港人反對中共是空前的高峰期。如果陳先生個人智足謀多，乘機而起號召黨人以香港為安身立命之地，以身作則開展新猷。港人以切身關係，必然各盡所能，和港人已成氣候的民主人士相互結合支應，造成時勢；國民黨豈是今

日在香港的局面。如果陳先生個人沒有領袖群倫的智慧和
魄力，但能博聽眾議，知人善任；亦能補個人之不足，同
樣異途同歸。可惜陳先生優柔寡斷，謹慎有餘，其他俱不
足道，何況香港人才薈萃之地。或有春秋責備賢者之嫌；
但我確於一九八八年歸港做他的全職義工，每日他約定我
上午六時要和他通一次電話。他會告訴我要做的事；很多
時還要過海到彌敦道酒店的「嵩雲廳」共進早餐，我也要
限時趕到。見面後他交代要做的事。他的勤勞，只就機制
上的日常業務，已夠他忙了；而右派社團眾多，只就成立
慶典，節日聯歡；每有聚會，都以邀得他出席為榮，他少
有拒絕；又不願意培養人才做他的代表，事事親躬，連座
車都沒有，比不上我屬轄的經理級。我來港服務後，多次
向我商借座車；他連極需要的代步工具，十多年來的切身
需要，都不敢向黨中央要求；能想像嗎？他忙於坐地鐵、
趕街車的時間多少？那還有什麼時間靜下來思考黨務的振
興、處務的考核、幹部的培養、忠貞的獎飭；舉步維艱的
老人，怎樣能去視察黨務、接近同志？常態既無作為；
權變更嫌不足。蔣經國之喪，陳主委只「處變不動」，故
無法「莊敬自強」。接着大陸民運興起，他又未能因勢利
導，鼓動風潮，造成國民黨在香港復興的機運。我在香港
追隨他三個月，就是蔣經國逝世後至「八九民運」的前
夕；朝夕未必常在一起，但總有聯絡的約定。在我追隨他
期間：一、他從未對交辦的事徵詢過我的意見；二、他對
一些資助的右派時事評論人，都是著名的反共人士。每日
在《香港時報》寫的專欄，都是挖苦或痛罵中共；但言語
熟悉，故效果亦不大。但補助亦不多，由我轉交也只兩三
人。三、文宣處長俞劍飛我不認識，其他兩處長都熟悉。
都未見在這翻騰的年代，有足稱道的現狀突破。南郭濫
竽，南朝每多如此！

平情而論，陳主委也不是尸位素餐，他天天忙，日夜奔波勞碌，可惜一個指揮官只做傳令兵的工作；他當然應負上大部分責任。但客觀上，他是「空降」的指揮官，雖然也是粵籍人士，究竟不是香港人。地方勢力盤根錯節，糾纏不清；即使當地人，如果後台不夠硬，也難掌控一些「地頭蟲」。國民黨到底是個民主政黨，不是一條鞭式：下級服從上級；地方服從中央。不聽命令又能奈何？國民黨在香港只算違法的地下組織，黨員的活動，沒有任何保障。掌握「僑委會」的曾廣順，是曾被驅逐出香港境的人。黨員不須提出任何理由離開，說離就離；不說離也可以離。陳主委在不合作下成為「光棍司令」；他沒有權變智慧、沒有令人信服效忠的政治魅力，與過去的特派員朱瑞元先生的威望和事工，當然就差遠了。

朱特派員下設書記處，前由詹叔雍擔任書記長；但不久由朱集禧取代，聽說也是內鬥的結果；詹公不是中山大學出身的。朱書記長來港接任，人地熟悉，和「華僑旅運社」總經理何樹祥均出自「中大」。朱書記長承特派員長官之命，直接指揮三處及運動委員會，推展工作，如臂使指，每事半功倍。這是國民黨在港全盛時期。朱集禧調歸僑委會後，陳志輝來接的已不是特派員，國民黨在香港改委員制，主要還是派系杯葛的阻力大，陳無法駕馭，雖然他是主任委員，但委員各抒己見或結派杯葛主任委員對黨的組訓、僑運的規劃；導致組、運分裂，動員力互相抵銷。我到香港做他的全職義工，所見的就是這樣一籌莫展。

陳主委的處境，我對他的同情多於責難，他的可議是習於威權體制的馴服、效忠。這種性格，在太平盛世、君子當道做保泰持盈的主管還可以，但絕不是香港面臨主權交接的前夕，及不是面臨強大的對手（中共）他能有所作

倚角呼應比金馬、孤臣孽子話港澳

為；他息事寧人的性格，連對付自己體制內的杯葛、甚至抗拒，都力不從心，主要是得過且過的心態，這種弱者所為。到我任立委期間，秘書長宋楚瑜再三要我去接他的職位，我都婉拒，就是清楚這個爛好人，我是不忍做落井下石的推手，這恐怕也算婦仁之仁。當時國民黨還是一黨獨大；宋楚瑜要我接陳主委時，我就比黎昌意先到香港，在炙手可熱的宋秘書長支持下，應該順理成章接了李復中小組（台灣各部會駐港代表的組織）會議的召集人，情勢可能就有所不同。一念之仁，有時不一定是好事；特別在亂世權變的時代。

我離公職退休已二十四年，公務員像我們的職級，對在職時的人與事，原則上須保密五年；我已遠遠的超過，其實在我離公職不久，台灣第一次政黨輪替便出現。陳水扁這個政壇小霸王，他和改朝換代沒有兩樣；那會規撫前朝呢？所以公職人員的保密條款，實在沒有一點作用。人事都在交接時更變了。但不管怎樣，政治人物的守法重法，還是重要的官箴。我今天到垂暮之年來寫這個回憶錄，除了良知，為歷史保持真實史料；我還有什麼顧忌？

經過二十四年的演變，特別是「回歸」後的二十年，即使香港土生土長，都會感到今非昔比。國民黨當年在香港的規模，在陳志輝任香港總支部主委時，也不是今天這個分崩離析的局面。過去在朱瑞元特派員時代，國民黨還是一黨獨大，他不但在總支部一言九鼎，交書記長朱集禧執行。在僑運方面；他以特派員身分，下設一個不對外稱的「運動委員會」；成員由特派員指定，經黨中央核聘，名單從不公開。據我所知這個秘密組織，就是由「華僑旅運社」（即我後來任職的本社）總經理何樹祥負責。這個體制運行了三、四十年，頗見績效。這不難理解，名實是一明一暗；香港有國民黨的組織存在，港人少有不知道；

如果說這是個秘密組織，還不如說是明火執仗；其實是名實相符的。暗中運作的「運動委員會」，黨內高層也都知道，不過名不相傳而已。在朱特派員統一指揮下，彼此配合，因而事半功倍。這是國民黨在香港全盛時期。到朱特派員年高退下來，過去在他麾下的追隨者，對空降的陳志輝心有排拒不難想像，而黨中央對香港未來的因應，不可能不徵詢卸任的特派員；其麾下的意見就難免影響朱特派員的獻策了！這種推測，也十不離八九；因此，陳志輝接任的，是過去特派員的黨組織權力；另一半「運動委員會」還是由本社的總經理擔任。香港總支部的主任委員雖然由陳志輝擔任；但指揮不動僑界社團。不但如此，這種雙馬頭常發生同路傾軋、力量抵消的後果；當然事倍而功半。我到任的時候，總支部仍依舊分第一處（管組訓）設正、副處長；下設幹事若干；該處按黨員職業性質；分設九個支部納入。第二處（推動黨僑合作、策動愛國活動）：設正、副處長各一；幹事若干。第三處（管文宣）：設正、副處長各一，幹事若干。前述我曾到第三處當全職義工三個月，後來因坐在一木椅上，未察椅腳殘破，體重壓斷木腳，尾椎骨壓在木腳的一個角上。其痛楚和我在修頓球場任守龍門時，腕骨撲球落地裂開一樣的痛入骨髓，以致整夜難眠，我只可用電話向陳先生請假，自己趕快找醫生止痛療傷；次日拖着腿找到一位認識的跌打師傅，他說：尾椎在兩臀之間深陷處，我只能暫時為你止痛，徹底療傷須俯伏敷藥一段時期。我只可將實際情形，在電話向陳先生說；他也只是漫應着。我孤零零的俯伏在破小房間的小牀上，想了一晝夜，並知會內人。她說：「陳先生怎樣說？」我只能說他很忙，這三天還沒有見過面。內人驚訝說：「這三天你臥牀他都不來，你還指望他？趕快回來好了！」翌日，我用電話向陳先生說：「看情形短期間我

難效力了！我要回家治療，醫生也說尾椎受傷一定要治理好，否則後患很多。」陳先生還是漫應着，既沒有關心、也沒有挽留。我就這樣離開香港。這三個多月來，我捨棄在港的庶母照顧，為了準時上班和方便陳先生的召喚，搬到黨部棄置的房間來，我沒有要求更換過一桌一椅。任何費用都是自費的。真是像徐志摩說的瀟灑：拍拍衣袖，不帶一絲雲彩！就這樣個人來、個人去。只有庶母（我稱嬸嬸）看着我一步一停的在啟德機場上機。

回到多倫多，我電話通知陳先生，他才知道我真的回家去了。可知他這幾天也沒有找過我；我也全無印象他接到電話說過什麼話；可知也是不關痛癢的應酬話。既沒問及我的傷痛、當然也不問我什麼時候回港。我才明白他當日請我回港做他的義工，只是「閒話一句」；我當真誠的邀請，也真算熱臉貼在冷屁股上了！我回家後，找到經人介紹的氣功鄭祖沐師傅，敷藥外還練氣功；結果很有效，但也經過兩、三月的練功，意外的連大、小周天都打通了；因禍得福：我七十七歲之前沒有任何病症。也因到香港做了陳志輝的全職的國民黨義工，教我了解香港的國民黨的黨、僑的運作，真有點像職前的訓練。那個時候，我何曾想到會成為加拿大國民黨的黨代表，出席蔣經國逝世後的第十三次全國代表大會，看到國民黨的轉型；只和到香港做義工相隔了一年。我和陳先生又在台北的黨代表大會見面，大家同是出席大會的代表。陳先生卻來拉攏我，因為他想選「中央委員」，希望我間接影響加拿大代表（五人五票）都投給他。我想起他在香港的處境，我們總算有過交誼，當然也想助他一臂，我答應會向同來的代表說；後來大會通過：全職受薪的黨工，不得競選「中央委員」；我想香港黨員眾多，應有十票以上，陳志輝是個領導專職的黨工，自己既不能選，如果他賞識我，也可以

翻騰年代的經歷

影響香港代表投我一票，我就有希望了！但陳先生的答覆真令我失望，並不是因為他的拒絕，而是他的為人。他的答覆令我無法忘記。他衝口而出：「那我怎辦呢！」我愣了一下；怎麼會這樣看扁自己？「中央委員」當時名額超過百人，陳先生身為黨中一級主管：是「港澳總支部」的主任委員；職高權大；一般「中央委員」能及嗎？我想：大會已通過黨工不准選，你能怎辦？除非你辭去黨職去選。他的智慧，連找個好一點的藉口都不會，也暴露他處處為己的用心。我真為國民黨用人而嘆惜。我也就放棄了加拿大代表一致推舉我參選「中央委員」；轉薦有能力的年輕人參選；因而得以專心為所敬仰的長者董世芳、楚崧秋、宋時選、曾廣順和宗叔許勝發，和本黨幾個青年才俊去拉票助選。他們後來都當選了！由於有這個因緣，他們也在我報名參加僑選立委時，都看到他們對我的幫助；次年我也在僑選立法委員當選名單的公告上，又及時參與國府政治體制的轉型；任滿派到港、澳當僑務主管；也見證「回歸」的香港前夕。以上的補述，不但是個人的回憶，也大致勾出我到香港履新前後的人事輪廓來。回頭想想，這次到香港做陳先生辦黨務的義工，也是「閒話一句」，甚至可說無緣無故的來；如果沒有意外受傷，以個性重諾而言，也不會說走就走；而是我的傷痛非走不可，使我及時重新規劃未來，偶遇機緣，得以在最短的時日，像劈斧破竹之勢而底定。人生所遇機緣，莫非前定！抑或謀事在人，成事在天！真的是無從稽考。但活了一把年紀，除非沒有反思的能力，總有一些累積的經驗，或可以留給後之來者參考。個人沒有什麼大成就，但在這翻騰的大時代，我極容易變成自暴自棄的人，夕陽工業的童工、學徒，還有什麼好看頭！我可以跟師父「上山打老虎」，變成鴉片的「癮君子」；一生恐怕也報廢了！或不思進取，苟且甘

為侍役的侍役,「老死於槽櫪之間」。沒有難奮的準備;
遇上機會,但本身沒有這個條件,機會來了也無法接受;
如果一生就只有這一個機會,一生也就平淡中報銷了。總
結來說:大小的成就,「握機」講機緣、講判斷,是重要
的起點或稱轉捩點;能「握機」又能「造勢」,後者要講
膽識和運氣了!而兩者都講「準備」。沒有準備等於望天
打卦!「好命」又當例外,和中大彩票一樣,沒有人能阻
擋。童子軍第一條守則就是「準備」。我在鄉讀初中時,
就有童子軍教練的課程、制服和鼓樂隊,我只記得「準
備」是第一條守則。老人扯遠了!只將所歷為年輕人做參
考,若有小裨益就意外收穫了!這也是胡適鼓勵人們寫自
傳的動機吧!

　　我還在立委任內;國府在香港的兩個重要的常設機
構:「華僑旅運社」(以下或稱本社)先建立起來;代表
台灣與港英政府的對口單位。後來到「國民政府」(以
下簡稱國府)在台灣穩定下來,外交部另設「中華旅行
社」。港澳僑民入台的簽證,仍歸本社辦理;但台灣人士
來港澳,或外籍人士訪台均撥入「中華旅行社」簽證。
除此之外,過去一切僑務、僑教、僑校、僑生、僑訓、
僑運仍悉歸本社辦理。到中、英協議訂立,國府為因應
香港變局,在台灣設立「大陸委員會」(簡稱陸委會),
而將「中華旅行社」撥歸陸委會管轄,但名義依然是外
交部。黎昌意在一九九一年八月初來港。當時本港《快
報》主要「時事專欄」的「三岸春秋」,由著名作者葉知
秋執筆,第一個對「中華旅行社」總經理黎昌意來港後
的言行,提出嚴正的批評。而且連篇累牘的四、五天,
大致上能道出香港人對黎駐港的言行憂慮;我也只能節
錄重點(從黎到港 1991 年八月,葉知秋 12 月 19 日才開
始,以後多天在香港《快報》專欄批判):

「台灣於當年十一月十七日成立『中國人反獨護國大同盟』，現時南部各縣正在籌備分盟的成立。港澳於同一日成立『中國人（港澳）反台獨護國大同盟』，並於十二月十四日舉行了聲討台獨禍國殃民大會，美國等地的籌備會已發聲明表示致賀。十二月十七日《中央日報》頭條新聞報導，郝柏村院長認為統一可使台灣利用大陸資源，使台灣得到進一步的發展。這與筆者總結的『反台獨─護國─統一』方向不謀而合，『反台獨』不是孤立的為反台獨而反台獨的行動，『反台獨』目的是『護國』，保護國家領土完整與民族團結，要達此目的則需要統一。

「近來香港冒出一個叫什麼黎昌意的人，是由台灣派來香港搞旅遊生意的，不知何故，此人到處以台灣在港『最高負責人』自居，他在十六日公開對記者說，在香港搞反台獨沒有必要，說得台灣與香港無關似的。李登輝總統不敢說這句話，倒是這位『最高負責人』說了。我們不知此人是來港搞旅遊的，還是搞其它什麼政治的。我有一種感覺，他既然是台灣在港的『最高負責人』，好像他對右派群眾的發動能力，還及不上我們。

「一班全力廢寢忘餐的人見到黎先生的話極為反感，對他們的熱情挫傷極大。我前晚仍說不必理會的，但到昨天，他們說黎先生是以台灣在港『最高負責人』自居，引起的副作用很大，使人誤會台北政府不反『台獨』了。黎先生正正是看出了港澳反『台獨』的重要性，所以他認為『沒必要』，就一點也不奇怪了。

「『台獨』正在將國土分裂，怎麼能說反『台獨』沒必要呢？個人認為『沒必要』，不參與，這倒是人的自由，但以台灣政府在港『最高負責人』名義去影響香港，我們是不能不出聲的。」

葉知秋在他的專欄，還舉出台灣當局對「台獨」的基

本態度：

「十二月十七日《天天日報》的報導說：『對於本港民間成立的一個反台獨的組織，中華旅行社總經理黎昌意認為無此需要。』而台灣行政院僑務委員會於十二月十三日致『中國人（港澳）反台獨護國大同盟』發起人之一陳志雄先生的函件說：『受文者：陳志雄先生。副本收受者：行政院秘書長。一、行政院秘書處台（80）僑移字第六六五一六號函移來，台端本（八十）年十一月十九日致郝院長大函敬悉。二、台端聯合知識青年，在香港發起組織『中國人（港澳）反獨護國大同盟』，愛國情操，殊感佩慰，特函致意。僑務委員會。」

「港澳盟於十一月十七日成立，並派陳志雄先生赴台參加台灣的『中國人反獨護國大同盟』成立大會，他在台期間，於十九日致函郝柏村院長，認為『台獨』今日之猖狂，實乃台北政府『縱容姑』所致，並謂『中國人（港澳）反台獨護國大同盟』業已成立，誓與『台獨』『決戰』到底，為此，陳志雄收到了僑委會上述覆函，顯示了台北當局對港澳盟成立之支持。不意在香港又冒出了一個以台灣在港『最高負責人』自居的黎什麼昌意先生，弄得港澳盟同仁一頭霧水。我們明知他不是『最高負責人』，但未看到誰是『最高負責人』的任命書，我們又不便直說。查了老半天，不得要領。黎先生最好是自己親自公佈他是台灣那一個政府在港的『最高負責人』。若是屬於由郝柏村當院長的政府，他的『最高代表』身分卻與政府立場不一致，對『港澳盟』看法不一致。這下倒使我們為難了：我們該信黎先生代表的後面什麼『政府』呢？還是該信郝柏村院長的那個政府呢？我們在新聞中知道有這麼一個人。他一來，風風火火的很出了一陣風頭，傳聞滿天，『最高負責人』、『最高代表』、『改革家』呀什麼的，弄得滿天

飛。所傳有大事有小事。大事有要收購珠海書院，不成再購麗宮戲院，三個月『攬掂』新聞文化中心，三個月過去了，這些事好像未見蹤影，珠海書院真是被人購下了？但好像不是黎先生出的錢，也不是轉到他名下去。關於『改革』方面的小事就更多了，從台灣在港系統的『改革』，到誰遲到他都管到了。誰到文化協會遲到，挨了他一頓罵，這些『改革』新聞在右派圈天天都有。由八月他來港至今，他的使人『看得見摸得着』的『改革成就』，就只有一項：就是改組『自由中國評論』，『請走』了兩位本地僱員，分文不補。黎先生『代表』的後面那個『政府』，好像不是有七百億美元外匯存底的政府。

「有人在複印件題詞曰：『黎先生的座右銘應改為：NO，I CAN'T！』對於黎先生的『美式政治』，不少人佩服得五體投地。在『雙十國慶』酒會上，他一句英語一句國語，搶主持人梁永燊的咪，國民黨在港『最高負責人—指陳志輝』站在台下角落，梁亦退下，黎在台上表演，一忽兒又請人唱了首歌，見台下有『靚女』，黎先生以百米短跑速度撲下來與靚女握手。在聯歡會時，將蛋糕糊在已七十歲的國民黨『最高負責人』臉上。他到浸會參加『國慶聯歡晚會』，只到會六分鐘就走了。他出席演講，都是講完就走。中共在港『最高負責人』，恐怕不會看幾分鐘表演就走。他罵人遲到，但論遲到早退，倒是沒人可破他的紀錄。這『美式政治』，還真是使人眼界大開。黎先生說在港成立反『台獨』組織沒必要，是不是也是『美式政治』呢？此點我們無從研究。我要用『中式政治』告訴黎先生的是：來港搞反『反台獨』，並不比搞旅遊生意容易。」

葉知秋指出：黎對傳統反共人士，不管在台灣或香港都不以為然。文中一再指出：

「黎又對《龍旗》尖刻批評說：《龍旗》是台灣的極右派，行事作風都不大理性，我並不太贊成你們搞反台獨，反而你們在香港面對九七政制的發展，好好的結合在這方面做功夫才對？《龍旗》雜誌是台灣反『台獨』的堡壘，社長勞政武有十三年反『台獨』經歷，從來沒有舉行過『台獨』分子那種暴力行動，黎不說『台獨』是非理性，竟然反過來說《龍旗》『不大理性』，並表示『不太贊同你們搞反台獨，黎站在那一邊，難道還不夠清楚嗎？而今年七月《龍旗》刊出社長勞政武先生一篇文章，題目就是『與中共談判，有何不可？』能寫出及發表這樣的文章，又怎麼能說是『極右派』呢？反過看黎昌意是什麼人，難道還不夠清楚嗎？黎昌意在香港能肆無忌憚宣揚『台獨』，抑制反『台獨』民間力量，我們應知道問題已嚴重到什麼程度了。有人說，黎昌意若在香港，必又在陽明山莊開他的高級舞會去了，他是台北社交圈活躍分子，肯定閒不住。」

黎昌意駐港的當年八月，是我在台灣宣誓就任立法委員後的半年，在立院問政，我算得心應手的時候。由於港、台兩地一水之隔，我在週末也會到香港會見親朋。當年帶我入《星島》寫專欄的胡爵坤先生，正是《快報》的三大股東之一。他早就問過我要不開個專欄，我說到我任滿再說，誰料到派到香港來，主管身分公開在報章撰文，章委員長說不可以，是怕外間誤以個人的言論，為政府政策的宣示。為《快報》寫專欄，就延到我辭去公職以後了。但就在這期間，我讀到葉知秋的專欄，頗覺得此人有見識；後來得胡先生介紹，有時到香港會找他聊天。當時我還沒有想在香港服務，我已多次婉謝宋秘書長的選派，到香港接替陳志輝了。我認為自己當立法委員比較適合；葉知秋批判黎昌意，但對文中以蛋糕塗在七十歲的國民

黨（最高負責人）的臉上，應該就是陳志輝吧！即使陳忍下這口氣，黎的輕薄也未免過份了。對葉知秋觀察入微，後來我在香港雙十酒會見到黎先生，葉的描寫，真是絲絲入扣；例如：「見台下有靚女，黎先生以百米短跑速度撲下來與靚女握手。」這是我和許多出席酒會的人士，千目睽睽的親見鄧麗君來，黎就是這樣撲下，反把鄧小姐驚嚇了！閃避了他伸出的手，沒有瞧他一眼；黎的尷尬寫在臉上。但很不幸，寫人物觀察入微、還正盛年的葉知秋，「便在住處梯間被人殺害」。既讀過葉對黎的批判還只一個月，記憶猶新，好奇的在網誌找到黎昌意對葉的喪生的反應：「台灣外交部駐港機構，中華旅行社總經理黎昌意表示：『知秋因何遇害，仍待警方調查，但不希望再有類似事件發生。』就只有這三句話，語氣像憐惜一個好朋友的不幸，多一句或少一句都不好！此人城府之深，真令人感嘆！給我的印象也很深刻。怎麼也想不到，我後來還要到香港見識黎先生。同樣的，我當時也想不到，這第一屆的會期，已在李登輝心中確定畫上休止符了！就算宋先生知道也不能洩秘。我又無緣無故被章委員長的賞識，派到香港來。

　　我履新到「回歸」，是四年以後的同一日（七月一日）。我如果能結合有志一同、熱心服務社群的人士，都可以幫助我在香港，為本社打開新局面。而本會培訓的「僑訓班」學員，不正是現成的結合對象嗎？這個念頭，加速我重新整頓「同興行」的決心，成為我恢復本社對外可以調動的親信僑團。首先要找一個本社能負擔租得起的場所。本社也有一個登記的婦女團體，但久已偃旗息鼓，名存實亡。我在「同興行」的女學員中，抽調出一個熱心而又有實際領導婦女經驗的梁東源，我親自拜訪她，並誠摯邀請她出來，籌組「香港婦女聯會」（以下簡稱「婦聯

會」），替代只領經費的空殼婦女會。與「同興行」成為本社對外活動的兩翼；而「同興行」的婦女成員也佔總數的三分之一，讓梁東領導，成為「婦聯會」的基本幹部，讓人盡其才，這個構想，使三、四十年培訓的僑務幹部，可一舉解決。當時得知「南海同鄉會」的會址殘破，我與主持人原是相識的朋友，我答應全部裝修，同鄉會可留部分自用；另兩房闢為「同興行」、「香港婦女聯合會」辦公會址；大堂公用。「同興行」原來領導人黃燦，年高已不勝繁劇。當時「香港海員工會」會員眾多，不弱於「香港工團總會」。我到香港上任的第一個出席的宴會，就選擇到「香港海員工會」成立的紀念晚宴；從而認識歐陽銘，他是「同興會」會員，是少有能說英文的人，負責海員工會的國際交流組主任，他還算盛年，應對能力強，我們在席間相談得很好；建立了良好的印象；我自動約他到本社相見。他當然是「僑幹班」結業的學員，想起當年培訓的熱情，和回港參加「同興行」的失落；在惋惜中感到無奈；我問他怎樣能重新振作會務？他說「主持人黃燦都八十了，上頭不換，難道起革命趕走他嗎？」我說：「我們這一代人還是這樣厚道，見小不見大，也算鄉愿了！我們要互勉，大家要革除鄉愿，你可以做到嗎？」他瞪著眼睛望着我：「許總，我不明白你的意思，我鄉愿不鄉愿有什麼影響？」我說：「如果你也鄉愿，我不是白說了嗎？我就不想再鄉愿。」歐陽銘說：「好，我聽你說不鄉愿，我又能做什麼？」我說：「你去取代黃燦，為僑幹班做個好榜樣，為同興行出一口氣！」歐陽銘有點驚訝：「許總，我們還是第一次談話，你未必認識我，不是太急躁嗎！」我說：「我們是第二次談話；我未徹底認識你，你應該認識自己吧，你可以告訴我：你是怎樣的一個人？讓我多點了解你。如果你是個虛偽的人，我等到認識你的時候，我也

未必能看到你的虛偽，還不是白等待？時間也不留着，要
當機立斷。章委員長對我也是這樣的。」歐陽銘說：「怎
樣能留個面子給黃燦？」我內心喜歡他是個厚道的人：
「你不要擔心，這個我來辦。」我在內線請陸經理到我的
辦公室來；他當華光支社的年代和歐陽銘已認識，他們熱
烈握手：我告訴陸兄：「『同興行』將由歐陽銘兄主持，
暫時還要守秘，目前對會務應興應革的進程，由歐陽銘研
擬後請陸經理協商議定，經費的預算交我核定，呈本會申
報、撥款；會址在裝修中也要守秘。我們要互勉與時間賽
跑！」「同興行」、「婦聯會」的本社兩翼的主持人就此確
定。暫且按下。

　　我到任不久，由於陸永權調回本港，他在本會第一
處專管香港本社業務，自然了解本會的要求；又以他原是
本社轄屬的華光旅運社的經理，做過本社李天齊總經理的
上司，他對本社的內情亦瞭如指掌；我們從大學時代就成
好友、好拍檔。我在學生時代任《海風出版社》社長，
他是督印人；在校外的活動，我們都是有影皆雙；冬令
營、夏令營、救國團辦的、黨部辦的，有我就必有他。連
畢業回香港教書，我只在香港逗留一年就到加拿大，所遺
下的教席都由他接上；這次也跟着我到香港來，他忠誠和
負責，從不說勞累。我對工作也算得狂熱，常提前回社上
班，但他已先在了；而且一看他的狀況，不要說已知他在
經理室，通宵達旦沒有回家。有他的協助，我很快完全掌
握本社的業務；輕重緩急，都能預期上了進程。

　　以本社名義、很便宜的租金，租得彌敦道的前南海同
鄉會址，經裝修後大部分供「同興行」、「婦聯會」使用；
為鼓勵本會培訓學員重振對僑務的精神，函請本會首長來
港，為首屆正式理監事會，主持共同就職典禮。很快獲通
知由張副委員長植珊先生前來主禮。張公是學者從政，曾

是彰化大學前身的校長、文化建設委員會副主委，著作等身；學員咸感興奮。我廣邀全港社團參加兩會聯合成立就職典禮。香港人喜歡以「金豬」為禮牲，就在會所舉行成立典禮，由張副委員長致詞，其勉勵學員服務社會，為自由民主社會奠定規模，是本會歷年在海外成果一個典範；他向所有學員祝賀並感榮幸。致詞後頒發當選證書。兩會人多勢眾，開金豬、獻酒殽、敘舊情，盡半日之歡。我看到學員的熱烈，衷心之喜，難以言狀！而黃燦老先生得到歐陽銘的揄揚：維持「同興行」到交棒的漫長歲月，勞苦功高。聘為「同興行」的名譽會長。黃燦在此讓位之前，我和他早有談論，他有一些請求，聽起並不難解決，我們約定稍後再談。但我早就呈請章委員長對他九年來，延續「同興行」到今日的艱難支持，希予獎勵。章委員長及時頒《愛國愛僑》裝裱壓鏡式的牌匾，送來本社轉送給他；黃燦稱畢生殊榮。「同興行」順利開新局後，我請黃燦到本社來，他對我的信守稱謝不已。我記起前諾：「你不是還有一樁心事要我幫忙嗎？」他說：「我有個同姓的晚輩，也是個同志和參加過僑訓班、早前還參加過救濟總會的職業訓練班、回港先後在香港的「大陸救濟總會」、「工總」當過秘書，都和主管發生意見被開除。早婚，可能遇人不淑；離了兩次婚，男孩也有十六、七歲了，她還只三十七歲，經濟環境不好，也算可憐人；我是她的契爺，她有能力和做社團工作的經驗，只是脾氣差，如果僑務秘書有空缺，拜託看在我的面上幫幫她。」我說：「管理僑團秘書是陸經理的業務。她又有過這些前科，如果看在你的面上僱用她，我也要你做個擔保人，本社原就是駐館，僱聘特別小心；我會約你再談。」黃燦滿口答應。

　　歐陽銘、梁東源在成立典禮的致詞中，都很出色；我對他們充滿信心和期望，在我的任期中，他們使所有成

員都以會為榮，也帶動所有在本社登記的僑團活躍起來。當然也還有觀望的，我都在了解中逐步清理。例如香港五大總會，簡稱為：工團總會、鄉親總會、宗親總會、社團總會、國術總會。都是在本社登記的傳統主要社團，都有自己的會址。其中香港宗親總會空有總會的名稱，但會址失修，我到任的時候，理事會都經年不選，自由僑團在香港大多慶祝雙十國慶的，何況「總會」，只有「宗親總會」附在「同鄉總會」合併舉行。後者在毛松年任僑委會委員長時代，出過一個僑選立委，此人不學有術，拍老毛專家，是毛記提拔的僑選立委的典型人物。結黨營私，瞞上欺下；陳志輝被他和畢卓榮聯合欺侮，我在旁看得很不舒服。我請宗親會主持人到本社來，他是個商人。寒暄後我單刀直入，我說：「理事長任多屆了？」他說自己也忘記了！我詫異說：「沒有任期嗎？」他笑笑說：「誰願做？」我說貴會的副理事長陳德才不是等着你下來？老先生說：「不要聽他吹牛，沒會員喜歡他。」我說：「我也不是全聽他，但你老也應該見好就收吧！」他有點不相信自己的耳朵？還是假裝聽不懂。「你要我下來嗎？」我說「要看你老先生自己決定，『宗總』這些年來對本社的補助也夠了吧！」這句話他聽懂了！內裏的潛台詞就不必說清楚了！但老臉不一定紅潤。他停了一息：「許總既然希望改變一下現狀，我當然樂觀其成，實在也應該退休了！」真是薑老就辣，這是最好的選擇。我說：「你老就寫個書面向『宗總』辭職吧！陳德才自然就暫代，遲一陣再改選比較風平浪靜。我會派個秘書駐會，算是你老向本社申請、是對會最好的貢獻。」

本會每月亦有全資支持的僑團，例如一個在港府立案的文化團體；交由本社監督。但主持人從來沒有到過本社，交接時也沒有片紙隻字說及，但我在本社銀行戶口的

每月例行開支中，比對找出來，由本會全資補助的，主持人我還認識。我透過秘書請他到本社來。主持人帶來許多海報、宣傳廣告來；每月免費定期放映的電影欣賞會，我也到現場看過；場地設施、大銀幕、音響、座位都與電影院無異，放映的電影，有台灣、本港、西片都有。由於免費，幾乎每次滿座，他的口頭報告或者當朋友閒談，他對自己的績效，滿意度像寫在臉上。他問我有什麼指教，在他的心目中，我還不是像以前的「華僑旅運社」總經理一樣？敷衍一下又十年。我說：「談不上指教。本會自章委員長上任，外駐人員和以前就地取材不同了，有職等和考核。所以我們工作也不能馬虎；預算都講績效。在我看來，你的補助是零績效。」他面色鐵青：「你怎會這樣說，難道你看不到滿座的情形？」我說：「誰說我看不到；從放映前的廣告、預告以至影片的放映到結束。來觀賞的市民，只感激你這個文化團體，甚至認為是個慈善團體。你連海報、宣傳廣告；有沒有那一句說是：中華民國僑務委員會免費招待香港市民觀賞的。」主持人盯着我說：「老兄你就不了解港情了！照你的做法誰來看。」我頂上：「做慈善還怕沒有人來看，我在香港長大的，今年才一九九三年，民主派還在選舉大勝，你怕用了僑委會資助就沒有人看，為什麼你還長期領它的經費？你不說清楚，僑委會不會對沒有績效再補助。」我一口氣說完就離開。我真不喜歡佔了便宜還賣乖的人。這些人都利用官僚的失職，長期吸吮民脂民膏，僑委會長期被當地僱員蒙蔽，做了冤大頭還不知道，讓空空妙手的人當了僑領，反過來擺款要出資人來伺他的顏色！多麼可憐可憫的事！後來，他還不是自承失察，請求我再給他機會，糾正自己的錯誤！也有幾位資深的僑務秘書，認為過去從來不需要每月寫工作報告；公開說不寫。預備發難，我聽到傳話人公

開說了；毫不在意的說，不管是誰。每月只要求條列工作簡單的報告，又不是作文比賽。這些人還可以抗命，我還求他們留下來嗎？結果沒有人再說不寫。我愛護我的員工，愈卑低之職，多一些憐惜之心；因為他們所得不多，但又不能像吃「大鑊飯」的平頭政策：「做亦三十六，不做也三十六。」市場經濟和職能貢獻決定薪酬；高職高薪的人士，已有其豐厚的報酬，做主管的關心可以稍弱些，但要求績效要高些。因為他們的基本條件比低層優異。但以公義言是不能遷就的。

我曾在立委期間，對國府的各部會的每年財政預算，做過精細的研究。我發覺僑務委員會的預算，在裁撤「蒙藏委員會」之後。是憲法的八部一會中預算最少的。比台北市一個警察分局還少，我曾公開抨擊這是何等歧視海外華僑；但後經過各種核算，僑委會每年的預算為什麼這樣和其他部會不成比例？和僑委會長期被歧視、被民進黨長期恐嚇要裁撤，當然有關係，但毛松年討好上級而自律的結果，還是最大的原因；海外這麼多華僑，到國家發展了；回饋僑社的機會難以勝數；毛委員長做過什麼？僑委會的預算有盈餘。這麼廣大的僑社，還是在毛松年主持僑委會的年代最支持國民政府的，為什麼寧願上繳都想不到回饋僑社！這種陋習的自我矮化；誰又能看得起你？鄭彥棻任委員長的時候，台灣還是克難時期，毛松年時代已是經濟發展了，鄭的作風是做了再算；毛是算了再做；做慣專業會計的去當主管，寧願左桎右掘不敢擴展業務，寧可抱殘守缺去上繳盈餘，毛治會十二年，時值台灣經濟起飛、錢淹腳目之年，他到處教人吃燕窩養生；僑委會的預算，卻給他自我壓得像失血的搖搖幌幌！不信，試問毛的建樹能說得上那一件嗎！僑委會的預算偏低，比不上台北市一個警察分局，是我千真萬確在立法院審查預算中查出

來的，毛松年應負最大的責任。

我到港上任之前，一向親中華民國的「九龍總商會」（下稱「龍總」）長期獲台灣委託對進出產品認證，向無枝節。卻又傳出黎昌意未與該會商議，卻和左派的「香港中華總商會」接洽。引起昂然波浪，由於黎又不避嫌疑，有官方色彩的港台貿易公司，由其太太主持。但「龍總」確實在事件之後，在一九九三年三月八日第廿七屆理監事會第三次聯席會議開始，將中華民國國旗、國父遺像、李總統照在禮堂撤下，同日通過由宋偉權理事提案：「組團赴深圳旅遊」，是「龍總」首次組團入大陸；由深圳市總商會熱烈接待並將回拜。我對「龍總」頗有認識。我上任後在七月五日在其理、監事聯席召開前，作正式首訪全港僑團的第一個，以示尊重，並經愛國理事全力爭取，終於同日通過今年仍按先例，組團赴台參加雙十國慶；由李廣林理事擔任團長。和緩黎昌意造成「龍總」左轉傳言的震撼。

我到本社不久，大致粗定，我奉召回會述職，章委員長對我的工作表示信賴，沒有過問本社的事務；但黎昌意引起「龍總」的反彈，台北當然知道，我只能據實向他報告，並希望他及早來香港視察，將有助「龍總」的穩定。他說也想早些來。我對他提出：中秋節快到，在傳統曆法是個大節。我前任的總經理，都大量及早安排，用海運專人押送月餅到會。僑委會有專員駐台北海關，送港式月餅來，舊同事對我說：本會任何職員至少都會送上一盒。我對章委座說：本社這筆開支很大，又不能開列月餅中秋送會；迫得從應支事項節省或刪除。月餅每用大量豬油才香滑、蛋黃膽固醇超高、又太甜，價錢又太貴，吃多也不好。如果委座同意，這項目勞民傷財，如能免除，本社許多創建的項目，就可以提早實施。章委

員長說：我沒有意見，你看着辦。這畢竟是打破成規的事，我既提出，主管不反對，重要是對香港僑務發展是否有助，有沒有利己損公。想起龔自珍有句：「為官避事平生恥！」林則徐：「豈因禍福避趨之！」我到任第一件改革，就是總經理不兼財政，先確立會計制度，一切支票的開出，由會計核算好，呈經理覆核確定，經理向總經理負全責；總經理不插手財務。

由本社支薪而派到各大社團出任秘書職的「僑團秘書」，一直以來，本社從設社不久，即有培訓僑社幹部。但老一代官僚習氣未除，又為穩定計，本社的高層不易變動；又以主管海外僑務的鄭彥棻先生，不但是僑務主管機關的「僑務委員會」的委員長，且是國民黨中央黨部的第三組（後改稱「海外工作會」簡稱「海工會」，後易名即今之「海外部」）。黨務、僑務一把抓，由於他出身「廣東高師」（後改名「國立中山大學」下簡稱「中大」）以後又任「中大」教授，門生眾多。本社最早、任職最久的何樹祥先生，就是鄭委員長信賴的門生。能力和親和力都很好，可惜當時本社還是董事長和總經理因人而分擔。董事長由澳門調來的馮漢樹先生擔任，馮先生與孫中山先生的元配盧太夫人有姻親的裙帶關係，只擔任這個名義，內外都是何總經理掌管。但馮卻帶來一個在澳門的追隨者畢卓榮，由於他擅伺人意，企圖心強，又不計較權重事繁，漸得何總經理的信賴，其初許多瑣事都移交畢處理，以後年事日長，畢又擅伺其意，漸成不可缺的左右手。畢就是這樣實際間接操控本社。如權臣當國：「政由氏出、祭則寡人。」知道內幕的人稱他做「老佛爺」。他是個垂簾的「舞影者」。僑團秘書只到本社領薪，畢支配下在白條紙簽字就算。這個慣例，到畢離開本社還繼續着，到我接任，由會計部盧永文簽發支票，副署由陸經理核定，由我發函

通知銀行落實；我不但不兼管財務，而且等於放權給陸經理掌控僑團秘書。並在我恢復「僑幹班」的組織「同興行」以後，着手整頓「僑團秘書」的功能。在民國八十二年（一九九三）十一月二十九日，我正式向「僑團秘書」成員到本社召開會議。清楚在通函上說明由我主持。根據會議紀錄，我在會議主持中致詞（客氣話從略）：

「僑團秘書的設立，是僑委會基於支持僑團，使僑團能不斷的傳承下去，而且有所發展。各位之中，大部份非常努力，本社當予肯定。僑委會在章委員主持下，以務實的理念和方向，配合國策，使僑務政策落實執行。因此，我們也必須調整以往的偏差。不再偏向空洞化、形式化的表面工作，要切切實實發生績效，達致僑團秘書設施的目的。

「僑團秘書協助僑團的發展，亦是僑團推選的精英，再遣派入僑團任秘書，用以發展僑團。不管報酬多少，是一份責任感和使命感。有些僑團反映一些僑團秘書未如人意，本社希望能改正過來。僑團秘書待遇雖然不高，但有出色的表現者，我們當然設法改善與支援。以後我們對各位工作，同樣採務實方針，要求績效。以往有三不管的現象，過去本社不主動交付任務，不主動聯絡各位，是本社過去的過失，不盡監管的責任，但由現在開始必須糾正。

「以後僑團專責聯繫由陸經理主導，由黃秘書協助聯繫；溝通、傳遞的工作亦由黃秘書負責，甚至在必要時會委派到各僑團，協助各位就地解決問題。

「有關僑團的檔案會建立起來，有賴各位的協助，以作對未來情勢的評估；並將其愛國事蹟資料輸入電腦，以因應未來的需要，請各位協助。

「以後各位交來的報告，我會小心閱讀。由於僑團秘書在僑團上班，過去有些人未能有效落實工作，希望改

正。我們將請負責的僑團發薪簽收回條以作報銷。有些秘書派駐僑團未能來，會另行通知繳交書面報告，我們有八十個名額，將陸續招聘。

以下由陸經理主持會議，請各位就如何使工作獲得績效，有什麼困難？有什麼建議，請多提意見。」

我清楚交代，未來發薪，本社移交僑團秘書所屬的僑團代發，使僑團秘書再不能不重視所屬僑團的事功。我不但放權下屬，進一步放權給各行各業接受「僑委會」補助的僑團。明確宣示陸經理為主管「僑團秘書」。在陸經理交代未來他的要求外。我請各僑團秘書做口頭報告。計有：

李國強—港九工團聯合總會，王少培—港九工團聯合總會

梁子良—港九工團聯合總會，戴守容—香港同鄉會聯合總會

郭燕萍—香港華青聯會，區偉林—孫中山紀念館

任志剛—香港專上同學協會，易潮—黨務工作

伍聯星—中山學會，郭永壽—棉系產業職工總會

莫皓喬—廣西同鄉會，陳金娟—元朗青年活動中心

「我做總結的宣示：由於各位每月都有書面報告，但以後會規劃在適當時候召開會議，各位的口頭報告仍屬需要，因為可以將經驗交流但須精簡，各位的建議在會上可詳盡提出。郭永壽秘書以事忙，請免此次書面報告，惟下次書面報告請必須交來。

「我們會研究爭取勞工資料來源。各位默默工作的努力，本社予以肯定。請各位以務實的工作態度，視之為一志業而非職業，要有奉獻精神，切莫虛應故事，願以此與各位互勵共勉。

由於僑團的反映，我方在宣傳方面不足夠，將籌辦《港澳僑訊》，每期出版一萬份，請各位提供資料使各個

活動彼此了解，藉以加強各個僑團溝通。希望趕及元旦出版，否則要在三月二十九日青年節才可以出版。

「今天的坦率交談，是對工作積極要求，並非針對個人，如有語言上的衝撞，請各位勿介意。最後由陸經理提出數點，請大家合作：

「（1）請各位協助本身僑團建立人才，加以聯繫組織發展會務。

「（2）請各位協助建立完整的僑團歷屆理監事和會員紀錄檔案。加強聯絡鞏固組織功能。

「（3）建立愛國人士檔案，加以組織以防止不法滲透陰謀。對任何突發事故，請儘快通知我們或僑團的理監事長，切勿掉以輕心。」

我到香港上任，當時輿論還一如過去的自由放任，許多傳媒來問訊，國民黨的黨報《香港時報》雖然關閉，但有心人另出一張《新香港時報》為代，特派記者來訪：刊出雙標題：

「香港僑務機構易長許之遠決秉『三不原則』服務僑胞」：

「強調一是不要僑胞多浪費一分鐘時間：凡是僑胞申請有關證照及委辦事項，盡量簡化手續，講求效率，做到分秒必爭為僑胞奉獻。二是不要僑胞多跑一次冤枉路徒勞往返：應辦的該辦的受理就辦，繳交有關佐證附件及填寫表格，一次過就作具體而詳細的說明，別讓僑胞因漏填一欄項目三幾個字。或少帶一張相片多跑一次冤枉路，浪費寶貴的時間。三是不要僑胞有半句怨言：服務僑胞的機構要讓僑胞有歸屬感、親切感，機構同仁時刻要以誠、以禮接待入門申辦事項的僑胞，遇到未盡符合法令的事項，要心平氣和的詳加解釋，使得對方滿意，官腔官調嚴加自律，讓僑胞像回自己的家一樣。

「許之遠強調，為僑胞服務工作的預算，一分一毫都凝結有納稅人的血汗，不能浪費點滴，在工作預算範圍內，該用的不要省，該省的就不要用，在服務機構建立良好的廉政風氣。」

該報記者引述谷歌網站的資料：香港人在多倫多很多知道，他早年是第一位在唐人街經營地產公司，但他很少說及他在經濟上的成就。從政也是回饋國家的名器和海外僑社，他在香港長大，對香港的情結深厚；從來不隱瞞反對台獨的立場。

黃燦交棒後，我以前諾，再請他來社談他的誼女的聘僱事。我說：「我在『同興行』座談時見過她，沒有什麼印象，但我在本社咨詢過一些同事，認識她的人多少都有一些意見和保留，如果真有不正常的暴烈，你做擔保人會有責任，你要考慮清楚。」黃燦說：「這都是多年前的事了。你看在我的面上幫幫忙吧。」我說：「只能試試看，你請她填個履歷表、寫個簡單五百字的自傳送來。不多日黃燦交來了。」我對他說：「你的誼女曾進入大陸，被扣留兩年，她沒有說起。但此事我沒有經驗判斷，如果她求清白，可來社直接向林長長秘書報告，由林紀錄實情上報，由本會決定。如本會接受解釋而聘僱，以本社同仁仍有意見，仍須你做她的擔保人，因為幫你老的緣故，我個人已向本會表達對她的信任，如果沒有意外，僱聘會尊重主管的意見。」黃燦也如前承諾做她的擔保人。本社在接82年十月十六日函（43477號）示，同意聘為僑團秘書，於十一月一日到任。（此函為林秘書代本社呈本會，有該僱員的口述、秘書執筆的書面報告，為保私隱，不錄）

再回頭說處理「香港宗親總會」事。由於前屆理事長經年未依章程改選；經我婉言勸退，由副理事長陳德才續未完任期。陳德才軍人出身，這是他在僑社最風光的時

刻。以前任沒有活動，許多團體會員流失。又經年沒有存款，雙十節又到；前任理事長和「香港同鄉總會」主持人友好，兩會可以合併舉行，但和陳德才談不上交情，以時間迫切；他只可請其他兩位元老同來本社求助。我勸退前任，目的在重新整頓「宗總」；陳德才只是個過渡人物。同來的是鍾夢軍和呂相。我清楚本會對「宗總」每年的經費資助數目，但撥付交本社分發，要在歲末才到。但籌備國慶，經費需在十月十日一週之前有的要支付，應要準備好。我以對前任守諾；不提以前的補助，讓他光榮退休；二來也想鼓勵他們復興「宗總」，我表示全力的支持。我說：我將盡力為「宗總」爭取每年度經費，即使達到目的，也不能趕上國慶之前，理事長！你說怎辦！陳着急了，他不能上任就國慶停辦；急着說：「許總，這個忙你一定要幫！不然，我怎落得台？」我說：「這樣吧！也只可由我先借給貴會，我再向本會為貴會爭取經費補助，如果本會同意，大概可以補助一年經費四萬港元，我就暫借這個數目，但你們三人要代貴會簽個收據給我。如補助款撥下來，依正常手續全數交貴會先收，由貴會全數再還給我。大家誠信守諾，以後亦兩不相欠。如果補助經費不批准，國慶餐費少於四萬的全數，要在年底交還給我，不足之數，算我個人補助貴會；這樣先有點經費和保持貴會沒有債務；同意嗎？」他們想不到有這樣結果。皆大歡喜。我補充說：「我會申請一位全職派駐貴會的秘書，協助會務，催繳會費，來維持會務的發展。並且很快派出僑務秘書劉兒馨，到「宗總」全職駐會。」我守諾和果斷，漸漸成為自由僑社的談助；一洗國民黨官僚每多昏庸貪瀆的形象。

誰說「福無重至」呢？「宗總」經過變更人事，劉秘書勤勞負責，我和陳德才說：「你老也總算當過首長

了，不如見好就收；鍾夢軍是個厚道人，你的年紀也不宜繁劇，你心中有接班人嗎？有沒有培養鍾承接你的意願！」陳德才是個直性漢子，能尊重他，什麼都好說。他說：「你常幫助我，你認為怎樣，我聽你的。」我說：「德叔，如果你放心得下，選出鍾夢軍不如捧出鍾夢軍。你在會員選舉大會上提名他，不就是你讓給他和交捧他！你也一新人的耳目。」陳德才認為有理，「你總是元老，「宗總」是講慎終追遠的，也應該給你一個名譽職。」我說。「宗總」的下屆選舉就這樣決定。鍾夢軍和劉秘書合作良好。會員很快回歸；會員大會鍾夢軍順利當選；德叔也有了名譽職。而失修的會址，居然不久就有發展商來收購。全會轟動，但也引起一些會員的覬覦。鍾夢軍很正派，問我如何應付。我問明原委，只有一兩位會員要介紹地產發展商來接洽，希望可以從中撈到油水。我認為知道就容易化解。我說會址也經年失修，有發展商來收購，真是百載難逢。有什麼困難？他說：「僑團人多口雜，有些人想分點油水，分不到的想中傷、甚至想一拍兩散。」我認為只要召開會員大會，能公開公正決定，一切作業透明化，像政府賣地，公告日期、時間招投，聘請律師到場協助，價高者得；經律師解釋清楚，大會通過便可；怕謠言中傷，有律師在，程序上又經會員大會通告，應該沒有問題，本社以服務僑社而設。貴會可以請求本社派人到現場作見證人。結果一切順成交，「宗總」原會址以高於市價倍數成交，足夠購買兩個單位。我建議一作會所（就是目前的會址），另一間收租支持經費。一舉解決所有問題；只要大公無私，當機立斷，有時還有其必要。鍾夢軍為珍念我的支持和鼓勵賣舊址買新址，在我離開香港前，辦妥慶祝新址喬遷，並在他任中通過：我成為該會的永久名譽會長。我與「宗總」的善緣就這樣結起，退休後回到香港，必到

該會所走一趟，孔憲榕、陳德才、鍾夢軍理事長都歸道山；而劉兒馨秘書猶獨存，也早就為人祖母了！一幌間就二十四年，她說捨不得離開「宗總」，真摯之情，我以她為榮！

香港有多個「僑務委員」，這是「僑務委員會」一個官方的職級。每年由僑委會邀請返國開「僑務會議」。政府的名額規定 180 席；分佈全世界。其初沒有任期限制，傳統僑社，任僑選立法委員只有 29 席名額，從 1972 年才開始；1993 年後降為 6 席，台獨的李登輝又耍陰謀，把僑選的六席併入不分區名額，僑選立委以後名存實亡了。只有僑務委員還可以一年一度到台北，參加「僑務會議」；但已不能參與僑務以外的國政，剝奪憲法「僑民有參政權」。由於僑務委員過去沒有年期設限，而具當年立法委員任滿，僑委會例聘為僑務委員。僑社都被老僑佔滿，我第一次奉命返台北列席僑務會議。章委員長為此和我討論，我坦率告訴他實況：真正的僑領，很多也不知任期有沒有設限，也不計較自費來台北；他們本來就是貨真價實的僑界領袖。沒有任期設限，他們未必感到光彩，反有點「不值錢」的感覺，有時和一些昏庸人物同一等級，倒有點羞與為伍，這又是任期不設限的弊端，想脫離對推薦人不好說，不離開又覺長夜漫漫。鼓勵這些真僑領提出任期問題，別的不必說，只說讓年輕、有能力的僑界精英出頭。許多僑務委員，定會一唱百和。任期設限一定能水到渠成。章委員長找幾個著名僑務委員提出，真是一唱百和：任期兩年，得連任一次；任期設限得迎刃而解。年歲已高的僑領，已不適宜擔任僑務委員，可聘為咨詢委員；也可以讓任滿的僑務委員，如果他們願意，繼續為僑務貢獻，也是一個留人處。

本社歷任總經理，對本會所聘之僑務顧問、咨詢委

員及僑務促進委員，經我調查所知，從來就沒有聯繫，有失本會敬聘之旨；深表詫異。我上任後，每季召開一次，首次會議，曾請第一處長張景珩來港指導。出席顧問及委員，對本人上任後能在最短期間，召開會議，廣徵改進僑務的意見，允為前所未有。爭相提出各項建議和意見。我均記下，少有遺漏的答覆；並精準介紹發言者的姓名、其代表的社團和他的職稱。張處長對我的記憶頗為欣賞。僑務會議的召開，我能更深入香港僑情。在會議的表現，出席者均表滿意；以後自不待言。

我重整「同興行」，起用第七十七期複訓僑幹班學員歐陽銘為主持人；又以長期本社義工區偉林為其副手，為鼓勵後者努力弼輔，有一次召見，自己也感觸起來，隨手脫了手上所戴的古玉戒指對他說：你試戴。他愣了一下，戴上剛適合。我告訴他：我好好珍惜這古玉戒指，很少見這種鮮綠出現白玉上，任何新玉相比，一定遜色，我送給你留個紀念；好和歐陽銘合作，把「同興行」振興起來；不要使我失望。他欲言又止，不知說什麼才好。我說：就這樣吧！我還要工作。

「同興行」成立時自動報名成義工三十人，在歐陽銘和區偉林合作帶動，他們原就是來自僑團中人，觸角深入，因此僑團的活動，都看到「同興行」協助的蹤影。他們這些義工，都穿着紅色的西裝上衣制服，成吸睛的焦點。騰喧一時，重整不到三個月，僑訓班學員回歸參加義工已超過五十人。他們做出了成績，我向本會申報調整他們每月經常費至港幣二千七百元。他們的努力得到及時的認同，這是很重要的。我在此要補記一下，香港體育界的「中華業餘足球聯會」（簡稱「華足聯」，是香港最大的華人足球團體，所有華人組織的足球會都是「華足聯」的團體會員。一直親中華民國的，曾代表中華民國足球隊，多

次得亞洲杯冠軍。我一直是主席黃錫林是好朋友，該會顧問洪祖杭先生，在 1993 年不能入境台灣；也不知原因。本社 A 室是管理港澳人士入台的附屬機構，我知洪先生是個純正商人，經我的澄清，剔除不能入台之列。後來我們在黃兄安排下見面，相談甚歡。我徵詢他和黃錫林兄為本會的香港僑務顧問；他們欣然俞允。到「同興行」成立；他們以「華足聯」的名義，捐了港幣四萬元為該會成立賀儀，會員義工的制服，就從該捐款撥付。不久章委員長首次來港，本社為他邀請各界人士晚宴。「同興行」的義工負責接待；章委員長以本會在海外，有這樣的一支義工隊伍為榮。

　　章委員長在我任內第一次到香港來，結合呈會的報告，在言談間，他信任我並親眼看見做出的各項成績；使我信心滿滿的努力。這期間，我的三伯父去世，他是我最敬仰且是我立世的榜樣。三伯父許憲安，是戰後唯一的「華南派遣軍總司令」（曾兼任香港總督」被我軍法審判槍斃在廣州流花橋刑場——華北、華中的總司令都放走了，三伯父是審判法官五人之一。他的逝世，我都無法離開本社而回去奔喪；只可移孝作忠了！

　　我安排章委員長第一個拜訪的「九龍總商會」；希望能化解黎昌意引起的反彈，最好是暫緩組團訪問大陸之行。第二個拜訪的是「台山商會」，章夫人黃美倫就是台山人，該商會以歷史淵源，和美國的廣大的鄉親關係密切；章委員長早年曾任外交部北美司司長，當然了解，也想了解香港這個有經濟實力的大僑國，我以四邑鄉親之誼，與「台山商會」不少理、監事有交情，一個電話就安排好了。「龍總」湯國華理事長和理、監事同仁對章委員長首訪該會，深為感動。我事前將「龍總」於 1950 年，當年謝伯昌理事長暨全體理、監事，在全港九驚疑下，第

一個社團公開號召：舉行雙十國慶升旗典禮，我是參加典禮的見證人。章對「龍總」一直以來支持中華民國，深致感謝。湯理事長和章委員長很談得來，當場答應派團到台灣參加「世界華商會議」，「龍總」一直是自由商會的龍頭，數十年與左傾的「香港中華總商會」分庭抗禮。由僑委會主導的「世界華商會議」，例由「龍總」率團，代表香港自由商會參加。我特別在「龍總」召開會議時列席參加，暫定羅斌為總團長。但我認為可以進一步發展；我將發展過程和建議電傳委座：副本抄傳明、張副委員長

委座鈞鑑：要事敬呈為次：

一、本月十九日上午十時經九龍總商會舉行香港地區世界華商貿易會議籌備會議。湯國華理事長主持，過程平順，從畧。有關總團長推選案，過去俱以為湯理事長不會參加，已徵詢羅斌擔任。惟職認湯擔任，將有利於國家轉勢。故在推選前發言：以本會過去與「龍總」淵源及鈞座對該會重視，不論公義私誼，在鈞座擔任僑務首長之第一次主持華商會議，如湯理事長肯惠然光臨，不但使大會光彩，亦可澄清「龍總」立場，更是表達對委座支持，比任何言詞都較好。湯為之動容，並說近日尚與委座通訊。與會一致推波助瀾。湯理事長已原則答應帶團，如身體不好時由羅斌代理。職為安其心，答應如遇不適，到開幕後可隨時回港，惟出發名單上，由其擔任總團長並率團前往，湯亦當場答應。職在事前已向本會顧問李福基先生（「龍總」公關主任）多次連絡，以該會曾對出席費收美金兩百元頗有微詞。職為使湯及羅順利前來，曾答允秘密補助一半（因所費不多）。湯、羅對本會重視，至為感激。其實該會已補助參加成員，對出席費兩百美元照理不會如此重視，但想藉故以致參加者太少，淪於敷衍則反為不美，故有此決定，俾能達到十五人左右，則所費不過美金

一千五百元（半數），對本會來說則意義重大，對委座尤為光彩。如本會經費不列，則由職私人補助可也。

二、九月十六日，職出席台大校友會會議，決定是否加入「校友總會」，此事好不容易已達成協議，恐又為滋事者藉故推搪，因此親自以校友身分參加。議決將協議文字寫上覆函作為參加前提，該函推請黎錦文、冼林江及職同意發出。因此，此事如無意外，「台大」加入，將帶動其他校友會加入，擾攘多年分裂，亦將於近期內解決。

三、九月十七日，台灣同鄉會及台灣工商貿易協進會聯同舉行中秋佳節美食同樂晚會，在「東方明珠」船上舉行，到會人數三百二十五人。孫資政伉儷、黎昌意、許之遠、陸永權攜眷參加。新華社有台灣事務部部長王振宇、何處長志明亦攜眷與會。晚會有集體合唱，黎召集人與王「部長」比鄰而立，右手搭在王肩上合唱，時為下午十時，與會人士均見。職無他意，只錄所見。職 許之遠叩 83，九、二十二日十一時

發這呈函已是一九九四年的九月二十二日，距離章委員長首次訪港拜會「龍總」的時候，相距已超過一年。為使讀者對「龍總」事件的變化，個人在變化過程中的因應與作用；是有脈絡相連的；反較依時序而述、中斷太久而茫然。這個時候，我已接到本會將我調職歸會的通知。諸君驚異吧！但是我不以為意，只要我還在港任職，我都竭盡所能做好本份；如我在會撥不出經費，我願意個人補助香港代表團（十五人出席費共一千五百美元，發函有日期可查證）的出席費；黎昌意搭在王振宇肩上合唱，此事已在台灣聯合報頭版刊出，我不能不報，但指陳所見，不加個人意見。最後還促成台灣大學因杯葛黎昌意而不加入「台灣大專校友總會」，經我的努力化解而促成加入。大概也算「時窮節乃見」的精神吧！在這一年的變遷，我

的調職，讀者可自尋頭緒，也許是一個南朝末世的現象：小人當道、志士無名的年代。屈原與漁父在一段對話，各抒己見：「舉世皆濁我獨清，眾人皆醉我獨醒，是以見放。」漁父曰：「聖人不凝滯於物，而能與世推移。世人皆濁，何不淈其泥而揚其波？眾人皆醉，何不餔其糟而歠其醨？何故深思高舉，自令放為？」很多人以為漁父是個很有學問的隱士高人。借聖人之意而作出一番議論；然則聖人是教人攪泥成污濁，大家皆濁而同流合污的嗎？聖人會教人吃酒糟、飲劣酒也和酒鬼廝混同醉嗎？那個聖人？聖人教人「能與世推移」，原來教人能從濁與醉，自污不分黑白；長醉如行屍走肉的廢物！所以屈原就是屈原；漁父還是不見經傳的漁父！諸君看了過程，自有定論。我辭職後，出了一本《致屈原》（新詩集），在網站《許之遠文集》中可以免費讀到。

再回頭說章委員長訪港，公開招待各界座談會，為章此行最重要的安排，座談會前的記者招待會，以他的身分和閱歷，當是國府的要員，在香港回歸以日計時之際，章的談話，當有一定的代表分量。港報與電視、電台的記者參加，近年少見斯盛。對章來說，很輕而易舉博得好評。緊接着就是和各界領袖的座談會，章委員長是辯才無礙之人。民進黨最能言善道的謝長廷，在各方挑動下，不得不和章孝嚴辯論；這是兩黨精英的對壘，在台灣哄動一時，論條理清晰，態度從容親和，公論還是章孝嚴勝一籌，這是我所親見的。在香港的這次座談，各界都予好評。以後在「海華青年中心」的演講，我任簡介和引言；想起學生時代在「歲寒三友會」被指定為蔣經國先生蒞會演講的紀錄；而今多次聽章委員長的演講。當有「雛鳳聲勝老鳳聲」的感覺。以後陪章委員長拜會「台山商會」，他自稱「台山女婿」，鄉人重親情，一句話就是女婿拜訪，自是款

接殷殷，笑聲洋溢了！章委座回台，命良工用一塊大原木刻字署名，運送本社轉贈該會，我為慎重計，親自押往，即時看到掛壁。不久台灣風災，香港的「台山商會」和「崇正總會」發起賑災；各捐十萬港幣首倡，都向僑委會匯去轉達的。

由於香港接近「九七主權移交」，台灣由蔡英文、香港中文大學教授翁松燃教授、台灣政治大學金神保教授等起草「港澳人民關係法」。台灣當局沒有在起草前，先派起草人到香港聽取各界意見，就交由他們起草，脫離實際情況訂立的法例，這不是閉門造車麼？而主稿者，又是「兩國論」的蔡英文。當初稿由僑委會傳來本社，我才知道還要我負責通知、主持港澳各界對「港澳人民關係法」的座談會，徵詢各界的意見。與此同時，學長翁松燃在電話對我說：「港澳人民關係法草案」對港澳人民非常不利，希望你能想辦法修正。我很詫異，他是主稿人之一，為什麼在訂定時，不當場提出意見、辯爭？翁兄似不便多說；我已會意這是交辦，而不是以情理對待「僑民」的苛法苛例。我只可當夜研讀整個法例的條文，那真是稱之為「惡法」也不為過。該法是因應一九九七主權移交之後，主要是港澳人民入境、移居台灣的規定條例。我把該刪除的、不合情理而須修改的，分別作出說明並做成修改的建議。每經修改的條文，我親選發言人，分別交他們在座談會發言提出，並要求刪除或修改，改善港澳人民入台條例。

蔡英文帶着主要起草人，到香港前後咨詢座談兩次、澳門一次。我以僑務主管，座談會均由我主持。我以茲事體大，將長遠影響港澳人民進入台灣，我盡量和緩出席僑民的激動情緒；原來部分條文，已有記者挖掘出來評論。港人聞訊已滋生不滿情緒，在咨詢過程中，主答人蔡

英文又鐵板一塊。例如簽發入台灣證的首要條件，要證明是香港良好市民，沒有留下觸犯香港刑事案底，這也是香港人民申請「良民證」唯一的條件；而入台在「九七」以後的簽證也必需具備香港政府的「良民證」。蔡英文就是不明白港澳人民，在許多左右暴動中，右派親中華民國的人，在街頭對抗左派，雙方常發生暴力打鬥的流血事件；有許多人就這樣留下案底的。有的還是國民黨人奉命保衛會址、護國旗、支持中華民國的示威遊行、對抗左派的搗亂而打鬥等，都有可能被刑事檢控。過去這些支持中華民國的義士義民，經相關人士的許諾，進入台灣完全沒有問題，甚至遞解到台灣。這些人要他們拿「良民證」，在他們心目中，台灣是背信棄義的行為。「我為你賣命，落得這樣的收場。」怎忍得這一口氣。言語間的激動是可以想像的。有的拍桌大罵；我為安撫這些人，已預先安排發言者上場，建議將這條件刪除。座談會在我主持下，就將發言紀錄下，「建議但書：凡有利於中華民國的抗爭，能提出人證或物證者得免。」諸如此類，已盡心力；至於未來能否過得主撰者、和以後在立法院通過？誰能保證！出席座談會，幾乎所有支持台灣的社團都來了。擁有三千會員的「港九影劇自由總會」會長黃握中也到會場發言。黃會長溫文儒雅，他發言當然與關係法有關，只是不直接針對某條文；黎昌意突然像失控的站起來，指着黃握中以粗暴的語氣說：你說的與座談會討論的沒有關係，請你坐下來！黃會長沒有和他爭辯就坐下；難免有點錯愕和尷尬。香港電影界的人才鼎盛，久經黃握中領導，黎昌意也未免目中無人吧！我這個主持人也是白當了！我立即起立執行職責：「座談會發言沒有規定任何方式，黃會長說的未必直接與討論條文有關，但也未必間接無關。我是座談會主持人，發言規定不超過五分鐘，黃會長還有三分鐘時

間，請你繼續發言。」黃也就把話說完。這是我第一次在公開場合頂撞黎昌意，也間接否定他的裁定。而他常說他是「台灣在香港最高領導人」，而我在全港社團代表商討「港澳人民關係法」的嚴肅集會中，公開否決他的裁定，別的不說，黎昌意為「陸委」護航，當時該會主委黃昆輝，就是以後奉李登輝為精神台獨的「台聯」的主席。在黃未露真面目前，我們原是談得來的好朋友。我因反對台獨，保護僑委會在港澳機構，不容「陸委會」染指，我不但公開對抗黎，我同樣強硬在頂撞黃。都在匯報公開決裂；事有湊巧，不久在台北某報章有消息放出：「『港九影劇自由總會』最近傳聞甚多，有說該會因政治理由，在九七前結束；有說台北新聞局鑒於該會過去工作太鮮明，恐怕不容於九七後特區政府，將過去委託審核影片之權力收回，改由中性之小型團體代替。」消息迅為本港轉載，這顯然不利黃握中領導的「總會」。黃會長以我維護他的發言權利，曾來函稱謝。這次放出的消失，我也立即向本會報告，並希轉知胡志強新聞局長。黃握中會長在 1994 年五月三日來函給我：「（中略）如一旦因本會過去立場太忠貞，而結束彼此合作關係，對本會打擊，不言而喻。蒙　鈞座將本會之憂慮轉達有關當局。四月廿九日胡志強局長主持光華文化中心成立酒會時，對晚指示，有關傳言絕對不確。晚等於五月二日招待記者發表正式聲明，現將有關剪報影印呈上，並感謝　鈞座對自由僑團之支持及關懷。……晚黃握中敬上」

　　新聞局是主管電影的，放出的消息來打擊黃握中，那會是巧合；尚幸胡局長及時澄清，台獨鬥國民黨人，比什麼都狠。差不多與打擊黃握中及其領導的影劇界「總會」、座談會後的同一時期，我和本社也被謠言所困擾，禍害更為嚴重，謠言不是假第三者放出，而是直接貼上本

社信箋、我的簽名筆迹連印章映影印，表明是我接到僑委會指示而發出的：「緊急通告」（請密傳）內文：本社奉台北僑總公司指示：陸委會將於明年七月接管華僑旅運社、華光旅運社及海華青年中心三單位，並由黎昌意先生主持整合後之黨僑業務。之遠已分別轉致香港區僑務委員、僑務顧問及咨詢委員等，全體皆表反對。謹函達 貴僑團希請團結一致，為香港僑界四十年之奮鬥業績爭取權益。」……「請分別以個別團體名義上書行政院長連、外交部長錢、僑務委員長章及陸委會主委黃等表達強烈訴求。致各僑團首長」；下署：許之遠（下蓋章）這偽函直接用本社信箋，用我的簽名式和印章，精緻的無縫偽造幾可亂真；用放風式散佈黎代表的「陸委會」將接管「僑委會」三個駐港單位。很明顯在打擊我。原偽件由一位熱心僑領親帶來給我，這假冒函實在膽大妄為，偽造文書是嚴重的刑責；而且文字粗劣，本社及所轄附屬機構，即使轉給黎昌意整合，也歸國府部、會轉移，「為香港僑界四十年之奮鬥業績爭取權益。」不知爭取到什麼「權益」？

我立即通知主管僑務秘書的陸經理；他立即飭令他們分組通知：所有在本社登記僑團，說明「緊急通知」是偽造文書，不相信、不轉傳。我並立即傳訊本會詳列偽造四點（從略）；其目的亦有四：子、挑撥僑社對黎兄敵意；丑、製造黎、許不和形象；寅、挑撥各部、會，製造事端。卯、困擾僑社，打擊本社日趨團結事功。（見本社發祥字第 12676 號、民 83 年 3 月 29 日函）函發後，本會函覆：請瞭解真相送會。本社是行政機構，很難細緻尋獲偽證；估計能取得本社原信箋、剪出我的親簽筆迹和印章；應屬本社內部人員所為。較早一些時，也有以本社兼管部分財務的秘書曾女士，有檔案留下：她曾函本會言及前總經理有虛報支出。當時曾廣順委員長以查無實據，未以處

理。今次又向我下手，心裏很覺不平，未及想到其他反證。後來本會調看會計支出原件，每項均有紀錄，我全沒有插手的餘地。曾女士的先生是個牙科醫生，她也在台灣大專畢業，很愛國，因我的追問她為什麼要告我，而且她明知道我上任，就着手會計獨立；她堅決否認她告密，很難過我懷疑她；她說要辭職，且不受我的挽留。我為歉意特別自動為她寫了一份推薦書：備道其性格忠誠、揄揚其處事能力；她很感動。經一事，長一智；我已注意有人利用曾女士的愛國心，向本會報告。這個事件，助長有人效法，出賣自己的上司，甚至自己服務的機構。但我過濾後的懷疑範圍已愈來愈小了。

《新香港時報》一九九四一月八日報導：陳志輝正式榮休，改任中央評議委員；國民黨港澳支部改組：黎昌意兼任主任委員、陳朝洋來港任書記長主持黨部實務。但又補充說：陳朝洋已於年前來港辦理交接事宜。換言之：陳朝洋是舊任；黎昌意是新兼。我讀到這段新聞很納悶，國民黨的海外部不熟悉港英政府的兩岸政策，還可勉強說得過去。但黎昌意在香港任職已三年多，香港即使不是全世界最敏感的地區，也不容許外交人員將其本國政黨政治帶進駐地操作；何況黎進入香港，按例被告知：此種操控本國政黨在駐國活動，屬犯禁行為，在香港是不受歡迎的。即使國民黨中央任命，黎總經理亦應告知：不能對外公佈。以免駐在國所不容。黎昌意毫不忌諱接替陳志輝任國民黨香港總支部主委；而公開支持香港政黨的「一二三民主聯盟」；這是明顯插手香港的政黨活動。又為該聯盟兩度約會鄉事派的劉皇發，也明顯不過參加駐地的政黨活動，他真視港英政府如無物；黎昌意繼我調職回台灣不久，他亦離港回台。我是奉本會命調歸，章委員長還要我辦好雙十節才可回來；而傳聞中，港英政府限黎在一週離

港；這是「陸委會」的急調還是港府的急逐；局外人就不必追問；而且是以後的事了。黎昌意有脾氣亦人之常情，但不可能不知道，公開領國民黨香港主任委員入香港，港英政府怎會視而不見？我相信這是他要離境的主因。

我被人冒名造謠，向僑社發「緊急通告」。這是一個警訊。我還是日以繼夜的忙，沒有想及個人的得失。老實說，我和黎昌意素不相識，在台灣大學也是先後同學；從來沒有機會見面，我比他年長，擔任公職差不多同時。我在 1989 年當選僑選立法委員，1990 年二月上任；他在 1991 年調到香港，出任「中華旅行社」總經理；而我任滿僑選立法委員後，在 1993 年七月一日才到香港，出任「華僑旅運社」總經理。我到香港上任，才在駐港部會代表小組（李復中）會議席上第一次相見。猶記上任前，章委員長只要我參加駐港部會代表小組會議，總經理是對外的職銜，就是「華僑旅運社」及所轄單位的主管。在會內的職銜是「僑委會顧問」；當時本會只有兩個顧問職銜，一為駐會辦公的楊尚霖；外派就是我。由本會任命，當由本會領導。此外，我在港澳的工作，沒有誰可領導我。黎總經理對外常自稱為最高領導人，我們這些部會代表都不會介意，都是各做自己本分的事，誰會注意這些無聊事。我倒是以同學之誼，懇請香港的學長們不要再杯葛他。真是說來可笑，黎昌意是黎玉璽將軍的獨子，可能嬌生慣養，有時快口傷人不自知。杯葛他最激烈的人，還是他的同宗、老學長的、香港的資深黎律師。黎律師還比我早入台大，何況黎昌意！但他未畢業就出國深造，回港任律師，對「香港台大校友會」的成立和以後的經費捐獻最大；黎昌意沒有看過章程，也沒有查詢過黎律師對會的貢獻；卻當眾認為他沒畢業，不能成為校友。可像他說了才算！這樣腦袋做外交，真有點對外交人員的侮辱。同學離

656

倚角呼應比金馬、孤臣孽子話港澳

開學校以聯誼組織的校友會，十九都沒有規定「畢業校友會」的。出錢出力的校友，做了這麼多年，還要拿畢業證書，給做官的小學弟認證嗎！

我和黎律師年歲相差不遠，我早期來港，他還堅請我入住他空置的樓房；這樣的交情還沒有得到他對黎昌意的諒解，要到我告訴他：我離開香港了！唯一還未看到台大加入「台灣校友總會」，未免遺憾！黎兄默然。最後還在我離港前加入了。此事辦好後，在前文（一九九四年九月二十二日）呈函章委員長述及；看來輕鬆幾句話，勞心卻已經年！

我和黎昌意沒有交集，只是李復中小組開會議事；也是完畢說散就走。我當然不會告訴他我和黎律師的交情，去補救他的錯失。有一次，我們在花墟球場為青年足球杯開賽致詞，完畢以後，他向我說：「『香港台灣校友總會』對我不合理杯葛，和『台大校友會』一樣。既然這樣，我想請黃志恆另立一個；你也認識黃志恆吧。」我說：「我不只認識而且熟悉。他以前是「華光旅運社」初創，陸永權任經理，他任秘書。」黎又問：「你認為我應不應該這樣做？」我說：「不應該。」他有點錯愕：「為什麼不應該？」我說：「駐港部會各有功能，本社是僑委會駐港機構，負責一切僑務；這是章委員長交給我的責任；包括僑生招考、畢業僑生校友組織的輔導。這個範圍是我管的。」他衝口而出：「那我管什麼？」我說：「那我也不能答你；派出時主管沒有交帶嗎？」我也不可再多說。還是沒有交集！我說的是實情，是據實的答覆，沒有任何惡意。至於他怎樣看待，我是沒有必要猜測。

一九九四年二月間，我奉命在香港組織代表團，並於三月三日率領「香港代表團」，到菲律賓首都馬尼拉市出席「亞洲華人聯誼會第十屆年會」。該年會由行政院僑務

翻騰年代的經歷

委員會章委員長率領出席，並主持年會會議。同行尚有國民黨中央黨部許水德，可知年會的重要性；「僑委會」許多重要人員隨團出席：像這種國際性的會議，在眾多沒有外交的國度裏，僑委會發揮國際外交部分的重要功能；那是彰彰可考的事實。只有台獨「去中華民國化」才要裁撤它。我為配合國策及章委員長的指示；在會議期中，由香港代表團通過我起草的幾個提案；向年會大會提出，計通過有：

提案（一）
案由：籲請大會函請香港總督彭定康堅持香港民主政制的改革。
說明：一、香港總督彭定康提出區議員及立法局議員由選民分區直接票選，獲香港居民大多數贊同。惟其受中共及同路人之攻擊同時亦飽受困擾。
二、中共過去對香港宣稱，無論是鄧小平或在基本法，均強調「五十年不變」、「港人治港」的政策。其出爾反爾，勢必影響香港之安定與繁榮。
三、香港為亞洲金融貿易中心，維持安定繁榮將使亞洲整體華人獲益；而民主政改將為落實「港人治港」之重要條件。
提案人：香港代表團　團長黃熾雄　副團長劉發
盧光磊甘　蒼區偉林　鄧伯榮　陳衛匡
陳恩賜　黃錫林　羅　廣　康榮章
中華民國八十三年三月十八日

提案（二）
案由：籲請行政院落實香港「九七」不撤退政策，首先明確宣示僑務委員會在「九七」以前仍主管港澳僑務。

倚角呼應比金馬、孤臣孽子話港澳

說明：一、近月以香港「九七」年限接近，香港報章常報導行政院院會有關主管香港僑務若干變動消息。其中包括海基會整體接管；或陸委會不久將合併各單位並主導僑務工作，使港人疑慮我政府未到「九七」即自動矮化，不撤退只屬空言。近月更有執政黨在港變賣黨產各種傳言，更令港人疑慮。如此下去，勢時影響人心散渙，自由僑社更每多為此等消息所困擾。

二、僑委會駐港各單位與僑社淵源深厚，為安定僑社人心，行政院應立即宣示：「九七」之前，僑委會為香港僑務主管之政策不變。

提案人：（名冊見上案以下均從略）

提案（三）

案由：支持中華民國加入聯合國

說明：一、中華民國為國際之政治實體；且原是聯合國始創的會員國。

二、國際事務缺少中華民國的參加，將是一項缺陷，也是聯合國的缺陷和損失。

三、中華民國參加聯合國是根據普遍性原則。如聯合國受中共誘迫致使中華民國不能加入，是聯合國放棄原則。

辦法：一、請大會通過支持中華民國加入聯合國。

二、請大會議決發動各地僑團推動中華民國加入聯合國各項活動。

我執筆回憶記述這個提案，時為（2017 年 9 月 15 日），適當日報載：「台灣入聯宣達團前往美國發聲」；內文有：「1971 年 10 月 25 日聯合國通過 2758 號決議：中華民國在聯合國的席次及一切權利由中華人民共和國取代。中華民國被迫退出聯合國。1993 年起，中華民國政府一直致力於重返聯合國。」我遍查 1993 年國際性的會議，中

華民國出席的亞洲華人年會在菲律賓舉行，香港代表團這個提案，應是最具體說明中華民國致力重返聯合國的證明。而我是提案的撰稿人與香港代表團實際的籌組人。

提案（四）
案由：港澳地區面臨「九七」、「九九」厄運，忠貞僑社之成員，無不為今後之去向而憂心。職司社團首長，常被同人問及，無言可答，竭誠請我政府早日訂出安撫港澳僑胞政策，以安僑心案。

其他提案從略，我有機會和主管見面，直接交換意見可不容易。對於有人冒名煽動黎昌意與我不和，情形有點複雜。我就對他談起：例如說明年七月陸委會接管本社，並由黎主持整合黨、僑業務。而今年初陳志輝退休，也確實由他出任黨主委，對本社人心也有影響。海華青年中心總幹事溫繼堯已向我報告，黎昌意已拉攏他過檔，還開出條件。黎幾次在李復中小組提及：最好集中辦公，大家有個照應。有些部會只有代表一人，當然無所謂，但本社三大機構已存在，「華僑旅運社」比「中華旅行社」更有歷史性。所以在他提出集中辦公時，我說還未接本會指示。我個人意見在目前分散辦公，各有各的歷史淵源，不容易「一網打盡」！也是一種考慮。章委座在一直仔細聽我說完；到此才說好。我也要問清楚：中共還沒有接收；委座你願意本社在港澳建立的基業，被陸委會兼併嗎？章委員長說：當然不願意。我說：那就讓我看着辦；我不在乎個人得失。這個問題就不再談。他轉問我：我開會來遲了！因為台北有要事趕着處理好；剛才那個發言的何家驊是什麼人呢？他很不客氣就罵！你認識他嗎？我說認識，他就是讀書人的正直，不會有

機心的。章委座沒有多說。

後來我調職回駐本會，章委員長拿了一封信給我，打開一看，原來是何家驊寫給章委員長的，是專為推薦黎昌意而寫，當我回調本會時，已辦完雙十國慶，約在十一月間（1994）；那時「賤賣黨產」已哄動港澳。黎昌意對「勞工大廈」也開始行動的時候；何家驊焉有不知之理；他明知黎視我為眼中釘，而我一直視何家驊為至交好友，他每次回台北，我都親至其寓所致贈程儀；他以九七將至，請我買他的新界丁屋，開價五十萬，朋友告訴我只值十萬；我也願意承接下來，待回港再辦手續。想不到我的調職空缺，他的推薦書就到；這還不是偽君子真小人嗎？徐亨先生做「中山學會」會長聘他做秘書長；徐公還是「華夏投資股份有限公司」（即香港時報址的控股公司）擔任董事長職，國民黨瞞著徐董事長賣了，我在台北述職時，徐公力指何家驊接了黎的好處，將「中山學會」搬出大廈，才讓賤賣交易完成。我當時還有點對消息存疑，但讀到推薦函以後，何家驊對待有二十年長期照顧他的人，都這樣不義！還有什麼忠義可言，自詡為忠黨愛國！在關鍵時刻為蠅頭小利，協助賤賣完成交易：又多次唯利是圖，出賣朋友，不自愧嗎？自此以後，他已不值得我正眼一視了！又有一次，章委座召見，又拿一信給我，這是香港僑社聯合，向章委座推薦李經理繼任我的職位。章委座的記憶力真好，還記得我偏愛李某，寫信給他轉調王先生來會的事。我後來檢出開除黃燦做的擔保僱員，李某呈函本會，該女僱員申述明知是假，點滴不漏；對該員諸多弊病明知是真，雖大不記。程瑞流為該員要求入會議室後，開始誣告本人，程即出言制止：不應討論私事，會議是討論開除條件。而李某卻說他已答應；不接受亦不討論程副理的提案，卻任由該員放毒。然後全部登上以他的簽署致

會；怪不得張副委員長認為李某言行詭異，要我謹慎處理，不要因對他一向信任，全權交他處理，連呈函都避嫌不看；及調會始及見呈文。自從章委座交僑社推薦函李繼任我的遺缺，才恍然大悟他落井下石，且謀自代。我才徹底認識其真面目，我當然有穩當制他之法。坦蕩之君子；常為小人所算。這個末世教人眼花撩亂，但真君子總是吃暗虧的多，有時還無法自明。

港、澳「回歸」相差僅兩年；香港以東方之珠，璀璨奪目；又是世界金融中心之一。英國經營了一百五十年，香港的「回歸」，「英國國旗無落日」這豪語總要結束，這「不義的戰爭」得來的戰果，造就一個強盛百年的大英帝國、一個積弱的東亞病夫的大清帝國。時移世易，英國人不捨也得捨；派來強勢的末代總督彭定康，也無法改變歷史的「不義」的談判弱勢；因此爭拗時發；國府派駐香港人員，我對港府的運作應比較熟悉；新聞局的江素惠，以記者出身，又久駐香港，對港情亦熟悉。黎昌意和香港完全沒有特別淵源，對港情算是陌生。葉知秋在黎派駐香港的言行，連篇累牘的一連四、五天，以長篇幅放在時事專欄的右上角批判；也引起親國府、特別是反共人士的共鳴；但黎先生沒有任何迹象放下身段，傾聽一下反對的輿論，類多反唇相譏；頗引起自由輿論界、親國府的傳統僑社人士的不滿。畢卓榮本來就在本社最早的官僚，對港、澳僑情最熟悉。但由於貪婪和官僚氣重，頗為僑界不齒，黎的出現，成為畢新的靠山，他不會知情告誡，反過來「逢君之惡」。這樣就可以榮枯同命！我這個直覺，和我認識他的作風有年，再加上他對我們一個共同的朋友陳聯樞（香港陳李濟總經理）說：「希望我上任後能和他好好合作」；我裝蒜聽不懂。只漫應着說：「香港地守法，我們合作有什麼問題？」陳

笑笑不說了；他都聽得懂，何況畢？後來似未出所料。
最顯著他還我顏色的一次，我上任就怕他賤賣澳門黨產
的手法，搬到香港來。因為他曾短期間擔任過本社的總
經理（李天齊的前任），所以我上任就向他提起本社自置
的、海防大廈的「海華青年活動中心」的產權。他爽快的
說這沒問題，地契和一切文件在他的手中保留着。我以上
任伊始，不便馬上相迫，等候適當時機再處理。到黎昌意
賣了《香港時報》社址，我再向他提出，他矢口否認他說
過的話。海防大廈的地契、文件不在他手上；這是我上任
時要樹立風範的一個指標：把國家的財產一一收回來，再
不能讓某些人以患癌之身，仍可退而不休，與台北官員呼
應勾結，台灣駐港機構又沒有健全的規管制度；長期以
《香港特殊論》作為欺上瞞下的口實。（見《前哨》1992
四月「台灣駐港機構的老佛爺」作者吳宗武、張同）這篇
文章長達三版，見、析到位，所指三大原因，直指某人能
操控全局的原因。又由於我在上任交接時，沒有任何文字
紀錄該產權的下落，上任經年，我不提起，本會又不告
知。某人反口否認前言，我端無記錯之理。我當然要將他
前後所說的話函送本會。卻大出所料。覆函說明該產權證
明文件已存會，並非在該人手上。是前任總經理何樹祥的
股份轉移給他和李順才合佔百份之三十；現任總經理佔百
份之七十。我猜他以佔股少，他又難煽動殷商李順才，但
留下一個難題給我，並使我失信本會。何公在美已去世；
尚幸我與何公兩代交情，何伯母應我所請，將何公死亡
證直寄本社律師。本會存檔的文件也同時送到；但我沒
有向管理本會財產的第四處，有過任何怨言。我能收回
國家的財產。亦在同一時期將本會的「華僑」、「華光」
亦應要委託人先簽下《具結書》。過去在「香港特殊論」
下，委託不同人士的所有股權建議收回，以本社主持人

若干作委託持股人。「海華青年中心」（即海防大廈兩單位當時已數千萬，如今過億計）我佔股百分之七十。我請畢先生來社辦理產權轉移，他說李順才簽他才簽。我告訴他：李已在本社等候他。他只可來了；股權轉移我還不放心，我擔任立法委員三年，對法律有基本的認識。我還寫好「具結書」，說明簽者並沒有資金投資該股權，只是應公司的委託，在任職期間代表公司持有，在任何情形下離職，持股委託亦同時終止。我首先在他們面前簽下《具結書》，就這樣平順解決了。後來接本會核定：對「華僑」、「華光」，我都佔委託股權百分之七十五。餘下由陸、李經理共佔。一舉打破「香港特殊論」，證明數十年在欺上瞞下、亦瞞上欺下的借口，中飽多少人的私囊。我能為僑委會樹立風範，以身作則。到產權轉移本會、「具結書」全部簽署上交完畢。第四處長（記憶中是蘇振華先生）有公函來：認為本會數十年來，所置港澳產業，沒有一項能收回，都是不明不白被私吞了！因此建議本會對我記功嘉獎。但久未有動靜，我知道官場有「中留不發」，就是不吉的預兆，有橫亙的阻力才不發，章委員長對我的信任受到影響了！記得宋末鄭所南著《鐵函心史》有言：「尊正統，抑夷狄，褒忠臣，誅逆賊，願教天下萬世，一一皆為忠臣！」我也生於末世，貪婪邪惡見得多了！好友余道生嘗言：老兄生既不逢時、又不逢地！只願我的身教，使我的後代正直做好人，於願以足。

我上任九個月，已發覺有些讕言似有目的散佈；甚至用本社信函，用剪接我之簽名與印章散佈各種謠言；如陸委會將兼併本社，打擊本社及本人信譽，恐積非成是，認為有據實澄清之必要；請林秘書及陸經理就各項工作進程起草，呈核上報本會，經核如次：「職接本會任命，派駐香港，自七月一日上任至今，已滿九月。承章董事長、

各位長官、主管之支持與信任，遂能全力專志，從整頓內務、革新舊制而至開創規模，得以次第實現。茲藉曾專門委員瓊生、溫專門委員平訪問本社各單位之便，檢列前三者績效，敬陳如下：

甲、整頓內部：

一、以身作則，使本會能完全掌控駐港單位人事及股權：
　　華僑旅運社為四十年老店，過去委託聘僱人員經營，以後轉為註冊有限公司—港華旅行（代理）有限公司，股權分由派、聘人員佔有。職發覺一旦持股人有非份之想或意外身故，本會完全失控。職上任後立即與本社法律顧問研擬補救，依照當地法律，以「具結書」宣告股權人乃受本會委託持股，本人并無資本額加入，本會得隨時收回股權。其任命亦以先填寫辭職書，使本會對股權及人事任命，遂得完全掌控。
　　華光旅運社之控股公司為世華旅行（代理）有限公司，亦依前項方式，使本會對其股權及人事任免得完全掌控。
　　海華青年中心（海防大廈單位）產權，一待本會決定董事人選後，亦將依法完成掌控。目前產權仍在私人名下，應立即轉屬董事會掌控，以免有失。

二、改善員工服務態度：港澳僑胞過去對員工服務態度欠佳，時有投訴；包括態度傲慢、電話遲接且不禮貌、遲到早退等。職以身作則每天較員工早到，並親示範接訪及電話之禮貌答詢，已改觀僑胞印象。

三、經費收支核發分層負責，相互監督：過去四十年來本社經費僅總經理一人掌控，會計僅承命記帳，經理並不與聞。職為建立制度，落實經理權責。

乙、革新舊制：

一、同興行完成換班。（過程從畧）

二、專任僑團秘書管理制度化。（從畧）

三、輔導主要社團復興：接受本會資助之主要社團如工團總會、同鄉總會、宗親總會、中華國術體育總會、社團聯合總會等，必須提出績效。

四、鼓勵次要社團新生：過去從組織本社之補助九個社團，其職效不彰又無法改善者，通知其停止補助或削減補助者有香港婦女協會、華輝文化藝術事業有限公司、華夏文化中心、民主促進會等。惟仍希望其新生，均促其再擬計劃書。

五、青年觀摩團、回國培訓青年幹事、傑智育樂營等舉辦開展之連繫工作。（從畧）

六、改變從前新聞界之畢業僑生連絡方法與體制。（從畧）

七、革新春茗形式：過去為流水席，一連七至十天，費時太多，且流於鄉愿。職以為乃本社一年一度與僑團領袖溝通良機，應表現本會之革新、務實精神，乃集中一次辦理，並廣結善緣為主旨。

八、落實獎勵優良教師政策：過去發放獎金與獎狀，祇請受獎人前來本社領取，未符表揚獎勵至意。職借「自由中國評論社」大禮堂（在澳門則為國父紀念館）。邀文教新聞界及領獎人親屬觀禮，公開表揚，廣獲文教界好評，領獎者以為殊榮。

九、改革中正獎助學金發放標準及流程：召開委員會議（過去少見）兩次，共同決定獎與助之標準。再聯同拜訪僑校，實地視察僑校設施，學生質素等，再開會決定各僑校發放標準。

十、教育展覽會展空前成功。（從畧）

十一、大量起用年青幹部：由本社主導之大規模活動，包

倚角呼應比金馬、孤臣孽子話港澳

括雙十「龍之夜」、青年節紅樓升旗典禮（二千餘人）、海華文藝季（閉幕聚餐六十餘席、由比賽得獎者表演）、體育季等；及長期出刊《港澳僑訊》，均以青年幹部群為主體，已證實完全成功。

丙、開創規模

一、《港澳僑訊》依原定日期創刊。

二、拜訪主要僑團、社團，就地舉行座談會。（從畧）

三、定期每三個月召開本會諮詢委員、顧問、僑務促進委員會議。（從畧）

四、本社爭取初審「忠貞指復單」。（從畧）

五、籌備成立香港婦聯協會。（從畧）

六、雙十前舉辦青年育樂營（三營）。（從畧）

七、召集新界離島社團領袖會議。創立「香港離島區社團首長聯委會」

八、爭取中立社團：許多同鄉以地緣關係，易受左派滲透，大陸遣派同鄉高幹前來拉攏；　職以粵籍同鄉身分，廣結善緣，常使統戰無法得逞，底線亦能保持中立。

以上所陳，均有所據，已向曾、溫專門委員口頭逐項詳報者註「從略」。職上任以後，人員並未增加，反減少兩員。而整頓、革新、開創并進，雖屬辛勞，亦證明無必敗之兵，端在有可勝之將，關鍵在領導指揮而已。

我到任不久，便風傳國民黨既已關閉《香港時報》之後，其社址賣掉乃勢所必至。這是國民黨家內事，不需要向駐港各部會代表組織的「李復中小組」報備；我當然也全無所聞。大概國民黨這個敏感的決定，恐本港該報的員工、國民黨黨人和反共人士的非難，完全瞞着外間進行，連《時報》的員工都能瞞過，外間就更無所聞。到交易完

成，轉手要在本港田土廳登記，消息才外洩，引起全港市民驚愕。「賤賣黨產」一詞傳遍全港。黎昌意總經理成為黨人洩憤的對象。經年來未稍停止。根據一九九四年七月二十五日（星期一）的《港人日報》頭條專欄「國民黨如何變賣香港黨產」。我才明白內幕的真相：

該專欄這樣寫：「（1994）七月一日，前國民黨中央副秘書長、現任行政院副院長的徐立德接見香港一個傳媒訪問團，當被問及關閉《香港時報》及出售華夏大廈物業的問題時，他說：「我就是決定把《時報》關門的人，那是純投資策署的考慮。」我們就拿徐的標準來檢驗！綜合五月二十四、六月三日《東方日報》的報導，位於灣仔告士打道六十四至六十六號的華夏大廈，原屬國民黨產業，透過「華夏國際投資有限公司」持有。「華夏國際投資」於今年三月二十二日，以一億九千一百五十萬元，向「港源投資公司」出售華夏大廈百分之七十三權益，涉及樓面面積約四萬四千五百平方呎。「港源」旋即以三億四千三百萬轉售予「明珠興業」。「明珠興業」於十天後，再以五億八千萬轉售予「滿驊有限公司」，平均每方呎售價達一萬三千零三十四元，是次成交價較三月的售價高出逾三倍。徐立德身為國民黨掌櫃，自承他決定賣黨產，三個月後市場逾三倍升值；徐掌櫃還有什麼抵賴？他在蔣經國時代的「十信案」貪污舞弊，被蔣處以永不錄用；李登輝招降納叛，國民黨不敗未之有也。到國民黨敗退在野，徐立德被追打一幕，雖大快人心，但何補失政而淪落！執筆至此，痛憾何極！

「據筆者（該專欄作者宗之琳）調查所知，三月間該物業第一次出售時，是在國民黨駐港負責人的主導下，當「危樓」變賣的，但據則師及工程人員指出，該物業翻新後可達至甲級商廈標準。香港的國民黨人亦指出，三月出售華夏大廈時，香港的地產高峰期仍未過去，且

該物業座落於灣仔地王區。兩多月後經過政府壓抑樓價，竟然還可以超逾三倍的市值轉售，可見負責變賣黨產的國民黨主事者，若非涉及內幕交易，亦屬最大的「敗家子」而嚴重失職。

「今年三月初，香港的右派社團及國民黨人，已風聞黨中央有意出售黨產，在紀念國父孫中山誕辰的集會時，已發表公開宣言，要求國民黨出售香港黨產時必須透明化，透過仲介行估價公開拍賣，以防止暗盤交易和貪污受賄。如今華夏大廈還是被黨官賤價出售的消息見報後，香港的國民黨人和右派人士群情激憤，現時並正聯名上書台灣國民黨當局，要求徹查此事，追究主事者的責任。

「香港國民黨機構的工作經費捉襟見肘，但變賣黨產時則以離譜到令人震驚的賤價出售，為何會出現如此怪事？某自稱最高領導人，公費一百萬買一個鄉村俱樂部的會員證絕不吝嗇，而要花在團體工作方面則一副寒酸相。國民黨以其富有，支持個別黨官走入香港的上流社會是毫無疑問的，但每年給予幾千萬港幣在香港培植一個親台政黨，則絕無這種慷慨胸襟。試問連香港國民黨都變成營養極度不良的『餓兵』，又怎會養好在港的親台新政黨？」

《香港時報》這個黨的喉舌。如今中共還沒有接收主權，國民黨中央在李登輝主導下決定賣這黨產，也不問青紅皂白，交由陸委會駐港主管拍板出賣，前後三個月，超過兩三倍價錢賤賣了！國民黨在過去四十年在香港苦心經營，許多同志為黨甘心作無怨無悔的義工；而主管可以大筆一揮，四十年國民黨補助全香港社團、香港總支部的經費，還不及這一揮就揮霍掉了！那些香港黨的義工們，老兵們，那個不罵這個國民黨的「敗家仔」？他為此結怨所有香港反共的老同志、老退伍軍人。但他卻反唇相罵：你們也不是掉了大陸！你們有什麼資格罵我？這樣回罵，他

忘記黎玉璽將軍正是中央倚重的老黨員、老將軍！他口不擇言，連老爸心頭最痛處都被他罵了！又豈只黨中「敗家仔」而已。香港退休軍人協會的丁伯駪理事長對他最恨，他告上國民黨黨中央，並向立法院投訴，要和他當面對質，他不敢面對。但丁公握有他賤賣的證據；他本身就是招投時超過賣給買家的人。證據確鑿，這也許是被調回陸委會其中的一個重要原因。「香港時報大廈」的「賤賣」，香港中國國民黨同志分崩析離，陸委會派出的代表的操守和的作風是個重大的成因。如果兩蔣在天有靈，亦會再次吐血。後來「勞工大廈」（旺角亦屬九龍地皇）食髓知味幾個貪腐大鱷又重施故技了；先放風樓齡已高，修整不符經濟利益，更指該大廈幾近危樓，浪費公帑整固。更荒謬認為該全棟大廈原屬國民黨產業。由當日「華僑旅運社」總經理畢卓榮（即今（李復中小組秘書）將該廈在港府登記產權之註冊文件，已移交黎昌意總經理云云。這個突然而來的消息，以該大廈為會址的「工團總會」大起恐慌。

勞工大廈的掉失，說來更傷心，香港時報大廈的賤賣還有個賤賣價；勞工大廈連地皮、上蓋全棟，我真不想抖出全部過程，這是國民黨家門醜事。可簡要為歷史存真：其初是畢某帶大廈股東名冊交黎昌意，黎宣稱為黨產。這是當年僑委會為香港自由勞工，向台灣工商界捐款大部分，又由香港工商界捐小部分。先買地皮而建上層，成為「香港工團總會」（簡稱「工總」）會址，部分租出作總會經費，我到任常到訪，當時收租九千元，充作該會經費。勞工階層對產權的法律不熟悉，故當時僑委會又以委託方式任命「可靠」人士為股東人。某等多次食髓知味，先模糊焦點，因委託人多已逝世。但產權文件仍存股東會秘書手；某等先威脅其交出，交出後立即開除，另組新董事會控股，與原股東會割斷。以後軟硬兼施，先拆後建又騙

「工總」同意，然後向東亞銀行高息貸款，一為中飽與揮霍，二為另租地點交「工總」作臨時會址，但經費缺乏，又向新董事會商借，如此息上加息；新董事揮霍，始終無法興建完成，又無力還款，黎調職一走了之，究竟他和秘書怎樣中飽與否？外人如何得知？政黨輪替，國民黨吃了原屬僑委會掌管的勞工大廈，就這樣被碩鼠吃空，諾大的勞工大廈，過億的資產，被東亞銀行依法沒收了！諸君讀史，有感興衰因緣否？兩蔣去後，城狐社鼠何其多也！國民黨在香港衰敗，何嘗不是大陸的翻版？「有錯不能改」，每教忠貞黨人對狐鼠之憤恨，區區況身處其境，又何能緘默乎！讀前賢「寧鳴而死，不默而生！」是何等感觸。

香港自由僑社負責人聯名向監察院、行政院法務部、經濟部、外交部等相關陳情指出，香港「中華旅行社」為我駐港代表機構，卻為一家私人房地產公司推出台北房樓廣告作「律師監證」，對我駐港「領事館」的形象造成嚴重損害，更引起僑界極大的不滿，所以，「我們強烈要求政府對此事件盡快查處，追究有關官員的責任，否則會帶來更壞的政治影響」。所謂「追究有關官員的責任」，據悉係指「中華旅行社」負責的總經理。陳情書中所指的「官商勾結」、「公器私用」，當然同一人吧。

陳情書中的五點「說明」為：

一、本年四月三日《東方日報》第七十三版，刊登「陽明山莊，一九九四年台北再版！麗寶新圓山」的全頁廣告，註明「律師監證：香港中華旅行社、台北貿易中心」，還標榜：「港澳僑民申請長期居留，不受數額限制，連續住滿一年後，可在台設籍。此外，港澳人士只要取得入台證，抵台後可隨時申請定居」。其後，五月二十七日《東方日報》第五十六版、《明報》

A 三版及五月二十二日新報第六十五版，亦看過該全版廣告。這段日子及前後，全港多家大報極可能還有我們仍未看過的同一廣告。

二、該廣告有關港澳人士申請在台設籍居留之說詞，對內政部所訂的法則，顯有牴觸和誤導，若是由中華旅行社授意和擔保，期後果更為嚴重，此廣告說詞已在港澳僑界引起「思想混亂」，有人批評為「變相賣台灣戶籍」，並質疑「買了台灣房屋是否就能換到居台權」、「港澳的中共和左派人士，近年亦有取得入台證者，他們抵台後是否亦可隨時申請定居？」故政府須責成中華旅行社儘快澄清。

三、作為我駐港代表機構的中華旅行社，竟然為私人地產商作「律師監證」大賣廣告，實屬史無前例、荒唐至極。外間已批評為「官商勾結」、「公器私用」，並懷疑該社主管是否濫用特權、暗盤交易及受賄行為。

四、五月二十一日《星島日報》披露此事後，中華旅行社迄今仍未作出公開澄清。該社簽證組秘書張國瑋，於五月二十三日曾打電話給《星島日報》記者要求更正，表示他未看過有關廣告，並強調我國駐港領事館，絕對不會為私人公司作「律師監證」賣廣告（按：一小時電話對質已被報館全部錄音，若被公開發表後果更嚴重）。

五、從上述廣告看，其房地產商應是黃週旋，黃在五、六年前曾計劃在台北興建「榮星花園」，他當時為了該計劃順利過關，曾賄賂一批台北市議員，請他們到澳門旅遊，並偽稱其在賭場贏了大錢，向受邀的每位台北市議員贈金二十多萬港元。後來，黃及有關的台北市議員因此惹上官司。黎昌意在經濟部任職時，已與黃週旋私交甚深。

一九九四年，黎昌意在中秋節和香港新華分社王振宇主任擁抱合唱「何日君再來」，台北《聯合報》圖文報導此事，黎到立法院答詢。香港《快報》報導黎的答詢，引起香港三十六個社團負責人的反彈，把黎來港後的荒謬言行與不實的答詢，列出十二項。由這三十六個團體負責人具名親簽，分函 致立、監兩院暨下列部會：外交、僑務、經濟、大陸委員會等。

「中華旅行社總經理黎昌意於本月二十一日在立法院答覆委員的質詢。快報報導關於黎的答詢，就我們所知的事實，特向立、監兩院陳述如下：

一、黎對與王振宇擁抱合唱《何日君再來》的答辯，認為在主持人林育賢的邀請唱歌時，王振宇乃在其演唱中出來合唱，他在「不迴避」的原則下和他合唱，這完全是遮掩其媚共的謊言。在場有三百二十人作證：當時乃其主動和王振宇及其他人士（約十人以上）一同到台前，黎、王站在一起，然後由主辦者分派歌詞，黎表示親熱，左手持米高峰，右手熱絡地攬著王振宇的右肩合唱的。這是在眾目睽睽下的過程及動作，黎昌意在說謊，

二、黎昌意確實在去年雙十時，我們僑團一些負責人請他沿往例補助購買插國旗的竹枝，他最初確實說不必插國旗了，反正「九七」也不能掛，你們早一點習慣為好。我們深感詫異，而將此答覆先後轉告陳翰華、江素惠、許之遠等人，徵詢他們的意見，他們都不同意黎的意見。我們才立即補救依往年一樣插上。

三、黎賣黨產說不知情，那是天大的謊言。因為黎在幾個場合都對我們解釋為什麼賣樓：一是地點不好，二是舊樓怕有危險，三是會買個更好更大的。大家都知道他的砌詞，因地點十分好；二是該樓過去印《香港時

報》，成噸重的報紙捲都可以儲藏和上印機。那有不穩固的道理。

四、黎確實在好幾個場合公開批評錢復部長本位主義和昏庸。

五、黎昌意確在去年蔣公一零八歲冥誕中領導我們高呼「蔣總統萬歲！」我們真不知道黎是故意或沒有常識的幼稚舉動。當時在文協會大禮堂，使得大家面面相覷，不知如何是好。當時出席約二百五十人。

六、黎確實在許多場合鼓勵我們到大陸投資，但從來沒有鼓勵我們回台灣投資。

七、黎確實和眾多親共商人有密切來往，此事一查便知。

八、黎確實干預「港澳台灣同鄉會」、「台大校友會選舉」、「中山學會」的選舉。每次均有報章批評。

九、黎確實鼓勵彭震海出任中共聘請為區事顧問和對「自由黨」方案棄權。

十、黎確實強迫朱祖恩投票支持鄉事派（親共）。

十一、黎任職三年半，風波不斷，每週均有報章批評，我們真難明白政府為什麼不調走這樣引起非議的駐外人員。而令我們自由人士蒙羞。遠在一九九一年十二月十二日，香港著名專欄作家葉知秋，一連發表《快報》「黎昌意在做什麼」、「黎昌意倡什麼意」等多篇批評黎的媚共、媚獨和打擊僑社反共傳統、任人唯親的作風。一九九四年二月二十三日，香港著名作家黃毓民一連三日嚴批黎干預台灣同鄉會「吹皺一池春水干卿底事」，副題為「國民黨干預『港澳台灣同鄉會』選舉系列」。醜惡新聞不斷，如星島港聞頭條（九四年二月十六日）「黎昌意高姿態惹英不滿、遭改黨職否則要執包袱」。東方日報同年九月二日專欄「糾正黎昌意」。如此官員，我

政府如果還姑息，難令人置信。

十二、黎的妻子確實擔任民生公司的控股公司董事總經理。

僑團首長簽名共三十六人

蘇孝森、鄭振南、陳振華、劉亞平、葉 駒、周廣智、姚 文、胡 誠、羅世祥、黎熾桃、黃淼芳、張希明、盧光磊、袁賜照、吳立小、黃武標、陳孝池、區 新、陳冠華、馮世銘、黃月麟、黃 焯、劉 發、劉達廣、林安石、吳之祥、劉伯權、陳志忠、李崇威、文兆偉、溫蔭繁、吳經綸、林雙達、許誠銘、劉民彪、梁二鳳。

章委員長不願意僑委會在香港的基業，在中共還未接收前先被陸委會接收；也是正當的思維。我確信這個理念和他是一致的，對黎的言行，也不能再遷就。我絕不是好鬥好辯之人，但在公義和大是大非之前，那是無可退讓的。我記得台大校友會慶祝校慶（1993），陳校長來港參加，我和黎都應邀講話；黎講的是到大陸投資的好處；這又不是兩岸經濟會議，他的講話，常是照本宣科，唉！我講的是報載：台大將要收回基隆路僑光堂。這是僑委會過去招待僑胞，或大型集會的場所。我說台大校友這麼多，我們返國，很多時就在僑光堂，或者入住。使我們都兼顧到回母校，追憶我們在台大的黃金歲月，如果我能代表在座校友，就會請求稍為延拆，讓我們有機會趕快回去重溫舊夢。這些話一出哄堂大拍手掌。以後，我只補充一句：「陳校長聽到了！」陳校長也高興大笑。他和我同席對大家說：我以前沒有想到！引得大家又笑。陳校長當眾答應，在他的任內真沒有收回。他是世界著名外科手術醫生。連體嬰忠仁、忠義兄弟，是他動刀分割成功的。

關於彭定康的政改，李復中小組也提出討論。江素

惠在會前對我說：「梁淑怡已和黎昌意說好，如果能阻止彭震海議員不投贊成票，『九七』回歸後，台灣原來駐港機構可以繼續存在。黎已答應；許總，你要說話啊！」我說：「你怎麼不說？」江說：「他一向強勢，我說沒有用。」我也不知什麼意思。開會時，黎昌意不說話，由彭震海說會見梁淑怡過程，和江素惠大致一樣。彭議員坐下，我就站來，我也想到黎會不會請人先表態。就要多花唇舌了。我說：「梁淑怡的二手傳播未必靠得住。算是真的，對梁說條件的人，他算老幾？黃華（外交部長）、耿飇（國防部長）的當時身分談香港問題；還不是私談的傳聞，是公開的；夠分量吧！被鄧小平斥之為「胡說八道」。更不要說這些傳言，他說沒有說過，你能怎樣？中共還有三年才到位。你不支持這個強勢總督，獨不怕明天教你掃地出門麼？你怎樣對得起國家多年在香港經營的基業。在個人來說，你一輩子為自由民主奮鬥；現在數百萬雙眼睛盯着你這一票；你拒絕民主政治還是擁護？歷史必會記下！你自己決定，票是你自己投下，誰會為你負責？」彭站起來：「好好！我知道了。」以後沒有人再說。彭震海做了香港立法會議員後。本會每年補助他個人的；比五大總會還要多，我當然清楚。1994年度的預算，在我調職前要核定；陸經理報告：彭震海的補助是最大的一筆；我看在他在最後關頭，還能回頭是岸，我如數核准發放。那些做出成績的好社團，我在消化剩餘的預算中，特別撥出額外的補助。過去尅扣、虛報全沒有在我任中發生；但我絕不將本社既有的預算上繳，以免自綑本社下年度發展的契機；即使自知離職；「但嘗棲是山，不忍見其焚。」

我常說「六十不做官」，到了花甲的年齡，也不宜再留戀名利；名利是一物兩面的。何況「官不聊生」之末

世。陸委會主委黃昆輝兄，我們原是好朋友，但他支持李登輝，我們就疏遠了。我派駐香港，李登輝新設的陸委會，原就是要接管港澳業務。他們都有這個打算，可是我絕不鬆口，以免予人借口。有一次黃昆輝發火：「你以為我想合併？」我說：「那就不要再說。」

我這種潑出去的心態，有了回報；我給屬員背叛了！有人以為黎真會整合黨、僑務而投靠；或者真的是臥底，我也是外行人，也無從判斷。我把事故上呈本會，根據本社發文第 13127 號（1994 年 9 月 1 日）節錄：

本社僱員某以下簡稱某女士，（不錄原件真姓名）調駐本社，前期表現稱職。迄近可能由於對本社內外人事熟悉，執有部分事權，時鬧情緒、時請病假，言態囂張失份，曾多次抱怨陸經理對其加班費之質疑，並公開撕毀其請求交通費發補簽單，規勸亦未收歛。

八月二十三日上午，某女士進入總經理室，首先要求許總經理作其「珠海書院」進修之擔保人。許總經理細閱擔保人之責任後，認為公務人員身分，不便作保，請另請他人。某女士甚為反感，已出言不遜，為安撫其情緒，答應向本會請示後再行決定。某女士藉故在籌備雙十座談會推為司儀，為何不事先徵詢她同意。許總說這是座談會人推選，如不願意，可請他們另選。她仍喋喋不休，發作嘈吵之聲，引致陸永權經理及秘書謝廣楹趨至，陸經理查問因由，着令制約。某女士不聽，反以陸經理阻其理論，先指陸經理介入偏幫總經理，口不擇言，侮辱陸經理是靠許總經理吃飯的。更讒罵陸經理為「太監趙高、李蓮英」等，惡言醜化陸經理。陸經理以她不尊重上級人員，嚴重污辱，影響公司體制及今後人事管理運作，不堪原諒，提請召集董事會議公處。

當她經陸經理的斥責，回她辦公室後，竟又攬內線

電話至總經理室語許總，不能就此罷休，如不幫忙擺平陸經理，要以你許總經理為對象：「將你拖下水，務使你丟官職，甚至身敗名裂。」「你試試對我不利，看你怎樣下場。」「我反正不顧面子，有人已告你與我同居，我就承認，並且說你強姦我。」極盡威嚇能事。

經過討論，一致定論：某員在辦公室所在，無理取鬧嘈吵，態度惡劣，辱罵長官，不能控制情緒，損害公司形象，不宜再予姑息縱容，以免日後更肇事端。李經理更認為此事應立即裁決。決意解僱。

我記得《左傳》「曹劌論戰」有一句：大小獄必以情。某女士既說有話要說，就讓她說好了，對我最大的侮辱和毀謗，還比「同居」、「強姦」更狠嗎？我都原話上報了！還有什麼可隱瞞？我倒同情如果她是一時情緒失控，造成自污的錯誤。但當時她還年青，事發時她在人事登記表上是三十七歲，計到現在，已到花甲之年，）可能孫子都有了。年青的失誤，不要令後代蒙羞，所以我只以某女士、或某員代，以免她的形象受損。

黎昌意、畢卓榮都作古人，如果某員受他們兼併本社的影響，也不必再費筆墨了！如果這樣，她就更可憫了！至於「關於畢卓榮的調查報告」，我只存檔作罷。

猶記我上任之初，陳志輝主委約張寒松、金達凱、賴及之諸兄宴敘，命我即席以詩誌之：

「卅年浮海山河夢，三載議壇風雨秋。（註一）歸向儒林尋舊迹，轉隨僑社問新猷。敢將嚴令臨孤島，為報平生共此憂。誰說限期成倒數，（註二）王袁霸業幾時休。（註三）」

（註一）：余任立委三年，口頭及書面質詢一千三百餘次。為當屆僑選立委最高紀錄。

（註二）：上任在 1993 年七月一日；為回歸四年倒數

之第一日。余不信，後只五百日而已。

（註三）：指王莽篡漢、袁世凱篡民國；俱不長久。

張寒松兄和章：「一腔熱血繫神州，夢渡關山幾度秋。雄辯議壇稱卓識，低迷僑社盼新猷。興亡史實仁和暴，向背人心喜與憂。飲馬黃河期不遠，廓清寰宇始言休。」

金達凱兄和章：「遊罷蓬山又遠遊，同舟風雨近新秋。曾登壇殿抒長策，重出江湖有壯猷。笛裏梅花皆上品，眼前杭汴尚千憂。關河入夢相期許，不飲黃龍永不休。」

詩人周廣智校長，張江美、彭華強、梁琰柱均有詩賀，從略。

我調職回本會，詩人感觸尤深，錄袁暘照二之一首：「記從《快報》讀豪文，省識英才翰墨芬。詩賦有情堪砥礪，紀綱無序枉忠勤。士膺沛澤春方曉，僑沐甘霖日又曛。今夕筵前分別後，思君惟在慕停雲。」余曾歸港探視，已不能起，猶執手欲言，贈我任職期間事迹剪報。後又從梁琰柱兄交留我之遺卷多種，時袁公去世已十九年，風儀猶在目也。記袁公與僑眾樓頭餞別，公老淚縱橫。今用其韻因呈袁公靈鑒：「十九年來每憶君，風儀長者最溫文。牛刀未必劏雞合，志士難言割蓆分。席上悲歌成辜負，樓頭餞別憫僑群。支離病體知公苦，闕下時憂不忍聞。」我調會未及一月，悟塵網誤墮已歷五年，尤感袁公送別所言「紀綱無序枉忠勤」，對於黨國，捫心全無虧欠。曾讀唐人小說：「五十不生子，六十不建華屋，七十不做官。」余決心提早十年，餘歲著書著畫。不會像陶靖節：「誤落塵網中，一去三十年。」尚有兩週虛齡才剛六十，即辭職於 1995 年元旦生效。計入行政系統由接總統任命狀、章委員長派令（七月一日上任），恰可一年

半、計五百日。

　　我回到多倫多，入住自置的別墅，曾有詩誌其事：「百畝岡陵廿畝湖，紅楓綠島草如蘇。雪殘猶見獸痕跡，冰解方知魚水都。夏至泛舟閒釣鯉，秋來攜犬可圍狐。恩仇了卻歸辭日，論畫著書修此廬。」同年：答周若愚校長：「一笑翩然遠宦場，懷人時節讀華章。十年詩國相逢揖，兩度襟期落拓行。放棹居然成黑手，買山原本為蓮塘。孤忠散隱江湖老，搔髮猶思復汴涼。」（註：黎昌意多次違禁港府令，聞限時離境，卻懷疑我是黑手。）

　　端午節懷屈大夫：「散髮江湖帶劍行，問天何以慰平生。招魂顯寄從容意，哀郢悠吟故國情。

　　「眾夢大沉期大醒，滿腔孤憤等孤鳴。愴懷千古傷心事，依舊村人瓦釜聲。」退隱吟：「生無媚骨倚東籬，每有淵明涉網悲。少慕周郎成柱國，老從棄疾悟填詞。南朝尚論封侯事，溪水已成洗耳詩。雨後湖山真朗朗，秋容反覺勝春時。」「登龍未必真無術，秉性從來不屑為。南渡難尋燕趙客，北疆每屬可憐兒。餕餘乞得驕妻妾，浪急何曾浸眼眉。兩岸猿聲爭上樹，釣魚台插太陽旗！」

　　調寄《玉漏遲》——香港見聞：「故林原舊識，歸來卻是、依稀遺蹟，往事回眸，同染夕陽顏色。休說洋場舊貌，已不是、華洋相適。誰是客，賓強主弱，怨恩交積。

　　「繁華一夢百年，算投老歸來，無巢無楫。拍手車塵，明月一彎如昨。五十年來一瞬，更何有、新來消息。憐草檄，枉論幾叢荊棘。」

倚角呼應比金馬、孤臣孽子話港澳

從黨員治港到佔領中環及效應

一九九七年，所謂「香港大限」終於來臨。英國政府準備拍拍屁股一走了之；但總感覺有點對港人的虧欠，可是說到底，還是以英國利益為優先考慮，既不能讓所有港人都拿到一本英國護照，只可巧立名目，專以港人為申請對象的「英國海外護照」出來了。香港是英國海外最後一塊殖民地，然而九七到來，在一九八四年中英協議下已訂明香港主權移交中國。而護照主要功能在證明持有人的國籍；「英國國民海外護照」（BNO）在沒有主權的香港發行這種護照，本來就是一個笑話；但憑着英國的外交手段，也得到許多國家、地區的認同，作為旅遊或入境的證件，算是對港人有個交代；總算聊勝於無而已。即使如此，抓着一根稻草當救生衣的港人，在最後限期申請者，尚有二萬三千人之多，可見中共領導們要「港人放心」下，港人還是放心不下。

首任行政長官的候選人三人：董建華、吳光正和楊鐵樑（羅德丞退出）。董建華成小圈子選出的首任與連任香港行政長官；但連任未滿，卻以腳痛請辭。這段時期，人稱「商人治港」。第二任曾蔭權以「做好呢份工！」也在小圈子選舉下勝了陪選的梁家傑，人稱「公務員治港」。以後就是唐英年和梁振英的對壘，何俊仁是個異議分子，在可控制小圈子的選票範圍內，何只是個伴跑者的陪選人。原先的蜘絲馬迹，唐英年是北京屬意的人。後來的演變，傳說紛紜，我們都是局外人，不必蠡測其原因，但結果出人意表的反轉過來，風詭雲譎的確由梁振英以六八九票當選。梁振英就任以後，許多當選前的個人和相關人士的資料陸續被揭露出來，而梁振英的強勢和善偽，部分港人稱他做狼振英。由於相關人士的推論和梁的作風，港人自梁就任起，稱做「黨員治港」的年代。

我指相關人士的推論，當唐英年和梁振英成為確定

入閘競選特首時,《我與香港地下黨》的作者梁慕嫻,就以她曾任中共在香港地下黨的領導,認為梁振英當時的職務和言行,她確定梁振英是個地下黨員;他上台就是黨員治港。梁特首的慓悍性格,事後想來,確實能人所不能、敢人所不敢做的手段。當唐英年被揭發住宅僭建。梁的火力全開,唐的誠信受到致命傷,自此每下愈况。媒體當然有人也會問他同樣問題,他斬釘截鐵說:「沒有。」結果呢?梁的僭建不比唐的小,而他還是個測量師,他對地產業比唐更熟悉且是專業,他就能毫無愧咎的攻擊唐而當選,這種狠確是非常人可以做到的。唐的敗象已難挽救,除非梁振英更有好議之失。因此,唐抱孤注一擲,在競選公開辯論時爆料問:「你是否講過,終有一天,係會使用催淚彈和防暴警鎮壓和平示威?」梁振英眼也不眨一下就說:「我冇(沒有)講過。」唐即說:「你有,你講大話!你呃人!」梁答:「我冇,你要提出證據。」唐答:「我在現場,行政會議還有很多人在場都聽到。」這個對話,在「佔據中環」(「佔中」)發生時多次在電視台、網站重複傳播。因為佔中發生的二零一四年九月二十八日,梁特首政府的防暴警察果然用胡椒粉噴霧劑、催淚彈(八十九枚)對付手無寸鐵的學生和平民佔領政府總部廣場。這個示威,還只是距離梁就任特首兩年多一些時日而已。

梁振英上台之後,梁慕嫻一直就梁特首的言行與作風,以她領導過香港地下黨的經驗,更力證梁是黨員無疑;以後劉夢熊揭特首各種不誠信的說詞,以常識看來,劉夢熊是不敢毀謗特首吧!佔中還沒有發生,在二零一四年八月七日,我和一位職業命相師飲茶,他說梁的面相是「火德君」,眉毛粗黑上揚,又有個好的名字;將來還可以連任,直至圓滿結束。我說:梁振英着眼說謊,不擇手斷的性格,並不適合香港人守法的社會。本來六百八十九張

選票的民望基礎，已夠薄弱，上任後的民調還不斷下跌；又有五千萬元入袋無法交代；阿爺選上梁振英，面子問題也好、維護共產黨員也罷；以梁的鬥雞性格，在今日港人受盡委屈、尤其是青年人找不到出路，以曾蔭權之唯謹，尚灰頭土臉落台；梁言偽而性狠，任何衝突，都有可能各不讓步，會小事化大，大則不可收拾。我就絕不相信梁可以圓滿連任，能任滿一屆已經託庇阿爺了！老人各執己見，同意賭二百元吃頓好晚飯，怕老人健忘，簽字作實。

我完全沒有預料到「躬逢其盛」，在香港遇上佔中。由於我出席在馬來西亞的中秋漢詩雅集，六月份已經買好機票，九月七日到香港，即轉赴雅集所在地怡保。然後到江西弋陽的龜峰山、鷹潭的龍虎山，後轉景德鎮，到九月二十八日回到香港新界的沙田，由於二十天的疲累，就在萬豪酒店留宿一夜，臨睡前打開電視，便看到「學聯」和「學民思潮」佔領香港政府總部（「政總」）。與此同時，佔中發起人：戴耀廷、陳健民、朱耀明配合宣佈：「提前佔領中環」。「政總」在金鐘地段，容易和中環聯結起來，聲勢就比原來單獨佔中大得多。

我既躬逢其盛，豈能放過？因依平生議事習慣，觀之察之紀而論之。以下採日誌流水式報導，讀者鑒之。

原來我還在旅中的九月二十六日（星期五），學聯學民思潮早已發動罷課和示威。並在晚上，學民的黃之鋒、學聯的周永康、岑敖暉並發起重佔公民廣場。當晚黃之鋒被拘捕並到寓所搜查；翌日再拘捕周永康、岑敖暉等十五名大學生。黃之鋒明顯遭到暴力對待，眼鏡被搶和鼻子受傷，拘留四十小時，既不說拘捕理由，也沒有說獲釋理由。岑敖暉本要服藥也不准。記者引述市民說：這不就是公安的作風嗎？這三位學生領袖發動的罷課，有一百間中學、七間大學的學生參加。學生領袖獲釋後宣佈佔領金

鐘,在添美道和守護「政總」的防暴警察發生激烈的攻防。警察動用胡椒噴霧對付市民,並大量使用催淚彈。警在佔領公民廣場中拘捕六十一人。這是香港從未發生過的鎮壓規模,這個現場的畫面播出以後,激起許多市民連夜參加,地點擴散到銅鑼灣和九龍的旺角。本來和平佔中團隊過去一年為佔中制定的策畧,並舉行過多場演習。但最後卻由從未認識的、未經演習的市民,在這一晚就佔領了金鐘、中環、銅鑼灣、旺角這幾個主要商業地段,不但警方始料未及,「佔中三子」又何嘗想到?也有許多左派報章挪揄「三子」被迫提前佔中,並說他們騎劫了青年學生的成果,分化的目的似乎很明顯。

市民湧入金鐘地段,支持學生,他們都攜帶着雨傘,其實當天的天氣預測是無風雨的,但太陽猛烈,參加者準備雨傘是擋太陽的。入了佔領區,一旦遇上胡椒噴霧,實在也無法一下子在人潮中脫身,有了雨傘可以擋一陣,想不到不但擋太陽,還擋了胡椒噴霧。但警員搶雨傘和噴霧的暴力,推扯間的攻防,在電視上看到市民的雨傘被搶,還捱上白液當面的噴射,狼狽又痛苦的表情,也真教港人對良好形象的親民警察,真有訝異的感覺;怎麼梁特首治港這麼短的時期,香港警察的變化這麼大。佔中第一日的情境,我在電視台完全看到。第二天的報紙,很多寫着「雨傘革命」的報導:「港人會記住這一晚、歷史會記下這一章。催淚彈煙硝散後,和平佔中席捲金鐘、中環、灣仔、銅鑼灣、旺角,以十萬計市民向暴力清場說不,創造香港民主發展最動人的一章。」(見《蘋果日報》:「雨傘革命」頭版現場佔中畫面下的專訊報導)

佔中的第二日傍晚,政務司長林鄭月娥對記者宣稱:原本下月立法會復會後即展開第二輪政改諮詢,表示「不急於一朝一夕」而押後:當然是緩和對峙的局勢。但佔中

發起人陳健民指這是緩兵之計，有市民指出，他們還是堅持梁振英下台、並要求真普選。而泛民議員二十七人亦約見立法會主席曾鈺成，要求立法會復會前，就警方暴力打壓市民召開緊急大會，要求梁特首就事件請辭問責。這當然是一廂情願。梁固然不會請辭，中共也絕不會在港人示威而讓步；因此，梁不會在短期內倒台，起碼不在事件發生時在港人要求下倒台。

梁振英做了行政長官，黨員治港了！國慶就應大大慶祝一番。過去無論在董建華或曾蔭權時代，就算香港人更不滿，也沒有什麼大災難，為表示香港回歸的喜悅，莫如在國慶放煙花。放煙花還不需要用公帑，自有紅頂商人報效，一來表示對香港新議員的巴結；更重要是對阿爺表示效忠。可惜梁登上大位，香港的災難似乎衝着他而來。去年國慶，南丫島的船難發生了！又還在調查海難的期中，而梁任命的新官又發生勾結落台，誰也沒有心情在國慶節目觀賞煙花。這年更發生《白皮書》對香港政改的宣示，十六年港人渴望的真普選，可像宣判了死刑似的，假象也好，真面目也罷，都完全令港人的幻想破滅。國慶日之前兩天發生佔中了！而且一發不可收拾，誰還有心情去欣賞慶祝國慶的煙花！回歸哀之不遑，何幸之有！港府也決定不放了！這都是佔中的第三天見報的消息，而佔中的發展似乎方興未艾，真不知怎樣收科熄火。

要研究佔中爆發原因，防暴警察過當的使用武力，包括使用大量的催淚彈，還只是導火線；重要的原因，是同年八月三十一日人大常委會通過的《關於香港特別行政區行政長官普選問題和二零一六年立法會產生辦法的決定》。只從這個題目，香港普選行政長官、立法會議員，就可知香港政府對市民的分批諮詢，搞了幾個月聆聽民意、裝模作樣的工作，原來統統都是假的。人大常委會早

已有這個《決定》。則梁振英代表港人提出政改特別對二零一七年的普選行政長官，泛民議員、輿論界、學術界公開提出的建議或方案，在《決定》中完全沒有提及。可知《決定》是沒有商量、可議的餘地；只交到特區政府執行；港人為之嘩然！完全違反《中英聯合聲明》、《基本法》所體現的：「一國兩制，港人治港、高度自治」的方針。這個《決定》也不是我個人經歷的範圍，就不詳贅了；只引述曾支持梁特首競選、後來又揭露梁的不誠信的劉夢熊所說的「搬龍門」手法。令港人對真普選的希望徹底幻滅；這是從二零零四年、零七拖到一二而至今二零一四年要產生：二零一七年普選的辦法。而這《決定》的辦法，卻是一紙傳令：人大常委會八月三十一日對普選特首的決定。相關南來的大員，也清楚一句：「中央給你們港人多少才有多少。」就是沒有任何討價還價的餘地，這才是佔中激起港人憤怒的主要原因。

佔中出現防暴警察過當使用武力，成了遍地開花的局面。旺角到第三天便出現帶口罩，手臂紋身的彪形大漢，十多二十人衝入示威的人群中挑釁，袁先生和好幾位人士被打得頭破血流。還有一位駕着平治牌高級轎車，不顧密集的人群直闖，這種突來的煞星，嚇得大家閃開一條路讓他呼嘯而過，尚幸無人傷亡，有些記者和示威者追上拍到車牌和駕駛人，要求警方緝拿。人是逮到了，他直認不諱，而且翌日又大搖大擺重來現場，被示威者重重圍困脫不了身，交給警察，結果又放走了。當旺角成了九龍市民自動自發支持佔中示威的集中地，梁特首像先知一樣說過，旺角是「品流複雜」去標誌它。後來發現，轎車衝人群的那一天，旺角竟少有警察出現。又在反佔中的周融號召自行清場，我們見識到品流複雜的流氓的兇惡傷人，而警察卻沒有像對付和平集會的市民同等待遇，必要時還保

佔中出現防暴警察過當使用武力，成了遍地開花的局面。旺角到第三天便出現帶口罩，手臂紋身的彪形大漢，十多二十人衝入示威的人群中挑釁，袁先生和好幾位人士被打得頭破血流。還有一位駕着平治牌高級轎車，不顧密集的人群直闖，這種突來的煞星，嚇得大家閃開一條路讓他呼嘯而過，尚幸無人傷亡，有些記者和示威者追上拍到車牌和駕駛人，要求警方緝拿。人是逮到了，他直認不諱，而且翌日又大搖大擺重來現場，被示威者重重圍困脫不了身，交給警察，結果又放走了。當旺角成了九龍市民自動自發支持佔中示威的集中地，梁特首像先知一樣說過，旺角是「品流複雜」去標誌它。後來發現，轎車衝人群的那一天，旺角竟少有警察出現。又在反佔中的周融號召自行清場，我們見識到品流複雜的流氓的兇惡傷人，而警察卻沒有像對付和平集會的市民同等待遇，必要時還保

佔中出現防暴警察過當使用武力，成了遍地開花的局面。旺角到第三天便出現帶口罩，手臂紋身的彪形大漢，十多二十人衝入示威的人群中挑釁，袁先生和好幾位人士被打得頭破血流。還有一位駕着平治牌高級轎車，不顧密集的人群直闖，這種突來的煞星，嚇得大家閃開一條路讓他呼嘯而過，尚幸無人傷亡，有些記者和示威者追上拍到車牌和駕駛人，要求警方緝拿。人是逮到了，他直認不諱，而且翌日又大搖大擺重來現場，被示威者重重圍困脫不了身，交給警察，結果又放走了。當旺角成了九龍市民自動自發支持佔中示威的集中地，梁特首像先知一樣說過，旺角是「品流複雜」去標誌它。後來發現，轎車衝人群的那一天，旺角竟少有警察出現。又在反佔中的周融號召自行清場，我們見識到品流複雜的流氓的兇惡傷人，而警察卻沒有像對付和平集會的市民同等待遇，必要時還保

護他們離開。專欄作家黎佩芬慨嘆：「香港何時退至放任私刑私了的社會？」她更質疑說：「林煥光（行政會議秘書長）說他個人不相信警、黑合作，試問香港有誰願意相信、誰願意看見？」

我遠遠過了古稀之年，到了「從心所欲」，那還有偏祖執著！如果在旺角不幸遇上那個開車殺手，不要說能走避，恐怕連轉個身都來不及，除了電視追蹤現場超過八個小時，在聽到中環某些路段通車時，也會到信德中心下車，沿着天橋，走近環球大廈那一段，臨高遠眺集會的現場，內心表示一下對年輕一代的關愛，除此之外，又還能做什麼？

我從六十年代中期，便為香港好幾個大報寫專欄，一直到二零零八年學會自設網址，才對報紙停寫。回歸後的輿論轉變可真難以想像，污名化也從外交部傳入，這種互潑污水的作風，香港可真今非昔比了！

像許多親中報紙，常破口污辱李柱銘為「李漢奸」，主要說他勾結外來勢力干預中國內政或主權。這次更罵得厲害，我留心他的辯釋，就在九月三十日接受訪問說：「當日因香港出現移民潮，北京要求各國支持《中英聯合聲明》穩定人心，而西方國家亦表態支持香港民主回歸。現在北京違背《中英聯合聲明》，不肯落實真普選，連龍門都搬了，年輕人只係要拎回應該有嘅嘢（真普選）。」李只是講這段歷史事實，以此責他是漢奸，似乎過當了！

自從董建華時代任政務司長的陳方安生辭職後，對中央、香港政府許多失當的措施時有批評。一度因葉劉淑儀參選立法議員，陳方安生出來和她對壘，結果勝出。葉劉是主導推出第二十三條條例的人，導致香港人逾百萬走上街頭，才阻止該條件例通過，香港言論自由不致提前喪失。但香港已不是過去的香港了！陳方安生只能延阻葉

劉於一時，下一屆她就選上，還組織了政黨，對二零一七的普選特首，她已清楚表明有意參加。她是愛港愛國的人士，是無可懷疑的；她的宣佈，時機掌握適當。如果依中央的構想，候選人不超過三個，泛民人士照中央的規定，很難在提名委員會取得參選特首的入圍票數，更不要說有當選的機會；過去提名的門檻只有百分之八，陪選先後的梁家傑、何俊仁尚且如此吃力才過關入圍，何況過半數？這也是《白皮書》主要的普選內容，切斷一切異議人士參加提名的可能。如果葉劉或阿爺另有選擇參選，而梁特首這樣低人望，中央換馬當然是一個選項。

執筆至此，是佔中的第九天了！陳方安生在倫敦報章投書：英國沒有為香港普選盡道義，香港成了無告的孤兒。一向以來，香港許多報章給她一個「民主婆」的綽號。而「民主」在左派報紙是個謔笑的辭類，是「一人一票是動亂的根源」。但平情而論：陳對英國的譴責，似乎與勾結無關。

佔中的第四日，就是十‧一國慶。黃之鋒等學生也組織了約二十人參加升旗典禮，他們都手紮黃絲巾，升旗時他們轉身背旗，雙手交义豎起，當然是一個意象的表達。

香港是個國際都市，資訊發達，佔中啟動，立即轟動世界及各地華僑。港台唇齒相依，「一國兩制」更是給台灣的示範版，台灣的反應可想而知。去年台灣學生有「太陽花學運」，留港的台灣學生，得到香港同學捐出回台機票，才能回台灣參加學運。現在香港學生「雨傘運動」開始了，一個成功大學的學生也捐了機票，讓香港學生回港參加。大陸有些維權人士，為此剃光了頭髮，表示對香港的學運支持，旋即被捕。曾任中文大學副校長的歷史學家余英時，在新亞書院六十五週年學術講座主講：「新亞書院與中國人文研究」，他引述書院創辦人錢穆之言：

讀書人應為社會和整個人類負責，遇到不公平的事，理應站出來說話。他提到佔中行動，用「愛與和平」佔中，就是展示人文素養的表現（見《明報》二十八日的《抗命時代》：《余英時撐抗爭》。呼籲「讀書人要站出來」）。

香港年來出現很多「愛港」、「愛國」的社團，港人以「愛字頭」社團歸類。在梁特首管治下，體制上有「民建聯」保皇；抗爭上有「愛之頭」動手，他們也引為驕傲，說是光復了街頭，不再讓泛民派獨佔。一切反政府的遊行，都有對抗的隊伍出現，那怕人數不成比例的對抗，但「愛之頭」的隊伍敢於挑釁，嗓門又大。這邊要平反什麼；那邊高呼勾結外來勢力！這邊示威要梁特首下台；那邊大罵你是「漢奸」、「走狗」！真是牛頭不對馬嘴。但香港輿論少有自主性了！誰還講是非黑白？黑社會加入以後，防暴警察竟衝入旺角人群中逐個兇巴巴質問：「誰是黑社會！你說：誰是黑社會！」一些膽小的支持者都被嚇到噤聲，不知香港市民有何感想呢？怪不得佔中發生後的第八日（十月五日），《明報》星期日特刊的「生活」：標題：「這一天，香港「警察」正式變回『差人』」。記者阿史在採訪當年警務處長李明逵，李對記者以「差人」來稱呼警察的自尊心反應：「差人！差人！乜我哋好差咩？稱警察才對！」警察是執法人，政治上嚴守中立，除了依法，不是誰（上級）都可以差遣的。這位資深記者 ：「市民對警察的滿意度，由零七年至八零年，從五分跌至今年七月的三點六分的新低。」曾偉雄上台之後，一波又一波的政治事件：「而今年是警隊成立一七零週年，在過去一個星期，這仗輸得好慘，多年累積的聲名，可謂『一舖輸清』」。

佔中第三日旺角黑社會出現後，中文大學校長沈祖堯電請香港大學校長馬斐森，聯袂到「總政」學生集合的現

場慰問，並叮囑同學首要在注意自身的安全；他們汗流夾背。以後又有其他五校校長相約而來，同樣以首要囑學生注意身體安全。然後提出及早撤離危險的現場。

大概經歷四、五天，旺角黑社會分子經常出現；而《人民日報》開始以「評論員」發表佔中為不法行為。以後連續每天都出現「評論員」的文字，抨擊加溫、語調凌厲。梁特首亦接着強硬的警告，強調警察在「適時」會清場。又在這一段期間，有些隱含着大風雨來臨前夕，未經證實的來源消息在傳播。只籠統說是來自中央高官。關心青年學生的社會人士如楊鐵樑、李國能、大學教授、有公信力的長者包括前特首董建華都面有憂色的勸喻學生和佔中人士，儘早離開這現場。這樣又過了一週。週一開始，學生讓出通往「政總」道路，讓公務員能順利上班。同日中學恢復上課。週二，幼稚園和小學校亦全部復課。但集會現場大部分還有人留守，只是人數署減。學聯代表副秘書長和政府代表、內政局副局長劉江華週一達成初步接觸協議，以後會商討對話的時日、地點、內容和代表。看來對話之門，如無意外，雙方能克制的話，可避免六四事件在香港重演。但是以梁特首好鬥的強悍性格，和他組織的智囊團的作風，會不會為自己或集團的利益，堅持撤離才談判，或以中央的支持，只要聽從中央的指示，對佔中的訴求，正如他過去採完全不理、寸步不讓，導致對話中斷而後以此藉口清場？其結局真非誰能作答，除了梁振英。

前特首董建華在職時的顧問練乙錚，寫了一篇佔中後對香港影響的總括；在香港《信報》佔中期間發表（十月六日）。這篇文章的論點，結論幾乎和我在第四天佔中後，寫給我幾位關心事件的加拿大友人沒有多大差別。我也在佔中開始時便一直在「機鐵」與中環的靠近環球大廈的天橋上，幾乎每天觀望，了解大部分過程。正如他

翻騰年代的經歷

記敘說：「佔中提早發生，筆者趕到現場，警方已經採取了『適度』暴力對付民眾，但效果『適』得其反，佔中人數和地點都激增，於是只好讓黑惡勢力慣性地出來攪局，聊挽頹勢。京港當權派威風凜凜不斷聲稱『人大政改決議有法律效力不可搖動。』說穿了，最後支撐唯警棍、流氓與催淚彈。」練文歸結有四個趨勢：「一、北京背棄九七承諾，京人透過中聯辦治港，全面操控政府；特首的角色就是接受京人指令；香港逐步淪為梁愛詩（鬼拍後尾枕、意謂不該揭露的秘隱漏嘴說了）所說的直轄市。二、高層官員及其他決策層中人，已喪失個人意志，不能代表港人利益，剩下的不過是一具政治行屍走肉。三、特區公務員包括紀律部隊，急速失去以往的技術官僚和專業形象，成為政權能夠隨意指使的附庸和鎮壓工具。公務員將愈來愈成為港人厭惡的行業。質素下降而庸才漸多；最後成為港人無法認同的『人民政府』」。四、經曾蔭權時代的親疏有別，至梁特首上台，市民替政府工作出任公職已經成為不甚光彩工作。八十七顆催淚彈齊發，佔中世代精英思想、感情與政府完全背向。以吸納異見分子進入決策過程，從而達致廣泛管治認受性的制度，將很快壽終正寢。」以上四點的趨勢，使特區政府變成「外來政權」！練文這個結論還不夠清楚？內地的直轄市的政府，還不致「外來政權」！而香港政府從特首到官員，只能聽命於指令，港人就是被這些沒有個人意志，僅是政治上的行屍走肉所統治；就不必還問香港的前途了！

照練乙錚的說法，和我觀察到第四天大致相同。練文第六天見報，因此，應該也在第四或第五天完成。當然是觀察期中的階段性。佔中如從學民、學聯佔金鐘算起（二十六日），到今日早晨已是第十三日。如從佔中三子響應（二十九日）算起，也經過了十天。其中變化很大，而

陸續看到爆光的資料，也會更充實做判斷的基礎，未必和前四天一成不變的。佔中還有一段時期，過早的結論，對於香港前途的演變應不能作定論，但練文對第一項：「京人透過中聯辦治港全面控政改。」京人當然不會自動放棄。如果特首還是梁振英，身為黨員也無法抗拒，除非另選一位非黨員。否則，一號的梁振英，二號和三號任何一個，和一號沒有什麼分別；「直轄市」固然既定的香港政策，但情勢有變又不必過於悲觀。第二、三、四點結論，短期內難以改變，在長期爭民主的過程中，香港人能淡化它、緩和它惡化的趨勢，對香港前途是有助的；也緩和香港是個「外來政權」的進度。

對於「直轄市」，梁愛詩當年「鬼拍後尾枕」的洩漏，時移世易，未必一成不變。隨着所謂特區的發展，比「直轄市」更大傷害香港的，是深圳、珠海和香港合併為「深珠港」為一市三區，保留香港特別行政區這個名稱。其初還會「讓利」香港，如劃地撥歸港人起建公屋，降低水費等解決民生等問題。合併以後，香港更快喪失各種優勢，終於淪為三區之一。Y橋還有三、四年便建成了，這是第一線連結起三市，對香港不全屬好事，是禍是福，也未必全屬杞人憂天。或者說，香港是個國際的歷史城市，不會被湮沒吧！則香港有多少歷史性故址，都在破舊下湮沒，百多年算什麼？澳門比較幸運，身為賭業專區，應可免於併入。

作為一個旁觀，究竟不能算是個人的經歷，除非你到現場觀察，雖然還不能算是個參與者，但由於親身的體驗，經歷現狀的氛圍，體驗現狀的演變，在演變中不斷評估和修正，去經歷不遠了！我從十、一香港人對中華人民共和國的國慶看來，梁特首治下的香港，市民的笑容已絕少發現。國慶假期的氣氛也喪失，卻多了無奈和失落。究

竟他將香港帶到哪裏去？我真想知道。

選擇旺角有不同的感受，那是香港最旺的區域；此外，佔中人士佔領中環，以中環地鐵站為界，我從薄扶林區可坐小巴轉巴士到中環，或坐巴士直達中環，然後轉地鐵就可直達旺角；沒有銅鑼灣隔着中環、金鐘、灣仔的阻擋，回來比較方便。我是為了解現狀而去。習慣了做評論員，不是做記者，我沒有任何酬勞，只是憑個人的興趣而去。更談不上贊同或不贊同。所以既不是佔中或反佔中人士，是獨來獨往的個體戶。我反正是來度假的，是個自由身。有空就到旺角逛，到了週四，聽說明天就由林鄭月娥和學聯代表對話。這是由劉江華和岑敖暉達成的協議。但林鄭以學聯尚未接觸，已放話質疑，則既不互信，議亦無益，她就宣告中止對話。謠言因此又起，有認為港府已接到中央指示，否則林鄭不會中止大眾期待的對話。這樣，清場又被提起。清場就是以武力清除佔中或其他佔領區的同義語。這已經是多次「狼來了！」如果能用這種手段使佔中者撤離，當然是最廉價招數，但使用多了，這次還是沒有多大成效！星期五反而又激起逾十萬人重到現場，一下子又填滿佔領地。從週三、四、五我都到旺角去觀察，每晚到十一時才輾轉回寓所。但還有人預測星期一、二之前會清場，只可又拭目以待。

民主社會本來就是多元社會，不同的意見是正常的，但不是水火不相容。然而自回歸以後，因政治意識不同，漸而分裂對立。近年又以多數的政治暴力，組織了對異己活動不法的干涉、挑釁對着幹的勢態愈來愈明顯。這樣下去，香港原來是共同守法的社會，被不法的暴力撕裂了。佔中的發生，撕裂族群愈來愈嚴重。政治多數暴力如不收斂，香港會興起新的族群對抗。眼前的年輕學生，應可代表一個新生的族群，如果不思化解而用暴力鎮壓，恐

怕不是香港之福！天安門的殷鑒不遠。而這個新生的族群，年輕的生命力最強、最長。只要有一個倒下，就難善了。那個開平治車的張某，高速衝向群眾，警察只作問話便放人；所以有很多評論：即使不是警、黑合作，也是警察縱容。旺角第一天發生暴力，拘捕了十六人，其中八個有黑社會案底的，這是多麼恐怖的現狀。台灣自從李登輝管治，開始了「黑金政治」，從此撕裂族群，到現在尚未痊癒。香港地狹人稠，沒有緩衝的空間，一旦暴力衝突，不論鎮壓不鎮壓，也不論動用什麼力量鎮壓，結果都是一樣：香港完了！誰是始作俑者，追究也是遲了。

　　我在港這段時期，每天都有好幾個小時看「有線」的現場播出和評論，也看「無線」和「亞視」。也看網上的「黃毓民踩場」、「蕭若元逍遙遊」、「達仁在線」，避免偏聽。黃毓民就學生運動談到五四運動發生後的一週年胡適與北大教務長蔣夢麟發表的紀念文章，也可算是一年後的反思。他們認為：一、加強學生主動負責精神；二、激發學生對國家命運的關注；三、豐富學生的團體生活與經驗；四、培養學生作文、演說的能力；五、提高了學生追求知識的慾望。五四運動距今近一百年，胡適的五點冷靜反思，對照香港青年學生今天參加佔中運動，就很像北大學生發起對政府的抗爭；胡適舉出的五點，香港學生何等類似。大學者胡、蔣兩人在百年前對學運正面的評價，比對我們今日的校長們，只要求學生撤退，而不要求香港政府禁止催淚彈、禁止使用暴力對付學生，風範相差卻真不可同日語了！

　　蕭若元歷史淵博，在「亞視」以「黃土黃水」（北京拍的紀錄片）作兩岸對峙的歷史回眸，他是主持人，我和黃文放是評論嘉賓，港大的李預教授任引言人。拍了十三集，是繼「龍門陣」的熱點話題，蕭若元辯才無礙的主

持，當然是個賣點。他到旺角的兩場演講也精彩絕倫，和胡適的反思不遑多讓。

報紙、雜誌中有公信力的專欄作家，對佔中的文字，我在多個公共圖書館幾乎每天閱讀，還不致偏聽。行文至此；已是佔中的第十七天（十月四日）的深夜，警察在金鐘清場，再次動用胡椒噴霧。是暴風雨來臨前的寧靜？還是臨崖勒馬，退一步海闊天空？梁特首是個關鍵的人物。

就這第十七日佔中的清場，防暴警察只使用胡椒噴霧，與開始佔中的催淚彈，明顯降低暴力了；和前一天（第十六日）不講清場而講收回政府設施，當然言語上也降溫了。學生和支持者也很理性逐漸撤退。第十七日受了胡椒噴霧，還理性呼籲警察讓道，俾市民能順利撤離。我們看到其他城市示威每多發展成暴動，打、砸、搶、燒亦每多接連而來。而香港的佔中卻完全沒有，而參加者只用雨傘、保鮮紙、眼罩保護自己；反而每天有年輕學生自動檢拾場地的遺下的垃圾、紙張，香港人的和平和理性，的確他地所未見。還公開不認為這是「革命」，沒有意圖要想推翻政府，只是想要回原屬答應過的、基本法規定的普選而已。什麼「顏色革命」，只是外國記者的報導，更被左派人士藉口的誣謗而已。

平情而論，二戰後，共產主義運動興起，只有民主制度起而對抗，英國統治的殖民地，已開始覺醒過去的殖民地政策，已不合時宜，要逐漸開放；民主制度讓人民參政管治，已是必然的趨勢。然而，一九五六年，周恩來已向英政提出不容許港人治港的政治改革；政改才擱置下來。至末代總督彭定康要加速香港民主化，提出立法會議員全部直選；魯平大罵他為「千古罪人」。以後不准「直通車」就是這樣發生的。如果質疑香港人為什麼不在港英時代提出普選，而在一起「回歸」後提出，這個質疑，應向中共

政府質疑更恰當。

原以為佔中到此已花事荼薇；昨日已是整月了！今日超過一天（十月三十日），還看不到結束的迹象，雖然佔中三子的兩位教授，都得回港大、中大授課。他們的離開，已聲明不是退出，隨時可以回來，同時也準備自首；我們也看到學聯、學民的學生代表，早已在磨練中成熟，他們指揮若定，沒有因戴耀廷、陳健民不在現場而表示不安，正好相反的鎮定堅強。梁特首因誤判造成種種的反彈與族群撕裂，民調迭創新低。梁急躁求功，以為強硬鎮壓，佔中者必作鳥獸散或憤然暴動。據傳出的消息，催淚彈驅散不了佔中，還因此遍地開花時，梁已請准中聯辦可以開槍，張德江、李克強亦已同意，惟仍請習總拍板。據聞習批出：不流血、不讓步、特區自決為原則。梁振英召開新聞發布會時，所有官員排開如喪祖考的臉孔，只有梁像成竹在胸的微笑，這是梁下令鎮壓的初步，警棍、胡椒噴霧以致催淚彈後的第一次在電視出現的場面。到習近平拍板的原則出現，梁的笑容不見了。在記者追究誰下令放催淚彈，梁卻諉過於現場指揮官。今日形成梁進退失據的窘境，正是習總不同意流血發生。這是梁在一夕之間，長槍實彈和警察都不見的原因。

梁利用愛字頭社團、黑社會勢力和反對他的人對着幹，已造成各階層的撕裂：大律師公會、律師公會、教育界、演藝界、商界和工會、宗教、體育、低層收入人士、沒有任何階層對他全面支持；連政協委員田北俊為此被撤職，梁的管理將使香港永無寧日了！在這關口上，又有澳洲公司回佣在上任後不報，會不會和中央整治貪腐相牴觸？而作孤注一擲，使人大常委通過的政改白皮書渡過險灘；則梁特首的小器又何足論。如果這樣，一魔脫困，民無噍類。港人大多善良慷慨，賑災救難，從不後人，希望

能渡過此劫。

梁振英透過控制的輿論質疑，或者算是自發的輿論，對佔中的質疑：港人為什麼不在殖民地政府向英國要求民主，而在回歸後苛求真普選？英國自二戰後所有殖民地人民都實行普選，監督殖民地政府施政，獨香港沒有。為什麼？上段已略及：一九五六年周恩來致英倫不允許港人治港的政改；如香港有直選，解放軍就衝過來。梁透過輿論的質疑港人不在英國統治時提直選？難道不知從周恩來開始便規劃不准普選，到交接後不准「直通車」是一脈相成的。以後的所謂根據《基本法》乃拖延，而二零一四年八月三十一日的《白皮書》，就自揭了中共的真意圖；所謂「真普選」，在提名委員會控制下，只有「愛國」的梁振英、黃振英、張振英為候選人，港人一人一票只能選擇以上的一個振英。這是港人要求「真普選」的主因。

如果我們檢驗中共中央對港英政府時代的政改，出現過多次反覆。第一次提到香港擬直選時，周恩來強硬的警告：解放軍會衝過來。到一九八四年十二月十九日中英協議簽訂：一九九七香港主權回歸。姬鵬飛在人大說：「十年後香港實行普選。」英政府曾去函詢問香港普選，中國外交部覆的五封信，都在存檔中。很清楚說明：這是香港人的事。意謂中國不會阻止。可是到末代總督彭定康政改，全面直選立法議員，魯平稱之為「千古罪人」，回歸後不准「直通車」。二零零七年十二月二十九日全國人大常委會通過：香港行政長官十年後可經普選產生。在通過的時候，已是姬鵬飛在人大常委會承諾香港普選的十年（1997-2007）。如今人大常委會又再另定普選時間表，再押後十年（2007-2017）；前後就二十年了！這還不算，至二零一四年，全國人大常委會頒下來的《白皮書》，完全否定二零零七年人大常委會的決議，因而觸發

佔中的「動亂」。

　　二零零七年四月二十五日，我在《星島》的專欄刊出「香港普選必拖延」一文，那時人大常委會還沒有宣告：二零一七年香港普選特首。該文是這樣寫的：

　　「大陸對香港普選的意向，到目前為止，並無明確的表示；包括沒有明確的反對。好像一切還要看情勢的發展，但亦有個別相關人士，間中發表一些言論，這種『放風』，也許是試探香港人的反應，大致是不能作準的；拍板定案還要『誰說了算』的認可程序，始能落實；其中也必有相關的前提，以備情勢演變下可以掌控。這也是還有變動的空間，除非一切在掌控中進行，萬無一失才可以完全確定。有了這層疑慮，我們可以想像得到，香港的普選：包括特首和立法議會，都會荊棘滿途的。要寄望五年後（二零一二）達成，恐怕是一廂情願了。

　　「曾蔭權不論在選前選後，都提到瞭解港人普選的渴求，又以努力為此的承諾，尚於不公開場合表達『玩鋪勁嘅』的壯語。但在『不以人的意志而轉移』的情勢下，縱然有心，但未必有力的，形勢比人強中，即使諾言落空，我們又何忍苟責？

　　「曾特首當選已塵埃落定，一切競選期間的激情極須沉澱。過去左派培養出來的程介南應鳳凰衛視的訪問，我們應已嗅到激情降溫的訊息了。

　　「程介南曾是立法議員，以不法事退職，但他的背景，是有一定程度的代表性。他說：香港不能光談普選的問題，例如香港的民主是怎樣的；而大陸的民主又是怎樣的？香港人崇尚西方的民主，在反思之後的民主又是怎樣的？從程對西方民主的質疑上看，西方民主當然也有可議處。則香港要實行西方民主還是大陸民主？他又質疑跟着特首的人才，五年後退下來還沒有歸宿，也是一個問題。

總之，程把許多問題扯進普選，就不必問目前既得利益的集團又怎樣安排了。可知普選決不會在五年後實現。」

　　我上述在專欄的預測，也就是五年後的二零一二年不會實現；已經證明鐵口斷定了！這樣又擾攘了兩年，等到黨員治港的梁振英做了特首，中央就不須對香港普選再遮遮掩掩了！人大常委會拍版的《一國兩制白皮書》終於在二零一四年頒下來，港人才大夢初醒似的驚醒過來。普選原來還是從小圈子的提名委員會，篩選好「愛國愛港」的候選人。香港人經歷過三個阿爺指定的特首：庸才的商人、聽話的公務員、狼貪的黨員治港。為什麼不讓多數港人選擇自己的特首！符合港人治港高度自治的基本法精神！也減輕香港人對中央不滿的情緒。

　　香港法律界為此《白皮書》，發起靜默遊行抗議國務院《一國兩制白皮書》，近兩千名律師及法律學者等參與了此次遊行。電視台記者揚帆報導說：「有大律師告訴本台，人數是回歸以來新高，表達了法律界對香港司法獨立遭到破壞的擔憂。」

　　揚帆報導又說：「遊行隊伍下午五點，金鐘高等法院外聚集了大批律師、法律學者、法律系學生，多名大律師公會前主席也到場參與。另一邊，有親中團體在現場高聲喊話，表達支持《白皮書》。前來參加此次遊行的北京維權律師滕彪告訴本台：『因為我是大陸的法律人，我作為法律學者，也是人權律師，我覺得從理論上，這個司法獨立、基本的法治最重要，在任何時候、在任何地方都是需要捍衛的。其次，我覺得香港一直在關注中國大陸的人權狀況，比如說六四紀念，比如說很多很多良心犯的關注和救助，那我作為大陸的人權律師，我也有責任來和香港人一起，在這最關鍵的時刻來捍衛法治。』五點半遊行起步，身穿黑衣的示威人士不叫口號，也沒有打橫幅，沿着

皇后大道一路遊行至位於中環的終審法院,並在法院外靜默三分鐘。」

同文又說:「公民黨主席、資深大律師余若薇在遊行結束後接受本台採訪時表示,此次遊行有超過1800人參與,是回歸以來規模最大的,說明了律師界對白皮書破壞香港『一國兩制』及司法獨立的擔憂。最主要是因為我們很擔心這個白皮書,它裏面的一些有關一國兩制(的內容)與《基本法》不同,特別是有關於法官的部分,說法官是治港(者)的部分,還有一定要愛國愛港,其實法官在我們香港來講是司法獨立的,不是政府的一部分,還有就是法官宣誓效忠的是《基本法》,不是任何的政府,所以這個跟我們香港司法獨立,跟我們香港法治有很大的衝突。這個是為什麼你看見今天有這麼多的律師、大律師都出來抗議白皮書。今天他們數了是1800個法律界的朋友,這個算是回歸以來最新最高的數字,以前我們都有兩次法律界黑衣遊行,但是大概都是幾百人,這次突破一千,其實是很特別,他們反應是很大。」

與此同時,香港政府律政司發言人則發布新聞稿,指根據《基本法》第二條及第十九條,香港特區享有獨立的司法權和終審權,強調律政司司長及全體人員會繼續履行憲制責任,而白皮書旨在有系統地闡述及總結「一國兩制」在香港特區落實的情況,並非干預香港特區的司法獨立或法治,白皮書內多處指出香港特區擁有獨立的司法權和終審權。發言人的話不是白說?北京多個大員不是清楚說明:中央授多少權,香港才有多少。並指出在「一國兩制」中,兩制僅能「從屬」於一國,特首人選必須「愛國愛港」,特首與立法會普選制度都「必須符合國家主權、安全和發展利益,符合香港實際,兼顧社會各階層利益,體現均衡參與的原則,有利於資本主義發展,特別是要符

合香港特別行政區作為直轄於中央人民政府的地方行政區域的法律地位，符合香港基本法和全國人大常委會有關決定的規定」。以上的許多飾詞：什麼「符合」、「兼顧」、「體現」、「有利於」都是模糊焦點的說詞。真正目的是：「兩制從屬於一國」、「地方的香港特區從屬中央」。這種解釋，沒有在原訂的《基本法》上。香港人才明白鄧小平主張「從寬」解釋基本法的真意，他太清楚：香港人沒有力量抗拒解釋權在中央。

就《一國兩制白皮書》的發表，香港多份報章發表評論，《明報》的社論表示，中央處理香港事務由過去的寬鬆變為收緊，中央全面掌控香港事務、港區人代和政協委員。《星島》集團主席何柱國（政協委員）擁有的《星島日報》的社論則認為《白皮書》提到中央擁有對香港的「全面管治權」沒有什麼新意，只是中央首次如此詳盡地闡釋對香港的權力，是為了打破一些人的幻想。這不是新意是什麼？而《蘋果日報》報道引述時事評論員林和立表示，《白皮書》是中共中央對國際認可的法律條文《中英聯合聲明》及《基本法》的修訂版，而新的演繹違背了鄧小平的原意；也違背了國際法精神，將會使國際投資者對香港失去信心，破壞香港作為國際金融中心的地位。

「用愛與和平佔領中環」，原是佔中三子效法「佔領華爾街」的公民抗命而發起的；和「學民思潮」佔領政府廣場，原是各自發展的，目的也不盡相同；以地緣相近，容易匯成聲勢而結合。以警力過當的鎮壓，造成群眾的參加。雨傘本來準備擋太陽的，遇上胡椒噴霧才用來擋警察的；「雨傘運動」還接近事實，但不能稱為「雨傘革命」；發起人或參加的群眾，沒有人提出過要推翻香港特別行政區政府。只提出梁振英落台，是針對特首的管治作風，港人難以接受；本質上和要求董建華、曾蔭權落台並無二

致。故實質上不能套上「革命」兩字，作煽動的輿情，反而污染了參加者的和平理性。佔中行動持續 79 天，最終在 12 月 15 日以銅鑼灣佔領區及添馬艦立法會示威區被清場而結束。

佔中三子是不折不扣的公民抗命，但強調過程所用的手段是理性而和平，抗命的目的，是彰顯特區政府沒有將香港市民要求真普選上報中央，他們對佔領中環的訴求，引致阻礙交通等違法行為，曾一度想自首，但後來認為政府的拘捕，更能顯露政府既未反映民意，反而對公民的和平集會拘捕鎮壓，更突出公民抗命有其必要性。因而沒有自首；而政府也沒有拘捕鎮壓。後來傳出，不是梁振英不想鎮壓，是習近平有一項指示：「不流血」所致。

佔中落幕以後，香港輿論本來親中的多，雖然還不至於一面倒，也只是少數比例同情佔中的。學生佔領政府廣場，一度頗得市民的支持，後來有人擲磚，姑不論是人是鬼的擲出，但都視為所謂「武勇派」的激烈所為，影響了一般市民的轉變，過去看好的新進如梁天琦，舊人如黃毓民，都在佔中後的立法議會選舉中落選；多少都有點風向的轉變的迹象，而佔中未必促進港獨的抬頭，但對港人提高自主性，增強本土意識則提升了。

在梁振英管治下，儘管其民調低到負數，但西環操縱的輿論陣地，對佔中百無一是的貶抑。當然不會像五四運動後的一年，有胡適、蔣夢麟的反思，並對學生的期勉。但特首的提名選舉委員會的選舉，梁振英已看到他的前景不妙，他利用立法議員的宣誓的瑕疵，向法庭提請覆核，務求拔盡眼中釘，借嚴厲打擊港獨為名，以搞亂香港，造成裹脅中央來謀求他的連任。

香港傳媒為了求存，自律惟恐不夠，和建制親中言論，務求口徑一致者：對佔中的批判大致有下列的分頭合

擊：一、佔中對中共中央沒有起任何作用，認為只是香港少數人的魯莽行動。二、佔領公共地方的行為，構成阻礙了社會經濟發展，是非法的動亂。三、港人對中共中央真普選有誤解。大陸對真普選並不認同，認為這樣的普選最容易選出港獨分子。四、認為佔中有外國勢力的慫恿和參與，是反中勢力的具體行動。五、認為境外信息對中共的評價均無憑無據，不予認同。六、認為佔中妨礙公務時，公權力可以合法地用暴力手段來解決，特別強調警察可以行使自衛權，認為完全合理合法，不存在不當暴力。這種批判，幾乎是口徑一致。我們再把多數的傳媒，以讀者的意見，投書各報，綜合製成社會輿論：一、提升公民意識；但損害社會經濟；二、提高國際形象；但破壞社會秩序；三、推動民主發展；但加劇社會分化；四、有效表現民意；但損害法治。一正一反，焦點為誰說話是再明顯不過！我們再看所謂輿情，來看學生佔領政府廣場，造成佔中的效應，論者也開列正反論定，也是否定的大：一、犯法的抗爭，可遭判刑；影響一生。二、學生心智未成熟，未有分析能力受煽動而參加。三、人身安全有問題，警察鎮壓與反佔中反制都難保障安全。四、與身分相違，學生應好好讀書，不廣荒廢學業！一句話：就是青年學生不應參加，且語帶恐嚇，可像今天統治者的口語，但忘記他們的前輩說過：「鎮壓青年學生，都沒有好下場！」正面的評價，只是聊備一格，就不必說了！只有余英時引述錢穆先生生前對讀書人關心國家的責任、對學生此次運動的肯定與支持。

這種批判，仍是佔中發生後，中聯辦和梁振英政府宣示的言論，也根據這種言論，制定宣示性的政策和因應措施的指標；佔中定性宣告為「動亂」；確認外國勢力與佔中勢力結合；佔中衍生了「港獨」，更不能無條件實行真

普選：公權力即使暴力也是合法的、必要的。完全沒有對造成佔中的原因檢討，中央沒有錯，一切都是亂港分子、野心家勾結外國勢力造成的。這種預設立場，如果不是親中的《成報》，有更威權人士的示意，直指「亂港四人幫」為首執行的張曉明、梁振英，誰有這個胆量！港人還在疑慮，前大法官胡國興、葉劉立法議員，先後表態參選特首選舉，民調最高的政府財政司長曾俊華也按捺不住要參選，可梁振英的團隊都不管這些，見了習近平回來，梁更信心十足的奢言受到肯定，歡容滿面，一號梁粉的政務司長林鄭月娥最失落，以為梁篤定參選連任；自報任滿退休；誰知梁突然召開記者會：宣佈「以家庭為重，不再作連任參選。」娥姐又只可尷尬說：要重新考慮參選。這還不算，中聯辦主任張曉明上京日久不歸，歸來低調判若兩人。原來等候中央電視台對他的訪問播出：他說的三條底線：第一、二是他常說的：不侵犯中央權力；不侵犯國家安全。第三卻一反常態：要尊重香港制度與內地制度的分別；不能干預香港的事務。香港著名時事評論人蕭若元說：這無疑就像奉命自掌擱自己的嘴巴。蕭說：以此看來，違背第三的底線，執行梁的路線如娥姐、不知兩制有別如葉劉，在中央要與香港和解的風向看，應該出局了。以當日而言，這邏輯的推理不能說錯，但對中共來說，脫離常理的推論結果實在太多。到二零一七年的特首提名，張德江又親到深圳宣示：中央政治局一致推薦林鄭月娥；董建華再補上一句：其他候選人即使當選，中央也不會任命。這還能算選舉嗎？林鄭一夜之間未選已穩勝。「入閘」已成為過場的形式了！依票數多少排列：林鄭月娥、曾俊華、胡國興。林鄭得提名人票（與選舉人票同人、同數共一千二百）。林鄭月娥得票五百八十，與隱藏的鐵票超過半數了；選舉的投票只是形式上的確認，其穩定當選已不

待言，除非習大大出面反轉。

佔中計起自二零一四年九月二十八日，至十一月二十七日九龍旺角先清場，繼而港島各佔領區，十二月十一日金鐘清場，到十二月十五日銅鑼灣清場而全部結束。前後計七十九日。如果不是黨員梁振英治港，佔中可能不會發生，即使發生也不會擴大到這樣大的範圍，歷時也不會這樣長久，影響也不會這樣深遠。這是天安門事件後，最震撼香港人心的一次。港人為該事件參加演藝界的「民主歌聲獻中華」，籌款支持救援大陸民主人士，迫爆香港大球場。佔中規模，也大於阻止葉劉要通過基本法第23條的立法遊行。香港學生佔領香港政府廣場，觸發提前「佔領中環」，與北京學生以悼念胡耀邦猝逝（1989-4-15）次日佔領天安門廣場，至六月四日結束，時差25年，剛可四分之一世紀。二零一四年，正是我心律不整最危險的日子（每分鐘跳動差距 41 至 140），不可能參加，只作旁觀者，在這翻騰的年代，能親見香港史無前例的佔領中環或稱「雨傘運動」，見證香港歷史重要的一刻。不管未來的演變怎樣，但不得香港人心的梁振英不再連任，張曉明總算曉得兩制有別、不能干預香港事務。佔中三子亦終於在佔中的同年十二月三日自首；警局沒有拘留或起訴。如果中央與港人漸趨和解；像天安門事件後加速改革開放；香港能否極泰來，就不勝馨祝了！

然而，佔中三子自首，當時警局沒有拘留或起訴，但也沒有就此結案。卻延至二零一九年四月九日，（在林鄭出任特首後）三子連同梁淑莊等共九人，均被判不同罪成。港人希望中央從寬處理又告落空！香港也沒有如梁愛詩洩秘時成為直轄市，只屬大灣區三市之一而已；港人港地，寧無今昔之感！

平生風義的師友

「五十而知天命」。近代醫藥發達，還算盛年；但「知天命」一詞，中國古代聖哲並沒有教我們「望天打卦」的消極；而是「順天而為」。但逾八十歲的人，體能與精神狀況，大致難復舊觀，進入耆老的晚年歲月；其中亦有少數的例外；但不能以偏概全。血肉之軀，當屬高齡！高齡人多少都有未了之願、未盡之心、未報之恩、未了之情；這都是很正常的事。未必全佔，但如果全不佔，則百年歲月，完全沒有遇上悲歡離合，一路福星到壽終考；恐怕「此事古難全」。朝隆自稱「十全老人」，不但做了皇帝，還做了太上皇。他沒有遺憾嗎？有清一代之衰，史家每認為從他開始，未嘗沒有道理。史實證明，寵臣和珅數十年貪污，富可敵國，朝政日壞，乾隆不察，當屬未盡心之失政。世上無完人，失誤難免，晚歲檢點平生，是應有的本能，不必抬到責任、義務上去；若沒有任何感覺，此人已屍居餘氣！不足論了。

我在白色恐怖時代到台灣復學，因被人冒領父親寄來的學雜費羈押派出所，幸得李之衍先生保釋；以外，在台長者中親自提拔我的，要數董世芳先生。在我離開台灣以後，先生長期和我通信一直至逝世，且是每信必手覆。不論法務部副部長、國安會議副秘書長（秘書長蔣緯國）任內，歷數十年從未改變。他從增額僑選立法委員產生以來，中央成立為僑選立委遴選委員會，他一直是遴選委員至該會撤銷；但我從未向他請託。他是個終身貞廉的法學家。

董世芳公從初中考入國立中山大學附屬中學，此後初中、高中以至大學畢業，均在該校完成。大學四年成績均為全班第一，畢業論文復得金牌獎，此真難能可貴。中山大學前身為廣東高師，乃國父講三民主義之處，人文薈萃，是培養政治人才最高學府，故時稱「文為中大；武為

黃埔（軍校）」，是我國南方最享盛譽的學府。董公在此受四年法律教育，造就法學極高素養，影響其終身處事必堅持原則，為人尊重法紀的品性。

董公嘗言，其在中學就讀時，最敬重的師長是唐惜芬先生。唐公時任附中主任，有教育家風度，辦學認真。唐公在大陸變色後到港，曾任珠海書院院長，是粵籍著名教育家。世芳先生以優異的成績，極得中大法律系主任薛祀光教授的器重。薛曾任該校法學院院長，任滿後由鄭公彥棻接任。以董先生的「四連冠」且得金牌獎，認為傑出人才，邀先生留校任助教，就商於系主任，這正也是薛祀光教授的意思。後來鄭彥棻先生出任省府秘書長，希望董公可將時間分配，一週之中，三日在中大任講師，四日到秘書長的法制室任秘書。溫理夫人說，這一段日子，董先生每日到午夜十二時才回家。

薛祀光曾對人言，任教數十年，最得意的入室弟子是董世芳；中共統治大陸以後，薛未隨中央政府播遷來台，並希望董先生也留下來，但先生忠貞的個性，公誼私情分明，沒有接受邀請。中共的許多法制，都由薛祀光先生主持製訂，極得當局的倚重。

以後董公到香港，奉鄭彥公之召返國，一直追隨至鄭公退休，師生相得歷五十年。鄭公退休後，董先生仍事無大小，一直照顧鄭公，至其去世。重情義有如此，真足式末世。

董公在同學中，與朱盛荃、何樹祥兩位先生最投契。朱曾任僑委會主秘，現居紐約；何乃僑委會派駐香港，任華僑旅運社總經理，亦先君和我的岳父為故交，是我的父執輩，我和其長子一同到外籍英文老師補習。何公退休後到美，於二十年前逝世。在章孝嚴任僑委會委員長時，派我到港任華僑旅運社總經理，可算是意料

未及。我在任職期間，決心為政府將在港全部國有財產收回；其中「海防大廈」三千多平方尺，價值在數千萬港幣以上的青年活動中心，登記在何公名下，但何公在美適去世，我以故交，請其夫人將死亡證等相關證明文件寄我辦理，蒙其信賴合作，我將國有財產列於何公名下託管者，得以全部收回國有。

董公在台同事而交情深厚者，據我所知，尚有梁子衡、朱集禧、明鎮華諸先生，他們先後相繼在董先生之後，出任僑聯秘書長，真可謂無獨有偶。董公公祭之日，梁公子衡以足疾，仍一步一跛的蒞臨；明公鎮華為董先生講述行誼，死生交情，於此乃見。而我與董公有緣，退休後在台北渡假，奉命與馬公樹禮等六人將黨旗覆棺。董公元配早喪，溫理夫人親携董公靈灰歸葬於廣州元配墓旁；情義兩全，真女中賢豪也。

陳松光和趙天水世伯，是父親聯戰班第四期的比較相熟的同學，他們的家接近台大，我到台灣常到他們的家作客，在台灣「克難時期」，公務人員收入有限，但陳公他們從不吝嗇留我吃晚飯。趙公從商，還是全省陶瓷商會的理事長，遇他週日有閒，還會要我到真理堂做禮拜，然後和家人一同到附近吃小館子的午飯。我畢業離台，以後到加拿大，十五年之後，陳、趙兩家都先後移民到美國的洛杉磯來，相距也不遠；我們又重聚。小弟妹都先後成家，到現在，他們也有孫輩了，還一如兒時叫我做「許哥哥！」於今陳伯母獨存，時年九十九，陳公逝世時已百齡。趙公暨夫人也屬九十後高齡始歸道山，趙、陳兩家在第四章已述不贅。而保釋我的李之衍世伯則在八十以後，在三藩市逝世。長者恩義；老來益感。

梁子衡和陳松光兩公都是恩平人，還有一位楊鋒先生；台灣四邑人稱他們做「恩平三傑」；這三家也常互串

門子。梁公子衡我在學生時代，便有緣在陳松光世伯家裏認識他，已歷半個世紀了。以後的廿年，我常侍杖履，聽他的教誨，像弟子侍師座的唯謹。我雖然偶涉塵網，但性格不脫江海山林，特立獨行，很少向人歛首低眉，然對於梁公是少有的例外。我曾在《僑協雜誌》為先生「造像」：「撐天挽地一虯松」盡道對他的景仰。

公諱子衡；稱量之器曰衡（見《漢書》）；測天之儀器（見《書經》）。則公之月旦人物，蠡測時政，早就前定了。衡字又有其他解釋：樓殿邊栵楯也（見《漢書》）。則先生在樓殿中，僅能做點綴品，有了他，是增加樓殿的聲華，但樓殿並不倚之為棟樑柱石，空負一身本領。《周禮》解釋為：「掌山林之官曰衡。」公不能作廟堂柱石，但退領湖海乃是民間的輿情領袖。字雲驤，自比「天馬行空，不受羈勒」。縱觀先生一生行誼，亦近似之。是姓名學影響人生；還是嘉名不意之得，是應天命的緣由？也只有造物主才知道了。

公雖在政壇常居要角，他是國大代表，國民黨中央政策委員會秘書長，但一旦落台，自有灑脫風度。他常說，在台下看人在台上表演，寫意得多，還可以自由心證頒獎給台上的表演者，如「最擅表演獎」、「最擅結緣獎」、「最佳出走獎」……不一而足，形容得政治人物活形活現。有一次，他在台下看僑聯慶典，我問他：「為什麼你不坐在台上？你是兩任秘書長啊！」他說：「你看台上幾位僑務委員長正襟危坐，不舒服，不如我可以翹起二郎腿自在；再說，我坐在上面，他們又坐哪裏？」

公在鄭彥棻掌僑委會時，是主任秘書。鄭公調法務部時，由陳清文繼任。陳對他說：「你是中山大學出身，是鄭先生倚重的人。我雖然和中山大學沒有淵源，仍希望留得住你。」梁說：「你這樣說，我就不能做了。第一、我

不是中大人；第二、如果我留任，人家會懷疑我與你有淵源或關係了。」陳怎麼說，都留不住先生了。

梁公最為熱心提拔後進。我慣於海外的生活，曾廣順委員長曾問我：「為什麼我當了委員長，不見你報名參加遴選海外立委？」有一次我和梁公閒聊，說起此事。他即說：「下一次就參加，我來幫你。」後來報名的人陸續發表，我還是沒有報名。他就來問為什麼不見我的名字？我才告訴他還沒有報，怕性格不適合。他說：做官也可以做自己。這句話影響了我從政的風格。梁公催促我報名參加立法委員的遴選，再猶豫就趕不及了，我才填了表。他真的每次見到曾委員長和董世芳公時，就為我做說客。董公和他至交，董公有一次說：「子衡，你天天提起許之遠，不怕自己長氣嗎？」他引述董公的語句和神情，自己也哈哈大笑。後來我真的在幾位長者聲援下，當選了。他卻諧謔的說：「我是會看相的。」到我從政後退下去，出版《致屈原》（新詩集），他的序文就說：「不論他從商、從政、從學，均能都有自己，能自立崖岸，永遠保留一個獨立的自我。」

梁公愈老愈慈祥，有時和朋友討論見我來了，他就說：「許伯伯來了，聽聽他的高論。」也許有人以為他德齒咸尊，一定是一板一眼的，如夫子論道。其實，他是童真未泯的真性情，雋語又多，令人解頤，以之相對，如坐春風。他後來為晚輩作保受累，差點連住宅不保，他就是不計個人利害愛護後輩。有一次見到我說：「你看看我的相貌，老境如何？不能敷衍！」我說：「先生眉高名高，又眉清見底，好文事，長寫長有。地閣方圓，桑榆晚景，自有一番風光。」逗得先生開懷大笑，自己補充說：「如果真是這樣，我就願意活到一百歲！」

他有豁達的人生。他常說：「我是驢仔命，那一天倒

斃路旁，就地掩埋，不必打擾親友。」和我們敘會，絕不讓人付帳，不讓人送他回家，甚至不能送他上車。他是個獨行俠。常說：「俠士封劍難，文人封筆難。」他不是說說就算了，是的確有所感而發的。他在香港時，以人煙稠密，他到墳場寫文稿；在泰國，他在椰影蕉蔭下寫；在台北小城，在書齋寫。一篇篇在「秀河專欄」、「雲驥專欄」、「子衡專欄」與「山居隨筆」刊出。他的讀者遍居世界各地，尤以華僑居多，他是忠貞僑胞的偶像，中華民國的捍衛者。

這幾年，他不忍見的社會亂象，政客的貪瀆無恥，寫了很多自謙不成詩的詩歌，狂歌當哭，以致聲嘶力竭，終於無法再寫下去了，他的生命也隨着停筆而結束，遵守「寫到死」的自誓。龔自珍有句「不是人前苦譽君，亦狂亦俠亦溫文」也許是先生的寫照吧！他應召修文，遽返道山；我頓失這位恩義長者，執筆到此，耳邊可像響起他的叮嚀：「小子，我一生豁達，不可作哀戚的兒女態。」軼事者，恐後世消失之遺事也；軼者亦逸也，以符公之行狀：不同凡俗的異人，世無其儔。「年壽有時而盡，榮辱止乎其身，兩者必至之常期，未若文章之無窮也。」先生可以安息矣！

中華民國中央政府遷播台灣以後，歷蔣中正、嚴家淦、蔣經國三朝，始終倚重的元老，由上至下，從不招忌而敢作敢為的人物，應首推馬樹禮先生。我曾想過，像馬公這種人物，進退自如，不招人主之忌；又不結黨示勢力，在艱危時能應命，又必能安邦定國之人，歷史人物中誰較近似；想來想去，想到郭子儀。郭和李光弼是削平安史之亂，中興唐朝的名臣；李白為楊貴妃寫《清平調》時，已名滿天下，郭子儀還在執戈守禁門。李白醉醺醺出來，看見郭英挺執勤，起了憐才之心。和他交談，彼此留

下深刻印象。安史亂起，玄宗幸西蜀，中樞無主，禁軍另擁太子李亨在靈武既位，是為肅宗。軍人的事業在戰場，沒有安史之亂，那有郭子儀位極人臣。永王之亂，李白對政治早已意氣闌珊了，只是逃難到來，託庇或有之，說他參加叛亂，則屬「名滿天下，謗亦隨之。」郭子儀當時一言九鼎，過去曾蒙青睞，閒話一句，李白便得脫困厄，亦成千古美談，何樂而不為？前人這兩句詩：「一代威名邁光弼，千秋知己屬青蓮。」郭子儀得美名可知，那須野史說李曾為郭在太原脫罪？以郭之謹慎，不可厚誣先賢，史識的重要在此。舞台劇有《醉打金枝》，郭子儀的兒子借醉打了帝女、老臣縛子上殿請罪的故事，逗得皇帝哈哈大笑說：「小兒女的吵鬧，我們老人家不要管好了！」郭能權貴到老，不招人主之忌；他的智慧可知。回紇叛唐，郭子儀單人匹馬入回營，回紇人久受其恩，今見尚健在，仍守盟誓親來：立即匍匐告罪而退；郭之胆識可見。

馬公樹禮於英歲之時，適值抗日，曾任戰地記者，出入槍林彈雨中，以積勞故，得肺癆病，而力疾從公，致大量吐血，幾於危者多次。積功升為《前線日報》社長。戰後當選立法委員。大陸失守，奉命到印尼辦黨務，被親共的蘇加諾拘禁於水牢，浸至及腹，幸不死，會反共之蘇哈圖政變，得釋返台灣；受知於蔣老先生，旋掌海工會、「中廣」董事長、駐日代表、中央黨部秘書長等要職。不管他任那一職位，都有卓越的表現，駐日本時，日國會議員竟公開出現「馬派」，成就不言可喻了。在馬駐日時期，釣魚台風平浪靜長達十年之久，如郭子儀在世，與回紇相安一樣。蔣經國任黨主席，調馬公出任黨秘書長，全黨景從。蔣選任總統，屬意馬公掌立法院長，馬公婉拒而推舉梁公肅戎；梁在自傳式的《大是大非》亦述此事。馬公提前在立法院退職，只領導民間組織之「三民主義大同

盟」；他將全部退職金分作兩部分：資助台灣和大陸清貧學生；又將個人積蓄在祖籍開辦學校。馬公清廉端肅，氣宇恢宏，情義尤足感人。由於他的慷慨而好公義，所有積蓄都化光，晚年我常接近，頗知其詳，益增對他的景仰。曾任海工會（前稱「第三組」）主任、僑務委員長的曾廣順先生對我說過：「在這十年的副主任任期中，我最能發揮工作能力是在馬主任時期，他（指主任馬樹禮）信任部下。又敢為部下挑責任，是我這十年中最愉快的時段。」當然是意有所指。這些話我歷久不忘。

記憶所及，中華民國在美國的壓力與運作下，已無法抗拒要退出聯合國，馬主任適在北美視察黨務，他就地重新佈置因應。我當時也帶團到紐約聯合國總部示威抗議。並開始認識馬公，到他主持「中廣」（中國廣播電台），我是「加拿大歸國訪問團」的秘書長和發言人，馬公安排我接受訪問。自此書信來往；到我歸國在立法院服務，他除任總統府「資政」（蔣經國任中至第一次政黨輪替2000），還擔任「三民主義大同盟總部」主委，都是榮譽職。我每次到訪，他都帶我到復興南路一個雅致的小館子午餐；也常約定我到他在國父紀念館附近的公館吃晚飯，由住家廚烹調幾味外面吃不到的風味佳餚。馬公伉儷的過愛，令我感念終身。

一九九四年底，我決心辭了公職退休，但每年總有兩三個月到台北小住；馬公年齒日增，不堪市區煩囂，在淡水區還個買了新建的公寓，約我同去參觀，已在裝修中。他對我說：你以後回台北，就來這裏住，這個客房是留給你的。一九九七年，馬公九十大壽，我說：你還在高齡擔任「大同盟」主委，九十壽慶如在海外由我們後一代來辦理祝嘏，不是很有意義嗎？如你答應來，屆時到多倫多就好，其他完全不用操心；我就扛起來辦。承他的信賴，欣

然答應。場地選擇在唐人街的假日酒店的愉景大酒樓。馬公忼儷提前到了多倫多，壽慶之宴，他看到許多大同盟的盟友來參加；展現近年少有的笑容。我因主持宴會，請熟悉他的余道生陪着他應對各方；酒樓全場滿座。預寫了頌詩九首；記載他對民國主要的辛勞和貢獻，以符「九如」之祝。這九首先後為：

一、戰地健筆：「曲江風度老來慈，想見當年英發姿，戰地行藏一健筆，安民抗日勵王師。」

二、水牢孤忠：「莽莽神州悲陸沉，乘桴浮海故園心，孤臣再舉擎天柱，那計水牢及腹深。」

三、領導海外：「吾黨源頭自海隅，精神貫注始難枯，旅中聞變班侯在，佈置重新起霸圖。」

四、宣傳巨擘：「竹幕低垂不透風，獨夫劃地自為雄，誰知中廣馬夫子，早有穿楊破幕功。」

五、議壇清流：「議論時流每譽公，立朝正色仰高風，翩然宧海辭歸日，官俸遍栽子弟功。」

六、駐日成派：「駐國居然成派系，先生德望竟如何，釣魚台傳風浪急，長憶當年馬伏波。」

七、黨中元輔：「黨魂銷盡思重鑄，終向蓬萊召節臣，歸訊一朝傳檄定，遂知天下安危身。」

八、國中大老：「歷盡艱危居廟堂，凌煙閣上刻勳章，汾陽雖隱德猶在，境外回人拜大唐。」

九、提醒國人：「每憶八年餘涕淚，感今曾記烈忠魂，台澎究竟誰光復，幾度傷心望國門。」

他和夫人在多倫多過九秩之慶，說自一九八八年辭去實際公職後最愉快的日子；幾天來我陪他們各處遊，最後還到西安大學（Western University）附近探望王德箴委員。然後回多倫多休息兩天，才盡興回去。

馬公擔任國民黨秘書長時，副秘書長宋楚瑜、馬英

九。到李登輝反相已露,宋楚瑜脫黨選總統,民調一直領先陳水扁,但李登輝以「中興票案」(國民黨撥付蔣經國遺眷補助)誣衊宋楚瑜私吞;明顯幫助陳水扁勝選,馬公為阻擋李毀滅國民黨,公開站出來支持宋(當時宋尚未組黨);李登輝控制之國民黨要制裁馬公,為各方反對。李終不敢再提;到李恊助陳登大位,並自揭真面目;馬公立即領銜肅奸,撤除李黨籍。是年二零零零年,馬公九十三歲。我為此事有紀錄:「先憂後樂感華年,卻覩政權交莽新,重出領銜除黨孽,救亡猶賴老臣嗔。」

公元二零零零年,馬公才第一次入大陸,回到江蘇漣水縣故鄉掃墓、祭祖,並在故鄉興建學校。他特別在濟南會見當年老朋友王艮仲先生,以後同遊孔廟、泰山諸名勝。後至北京,王翁約程思遠、費孝通、莘開人陪同歡敘。翌年王翁期頤上壽,馬公踐約再回江蘇「王家花園」為好友祝嘏。歸來後,馬公命我寫中堂一幅壽詩並序其事誌賀:「戀續松齡百煉身,重逢白髮老更親,去年千里濟南會,今日桃筵又主賓。」這幾年,我在台北,都成了他家裏的常客,每秉承他吩咐,為他裁答一些信件和應酬文詩。他還有一個領銜的立監委員聯誼會,內設秘書處,為他司筆墨的,但我在台北,每多由我處理;他也省得來往車程,我能侍心儀長者杖履,頗以為榮。所知程、費兩人先馬公謝世。馬公生於一九零九年,終於二零零六年七月十九日,中國人以「積閏」計,則馬公亦算期頤(百齡)人瑞。到馬公治喪委員會決定出紀念冊時,要我寫馬公晚年行誼,我才知道他已歸道山,未能撫棺一慟誌哀,亦我人生一大憾事了。

在兩蔣時代,人才輩出,終於為台灣經濟起飛奠立基礎。鑑於大陸的失敗,吏治必須清明,稍有貪污的官員,是無法藏身的。台灣變為黑金政治,那是由李登輝開始

的；他是「黑金之父」，並不是空穴來風的。像郝柏村這些出身兩蔣時代，又能長時期擢拔重用的人，別的不說，其清廉耿介不必疑問。有他在，李登輝真的不能安寢。他起用的馬英九（法務部長）、王建煊（財政部長）、趙少康（環保署長）等，都是一時年輕清廉之士。這些人在郝離開行政院長後，都無法安於位。為什麼呢：馬不在，黑金人物才能大事抬頭；王不在，土地增值稅免談了，財團大事操作發財；趙不在，高爾夫球場可以就地合法化。李登輝被查到身有七張高爾夫球場證，每張算七百萬吧！算算多少錢，這還是冰山一角而已。蔣經國的清廉和李登輝的貪瀆，是台灣興衰的分水嶺。

我擔任僑選立委的那個時期，是民進黨反對最激烈的年代，許多僑選立法委員懼怕他們的暴力，很少發言，多半是書面質詢而已。這是不必諱言的事，就是怕毆打成傷。也許我的發言過多，他們早就看得不順眼，派一個田再庭委員專門對付我。所以當時的報紙，常出現這樣的標題：「田再庭又卯上許之遠」。有一次「總質詢」，大概我擊中民進黨的要害，突然二十一個該黨籍委員全數踴上前圍着我，田再庭還扯斷我發言的麥克風。我就是不離開，我轉頭向主席梁肅戎說：「我在規定的時間發言是合法還是不合法？」梁裁定合法。這樣，我就叉開雙手護住講台不走。國民黨籍的立委也踴上來推開他們，我便能完成整個發言。這一幕，郝柏村從頭至尾都在座。散會後，曾廣順（僑務委員長）走上來，笑着用廣東話問我：「他們這麼多人，你雙腿有沒有發軟？」我說：「不管個人怎樣後果，如果我下台，以後僑選委員可以全部回家了！還能發言嗎？」晚上，郝院長令秘書郭天佑先生帶着手書便條和花籃，到我的寓所慰問。

郝柏村任行政院長大概兩年，公誼私交不能說沒有。

我平時喜歡收藏書畫，藏品有過去蔣老先生送李宗仁的一副明大學士張瑞圖（字二水）寫的對聯：「整頓乾坤將相；歸休林壑漁樵。」郝院長曾以戰鬥機護送過我率領的「加拿大社團領袖訪問團」到金門前線；並親自在行政院與該團成員座談，參加者至少仍有三十人尚健在。我欠了他這個人情，而這副對聯最適合他的身分，我請他的機要秘書郭天佑中將代我轉送給他。郭將軍立即說：我們從來不敢為郝院長接受任何禮物；其耿介清廉有如此者。郭天佑連代轉都不敢，可知郝柏村身邊的人，都有內規所必禁。文物是講緣，我所深信，也就算了。這還是我第一次講這件事，郝柏村到現在都不知有此事，我已盡投桃報李之心了！苟若郭天佑代轉，不管郝接不接受，我都不敢寫這篇文字。即使他退回來，郝馭下不嚴，至少帶點瑕疵。天地良心，不知或不懂的事，我從不敢利用公器的。我所以敬重和信任郝院長耿介清廉在此。

李登輝以為利用郝只是一時的，利用完要他落台還不容易嗎？他想不到郝出任行政院長後，社會治安立竿見影，民望超越自己，但總要找個理由，才可掩悠悠之口；那怕是陳年腐語的「拉法葉戰艦購買案」。購買當時，雖然是國防部上呈行政院長決定，但還是經當時總統李登輝核准的。該案之可議，不在購買的對錯，或這種戰艦的功能；而是後來的佣金回扣和上校尹清楓被溺斃，死得不明不白，至今尚未破案。李登輝要打擊郝柏村、民進黨要打擊國民黨，每在重要關頭便重提此案。其實，郝柏村多次要和李登輝對質，總統府又不回應。到民進黨上場還是如此。如果郝果有不法，早就無所遁形了。蔣孝武之突然暴斃、宋希濂在三溫暖中浮屍，和尹清楓之溺斃。誰有這種權力？此中隱身影者，真是呼之欲出，那會與郝柏村有關呢？這一次炒作，同樣是無疾而終，可見清者自清。郝

龍斌選台北市之大勝，也許是台北市民還郝柏村一個公道吧！佣金有回扣這種細節，絕不是郝會知道的，更不會落入他的口袋。我是可以斷言的，這個有為有守，如果在台灣出多幾個像他這樣的政務官，國民黨不會淪落到今天的局面。

郝柏村在金門炮戰時，是金門駐軍的師長。過去滿地可黨部禮堂掛著蔣中正的歷史照片中，有郝柏村陪侍在側的一幀。到李登輝以次，要郝在行政院院長下台時，竟誣衊他想搞政變和叛國，並以有一夜，行政院燈火通明，就是郝柏村徹夜開會搞政變。這種毀人名節的想像力，也虧得民進黨人想得出來，氣得郝說：我在金門浴血的時候，你們這些人不知還在哪裏。在郝最後一次的「總質詢」中做行政報告，民進黨籍的立法委員，用暴力阻擋。在他報告的時候，還用文書擲向他，且突然飛來一隻皮鞋，幸在旁職員擋下，未有傷及。這些現場的場景，我都在座目擊的，絕沒有誇大。李登輝又唆使國大代表在國民大會羞辱他。郝奮拳高呼：「中華民國萬歲」來抗議，不久便辭職了，這種孤憤的心境不難想像。

前幾年，我還有心情到台灣去探望好幾位長者，郝公必在探望之列；這些年頭，國是日非，長者謝世亦多，悵觸難免，亦漸不宜遠行；但郝公相贈的皇皇巨著，我都讀完。我們有過許多次私人的敘會，他內心世界和理念，我應略知一二的，我甚至連他的濃眉都問過他，引得他哈哈大笑說：「我怎知道，生來就是這樣。」辭職以後，就更率直。對政治人物的批評，都以事實為基礎，這些涉及私隱權，我就不便寫出了。關於兩岸關係，他認為台灣以軍事競賽，乃以自己所短攻入之所長，是根本的錯誤。應以民主制度、倫理文化來和大陸相比，才可以轉化大陸，才是以己所長攻對手之短的戰略。

記得他辭職之後不久，他應香港黃埔軍校校友會的邀請到香港來，時我于役香港。見面第一句就問我還寫詩嗎？我說有。他有點訝異。不久他在會上便見到，因軍校校友在歡迎會上把已裱裝好我寫的中堂，代表校友會送給他此次訪港的紀念：「上將元輔，資兼文武，衛道安民，鎮疆保土。」在訪港期間，我陪他到蛇口眺望大陸。他對我說，這是他除金門眺望對岸，還是第一次肉眼看到大陸國土的。一九九九年，他八秩大壽，我曾擬對聯賀他：「彈雨立金門，相府定謀夜，八十功名關國運；凱歌還大陸，吳山刻石時，期頤嵩壽祝汾陽。」依中國計齡，在今年（2016）他已是九十七的人瑞了！走筆至此，正是中秋佳節，南向遙祝：上將良相，山高水長！

　　我退休後，除了到台北面謁，也常書信往來，茲選錄郝公兩函：

　　一、中華民國一百年慶（2012）前夕，郝公的裁覆：

　　「之遠先生道覽：十月二十九日大扎敬讀，深具同感，村自省一無所長，一事無成，未敢言赴義恐後，但謹記攘利勿先，虛度九十二歲，惟報國初衷未息，明年建國一百年，憂慮益深。先生以史學家之鉅著，一旦出版，定能發聾振聵，即以前言大義足以使年輕當權者之省思。

　　「村一向認為兩岸關系本質，是制度問題，不是主權問題，基於國際強權政治之操弄，我以現有國力，必須在旗幟鮮明與戰略模糊併重，以避免有形劣勢而發揮無形（制度）的優勢，以驗證國父孫中山先生思想，和兩蔣的中國國民黨，實居歷史長河的主流，在奮鬥過程，雖迭受逆流暗流的挫折，絕不失其主流去向，是以中國國民黨現階段固以維護台澎金馬二千三百萬人福祉為優先，但如放棄對全中華民族的責任，則生存與執政，毫無意義可言，希望此非宿命。

「復興中華民族根本之道，在終結中國人打中國人，及根絕以槍桿子出政權，中華民國憲法統下，已做到此兩點，但由於李、陳二十年的台獨亂政以及國民黨部份本土化的思維，無形中在社會以及下一代形成台灣中國一邊一國，視為當然的嚴重隱憂，此次五都選舉，村號召愛台灣，必須效忠中華民國。台獨是真正的賣台，共同以選票捍衛中華民國，以期校正。

「消滅台獨意識，實為海內外全體中國人的共同使命與當務之急，先生大作，必將發生重大廣泛共鳴。至為敬佩。特覆　頌

「時祺　郝柏村敬啟十二月三日」

二、示郝龍斌勝選之欣慰，並囑撰文助馬英九選總統：

「之遠先生：

「　一月十四日華翰，並大作四篇，均已拜覽。先生不遺在遠，關注之餘，發而為文，多所鼓勵，余實深感激。

「此次台北市長選舉，龍斌在對手全力污衊造謠下，仍然勝出，余心稍慰。市政工作，千頭萬緒，敬盼愛屋及烏，賜其南針，亦台北市民之福也。

「余念茲在茲者，為明年之大選。英九同志名滿全台，謗亦隨之。余期於彼者，在堅忍耐煩，勞怨不避。先生若以宏文相助，必可收效也。此頌

「撰安　郝柏村敬啓九十六・二・二」

（民 96 年 2007 馬確定為國民黨總統候選人）

郝公在二零一五年出版一本新書：《郝柏村重返抗日戰場》，是二零一四年三次自費帶着四名退役將領前往華北、華中、華南旅行，實地走訪當年抗日戰場時的所言所感，紀錄整理成書。大陸各地興建在抗日戰場的紀念館，紀錄全是假的。他們走訪過的紀念館，郝公逐一指出。

譬如著名的「淞滬戰役」，郝公看過戰役的說明：「百分之九十九都是假的」。館的描述沒有提到中、日投入戰場一百萬人，國軍七十萬人、日軍三十萬人。戰役有四十萬人傷亡的事實，而只有幾支游擊隊投擲手榴彈。郝公退休後著書甚多，豈只立功而已。名將史上輩出，以戰功著名。「善戰者無赫赫之功」（《孫子》），能防戰亂於未萌，而不戰能屈人之兵。上不見疑，下不見怨者，才算大將。但大臣一切以國家利益為重，不計個人毀譽，他敢獨排眾議，敢得罪權貴甚至統治者，一切以社稷為重，不把個人前程放在心上。這種大臣不多。因此，大臣講風骨，大將講風度；故大臣有風度未可貴，可貴在風骨；為將有風骨未足貴，可貴在風度。史上兼大臣大將者，以我個人讀史的淺識，只有唐的郭子儀，宋有范仲淹而已。民國史上，郝院長柏村上將的風骨風度不稍遜。

執筆至此時為二零一六年九月十八日，即日軍佔領我國東三省的國恥日：九一八事變八十五週年紀念日。溫州劉先生特將日本「靖國神社」收集在中國戰場死亡的名單紀錄傳來，正可為郝柏村新書的註腳（原文照錄如下）：

「日本靖國神社統計有二戰在華戰亡人員數字：死於國軍之手 318883 人，死於蘇軍之手 126607 人，死於共軍之手 851 人，其中百團大戰 302 人，平型關 167 人，38 年晉察冀秋季反圍剿 39 人，39 年冀中冬季反掃蕩 27 人，40 年春反掃蕩 11 人，115 師陸房突圍 16 人，計 599 人。及其他零星戰斗死亡，合計 851 人。死者均有、姓名、年齡、家鄉、部隊、死亡地點被誰所殺等詳細記錄。

「1949 年後，1062 名日本戰犯中，1017 名分批釋放，只有 40 名罪行嚴重的分別判處 8—20 年有期徒刑，無一死刑。然而，國民黨 242 名全部參加抗戰的高級將領被處決，其中不少都是抗日名將，民族英雄。被殺 242 名民國

高級將領中，其中上將與辛亥元老 5 名、中將 78 名、少
將 159 名。」

這一寬一嚴，說明中共對誰是敵人誰是朋友，是有標
準、有選擇的。記得當年（1999）郝公八十大壽，我曾呈
詩祝壽；今歲（2019）應是郝公期頤上壽，高山仰止，
向南天一拜。

詩人者，不失其赤子之心也；馬鶴凌正其人焉。承
他的垂交，雖然在年紀上相差了一截，但以詩結緣，拉近
了距離。大概他一定知道我擔任過國家文藝創作獎古典詩
組的評審委員，在一次私人的敘會上，拿了近作，詢問我
在程度上的等級，他以詩壇老手而向後輩垂詢，這種認真
的學習精神，給我一個最好的榜樣。馬翁晚歲尤顯得元氣
淋漓，哲嗣馬英九還未當上黨主席，民進黨就有人插贓於
他，說他在兒子幼年時，便開始訓練他做總統。馬翁說：
「那時還在蔣經國時代，這個念頭連想都不敢想。」此說
當然是事實。民進黨唯一一怕的，就是像馬英九這種清廉
人，能一舉將時任台北市長的陳水扁攆出市府。所以當時
有評論家預言，如果馬英九在二零零八年選總統，這兩粒
子彈，不會繞著陳水扁的肚皮走，會打在馬英九的身上，
要馬小心了。

大概是一九九一至九二年間，馬翁要發起組織「世
界華人和平建設協進會」，邀請我列名參加為發起人，開
始了我們的交誼。我每次到台北，例必到該會所探望他。
「君子可以欺其方」，君子的方正，以誠待人；常被小人
蒙騙，多倫多有一位很會吹牛的人士，常到忠孝東路一百
號馬翁主持的會所去，說得天花亂墜：說他要整頓多倫多
分會，其實當時的嚴會長很努力；他還答應出席總會召開
大會；很得馬鶴凌的歡心，交帶我多和他配合；我不便掃
他的興，在這勢頭上也難以爭論，未來的轉變是最好的說

明。到翌年重聚的時候，馬翁自動說了此人不誠實，許多承諾都不兌現。被騙的失望和心境，也清楚寫在臉上。

馬英九任法務部長時，以民望最高，卻不容於李登輝，只可辭去法務部長到政治大學教書，如果要東山再起，唯一的出路，就要經得起民意嚴酷的考驗，而李尚在位，不會得到他的支持，那是肯定的了。陳水扁當時已是台北市長了，要把「台灣之父」支持的「台灣之子」拉下來，是談何容易！

國民黨中央當然也知道，除了馬英九當時這樣高民望的候選人，其他難與陳水扁抗衡的。也當然有人向李登輝試探，李不點頭，誰都不敢說話，截止報名參選快到時候了，李在媒體的追問下，他漫不經意撒了一謊：「誰說我不支持他，是他自己不選。」李是有選舉經驗的人，他以時間逼切，馬英九不可能貿然倉卒應戰，才說出這推卸責任的話。誰知這句話公開說出。吳伯雄立即找馬翁去見馬英九，礙着老父的請求，馬英九只可答應。

馬翁在一次餐敘對我說：「英九說，這次答應是盡孝的。」當年國民黨選黨主席，馬翁公開反對馬英九而支持連戰留任的，乃是他以國民黨的團結為出發點，絕不是作態的做作，他一生不會作偽。他甚至得罪了蔣經國。隔了一天，馬翁只得收拾自己的私物離開，從此失歡於蔣。前幾年，我參加他召開的「世華和協」在香港的大會，有一位來自澳洲的代表，發言不是議題內容，被他公開提出停止發言；馬翁生平率真個性、不假辭色可見。

馬翁是個尊師重道的人。他的老師顧毓琇（也是江澤民的老師），生前為「世界華人和平建設協進會」的題字，馬翁很高興的向我展示。他很渴望顧老師能參加大會，促成兩岸和平建設、消弭戰禍，可惜終未如願。

名子之父，有時亦很難為。人但見馬英九的端莊容

貌，不知馬翁年青時的雄姿英發，是不輸於其子。年青時代，馬翁也是有長跑的習慣；同樣追隨蔣經國出身的。兩代傳承這樣相近，所以有人認為：了解馬鶴凌，對了解馬英九應有幫助；其實大謬。馬公元氣淋漓，不會因循觀望，更不會畏首畏尾。我們證諸以後馬英九總統八年給人的印象。回想馬翁當年公開反對其子要選國民黨主席，就是深知國民黨主席，必然走上選總統之路；是馬翁知子莫若父？其才調不足統馭全國乎？可惜馬翁已不及見；無法起而問之。

為了打擊馬英九，竟說馬翁與較年青女性有來往。馬翁說：他在年青時做了數十年青年輔導工作而無桃色傳聞，怎會等到衰老時才做？此話一出，造謠者便無詞以對了。

馬翁在台北市黨部主委退下來，就沒有再担任黨職了。前歲，馬翁約好我到上海開大會，但後來以大陸當局有顧忌，致未成行。他是梁子衡公的義弟，是梁公親向我說的，兩者先後作古逾十年了，這還是第一次說及。馬翁的骨灰罈上書「化獨漸統」，這當然是馬翁未了之願；民進黨人大事誣衊馬英九；馬英九能違背其父不寫這句遺言於指定的位置上？民進黨人干預已去世者的遺囑，也真是亙古未有之奇！真沒有水準。

馬翁和夫人秦修厚伉儷情深，由於彼此熟絡，我每次請他晚餐，都是他指定地點，有時他還帶一客飯菜回家照顧夫人。她在馬總統任內逝世，一切從簡。馬翁沒有看到其子登大位，當然也就看不到他的政績，我們無從測度，但他在馬英九出選台北市長，寫過三首律詩誌其事，充滿勝選的樂觀。囑我和他，後果然。

馬翁詩：〈戊寅五日促九兒競選台北市長〉

一、危時孤孽苦熬煎，操慮茔年策兩全，道與魔爭張

士節，樓從地起重民權。

八方風雨茫無主，萬頃雲波舊有緣，破浪排空終出海，陰霾掃盡日中天。

二、瀛洲舊是海仙居，北市尤為首善都，文物珍奇天下最，人才薈萃古今無。

卻憂詭異危家國，亟待忠誠樹典謨，充實光輝推廣日，大同盛世可徐圖。

三、此日南奔卅九年，煙塵回首亦悽然，巢傾燕老春難再，薪盡灰飛火未傳。

兩岸滄桑驚蛻變，強權圍堵慟甚煎，沈沙浮海知非計，和建開平一念堅。

我〈敬和 鶴凌詞丈詩作三章〉

一、不思挽倒尚甚煎，才調賢聲真兩全。生子昔言憐魏武；有兒今顯勝孫權。

危城虎踞疑台獨；天闕龍騰截惡緣。一曙黎明驅黑夜，竚看旭日漸中天。

二、有道長安不易居，四年幢影似酆都，哀哀燕子聲聲在；慘慘慈懷淚淚無。

掃黑英雄歸隱士；教人選戰憶良謨。萬民請出九天搏，光復漢家舊版圖。

三、我亦南奔卅九年，當時鬒髮轉蕭然。壯心未已猶身健；青眼無多只筆傳。

堪比清流能濁激；可憐俗世尚熬煎。幸今賣酒有人在，況復儒林一席堅。

陳水扁入主市府，台北黑道橫行，白冰冰之女曉燕被擄後撕票，台北市人心彷徨，希望馬英九選出。我詩之二記當時之事。馬鶴凌先生遽返道山了！當年八十六歲，倒是一點不假。馬英九也確在香港九龍的廣華醫院出世；馬在台北市長任內訪問香港，廣華醫院映印他出生檔案資料

包括出生證，送給他留念；香港當天新聞有詳載。民進黨的造謠，什麼都能想出來。馬翁生前為國族開路，邁向世界大同的理想，雖今未實現。但其至死方休的努力，惟囑望民族統一的遺願，不會因兒子做了什麼職位，因此而有任何顧忌，其氣磅礴、其心似鐵；憶念長者風範，而思末世澆薄風尚，不禁擲筆三嘆。

曾廣順先生，字天健，取「湯誓」之「順天應人」之義；故「天行健，君子自強不息」以為字焉。先生與先君為香港時代黨友故交，我在香港，當時以青少年忙於生活而失學，尚未識荊，到民國四十六年回國求學時，曾先生已被香港政府遞解出境，回到台北擔任救國團教育專員。先君命我到救國團探望他，從那時開始，承他的厚愛，而我卻以晚輩之分，在他的過愛中逾矩，視為師友之間的交往，直至他的逝世歷四十四年。而其中，從我台大畢業以後，至民國七十九年返國擔任立法委員，曾先生與我親筆通訊長達廿八年，他每一封信至今仍保留着。他的逝世，我重新捧讀一次，體會他對晚輩的恩義情懷，益增對他的追思。

民國五十一年，我從香港到加拿大留學，當時正是海外發起保釣運動，我也開始參加海外學生反共活動，也和曾先生開始通訊。不久，他調升國民黨中央海外工作會當副主任，直接領導海外黨部。他鑑於留學生和青年移民日多，指示我離開地方黨部，參加多倫多知識青年黨部，做個種籽成員。到該黨部成員日多，他又認為我的責任完成，應該再回到地方黨部，做老黨員與社會青年的橋樑。作為知識青年黨部的種籽成員，又奉命調回地方，只有我和余道生幾個而已！

曾先生擔任海工會副主任的時期到多倫多來，是民國六十二年間的事。那時，中加已斷交；我國在「加拿大模

式」中的外交陣線全面崩潰，一下失去加拿大、日本、意大利、荷蘭、西班牙、葡萄牙、比利時、法國和澳洲等；僅次於美國的大國，蘇聯是中共結盟同一陣線的國家，英國早就承認中共。這幾個大國的轉向，比我國退出聯合國更加形單勢孤，大國僅剩下一個美國而已。這一段時期，是曾先生僕僕風塵到海外穩定黨務最艱鉅的年代，即使如此，他還是抽空和我通訊詳談他的工作，並不忘鼓勵和指導，特別錄其中一封，以見其餘：

「家駒我兄：惠函收到了，謝謝！我在去年十二月中旬，曾赴美策進反共愛國會議事，一月初轉往歐洲，於二月初始返台北，接著參加三中全會，和擔任海外工作會議秘書長職務，負責籌備海外會議工作，一直忙碌不堪，你的信也擱到現在才能執筆作覆，請諒！劍聲兄最近回國參加開會，對你也很讚佩，多倫多有您和一班青年朋友努力工作，實乃僑社之福。尤其是您有思想、有幹勁，我相信僑界一定有更好的發展。您除夕邀宴一些僑社長輩，這是一個很好的做法，尊重他們的社會地位和經驗，這使僑社更能團結，在創新改革方面，也可減少阻力。把長輩的經驗和青年的幹勁結合起來，就無往而不利。當前國際局勢對我雖屬不利，但對於一個革命者而言，是不怕困難的，當前我國具雄厚的經濟力量和軍事力量，不是任何強權可以出賣我們的。事實上，以台灣的戰略地位，我們也是舉足輕重的！因此，國內民心甚為安定和冷靜，既不怨天尤人，也不衝動洩氣，大家沉着莊敬自強，以創造新的形勢。我很懷念在多倫多和您們那一次暢敘，時間雖然短促，印象卻很深刻。請代我問候他們，我無時不在想念和你們的反共鬥爭精神充滿着敬意，祝您們好！廣順三月廿日。」

試問，以後這三十年來，有那個主管海外黨務的人，

像曾先生那樣關注海外黨員和黨務？曾先生書函提起的XX兄，是他主持海工會近期顧聘的黨工，此人來多倫多不久，到處招搖，居然找到門路成為海工會聯絡人，當地社團不知底蘊，使他有機會施展挾僑社自重，海工會並不清楚。他的作風惡劣，專在僑社挑撥，他好從中操縱，是個成事不足，敗事有餘的黨棍、社蟲；由於人格卑下，我羞與為伍，我明告曾廣順。曾委婉說起他，希望我能接受他，我堅決拒絕。後來曾先生升為主任，派明鎮華副主任來，探討由海工會支持我成立一個特別黨部，經費由會撥付。當時台灣錢淹腳目，有多個機構就是這樣成立的，許多假借名目虛報績效，在所多有。主管者常以人情關係，並不嚴格考核，彼此相瞞！「排排坐，吃果果，你一個，我一個，弟弟妹妹留一個。」這種官僚作風，在黨中盛行，郝柏村曾言：「未敢言赴義恐後，但謹記攘利勿先！」的確難得的清廉作風。先君在香港做了一輩子義工，包括黨工和台灣衛生署審核中醫師合格證書，廉潔奉公，寧我失學當學徒也不會從中攘利。我對明副主任說：我沒有拿黨的經費做黨工的念頭，也沒有黨中有派另起爐灶，還是做原來義工就好；我們就此沒有再談下去。以後，章孝嚴接曾廣順任僑委會委員長，派我駐港，因民進黨攻擊我而調回原派僑務委員會，都是莫須有的毀謗；曾廣順說：說許某恃才傲物或有之，其他的都是毀謗！僑選立委只有他響應捐給黨中央開辦黨員福利十萬元。

曾先生在馬樹禮先生任海工會主任期間，擔任副主任。馬先生離開以後，陳裕清、林清江二位先後擔任主任。曾先生前後擔任副主任歷十年之久，而後升任主任。我當時很高興寫了一篇《十年辛苦不尋常》的文字，刊在香港的《萬人日報》上。他就職後，給我的信說：「海外工作環境日趨複雜和艱難，今天挑起這副擔

子，責任實在很重大，各方期望也很殷切，現在既然負起這個重責，只有面對困難，勇往直前。我現在正在廣徵各地的高見，作為策進今後工作的參考，希望您隨時就所見所聞及意見惠告。」

曾先生擔任海工會主任以後，主導海外黨務，其建樹至多，如提出「三民主義統一中國」，主導了海外成立「三民主義統一中國大同盟」各分部，加強海外黨部各項活動，是海外黨務最活躍的時期，也是最蓬勃發展時期。

曾先生後來出任僑務委員會委員長，總攬海外僑務，也是僑委會最得僑心的年代，當然亦與台灣的經濟發展有關係，但曾先生的領導亦為主因之一。他開創了海外各大城市的「文教中心」，設置海外僑務秘書的編制，起用大批青年到海外文教中心擔任工作，又招請海外青年學人到僑委會來。中斷了四十年的「全球僑務代表大會」第二次大會召開，創設了「海華文教基金會」，重建了「僑園」成為「華僑會館」，都在曾先生任內闢劃和完成。其殫智而盡瘁於海外黨務和僑務，是誰都不能否認的！

在僑委會委員長期間，曾先生出任過兩屆增額僑選中央民代遴選委員會召集人，第一次過去以後，我有一次回台北探望他，他問我為什麼不報名參加立委遴選。因此，第二次（民七十九年），我在梁子衡、許勝發、鍾鼎文諸先生的鼓勵下報名，又得董世芳、許大路先生和各地僑社的推薦，而當選立法委員，曾先生當然也扮演了決定性角色。我回國服務期間，「全球僑務第二次會議」適時召開，大會代表提案會議的主席，對二百九十多條提案要逐條由司儀唸完，也費時不少，要在兩小時作成討論、修改和決議，實在不是輕易的角色。我對主持會議和提案文字修訂稍有經驗和自信，遂向時任副委員長的明鎮華先生自薦擔任會議主席，他一口便答應下來。自薦的另一個理

由，是該次全球大會是先君代表加拿大總支部，出席國民黨十二屆代表大會提案而成的決議，惜先君未及見便去世了。我本着繼志述事而自薦的，結果圓滿達成任務，全部提案都有了決議，尚餘十五分鐘做大會閉幕儀式。曾先生執手向我嘉獎。其中大會有一項決議：「暨南大學在台復校案」。後來，我為此又在立法院向郝柏村院長質詢，要求落實全球僑界代表這案的決議。蒙其即席首肯，列入預算執行。以後籌備主任顏秉嶼先生特來邀我勘察校址多次，惜我未及見復校盛典，因顏秉嶼未及復校便辭職。後繼者當不知來龍去脈吧！此外，我已任滿派駐香港去。暨南大學能在台灣復校，我當然是個關鍵人物，因我了解暨南大學和海外僑生回國升學的歷史淵源，對海外僑社的重要性，我為提案特別做了引言人，強調通過提案，是考驗政府對海外僑胞的重視？是僑社子弟能否繼承父祖的希望所在。得到全體熱烈鼓掌通過，決議我親自即席執筆完成。並由我宣讀決議全文，一致通過並責成大會交行政院執行。落實我日後有證據向行政院長質詢的伏筆。這是我平生快意之事，也算為先君繼志述事的事。回台灣看到暨南大學，就不難想像我的快意。

曾先生離開僑委會以後，為回饋同鄉而服務，也是操勞用心。這幾年，我也退休，每年在台北總有好幾個月，見面的機會也不少。他一向生活嚴謹，不煙不酒，身體看來蠻硬朗的，想不到這麼快便離開我們。我從廿歲出頭，一直到他逝世，叨承愛護提攜，今長者已矣，恩澤猶存，投止國門，已非當年面目，也許是曾先生不忍見而遽去的原因吧！但他對黨國的功勳、對人重情義，對晚輩關愛，做了最好的典範。

李登輝在黨政的經歷、威望與人脈，在傳承上難以和蔣經國相提並論的。但李副總統竟能很快依法繼任總統，

而且是個有實際權力的元首；在黨能很快通過為代主席，繼而在第十三全代表大會上順利獲選為主席，正式接管黨的大權；於是黨政大權集於一身。權力轉移迅速，台灣亦在短期內趨於安定，歸諸原因：一、蔣經國初喪，人民感戴之心正熾，對其一手提拔的接班人，深表信賴不疑。二、國家憲法實施百年，體制運作已趨成熟。三、軍人自北伐統一以後，沒有干政紀錄，軍隊早已國家化，郝柏村上將且率領三軍將領向李總統宣誓效忠。四、國民黨以黨魁的傳統體制，自蔣公以後奠定穩堅的基礎，黨魁與國家元首一元化；但李登輝在黨的資歷過淺，宋楚瑜在關鍵的時刻，發揮很大的作用，使李登輝順利接管黨權。

李登輝以中常委而代主席，過程雖有不同的傳說：黨中大老已達成協議，由李代理主席，但宋還是有加速促成而落實。而更重要的，李由代而真除，乃在十三全黨代表會上決定。我適逢盛會，為加拿大黨代表之一，出席這一歷史大會，目睹整個過程，宋楚瑜又成為李登輝主要助手，代表李策劃、協調、甚至談判權力的重分配，當時，有很多人對宋不諒解，實則宋自有其忍辱負重的使命感。如果說李得蔣經國的提拔而奠定以後的地位，則宋應可說為李登輝接管權力排除阻礙的執行人。如單以此點而論，宋對李的貢獻，無人可出其右；這是不爭的事實。

李煥接任行政院長，宋楚瑜自然繼李升任國民黨的秘書長，這一段期間，宋楚瑜為李登輝整頓黨務，襄助李全面了解和掌管國民黨體制、權力和龐大的資源。是李、宋相處最愉快的時期；李也從此切實掌握黨權，進而漸趨運用成熟。到國民黨政爭的時候，李已能縱橫捭闔施展手段；在迫退聲譽正隆的郝柏村行政院長時，李的手段，真教人有點天威莫測，似比兩蔣更威權。李的信心滿滿，和宋楚瑜穩重坐鎮中央黨部有關，這是宋職責所在。惟宋的

稱職，使李無後顧之憂，李的權力遂能伸張而及於政。

　　以宋楚瑜對李登輝的貢獻與忠誠，而大家又認為李是個恩怨分明的人，何以會演變到李非去宋而後快？我們以後就很清楚：李要台灣獨立，甚至日後併入日本，把國民黨最有能力。又是數代效忠民國的子弟毀滅（打擊馬英九同樣心態），摧毀國民黨再生力量是必要的。而宋性格勤勞，勇以任事，從派任的省主席，到民選得高票而當選的省長。省民對宋的愛戴，從任滿後到參選總統，一直是民調聲望最崇隆的人，他廣被民眾的肯定，我們自不能漠視無覩這個實況。他窮鄉僻壤的小村小鎮都有他的足迹，任何民瘼，他都很用心去求實際的解決。民調之高，治績固然重要，其「用心」解決民瘼，是個非常重要的因素。反宋的人說：宋楚瑜的野心很大，要做老大，不做老二。這是民進黨「眾口鑠金」的慣技，認識他的人都知道他宅心仁厚。

　　李登輝的計謀，一是先搞台獨，再圖併入日本。很多人以為這是我的杞憂，獨不聞李還在位就說釣魚島是日本領土了！二是將宋楚瑜政治基地一舉消滅。三是廢省，這一直是（李嗾使）民進黨的主張。廢了省，台灣就徹底和大陸的歷史臍帶割斷，「一邊一國」踏出大步。以宋的人望，着力阻止國大修憲廢省，是綽綽有餘的，因為新黨反對廢省，而修憲須四分三才可以通過，只要宋堅決反對，不愁沒有人支持，四分之三談何容易，修憲不成，廢省便無法達成。宋楚瑜沒有阻止廢省，乃委屈顧全李登輝的顏面，或者不以國民黨中央的決策為難，其忍辱負重之心，昭然若揭。宋情願在這時期出國，以「請辭待命」交李做決定。還能說他慧黠不羈嗎？李加宋之罪，何患無詞？

　　宋任國民黨秘書長的同時，我也在立法院服務；台灣的民意高張，民進黨人數雖然只有二十一人，但因立法

平
生
風
義
的
師
友

院議事規則還是老套，任何提案，只要有人反對便擱置起來，不付表決，國民黨的老委員（從大陸隨政府來）又以年紀過大，難有作為。海外僑選委員，專業的不多，黨鞭且由在台選出的委員出任，並不注重這股新生力量；我們常受到民進黨人言語威脅，很多也就以出席而無所作為，他們真辜負國家的名器。我就職前三個月就到了台灣，一切議事規則、內規、提案的通過程序、憲法和六法全書，我提前三個月閱讀。而我是法學院出身，所以院開議以後，很快就進入狀況，我全職專業，週六、日都在研究室閱讀、草擬書面質詢、口頭質詢。大概還未過三個月，宋先生約我到秘書長室相見。

宋楚瑜在公開場合常見；但私敘還是第一次，他是個大忙人，沒有時間繞圈子；但他的率直還是令我內心震動。他說：「你看到立法院的亂象了！你們僑選委員在這三個月中的表現，我都在看直播，身為國民黨的秘書長，我不拉攏你還有誰呢？」我心頭一震，那有這樣單刀直入，也沒有用任何飾詞；這句話我到現在還深刻的記着。他後來選過總統、副總統、台北市長都沒有成功，國民黨人很多人不諒解他，但他眾多的追隨者又誰去安置！也有人說他機心重；為什麼不說他真誠對人的個性！宋當時的職權，沒有必要在第一次見面就說這幾句話；而且以後多次對我不是口頭的拉攏，實際上他行動都做了：

一、國民黨的「港澳總支部」對香港黨務積習全無起色，難以因應「九七」移交後的局面；一九九二年約見我，命我到香港接管「港澳總支部」主任委員。我當時在立法院的質詢與建言，朝野都肯定。兩廣大老對我的寄望我是感覺到；而當時總支部的主任委員陳志輝是個舊相識。因此我婉拒了這項兼職；此外，在目前的對比下，我任滿連任的機會深具信心。再約見他還是要我到香港

翻騰年代的經歷

去，出任黨職不必辭立法委員；我只可說：我在立法院的表現，宋秘書長覺得怎樣？他說：很好很好！我說：那就讓我專職做下去。他完全了解我的心意，就沒有再談這事了。但不久，黨中央補助立委經費由社工會主任李祖源發放，我領取時，李主任笑着對我說：「許兄，你兩次對秘書長抗命了！不要這樣嘛！」我只可說：「我在立法院的任期未滿，一下調到香港主持這龐大的總支部，勢不能兼顧立委職務，這個中央民意代表，只有任期，沒有辭職；似不重視國家名器。」李主任只像苦笑一下。就沒有再說下去。

二、一九九三年初，國民黨中央在李登輝主導，確定第一屆中央民意代表任期結束，以後就是第二屆開始。取消國民大會，由立法院全權代表民意機關，監察院的委員由總統提名，須經立法院投票同意任命。台灣境內立法委員名額大量擴大，而海外僑選立法委員從二十九席名額，減少至六席，我才恍然大悟，想起宋楚瑜提早調我到香港，接管總支部的主委，留住我在黨的重要位置。但他又不能洩漏國家變革的秘密。這六名海外僑選委員怎樣分配？就要等到中央黨部公佈才知道。而當時國內立法委員選舉已在進行。到第一屆任期將滿，境內當選和僑選的立法委員同步公佈。就在這時候，海工會主任鍾湖濱請我到黨總部見面。鍾主任就是蔣經國到紐約訪問的隨從，蔣被台獨分子王某槍擊，鍾推倒蔣用身體掩護他的人。鍾說：「你看到僑選立委當選名單啦！」我說：「美洲區只有一個名額，美國華僑多，位置也比加拿大重要，當然落在美國。」他說：「你知不知道你也在名單內。」我很驚訝說，美國有人選，我在加拿大不可能在名單出現。鍾說：「所以你在香港名單出現」。我更奇怪；鍾是廣東人，我在任內對海外黨務，常是他咨詢的對象，相熟得很。他說：

「除了秘書長，誰有這個權。後來以名額過少，確定任過的不再連任。秘書長也不好再說。」鍾又說了一句：「廖光生（香港出線立委）是台灣人，你是我的同鄉。」我了解他的真意：你又不是台籍人士，又擔任過，原則定了，誰都不好說。但宋從來都沒有和我說起這事，他不市恩，更令我感念。

三、宋調任台灣省主席，我已派駐香港，國民黨開十四次全代會時，章孝嚴調我回台北列席，住在君悅大飯店，有一天傍晚，我見宋主席從不遠處走來，見面後就說：「你去那裏，怎麼離開也不向我說一聲！」這的確是自己不對，當時章委員長也的確要我趕到香港接任；但無論如何，我個人自主性強，即使平等交往的朋友，我都應該到黨部向他辭行，起碼也要電話奉告。我除了抱歉也說不出理由，他也不再追問，卻直接說：「你回來到省政府跟我好不好？」我為難說：「章委員長要我到香港還未及半年，我很難開口說走就走。」他定神看着我，然後說：「我可以向章孝嚴說。」他每句話都這樣直接了當。我說「有這個必要嗎？」我想要追隨宋先生的人太多了！什麼人才沒有？誰知他可像看穿我的疑問，就說：「回來做我的秘書，我喜歡你的文字。」這夠坦率了吧！我無可再退，但僑委會在港澳龐大的業務，不能一走了之，這不僅是章委員長個人的責任。我只可硬着頭皮說：「如果主席需要我效勞，重要文件可用外交郵包寄來，或電話召我，我一定回來效命！」宋先生就不再說了！後來我想，這是不符體制的，且秘書就是主管的重要幕僚，外調官員無法擔任的。我三度婉拒他的好意，內心有虧欠他的情義。

宋楚瑜從省主席而民選省長，聲望如日中天。李登輝突然下令廢省。宋只可「請辭待命」到美國探親。我當時也從香港調回台北，不久辭職回到加拿大，寫了一封有建

議性的長信給他。他回信給我已透露將回台北銷假上班；他的信任令我感動。他回到台北，可謂歷盡人間白眼。

李到南美出席「世界李登輝之友大會」時，面對出席大會的人士說：「宋楚瑜像個孫悟空，但跳不出我這個如來佛的手掌。」又在一個場合說：「宋楚瑜還不是乖乖地回來嗎？」到宋的任期滿了，出國探親，李總統送了八字真言：「諸法皆空，自由自在。」李的特別助理蘇志誠甚至說：「只要李總統出一招，宋楚瑜立即斃命！」宋楚瑜在春節期間返國，先返家拜望其母，以後再去拜望李總統，不巧，十五分鐘來遲了。蘇志誠說他沒有通報是不禮貌。遇了連戰，大家握手，記者問連戰除了握手，說了什麼？連戰反問說：「除了握手，還說什麼？」宋楚瑜出席中常委會，大家視而不見。這些都有報紙、電視為憑，不是誰能信口胡謅的。我們無法知道宋楚瑜內心的感覺，但看在民眾的眼裏，當有不同的判斷。有時聽到一些對宋的攻擊，令人興「釣者負魚，魚何負於釣！」當我看到李登輝異於常理對國民黨的不利，還在李、宋合作最緊密的時段，我曾坦率向宋秘書長提出。宋先生說：以蔣故主席的練歷，是他提拔的人，我們只可盡力協助他。這也是事實，我也不便拗頂；但同時也想到汪精衛的轉變，孫中山能負責嗎？但問題是：國民黨當時多少人支持李登輝？何獨責宋楚瑜！

陳水扁登了大位，以唐飛為行政院長，作穩定軍心；國防部長由副部長伍世文升任。許多民進黨立法委員以其過去反台獨立場，常有質難相對，但伍世文嚴正的立場和態度，從未稍作遷就，例如質詢他是否反台獨。伍說：我捍衛憲法，憲法不容分裂國土；我當然反對分裂國土。有些民進黨委員威脅他，如果和總統理念不同，你怎辦？伍答：理念不同當然辭職！清楚俐落。又有質詢問他是什麼

人，這是民進黨黨人一再用的一套迫行政官員表態自認台灣人。伍世文就是不吃這一套。說：假如我說是中華民國的中國人，你還不滿意，則我是廣東人。他就是不說我是台灣人。李登輝曾出言調侃中共是隻紙老虎，有人跑去問伍世文的看法。伍說，這隻紙老虎是有核子牙的。近日，伍世文在接受記者訪問，亦直率坦言目前的防衛系統，無法應付中共飛彈的攻擊。他從不巧言令色瞞上騙下。

有一位湖北祖籍出生台北的青年，軍校正科畢業，自願請纓戍守金門，以榮譽求好開罪了連長，被陷害送到軍人精神病醫院，眼看前途就此毀滅，父母心急向伍部長陳情。伍世文居然紆貴降尊去了解這位排長，結果還他個清白，從精神病院釋放出來。他的父母感恩頌德說：有了伍世文，我的孩子沒有白當兵。

伍世文在國防部長任內，在廣東同鄉會發言，說很少有機會用廣州話了，能與鄉親共聚，用廣州話來講特別親切，但更重要是不忘本的意義。他又說：參加新政府的職務，是想貢獻個人的能力為保衛我們的國家。伍世文的講話內容就只有這兩點，其餘是新年的祝賀語，雖然短短幾句，但語重心長，意在言外，講多了就不好，這份拿捏的工夫，此中大有深意。一般台灣的記者發言頗犀利，有一次直截了當問伍世文，如果新政府的施政理念與你不同呢？伍世文毫不猶豫說：不同當然會辭職。他無須模稜兩可，清清楚楚，不像別人那樣懷着鬼胎而口講的又有另一套。這種表裏一致的政務官，在今日台灣真是少見了！

伍世文是僑鄉四邑台山人，父親伍根華立法委員，是我的先進長輩，伍部長退役後擔任「華僑協會總會」理事長，時我已擔任該會常務理事有年。而這個會是民國元老吳鐵城到海外籌款奠基創立的。我收藏的吳鐵城中堂親書的「天下為公」一幅、吳鐵城、余漢謀聯署親簽的歷史文

獻兩函，我一次過在伍理事長來加訪問分會之際，親携這三件文物，到溫哥華交給他，贈送該會作鎮會之寶。

我有一位族叔許大路，原是同一支南來廣東的許氏族裔；到古岡州即今新會落腳，後來以戰亂南逃，一支到了開平；一支到了台山。兩支子孫，每年相約到新會祭祖。父親與大路叔同輩，我從職場退休，大路叔向時任高雄中山大學校長李煥推薦，原希望入中文系担任教席，但以復校未久，一時未有出缺，李校長建議我先入校長室任秘書，中文系有出缺就可補上。自問不是能肆應各方之才，只可婉謝。但以後和大路叔接觸日多，他是李煥最信任的人，間接亦為蔣經國賞識的一枝健筆。蔣任黨主席的第一週巡視中央黨部各業務單位，以後到會議廳，主席對全體同仁講話，由許大路紀錄（見許大路著《八十憶述篇》232頁）；「同年五月，組織工作會主任李煥晋見蔣主席回來交給我一張小小的便箋，上面用紅色鉛筆寫着『開大門，走大路，擔大任，成大業』十二個字，同時說：主席要於近日內以這題目發表一篇文告，囑我們替他準備，煩勞你寫個初稿，好否？我應承了下來⋯⋯這是他就任主席後的第一篇的文告。」（見同書233頁）許大路是當時官宦中所少見的一枝健筆。因應新的時勢，國民黨黨章的「總綱」在修正中更張頗多。這「黨章修訂」的文字工作，亦由許大路主稿。提上大會，第一個要求發言是中央評議委員主席團主席何應欽上將：「本案作業考慮週詳，內容非常適切，文字亦週到妥當，本席建議照案通過。」全案無異議通過。許著有許多相關蔣主席的往事；我雖以族叔經歷為榮，不宜多述。他在九十亦有憶述，一年後應召修文，已歸道。族叔有二男二女，卓然自立，俱有聲於時。

黃錫和老師是台大經濟系教授。在學時我沒有選修他

的課，退休後他以海工會副主任到加拿大視察黨務，承他的過愛，從此過往從密。但他年事已高，我到立法院服務時，他又從黨職退休，但有前緣，我一直師事唯謹，他是虔誠的佛弟子，慈悲為懷，庭前的盆栽，每為它們唸咒誦經，許多將枯萎的花草，都在他悉心照料下欣欣向榮；我不是迷信，我是親見的奇迹。黃師對我，幾近於溺愛，我當年已五十六歲，他當我六、七歲小孩，我到他家吃飯，稍喜歡吃的，他動手全挑到我的碗上來。下一次來，桌上都是我喜歡吃的菜殽，難得他三個成人的兒子都這樣順從老師，對我也份外的友善熱情。我們有時到外面吃；通心菜、蝦不准吃，因他認為有毒。他從來沒有要求什麼，只有付出。接到他逝世的消息，我幸能趕回去奔喪。由於他曾任職海工會，由該會派員籌組治喪，黃老師生平行誼，孝家昆仲一定要我執筆，為稍報師恩萬一；固不敢辭。一代賢良師表，人間生佛，何幸能侍杖履有年，至今猶感恩澤潤身。

張植珊先生任文化建設委員會（簡稱「文建會」）副主委時，我已在台服務。他和黃老師的寓所，步行十分鐘可到，他們都是教育界舊相識；黃老師約我到附近小館敘時，常邀張先生同來；張公常藉故回請；因此我們常有機會相敘。到張公出任僑委會副委員長時，我適入該會任顧問而派駐香港，張副座成了我的上司。以黃老師而愛屋及烏亦或有之，我們就更熟悉了。

張公未入仕途前曾任（後改制為）彰化大學校長，是個典型的恂恂儒者，早以著作等身，我到香港，以維護國家尊嚴、保護國家財產，與賤賣黨產等貪污者經久纏鬥，終於兩方先後調回。張公派到香港對案調查，看到當時過程；如實報告。但章孝嚴委員長卻認為左袒，我當然知道僑委會主秘對我的妒忌，調回後未幾，我便退出政壇。

「道不行，乘桴浮於海。」不久，僑委會也改組，張公也退休了。我們更多機會無拘無束的相敘，每次回台，他總是和夫人約我到附近小館午餐。殷殷之情，至今一如。

于大成台大中文系畢業，繼得碩士學位，戴君仁老師推薦他到師大林尹、高明教授指導下得國家文學博士。我升入大二時，以任台大《海風出版社》主持人的時候，就向于大成學長拉稿。那時他已是大四了。我入讀台大，他能詩能文在校內已廣傳。我年輕時在香港，看過幾個著名京劇老生的表演，如馬連良、譚富英等，心儀不已；想不到于大哥就是學馬派，失空斬頗得馬派神韻；這方面我很崇拜他；他有點玉樹臨風的才子風範，亦教我羨慕。沒有半點山東人那種粗豪的氣味。人與人的相處真要講緣分，在學時，于大哥沒有一樣不照顧我，也沒有那一件事不答應我。每個月為《海風出版社》寫文章；活動時粉墨登場、清唱、二胡演奏。我畢業後離開他，十年後故國重遊。他已名滿台、澎金馬，每天早上在華視電視台「空中教學──國文」；那時，他已是國立成功大學教授兼系主任。以後我每次回台北，例必到他新生南路的寓所去，都在週六的晚上，吃過晚餐，我們沿着新生南路，踱步到台大校園；一直談到深夜。週日他要回台南成功大學去。他建議我精讀《淮南子》，他說子書最富文采還是數它第一。這還是我等一次聽到；他送了自己的著作《淮南子校釋》、《淮南論文三種》給我。其考證精嚴，令我驚羨。他對書法的研究精到，特別是米芾，米的藏品很多，我常到他的客廳讀米帖，他亦不厭詳答；但到他中風後，右手已癱瘓，口齒說不清還用左手答覆，真教我不忍多問！我後來以王羲之的筆法做基礎，學米求變有自己面目；應是受他的影響。他還沒有中風時，于大嫂就常要我勸他：做學問也不能天天拚命的；不珍惜自己是個國寶，誰又能珍惜

你呢?這幾句話我記得,也向他說了。他比我只大一歲,中風後不久又突發心臟病,經六小時手術,算是成功了。誰料細菌感染,終於二零零二年,時年僅六十八歲。他的書畫精絕;我僅有他的對聯一。他常說:欠你的畫以近來很忙,遲早都會交卷。我又何嘗有疑呢!他逝世後,大女兒從美國學成歸國;她出國的時候我適在而送行,學成而歸,國寶的賢父已棄養!「浮生若夢」,人是這樣無常而脆弱,國寶、平庸一例看!

楚崧秋任中央黨部文工會主任,我有機會拜訪,從此認識。當時台灣興起「鄉土文學」,我曾對楚主任說。這個時代,大陸興起「文化大革命」,正是我們反共救國的好機會;宜提倡反共復國文學。到國土重光之日,我們再討論鄉土文學不遲。後來楚先生另擬一個文學的新名辭,內容大致接受我的建議。

踏入新世紀,國民黨大選失敗,民進黨陳水扁登上大位,李登輝落台,連戰當選國民黨主席,發表「不信民心喚不回」豪言。當時國民黨的《中央日報》董事長楚崧秋在該報上層設席,邀請前行政院長李煥、國大代表朱士烈、虞為、正中書局董事長蔣廉儒、監察院主秘祈宗漢和我午餐。頗有新亭之哭的氣氛。我即席讀出哀國民黨失去政權近作四首:一、空說民心喚得回,斜陽社鼓敲沉哀;轉頭一覺百年夢,賸水殘山風雨台。二、共治清流笛笛吹,半遮顏面向人隈;當年若肯為臣虜,那等南朝點道台。三、五十年來只避秦,忽然依舊客中身,桃源有口扁舟入,從此漁民亦順民。四、色空十字綠薯身,曾夢政權交莽新;漫道悲情談本土,漢家已認台灣人。

李登輝任總統時,竟言「台灣人的悲哀」!其挑撥族群仇恨,他是純種日本人也。陳水扁任唐飛為政院院長,純屬利用,唐非昔年倘事他黨,何須到白頭才成孤島之

「道台」？陳又將本省籍稱薯仔、外省稱芋仔分隔。

　　楚公今近百齡人瑞了，一九二零年生，尚健在？論歲九十七了；他曾擔任兩蔣秘書合共十年以上。晚年著作：《跨世風雲》，對兩蔣行誼紀錄亦多。楚公是黨中要員，謙德可風。

　　蔣廉儒到加拿大演講，我已經認識他了。他是國民黨人中最能講出國民黨的立黨精神，他的思想敏銳，詞鋒直截了當；和老一代宣傳人員的八股味不同。台灣初創的觀光局，他是首任局長。這本來和他所學的完全不同，而觀光事業在當時的台灣，誰也沒有經驗；但在他任上，觀光事業的發展法則，從無到有能一一完成，他定的多目標、功能所界定的概念，真是了不起的識見。他把觀光事業界定為「無煙囪之工業」、「無課室之教育」、「無語之宣傳」、「無議會之外交」、「無口號之政治」；把觀光事業之功能發揮盡致。真是能者無所不能。他對政治與社會觀察之敏銳，就更加有精彩的創意。台灣出了不少「名嘴」，但和蔣廉儒對面而辯，恐怕也相形見拙。國民黨從來就不注重宣傳，像蔣廉儒這種人才居然得不到重用，是沒有檢討大陸失敗的原因。《總理遺囑》每個黨人都會背出來，就是沒有人去實踐。對內最重要一句：「必須喚起民眾」。就是向民眾宣傳國民黨的政策，讓所有民眾知道，積極的可以得到擁護推行，事半功倍。消極的也會減少被人誤導或阻礙、刪奪成果。蔣廉儒著有《一個中國良心的吶喊》，有一篇記錄他在加拿大華人學會聯合會的講詞，他提出精警的結論：有自由的台灣，才有自由的中國；無自由的中國，必無自由的台灣。他又說：一個真中國人，必然是一個假共產黨；一個真共產黨，必然是一個假中國人。他曾引美國記者訪延安時，毛澤東曾說過：我們的鬥爭：狠要狠到無情；忍要忍到無恥。蔣的性格做不到，他

鬥不過我。

　　我在立法院服務時，蔣廉儒和我的相敍多了。我們常互訪，他後來也中正紀念堂參觀我的書畫展，並囑我為他寫個中堂，可掛在客廳，我愣了一下，恐怕自己聽錯。他就說：你沒有聽錯，我是喜歡你的法書，但這個中堂要為我寫，不要因襲前人句。我記得用「鶴頂格」寫了兩句七言，時經二十多年，竟然忘了。他生於一九一九，今年百齡了；故人無恙？長在我心。

　　在我于役立法院時，執教香港大學、香港地區遴選的僑選立法委員陳耀南教授，我們在立法院常在一起。有次他突然改口稱我做「師兄」；初不以為意，但自此不改這個稱謂，問起根由，原來中學時代他肄業培中英文書院，先父是他的國文老師，從此往來頻密，他是梁啟超的小同鄉，學養與文筆湛深。他的著作繁富，我讀完他的《中國語文通論》、《以古為鑑》、《碧海長城》等八、九本專著，文名籍籍；後來亞洲電視舉辦一個「龍門陣」的議論節目，港中熱門話題，無所不包。陳耀南本以學術、文章享譽，然在陣中與黃毓民、鄭經翰名嘴，陳兄有手揮五弦、目送飛鴻的舒卷自如，時有畫龍點睛之妙語點結。我的《詩詞初集》《序》是他寫的。近年他移居澳洲，只從港見行迹，人生參商，誰能免此！

　　港中詩人張紉詩、江美姊弟，前者作古有年，後者多方問訊，竟又謝世。這些年來，老成凋謝，後繼者少而認識更少。過去還有一位袁暘照老先生，原是軍醫出身，南來後成為社團醫生，活人無數而個性忠耿。余頗敬仰，前歲年老入了醫院，我尚到醫院探望，今亦歸道山了。檢出其生前示我的詩箋，寄給香港一位他的朋友，睹物思人，感其恩義稠情，好友又弱一個。香港詩人周廣智校長，在我離開政壇，常感詠以詩代柬寄來；我為報稠情，亦每有

酬答：「讀史興衰每感嗟，況今浮海望邦家。黃鐘敝屣魚龍蟄，瓦釜雷鳴社鼓蛙。一水中分猶起浪，五湖合該尚殘霞。傷心枉作栽花者，看到荼蘼哀落花。」周校長亦在九十高齡後逝世。自由社團大老蘇伯泉、蔡魯、鍾夢軍、彭華強、盧光磊先後謝世，後者我尚趕回港奔喪，為治喪委員會寫祭文。他們都是我駐港時得力的支持者。

溫哥華詩友雷基磐兄，蒙其餽贈古籍凡四種：章士釗著《柳文指要》全套、《羊城古鈔》、《嶺南三大家詩鈔》、《五百四峰堂詩鈔》。以年來務蝟集，只略及而未能精讀，有負所望。他的事蹟已述，不贅。今亦歸道山多年了！

馬來亞霹靂洞主張英傑，算是年青一代詩人，弟韻山工書畫。三十五年前，昆仲合璧，在台北聯展詩書畫，我往觀遂訂交至今，他們亦青少而壯。近年我常應邀赴馬來西亞，出席怡保山城詩社雅集。張氏兄弟之尊翁張仙如居士，學佛有成，發願在此山城覓一寶地，傳正覺之佛教。九十年前在霹靂州怡保因緣得此，居士夫婦「胼手胝足，以啟山林」，開闢這個名勝「霹靂洞」景點，洞深廣，佛陀及各佛菩薩塑相莊嚴，教眾生景從。洞前有公路出口，可來往相接，大車亦可載乘客入內參觀、參拜，洞前寬廣，有蓮池、圖書館、文物展覽室等設施，洞依山而鑿入，兩旁山坡，石壁千奇百態，可攀登而上，靈猴滿山、彩鳥翱翔於上；錦鱗暢游其下。我多年秋冬間禪修洞內，夜來論佛論詩書畫。仙如居士歸淨土後，英傑先生繼承洞主，廣結善緣，建樹良多，詩名滿天下，常邀我小飲，微酣而談今論古，亦快事也。這幾年我已少作遠行，三年未入洞矣。走筆至此。先生忽有詩四首寄來：「霹靂洞開山九十週年感賦」。索和言將出紀念集。亦真緣也，即命筆用前題奉上如次：「霹靂天聲廣洞開，奇岩翠樹傍山隈。靈猴削壁凌空舞，白鶴蓮塘踱步來。每坐禪房談筆墨，從

遊美酒澆塵埃。仙如居士留仙蹟，再頌千秋進一杯。」

　　平生風義師友很多，亦只擇其要者，此生勞人草草，耆老之年，只靠記憶所及，遺珠難免。本章所記已多，但必述風義之友，簡而不缺，更屬知己者也：余道生是我的誼弟，我到多倫多不久便認識，論交逾四十年，除于役台、港兩地，都形影少離，老而尤篤；政治系畢業，其思慮縝密，非我可及，是我的智庫。其叔祖余超平（溫哥華《新民國報》總編輯），愛屋及烏，祖孫兩代，都是民國的「獨鶴」的孤鳥，羽毛高潔。

　　陳世超君多倫多大學畢業，在安省電力公司任工程師至退休，再入校讀法律，曾任移民上訴法庭法官。關心弱勢族群，一生為自由民主吶喊。認識亦近四十年；自八九民運後漸有往來；退休後過從益密，近十年，有「一日不可無此君」之感。陳君悲天憫人，急公好義。這些年來，他看到許多朋友立場搖動，竟痛不欲生，其慷慨有如此者。其夫人亦許姓。

　　劉家驊君能在大陸保持人格完整，正是「君子儒」。這兩年來，我們的磨合經得起試煉，到了無話不可說，他的正直而好義的性格，淑世難得一見；可互訴心底事。他記得小學老師說他「愚魯」，到這耆老之年，他想來也信服。我寫信告訴他：「『參也魯』，小學先生何足道哉！君子群而不黨，我是在 1957 年金門炮戰危難中，以義憤而參加國民黨。到李登輝要黨員總登記，我想自己都比你早參加，憑什麼要我重新登記？於是拒絕。不久的後來，李下台，中央黨部通過我任中央評議委員；這是資深黨員最高的榮譽職。海外部王主任約見我。我拒絕這項任命。我說：我沒參加黨員登記，我已不是黨員。王主任說他原是大學任教職的，也並不想任黨職的。他這樣說，我衝口而出：海外部這麼重要，你不願做最好不要做，以免耽誤

海外黨務。初次相見就這樣不歡而散。以我不接受任命。黨中大老馬樹禮、梁子衡等來告訴我，我們這些人都不參加登記，這是個笑話，李已被國民黨開除，希望原有黨員歸隊共赴時艱，我們已經在野，中央評議委員只有責任沒有利益。這樣一說，我又過不了情義這關，這個職銜對我來說，只有負累沒有一點好處，也不靠這種虛名彰顯，我對從俗的虛銜還有些可厭。但多個關愛的長輩來說，又只可接受。以後的八年，大家拱了馬英九上台；馬還以為己力，確實令我們這群老人傷心透。特將這往事告訴弟台。除了你，我還沒有向人說及。這是我們這群單打獨鬥的孤鳥，有時還是需有一些夠格，而心會神領的知己傾訴。有時我打電話給你，正是這種心情。」我另有一次這樣覆他：「總之，弟台行自己心安的事、講自己要講的話，寫自己要寫之文詩。對於鄉愿們的想法，既不得罪，也不必遷就、亦不必縈懷；反正他們還不夠格評論你。」我比他癡長了六年，有點老氣橫秋；他哪有難相處？

人有別於禽獸者，惟情義兩字而已，我得天庇者厚矣！在末世的翻騰年代，脫於亂局，遷於喬木；營役生涯；尚得家齊；遠離厄災，常逢青睞；長者良朋，在我百年人生中，恩情厚義之隆，銘心長記。錄風義師友如次：

在多倫多來自香港的長者、好友、同學，或歿或存者：陳魯慎、陳聯樞、鄭守仁、胡　鐵、余蒸庭、施安甫、黃偉才、何　玲、羅　啟、黃榕岫、陸永權、蘇紹興、黃紹明、黎希聖、馬兆麒、麥成德、鄧偉賢、陳世彬、蘇凌鋒、黎炳昭、陳　慧、伍玉儀、黃啟樟、黎明、簡家驊、蔡孟良、林達敏、馮湘湘、蘇穗芬、金聲白、麥錦鴻、陸冠章、陳符康等；而歸道山者多，存者不及矣。

在香港長者、好友或歿或存者：徐季良、何世禮、

胡家健、陳寶森、卜少夫、俞鑑明、蘇伯泉、蔡　魯、盧
光磊、林萬任、袁體仁、丁伯駓、蔡逢甲、董兆華、朱
文正、梁子賢、李洪勝、鍾夢軍、羅華壽、甘　蒼、謝
廣楹、林　文、兜　叔、徐立夫、莫飛仕、蘇耀興、簡兆
平、黃京恆、盧偉文、廖書蘭、劉兒馨、劉伯權等。

　　在多倫多認識有深切交誼的朋友：關宗耀、楊鐵生、
李偉超、曾潔華等。

　　在各地認識有交情的學術界好友：楊雪峰、楊允達、
陳新雄、葉詠琍、巫和怡等。

　　在各地認識有交情的書畫家，或歿或存者：黃君璧、
李奇茂、黃磊生、鄺　謼、伍彝生、丁衍庸、陶　澐、呂
壽崑、呂佛庭、黃紹強、林環陔、張達文、關則開、陳漢
忠、陳秋言、梁燕萍、趙善群、沈德興、許錦屏、許華
英、張韻山、梁鈞樂、章遜堯等。

　　同年代作家長者、好友：謝冰瑩、陳蝶衣、張贛萍、
俊　人、鄺蔭泉、潘一工、方寬烈、古鶴翔、容　若、古
德明、伍毓庭、徐達文、司徒華、蘇賡哲、黃毓民、胡振
海、許承宗、余玉書、徐均富、盧文敏等。

　　同年代認識有友誼詩家：潘新安、何叔惠、許菊初、
何竹平、張英傑；魁北克詩詞研究會「詩壇」及其他作者
已於其他章節不另。

　　親人、學生或晚輩每在內文有述，亦不符本章命題，
不贅。

讀後贅言

　　許君之遠先生是我所敬仰的、亦師亦友的作家。我倆是未會面僅會話的晚年知交，他比我大六歲。我是大陸人，曾移居加拿大；他是青少年到香港的大陸人。現定居加拿大。我被運動弄得昏頭暈腦；他是明哲達理學者，也遇翻騰歲月折騰夠嗆，但脫穎而出。由於性格相近，同時深愛炎黃文化、關切民族生機，就剖心泣血在一起了。他的廣淵文藝知識和深邃政治見解，深為我所歎服。他的低調為人，平易近民更被我所欽佩。他的巨著《翻騰年代的經歷》是一部「回憶錄」。記錄着兩岸三地的近代歷史翻變。他以驚人的記憶留下了寶貴的歷史資料，為後學研究華人思想史、社會史有所啟迪。

　　眾所周知，台灣與大陸的道路迥異！蔣經國先生雖為台灣體制實現了孫中山先生的局部願望，為中華樹立楷模，但台灣華人的民主思想深被自私道德所困，丟棄大公，企圖改憲。反走向台獨僻徑。悲夫！為此我常同許先生以詩交流，表達夢思。茲舉三首於下。第一首已承蒙載於第十六章，餘二首是關聯整個中華的無奈。雖然黃景仁《雜感》曾言「百無一用是書生」，但是難禁「春鳥秋蟲自作聲」，只能算是今生一場情誼的紀念罷了。

《台灣》

青天白日寄生蟲，腐蝕藍圖民主空。

救黨雖難能救國，殘心勢必似殘紅。

亡邦切莫亡文化，亂字何如亂史同。

綠髮少年時態淺，未經浩劫判台中。

《絕望》

民主依存道德基，天倫喪失豈能施？

揠苗台島初看好，成器狐狸獨弄姿。

土匪沉迷惟武力，邦人未覺守清規。

公權霸攬為私意，憲法傾顛國運悲。

《抱憾》

黃土若開民主花，毛羣訓政始催芽。

脊梁反右穿崩盡，顱腦整風卑狹斜。

奴性脫離知種竹，幽靈懺悔悟餐霞。

自由莫作自私路，文化免歸文痞家。

溫洲劉家驊

2017 年 7 月 15 日

翻騰年代的經歷

翻騰年代的經歷
許之遠 回憶錄

作者　許之遠

出版經理　林瑞芳

責任編輯　陳文威、周詩韵

封面　Yu Cheung

美術設計　陳逸朗

出版　明窗出版社

發行　明報出版社有限公司

　　　香港柴灣嘉業街 18 號

　　　明報工業中心 A 座 15 樓

電話　2595 3215

傳真　2898 2646

網址　https://books.mingpao.com

電子郵箱　mpp@mingpao.com

版次　二〇一九年七月初版

ISBN　978-988-8526-21-5

承印　美雅印刷製本有限公司